JN287875

新選 万葉集抄

新装版

小野 寛

笠間書院

凡例

一、本書は、前著『万葉集抄』（昭和四十七年四月刊）とは想を改めて、万葉集二十巻にわたり、長歌・短歌・旋頭歌・仏足石歌体、計七二三首を、単なる名歌選ではなく種々の立場から選んだものである。前著は万葉集全歌の十分の一に当る四五三首に限ったが、本書の七二三首は万葉集全歌の十六％に当る。

一、本書に収載した七二三首の歌番号の巻別一覧表を巻末に掲げた。

一、訓は、本書の性格上新説を出すことを避け、「新潮日本古典集成本万葉集（青木生子・井手至・伊藤博・清水克彦・橋本四郎）」「講談社文庫本万葉集（中西進）」「桜楓社本万葉集（鶴久・森山隆）」「小学館日本古典文学全集本万葉集（小島憲之・木下正俊・佐竹昭広）」「万葉集注釈（澤瀉久孝）」「岩波日本古典文学大系本万葉集（高木市之助・五味智英・大野晋）」「万葉集全註釈（武田祐吉）」の七書の訓を対校して、最も妥当と思われる訓を用いた。

一、原文は、歌についてのみ掲げ、標題・題詞・左注・序文等については、訓み下し文にできるだけ原文の漢字を用いるにとどめた。

一、原文は、西本願寺本万葉集を底本とし、諸本によって校訂を加えた。

一、原文の文字は、印刷の都合上新字体のあるものはすべてそれを用いた。また「〻」が句頭に来る時はその示す文字を記した。

一、原文は、訓み下し文に並べて掲げ、改訂した文字は、その右に・印を付し、校異は一括して原文の左に記した。

一、校異は、まず改訂した文字を示し、次にその改訂の根拠となった古写本を三〜四本、略号（巻末の諸本一覧参照）により区切らずに列記した。近世以降の諸注及び諸家の説によって改訂した場合は、その注釈書名の略称または論者の氏名を掲げて「ニヨル」としてある。

一、頭注には、前掲の七書による異訓をすべて掲げ、地名・動植物・歴史的事項・社会制度等特殊な語及び枕詞の解説を主とし、一般的語句については歌の理解に最小限度必要と思われるものを略説した。

一、頭注がその頁に収まらず、隣の頁に送ってあることが屢々あり、一つの頁に同じ注番号が二つ出ることがある。前出の説明を参照せよと指示する場合、それを顧慮しなかった。判読して頂きたい。

一、人名の解説は、巻末に一括した。各人について、本書に収載されている歌の番号を記した（題詞・左注にのみ出る場合も含めて）。人名索引として利用できるだろう。

一、巻末に、解説に代えて、解説のための主な資料を一覧にし、万葉時代年表・参考地図を添えた。多く前著を改めてある。

一、解説の前著にあるものの見直しは、当時、駒澤大学大学院の関隆司・戸田貴之両君により、初句索引の新たな作成は関隆司君による。

一、本文訓読・頭注解説・巻末資料等に関し、諸先学に直接間接、多大な御教示を賜わっている。ここに深甚なる謝意を表する。

一、平成六年四月第二版には、本文・原文・校異・頭注・解説・一覧・索引のすべてにわたり、初版の誤りを徹底的に正した。初版の誤記・誤植について、多くの方々から懇切なる御指導を賜わった。厚く御礼申し上げる。

一、以来、平成七年・十年・十二年・十四年・十六年と版を重ねる毎に、なお誤記・誤植を正して来た。このたびも一六箇所に及ぶ訂正と追記をしている。

目次

新選 万葉集抄

巻第一

[一]雑《ざふ》歌《か》

[二]泊瀬朝倉宮《はつせのあさくらのみや》[三]御宇天皇《あめのしたしらしめしすめらみこと》の代《みよ》　大泊瀬《おほはつせ》稚武天皇《わかたけのすめらみこと》

天皇《すめらみこと》の御製《おほみ》歌《うた》

1　籠《こ》[四]もよ[五]　み籠持ち　[六]ふくしもよ　みぶくし持ち　この岡に　菜摘ます
児　家[七]告《の》らせ　名告らさね[八]　[九]そらみつ　大和の国は　[一〇]おしなべて　われ
こそ居れ　[一一]しきなべて　われこそ坐《ま》せ[一二]　[一三]われにこそは　告らめ　家をも
名をも

籠毛与　美籠母乳　布久思毛与　美夫君志持　此岳尓　菜採須児　家告・閑
名告紗・根　虚見津　山跡乃国者　押奈戸手　吾許曽居　師吉・名倍手　吾己
曽座　我許・背歯　告目　家呼毛名雄母

告（考ニヨル）―吉　紗（元類冷）―沙　吉（玉小琴ニヨル）―告　許（元類古）―
許者

一　巻一全体にかかる分類の見出し。『文選』の分類名を取り入れたもので、儀礼・行幸・宴・旅などさまざまな場の歌を収める。

二　雄略天皇の皇居。日本書紀（雄略即位前紀）に「設㆓壇於泊瀬朝倉㆒、即㆓天皇位㆒。遂定㆑宮焉」とある。旧朝倉村、奈良県桜井市脇本の宮殿遺跡がそれか。

三　アメノシタヲサメタマフともアメノシタシラシメスとも訓む。

四　和名抄に籠の和訓を「古」と記し、正倉院文書に「海藻三古」とあり、集中「伊良虞の島」を「射等籠荷四間」(三)とある。かごをコといった。

五　モ・ヨ共に詠嘆の助詞。モを並列の助詞とする説もある。

六　菜を掘り取るくしで、へらのようなもの。

七　この句、諸本「家吉閑」とあるので閑の音カンをカナと訓むとしてイヘキカナナノラサネと訓むが、閑のみでカナと訓めず、次句の「名」を上に付けてイヘキカナノラサネと訓む。「名」の踊り字を補ってイヘキカナ　ナノラサネと訓む説もある。

八　希求の助詞。

九　大和にかかる枕詞。神武紀に、物部氏の遠祖饒速日命が天降る時、この国を大空から見てよい国と選び定めたからという。

一〇　押しなびかせての意であまねく従え治めているさま。

一一　一面に従え治めて。

一二　イマセと訓む説がある。また前の句「われこそ居れ」に合せてヲレと訓む説もある。

一三　ニの表記はないのでワレコソハ・ワレコソバとも訓む。またワニコソハとも訓む。

[一]高市岡本宮御宇天皇の代《たけちのをかもとのみやにあめのしたしらしめししすめらみことのみよ》　息長足日広額天皇《おきながたらしひひろぬかてんのう》

天皇《すめらみこと》、[二]香具山に登りて[三]望国《くにみ》したまふ時の御製歌《おほみうた》

2
大和には　群山《むらやま》[四]あれど　[五]とりよろふ　[六]天《あめ》の香具山　登り立ち　国見をすれば　国原《くにはら》は　煙《けぶり》[七]立ち立つ　海原《うなはら》[九]は　[一〇]かまめ立ち立つ　[一一]うまし国そ　[一二]あきづ島　大和の国は

山常庭　村山有等　取与呂布　天乃香具山　騰立　国見乎為者　国原波　煙立龍　海原波　加万目立多都　怜忖国曽　蜻嶋　八間跡能国者

天皇、[一三]内野《うちのの》に遊獦《みかり》したまふ時に、中皇命《なかつすめらみこと》、間人連老《はしひとのむらじおゆ》に献らしめたまふ歌[一四]

3
[一五]やすみしし　[一六]わが大君の　朝《あした》には　取り撫でたまひ　夕《ゆふへ》には　い倚《よ》り立たしし　[一七]御執《みと》らしの　[一八]梓の弓の　[一九]金弭《かなはず》の　[二〇]音すなり　朝猟《あさかり》に　今立たすらし　夕猟に　今立たすらし　御執らしの　梓の弓の　金弭の　音すなり

八隅知之　我大王乃　朝庭　取撫賜　夕庭　伊縁立之　御執乃　梓弓之　加奈弭乃　音為奈利　朝獦尓　今立須良思　暮獦尓　今他田渚良之　御執能　梓弓之　加奈弭乃　音為奈里

加奈(吉永登ニヨル)—奈加　能梓(元)—梓能

一　舒明天皇の皇居。舒明紀に「天皇遷二於飛鳥岡傍一。是謂二岡本宮一」とある。奈良県高市郡明日香村雷付近とも同村奥山の北とも。

二　橿原市の東部、桜井市との境にある。畝傍山・耳成山と共に大和三山の一。平野を前に深山を後に控えた地形が天から神の里に降る足がかりと考えるに適し、古代から祭祀の場として利用され、天から降って来た山と言い伝えられて、天ノ香具山とよばれる。高さ一四七メートル。

三　高い所に登って国土の形状、民の状態などを観察すること。元来は初春に農耕の適地を選定し、農作を予祝するための宗教的儀礼であったらしい。

四　「等」は本来清音の文字であるので、アリトと訓むべきかと考えられる。

五　草木が生い茂って美しくとり装う意か、円満具足の意か、都に近く寄りそう意か、群山を周囲にめぐらし身を固めている意か、また精霊がとりわけ神々しく憑りついている意か。六　アマノと訓む説がある。

七　霧・霞・煙など大地の霊の息吹か。

八　タツタツと訓む説がある。下も同じ。

九　当時香具山の西麓にあった埴安池を眼下に見、東北方に磐余池、西北方に耳成池が見渡されたのをいうか。あるいは国原の対として歌われたものとも考えられる。

一〇　カモメ。白い水鳥を代表させて言う。

一一　原文「怜何」は「忖怜」の転倒。「可怜」でオモシロキとも訓むが、神代紀下に「可怜、此云二于麻師一」とありウマシと訓む。

一二　大和にかかる枕詞。秋のみのりの豊かな国をたたえる名。蜻蛉(あきづ)は穀霊とも、豊作の兆ともいう。神武紀に、この語の起源伝説がある。

一三　奈良県宇智郡の野。今は郡内の全町村が五条市に併合された。

一四　中皇命の作とする説、老の作とする説と、

反歌[一]

4 [二]たまきはる宇智《うち》の大野に馬並《な》め[三]て朝踏[四]ますらむその草深野

玉剋春　内乃大野尓　馬数而　朝布麻須等六　其草深野

明日《あす》[五]香川原宮《かのかはらのみや》御宇天皇の代　天豊財重日足姫天皇《あめとよたからいかしひたらしひめ》

額田王《ぬかたのおほきみ》の歌　未詳[六]

7 秋の野のみ草[七]刈り葺《ふ》き宿れりし宇治[八]の宮処《みやこ》の仮廬《かりいほ》[九]し思ほゆ

金野乃　美草苅葺　屋杼礼里之　兎道乃宮子能　借五百磯所念

右、山上憶良大夫《やまのうへのおくらのまへつきみ》の類聚歌林[一〇]を検《かむが》ふるに曰はく、一書に、戊申[一一]の年、比良[一二]の宮に幸《いでま》すときの大御歌といふ。但し、紀に曰はく、五年[一三]春正月、己卯の朔《ついたち》の辛巳[一四]に、天皇、紀《き》[一五]の温湯《ゆ》より至りたまふ。三月、戊寅の朔に、天皇、吉野[一六]の宮に幸して肆宴《とよのあかり》きこしめす。庚辰の日に、天皇、近江の平《ひら》[一七]の浦に幸すといふ。

後《のちの》[一八]岡本宮御宇天皇の代　天豊財重日足姫天皇、後に後岡本宮に即位す

額田王の歌

一五 皇女の作を老が修正したとする説がある。
ワガオホキミにかかる枕詞。原文「八隅知之」とはあまねく国土を治める意。また「安見知之」(三八)とも書かれているのは、万葉時代の自由な解釈を示す。

一六 ワゴオホキミノとも訓む。

一七 いつも手にとられるもの。御愛用の。

一八 アヅサユミノと訓む説もある。アヅサはかばのき科の落葉高木、ヨグソミネバリ。弓の材として最も愛好された。

一九 諸本「奈加弭」であるからナカハズとして解釈すべきだが、中弭・長弭・鳴(奈留・奈利)弭などいずれも疑問がある。弭は弓の両端にあってつるをかけるところ。「奈加」を「加奈」の転倒とし、金属製の弭とする。

二〇 その音が聞える意。伝聞推定の助動詞。

一 長歌に付属する短い歌。『荀子』の反辞に由来し、長歌の反覆・要約などをする。

二 ウチ・命・世にかかる枕詞。霊魂の極まる意から、心の意のウチ(内)にかけた。諸説あり。三 下二段他動詞、ならべる。

四 朝踏ムは次の「草深野」と切り離せない詩的造語である。朝露にしっとりぬれる草原を踏みしだいて駆けるさまをいう。

五 皇極天皇の皇居。扶桑略記・霊異記には皇極天皇の飛鳥板蓋宮を「(飛鳥)川原板葺宮」と記している。板蓋宮は飛鳥川の川辺にあった。川原寺の東に宮址らしい遺構が発掘され、それと伝える。

六 作者に疑義をもった後人の注記であろう。

七 すすき、かやなど屋根を葺くのにいい草。

八 京都府宇治市。大和から近江方面への交通路に当る。

九 仮泊用の簡単な造りの小屋。カリホとも。

一〇 憶良が編集した歌集。集中この書からの引用が九ケ所ある。古歌を分類し、作歌事情なども注記されていたものらしいが、今に伝わらない。一一 大化四(六四八)年。

8
熟田津《にきたつ》[一]に船乗りせむと月待て[二]ば潮《しほ》もかなひぬ今は漕ぎ[三]出でな[四]

熟田津尓　船乗世武登　月待者　潮毛可奈比沼　今者許芸乞菜

右、山上憶良大夫の類[五]聚歌林を検《かむが》ふるに曰はく、飛鳥岡本宮御宇天皇の元年[六]己丑、[七]九年丁酉の十二月、己巳の朔の壬午に、天皇・大后《おほきさき》、伊予の湯の宮に幸《いでま》す。後岡本宮馭宇天皇の七年辛酉の春正月、丁酉の朔の壬寅に、御船西征[八]して始めて海路《うみつぢ》に就く。庚戌に、御船、伊予の熟田津の石湯《いはゆ》[九]の行宮《かりみや》に泊《は》つ。天皇、昔日《むかし》より猶し存《のこ》れる物を御覧《みそこなは》して、当時《そのとき》に忽《たちま》ちに感愛の情を起したまふ。所以《このゆゑ》に歌詠《うた》を製《つく》りて哀傷したまふといふ。即ちこの歌は天皇の御製なり。但し、額田王の歌は別に四首有り。

中皇命《なかつすめらみこと》、[一〇]紀の温泉《ゆ》に往《いでま》し時の御歌〈三首中一首略〉

10
君が代[一一]もわが代も知るや[一二]磐代《いはしろ》[一三]の岡の草[一四]根をいざ結びてな[一五]

君之歯母　吾代毛所知哉　磐代乃　岡之草根乎　去来結手名

11
わが背子は仮廬《かりいほ》[一六]作らす草《かや》[一七]なくは小松が下《した》[一八]の草《かや》[一九]を刈らさね[二〇]

吾勢子波　借廬作良須　草無者　小松下乃　草乎苅核

右、山上憶良大夫の類聚歌林を検ふるに曰はく、天皇の御製歌云々。

一二　比良は滋賀県滋賀郡志賀町大字木戸から北へ、北小松にかけての地。宮址は不明。
一三　斉明五(六五九)年。
一四　この月のツイタチが己卯で、辛巳の日は数えて三日である。
一五　紀によれば四年十月紀伊国牟婁温湯に行幸、十一月有間皇子の事件があったという。
一六　↓一〇頁注一五
一七　比良宮があった「比良」の地の湖岸。
一八　斉明天皇の皇居。斉明二(六五六)年、舒明天皇の岡本宮の跡に建てた。

一　愛媛県松山市道後温泉に近い港であるが、どこか確定できない。和気町・堀江町説と古三津(三津浜)説がある。
二　月の出を待つと。大潮になるという満月・新月の頃を待つとする説がある。
三　コギデナと訓む説がある。
四　願望を表す助詞。ここは勧誘的用法。
五　↓五頁注一〇
六　次の九年の干支をかぞえる基準として記したものと考えられるが、或いは誤って混入したのかもしれない。
七　書紀には舒明九年に伊予行幸の記事なく、十一年十二月にあり、日の干支もあう。
八　新羅征討のため、難波から瀬戸内海を九州へ向った。　九　道後温泉。
一〇　牟婁温泉とも。いま和歌山県西牟婁郡白浜町白浜温泉の南のはずれ、湯崎温泉の「崎の湯」。太平洋に面した岩盤の上にある。
一一　よわい。年齢。寿命。
一二　間投助詞。詠嘆の意を含む。
一三　和歌山県日高郡南部(みなべ)町東・西岩代。紀温泉や熊野に行く旅人はここで旅の無事を祈る。「岩代」の名は古代人の岩石信仰に通じた。　一四　カヤネとも訓む。
一五　↓注四　一六　カリホとも訓む。
一七　仮小屋の屋根を葺く材料をカヤで代表させた。クサと訓む説もある。

中大兄《なかのおほえ》 近江宮御宇天皇 の三山の歌

13 [一]香具山は 畝火《うねび》を[二] 愛《を》し[三]と 耳梨《みみなし》[四]と 相[五]あらそひき 神代《かむよ》[六]より かく[七]にあるらし 古《いにしへ》も 然《しか》[八]にあれこそ うつせみ[九]も 妻を あらそふらしき

高山波 雲根火雄男志等 耳梨与 相諍競伎 神代従 如此尓有良之 古昔 然尓有許曽 虚蟬毛 嬬乎 相挌良思吉

挌（元紀冷文）—格

反歌

14 香具山と耳梨山とあひし[一〇]時立ちて見に来《こ》[一一]し印南国原《いなみくにはら》[一二]

高山与 耳梨山与 相之時 立見尓来之 伊奈美国波良

15 わたつみ[一三]の豊旗雲[一四]に入日[一五]見し今夜《こよひ》の月夜《つくよ》[一六]さやに照りこそ

渡津海乃 豊旗雲尓 伊理比弥之 今夜乃月夜 清明己曽

弥（元類）—祢

[一七]右の一首の歌、今案《かむが》ふるに反歌に似ず。但し、旧本この歌を以ちて反歌に載す。故に、今も猶しこの次《つぎて》に載す。また紀に曰はく、天豊財重日足姫天皇の[一八]先の四年乙巳に、天皇を立てて皇太子《ひつぎのみこ》としたまふといふ。

一八 モトとも訓む。 一九 クサとも訓む。

二〇 他者の行動の実現を希望する意の助詞。

一 ↓四頁注二

二 畝傍山。橿原市（旧高市郡畝傍町）にある。高さ一九九メートル。大和三山中最も高い。

三 原文の文字面から畝傍山の山容からも雄々シであるとする説が強い。愛シは集中例がないが惜シと同源の語と考えられる。

四 耳成山。橿原市（旧磯城郡耳成村）の北部にある。高さ一三九メートル。

五 ヲヲシの解釈によって、男山二山の争い、女山二山の争い、女山である香具山と男山である耳成山から雄々しい畝火山に心を移して互いに争うとする三説に分かれる。

六 カミヨとも訓む。

七 カクナルラシと訓む説がある。

八 カクナルラシに合わせてシカナレコソとも訓む。上代では已然形にバをつけずに、その意で下へ続いてゆく。

九 ウツシオミの約で、オミは臣。臣は名義抄にヒトの訓がある。現世の人の意である。現シ身ではない。

一〇 アフはあいたたかう意。香具山を女山、畝傍山と耳成山を男山とする説では、アフは男女相見る意とする。

一一 播磨風土記に「出雲国阿菩大神聞二大倭国畝火香山耳梨三山相闘一、此欲二諫止一上来之時、到二於此処一乃聞二闘止一、覆二其所レ乗之船一而坐之。故号二神阜一。阜形似レ覆。」（揖保郡上岡里）とあることから、印南地方にもその伝説があったとして、立って来たのは阿菩大神であったというが、立チテ見ニ来シの主語は印南国原ではないか。

一二 兵庫県印南郡があるが、古の印南野はそこより更に東、今の加古川市、加古郡から明石市にかけての野である。

一三 ワタは海、ミは神霊。海の神。転じて海。

一四 文徳実録（天安二年）に東から西へ天を渡

[一]近江大津宮《あふみのおほつのみや》御宇《あめのしたしらしめしし》天皇《すめらみこと》の代《みよ》　天命開別《あめみことひらかすわけ》天皇、謚《おくりな》を天智天皇といふ

天皇《すめらみこと》、内大臣《うちのおほまへつきみ》[二]藤原朝臣《ふぢはらのあそみ》に詔《みことのり》して、春山の万花の艶《にほひ》と秋山の千葉の彩《いろ》とを[三]競《きほ》ひ憐《あは》れびしめたまふ時に、額田王、歌を以ちて[四]判《ことわ》る歌

16
[五]冬こもり　[六]春さり来れば　[七]鳴かざりし　鳥も来鳴きぬ　[八]咲かざりし　花も咲けれど　[九]山を茂《しげ》み　入りても取らず　草深み　取りても見ず　秋山の　木の葉を見ては　[一〇]黄葉《もみち》をば　取りてそ[一一]しのふ　青きをば　置きてそ歎く　そこし恨めし　[一二]秋山われは

冬木成　春去来者　不喧有之　鳥毛来鳴奴　不開有之　花毛佐家礼杼　山乎茂　入而毛不取　草深　執手母不見　秋山乃　木葉乎見而者　黄葉乎婆　取而曽思努布　青乎者　置而曽歎久　曽許之恨之　秋山吾者

額田王、近江国に下る時に作る歌

17
[一三]味酒《うまさけ》　[一四]三輪の山　[一五]あをによし　[一六]奈良の山の　山の際《ま》[一七]に　い隠るまで　道の隈《くま》[一八]　い積るまでに　[一九]つばらにも　見つつ行かむを　しばしばも　見放《さ》けむ山を　情無《こころな》く　雲の　隠さふべしや

味酒　三輪乃山　青丹吉　奈良能山乃　山際　伊隠万代　道隈　伊積流万

一五　る雲を旗雲といったとある。元・類・(冷)「弥之」とありながらサシと訓み、西以下諸本多く「祢之」としてサシと訓み、これが定訓の如くであった。

一六　原文「清明」は難訓でいまだ定訓を見ない。主な訓は①アキラケクコソ(考・略解・攷証・講義・茂吉・佐佐木評釈・私注など)②マサヤケクコソ(千樫・赤彦)③マサヤカニコソ(沢瀉)④スミアカリコソ(全註釈)⑤キヨクテリコソ(古義)⑥サヤニテリコソ(佐佐木選釈・大系)⑦サヤケカリコソ(森本治吉・全集・サヤケクアリ集成・全注)。①〜③のコソは係助詞で下に述部が省略。④〜⑦のコソは希求願望の助動詞。

一七　一五は「三山歌」という題詞には合わないが、この題詞は欠陥が多く、正しいものと思えない。三首とも播磨の海上で詠まれたものとして一括されていたのだろう。

一八　皇極四(六四五)年六月十二日、中大兄は蘇我入鹿を倒し、同十四日皇極天皇は孝徳天皇に譲位、中大兄を立てて皇太子とした。

一　天智天皇の宮都。滋賀県大津市錦織に宮殿の遺構が発見されたが、その確かな位置や規模はまだ不明。　二　藤原鎌足

三　高官・文人たちに競争のようにして、その「あはれ」を詩歌に詠じさせたのである。

四　春秋の優劣を判定する。

五　春にかかる枕詞。「冬木盛」で冬の枯木が勢いづいて来る意。集中「冬隠」の表記もあり、冬には隠っている命が張るの意も考えられる。

六　サルは移動する意。春がやって来ると。

七　ナカズアリシとも訓む。

八　サカズアリシとも訓む。

九　山が茂っているので。ヤマヲシミ・ヤマヲモミと訓む説がある。

一〇　チは清音。木の葉の色づくのがモミツ。

一一　フは清音。思い慕う意と賞美する意があ

代尓　委曲毛　見管行武雄　数々毛　見放武八万雄　情無　雲乃　隠障倍之也

反歌

18 三輪山を然も隠すか雲だにも情《こころ》あらなも隠さふべしや

三輪山乎　然毛隠賀　雲谷裳　情有南畝　可苦佐布倍思哉

右の二首の歌、山上憶良大夫の類聚歌林に曰はく、都を近江国に遷す時に、三輪山を御覧《みそこなは》す御歌なりといふ。日本書紀に曰はく、六年丙寅の春三月、辛酉の朔の己卯に、都を近江に遷すといふ。

天皇《すめらみこと》、蒲生野《かまふの》に遊獦《みかり》したまふ時に、額田王の作る歌

20 あかねさす紫野行き標野《しめの》行き野守は見ずや君が袖振る

茜草指　武良前野逝　標野行　野守者不見哉　君之袖布流

皇太子《ひつぎのみこ》の答へたまふ御歌　明日香宮御宇天皇、謚を天武天皇といふ

21 紫草《むらさき》のにほへる妹《いも》を憎くあらば人妻ゆゑにわれ恋ひめやも

紫草能　尓保敝類妹乎　尓苦久有者　人嬬故尓　吾恋目八方

紀に曰はく、天皇の七年丁卯の夏五月五日に、蒲生野に縦猟《かり》したまふ。時に、大皇弟《ひつぎのみこ》・諸王《おほきみたち》・内臣《うちのまへつきみ》及び群臣《まへつきみたち》、悉皆《ことごと》に従《おほみとも》なりといふ。

る。四段活用。シノブは上二段活用で、堪える、隠れるの意の別語。

一二 秋山がよい、わたくしは。アキヤマソレハと訓む説がある。

一三 枕詞。神酒を古くミワと言ったので、同音の地名三輪にかけた。

一四 桜井市三輪にある山。高さ四六七メートル。優美な円錘形の山容は奈良盆地のどこからも注目される。山そのものが大神神社の御神体となっていて、大和の地主の神として古くから崇拝され、畏怖されて来た。その山に呼びかけている。

一五 奈良の枕詞。アヲニは青い土。ヨ・シ共に詠嘆の助詞。古く奈良山付近で緑青を産したのであろう。

一六 奈良山。奈良市の北方に東西に連って、京都府との境をなす丘陵。当時の奈良山越は上つ道の延長である今の奈良坂越と、中つ道の延長であるJR関西本線コース(並行して国道奈良バイパス)と、下つ道の延長である歌姫越の三コースがあったという。

一七 「際」は物と物との接する境目をさす、山ノ際は山と山の重なるその間。山のはざま。

一八 すべて入り曲った所。曲り角。

一九 十分に。くわしく。

一 そのように隠すのか。ここで切れる。

二 せめて雲だけでもと解するのが一般だがここは強調に解し、たとえ雲であっても。

三 願望の助詞。後にナムに転じる。これもナムと訓む説がある。四 →五頁注一〇

五 「御覧御歌」は天皇や皇太子にのみ使う言い方で、これは天智天皇の歌であるという伝承を記したもの。

六 天智六(六六七)年三月十九日。ただし書紀には天智元年「太歳壬戌」とあり、六年は「丁卯」が正しい。

七 近江国蒲生郡の野。今、近江八幡市武佐・南野、八日市市蒲生野・野口・市辺、蒲生

[一]明日香清御原宮《あすかのきよみはらのみや》天皇《すめらみこと》の代《みよ》　天渟中原瀛真人《あめのぬなはらおきのまひと》天皇、諡を天武天皇といふ

十市皇女《とをちのひめみこ》、[二]伊勢の神宮《かむみや》に参《ま》ゐ赴《おもぶ》く時に、[三]波多《はた》の横山の巌《いはほ》を見て、吹芡刀自《ふふきのとじ》の作る歌

22 [四]河の上《へ》の[五]ゆつ岩群に草生《む》さず常に[六]もがもな常処女《とこをとめ》にて

河上乃　湯都盤村二　草武左受　常丹毛冀名　常処女煮手

吹芡刀自は未《いま》だ詳《つばひ》らかならず。但し、紀に曰はく、天皇の[七]四年乙亥の春二月、乙亥の朔の丁亥に、十市皇女、阿閉皇女《あへのひめみこ》、伊勢の神宮に参ゐ赴くといふ。

天皇《すめらみこと》の御製《おほみ》歌《うた》

25 [八]み吉野の　[九]耳我《みみが》の嶺に　[一〇]時なくそ　雪は降りける　間《ま》なくそ　雨は降りける　その雪の　時なきがごと　その雨の　[一一]間なきがごと　[一二]隈《くま》も[一三]おちず　思ひつつぞ[一四]来《こ》し　その山道を

三吉野之　耳我嶺尓　時無曽　雪者落家留　間無曽　雨者零計類　其雪乃　時無如　其雨乃　間無如　隈毛不落　念乍叙来　其山道乎

念(元類古紀)—思

天皇、[一五]吉野の宮に幸《いでま》しし時の御製歌

27 よき人のよしとよく見てよしと言ひし吉野よく見よよき人よく[一六]見

郡安土町内野などにわたる平野。

八 日・昼・紫・君にかかる枕詞。アカネはあかね科の多年生蔓草。根から緋色の染料をとる。アカネサスはあかね色に映える意。

九 ムラサキはむらさき科の多年草。花は白い小さい花だが、根から紫色の染料をとる。これは古代の重要な染料なので各地で栽培もされた。

一〇 人がみだりに立ち入らないようにしめをはってムラサキを栽培していた野。御料地であったか。その野をあちら行きこちら行きしているのは袖振る君とする説と野守とする説がある。

一一 赤く照り輝く。美しくつややかである。

一二 手の届かぬ高嶺の花を「人妻」に見立てたのだろう。この語から額田王を天智後宮に入っていたとするのは早計である。ユヱニはここでは逆接に用いている。

一三 五月五日の狩猟は薬猟と言い、鹿茸(ろくじよう)(鹿の若角)や薬草をとる野外行楽の行事。

一 天武天皇即位から持統天皇八(六九四)年まで二十二年間の皇居。明日香村飛鳥にその遺構を伝えるが、伝板蓋宮跡こそがそれらしい。↓五頁注五

二 三重県伊勢市の伊勢神宮の内宮に天皇家の祖神天照大神を祀る。

三 三重県一志郡一志町一帯の地。飛鳥から泊瀬道を名張に抜け青山峠を越え雲出川に沿って行く。一志の町並の東はずれに式内社波多神社がある。

四 カハカミノ・カハノベノとも訓む。

五 ユは「斎」、斎み浄めるべき神聖なものであることをいう。ツはノに同じ。ユツをイホツ(五百箇)の約として沢山のと解するのは誤り。

六 モガは多く体言を受け、助詞ニ・テ、副詞カクなどを受けて、その状態の実現を希望する意の助詞。モ・ナは共に詠嘆の助詞。

淑人乃　良跡吉見而　好常言師　芳野吉見与•　良人四来三

与(元朱)一多

紀に曰はく、[一]八年己卯の五月、庚辰の朔の甲申に、吉野の宮に幸すといふ。

[二]藤原宮《ふぢはらのみや》御宇《にあめのしたしらしめしし》天皇《すめらみこと》の代《みよ》　高天原広野姫《たかまのはらひろののひめ》天皇、元年丁亥の十一年、位を軽太子《かるのおほみこ》に譲りたまふ。尊号を太上天皇《おほきすめらみこと》といふ

天皇の御製歌

28
春過ぎて夏来《きた》るらし白[三]たへの衣干《ほ》したり天《あめ》[四]の香具山

春過而　夏来良之　白妙能　衣乾有　天之香来山

[五]近江の荒れたる都を過ぐる時に、柿本朝臣人麻呂《かきのもとのあそみひとまろ》の作る歌

29
[六]玉だすき　畝傍《うねび》[七]の山の　橿原《かしはら》[八]の　日知《ひじり》[九]の御代ゆ（或は[一〇]云ふ、宮ゆ）　生《あ》れまし　神のことごと　つが[一一]の木の　いやつぎつぎに　天の下　知らしめししを[一二]（或は云ふ、めしける）　天《そら》[一三]にみつ　大和を置きて　あをによし[一四]　奈[一五]良山を越え（或は云ふ、空みつ大和を置きあをによし奈良山越えて）　いかさま[一六]に　思ほしめせか（或は云ふ、思ほしけめか）　天離《あまざか》[一七]る　鄙《ひな》にはあれど　石走《いはばし》[一八]

七 天武四(六七五)年二月十三日。
八 ミは美称の接頭語。吉野郡は奈良県の南大半の山岳地帯をすべて含むが、万葉の吉野はその北辺の吉野川流域を中心とした一帯である。吉野の山はそこから眺望する山。
九 吉野連峰中の高峰であろうが不明。金峰山とする説があり、また飛鳥と吉野川流域とに境する山塊の中に求める説もある。
一〇 時の区分がないこと。定まった時なく。
一一 マナキガゴトクと七音に訓む説がある。
一二 ↓九頁注一八
一三 欠けることなくの意。
一四 クルと訓んで眼前に見る状況と解する説がある。
一五 吉野離宮。天武朝以後の吉野宮は同一地であったと思われる。この宮址は諸説あるが、吉野町宮滝の地か。他に丹生川上中社付近説、大淀町檜垣本（ひがいもと）付近説など。
一六 結びのミは見ヨの意。この訓は歌経標式所載の類歌の表記による。ヨクミツと訓む説もある。

一 天武八(六七九)年五月五日。天武の吉野行幸の記事はこの一回のみ。皇后と共に草壁・大津・高市・河嶋・忍壁・芝基の六皇子に互いに助け合い逆らうことのないよう誓わせたのはこの翌日であった。
二 持統天皇八(六九四)年から文武天皇を経て元明天皇の和銅三(七一〇)年平城遷都までの皇居。藤原京は唐の長安に模した日本最初の大都城であった。太極殿の跡は橿原市高殿に土壇が残されてあり、その北に内裏の遺構が発掘された。
三 タへは栲（こうぞ）の樹皮の繊維で織った布。白タへは白い色の布を一般にいい。単に白い色をもいう。
四 ↓四頁注二。藤原宮から東南約一キロ、浄御原宮からは北約一・五キロに当る。
五 近江大津宮（↓八頁注一）の廃墟。壬申の

る　近江の国の　[一]ささなみの　大津の宮に　天の下　知らしめしける
[二]天皇《すめろき》の　神の尊《みこと》の　大宮は　ここと聞けども　大殿は　ここと言へども
も　春草の　繁く生ひたる　[三]霞立ち　春日の霧《き》れる（或は云ふ、霞立ち春日か霧れる夏草か繁くなりぬる）　[四]ももしきの　大宮どころ　見れば悲しも（或は云ふ、見ればさぶしも）

玉手次　畝火之山乃　橿原乃　日知之御世従或云自宮　阿礼座師　神之尽・樛木乃　弥継嗣尓　天下　所知食之乎或云食来　天尓満　倭乎置而　青丹吉　平山乎超或云虚見倭乎置青丹吉平山越而　何方　御念食可或云所念計米可　天離　夷者雖有　石走　淡海国乃　楽浪乃　大津宮尓　天下　所知食兼　天皇之　神之御言能　大宮者　此間等雖聞　大殿者　此間等雖云　春草之　茂生有　霞立　春日之霧流或云霞立春日香霧流夏草香繁成奴留　百磯城之　大宮処　見者悲毛或云見者左夫思毛

尽（元類冷）―書　母（元類古冷）―毛

反歌

30　ささなみの[五]志賀の[六]唐崎《から》幸《さき》くあれど[七]大宮人《おほみやひと》の船待ちかねつ

楽浪之　思賀乃辛碕　雖幸有　大宮人之　船麻知兼津

乱後、都は大和の飛鳥へ還り、主なき旧都は荒廃するにまかせた。
六　枕詞。首にかけることをウナグというところから類音のウネビにかけ、カケにかける。タマタスキとも訓む。
七　↓七頁注二
八　橿原市畝傍町のあたり。古事記では白檮原とある。昔白檮の林があったという。第一代神武天皇即位の地と伝える。
九　日を知る者、つまり暦日に精通した人で、農耕社会を指導、統率できる人。また天つ日嗣を知らす者とも。
一〇　詞句の異伝を示したもの。一云ともある。人麻呂の歌には殊に多い。巻一、二では人麻呂の推敲の跡をとどめたもの。
一一　枕詞。ツガと類音のツギにかかる。ツガノキはまつ科の常緑高木。一二　逆接の助詞。
一三　ソラミツにニを挟んで、人麻呂は五音の枕詞にし、意味も新たにした。ソラミツ↓三頁注九
一四　↓九頁注一五　一五　↓九頁注一六
一六　いかなる様に。どのように。
一七　鄙の枕詞。空の彼方に遠く離れている意。他に諸説あり、アマは中央・都をさすとする説など。
一八　枕詞。水が岩にぶつかり激しくとび散るところから、滝・垂水にかかる。アフミにかかるのは溢水の意とする。

一　ササナミは琵琶湖西南岸地方一帯、逢坂山あたりまでの総名。原文「楽浪」は「神楽浪」の略。「神楽声浪」とも書き、神楽のはやし詞のササによって表記した。
二　主として皇祖をいい、また皇祖より継ぎ来った歴代の天皇をいう。ここは天智天皇。
三　カスミタツと訓む説があり、春を修飾する慣用句であるという。枕詞であるとも。
四　大宮の枕詞。多くの石で築いた城の意から大宮をたたえるか意か。また多くの石と

31 ささなみの志賀の（一に云ふ、比良の）[一]大わだ[二]よどむとも昔の人にまたもあ[三]はめやも（一に云ふ、あはむともへや）

左散難弥乃　志我能（一云比良乃）大和太　与杼六友　昔人二　亦母相目八毛（一云将会跡母戸八）

いふ

[四]高市古人《たけちのふるひと》、近江の旧《ふる》き堵《みやこ》[五]を感傷《いた》みて作る歌　或る書に云はく、高市連黒人《たけちのむらじくろひと》なりと

32 古《いにしへ》[六]の人にわれあれやささなみの古き京《みやこ》を見れば悲しき

古　人尓和礼有哉　楽浪乃　故京乎　見者悲寸

33 ささなみの国つ御神《みかみ》のうらさびて[七]荒れたる京《みやこ》見れば悲しも

楽浪乃　国都美神乃　浦佐備而　荒有京　見者悲毛

[八]吉野の宮に幸《いでま》[九]しし時に、柿本朝臣人麻呂の作る歌

36 [一〇]やすみしし　[一一]わが大君の　[一二]聞こしめす　天の下に　国はしも[一三]　多《さは》にあれども　山川《やまかは》の　清き河内《かふち》[一四]と　御心《みこころ》[一五]を　吉野の国の　花散らふ[一六]　秋津《あきづ》[一七]の野辺に　宮柱　太敷き[一八]ませば　[一九]ももしきの　大宮人は　船並《ふねな》[二〇]めて　朝川渡り　舟競《ふなぎほ》ひ　夕川渡る　この川の　絶ゆることなく　この山の　[二一]いや高

木（百石木）の意とも。
五 滋賀県滋賀郡及び大津市北部一帯の地名。
六 もと滋賀郡下坂本村。今、大津市下坂本町唐崎。大津宮址から北東約二・五キロ。
七 近江宮廷に仕えた人々が乗って遊んだ舟である。

一 ↓六頁注一二
二 海や湖や河で大きく湾曲して水のよどんだ所。またワダは海の意で、大海すなわち琵琶湖をいうとする説がある。
三 反語の助詞。モは詠嘆の助詞。
四 高市黒人を歌の冒頭「古人」によって誤ったもので、下注の或書云を正しいとすべきか。ただし古人でないとする確証はない。
五 「堵」は垣。都の意に通用。
六 フリニシと訓む説がある。
七 ウラは心。サブは荒れすさぶ意。神の心の荒廃が都の衰亡につながるという。
八 ↓一一頁注一五
九 持統天皇の吉野行幸は在位中三十一回。多い時は年に五回もあった。これがその中のどれかはわからない。
一〇 ↓五頁注一五
一一 ワゴオホキミノとも訓む。
一二 キコシヲスとも訓む。
一三 シは強意の助詞。モは詠嘆の助詞。
一四 カハウチの約。川の流域にひらけた平坦地。カハフチ（川淵）の約とする説、蛇行する川に囲まれる地形をさすとする説があるが、どちらも用例のすべてに適合しない。
一五 御心ヲ寄シと吉野のヨシにかけている。御心ハ佳シの意で吉野にかかる枕詞とする説がある。
一六 花の散る実景か。秋津の枕詞で、稲の花が盛んに散ることは稔りの秋のしるし。
一七 吉野離宮のあたりの地名。吉野関係の歌に秋津野・秋津の小野・秋津辺・秋津の川などがある。「み吉野の蜻蛉の宮」（九〇七）と

知らす　[一]水激《たぎ》つ　[二]滝《たぎ》のみやこは　見れど飽かぬかも

八隅知之　吾大王之　所聞食　天下尓　国者思毛　沢二雖有　山川之　清
河内跡　御心乎　吉野乃国之　花散相　秋津乃野辺尓　宮柱　太敷座波
百磯城乃　大宮人者　船並弖　旦川渡　舟競　夕河渡　此川乃　絶事奈
久　此山乃　弥高思良珠　水激　滝之宮子波　見礼跡不飽可問

競(元類古紀)—竟　思良(元類古紀)—良思　問(元類冷)—聞

反　歌

37
見れど飽かぬ[三]吉野の川の[四]常滑《とこなめ》の絶ゆることなくまた還り見む

雖見飽奴　吉野乃河之　常滑乃　絶事無久　復還見牟

38
やすみしし　わが大君　[五]神《かむ》ながら　[六]神《かむ》さびせすと　吉野川　たぎつ[七]河内《かふち》
に　高殿を　[八]高知りまして　登り立ち　[九]国見をせせば　[一〇]たたなはる　青
垣山　山神《やまつみ》の　奉《まつ》る[一一]御調《みつき》と　[一二]春へは　花[一三]かざし持ち　秋立てば　黄葉《もみち》か
ざせり(一に云ふ、黄葉《もみちば》かざし)　行き副《そ》ふ　川の神も　[一四]大御食《おほみけ》に　仕へ奉《まつ》る
と　上つ瀬に　[一五]鵜川を立ち　下つ瀬に　[一六]小網《さで》さし渡す　山川も　[一七]依《よ》りて
仕ふる　神の御代かも

もある。アキヅの地名は今は残っていない。
一八 柱を太くしっかりと地に打ち込んで立派な御殿を建てること。 一九 ↓一二頁注四
二〇 フナナメテとも訓む。
二一 高知ルは高く立派に宮殿を造り構えること。高く君臨する意とする説が多い。

一 ミナギラフとも、またミナソソク・ミヅハシルとも訓む。
二 滝は急流、激流で、それをタギツといい、滝をタギと訓む。タキと訓む説もある。
三 吉野川。大台ケ原山に発して西北流し、吉野町国栖(ずく)で高見川を合せ屈曲しつつ西流し、宮滝、上市を経て紀ノ川となる川。
四 川岸や川中に水しぶきを浴び続ける岩盤の、常に滑らかなのをいう。川底の苔などのついて滑らかな所とも、水苔ともいう。
五 ナガラはその本性のままの意。神であるそのままに。神意のままに。
六 神サビはカムサブの名詞形。神らしい振舞いをすること。
七 ↓一三頁注一四 八 ↓注二一
九 ↓四頁注三。セセは動詞ス(する)の未然形に尊敬を表わす助動詞スの已然形。
一〇 考は原文「有」を「付」の誤りとしてタタナヅクとする。山が幾重にも重なっている意。タタナヅクとも訓む。
一一 ツキは貢物。
一二 ハルベハ・ハルヘニハとも訓む。
一三 花やもみじや木の枝などを折り取って頭にさすこと。初めは神を迎え幸を祈る呪的な意味を持っていたが、次第に単なる装飾になっていった。 一四 天皇のお食事。
一五 鵜を使って川漁をする設備をととのえる。鵜を放って上流から下流へ魚を追わせ、下流に網をかけてその魚を獲るという。
一六 和名抄にサデは箕の形に似た網で、後が狭く前が広いとある。
一七 ヨリテマツレルとも訓む。

安見知之　吾大王　神長柄　神佐備世須登　芳野川　多芸津河内尓　高殿乎　高知座而　上立　国見乎為勢婆　畳有　青垣山　山神乃　奉御調等　春部者　花挿頭持　秋立者　黄葉頭刺理（一云黄葉加射之）　逝副　川之神母　大御食尓　仕奉等　上瀬尓　鵜川乎立　下瀬尓　小網刺渡　山川母　依弖奉流　神乃御代鴨

芳（元類古紀）—吉　勢（冷。元—埶、類古紀—藝）—ナシ　婆（元）—波　刺（元類古紀）—判　逝（元）—遊

反歌

39 山川も依りて[一]仕ふる神《かむ》[二]ながらたぎつ河内[三]に船出[四]せすかも

山川毛　因而奉流　神長柄　多藝津河内尓　船出為加母

右、日本紀に曰はく、三年己丑[五]の正月に、天皇、吉野の宮に幸《いでま》す。八月に、吉野の宮に幸す。四年庚寅の二月に、吉野の宮に幸す。五月に、吉野の宮に幸す。五年辛卯の正月に、吉野の宮に幸す。四月に、吉野の宮に幸すといへれば、未《いま》だ詳《つばひ》らかに何れの月の従駕《おほみとも》にして作る歌なるかを知らず。

伊勢国[六]に幸《いでま》しし時に、京《みやこ》に留《とど》まれる柿本朝臣人麻呂の作る歌

40 あみ[七]の浦に船乗りすらむ娘子《をとめ》らが玉裳《たまも》の裾《すそ》に潮満つらむか

一 ヨリテマツレルとも訓む。
二 ↓一四頁注五
三 ↓一三頁注一四
四 フナデスルカモと訓む説がある。
五 持統三（六八九）年正月十八日吉野離宮行幸は持統天皇の初出、以来持統十一（六九七）年四月の吉野離宮行幸まで三十一回、作歌はそのどれか不明。
六 持統六（六九二）年三月六日、天皇は中納言大三輪高市麻呂の官位を賭しての諫止にもかかわらず、伊勢に行幸し、二十日に還幸。遙か壬申の乱の時の伊賀・伊勢・志摩の国人の協力に謝する旅だったらしい。
七 確かな場所は不明。原文「見」を「児」の誤りとして志摩郡英虞湾と見る説もある。四の答志島に向かう鳥羽港に近い所として、鳥羽湾の西、鳥羽市小浜にアミノ浜と今も呼ぶ入江がある。ここか。

一 釵は釧。釧はうでわ、クシロという。クシロツクはうでわを手の関節につける意で、手節の枕詞。
二 三重県志摩郡答志島の岬。鳥羽港から答志島の南を通って伊良湖岬は正面に島のように見える。答志の崎から海上十二キロメートル。
三 愛知県渥美郡渥美町、渥美半島の先端、伊良湖岬が独立して伊勢国に属していたことがあったという。やがて半島とつながって、伊勢から離れ三河国に移ったという。

鳴呼見乃浦尓　船乗為良武　嬬嬬等之　珠裳乃須十二　四宝三都良武香

41
釧《くしろ》[一]つく答志《たふし》[二]の崎に今日もかも大宮人の玉藻刈るらむ

釵著　手節乃埼二　今日毛可母　大宮人之　玉藻苅良武

42
潮騒《しほさゐ》に伊良虞《いらご》[三]の島辺漕ぐ船に妹《いも》乗るらむか荒き島廻《しまみ》[四]を

潮左為二　五十等児乃嶋辺　榜船荷　妹乗良六鹿　荒嶋廻乎

軽皇子《かるのみこ》、安騎野《あきの》[五]に宿りましし時に、柿本朝臣人麻呂の作る歌

45
[六]やすみしし　わが[七]大君　高照らす　日の皇子　神《かむ》[八]ながら　神《かむ》[九]さびせす
と　[一〇]太敷かす　京《みやこ》を置きて　[一一]こもりくの　[一二]泊瀬の山は　[一三]真木立つ　荒山《あらやま》[一四]
道《みち》を　岩が根　禁樹《さへき》[一五]押しなべ　[一六]坂鳥の　朝越えまして　[一七]玉かぎる　夕さ
り来れば　み雪降る　阿騎《あき》の大野に　[一八]旗すすき　小竹《しの》を押しなべ　草[一九]
枕　旅宿りせす　古《いにしへ》[二〇]思ひて

八隅知之　吾大王　高照　日之皇子　神長柄　神佐備世須等・　太敷為　京
乎置而　隠口乃　泊瀬山者　真木立　荒山道乎　石根　禁樹押靡　坂鳥
乃　朝越座而　玉限　夕去来者　三雪落　阿騎乃大野尓　旗須為寸　四能

四　ミは接尾語的に用いられ、まわり、めぐりの意。
五　奈良県宇陀郡大宇陀町あたりの山野。アキの地名は今は残っていないが、壬申の乱の時、吉野を進発した大海人皇子の一行が、まず「菟田の吾城（あき）」に着いたと書紀にある。また大宇陀町の西郊に式内社阿紀神社がある。　六　↓五頁注一五
七　ワゴとも訓む。　八　↓一四頁注五
九　↓一四頁注六　一〇　↓一四頁注一八
一一　泊瀬の枕詞。泊瀬は谷あいにあって山にかこまれこもっていて、奈良盆地からは隠れて見えない。クは一定の地域、場所の意。
一二　泊瀬は三輪山の南麓から桜井市初瀬（はせ）町付近一帯の、初瀬川流域の峡谷の地。大和から伊賀・伊勢への通路に当る。泊瀬ノ山は、そのあたりの山の総称。
一三　大木の鬱蒼と茂り立つ深山をいう。真木はひのき・杉・松などの立派な姿の木。
一四　アラキヤマヂヲとも訓む。
一五　サヘは下二段動詞サフの連用形。サフはさえぎる意。
一六　朝越ユの枕詞。坂鳥は山坂を飛び越えてゆく鳥。
一七　枕詞。玉が微妙な光を放つところから、ユフベ・ホノカなどにかかる。
一八　旗のようになびくすすき。
一九　旅の枕詞。草を枕に野宿する意である。
二〇　過ぎし昔のことを偲びつつ旅宿りする。その昔とは何か、続く歌で明らかになる。

一　短歌と記したのは、反歌が長歌から独立し、長歌の要約や反覆ではないことを主張しているのではないか。この一連の長短歌は順を追って場面が転換し、展開してゆく。
二　軽皇子をはじめ従駕の人々をさし、人麻

乎押靡　草枕　多日夜取世須　古昔念而

等（元冷紀）―登

短[一]歌

46 阿騎の野に宿る旅人[二]うち[三]靡き眠《い》[四]も寝《ぬ》らめやも古《いにしへ》思ふに

阿騎乃野・尓　宿旅人　打靡　寐毛宿良目・八方　古部念尓

野（紀）―ナシ　目（類紀元朱）―自

47 ま[五]草刈る荒《あら》野にはあれど黄葉《もみちば》[六]の過[七]ぎにし君が形見《へ》とそ来《こ》し

真草苅　荒野者雖有　葉　過去君之　形見跡曽来師

48 東《ひむかし》[九]の野にもゆる[一〇]火の立つ見えてかへり見すれば月傾《かたぶ》きぬ

東　野炎　立所見而　反見為者　月西渡

49 日並《ひなみし》[一一]の皇子《みこ》の命《みこと》の馬並《な》めて御猟《みかり》立たしし時[一二]は来向かふ

日雙斯　皇子命乃　馬副而　御獦立師斯　時者来向

明日香[一三]宮より藤原宮[一四]に遷居《うつ》りし後に、志貴皇子《しきのみこ》の作らす歌

51 采女《うねめ》[一五]の袖吹きかへす明日香風京《みやこ》[一六]を遠み[一七]いたづらに吹く

呂自身もその中に含めている。

三 手足をのばして横たわる意。

四 イは眠ることの意の名詞。

五 荒野の枕詞。マは美称の接頭語。かや・すすきの生い茂る野を髣髴とさせる。

六 過グにかかる枕詞。原文「葉」一字。モミチバノの訓は代匠記が「黄」を補って訓んだのに始まる。

七 過グは人の死ぬ意。軽皇子の父草壁皇子のことをいう。

八 軽皇子の亡き父草壁皇子が生前ここで狩をしたことがあったのである。そのゆかりの地に来た。ようやく種明かし。

九 ヒムガシノとも訓む。

一〇 考は「炎」をカギロヒと訓んで夜明けの空に立つ光とした。曙光である。諸注多くそれに従うが、カギロヒにその意はなく、また野に立つものとして不適。ここでは夜だから陽炎説も当らない。モユルヒと訓んで野焼きの夜の火と解してみたい。

一一 ヒナミシとノを訓み添えない説がある。

一二 元暦校本に「時志」とあるのを採ってトキシと訓む説がある。時刻が今まさに迫って来る。「時」を季節とする説がある。

一三 明日香浄御原宮。↓一〇頁注一

一四 ↓一一頁注二

一五 孝徳紀大化二年、改新の詔に「凡采女者貢二郡少領以上姉妹及子女形容端正者一」とある。天皇の食膳等に奉仕した女官。

一六 都が遠くなったので。

一七 むなしく。

一 ↓一一頁注二

二 井は湧き水や流水をせきとめて、汲めるようにした所。三 ↓五頁注一五

四 ワガの母音aが後の母音öに引かれてワゴとなった。

五 枕詞。藤の繊維で織った布は荒いので荒たへというところから藤にかかる。

六 藤の木のある井のあたりの原の意で、こ

婇女乃　袖吹反　明日香風　京都乎遠見　無用尓布久

52
藤原宮の御井《みゐ》の歌

やすみしし　わご大君　高照らす　日の皇子　荒たへの　藤井が原に
大御門《おほみかど》　始めたまひて　埴安《はにやす》の　堤《つつみ》の上に　あり立たし　見《め》したまへ
ば　大和の　青香具山は　日の経《たて》の　大き御門《みかど》に　春山と　しみさび立
てり　畝傍《うねび》の　この瑞《みづ》山は　日の緯《よこ》の　大き御門に　瑞山と　山さびい
ます　耳成《みみなし》の　青菅《あをすが》山は　背面《そとも》の　大き御門に　よろしなへ　神さび立
てり　名くはし　吉野の山は　影面《かげとも》の　大き御門ゆ　雲居にそ　遠くあ
りける　高知るや　天《あめ》の御蔭《みかげ》　天知るや　日の御蔭の　水こそば　常《とこしへ》
にあらめ　御井の清水《ましみづ》

八隅知之　和期大王　高照　日之皇子　麁妙乃　藤井我原尓　大御門　始
賜而　埴安乃　堤上尓　在立之　見之賜者　日本乃　青香具山者　日経
乃　大御門尓　春山跡　之美佐備立有　畝火乃　此美豆山者　日緯能　大
御門尓　弥豆山跡　山佐備伊座　耳為之　青菅山者　背友乃　大御門尓
宜名倍　神佐備立有　名細　吉野乃山者　影友乃　大御門従　雲居尓曽

れが略されて藤原となったものか。
七 宮殿。皇居。
八 埴安池。香具山の北麓から西麓一帯にわたってひろがっていたらしい。今、池の跡は何もない。
九 アリは継続的存在の意を表わす。
一〇 見ルに敬意の助動詞スがついたもの。
一一 青々とした香具山。↓四頁注二
一二 東の意。成務紀には「以二東西一為二日縦一」とあるが、高橋氏文には「日竪日横陰面背面乃諸国人乎割移天」とある。
一三 オホミカドニとも訓む。
一四 シミは繁茂の意。サブはその状態である意。
一五 ↓七頁注二
一六 みずみずしく木の茂った山。
一七 成務紀には「南北為二日横一」とあるが、ここでは西の意。
一八 諸本「耳高之」で、それによればミミタカノ・ミミタケノと訓むことになる。耳成山↓七頁注四
一九 北の意。ソ(背)ツオモの約。
二〇 よい具合に。ヨロシナベとも訓む。
二一 ↓一四頁注六
二二 名がすぐれている。名の美しい。有名なの意とも。ナグハシとも、またナクハシキと訓む説もある。
二三 ↓一一頁注八
二四 南の意。カゲ(光)ツオモの約。
二五 枕詞。大空高く営まれたの意で天ノミカゲにかかる。高く立派に統治する意から天にかかるとする説もある。
二六 仰ぎ見るような壮大な御殿の屋根の意から、御殿をさす。「日の御蔭」も同じ。
二七 枕詞。タカシルヤに同じく日ノミカゲにかかる。天を領する意から日にかかるとする説もある。
二八 ミヅコソハとも訓む。
二九 ツネニアラメと訓む説がある。またトコシヘナラメとも訓む。
三〇 シミヅ・スミミヅと訓む説がある。

遠久有家留　高知也　天之御蔭　天知也　日之御影乃　水許曽婆　常尓有
米　御井之清水

跡(古)―路　為(考ニヨル)―高　従(元類古紀)―徒　之(元類古紀)―ナシ

短歌

53 藤原の大宮仕へ生《あ》れ[一]つくや処女《をとめ》がと[二]もは羨《とも》[三]しきろかも

藤原之　大宮都加倍　安礼衝哉　処女之友者　乏吉呂賀聞

乏(玉小琴ニヨル)―之　呂(元類冷)―召

右の歌、作者未だ詳《つばひ》らかならず。

[四]大宝元年辛丑の秋九月に、太上天皇《おほきすめらみこと》[五]、紀伊国《きのくに》[六]に幸《いでま》し時の歌

54 巨勢山《こせやま》[七]のつら[八]つら椿つらつらに見つつ偲《しの》[九]はな巨勢の春野を

巨勢山乃　列〻椿　都良〻〻尓　見乍思奈　許湍乃春野乎

右の一首、坂門人足《さかとのひとたり》

[一〇]二年壬寅、太上天皇の参河国《みかはのくに》[一一]に幸しし時の歌

57 引馬野《ひくまの》[一二]ににほ[一三]ふ榛《はり》[一四]原入り[一五]乱れ衣ににほは[一六]せ旅のしるしに

一　そういう者として生れて来る意。ヤは間投助詞。アレを神を宿らす榊の意とし、それを立てると解する説がある。アレツグと訓む説もある。
二　仲間、ともがら。
三　トモシは欠乏感から羨望感を表す。心ひかれる、うらやましい意。ロは、体言・形容詞の連体形をうけて、カモへ続ける語。
四　文武天皇五(七〇一)年三月二十一日、対馬より黄金が献上されたことを瑞祥として大宝と建元。この年、大宝令を施行した。
五　持統天皇。太上天皇は秦の始皇帝が父天子を太上皇と呼んだのにならった。譲位後の天皇をいう。
六　文武天皇の紀伊行幸として九月十八日出御、十月八日に牟婁温泉に到着、同月十九日還幸。
七　奈良県御所市古瀬。飛鳥から紀伊への通路に当る。
八　椿の木が沢山並んでいるさま。また、花が連なり咲くさまをいうか。
九　→八頁注一一
一〇　大宝二(七〇二)年。
一一　持統上皇の参河行幸は十月十日から十一月二十五日まで。
一二　三河に求めるならば、愛知県宝飯(いほ)郡御津(とみ)町御馬(おんま)・下佐脇の地。行幸が遠江へも及んだとして、浜松市北郊の曳馬町付近とする説がある。
一三　赤く照り輝く。赤や黄にもみじする意にも用いる。ここはハンノキのもみじか。
一四　ハンノ木、かばのき科の落葉高木。萩とする説がある。
一五　ミダルを他動詞四段活用としてイリミダリと訓み、榛の林を乱すとする説がある。
一六　美しい色が映える。色美しく染める意。

引馬野尓　仁保布榛原　入乱　衣尓保波勢　多鼻能知師尓

右の一首、長忌寸奥麻呂《ながのいみきおきまろ》

58 いづくにか船泊《ふなは》てすらむ安礼《あれ》一の崎漕ぎ廻《た》二み行きし棚無し三小舟

何所尓可　船泊為良武　安礼乃埼　榜多味行之　棚無小舟

右の一首、高市連黒人

山上臣憶良《やまのうへのおみおくら》、大唐《もろこし》四に在《あ》る時に、本郷《もとつくに》を憶《おも》ひて作る歌

63 いざ五子ども早く大和へ大伴《おほとも》六の御津《みつ》七の浜松待ち恋ひぬらむ

去来子等　早日本辺　大伴乃　御津乃浜松　待恋奴良武

慶雲《きやううん》八三年丙午、難波《なには》九の宮に幸《いでま》しし時に

志貴皇子の作らす歌

64 葦辺《あしべ》行く鴨《かも》の羽《は》一〇がひに霜降りて寒き夕《ゆふへ》は大和し思ほゆ

葦辺行　鴨之羽我比尓　霜零而　寒暮夕　倭之所念

倭(元紀冷)—和

一 愛知県宝飯郡御津町御馬の南の出崎か。他に浜名湖の西の口もとの新居の出崎説、海路からの歌と見ての御前崎説もある。

二 タムはめぐる、回る意。

三 タナは舟の舷側にとりつけた横板で、船底に近いのを根ダナ、中間のを中ダナ、上部のを上ダナという。タナが無いとはお椀ボートのような小舟であろうか。しかしここでは粗末な小舟を強調するための表現。

四 憶良は遣唐使として大宝二年渡唐した。その時の遣唐使の帰朝は慶雲元年七月、同四年三月と養老二年十二月の三回に分れた。憶良は慶雲年間のどちらかで帰国した。

五 イザは誘う言葉。子ドモは年下の者や部下たちに親しく呼びかけたもの。

六 大阪湾に面した摂津・河内の国は古く大伴氏の所領であったという。大阪市から堺市に至る一帯の総名であった。

七 港。難波ノミツ、住吉ノミツもある。それぞれ地名化していた。

八 七〇六年。続紀にはこの年九月二十五日文武天皇難波行幸、十月十二日還宮とある。

九 仁徳天皇の難波高津宮、孝徳天皇の難波長柄豊碕宮とほぼ同地と見られる。大阪市東区法円坂一丁目、大阪城の南方一帯の台地にその遺構が確認されている。

一〇 左右の翼の重なり合う所。ここは翼全体。

一 あられがたたくように降ることをウツという。実景説と同音による枕詞説がある。

二 その名の地はないが、摂津志に住吉安立(あんり)(ゆう)町とあり、大阪市住之江区、住吉大社の南に安立の町名を残す。

三 大阪市住吉区一帯。集中には墨吉・墨江・清江・須美乃江などとある。

四 清江娘子(すみのえのおとめ)の名も見える。同人か。住吉の遊行女婦か。

長皇子《ながのみこ》の御歌

65
[一]霰《あられ》打つ[二]安良礼《あられ》松原[三]住吉《すみのえ》の[四]弟日娘《おとひをとめ》と見れど飽かぬかも

霰打　安良礼松原　住吉乃・弟日娘与　見礼常不飽香聞

乃（元類古紀）―之

[五]太上天皇《おほきすめらみこと》、[六]吉野の宮に幸《いでま》しし時に、高市連《たけちのむらじ》黒人《くろひと》の作る歌

70
大和には鳴きてか来らむ[七]呼子鳥《よぶこどり》[八]象《きさ》の中山呼びそ越ゆ[九]なる

倭尓者　鳴而歟来良武　呼児鳥　象乃中山　呼曽越奈流

[一〇]大行天皇《さきのすめらみこと》、吉野の宮に幸《いでま》しし時の歌

74
み吉野の山の嵐の寒けくにはたや今夜《こよひ》も我がひとり寝む

見吉野乃　山下風之　寒久尓　為当也今夜毛　我独宿牟

右の一首、或は云ふ、[一一]天皇の御製歌《おほみうた》

[一二]和銅元年戊申

[一三]天皇の御製《おほみうた》

76
[一四]大夫《ますらを》の[一五]鞆《とも》の音す[一六]なりも[一七]ののふの[一八]大臣《おほまへつきみ》[一九]楯立《たて》つらしも

大夫之　鞆乃音為奈利　物部乃　大臣　楯立良思母

御名部皇女《みなべのひめみこ》の和《こた》へ奉《まつ》る御歌

五 ↓一九頁注五
六 行幸年時不明。持統天皇の譲位後の吉野行幸は大宝元(七〇一)年六月二十九日から七月十日まで。太上天皇同行とは記されていないが文武天皇の吉野行幸は大宝元年二月と、同二年七月にある。吉野離宮↓一一頁注一五
七 恋しい人を呼ぶように鳴く鳥。かっこうとも、ほととぎすとも。それらの鳥を広く呼んだものか。
八 吉野離宮のあった奈良県吉野郡吉野町宮滝の南正面喜佐谷の西側に立つ山を象山（きさやま）と推定している。これと同じか。
九 鳴く声が聞える。のち伝聞推定の助動詞となる。
一〇 崩御後、まだ諡号のない天皇をいう。万葉集では文武天皇にのみ用いられている。
一一 文武天皇。
一二 慶雲五(七〇八)年正月、武蔵国秩父郡より和銅が献上されたのにより改元。
一三 元明天皇をさす。
一四 雄々しく立派な男子。マスはすぐれる意。ラは接尾語。ヲは男。特に武人をいうことがある。
一五 弓を射る時に、左腕に巻きつけて弦の当るのを防ぐもの。「鞆」は国字。
一六 音のするのが聞える。↓注九
一七 朝廷に仕える文武百官をいう。そのつかさどる職分によって部族が分れている。モノノべと訓み、もと物部氏であった左大臣石上麻呂をさすとする説がある。
一八 天皇の御前に仕える高官。ここは軍人部族の長であろう。
一九 大臣が楯を立てるのはどんな事情によるのか、不明。即位礼、大嘗祭の儀礼のためとする説、翌年の蝦夷征討のための兵士の訓練とする説、衛府の警衛のための試射とする説など諸説がある。

77 [一]わが大君物な思ほし[二]皇神《すめかみ》の[三]継ぎて賜へる[四]われ無けなくに

吾大王　物莫御念　須売神乃　嗣而賜流　吾莫勿久尓

[五]和銅三年庚戌の春二月、[六]藤原宮より[七]寧楽宮《ならの》に遷《うつ》る時に、御輿《みこし》を[八]長屋《ながや》の原《はら》に停《とど》めて、古郷《ふるさと》を廻望《かへりみ》て作る歌　一書に云はく、[九]太上天皇の御歌

78 [一〇]飛ぶ鳥の明日香《あすか》の里を置きて去《い》なば君があたりは見えずかもあらむ（一に云ふ、君があたりを見ずてかもあらむ）

飛鳥　明日香能里乎　置而伊奈婆　君之当者　不所見香聞安良武

一云君之当乎不見而香毛安良牟

[一一]寧楽宮《ならのみや》

長皇子《ながのみこ》と志貴皇子と、[一二]佐紀宮《さきのみや》にして倶《とも》に宴《うたげ》する歌

84 [一三]秋さらば[一四]今も見るごと妻恋ひに鹿鳴《かな》かむ山そ[一五]高野原《たかのはら》の上《うへ》

秋去者　今毛見如　妻恋尓　鹿将鳴山曽　高野原之宇倍

右の一首、長皇子

一　ワゴオホキミと訓む説がある。
二　皇祖神。
三　作者が天皇に副えられて、補佐すべくこの世に下したまわったの意。
四　私がいないことがないのに。私がいるのだから。ワガナケナクニと訓む説がある。
五　和銅三(七一〇)年三月十日「始遷二都于平城一」と続紀にある。二月は誤り。
六　↓一一頁注二
七　平城宮。ナラは背後の山を平山(ならやま)というのによる。寧楽は『易経』に「此是寧楽之時」とある。心安らかに楽しむ意。
八　奈良県天理市西井戸堂町・合場町のあたり。藤原京と平城京を結ぶ中つ道の中間点。
九　平城遷都時に太上天皇はいない。元明天皇を譲位後の称で注記した。
一〇　明日香の枕詞。天武紀朱鳥元年七月二十日、朱鳥(あかみどり)と改元すると共に、宮を「飛鳥浄御原宮」と号したという。扶桑略記に「大倭国進二赤雉一。仍七月改為二朱鳥元年一」とある。
一一　天皇代の標目に当るものとして記した。追補であることをうかがわせる。
一二　佐紀は奈良市佐紀町を中心に、二条町・山陵(みささぎ)町などに及ぶ平城京北方の地。長皇子の宮址は不明。
一三　サルは古くは移動すること。去る意にも来る意にも用いた。来る意は春・秋・夕などについてのみ慣用句として残っていた。
一四　今も秋で、妻恋いに鳴く鹿の姿が見えるのではないか。この風景は秋になったらいつも見られるのだというのだろう。
一五　佐紀丘陵から西南方にかけての一帯をいったものという。高い野原のあたりと解する説もある。

巻第二

相聞[一]

[二]難波高津宮《なにはのたかつのみや》御宇《あめのしたしらしめしし》天皇《すめらみこと》の代《みよ》　大鷦鷯天皇《おほさざきのすめらみこと》、諡《おくりな》を仁徳天皇といふ

磐姫皇后《いはのひめのおほきさき》、天皇を思《しの》[三]ひて作らす歌四首

85 [四]君が行き日《け》[五]長くなりぬ山たづね迎へか行かむ待ちにか待たむ

君之行　気長成奴　山多都祢　迎加将行　待尓可将待

待尓（金紀宮温）—尓待

86 かくばかり恋ひつつあらず[六]は高山の岩根し枕《ま》[七]きて死なましものを

如此許　恋乍不有者　高山之　磐根四巻手　死奈麻死物呼

呼（金）—乎

87 [八]ありつつも君をば待たむうち靡くわが黒髪に霜の置くまでに

一　万葉集三大部立の一。互いに消息を交わし合う意。男女間の恋情を詠むものが多いが、親子・兄弟・知友の間のものもある。また必ずしも贈らず相手を思う歌も含む。

二　仁徳天皇の皇居。仁徳紀元年正月に「都㆓難波㆒。是謂㆓高津宮㆒」とある。↓二〇頁注九。

三　オモヒテとも訓む。思い慕う。シノフのフは清音。↓八頁注一一。

四　あなたの旅行。

五　時間の単位としての日。日数。

六　特殊なズハの用法として本居宣長は「んよりはといふ意也」とした。橋本進吉は係助詞ハを軽く添えたもので「ずして」の意とした。下句に実現不可能な願望をいうこのズハは一種の反実仮想で、単なる「ずして」とは考え難い。上句を仮に否定し、それを条件として非現実の願望をいうもので、ハはやはり仮定条件を表す接続助詞か。解釈は宣長説になるだろう。

七　マクは枕にする意。

八　現在ある状態のままにしての意。いつまでもこうして居て。

在管裳　君乎者将待　打靡　吾黒髪尓　霜乃置万代日

88 秋の田の穂の上《へ》[一]に霧《き》らふ[二]朝霞いつへの方に[三]わが恋やまむ

秋田之　穂上尓霧相　朝霞　何時辺乃方二　我恋将息

[四]近江大津宮御宇天皇《おふみのおほつのみやにあめのしたしらしめしすめらみこと》の代《みよ》　天命開別《あめみことひらかすわけ》天皇、諡《おくりな》を天智天皇といふ

天皇《すめらみこと》、鏡王女《かがみのおほきみ》に賜ふ御歌一首

91 妹が家《いへ》も継ぎて[五]見ましを大和なる[六]大島の[七]嶺《ね》に家[八]もあらましを

(一に云ふ、妹があたり継ぎても見むに)

(一に云ふ、家居らましを)

妹之家毛　継而見麻思乎　山跡有　大嶋嶺尓　家母有猿尾

一云妹之当継而毛見武尓

一云家居麻之乎

鏡王女の和《こた》へ奉《まつ》る御歌一首

92 秋山の木《こ》の下隠《したがく》り行く水[九]のわれこそ益《ま》さめ思ほすよりは[一〇]

秋山之　樹下隠　逝水乃　吾許曽益目　御念従者

一　ウへとも訓む。

二　春は霞、秋は霧の限定はまだ明確ではなかった。カスミとキリの区別がはっきりしないようである。

三　どちらの方角にの意。原文「何時」とあるので、時間を表わすとしてイツと訓む説がある。その中で、ヘノカタも時間のものと解する説、ヘノカタは場所を表わし、イツ(何時)ヘノカタ(はしの方へ)とこまかく解する説がある。イヅヘノカタニとも訓む。

四　↓八頁注一

五　引き続いて。絶えず。

六　大和の外にあっての表現。

七　所在未詳。日本後紀に平群氏の本居地にオホシマが歌われ、大和国平群郡にあったかと思われる。竜田山説、高安山説、信貴山説等がある。

八　初二句の繰り返しだとして妹の家とする通説は疑わしい。この歌の発想は山遊びにおける国見的望郷歌と類似するとして、山の上から妹の家を望見したいの意味だという土橋寛説がよい。

九　秋山の木の下を落葉がくれに流れてゆく水は次第に水量を増してゆくところから、初句より「水の」まで、マスにかかる序。

一〇　ミオモヒヨリハと訓む説がある。

内[一]大臣《うちのおほまへつきみ》藤原卿《ふぢはらのまへつきみ》、鏡王女《かがみのおほきみ》を娉《よば》ふ時に、鏡王女の内大臣に贈る歌一首

93 玉くしげ[二]覆《おほ》[三]ふを安み明け[四]ていなば君が名はあれ[五]どわが名し惜しも

玉匣　覆乎安美　開而行者　君名者雖有　吾名之惜裳・

裳（元金紀）―毛

内大臣藤原卿、鏡王女に報《こた》へ贈る歌一首

94 玉くしげみ[六]もろの山のさな葛[七]《かづら》さ寝ずはつひにありか[九]つましじ

（或る本の歌に曰はく、玉くしげ三[一〇]《み》室戸《むろと》山《やま》の）

玉匣　将見円山乃　狭名葛　佐不寐者遂尓　有勝麻之自・　或本歌曰、玉匣三室戸山乃

自（元類）―目

内大臣藤原卿、采女[一二]《うねめ》安見児[一三]《やすみこ》を娶《ま》きし時に作る歌一首

95 わ[一一]れはもや安見児得たり皆人の得かて[一四]にすといふ安見児得たり

吾者毛也　安見児得有　皆人乃　得難尓為云　安見児衣多利

明[一五]《あ》日《す》香清御原宮《かのきよみはらのみや》御宇天皇の代　天渟中《あまのぬな》原瀛真人《はらおきのまひと》天皇、謚を天武天皇といふ

一 藤原鎌足。
二 玉は美称。クシゲは櫛など化粧道具を入れる蓋のついた箱。覆フの枕詞とも。
三 カヘルヲヤスミとも訓む。ここまで初二句アケルの序。また、覆い隠すのはたやすいと夜が明けてから帰る意と解する説もある。
四 アケテユカバと訓む説もある。
五 それはともかくの意で下の句の内容を強調する。
六 ミムロノヤマとも訓む。ミモロとは神の降臨する所。神を斎き祀る聖地。ここは三輪山をいうか。↓八頁注一四。ミムマトヤマノと訓む説もある。
七 もくれん科の多年生蔓草、サネカヅラとも。つるから出る粘液をとって男子の整髪料としたので、美男カズラとも呼ばれた。ここまで三句、類音でサ寝を引き出す序。
八 サは接頭語。サ寝は上代では男女の共寝をいうらしい。
九 カツはできる、するに堪える。マシジは平安時代のマジの古形。
一〇 他に見ない。ミモロノ山に同じ。
一一 ↓一七頁注一五
一二 采女の名。伝未詳。
一三 ワハモヤ・アハモヤとも訓む。モヤは巻一・一のモヨに同じ。
一四 カテは下二段補助動詞カツの未然形で。できる、するに堪えるの意。ニは打消の助動詞の古い連用形。カテニで初めて不可能の意になる。ガテニと濁るのは難シのガタと混同したもの。
一五 ↓一〇頁注一

天　皇《すめらみこと》、藤原夫人《ふぢはらのぶにん》に賜ふ御歌一首

103 わが里に大雪降れり大原[一]の古りにし里に降らまくは後《のち》

吾里尓　大雪落有　大原乃　古尓之郷尓　落巻者後

藤原夫人の和《こた》へ奉《まつ》る歌一首

104 わが岡の[二]𩆨《おかみ》に言ひて降らし[三]めし雪の摧《くだ》[四]けしそこに散りけむ

吾岡之　於可美尓言而　令落　雪之摧之　彼所尓塵家武

[五]藤原宮御　宇　天　皇《ふぢはらのみやにあめのしたしらしめししすめらみこと》の代《みよ》　高天原広野《たかまのはらひろの》姫《ひめ》天皇、諡《おくりな》を持統天皇といふ〈下略〉

大津皇子《おほつのみこ》、竊《ひそ》かに伊勢神宮《いせのかむみや》に下りて上り来る時に、大伯皇女《おほくのひめみこ》の作らす歌二首

105 わが背子[六]を大和へ遣《や》[七]るとさ夜ふけて暁《あかとき》[八]露《つゆ》[九]にわが立ち濡れし

吾勢祜乎　倭辺遣登　佐夜深而　鶏鳴露尓　吾立所霑之

106 二人行けど行き過ぎ難き秋山をいかにか君が独り越ゆらむ

二人行杼　去過難寸　秋山乎　如何君之　独越武

大津皇子、石川　郎女《いしかはのいらつめ》に贈る御歌一首

一　奈良県高市郡明日香村小原(おうばら)。鎌足の生誕地と伝える所で、今、小祠がある。鎌足の母大伴夫人の墓もここにある。浄御原宮から一キロと離れていない。

二　水を司る竜神。

三　フラシムルと訓む説もある。

四　クダケシガの助詞ガが省略されたもの。用言の連体形をそのまま主語に用いた。しかしクダケを破片の意の名詞とする説が一般である。

五　→一一頁注二

六　セは女性から親しい男性をさしていう語。コは愛称。ここは弟の大津皇子をさす。

七　行かせる。別れがたい気持を表わしている。

八　原文「鶏鳴」、一番鶏の鳴く頃、まだ暗いうちである。アカトキツユはむしろ夜露。

九　ワレタチヌレヌと訓む説がある。

107
あしひきの[一]山のしづくに[二]妹《いも》待つとわれ立ち濡れぬ山のしづくに

足日木乃　山之四付二　妹待跡　吾立所沾　山之四附二

沾(金宮細)—沽

石川郎女の和へ奉る歌一首

108
吾《あ》[三]を待つと君が濡れけむあしひきの山のしづくにならましものを

吾乎待跡　君之沾計武　足日木能　山之四附二　成益物乎

沾(金宮温細)—沽

大津皇子、竊《ひそ》かに石川女郎に婚《あ》ひし時に、津守《つもりのむらじとほる》連通、その事を占《うら》へ露《あら》はすに、皇子《みこ》の作らす歌一首　未詳[四]

109
大船[五]の津守が[六]占《うら》に告《の》らむとは正《まさ》しに知りてわが二人寝し

大船之　津守之占尓　将告登波　益為尓知而　我二人宿之

日並皇子尊《ひなみしのみこのみこと》、石川女郎に贈り賜ふ御歌一首　女郎《いらつめ》、字《あざな》を大名児といふ

110
大名《おほな》児《こ》[七]を彼方《をちかた》野辺《へ》に刈る草《かや》[八]の束《つか》[九]の間《あひだ》もわれ忘れめや[一〇]

大名児　彼方野辺尓　苅草乃　束之間毛　吾忘目八

一　山・峰にかかる枕詞。巻四以降に「足引」「足曳」の表記があり、山が裾を引いている意か、足を引きずって登る山の意かとも見えるが、この原文「足日木乃」のキは乙類で、記紀歌謡の例も全てキ乙類であり、「引」のキは甲類で、原義は足引キではない。
二　山の岩角や木の梢や葉先からしたたるしずくだろう。
三　ワヲマツトと訓む説もある。
四　津守通の占いあらわしたという事実が確かでないことか、作歌時期の明らかでないことか。
五　人名の津守の枕詞。大船の停泊する津の意でかかる。
六　ツモリノウラニとも訓む。人名についた格助詞のガはノより軽侮の気持が強いという。
七　初句をオホナコと四音に訓む説もある。
八　カルクサノと訓む説もある。第二、三句、束にかかる序。
九　ツカはこぶしの指四本の長さ。短いことのたとえ。
一〇　反語。

[一]吉野の宮に幸《いでま》しし時に、弓削皇子《ゆげのみこ》、額田王《ぬかたのおほきみ》に贈り与ふる歌一首

111 古《いにしへ》に恋ふる鳥かも[二]ゆづる葉の[三]御井の上より鳴き渡り行く

古尓　恋流鳥鴨　弓絃葉乃　三井能上従　鳴済遊久

鳴（元金類紀）—ナシ　済（元金）—渡

額田王の和《こた》へ奉《まつ》る歌一首　倭《やまと》の京《みやこ》より進《たてまつ》り入る

112 古に恋ふらむ鳥は[四]ほととぎすけだしや鳴きし[五]わが思へるごと

古尓　恋良武鳥者　霍公鳥　盖哉鳴之　吾念流碁騰

念（元金類紀）—恋　碁（元紀）—其

但馬皇女《たぢまのひめみこ》、[六]高市皇子《たけちのみこ》の宮に在《いま》す時に、穂積皇子《ほづみのみこ》を[七]思《しの》ひて作らす歌一首

114 秋の田の[八]穂向きの寄れる[九]片寄りに君に寄りな[一〇]な[一一]言痛《こちた》かりとも

秋田之　穂向乃所縁　異所縁　君尓因奈名　事痛有登母

穂積皇子に勅《みことのり》して、近江の[一二]志賀の山寺に遣《つか》はす時に、但馬皇女の作らす歌一首

115 後《おく》れ居て恋ひつつあらずは[一三]追ひ及《し》かむ道の[一四]隈廻《くまみ》に[一五]標結《しめゆ》へわが背

遺居而　恋管不有者　追及武　道之阿廻尓　標結吾勢

一 吉野離宮への持統天皇の行幸は在位十一年に三十一回を数える。そのどの時か分らない。吉野離宮↓一一頁注一五

二 ユヅルハはユヅリハの古名。とうだいぐさ科の常緑高木。新しい葉が生長してから古い葉が落ちるのでこの名がある。葉を新年の飾物に用いる。

三 井は湧き水や流れをせきとめて、汲めるようにした所。吉野離宮の命の水の一つだろう。ユヅリハの木が影をなしていた。

四 中国の伝説に蜀の望帝の魂が化してなった鳥といい、昔を慕って鳴くという。鳩よりやや小さく、初夏から山や里近くで昼夜ともに鳴く。その鳴き声が際立っている上に他の鳥は鳴かない夜にも鳴くので、古くから歌に詠まれて来た。この名は鳴き声によるらしい（スは鳥を表わす接尾語）。

五 ワガモヘルゴトとも訓む。西本願寺本以下仙覚本系の本文「恋」を採ってワガコフルゴト・アガコフルゴトと訓む説がある。

六 但馬皇女が高市皇子の妃であったという記録はないが、それは穂積皇子との恋ゆえに削除されたかもしれない。皇子ノ宮ニ在スとは同居していたのだろうと想像される。

七 ↓二三頁注三

八 ホムキノヨリノと訓む説がある。

九 異をコトとしてコトヨリニと訓む説があるが、「所」が説明し難い。異所ニ縁ルとしてカタヨリニ。ひたすら寄るのである。

一〇 希求願望の助詞。

一一 コチタシはコトイタシの約で、人のうわさがひどく、うるさい意。コチタクアリトモとも訓む。

一二 扶桑略記に天智七年正月天皇が夢のお告げによって大津宮の西北方の山中に崇福寺を建立したという。志賀山寺と称された。大津市滋賀里町に遺跡がある。

一三 ↓二三頁注六

而（元金類紀）―与

但馬皇女、高市皇子の宮に在す時に、竊《ひそ》かに穂積皇子に接《あ》[一]ひ、事既に形《あら》はれて作らす歌一首

116 人言《ひとごと》を繁み言痛《こちた》[二]み己《おの》[三]が世に未だ渡らぬ朝川渡る

人事乎　繁美許知痛美　己世尓　未渡　朝川渡

舎人皇子《とねりのみこ》の御歌一首

117 大夫《ますらを》[四]や[五]片恋せむと嘆けども醜《しこ》[六]の大夫《ますらを》なほ恋ひにけり

大夫哉　片恋将為跡　嘆友　鬼乃益卜雄　尚恋二家里

舎人娘子《とねりのをとめ》の和へ奉る歌一首

118 嘆きつつますらをのこの恋ふれ[七]こそわが結ふ[八]髪の漬《ひ》[九]ちてぬれけれ

嘆管　大夫之　恋礼許曽　吾結髪乃　漬而奴礼計礼

嘆（元金）―歎　結髪（元）―髪結

柿本朝臣人麻呂《かきのもとのあそみひとまろ》、石見国《いはみのくに》[一〇]より妻に別れ[一一]て上り来る時の歌二首〈一首略〉并せて短歌

131 石見の海　角《つの》[一二]の浦廻《み》[一三]を　浦なしと　人こそ見らめ　潟《かた》[一四]なしと（一に云ふ、

一四 クマ→九頁注一八。ミ→一六頁注四

一五 シメは占有する意のシムの名詞形。神の領域を示すため、自分の所有を示すため、あるいは道しるべのための標識。ここは道しるべ。

一 「接」は「交」と同じ。交接する意。

二 コチタシ→二八頁注一一

三 自分の生涯。

四 雄々しく立派な男子。マスはすぐれる意。ラは接尾語。ヲは男。「大夫」の表記は律令官人を総称する意を表す。

五 反語。

六 嘲罵すべきものに冠する。ここは自嘲的表現。

七 コフレの已然形は下の句に対して条件を示す。ここはコフレバコソの意。

八 「髪結」の本文によりカミユヒと訓む説もある。

九 ヒチのチは清音。ヌレはゆるんでほどける意。舎人皇子の恋の嘆息が霧となって娘子の髪を濡らすのである。

一〇 島根県の西部。国府のあったのは今の那賀郡国府町。人麻呂は中央官人であるから、石見の国司としてここに赴任していたのだろう。石見で辞世の歌を詠んでいるので、この上京は中央への使だという説があるが、この歌は人麻呂の前期の作の可能性が強く、そうとすれば必ずしも使でなく遷任帰京し、晩年再び石見に下ることがあったか。

一一 石見国で通った女であろう。当時は現地妻を持つ官人が多かったらしい。

一二 島根県江津（ごう）市都野津町のあたり。

一三 ウラは水辺の湾曲した所。ミも湾曲した所。

一四 カタは二種の場合があり、一つは海岸の砂州によって海と界する湖水。一つは遠浅の海岸で潮が満ちると隠れ、干ると現われる所。

磯なしと）　人こそ見らめ　[一]よしゑやし　浦は無くとも　よしゑやし　潟
は（一に云ふ、磯は）　無くとも　[二]鯨魚《いさな》取り　海辺を指して　[三]和多津《にきたづ》の　荒《あり》
磯《そ》の上に　[四]か青なる　玉藻沖つ藻　[五]朝羽振る　風こそ[六]寄せめ　夕羽振
る　浪こそ[七]来寄れ　浪の[八]むた　[九]か寄りかく寄る　玉藻なす　寄り寝し妹《いも》
を（一に云ふ、[一〇]はしきよし妹が[一一]たもとを）　[一二]露霜の　置きてし来れば　この道
の　[一三]八十《やそ》隈毎《くまごと》に　万《よろづ》たび　かへりみすれど　いや遠に　里は離《さか》りぬ　い
や高に　山も越え来《き》ぬ　[一四]夏草の　思ひ萎《しな》えて　[一五]偲ふらむ　妹が門《かど》見む
靡けこの山

石見乃海　角乃浦廻乎　浦無等　人社見良目　滷無等 一云礒無登　人社見良
目　能咲八師　浦者無友　縦画屋師　滷者 一云礒者　無鞆　鯨魚取　海辺乎指
而　和多豆乃　荒礒乃上尓　香青生　玉藻息津藻　朝羽振　風社依米　夕
羽振流　浪社来縁　浪之共　彼縁此依　玉藻成　依宿之妹乎 一云波之伎余思妹之手本乎
露霜乃　置而之来者　此道乃　八十隈毎　万段　顧為騰　弥遠尓　里者放
奴　益高尓　山毛越来奴　夏草之　念思奈要而　志怒布良武　妹之門将
見　靡此山

怒(元紀宮温)―奴

一　ヨシはどうなろうとかまわない意。ヱ・ヤ・シとも詠嘆の助詞。接続助詞トモと呼応することが多い。
二　海・浜などの枕詞。クジラを取る海の意でかかる。
三　所在不明。原文「和多豆」を字音のままワタヅと訓んで江津市渡津とする説があるが、都野津から五、六キロばかり離れてしまうので、この説は採り難い。
四　カアヲクオフルと訓む説がある。
五　朝、鳥が羽ばたくように。風や浪の立つ形容。
六　ヨラメと訓む説がある。
七　朝の風と対句だが「浪こそ」まで来て、転じて次句の「浪のむた」につなげるように、「来寄れ」と浪そのものについて言った。形は対句だが、対句で終らず先へ展開してゆく。原文「来縁」を、キヨセと訓み、浪が藻を寄せてくるとする説がある。またキヨレと訓んで主語を風の場合と変えて浪で藻が寄ってくるとする説もある。
八　助詞ノまたはガを介して体言につき、～のままに、～とともに。
九　カヨリカクヨリとも訓む。
一〇　いとおしい。なつかしい。
一一　手(た)本。手首、袖口のあたりをさす。二の腕とも。
一二　置クにかかる枕詞。
一三　幾つも幾つもの曲り角ごとに。
一四　枕詞。シナエにかかる。夏の草は太陽に照りつけられてしおれるからというのが通説だが、夏の草は生い茂り伸びひろがるもので秋になって萎え枯れる実景からいうとする説がある(稲岡耕二)。
一五　シノフ↓八頁注一一

反歌二首

132 石見のや[一]高角山《たかつのやま》[二]の木《こ》[三]の際《ま》よりわが振る袖を妹見つらむか

石見乃也　高角山之　木際従　我振袖乎　妹見都良武香

133 笹の葉はみ山もさや[四]に乱る[五]ともわれは妹思ふ別れ来ぬれば

小竹之葉者　三山毛清尓　乱友　吾者妹思　別来礼婆

挽[六]歌

後岡本《のちのをかもとのみやにあめのしたしらしめししすめらみこと》[七]宮御宇天皇の代《みよ》　天豊財重日足姫天皇《あめとよたからいかしひたらしひめ》、譲位の後に後岡本宮に即《つ》きたまふ

有間皇子《ありまのみこ》、自ら傷《いた》みて松が枝《え》を結ぶ歌二首

141 磐代《いはしろ》[九]の浜松《へ》が枝《え》を引き結びま幸《さき》くあらばまたかへり見む

磐白乃　浜松之枝乎　引結　真幸有者　亦還見武

142 家にあれば笥《け》[一〇]に盛る飯を草枕[一一]旅にしあれば椎《しひ》[一二]の葉に盛る

一 間投助詞。詠嘆の意を含む。

二 都野の里にある高い山の意であろう。江津市都野津東方の島星山（しまのほしやま）高さ四七〇メートル）とする説がある。

三 「際」は物と物との接する境目をさす。木ノ際は木々が重なり合うそのすき間。

四 サヤサヤの擬音語から出た副詞。山全体もざわめくばかりに。

五 元・金・類など古本はミダルトモと訓み、仙覚はミダレドモとした。代匠記一説にマガヘドモとし、攷証が採用した。考はサワゲドモとし、檜嬬手がサヤゲドモと改訓して殆ど通説となった。

六 雑歌・相聞と共に万葉集三大部立の一。中国で元来、柩（ひつぎ）を挽く時の歌。広く死にかかわる歌を集めている。

七 →六頁注一八

八 松の枝や草を結び、魂を結びとめて身の安全を祈る呪法。

九 和歌山県日高郡南部（みなべ）町岩代。牟婁・熊野へ行く要路に当り、旅人はここで旅の無事を祈る習慣だったらしい。

一〇 容器。ここは食器。

一一 旅の枕詞。草を枕に野宿する意でかかる。

一二 ぶな科の常緑高木。葉が小さく食器の代用には適さないとして諸説起る。道祖神への神饌説もある。長田貞雄氏は葉の大きい種類のマテバシイだという。

家有者　笥尓盛飯乎　草枕　旅尓之有者　椎之葉尓盛

[一]近江大津宮御宇天皇《あふみのおほつのみやにあめのしたしらしめししすめらみこと》の代《みよ》　天命開別天皇、諡《おくりな》を天智天皇といふ

天皇《すめらみこと》の[二]聖躬不予《みやまひ》したまふ時に、[三]太后《おほきさき》の奉《たてまつ》る御歌一首

147 天《あま》の原[四]振《さ》り放け見れば大君の御寿《みいのち》は長く[五]天足《あまた》らしたり

天原　振放見者　大王乃　御寿者長久　天足有

[六]一書に曰はく、近江天皇《あふみのすめらみこと》の聖躰不予《みやまひ》したまひて、御病急《には》かなる時に、太后の奉《たて》献《まつ》る御歌一首

148 [七]青旗の[八]木幡《こはた》の上を[九]通ふとは目には見れども直《ただ》に逢はぬかも

青旗乃　木旗能上乎　賀欲布跡羽　目尓者雖視　直尓不相香裳

天皇の崩《かむあが》りましし後の時に、倭太后《やまとのおほきさき》の作らす御歌一首

149 人はよし思ひやむとも[一〇]玉かづら[一一]影に見えつつ忘らえぬかも

人者縦　念息登母　玉蘰　影尓所見乍　不所忘鴨

天皇の[一二]大殯《おほあらき》の時の歌二首〈一首略〉

一　↓八頁注一
二　聖躬は天皇の身。不予は天皇の病気をいう。天智紀十(六七一)年九月の条に「天皇寝疾不予。或本云、八月、天皇疾病」とある。十月十七日の条には「天皇疾病弥留」とあり、十二月三日崩御された。
三　倭姫皇后。
四　フリは動作を強めていう接頭語。サクは放つ意、目を上げて遠くを遥かに眺めやる。
五　空いっぱいに満ち満ちていらっしゃる。
六　この題詞は疑問。次の歌は天皇崩後の内容で、題詞として不適当。書式から見て、先の歌の左注かとも考えられるが、その題詞と殆ど同意で、注するほどの内容を持っていない。別資料から採ったのだろう。
七　木幡の枕詞。青々と木々の茂るさまをたとえて、葛城山・忍坂ノ山にかかる例がある。ここはハタの音のくり返しも意識されていると思われる。葬礼の青い旗と解し、次のコハタを小旗とする説がある。
八　京都府宇治市の北方の地。天智天皇陵のある山科の南に接する。集中に「山科の木幡の山」(二四二五)とある。
九　天皇の御霊が行きつもどりつする。
一〇　影の枕詞。持統紀元年三月二十日「以二花縵一進二于殯宮一。此曰二御蔭一」とある。花カヅラとミカゲが同義でかけられたか。
一一　面影。
一二　大は尊称。殯は天皇・皇后の崩御や皇族の薨去の際、本葬するまでの間、遺骸を棺に収めたまま安置しておくこと。その期間死者を弔うために殯宮儀礼を行なう。哭泣し、歌舞を奏し、誄（しのひごと）を捧げる。挽歌を吟誦することもあったか。

151 かからむの心知りせば大御船[二]泊《は》てし泊《とま》りに標結《しめゆ》[三]はましを　額田王

如是有乃　懐・知勢婆　大御船　泊之登万里人　標結麻思乎　額田王

懐（金類古）—豫

太后の御歌一首

153 鯨魚《いさな》[四]取り　近江[五]の海を　沖放《さ》[六]けて　漕ぎ来る船　辺[七]つきて　漕ぎ来る
船　沖つ櫂《かい》　いたくなはねそ　辺つ櫂　いたくなはねそ　若草[八]の　つま[九]
の　思ふ鳥立つ

鯨魚取　淡海乃海乎　奥放而　榜来船・　辺附而　榜来船　奥津加伊　痛勿
波祢曽　辺津加伊　痛莫波祢曽　若草乃　嬬之　念鳥立

船（金類古紀）—舡

山科《やましな》[一〇]の御陵《みはか》より退《そ》き散《あら》くる時に、額田王の作る歌一首

155 やすみしし[一一]　わご大君[一二]の　恐《かしこ》きや[一三]　御陵《みはか》仕ふる　山科の　鏡[一四]の山に　夜《よる》
はも　夜《よ》のことごと　昼はも　日のことごと　哭《ね》[一五]のみを　泣きつつあり
てや[一六]　ももしき[一七]の　大宮人は　行き別れなむ

八隅知之　和期大王之　恐也　御陵奉仕流　山科乃　鏡山尓　夜者毛　夜

一　カカラムノオモヒシリセバとも訓む。「乃」を「刀」の誤字とし、また「乃」のままで、また「乃」を誤入衍字としてカカムラトと訓み、「懐」を仙覚本の「豫」としてカネテシリセバと訓む注釈書が多い。
二　天皇の御乗船。遊覧の船か、葬送の船か、また棺か。
三　シメ↓二九頁注一五。ここは天皇の大御船の出港をとどめるためか。
四　海・浜の枕詞。クジラを取る海の意でかかる。ここは湖水であるが、「近江の海」の海にかけた。
五　琵琶湖をいう。
六　沖に離れて。沖の方から離れて岸の方へとする説もある。
七　岸辺に近く沿って。
八　ツマの枕詞。若草の柔かくみずみずしいさまにたとえた。
九　夫婦のどちらにもいう。ここは天智天皇をさす。皇后(作者)説もある。
一〇　山科は京都市山科区。京都市街から東山を越えたところの盆地。ここに天智天皇の御陵がある。
一一　ワゴオオキミにかかる枕詞。↓五頁注一五
一二　↓一七頁注四
一三　間投助詞。
一四　山科の天智天皇陵からその後方にかけての山。
一五　このノミは強調の意。声をあげて泣き続けていて。
一六　疑問。結句行キ別レナムにかかる。
一七　大宮の枕詞。↓一二頁注四

之尽　昼者母　日之尽　哭耳呼・　泣乍在而哉　百礒城乃　大宮人者　去別
南

呼（金類宮紀）―乎

明《あ》日《す》[一]香清御原《かのきよみはらの》宮御《みやにあめのしたしらしめしし》宇天皇《すめらみこと》の代《みよ》　天渟中原《あまのぬなはら》瀛真人《おきのまひと》天皇、謚《おくりな》を天武天皇といふ

十市皇女《とをちのひめみこ》の薨《かむあが》りましし時に、高市皇子尊《たけちのみこのみこと》の作らす歌三首〈二首略〉

158　山[二]吹の立[三]ちよそひたる山[四]清水汲《く》みに行かめど道の知らなく

山振之　立儀足　山清水　酌尔雖行　道之白鳴

紀に曰はく、七年戊寅の夏四月、丁亥の朔《ついたち》の癸巳に、十市皇女、卒然《にはか》に病発《やまひおこ》りて宮の中に薨《かむあが》りましぬといふ。

天[五]皇《すめらみこと》の崩《かむあが》りましし時に、太后《おほきさき》[六]の作らす御歌一首

159　や[七]すみしし　わ[八]が大君の　夕[九]されば　見《め》[一〇]したまふらし　明け来れば　問[一一]ひたまふらし　神岡《かむをか》[一二]の　山の黄葉《もみち》を　今日もかも　問ひたまはまし　明日もかも　見《め》したまはまし　その山を　振[一三]り放《さ》け見つつ　夕されば　あ

一　↓一〇頁注一
二　バラ科の落葉低木。高さ約一メートル。春、枝頂に鮮やかな黄色の五弁の花を開く。
三　ヨソフは身づくろいして飾ること。
四　ここまで、そのまわりに山吹の黄色い花が美しく吹いている山の泉。「黄泉」を連想させる。
五　天武天皇。
六　これは持統天皇。
七　ワガ大君の枕詞。↓五頁注一五
八　ワゴオホキミノとも訓む。
九　夕方になると。サル↓一二頁注一三
一〇　メスは見ルに尊敬の助動詞スがついたもの。
一一　おたずねになる。訪れられる。
一二　神のいます岡。ここ飛鳥の神岡は通説「雷丘」（↓五五頁注二）という。甘橿丘とする説もあるが、橘寺後方の「ミハ山」説が新しい。カミヲカノとも訓む。
一三　↓三二頁注四

やに悲[一]しみ　明け来れば　[二]うらさび暮し　[三]荒たへの　衣《ころも》の袖は　乾《ふ》る時もなし

八隅知之　我大王之　暮去者　召賜良之　明来者　問賜良志　神岳乃　山之黄葉乎　今日毛鴨　問給麻思　明日毛鴨　召賜万旨　其山乎　振放見乍　暮去者　綾哀　明来者　裏佐備晩　荒妙乃　衣之袖者　乾時文無

[四]藤原宮御宇天皇の代

[五]高天原広野《たかまのはらひろの》姫《ひめ》天皇

大津皇子《おほつのみこ》の薨《かむあが》りましし後に、大来皇女《おほくのひめみこ》、[六]伊勢の斎宮《いつきのみや》より京《みやこ》に上る時に作らす歌二首

163 [七]神風《かむかぜ》の伊勢の国にもあらましを[八]何しか来けむ君もあらなくに

神風乃・　伊勢能国尓母・　有益乎　奈何可来計武　君毛不有尓

乃（金類古紀）―之　母（金類古紀）―毛

164 見まく欲《ほ》りわがする君もあらなくに[九]何しか来けむ[一〇]馬疲るるに

欲見　吾為君毛　不有尓　奈何可来計武　馬疲尓

大津皇子の屍《かばね》を[一一]葛城《かづらき》の[一二]二上山《ふたかみやま》に[一三]移し葬《はぶ》る時に、大来皇女の哀《かな》しび傷《いた》みて作らす

一　カナシビとも訓む。
二　ウラは心、サブは心が荒れすさむ意。
三　織目の荒い布。多く藤や麻を材料とする。粗末な布であり、また喪服にも用いた。

四　↓一一頁注二
五　持統天皇。
六　伊勢神宮に仕えて天皇に代って皇祖天照大神を奉斎する伊勢斎王。垂仁紀に初見。制度的に整えられたのは天武朝からで、天皇即位と共に未婚の皇女（内親王）の中から卜定される。その初代が大来皇女。斎王の居所を斎宮という。
七　伊勢の枕詞。記紀歌謡にも見える。伊勢は皇祖神のいます地で、常に風の烈しい所であるから。
八　イカニカキケムと訓む説がある。
九　↓注八
一〇　ウマツカラシニとも訓む。
一一　主峰金剛山(一一二五メートル)を中心に南北につらなる連峰。奈良県と大阪府との境をなす。
一二　奈良県北葛城郡当麻町の西方、葛城連峰の北端にある。北の雄岳と南の雌岳(四七四メートル)の双峰からなり、雄岳の頂上に大津皇子の墓がある。今、ニジョウサンとよばれている。
一三　反逆者としての仮埋葬から正式に墓に埋葬することだろう。

歌二首

165 うつそみ[一]の人[二]なるわれや明日よりは二上山を弟《いろせ》[三]と吾《あ》が見む

宇都曽見乃　人尓有吾哉　従明日者　二上山乎　弟世登吾将見

166 磯[四]の上《うへ》に生[五]ふる馬酔木《あしび》[六]を手折らめど見すべき君がありと言はなくに

礒之於尓　生流馬酔木乎・　手折・目杼　令視倍吉君之　在常不言尓

乎（金類紀宮）―ナシ　折（金類紀宮）―析

右の一首は、今案ふるに、移し葬る歌に似ず。けだし疑はくは、伊勢神宮《いせのかむみや》より[七]京に還る時に、路の上に花を見て、感傷哀咽《あいえつ》してこの歌を作るか。

日並皇子尊《ひなみしのみこのみこと》[八]の殯宮《あらきのみや》[九]の時に、柿本朝臣人麻呂の作る歌一首　并せて短歌

167 天地《あめつち》の　初めの時[一〇]　ひさかたの[一一]　天《あま》の河原に[一二]　八百万　千万神の　神集《かむつど》ひ　集ひ座《いま》して　神《かむ》はかり[一三]　はかりし時に　天照らす[一四]　日女《ひるめ》の命《みこと》（一に云ふ、さしのぼる[一五]日女の命）　天《あめ》をば　知らしめすと[一六]　葦《あし》原[一七]の　瑞穂の国を　天地の[一八]　寄り合ひの極《きはみ》　知らしめす　神の命《みこと》と　天雲の　八重かき別け[一九]て（一に云ふ、天雲の八重雲別けて[二〇]）　神下《かむくだ》し　いませまつりし[二一]　高照らす　日[二二]の皇子《みこ》は　飛ぶ鳥[二三]の　浄《きよみ》の宮に　神ながら[二四]　太敷きまして[二五]　天皇《すめろき》の[二六]

一　↓七頁注九
二　ヒトニアルワレヤとも訓む。
三　ナセトワガミム、イロセトワガミム、イロセトワレミムとも訓む。
四　岩のそば。
五　サケルと訓む説がある。
六　山野に自生するつつじ科の常緑低木。アセビ。春、つぼ形の小さい白い花が房になって咲く。
七　大来皇女の帰京は十一月十六日（太陽暦十二月九日）と書紀にあるから、花期に合わない。注者の誤り。
八　天武天皇の皇太子草壁皇子。この呼称は柿本人麻呂の歌（巻一・四九）によるか。
九　↓三二頁注一二。その仮葬の棺を安置する宮殿をアラキノミヤまたはモガリノミヤという。
一〇　原文「初時」の下に「之」のある本文あり、ハジメノトキノと訓む説がある。
一一　天の枕詞。雨・月にもかかる。日サス方の約とする説がある。万葉集の表記「久方」（久遠の彼方にある）「久堅」（永久にかたく確かである）は、当代の解釈による。
一二　古事記上に「於㆓天安河之河原㆒、神㆓集八百万神㆒集而」とある。
一三　ハカルは相談する意。大祓の祝詞に「八百万神等乎神集集賜比神議議賜氐」とある。カムワカチワカチシトキニ・カムアガチアガチシトキニと訓む説がある。
一四　天照大神。ヒルは太陽。メは女性を表わす。ヒルメは太陽神である女神の意。
一五　サシアガルとも訓む。
一六　シラシメセトと訓む説がある。
一七　神代記に「豊葦原之千秋長五百秋之水穂国」とあり、神代紀一書に「豊葦原千五百秋瑞穂之地」とある。
一八　天と地とが寄り合う無限のかなた、地の果てまで。永久の意とする説がある。
一九　古事記上「押㆓分天之八重多那雲㆒而」、神

敷きます国と　天の原　岩門《いはと》[一]を開き　神《かむ》あがり　あがりいましぬ（一に云ふ、神登《かむ》りいましにしかば）　わが大君[二]　皇子《みこ》の命《みこと》の　天《あめ》の下　知らしめしせば　春花の　貴《たふと》[三]からむと　望月《もち》の　満《たた》[四]はしけむと　天の下（一に云ふ、食[五]す国）　四方《よも》の人の　大船[六]の　思ひ頼みて　天《あま》[七]つ水　仰ぎて待つに[八]　いかさまに　思ほしめせか　由縁《つれ》もなき　真弓《まゆみ》[九]の岡に　宮柱　太敷[一〇]きいまし　御殿《みあらか》[一一]を　高[一二]知りまして　朝言《あさこと》[一三]に　御言問[一四]はさず　日月《ひつき》の　数多《まね》[一五]くなりぬる　そこゆゑに　皇子《みこ》の宮人　行方知らずも（一に云ふ、さす竹[一六]の皇子の宮人ゆくへ知らにす）

天地之　初時・　久堅之　天河原尓　八百万　千万神之　神集　〻座而　神分　〻之時尓　天照　日女之命（一云指上日女之命）　天乎婆　所知食登　葦原乃　水穂之国乎　天地之　依相之極　所知行　神之命等　天雲之　八重掻別而（一云天雲之八重雲別而）　神下　座奉之　高照　日之皇子波　飛鳥之　浄之宮尓　神随　太布座而　天皇之　敷座国等　天原　石門乎開　神上　〻座奴（一云神登座尓之可婆）　吾王　皇子之命乃　天下　所知食世者　春花之　貴在等　望月乃　満波之計武跡　天下（一云食国）　四方之人乃　大船之　思憑而　天水　仰而待尓　何方尓　御念食可　由縁母無　真弓乃岡尓　宮柱　太布座　御在香乎　高知座

代紀下「排二分天八重雲一」とある。カキワキテと訓む説がある。

二〇　ワキテと訓む説がある。

二一　イマセは下二段活用イマスの連用形。四段イマスに対する他動詞。

二二　上からの続きは天孫ニニギノミコトを指すが、それは天武天皇と重ねられる。「飛ぶ鳥の浄の宮に」天下を統治するのは天武をおいて他にない。その天武の崩御を歌って第一部とする。一説にその天武が日並皇子とも重なって下へ続き、神あがるのは日並皇子だという。

二三　浄御原宮の枕詞。また、その宮の所在地である明日香の枕詞ともした。天武十五（六八六）年赤い鳥の瑞祥を喜んで朱鳥《あかみとり》と改元し（扶桑略記）、「飛鳥」を宮の名に冠したという。アスカノと訓む説がある。

二四　↓一四頁注五　二五　↓一四頁注一八

二六　↓一二頁注二

一　イハトは高天原の入口の岩の扉。神代紀下の一書の中に「則引二開天磐戸一、排二分天八重雲一以奉降之」とある。

二　ワゴオホキミと訓む説がある。

三　タフトクアラムトと訓む説がある。

四　満ち足りて欠けたところがない。偉大である。

五　統治する国。ヲスクニノとも訓む。

六　枕詞。大船を頼りにする意からタノムにかかる。

七　仰ギテ待ツの枕詞。旱天に降雨を望み、天を仰いで待つところからかかる。

八　いか様に。どのように。

九　奈良県高市郡明日香村真弓の地名あり。いま草壁皇子の御陵のある高取町佐田のあたりまで広く真弓の岡とよんでいた。

一〇　↓一四頁注一八。フトシキマシとも訓む。

一一　アラカは在ラ＋カ（処）で、神・天皇など貴人の居所。

一二　↓一四頁注二一

而　明言尓　御言不御問　日月之　数多成塗　其故　皇子之宮人　行方不知毛（一云刺竹之皇子宮人帰辺不知尓為）

時（金類紀）―時之

反歌二首

168 ひさかたの[一]天《あめ》見るごとく仰ぎ見し皇子《みこ》の御門《みかど》[二]の荒れまく[三]惜しも

久堅乃　天見如久　仰見之　皇子乃御門之　荒巻惜毛

169 あかねさす[四]日は照らせれどぬばたまの[五]夜渡る月の[六]隠らく惜しも（或る本、件《くだり》の歌を以ちて後皇子尊《のちのみこのみこと》[七]の殯宮の時の歌の反と為す）

茜刺　日者雖照有　烏玉之　夜渡月之　隠良久惜毛

或る本の歌一首

170 島[八]の宮勾《まがり》[九]の池の放ち鳥[一〇]人目に恋ひて池に潜《かづ》かず

嶋宮　勾乃池之　放鳥　人目尓恋而　池尓不潜

皇子尊《みこのみこと》[一一]の宮の舎人等《とねりども》[一二]の慟《かな》しび傷みて作る歌二十三首〈十六首略〉

171 高光る[一三]わが日の皇子《みこ》の万代《よろづよ》[一四]に国知らさまし島の宮はも[一五]

三 アサゴトニと訓んで毎朝の意ともいう。
四 トハサヌと訓む説がある。
五 ナリヌレと訓む説がある。
六 君・皇子(み)・大宮人・大宮などにかかる枕詞。サス竹は芽ばえの竹の意で、祝福的な気持から宮にかかるのだろう。

一 天・雨・月などにかかる枕詞。↓三六頁注一一
二 御殿。宮殿。
三 荒レムのク語法。将来荒れてゆくであろうことの意。
四 日・昼・紫にかかる枕詞。↓一〇頁注八
五 夜・黒・髪などの枕詞。ヌバタマはあやめ科の植物ヒオウギの実をいう。漆黒の珠のような小さな実。また、黒い意のヌバなる語が元来あり、黒玉をヌバタマと言ったのが最初だという説もある。
六 隠れる月に皇子をたとえて哀惜しているのだが、初二句は「天皇はましますが」の意とする譬喩説、実景とする説、日は月との対照として引き立て役に出したとする説などあり、或いは第三・四句を隠ラクの序とする考えもある。
七 高市皇子をさす。
八 明日香村島ノ庄にあった日並皇子の宮殿。シマは池や築山のある庭園(林泉)をいう。推古天皇時代、蘇我馬子が島の大臣と呼ばれるほどの庭園を造った。その島の邸が蝦夷・入鹿の死と共に官没されて離宮になり、後それを皇子の宮としたのであろう。
九 曲線のおもしろい形の池。
一〇 池に放し飼いにされている鳥。病気平癒を願い、また死者の追善のために鳥籠から放してやった鳥という説もある。
一一 日並皇子尊。草壁皇子。
一二 天皇・皇族などに近侍して護衛・雑役・宿直などに奉仕する下級官人。東宮職員令に「舎人六百人」とある。人麻呂もその一人だったとする説がある。

高光　我日皇子乃　万代尓　国所知麻之　嶋宮波母

波（金類古紀）―婆

176
天地《あめつち》と共に終へむと思ひつつ仕へ奉《まつ》りし心[一]違《たが》ひぬ

天地与　共将終登　念乍　奉仕之　情違奴

177
朝[二]日照る佐[三]田の岡辺に群れ居つつ吾等《わが》泣く涙《なみた》やむ時もなし

朝日弖流　佐太乃岡辺尓　群居乍　吾等哭涙　息時毛無

178
み[四]立たしの島[五]を見る時[六]にはたづみ流るる涙止めそかねつる

御立為之　嶋乎見時　庭多泉　流涙　止曽金鶴

179
橘[七]《たちばな》の島の宮には飽[八]かねかも佐田の岡辺に侍宿《とのゐ》しに行く

橘之　嶋宮尓者　不飽鴨　佐田乃岡辺尓　侍宿為尓往

田（類紀宮）―多

184
東[九]《ひむかし》の滝《たぎ》の御門《みかど》に侍《さもら》へど昨日も今日も召[一〇]す言《こと》もなし

東乃　多芸能御門尓　雖伺侍　昨日毛今日毛　召言毛無

一三　タカテラスと訓む説がある。
一四　日並皇子が健在ならこの島の宮で国を治められるはずだった。
一五　亡き人や永遠に失ったものに対して痛切に愛惜する詠嘆を表す。

一　事、志と違ってしまった。

二　岡に日の明るく照らす実景を叙したものであろう。浄御原宮のある都の中心から佐田・真弓の岡は西に当り、朝日のまず照らす岡だった。
三　奈良県高市郡高取町佐田の丘陵。日並皇子の「真弓丘陵」はここにある。
四　ミタタシは立ツの敬語立タスの名詞形タタシに更に敬意の接頭語ミのついたもの。ミタチミハカシ・ミトラシ・ミケシの類。ミタチセシ・ミタタシシと訓む説がある。
五　池や築山のある庭園。林泉。
六　夕立などのために庭に溢れ流れる水。ここでは流ルの枕詞。
七　現在も明日香村に大字橘がある。聖徳太子ゆかりの橘寺はここにある。現在は飛鳥川の西岸をいうが、当時は東岸の島ノ庄あたりも含めた広い地名であったか。
八　ネは打消の助動詞ズの已然形。已然形にバをつけずに、その意で下へ続いてゆく。飽クは満足する意。
九　ヒムガシノとも。東の御門は正門であったか。「東の大き御門」（一八六）ともある。東の御門のところに島ノ宮の象徴である池への水の落ち口があった。タギ↓一四頁注二
一〇　お召しのことばも聞かれない。「言」を事の借字として、お呼びになることがないと解する説もある。

192 [一]朝日照る[二]佐田の岡辺に[三]鳴く鳥の[四]夜鳴きかへらふ[五]この年ころを
朝日照　佐太乃岡辺尓　鳴鳥之　夜鳴変布　此年己呂乎

明日香皇女《あすかのひめみこ》の[六]木瓲《きのへ》の[七]殯宮《あらきのみや》の時に、柿本朝臣人麻呂の作る歌一首　并せて短歌

196 [八]飛ぶ鳥の　[九]明日香の川の　上つ瀬に　[一〇]石橋《いははし》渡し(一に云ふ、石並み)　下つ
瀬に　[一一]打《うち》橋渡す　石橋に(一に云ふ、石並みに)　生《お》ひ靡ける　玉藻もぞ
絶ゆれば生《お》ふる　打橋に　[一二]生ひををれる　川藻もぞ　枯るれば生《は》ゆる
何しかも　[一三]わが大君の　立たせば　[一四]玉藻のもころ　[一五]臥《こや》せば　川藻の如
く　[一六]靡かひし　[一七]よろしき君が　朝宮を　忘れたまふや　夕宮を　背《そむ》きた
まふや　[一八]うつそみと　[一九]思ひし時に　[二〇]春へは　花折りかざし　秋立てば
黄葉《もみちば》かざし　[二一]敷《しき》たへの　袖携《たづさ》はり　鏡なす　見れども[二二]飽かず　[二三]望月《もち》の
いや[二四]めづらしみ　思ほしし　君と時々　幸《いでま》して　遊びたまひし　[二五]御食《みけ》向
かふ　城上《きのへ》の宮を　[二六]常宮《とこみや》と　定めたまひて　[二七]あぢさはふ　[二八]目《め》言《こと》も絶え
ぬ　然《しか》れかも(一に云ふ、そこをしも)　あやに悲しみ　[二九]ぬえ鳥の　[三〇]片恋つま
(一に云ふ、しつつ)　[三一]朝鳥の(一に云ふ、朝霧の)　通はす君が　[三二]夏草の　思ひ
萎《しな》えて　[三三]夕星《ゆふつつ》の　か行きかく行き　大船の　たゆたふ見れば　[三四]慰《なぐさ》もる

一 ↓三九頁注二　二 ↓三九頁注三
三 ここまで夜泣キの序。明るい佐田の岡辺に終日鳴き続ける鳥のように、舎人等は夜も泣き続ける。
四 カヘラフは繰返す意のカヘルに更に反覆継続の意を表す動詞語尾フを添えたもの。佐田の岡辺に鳴く鳥の夜鳴きの声が変ると解する説がある。ヨナキカハラフと訓む。
五 皇子の殯宮の一年にわたったことを暗示する。
六 明日香村に小字木部(べき)がある。ここか。奥山久米寺の南。奈良県北葛城郡広陵町大塚・三吉のあたりともいう。
七 ↓三二頁注一二、二六頁注九
八 明日香の枕詞。↓二七頁注二三
九 明日香村畑の山中に発し、稲淵山の裾を廻り、多武峰からの細川を合せ、飛鳥の地を北西に横切って、大和川に入る川。
一〇 川の浅瀬に石を並べて飛び石としたもの。イシハシ・イシバシと訓む説がある。
一一 板を両岸に打ち渡した橋。
一二 ヲヰレルと訓む説がある。ヲヲルはたわむ、しなう意。茂り合う意とする説もある。
一三 ワゴオホキミノとも訓む。
一四 〜のように、の如く。
一五 コヤスはコユの敬語。コユは寝ころぶ、横になるの意。
一六 ナビカヒノと訓む説がある。
一七 ヨロシキキミノと訓む説がある。
一八 ↓七頁注九
一九 多くはニを訓添えない。
二〇 ハルヘニハとも訓む。
二一 枕詞。寝具として敷く布の意で、袖・衣・枕などにかかる。
二二 アカニと訓む説がある。
二三 枕詞。満月が賞美すべきところからメヅラシにかかる。
二四 心ひかれる、愛する意のメヅの形容詞。

二五 城ノ上・味原(あじふ)・淡路・南淵にかかる枕詞。御食として供えるものにかかるという。キは酒とも葱とも。
二六 永久に変らない宮殿。ここでは墳墓。
二七 目にかかる枕詞。味鴨が多(はさ)に群れわたる意からムレを約めたメにかかるとする説、味鴨を網を張って捕える意で網の目のメにかかるとする説など。
二八 目に見、言葉に言う意。
二九 枕詞。その悲しげな鳴き声から片恋にかかる。
三〇 残された夫は忍壁皇子と推定。
三一 カヨハスにかかる枕詞。
三二 ↓三〇頁注一四
三三 金星(宵の明星)。日暮れ時には西に、明け方には東に見えるところから、カユキカクユキを修飾する。ユフヅツ・ユフツヅとも。
三四 ナグサムルとも訓む。

一 ココロモアラヌと訓む説もある。
二 スベシラマシヤと訓む説がある。
三 ここで切れる。また連体形として下の「明日香川」にかかると解する。
四 妹や我家などに対しての詠嘆のことばで、「ああ」と言うに殆ど同じ。
五 ワゴオホキミノとも訓む。
六 底本の「何」によってニと訓む説がある。

心[一]もあらず　そこ故に　せむすべ知れや[二]　音《おと》のみも　名のみも絶えず　天地《あめつち》の　いや遠長く　偲ひ行かむ[三]　御名に懸かせる　明日香川　万代《よろづよ》までに　愛《は》しきやし[四]　わが大君の[五]　形見かここを[六]

飛鳥　明日香乃河之　上瀬　石橋渡一云石浪　下瀬　打橋渡　石橋一云石浪　生靡留　玉藻毛叙　絶者生流　打橋　生乎為礼流　川藻毛叙　干者波由流　何然毛　吾王能　立者　玉藻之母許呂　臥者　川藻之如久　靡相之　宜君之　朝宮乎　忘賜哉　夕宮乎　背賜哉　宇都曽臣跡　念之時　春部者　花折挿頭　秋立者　黄葉挿頭　敷妙之　袖携　鏡成　雖見不猒　三五月之　益目頬染　所念之　君与時々　幸而　遊賜之　御食向　木瓲之宮乎　常宮跡　定賜　味沢相　目辞毛絶奴　然有鴨一云所己乎之毛　綾尓憐　宿兄鳥之　片恋嬬一云為乍　朝鳥一云朝霧　往来為君之　夏草乃　念之萎而　夕星之　彼往此去　大船　猶預不定見者　遣悶流　情毛不在　其故　為便知之也　音耳母　名耳毛不絶　天地之　弥遠長久　思将往　御名尓懸世流　明日香河　及万代　早布屋師　吾王乃　形見河此焉

王(金紀宮温)能(金紀)―乃　母(金)―如　河(金類紀)―何

短歌二首〈一首略〉

197 明日香川[一]しがらみ渡し塞《せ》かませば流るる水も[二]のどにかあらまし(一に云ふ、水のよどにかあらまし)

明日香川　四我良美渡之　塞益者　進留水母　能杼尓賀有万思（一云水乃与杼尓加有益）

高市皇子尊《たけちのみこのみこと》の[三]城上《きのへ》の[四]殯宮《あらきのみや》の時に、柿本朝臣人麻呂の作る歌一首　并せて短歌

199 [五]かけまくも　ゆゆしきかも(一に云ふ、ゆゆしけれども)　言はまくも　あやに畏《かしこ》き　明日香の　[六]真神《まかみ》の原に　[七]ひさかたの　[八]天つ御門《みかど》を　畏くも　定めたまひて　[九]神《かむ》さぶと　[一〇]岩隠ります　[一一]やすみしし　[一二]わが大君の　きこしめす　[一三]背面《そとも》の国の　[一四]真木《まき》立つ　[一五]不破山越えて　[一六]高麗《こま》剣《つるぎ》　[一七]和射見《わざみ》が原の　行《かり》宮に　天降《あも》りいまして　天《あめ》の下　治めたまひ(一に云ふ、払ひたまひて)　[一八]食《を》す国を　定めたまふと　[一九]鶏《とり》が鳴く　東《あづま》の国の　御《み》軍士《いくさ》を　召したまひて　[二〇]ちはやぶる　人を和《やは》せと　服従《まつろ》はぬ　国を治めと(一に云ふ、払へと)　[二一]皇子《みこ》ながら　[二二]任《ま》けたまへば　大御《おほみ》身《み》に　大刀《たち》取り[二三]帯《お》ばし　大御手に　弓取り持たし　御軍士を　[二四]あどもひたまひ　整ふる　鼓《つづみ》の音は　[二五]雷《いかづち》の　[二六]声と聞くまで　吹き響《な》せる　[二七]小角《くだ》の音も(一に云ふ、笛の音は)　敵《あた》見たる　虎か吼《ほ》ゆると　諸人《もろひと》の　おびゆるまでに(一に云ふ、聞き惑《まと》ふまで)　捧

一 流れ下るものをせきとめるために、川の中に設けられた柵。杭を打ち並べ、それに木の枝や竹をからませたものという。
二 のどかに。ゆったりと。
三 ↓四〇頁注六　四 ↓三六頁注九
五 心にかける意。言葉にかける(口にかける)意とする説もある。
六 奈良県高市郡明日香村飛鳥の法興寺址(今の安居院)を中心に、その付近一帯。崇峻紀元年の条に「始作〓法興寺〓。此地名〓飛鳥真神原〓」とある。即ち天武の皇居浄御原宮のあった地をいう。マカミガハラとも訓む。　七 ↓三六頁注一一
八 天皇の御殿。　九 ↓一四頁注六
一〇 陵墓の石室の中に納まり、岩戸をたてて隠れるのである。　一一 ↓五頁注一五
一二 ワゴオホキミノとも訓む。
一三 北方の国の意で、ここは美濃国をさす。
一四 ↓一六頁注一三
一五 岐阜県不破郡の、滋賀県との境をなす山。
一六 枕詞。高麗の剣は柄頭に輪があるところから、ワザミのワにかかる。
一七 岐阜県不破郡関ヶ原町関ヶ原。同郡青野ガ原(赤坂町青野のあたり)とも伝える。紀によれば天武天皇は野上(今、関ケ原町野上)に行宮を設け、高市皇子を総指揮官としてワザミに陣を敷き、天武は野上行宮からワザミへ出かけて軍事を統監したという。
一八 統治する国。
一九 アヅマの枕詞。「鶏が鳴いた、我が夫(まつ)よ起きよ」の意でかかるという。東を「吾妻」と表記しているのはその解釈を示すか。東国の言葉がわかりにくく鶏が鳴くように聞こえたところからかかるという説、鶏が鳴くと東から明るくなるからという説などがある。　二〇 強暴な。荒々しい。
二一 皇子として、皇子である尊い身にの意と、皇子の心任せにの意と、両説がある。

げたる　旗の靡《なび》きは　[一]冬こもり　春さり来れば　野ごとに　着《つ》きてある
火の(一に云ふ、冬ごもり春野焼く火の)　風のむ[二]た　[三]靡くが如く　取り持てる
る　[四]弓《ゆ》弭《はず》の騒き　み雪降る　冬の林に(一に云ふ、[五]木《ゆ》綿《ふ》の林)　つむじか
も　い巻き渡ると　思ふまで　聞きの恐《かしこ》く(一に云ふ、諸人《もろひと》の見惑《まと》ふまでに)
引き放つ　矢の繁けく　[六]大雪の　乱れて来《きた》れ(一に云ふ、霰《あられ》なす[七]そちより来れ
ば)　服従《まつろ》はず　立ち向ひしも　[八]露霜の　消《け》なば消ぬべく　[九]行く鳥の
[一〇]争ふ間《はし》に(一に云ふ、朝霜の消なば[一一]消とふに[一二]うつせみと争ふはしに)　[一三]渡会《わたらひ》の
[一四]斎《いつき》の宮ゆ　神《かむ》風に　い吹き惑《まと》はし　天雲を　日の目も見せず　常闇《とこやみ》に
覆ひたまひて　定めてし　瑞穂の国を　[一五]神《かむ》ながら　[一六]太敷きまして　[一七]やす
みしし　[一八]わが大君の　天の下　[一九]申したまへば　万代《よろづよ》に　然しもあらむと
(一に云ふ、[二〇]かくもあらむと)　[二一]木《ゆ》綿《ふ》花の　栄ゆる時に　わが大君　皇子の[二二]御《み》
門《かど》を(一に云ふ、[二三]さす竹の皇子の御門を)　[二四]神宮《かむみや》に　装《よそ》ひまつりて　使はし
し　御門の人も　[二五]白たへの　[二六]麻衣着《き》て　[二七]埴安《はにやす》の　御門の原に　[二八]あかねさ
す　日のことごと　[二九]鹿《しし》じもの　い這ひ伏しつつ　[三〇]ぬばたまの　夕《ゆふへ》に[三一]なれ
ば　大殿を　[三二]振り放《さ》け見つつ　[三三]鶉《うづら》なす　い這ひもとほり　侍《さもら》へど　侍ひ

三二 ヨザ(サ)シタマヘバと訓む説がある。
三三 ハカシと訓むのが一般である。
三四 アドモフは率いる、ひきつれる。
三五 ナルカミノと訓む説がある。
三六 オトとも訓む。
三七 軍隊で用いた笛の一つで、軍防令に「凡軍団各置㆓鼓二面、大角二口、少角四口㆒」。

一 ↓八頁注五　二 ↓三〇頁注八
三 ナビカフゴトクと訓む説がある。
四 ハズは弓の両端のツルをかける所。弓のハズが激しく音を立てる。
五 木綿は楮《こうぞ》の樹皮の繊維で、その白さを雪の林にたとえたもの。「布由」と記したのを「由布」と誤り伝えたとする説もある。
六 大雪の降るように。
七 ヨリの原文の「余」は乙類の仮名で、助詞ヨリのヨは甲類であるので、「寄り」(ヨは乙類)かという。ソチは矢の意のサチの転かと考える。　八 消ヌにかかる枕詞。
九 争フにかかる枕詞。飛んで行く鳥の先を争ふさまにたとえた。
一〇 先陣を争って戦うその時に。
一一 ケヌトフニ・ケトイフニ・ケヌガニとも訓む。　一二 ↓七頁注九
一三 伊勢国の郡名。伊勢神宮のある三重県伊勢市とその周囲の度会郡に当る。
一四 伊勢神宮をさす。　一五 ↓一四頁注五
一六 ↓一四頁注一八　一七 ↓五頁注一五
一八 高市皇子をさす。ワゴオホキミとも訓む。
一九 高市皇子は持統四(六九〇)年太政大臣に任ぜられ、持統天皇の下で天下の政を統轄することになった。
二〇 カクシモアラムと訓む説がある。
二一 枕詞。木綿で作った造花がまっ白で美しいところから栄ユにかかる。
二二 御殿、宮殿。　二三 ↓三八頁注一六
二四 神霊(なくなった皇子の霊)をまつる御殿。殯宮。　二五 ↓一一頁注三

得ねば　春鳥の　さまよひぬれば[一]　嘆きも　いまだ過ぎぬに　思ひも
いまだ[二]尽きねば　言《こと》[三]さへく　百済《くだら》[四]の原ゆ　神葬《かむはぶ》り　葬り[五]いまして　麻裳《あさも》[六]
よし　城上《きのへ》の宮を　常宮《とこみや》[七]と　高く[八]しまつりて　神《かむ》[九]ながら　鎮まりまし
ぬ　然れども　わが大君[一〇]の　万代と　思ほしめして　作らしし　香具山[一一]
の宮　万代に　過ぎむと思へや　天のごと　振り[一二]放け見つつ　玉[一三]だす
き　懸け[一四]て偲はむ　畏《かしこ》[一五]かれども

挂文　忌之伎鴨 一云由遊志計礼杼母　言久母　綾尓畏伎　明日香乃　真神之原尓　久
堅能　天都御門乎　懼母　定賜而　神佐扶跡　磐隠座　八隅知之　吾大王
乃　所聞見為　背友乃国之　真木立　不破山越而　狛剣　和射見我原乃
行宮尓　安母理座而　天下　治賜 一云掃・賜而　食国乎　定賜等　鶏之鳴　吾妻
乃国之　御軍士乎　喚賜而　千磐破　人乎和為跡　不奉仕　国乎治跡 一云掃部
等　皇子随　任賜者　大御身尓　大刀取帯之　大御手尓　弓取持之　御軍
士乎　安騰毛比賜　斉流　鼓之音者　雷之　声登聞麻侶　吹響流　小角乃
音母 一云笛乃音波　敵見有　虎可叫吼登　諸人之　恊流麻侶尓 一云聞・或麻泥・　指挙有　幌
之靡者　冬木成　春去来者　野毎　著而有火之 一云冬木成春野焼火乃　風之共　靡如
久　取持流　弓波受乃驟　三雪落　冬乃林尓 一云由布乃林　飃可毛　伊巻渡等

二六　祭祀に仕えるための白い麻の衣。喪服。着テのテを訓添えない訓もある。
二七　香具山の西麓にひろがる埴安池のほとりに、高市皇子の宮があった。埴安の地名は残っていない。　二八　↓一〇頁注八
二九　シシは肉の意。その肉を食用にする鹿や猪の総称となる。ジモノは〜のように。ジは〜のようなものの意。副詞的用法として〜のように。ジは体言及びそれに準ずるものについて形容詞を作る。時ジ・我ジなど。
三〇　↓三八頁注五
三一　イタレバとも訓む。
三二　↓三二頁注四
三三　きじ科の鳥。草原に住み、飛ぶより歩きまわることが多い。キジとともに代表的な狩猟鳥。ナスは〜のように。

一　サマヨフは嘆息し呻吟する意。
二　まだ尽きないのに。〜モ〜ネバは逆接の既定条件を表わす。
三　百済・韓などにかかる枕詞。外国人の言葉がわかりにくくひびくことからかける。
四　奈良県北葛城郡広陵町百済のあたり。高市皇子の葬列は、埴安池のほとりの御殿からここを通って城上の殯宮に向った。
五　ハブリイマセテと訓む説がある。
六　国名の紀伊(き)にかかる枕詞。城上のキにかけた。紀伊の国からよい麻裳が作られたからかかるか。麻裳を着る意からかかるとする説などもある。
七　↓四一頁注二六
八　タカクマツリテ・タカクシタテテと訓む説がある。　九　↓一四頁注五
一〇　ワゴオホキミノとも訓む
一一　高市皇子の宮殿。藤原京左京三坊あたりかという。埴安池のほとりに当り、池を隔てて香具山に対していたのであろう。
一二　↓三二頁注四　一三　↓一二頁注六
一四　心にかけて。

一五　カシコクアリトモ・カシコケレドモとも訓む。

念麻倶　聞之恐久・（一云諸人見或麻倶尓）　引放　箭・之繁計久　大雪乃　乱而来礼（一云霰成曽知余里久礼婆）　不奉仕　立向之毛　露霜之　消者消倍久　去鳥乃　相競・端尓（一云朝霜之消者消言尓打蟬等安良蘇布波之尓）　渡会乃　斎宮従　神風尓　伊吹或・之　天雲乎　日之目毛不令・見　常闇尓　覆賜而　定之　水穂之国乎　神随　太敷座而　八隅知之　吾大王之　天下　申賜者　万代尓・　然之毛将有登（一云如是毛安良無等）　木綿花乃・栄時尓　吾大王　皇子之御門乎（一云刺竹皇子御門乎）　神宮尓　装束奉而　遣使　御門之人毛　白妙乃　麻衣著　埴・安乃　御門之原尓　赤根刺　日之尽　鹿自物　伊波比伏管　烏玉能　暮尓至者　大殿乎　振放見乍　鶉成　伊波比廻　雖侍候　佐母良比不得者　春鳥之　佐麻欲比奴礼者　嘆毛　未過尓　憶毛　未不・尽者　言佐・敝久　百済之原従　神葬　〻伊座而　朝毛吉　木上宮乎　常宮等　高之奉而　神随　安定座奴　雖然　吾大王之　万代跡　所念食而　作良志之　香来・山之宮　万代尓　過牟登念哉　天之如　振放見乍　玉手次　懸而将偲　恐有騰文

挂（金類温）―桂　掃（金宮類）―拂　或（類細）―惑　泥（金類）―低　之（金紀）―ナシ　競（類紀宮）―竟　或（類宮紀）―惑　令（金矢京）―合　尓（金類紀）―ナシ　埴（宮温矢）―垣　不（金類紀宮）―ナシ　左（金）―右　来（金類紀宮）―未

短歌二首

200 ひ[一]さかたの天《あめ》[二]知らしぬる君ゆゑに日月《ひつき》も知らず[三]恋ひ渡るかも

久堅之　天所知流　君故尓　日月毛不知　恋渡鴨

201 埴安《はにやす》[四]の池の堤の隠《こも》[五]り沼《ぬ》の行方を知らに舎人《とねり》[六]は惑《まと》ふ

埴安乃　池之堤之　隠沼乃　去方乎不知　舎人者迷惑

埴（宮温矢）―垣

但馬皇女《たぢまのひめみこ》の薨《かむあが》りましし後に、穂積皇子《ほづみのみこ》、冬の日雪の降るに、遙かに御墓を望み、悲傷流涕して作らす歌一首

203 降る雪はあはにな[七]降りそ吉隠《よなばり》[八]の猪養《ゐかひ》[九]の岡の寒から[一〇]まくに

零雪者　安播尓勿落　吉隠之　猪養乃岡之　寒有巻尓

寒（金）―塞　有（檜嫣手ニヨル）―為

柿本朝臣人麻呂、妻死《みまか》りし後に、泣血[一一]哀慟して作る歌二首　并せて短歌

207 天《あま》[一二]飛ぶや　軽《かる》[一三]の路は　吾妹子《わぎもこ》が　里にしあれば　ねもころに[一四]　見まく欲しけど　止《や》まず行かば　人目を多み　数多《まね》く行かば　人知りぬべみ　さ[一五]

注

一　天・雨・月などにかかる枕詞。↓三六頁注一一

二　天を治めることになってしまった。皇子の薨去をいう。アマシラシヌルとも訓む。

三　シラニとも訓む。

四　↓四四頁注二七

五　草などに隠れて水の面がよく見えない沼。流れ出る口のない淀んだ沼の意で埴安池そのものをいうとする説もある。

六　↓三八頁注一二

七　アハニはサハニと同じ。たくさん。地名としてアバニと訓む説がある（私注）。

八　奈良県桜井市吉隠。初瀬峡谷の奥。

九　所在未詳。吉隠の東北方の山中に、志貴皇子妃、光仁天皇の母、紀氏橡姫の吉隠陵がある。そのあたりか。

一〇　底本「塞為巻尓」をサハリセマクニ・セキナサマクニと訓んでいる。「寒有」としてサムクアラマクニとも訓む。

一一　詩経小雅「鼠思泣血」とあり、朱伝に「無レ声曰二泣血一」とある。また韓非子に「哭二於楚山之下一、三日三夜、泣尽而継レ之以レ血」とある。

一二　軽の枕詞。天を飛ぶ雁（かり）の意で、類音カルにかけた。もとはアマトブと四音であった。ヤは間投助詞。

一三　軽は橿原市大軽・見瀬・石川・五条野一帯の地。軽の地には南北に貫く大道が通っていた。いわゆる下つ道の一部にあたる。

一四　心をこめて、丁寧に。

一五　枕詞。もくれん科の多年生蔓草。サナカズラとも。つるが分れて伸び、また先でからまりあうところから後モアフにかかる。↓二五頁注七

ね葛《かづら》　後《のち》も逢はむと　[一]大船の　思ひ頼みて　[二]玉かぎる　[三]磐垣淵の　隠《こも》り
のみ　恋ひつつあるに　渡る日の　[四]暮れ行くがごと　照る月の　雲隠る
ごと　[五]沖つ藻の　靡きし妹《いも》は　[六]黄葉《もみちば》の　[七]過ぎて去《い》にきと　[八]玉梓《たまづさ》の　使の
言へば　[九]梓弓　音に聞きて（一に云ふ、音のみ聞きて）　言はむすべ　せむす
べ知らに　音のみを　聞きてあり得ねば　わが恋ふる　[一〇]千重の一重も
[一一]慰もる　心もありやと　吾妹子が　止《や》まず出で見し　[一二]軽の市に　わが立
ち聞けば　[一三]玉だすき　[一四]畝傍《うねび》の山に　鳴く鳥の　声も聞こえず　[一五]玉桙《ほこ》の
[一六]道行く人も　一人だに　[一七]似てし行かねば　すべを無《な》み　妹が名呼びて
[一八]袖そ振りつる　（或る本に、[一九]名のみを聞きてありえねばといふ句あり）

天飛也　軽路者　吾妹児之　里尓思有者　懃　欲見騰　不已行者　人目乎
多見　真根久往者　人応知見　狭根葛　後毛将相等　大船之　思憑而　玉
蜻　磐垣淵之　隠耳　恋管在尓　度日乃　晩去之如　照月乃　雲隠如　奥
津藻之　名延之妹者　黄葉乃　過伊去等　玉梓之　使乃言者　梓弓　声尓
聞而（一云 耳聞而）　将言為便　世武為便不知尓　声耳乎　聞而有不得者　吾恋
千重之一隔毛　遣悶流　情毛有八等　吾妹子之　不止出見之　軽市尓　吾
立聞者　玉手次　畝火乃山尓　喧鳥之　音母不所聞　玉桙　道行人毛　独

一　枕詞。大船を頼りにする意から、タノムにかかる。
二　枕詞。玉が微妙な光を放つところから、ホノカ・ユフへなどにかかる。磐垣淵にかかるのは、岩に囲まれた深い淵は光も届かずかすかにきらめくからか。
三　玉カギル磐垣淵ノは集中三例すべて「隠る」にかかる。
四　クレヌルガゴトと訓む説がある。
五　ナビクにかかる枕詞。
六　過グにかかる枕詞。
七　スギテイユクトと訓む説がある。
八　使にかかる枕詞。語義について定説はない。古くは便りを運ぶ使者は梓の杖を携えていたからとも、梓の枝に手紙を結びつけて運んだからともいう。
九　枕詞。弓を引く時音を立てるところから音にかかる。梓弓↓五頁注一八
一〇　千重にも恋うるその一重なりとも。
一一　ナグサムルとも訓む。
一二　市は人の多く集まる所で、交易の場所であると同時に歌垣や祭祀も行われた。
一三　↓一二頁注六
一四　畝傍山（↓七頁注二二）は、軽の市あたりと思われる今の見瀬から、北西約一・五キロ。近くに眺めることはできても、鳴く鳥の声を聞くことは不可能。「玉だすき畝傍の山に鳴く鳥の」は序。
一五　道・里の枕詞。タマホコは悪霊の侵入を防ぐため部落の入口や三叉路に立てたホコ状の陽石か。
一六　ミチユキビトモとも訓む。
一七　ニルガユカネバと訓む説がある。
一八　袖を振るのは愛情の表現。ここは亡き人の名を呼んでこの世にまねき寄せ、生き返らせようとする呪術か。
一九　ナノミキキテとも訓む。

谷　似之不去者　為便乎無見　妹之名喚而　袖曽振鶴　或本有㆘謂㆓之名耳聞
而有不得者㆒句㆖

短歌二首

208
秋山の黄葉《もみち》を茂み迷《まと》[一]ひぬる妹《いも》を求めむ山道《やまぢ》知らずも　(一に云ふ、路知らずし
て)
秋山之　黄葉乎茂　迷流　妹乎将求　山道不知母 一云路不知而

209
黄葉《もみちば》の散りゆく[二]なへに玉梓《たまづさ》[三]の使を見れば逢ひし日思ほゆ
黄葉之　落去奈倍尓　玉梓之　使乎見者　相日所念

210
[四]うつせみと　思ひし時に(一に云ふ、うつそみと思ひし)　[五]取り持ちて　わが
二人見し　[六]走り出の　堤に立てる　槻《つき》[七]の木の　[八]こちごちの枝《え》の　春の葉
の　茂きがごとく　思へりし　妹《いも》にはあれど　頼めりし　児らにはあれ
ど　世の中を　背《そむ》きしえねば　[九]かぎろひの　燃ゆる荒野《あらの》に　[一〇]白たへの
[一一]天領巾《あまひれ》隠《がく》り　[一二]鳥じもの　朝立ちいまして　[一三]入日なす　隠《かく》りにしかば　吾《わ》
妹子《ぎもこ》が　形見に置ける　[一四]みどり子の　乞《こ》ひ泣くごとに　[一五]取り与ふる　物

一　山の中に葬った妻を、山路に迷ったように表現している。
二　~するちょうどその時に。
三　↓四七頁注八。この使は妻の死を知らせに来た使ではないだろう。この歌は妻の死後、時を経ている。もみじの散る折しも文使いが行くのを見たのである。
四　↓七頁注九
五　タヅサハリテ・タヅサヘテと訓む説がある。
六　家から走り出たすぐの所にある意。山地が平野部に走り出したような地形をいうかとも。
七　ケヤキ。ニレ科の落葉高木で山野に自生する。
八　あちこちの枝。
九　カギルヒとも訓む。ゆらゆらときらめく火のように見えるかげろう。カギロヒは燃ユという。
一〇　↓一一頁注三
一一　ヒレは女性が肩からかけ垂らした細長い薄布。この天ヒレは、天女の羽衣説、柩を覆う蓋説、葬送の旗説、天の白雲説など。
一二　鳥ではないのに鳥のように。
一三　ナスは、~のように。
一四　乳幼児。大宝の戸籍帳では三歳までの男児をいう。女児はミドリメ。
一五　トリアタフとも訓む。

し無ければ　[一]男《をとこ》じもの　腋挟《わきはさ》み持ち　吾妹子と　二人わが寝し　[二]枕づ
く　[三]嬬屋《つまや》の内に　昼はも　[四]うらさび暮らし　夜はも　[五]息づき明かし　嘆
けども　せむすべ知らに　恋ふれども　逢ふよしを無み　[六]大鳥の　[七]羽易《はがひ》
の山に　わが恋ふる　妹はいますと　人の言へば　[八]岩根さくみて　なづ
み来《こ》し　吉《よ》けくもそなき　[九]うつせみと　思ひし妹が　[一〇]玉かぎる　ほのか
にだにも　[一一]見えなく思へば

打蟬等　念之時尓 一云宇都曽臣等念之　取持而　吾二人見之　趍出之　堤尓立有　槻
木之　己知碁知乃枝之　春葉之　茂之如久　念有之　妹者雖有　憑有之　
児等尓者雖有　世間乎　背之不得者　蜻火之　燎流荒野尓　白妙之　天領
巾隠　鳥自物　朝立伊麻之弖　入日成　隠去之鹿歯　吾妹子之　形見尓置
有　若児乃　乞泣毎　取与　物之無者　鳥徳自物　腋挟持　吾妹子与　二
人吾宿之　枕付　嬬屋之内尓　昼羽裳　浦不楽晩之　夜者裳　気衝明之
嘆友　世武為便不知尓　恋友　相因乎無見　大鳥乃　羽易乃山尓　吾恋
流　妹者伊座等　人云者　石根左久見手　名積来之　吉雲曽無寸　打蟬
等　念之妹之　珠蜻　髣髴谷裳　不見思者

知(金紀矢)—智　憑有(類紀宮温)—ナシ　乃(金類紀宮)—ナシ　烏徳(考ニ

一　男なのに男らしくなく。底本「鳥穂自物」をトリホジモノと訓んで、鳥が穂をくわえているようにと解する説がある。
二　嬬屋の枕詞。夫婦が枕を並べるところからかけたか。マクラツクとも訓む。
三　夫婦(つま)のために建てる家。母家のツマ(端)に建てた離れ家の意とも。
四　↓一三頁注七
五　嘆息をつくこと。
六　地名羽易の山の枕詞。大鳥の羽交いの意。
七　所在未詳。「春日なる羽易の山」(二二七)により春日山の別称とする説があるが、三輪山から東へ連なる巻向山と北へ続く龍王山を大鳥の翼と見る説により、龍王山か。標高五八五・七メートル。
八　岩の間を押し開き、踏み分けて。
九　↓七頁注九
一〇　↓一六頁注一七
一一　ミエヌオモヘバと訓む説がある。

ヨル)―鳥穂　乃(金類紀)―ナシ　云(紀)―之云　手(類)―乎

短歌二首

211 去年《こぞ》見てし秋の月夜《つくよ》は[一]照らせども相見し妹《いも》は[二]いや年離《さか》る

去年見而之　秋乃月夜者　雖照　相見之妹者　弥年放

212 [三]衾道《ふすまぢ》を[四]引出《ひきで》の山に妹を置きて山路を行けば生けりとも[五]なし

衾道乎　引手乃山尓　妹乎置而　山徑往者　生跡毛無

徑(細近)―侄

讃岐《さぬき》の[六]狭岑島《さみねのしま》に、石《いは》の中の死人《しにひと》を視て、柿本朝臣人麻呂の作る歌一首　并せて短歌

220 [七]玉藻よし　讃岐の国は　[八]国柄《くにから》か　見れども飽かぬ　[九]神柄《かむから》か　[一〇]ここだ貴《たふと》き　天地《あめつち》　日月《ひつき》と共に　足《た》り行かむ　神の御面《みおも》と　[一一]継ぎ来《きた》る　[一二]中《なか》の水門《みなと》ゆ　船浮けて　わが漕ぎ来れば　[一三]時つ風　雲居に吹くに　沖見れば　[一四]とゐ波立ち　辺見れば　白波騒く　[一五]鯨魚《いさな》取り　海を恐《かしこ》み　行く船の　梶引き折りて　をちこちの　島は多けど　[一六]名くはし　狭岑の島の　荒磯面《ありそも》

一　テラセレドと訓む説がある。
二　いよいよ年月が遠ざかってゆく。
三　衾は地名か。継体天皇皇后手白香皇女の「衾田墓」の名があり、延喜式に大和国山辺郡にあるとある。今の天理市の南、龍王山の麓にそれと伝えている。ここは萱生の千塚と呼ばれるあたりで、人麻呂の妻の墓所にもふさわしい。
四　ヒキテノヤマとも訓む。龍王山か。↓四九頁注七
五　トの原文「跡」は乙類で助詞のト。生きているとも思えない、生きている気がしない意。
六　香川県坂出市沙弥島。坂出港の北西三キロの沖合にあった周囲三キロほどの小島で、今は埋め立てられて地続きになった。その上を瀬戸大橋が通っている。
七　讃岐の枕詞。ヨ・シは詠嘆の助詞。讃岐の海岸に寄せる藻を讃えたもの。
八　国の備えている性格。カラは生れつきそなわっている本来の性格、素性。
九　神の性格。神としての性格のゆえに。
一〇　こんなにもひどく。こんなにも多く。
一一　ツギテクルと訓む説がある。
一二　讃岐国那珂の湊。香川県丸亀市に中津町がある。ここなら金倉川河口。また丸亀市中府町清門付近、旧四条川河口説もある。
一三　季節や時を定めて吹く風。季節風。また潮の満ちる時などにきまって吹く風とも。
一四　うねり立つ波。
一五　海・浜などの枕詞。クジラを取る海の意。
一六　名がすぐれている。名の美しい。有名な意とも。ナグハシとも訓む。

に　廬《いほ》りて見れば　[一]波の音の　繁き浜辺を　[二]敷たへの　[三]枕になして　荒床に　[四]ころ臥《ふ》す君が　家知らば　行きても告げむ　妻知らば　来《き》も問はましを　[五]玉桙《たまほこ》の　道だに知らず　[六]おほほしく　待ちか恋ふらむ　愛《は》しき妻らは

玉藻吉　讃岐国者　国柄加　雖見不飽　神柄加　幾許貴寸　天地　日月与共　満将行　神乃御面跡　次来　中乃水門従　船浮而　吾榜来者　時風雲居尓吹尓　奥見者　跡位浪立　辺見者　白浪散動　鯨魚取　海乎恐　行船乃　梶引折而　彼此之　嶋者雖多　名細之　狭岑之嶋乃　荒礒面尓　廬作而見者　浪者乃　茂浜辺乎　敷妙乃　枕尓為而　荒床　自伏君之　家知者　往而毛将告　妻知者　来毛問益乎　玉桙之　道太尓不知　欝悒久　待加恋良武　愛伎妻等者

船(類紀宮温)—舡　岑(類紀宮温)—峯　悒(金宮温矢)—挹

反歌二首

221　妻もあらば摘《つ》みて[七]食《た》げまし[八]沙弥《さみ》の山野の[九]上《へ》の[一〇]うはぎ過ぎにけらずや

妻毛有者　採而多宜麻之　作美乃山　野上乃宇波疑　過去計良受也

作(金類古)—佐

一　ナミノトノ、またナミノオトノと訓む。
二　寝るために敷く夕へ(→一一頁注三)の意で、枕・袖・衣手などにかけ、共寝に敷く黒髪、また家にもかける。
三　マクラニシテと訓む説がある。
四　原文「自伏」を一人で伏す意とし、「自」を単独の意のコロと訓む。コイフスキミガと訓む説がある。
五　→四七頁注一五
六　オホを重ねたオホオホから出た語。オホはぼんやりした、漠然としたさま、おおよそであることの意。原文「欝悒」は憂欝に同じく、心が晴れず、うっとうしいことで、それをオホホシという。オボボシクとも訓む。
七　下二段活用動詞タグ。飲み食いする。
八　狭岑島のサミネはサミ嶺であろう。それがサミノ山。
九　ノノウヘノとも訓む。
一〇　キク科の宿根草。ヨメナ。春、その若葉をとって食用とした。

222 沖つ波[一]来寄る荒磯《ありそ》を[二]敷たへの枕と[三]まきて寝《な》[四]せる君かも
　　奥波　来依荒礒乎　色妙乃　枕等巻而　奈世流君香聞

[五]柿本朝臣人麻呂、石見国《いはみのくに》に在りて死に臨む時に、自ら傷《いた》みて作る歌一首

223 [六]鴨山の岩根し枕《ま》[七]けるわれをかも知らに[八]と妹《いも》が待ちつつ[九]あるらむ
　　鴨山之　磐根之巻有　吾乎鴨　不知等妹之　待乍将有

柿本朝臣人麻呂の死《みまか》りし時に、妻依羅娘子《よさみのをとめ》の作る歌二首〈一首略〉

224 今日今日とわが待つ君は[一〇]石川の[一一]貝に(一に云ふ、谷に)交《まじ》りてありと言はず[一二]やも
　　且今日〻〻　吾待君者　石水之　貝尓 一云谷尓　交而　有登不言八方
　　且(紀宮温細)—且

[一三]寧《な》楽宮《らのみや》

[一四]霊亀元年、歳次《さいし》乙卯の秋九月、志貴親王《しきのみこ》の薨《かむあが》りましし時の歌一首　并せて短歌

230 [一五]梓弓　手に取り持ちて　[一六]大夫《ますらを》の　[一七]得物矢《さつや》手挟《たばさ》み　立ち向かふ　[一八]高円山《たかまとやま》に　春野焼く　野火と見るまで　燃ゆる火を　[一九]いかにと問へば　[二〇]玉桙《ほこ》

一　キヨスルと訓む説がある。
二　↓四〇頁注二一
三　枕にする意。巻クの転義。
四　寝(ぬ)に敬意を表す動詞語尾スの接したナスにアリをつけたもの。
五　この題詞によって人麻呂が石見国で客死したと考えられるが、それを疑う説もある。死期についても諸説あるが、この巻の配列では、人麻呂の死に係る一群の歌(二二三～二二七)の次に「寧楽宮」の標題があるところから、平城遷都以前と考えられる。慶雲四(七〇七)年死去説、和銅初年説あり。平城遷都後とする説もある。
六　島根県邑智(おおち)郡邑智町湯抱(ゆがかい)温泉付近の鴨山(高さ三六〇メートル)とする斎藤茂吉説があり、他に浜田市、江津市、益田市にもそれに擬するものがあり、また鴨山の名は大和や山城にもある。
七　↓一七頁注五　　八　知らないで。
九　アラムとも訓む。
一〇　未詳。人麻呂の終焉の地鴨山を石見国の湯抱の山とすれば、その近くを流れる江ノ川の上流と見る。また鴨山を大和の葛城連山のうちに求める説では、その西麓を北流する河内の石川(大和川の支流)と見る。
一一　「貝」を「峡(かい)」の借字とし、マジルとは分け入る意とする説がある。
一二　ヤは反語、モは詠嘆の助詞。
一三　平城宮。「寧楽」は易経による。
一四　続紀は志貴皇子の薨去を霊亀二年八月十一日の条に記している。事実は元年だったが、同月元正天皇が即位されたので薨奏を一年遅らせたという説があるが、疑わしい。この歌は左注にある如く笠金村歌集から抜いて収めたもので、金村のノートが誤っていたか、編者が写し誤ったかとも考えられる。「九月」も薨時は八月で作歌時が九月なのであろう。後に「田原天皇」(志貴皇

の　道来る人の　泣く涙《なみた》　こさめに降り　白たへの　衣《ころも》ひづちて　立ち止まり　われに語らく　何しかも　もとなとぶらふ　聞けば　哭《ね》のみし泣かゆ　語れば　心そ痛き　天皇《すめろき》の　神の御子《みこ》の　いでましの　手火《たび》の光そ　ここだ照りたる

梓弓　手取持而　大夫之　得物矢手挟　立向　高円山尓　春野焼　野火登見左右　燎火乎　何如問者　玉桙之　道来人乃　泣涙　霂霂尓落　白妙之　衣浥漬而　立留　吾尓語久　何鴨　本名唁　聞者　泣耳師所哭　語者心曽痛　天皇之　神之御子之　御駕之　手火之光曽　幾許照而有

矢（金類紀宮）―失　挟（矢京）―狭　霂（金類温）―霡　落（金類）―落者

唁（京緒）―言

短歌二首

231 高円《たかまと》の野辺の秋萩いたづらに咲きか散るらむ見る人なしに

高円之　野辺秋芽子　徒　開香将散　見人無尓

232 三笠山野辺行く道はこきだくも繁《しげ》り荒れたるか久にあらなくに

御笠山　野辺往道者　己伎太雲　繁荒有可　久尓有勿国

子）の国忌は八月九日に行われている。これが正しい薨日に違いない。

一五 ↓五頁注一八

一六 ↓二一頁注一四

一七 狩猟に用いる矢。サツはサチの交替形。サチは獲物、またそれを捕える道具。「さつ矢手挟み立ち向ふ」まで高円山のマトにかけた序。

一八 奈良市の東南方、春日山の南に続く山。高さ四六二メートル。前面にひろがる傾斜地が高円の野で、平城京の貴族たちの遊楽の地であった。志貴皇子の墓はこの山の東南麓にある。なお西麓にある白毫寺は、志貴皇子の山荘跡と伝えている。

一九 ナニカトトヘバとも訓む。

二〇 ↓四七頁注一五

一 テを訓み添える説もある。また底本「落者」なので、そのままフレバと訓む説がある。

二 ↓二一頁注三一

三 ヒヅツは濡れる意、ヒヂ（泥）＋ウツ（打）の約で、衣のすそで泥を打って泥にまみれる意とする説がある。

四 モトナはみだりに、いたずらにの意。モトは根元、根拠、ナは無シの語幹で、原義は理由なくの意。トブラフは問い尋ねる意。諸本「言」で、モトナイフと訓む説がある。モトナトフとも訓む。

五 このノミは強調の意。声をあげて泣いてしまう。

六 ↓一二頁注二

七 出ヅの敬語イデマスの名詞形。ここは御葬送。

八 葬列の人々の手に持ったいまつ。ヒを清音とする説あり。

九 こんなにも数多く。はなはだしく。

一〇 「萩」の字は万葉集にはまだなく「芽子」「芽」の字が用いられている。万葉の植物ではハギが最も多く詠まれ、一四一を数える。その中で高円のハギが最も多い。

一一 むなしく。

一二　奈良市街の東方、春日神社の背後の円錐形の山。形が蓋(きぬがさ)に似ているところから御蓋山(みかさやま)という。高さ二八三メートル。今、俗にいう三笠山(若草山)とは別。
一三　こんなにもひどく。はなはだしく。
一四　シゲク・シジニと訓む説がある。甚しくの意ではなく、草が生い繁っているさまをいう。

太(金古京)—大

右の歌は、笠朝臣金村《かさのあそみかなむら》の歌集に出づ。

巻第三

雑歌

[一]天皇《すめらみこと》、[二]雷岳《いかづちのをか》に御遊《いでま》しし時に、柿本朝臣人麻呂《かきのもとのあそみひとまろ》の作る歌一首

235
大君は神にしませば[三]天雲《あまくも》の雷《いかづち》の上に[四]廬《いほ》らせるかも

皇者　神二四座者　天雲之　雷之上尓　廬為流鴨

流鴨(類古紀宮)―鴨流

右、或る本に云はく、忍壁皇子《おさかべのみこ》に献れるなりといふ。その歌に曰はく、

王《おほきみは》　神座者《かみにしませば》　[五]雲隠《くもがくる》　伊《い》加《か》土山尓《づちやまに》　宮敷座《みやしきいます》

[六]天皇、志斐嫗《しひのおみな》に賜ふ御歌一首

236
否《いな》と言へど強《し》ふる[七]志斐のが強語《しひがたり》このころ聞かずて[八]朕《われ》恋ひにけり

不聴跡雖云　強流志斐能我　強語　比者不聞而　朕恋尓家里

志斐嫗の和《こた》へ奉《まつ》る歌一首　嫗の名未だ詳《つばひ》らかならず

一　人麻呂の歌であるから、天武・持統・文武天皇が考えられるが、持統天皇か。
二　奈良県高市郡明日香村雷にある小丘。飛鳥川がこの丘の南から西へまくように北流している。川を隔てて南にある甘樫丘とする説も多い。これを飛鳥の神岡とするのが通説であったが、違うだろう。
三　雷の丘の名にちなんで、天雲の中に居る雷と言ったもの。
四　イホリスルカモ・イホリセルカモと訓む説がある。
五　「天雲の雷」に同じく、雷の名にちなむイカヅチ山の修飾句。
六　持統天皇であろう。
七　志斐ノは下に「嫗」などの語を省略した言い方で、親愛の気持がうかがわれる。ガは自分のものを言う場合か、他人を軽んじて言う場合(相手に親愛の気持を示すこともある)に用いられるという。
八　アレと訓む説もある。

一　間投助詞。主格の下について指示強調を表す副助詞ともいわれている。
二　ノルと訓む説がある。
三　応詔歌。万葉前期に応詔歌は長意吉麻呂の作以外にはない。肆宴等における天皇や上皇の、歌を詠めとの突然の仰せに即座に応えて披露した歌だったと考えられる。
四　ここは難波宮であろう。
五　地引網を引く人。漁業を専門とするアマに従属する者で日常は農業に従事していた

237 否《いな》と言へど語れ語れと詔《の》らせこそ志斐[一]いは奏《まを》せ強語と言ふ[二]

不聴雖謂　話礼〻〻常　詔許曽　志斐伊波奏　強話登言

長忌寸意吉麻呂《ながのいみきおきまろ》、詔《みことのり》[三]に応《こた》ふる歌一首

238 [四]大宮の内まで聞こゆ網引《あびき》すと網子《あご》[五]ととのふる海人《あま》の呼び声

大宮之　内二手所聞　網引為跡　網子調流　海人之呼声

弓削皇子《ゆげのみこ》、吉野[六]に遊《いでま》しし時の御歌一首

242 滝《たぎ》[七]の上《うへ》の三《へ》船の山に居《ゐ》る雲の常にあらむとわが思はなくに

滝上之　三船乃山尓　居雲乃　常将有等　和我不念久尓

柿本　朝臣《かきのもとのあそみ》人麻呂《ひとまろ》の羇旅《たび》[九]の歌八首〈二首略〉

250 玉藻刈る敏馬《みぬめ》[一〇]を過ぎて夏草[一一]の野島[一二]の崎に船近づきぬ

珠藻苅　敏馬乎過　夏草之　野嶋之埼尓　舟近著奴

[一三]一本に云はく、処女《をとめ》[一四]乎《を》過而《すぎて》　夏草乃《なつくさの》　野嶋我埼尓《のしまがさきに》　伊保里為吾等者《いほりすわれは》

251 淡路[一五]の野島[一六]の崎の浜風に妹《いも》が結びし紐吹きかへす[一七]

粟路之　野嶋之前乃　浜風尓　妹之結　紐吹返

という説、下っぱの漁師たちという説などがある。

六 吉野離宮の地。↓一一頁注一五

七 吉野川の急流、奔流をいう。タキと訓む説もある。また、タギノヘノとも訓む。

八 吉野離宮と推定される今の宮滝の、吉野川を隔ててすぐ東南方に見える山。標高四八七メートル。西は喜佐谷をはさんで象山と対峙する。

九 羈が正しい。羈は馬の手綱の意だが、旅に通用した。

一〇 神戸市灘区岩屋・大石付近。式内汶売（みぬめ）神社がある。神戸港の東方。

一一 夏草の生い茂るの意で、野島の修飾語。野の枕詞とする説もある。

一二 兵庫県津名郡北淡（ほくだん）町野島。淡路島の北端から西岸をやや南下したあたり。また最北端の津名郡淡路町松帆の浦に求める説もある。ノシマガサキとも訓む。

一三 巻十五・三六〇六にこの歌がある。それを言うか。

一四 芦屋の菟原（うない）処女の伝説による地名かという。敏馬の東方に処女塚がある。

一五 淡路島。阿波の国への通路の意という。

一六 ノシマガサキとも訓む。

一七 フキカヘスの主語は風であろうが、上のハマカゼニは主語を示さない。ハマカゼニによれば「吹返」は紐の動作である。そこでフキカヘルと訓む説がある。フキカヘスは軽い使役の気持を含む語であろう。

一 藤にかかる枕詞。↓一七頁注五

二 兵庫県明石市の西部、藤江付近の海岸。

三 本州沿岸の浅海に生息する姿の美しい大型の魚。スズキ科、体長一メートルになる。美味で釣魚として珍重される。

四 ここは藤の枕詞。↓一一頁注三

五 海で漁をすること。魚を捕ること。

六 イナビはイナミと同じ。印南野。兵庫県

252
[一]荒たへの　[二]藤江の浦に　鱸《すずき》[三]釣る　海人《あま》とか見らむ　旅行くわれを

荒栲　藤江之浦尓　鈴寸釣　白水郎跡香将見　旅去吾乎
白水(類宮細矢)─泉

一本に云はく、[四]白栲乃《しろたへの》　藤江能浦尓《ふぢえのうらに》　[五]伊射利為流《いざりする》

253
[六]稲日野《いなびの》も　行き過ぎかてに[七]　思へれば　心恋《こほ》[八]しき　[九]加古の島見ゆ（一に云ふ、[一〇]湖《みなと》見ゆ）

稲日野毛　去過勝尓　思有者　心恋敷　可古能嶋所見一云湖見

254
[一一]ともし火の　[一二]明石《あかし》大門《おほと》に　[一三]入る日にか　漕ぎ別れなむ　家のあたり見ず

留火之　明大門尓　入日哉　榜将別　家当不見

255
[一四]天離《あまざか》る　鄙《ひな》の長道《ながぢ》ゆ[一五]　恋ひ来れば　[一六]明石の門《と》より　[一七]大和島見ゆ

天離　夷之長道従　恋来者　自明門　倭嶋所見

一本に云はく、[一八]家門《いへの》当見由《あたりみゆ》

柿本朝臣人麻呂、新田部皇子《にひたべのみこ》に献る歌一首　并せて短歌

261
[一九]やすみしし　[二〇]わが大君　[二一]高照らす　日の御子《みこ》　[二二]敷きいます　大殿の上《うへ》に　[二三]ひさかたの　天伝《あまづた》ひ来る　[二四]雪じもの　行き通ひつつ　いや常世《とこよ》まで

加古川市から明石市にかけての野。→七頁注一二

七　→二五頁注一四

八　コヒシキと訓む説もある。コホシの仮名書例は巻五に二例と、記紀歌謡にあり、コヒシは集中二十例、全て巻十四以降の巻にある。古くはコホシであったと思われる。

九　加古川の河口(兵庫県高砂市)にあった三角洲か。付近に島はない。

一〇　「湖」は説文に「大陂也」とあり、「陂」は堤の意で、水門を表すとしてミナト、またミトと訓む。

一一　灯火が明カシの意から明石の地名にかかる枕詞。原文「留」トマルはトモルとも訓みうると考え、火のトモル・トモスに転用したものという。また「留」は「蜀(燭の省画)」の誤写とする説もある。

一二　明石海峡。大門は瀬戸よりも両岸の開いた海峡をいう。

一三　イルヒは船が海峡にさしかかる日。イラムヒヤと訓む説がある。

一四　鄙の枕詞。→一二頁注一七

一五　格助詞。動作の経過する所を表す。

一六　明石大門に同じ。

一七　大和国の西の国境に連る生駒葛城の連山が、明石海峡あたりの海上から見ると島のように見える。

一八　イヘと訓む説がある。

一九　→五頁注一五

二〇　ワゴオホキミとも訓む。

二一　タカヒカルとも訓む。

二二　原文「茂」により、シゲリイマス・サカエマスとも訓む。草木の茂ることを敷くということろからシキと訓み、主として住まう意とする。

二三　天の枕詞。→三六頁注一一

二四　ジモノは〜であるもの、〜のようなもの。雪ジモノは雪のようにの意で、行キ通ヒツツのユキにかかる。

八隅知之　吾大王　高輝　日之皇子　茂座　大殿於　久方　天伝来　白雪
仕物　往来乍　益及常世
白（類紀細）―自

反歌一首

262 [一]矢《や》釣山《つりやま》木立も見えず[二]降りまがふ[三]雪に騒ける朝楽《あした》しも

矢釣山　木立不見　落乱　雪驪　朝楽毛

柿本朝臣人麻呂《かきのもとのあそみひとまろ》、近江国より上り来る時に、[四]宇治河の辺《へ》に至りて作る歌一首

264 [五]もののふの八十《やそ》宇治川の[六]網代木《あじろき》に[七]いさよふ波の行く方《へ》知らずも

物乃部能　八十氏河乃　阿白木尓　不知代経浪乃　去辺白不母

長忌寸奥麻呂《ながのいみきおきまろ》の歌一首

265 苦しくも降り来る雨か[八]三《み》輪《わ》の崎[九]狭《さ》野《の》の渡りに家もあらなくに

苦毛　零来雨可　神之埼　狭野乃渡尓　家裳不有国

柿本朝臣人麻呂の歌一首

266 [一〇]近江の海《うみ》[一一]夕波千鳥汝《な》が鳴けば[一二]心もしのに古《いにしへ》思ほゆ

一　奈良県高市郡明日香村八釣の東方にある山。山田寺の裏手になる。
二　フリミダル・フリマガヒと訓む説もある。
三　「驪」を類聚古集に「騄」としその右に「驢或本」とあり、「雪驢」をユキノウサキマ（ウサギウマ）と訓み、「雪騄」はユキニウグツクとも訓む。ウグツクは馬を早く走らせること。ユキノサワケルと訓む説もある。
四　琵琶湖に発した瀬田川が京都府に入ってからの名。当時は巨椋(おぐら)池に注いでいた。ここで木津川（泉川）・桂川と合流して淀川となる。
五　枕詞。モノノフは朝廷に仕える文武百官をいう。その掌る職分によって多数の部族に分れているところから八十氏にかかる。
六　アジロはアミシロの約。川の中に杭を打ち並べ、魚の通路を狭くし、その出口に簀を設けて魚を取るもの。その杭が網代木。原文「白」のロは甲類、「代(しろ)」のロは乙類で、この表記は違例。
七　ためらう、ただよう。原文「不知」はイサ知ラズの慣用句から。「代」はヨの乙類だが、イサヨフのヨは甲類で、これも違例。
八　和歌山県新宮市三輪崎町。ミワガサキとも訓む。また、カミノサキと訓んで、大阪府貝塚市の東南の近木川河口付近とする説がある。今、同市神前(こうざき)の地名がある。
九　三輪崎町の西南、新宮市佐野町。佐野はもと東牟婁郡三輪崎村の中に含まれていた。大阪説によれば、佐野は今の泉佐野市の地。両地名並列と見る。　一〇　琵琶湖。
一一　夕べの波の上を飛び交う千鳥。人麻呂の造語。千鳥は水辺に群をなして住み、歩行力、飛翔力が強い。形の美しい鳥である。
一二　心がうちしおれて。心がぐったりとうちひしがれて。心モシヌニと訓むのは誤り。

一　↓五六頁注九
二　モノコヒシキニとも。↓五七頁注八

淡海乃海　夕浪千鳥　汝鳴者　情毛思努尓・　古所念

努（類紀温細）―奴

高市連《たけちのむらじ》黒人《くろひと》の羈旅《たび》[一]の歌八首〈二首略〉

270 旅にしてもの[二]恋《こほ》しきに山下《した》[三]の赤《あけ》[四]のそほ船[五]沖に漕ぐ見ゆ

客為而　物恋敷尓　山下　赤乃曽保船　奥榜所見

271 桜[六]田へ鶴《たづ》[七]鳴き渡る年魚市潟《あゆちがた》[八]潮干にけらし鶴鳴き渡る

桜田部　鶴鳴渡　年魚市方　塩干ニ家良之　鶴鳴渡

272 四極《しはつ》[九]山うち越え見れば笠縫[一〇]の島漕ぎ隠る棚無し[一一]小舟《を》

四極山　打越見者　笠縫之　嶋榜隠　棚無小船

273 磯[一二]の崎漕ぎ廻《た》み行けば近江[一三]の海《うみ》八十《やそ》の湊《みなと》[一四]に鶴《たづ》[一五]さはに鳴く

磯前　榜手廻行者　近江海　八十之湊尓　鵠佐波二鳴

274 わが船は比良《ひら》[一六]の湊《みなと》に漕ぎ泊《は》てむ沖へな離《さか》[一七]りさ夜更《よふ》けにけり

吾船者　枚乃湖尓　榜将泊　奥部莫避　左夜深去来

三　山の下に先程までいたの意か。山の下にいるとする説、赤の枕詞とする説もある。ヤマモトと訓む説がある。山下を地名とする説もある。

四　赤土を塗った赤い船。ソホは赤土。官船は朱塗りであったというが確かでない。

五　原文にニに当る表記がない。オキへと訓む説、オキヲと訓む説がある。

六　サクラは地名。もと尾張国愛智郡作良郷があった。現在、名古屋市南区に元桜田町・桜本町・桜台町・西桜町などの名がある。

七　タヅを歌語として用いたらしい。「鶴」の字、借訓としてツルに用いているので、一般にはツルと言ったと思われる。

八　アユチは愛智郡の地。現在名古屋市熱田区と南区の西方一帯に当る。その海岸は潮が引くと潟になる遠浅の浜であった。今は埋立地が多く、当時の海岸線はわからないが、もっと湾入していたという。

九　未詳。和名抄による三河国幡豆郡礒泊（はしと）、今の愛知県幡豆町・吉良町付近説と、紀にある住吉津に泊って「磯歯津路」を通るという記事による大阪市住吉説とが有力。

一〇　未詳。大阪市東成区深江・片江町、生野区片江町、東大阪市足代にまたがるあたりに古く笠縫氏が住んでいたことが知られ、氏の名が地名になっていたことも考えられる。愛知説では渥美湾内に散在する島のどれかということになる。

一一　→二〇頁注三

一二　突き出た所が磯になっている岬。

一三　琵琶湖。アフミノミとも訓む。

一四　ミナトは水の門で、水の出入りする所、即ち河口・湾口の意。そこは船の碇泊するに適した所となる。　一五　→注七

一六　比良→六頁注一二。その湊は比良川の河口であろう。

275
何処《いづく》に[一]かわれは宿らむ高島[二]の勝野《かつの》の原にこの日暮れなば
何処　吾将宿　高嶋乃　勝野原尓　此日暮去者

高市連黒人《たけちのむらじくろひと》の歌一首

283
住吉《すみのえ》の得名津《えなつ》[三]に立ちて見渡せば武庫《むこ》[四]の泊《とまり》ゆ出づる船人《ふなびと》
墨吉乃　得名津尓立而　見渡者　六児乃泊従　出流船人

田口益人大夫《たぐちのますひとのまへつきみ》、上野国司《かみつけのくにのつかさ》[五]に任《ま》けらえし時に、駿河《するが》の浄見《きよみ》[六]の崎《さき》に至りて作る歌二首〈一首略〉

296
廬原《いほはら》[七]の浄見の崎の三保《みほ》[八]の浦の寛《ゆた》けき見つつもの思《も》ひ[九]もなし
廬原乃　浄見乃埼乃　見穂之浦乃　寛見乍　物念毛奈信

長屋王《ながやのおほきみ》、馬を寧楽山《ならやま》[一〇]に駐《と》めて作る歌二首〈一首略〉

300
佐保《さほ》[一一]過ぎて奈良の手向《たむけ》[一二]に置く幣《ぬさ》は妹《いも》を目離《めか》れず相見しめとそ
佐保過而　寧楽乃手祭尓　置幣者　妹乎目不離　相見染跡衣

[一三]暮春の月、芳野《よしの》[一四]の離宮《とつみや》に幸《いでま》しし時に、[一五]中納言大伴卿《おほとものまへつきみ》、勅《みことのり》を奉《うけたまは》りて作る歌一首　并せて短歌　未だ奏上を経ぬ歌

一七 ナは禁止の意の副詞。下の動詞にソ・ソネが付くことが多いが、なくてもよい。
一 ワガヤドリセムと訓む説がある。
二 琵琶湖の西岸、滋賀県高島郡高島町勝野のあたり。
三 得名津の地名は今ない。和名抄に、摂津国住吉郡に「榎津以奈豆」とある。今の大阪市住之江区の殆んどは当時海であったから、その安立・住之江、住吉区の墨吉から遠里小野、堺市にかけての一帯らしい。
四 摂津国武庫郡。現在の尼崎市から西宮市にかけての海岸地方。両市の間を流れる武庫川の河口あたりに港があったか。
五 地方の国を治める守(かみ)介(すけ)掾(じょう)目(さかん)の四等官の総称。狭義には国守をさす。田口益人は和銅元(七〇八)年三月十三日上野国守に任ぜられている。
六 静岡県清水市興津清見寺町の崎。
七 駿河国廬原郡。今、静岡県庵原(いはら)郡と清水市の地。
八 三保松原で知られる清水市三保の岬で囲まれた大きく深い入海。
九 モノオモヒモナシとも訓む。
一〇 奈良山。→九頁注一六
一一 奈良市旧市街の北部、法華寺町の東から法蓮町、佐保川の北岸一帯をいう。その背後の山を佐保山という。ここに長屋王の別荘「佐保楼」もあった。
一二 ここは旅の安全を祈って幣帛などを捧げて祭る道の神、その場所。山道ではその登りつめた所に祭られていた。そこが峠(タムケの転)である。　一三 三月。何年か不明。
一四 →一一頁注一五
一五 大伴旅人。中納言に任ぜられたのは養老二(七一八)年三月。養老以後の三月の吉野行幸は続紀によれば、神亀元(七二四)年聖武天皇の行幸がある。

315 み吉野の　吉野の宮は　山柄し　貴くあらし　川柄し　清《さや》けくあらし　天地《あめつち》と　長く久しく　万代《よろづよ》に　改《かは》らずあらむ　行幸《いでまし》の宮

見吉野之　芳野乃宮者　山可良志　貴有師　水可良思　清有師　天地与　長久　万代尓　不改将有　行幸之宮

水(類古)—永　宮(類古紀宮)—処

反　歌

316 昔見し象《きさ》の小川を今見ればいよよ清《さや》けくなりにけるかも

昔見之　象乃小河乎　今見者　弥清　成尓来鴨

山部宿禰《やまべのすくね》赤人《あかひと》、不尽山《ふじのやま》を望む歌一首　并せて短歌

317 天地《あめつち》の　分れし時ゆ　神《かむ》さびて　高く貴き　駿河《するが》なる　富士の高嶺《たかね》を　天の原　振り放《さ》け見れば　渡る日の　影も隠らひ　照る月の　光も見えず　白雲も　い行きはばかり　時じくそ　雪は降りける　語り継ぎ　言ひ継ぎ行かむ　富士の高嶺は

天地之　分時従　神左備手　高貴寸　駿河有　布士能高嶺乎　天原　振放見者　度日之　陰毛隠比　照月乃　光毛不見　白雲母　伊去波伐加利　時

一　カラは血縁、血筋の意。また、そのものにそなわっている本来の性格、素性の意。山柄は山として元来持っている品格をいう。
二　タフトカルラシと訓む説がある。
三　サヤケカルラシと訓む説がある。
四　天地長久、万代不改の漢語表現をもとに歌っている。
五　今、吉野の宮滝の対岸の象山と三船山との間に、喜佐谷がある。吉野の金峰山(きんぷせん)と水分(みくまり)山から発して喜佐谷を北流し、吉野川に注ぐ川。離宮の位置によって他に求める説もある。
六　富士山。集中、不自・布士・布仕・布自と書かれている。
七　古事記序文に「乾坤初分」「天地開闢」、神代紀上に「開闢之初」「天地初判」とある。
八　↓一四頁注六
九　静岡県の東半部。伊豆半島を除く、大井川以東の地。
一〇　↓三二頁注四
一一　光、姿。
一二　形容詞トキジ、時を選ばない意。絶え間なく、常に。
一三　ツギの原文「告」で、告グにはツギという活用形はないので、これをツギと訓ませるのは異例。しかし告グは伝える意で元来継グの意を持っており、古くは継グと区別されていなかったのではないか。そして活用は四段であっただろう。

自久曽　雪者落家留　語告　言継将往　不尽能高嶺者

反歌

318 [一]田児《たご》の浦[二]ゆ[三]うち出でて見れば真白にそ富士の高嶺に雪は降りける

田児之浦従　打出而見者　真白衣　不尽能高嶺尓　雪波零家留

山部宿禰《やまべのすくね》赤人《あかひと》、[四]伊予の温泉《ゆ》に至りて作る歌一首　并せて短歌

322 [五]すめろきの　神の命《みこと》の　[六]敷きいます　国のことごと　湯は[七]しも　多《さは》にあれども　島山の　よろしき国と　[八]こごしかも　[九]伊予の高嶺《たかね》の　[一〇]射狭庭《いざには》の　[一一]岡に立たして　[一二]歌思ひ　[一三]辞《こと》思ほしし　[一四]み湯の上《うへ》の　木群《こむら》を見れば　[一五]臣《おみ》の木も　生《お》ひ継ぎにけり　鳴く鳥の　声も変らず　遠き代に　[一六]神《かむ》さびゆかむ　行幸処《いでましところ》

皇神祖之　神乃御言乃・　敷座　国之尽　湯者霜　左波尓雖在　嶋山之　宜国跡　極此疑・　伊予能高嶺乃　射狭庭乃　崗尓立而　歌思　辞思為師　三湯之上乃　樹村乎見者　臣木毛　生継尓家里　鳴鳥之　音毛不更　遐代尓　神左備将往　行幸処

乃(紀宮温矢)―ナシ　　疑(紀宮細)―凝

一 富士川西岸の静岡県庵原郡の蒲原(かんばら)・由比・倉沢あたりの弓なりに続く海浜という。現在有名な田子の浦とは別。
二 このユは動作の経過地点を表わす。田児の浦を通るうちに。
三 見晴らしのいい開けた所へ出ること。
四 愛媛県松山市の道後温泉。石湯(ゆわ)といった。→八番歌左注。
五 スメロキ→一二頁注二。ミコトは神や人を尊んで言う時にその名の下につける語。ここは歴代の天皇から現在の天皇までをいう。
六 シクは治める意。シキマス・シキマセルと訓む説がある。　七 →一三頁注一三
八 凝り固まってごつごつしたさま。コゴシキとも訓む。
九 道後温泉の背後に高縄山地、その後に四国最高峰石鎚山(一九八二メートル)を含む石鎚山脈がある。その山々を背景とするという説、その山々に続いてその末端に存在するという説、石鎚山の神を道後温泉の周辺の山々に見ているので射狭庭の岡も石鎚山の一部となるとする説がある。
一〇 仙覚『万葉集註釈』引用の伊予国風土記に、聖徳太子がこの温泉に来られた時に「立湯岡側碑文。其立碑文処、謂伊社邇波之岡也。所名伊社邇波由者、当土諸人等、其碑文欲見而、伊社那比来。因謂伊社邇波本也」とあり、その碑文を記す。その岡は道後温泉に続く道後公園の岡か。そこは湯月城の跡で、築城の時、伊佐尓波神社を移したという。
一一 ヲカニタチテとも訓む。
一二 「敲自努比(うちじのひ)」(巻十九・四二六六)の「敲」を元・類に「歌」に作っていることから、この「歌」を「敲」の誤とし、ウチシ(ジ)ノヒと訓む説がある。
一三 コトオモハシシ・コトシノヒセシと訓む説がある。　一四 ミユノヘノとも訓む。
一五 モミの木か、未詳。注一〇の伊予国風土

反歌

323 [一]ももしきの大宮人の[二]飽田津《にきたつ》に船乗《ふなのり》しけむ年の知らなく

百式紀乃　大宮人之　飽田津尓　船乗将為　年之不知久

[三]神岳《かむをか》に登りて、山部宿禰赤人の作る歌一首　并せて短歌

324 [四]みもろの　[五]神名備山《かむなびやま》に　[六]五百枝《いほえ》さし　[七]繁《しじ》に生ひたる　[八]つがの木の　いや継ぎ継ぎに　[九]玉葛《かづら》　絶ゆることなく　[一〇]ありつつも　止《や》まず通はむ　[一一]明日香の　古き京《みやこ》は　山高み　河[一二]とほしろし　春の日は　山し見が欲《ほ》し　秋の夜は　川し清《さや》けし　朝雲に　[一三]鶴《たづ》は乱れ　夕霧に　[一四]かはづは騒く　見るごとに　哭《ね》のみし泣かゆ　古《いにしへ》思へば

三諸乃　神名備山尓　五百枝刺　繁生有　都賀乃樹乃　弥継嗣尓　玉葛　絶事無　在管裳　不止将通　明日香能　旧京師者　山高三　河登保志呂之　春日者　山四見容之　秋夜者　河四清之　旦雲二　多頭羽乱　夕霧丹　河津者騒　毎見　哭耳所泣　古思者

嗣（類宮細）―飼　旦（類紀宮温）―且

記に、舒明天皇と皇后行幸の時に「於二大殿戸一、有三椹（むく）与二臣木一。於二其木一、集三止鵤（いかるが）与二此米鳥（しめどり）一」とある。

一六 ↓一四頁注六

一 大宮の枕詞。↓一二頁注四

二 ニキタヅニとも訓む。↓六頁注一

三 神のいます岡。↓三四頁注一二

四 神が降臨する所、神のいます所。

五 カムナビは神を祭る所、特に神のいます森・山。大和では三輪・飛鳥・竜田のカムナビがある。

六 五百は数の多いこと。サシは、ここでは芽や枝が伸び広がる意。

七 密に。いっぱいに。

八 ↓一二頁注一一

九 枕詞。カヅラのつるが長くどこまでも伸びるところからタユルコトナクにかかる。

一〇 ↓二三頁注八

一一 明日香古京は天武・持統天皇の浄御原宮のあったところ。

一二 雄大であること。遠白シではない。

一三 タヅハミダルと訓む説がある。タヅ↓五九頁注七

一四 蛙。歌では河鹿蛙。楓をカヘルデというところからカヘルの語はあったと思われるが、集中全てカハヅ。「タヅとツル」に同じくカハヅは歌語であったとする説がある。語源を推測してカハヅは川の蛙、カヘルは峡（かひ）の蛙とする説もある。

反歌

325 [一]明日香川川淀[二]去らず立つ霧の思ひ過ぐべき恋にあらなくに

明日香河　川余藤不去　立霧乃　念応過　孤悲尓不有国

[三]大宰少弐《だざいのせうに》小野老朝臣《をののおゆのあそみ》の歌一首

328 [四]あをによし[五]奈良の京《みやこ》は咲く花の[六]にほふがごとく今盛りなり

青丹吉　寧楽乃京師者　咲花乃　薫如　今盛有

[七]帥大伴卿《そちおほとものまへつきみ》の歌五首〈二首略〉

331 わが盛りまた[八]変若《をち》めやも[九]ほとほとに[一〇]奈良の京《みやこ》を見ずかなりなむ

吾盛　復将変八方　殆　寧楽京乎　不見歟将成

332 わが命も[一一]常にあらぬか昔見し[一二]象《きさ》の小川を行きて見むため

吾命毛　常有奴可　昔見之　象小河乎　行見為

小(類宮細)—少

333 [一三]浅茅《あさぢ》原《はら》[一四]つばらつばらに[一五]もの思へば[一六]故《ふ》りにし郷《さと》し思ほゆるかも

浅茅原　曲曲二　物念者　故郷之　所念可聞

一 →四〇頁注九
二 離れずに。毎にの意とする説があるが、これは朝サラズ、夕サラズなど時間を表す場合に当り、場所的な語を持つ場合は～ヲ(ガ)サラズと解すべきだと思われる。
三 大宰府の次官の下位。次官には大弐と少弐とあった。従五位下相当官。大宰府は対外および西海道九国二島の総管府。
四 →九頁注一五
五 →二二頁注七
六 ニホフは元来赤色が鮮かに映えることだが、赤に限らず用いた。後には香りにも用いるようになる。原文「薫」はその芳香をもこめて言っていることを思わせる。ニホヘルガゴトと訓む説がある。
七 大伴旅人をさす。帥は大宰府の長官。従三位相当官。卿は三位以上の尊称。
八 ヲツは元に戻る、若返る意。
九 漢字「殆」の原義は危うく～しようとするの意で、ここはそれに近い。ひょっとするとという不安な気持を表す。
一〇 →二二頁注七
一一 ツネニモアラヌカとも訓む。
一二 →六一頁注五
一三 枕詞。チハラの類音でツバラにかかる。茅はチガヤで、春の若い穂をツバナと言って食用にする。アサヂハラは丈の低いチガヤの原。まばらな原とする説もある。
一四 くわしく、つくづくと。
一五 モノオモヘバともモノモヘバとも訓む。
一六 作者旅人が生れ育った飛鳥の古京をさす。

336 沙弥満誓《さみまんせい》、綿を詠《よ》む歌一首　[一]造筑紫観音寺別当《ざうつくしくわんおんじのべつたう》、俗姓は笠朝臣麻呂《かさのあそみまろ》なり

[二]しらぬひ筑紫の綿は身につけていまだは着ねど暖[三]けく見ゆ

白縫　筑紫乃綿者　身著而　未者伎祢杼・　暖所見

伎(類古紀宮)—妓

337 山上憶良臣《やまのうへおくらのおみ》の、宴《うたげ》を罷《まか》る歌一首

憶良[四]らは今は罷らむ子泣くらむ[五]そのかの母も吾《わ》を待つらむそ

憶良等者　今者将罷　子将哭　其彼母毛　吾乎将待曽

338 [六]大宰帥《だざいのそち》大伴卿、酒を讃《ほ》むる歌十三首 〈四首略〉

[七]験《しるし》なきものを思《へ》はず[九]は一坏《つき》の濁[一〇]れる酒を飲むべくあるらし

験無　物乎不念者　一坏乃　濁酒乎　可飲有良師

339 酒[一一]の名を聖《ひじり》と負《おほ》せし古《いにしへ》の大き聖[一二]の言のよろしさ

酒名乎　聖跡負師　古昔　大聖之　言乃宜左

340 古《いにしへ》の七《なな》[一三]の賢《さか》しき人[一四]ども欲《ほ》りせしものは酒にしあるらし

古之　七賢　人等毛　欲為物者　酒西有良師

一　観音寺は観世音寺に同じ。筑紫観世音寺は天智天皇が筑紫朝倉宮で崩じた母斉明天皇のために発願したものといわれる。大宰府正庁の東に隣して造営された。別当とは長官。

二　筑紫の枕詞。語義・かかり方未詳。原文「縫ひ」のヒ、「斯良農比筑紫の国に」(巻五・七九四)の「比」は甲類、いわゆる「不知火」の「火」は乙類、別語である。

三　アタタカニと訓む説もある。

四　単複にかかわらぬ接尾語。

五　この句異訓多く、ソモソノハハモ、またソレソノハハモと訓む説がある。ソレは漢文訓読用語で、推量表現を強調する表現。「彼」を「被」の誤りとしてソヲオフハハモと訓む説もある。その子を負う意という。

六　大伴旅人。

七　効験がない、甲斐がない。

八　オモハズハともモハズハとも訓む。

九　↓二三頁注六

一〇　かすをこし取ってない酒。どぶろく。

一一　酒の名を聖とつけた話は魏志・徐邈伝に「魏国初建、為㆓尚書郎㆒。時科㆓禁酒㆒。而邈私飲至㆓於沈酔㆒。校事趙達問以㆓曹事㆒。邈曰、中㆓聖人㆒。達白㆓之太祖㆒。太祖甚怒。渡遼将軍鮮于輔進曰、平日酔客謂㆓酒清者㆒為㆓聖人㆒、濁者為㆓賢人㆒。邈性修慎、偶酔言耳」とある。芸文類聚の「酒」の項に引用された魏略にもある。

一二　特定の人はない。

一三　竹林の七賢人。世説新語の任誕篇(第二十三)に「陳留阮籍、譙国嵇康、河内山濤、三人年皆相比、康年少㆑亜之。預㆓此契㆒者、沛国劉伶、陳留阮咸、河内向秀、琅邪王戎、七人常集㆓于竹林之下㆒、肆㆑意酣暢、故世謂㆓竹林七賢㆒」とある。

一四　タチとも訓む。

341 賢《さか》[一]しみと物言ふよりは酒飲みて酔《ゑひ》泣きする[二]まさりたるらし

賢跡　物言従者　酒飲而　酔哭為師　益有良之

343 [三]なかなかに人とあらず[四]は[五]酒壺《さかつぼ》に成りに[六]てしかも酒に染《し》みなむ

中〻尓　人跡不有者　酒壺二　成而師鴨　酒二染嘗

344 [七]あな醜《みにく》[八]賢《さか》しらをすと酒飲まぬ人をよく[九]見ば猿にかも[一〇]似る

痛醜　賢良乎為跡　酒不飲　人乎熟見者・　猿二鴨似

者(類古紀宮)―ナシ

348 この世にし楽しくあらば来む世には虫に鳥にもわれはなりなむ

今代尓之　楽有者　来生者　虫尓鳥尓毛　吾羽成奈武

349 [一一]生ける者つひにも死ぬるものにあれば[一二]この世なる間《ま》は楽しく[一三]をあらな

生者　遂毛死　物尓有者　今・在間者　楽乎有名

今(類古紀)―今生

350 [一四]黙然《もだ》居りて[一五]賢しらするは酒飲みて酔《ゑひ》泣きするになほ及《し》かずけり

一　賢シのミ語法。賢いのだからと。
二　マサリテアルラシとも訓む。
三　中途半端などっちつかずの状態を表す。
四　↓二三頁注六。
五　酒壺になりたいという話は琱玉集十四、嗜酒篇に「鄭泉字文淵陳郡人也。孫権時為二太中大夫一。為レ性好レ酒。乃嘆曰、願得二三百斛船一、酒満二其中一、以二四時甘餚一置二於両頭一。安二升升一在レ傍、随減随益。方可レ足二一生一耳。臨レ死之日。勅二其子一曰、我死可レ埋二於窯之側一。数百年之後、化而成レ土、覬取為二酒瓶一、獲二心願一矣。出二呉書一」とある。
六　テシカ(モ)は願望を表す終助詞。
七　「痛」の字は、古語拾遺に「事之甚切、皆称二阿那一」とあり、神武紀の「大醜」の訓注にアナミニクとあるなどによりアナと訓む。集中、穴師川を「痛足川」と記している。
八　かしこぶること。
九　ミレバと訓む説がある。
一〇　上のミバを受けて、ニムと訓む説がある。
一一　イケルヒトとも訓む。また、ウマルレバと訓む説もある。
一二　イマアルホドハ・イマナルホドハ・コノヨニアルマハと訓む説がある。「今生在間者」を本文として、今生をコノヨと訓むという説もある。
一三　間投助詞。
一四　モダはだまっていること、何もしないでじっとしていること。集中仮名書例は「咲けりとも知らずしあらば母太毛安良牟」(三九七六)の一例。
一五　↓注八

黙然居而　賢良為者　飲酒而　酔泣為尓　尚不如来

沙弥《さみ》満誓《まんせい》の歌一首

351　世の中を何に譬《たと》へむ朝開《あさびら》[一]き漕《こ》[二]ぎ去《い》にし船の跡なき[三]ごとし

世間乎　何物尓将譬　旦開　榜去師船之　跡無如

旦(古紀矢京)―且

山部宿禰赤人の歌六首〈三首略〉

357　縄《なは》[四]の浦ゆ背向《そがひ》[五]に見ゆる沖つ島[六]漕ぎ廻《み》る舟は釣しすらし[七]も

縄浦従　背向尓所見　奥嶋　榜廻舟者　釣為良下

358　武庫《むこ》[八]の浦を漕《こ》ぎ廻《み》る小舟《をぶね》粟島《あはしま》[九]をそがひに見つつともしき[一〇]小舟

武庫浦乎　榜転小舟　粟嶋矣　背尓見乍　乏小舟

359　阿倍《あへ》[一一]の島鵜《う》[一二]の住む磯[一三]に寄する波[一四]間《ま》なくこのころ大和し思ほゆ

阿倍乃嶋　宇乃住石尓　依浪　間無比来　日本師所念

笠朝臣金村《かさのあそみかなむら》、塩津山《しほつやま》[一五]にして作る歌二首〈一首略〉

一　夜港に碇泊していた船が早朝一斉に船出すること。

二　コギニシフネノと訓む説がある。

三　アトナキガゴトとも訓む。

四　兵庫県相生(あいおい)市那波(なば)の地の海岸。相生湾の最奥の浜。他に大阪市内説、高知説などがある。

五　その表記から、背後・後方の意というが、不審。遠く離れている意ではないか。

六　沖にある島、相生湾の湾口にある蔓島をさすか。　七　ツリヲスラシモとも訓む。

八　摂津国武庫郡あり。今の尼崎市から西宮市にかけての地。その海浜一帯をいう。

九　所在未詳。四国の阿波方面をさしていったものか、淡路島の属島かなど諸説がある。

一〇　→一一三頁注一五

一一　所在不明。大阪市阿倍野区あたりとする説の他、和歌山・兵庫・愛知などの諸県に求める説がある。

一二　巧みに潜水して魚を捕って食べる水鳥。外洋に住むウミウ、海湾・湖沼・河川に住むカワウがある。

一三　イハと訓む説がある。

一四　ヨルナミノと訓む説がある。ここまでが間ナクの序。

一五　滋賀県伊香郡西浅井町塩津から沓掛・愛発(あらち)を経て福井県敦賀市に越える「塩津越え」の道の山。

365　塩津山うち越え行けば我《わ》が乗れる馬そつまづく家恋[一]ふらしも

塩津山　打越去者　我乗有　馬曽爪突　家恋良霜

湯原王《ゆはらのおほきみ》、[二]芳野にして作る歌一首

375　吉野なる夏実《なつみ》[三]の川の川淀に鴨そ鳴くなる山蔭《かげ》にして

吉野尓有　夏実之河乃　川余杼尓　鴨曽鳴成　山影尓之弖

山部宿禰赤人、故太政大臣藤原[四]《なきおほきおほまへつきみふぢはらのいへ》家の山池《しま》[五]を詠《よ》む歌一首

378　古《いにしへ》[六]の古き堤は年深み[七]池のなぎさに水草生《みくさお》ひにけり

昔者之　旧堤者　年深　池之瀲尓　水草生尓家里

尓（紀細三）―ナシ

仙《やまひと》[八]柘枝《つみのえ》の歌三首（二首略）

385　霰《あられ》[九]降り吉志美《きしみ》[一〇]が岳《たけ》を険《さが》しみと草取り[一一]はなち妹《いも》が手を取る

霰零　吉志美我高嶺乎　険跡　草取叵奈知　妹手乎取

志（古紀温）―ナシ　叵（定本・全註釈ニヨル）―可　知（古紀細三）―和

右の一首、或《ある》いは云《い》はく、吉野の人味稲《うましね》[一二]の柘枝仙媛《つみのえのやまひめ》に与へし歌なりといふ。

一　イへは家人をさす。家人が旅ゆく人に早く帰れと念ずる気持が通じて馬も歩を乱すのだという古代の俗信によるのだろう。馬も家を恋しているらしいと解する説もある。

二　↓一一頁注一五。

三　吉野離宮跡といわれる宮滝の真東に、吉野川を隔てて、吉野町菜摘がある。吉野川は菜摘の山裾を東側から北側へ、そして西側へとめぐる。このあたりの流れをナツミノ川と言ったのであろう。

四　贈太政大臣正一位藤原不比等の邸。

五　築山と池。山・池のある庭園をシマという。林泉。

六　主人不比等の生前の頃をいう。

七　久しく年を経ていること。

八　「仙」は山に入って不老不死の術を得た人、仙人、仙女。「柘」は山桑・野桑。仙女柘枝媛《つみのえひめ》。

九　枕詞。あられが降る音をキシキシと聞いて地名キシミにかけたか、キシムからか。またやかましい意のカシマシから地名鹿島にかかり、降る音をトホトホと聞いて遠江などにもかかる。

一〇　所在未詳。吉野川にまつわる伝説によれば吉野山中の一峰であろう。肥前国風土記逸文に「杵島県《きしまのあがた》」の南にある杵島山の歌垣の歌に「あられ降る杵島が岳を険しみと草取りかねて妹が手を取る」とあり、「是は杵島曲《きしまぶり》なり」とある。杵島曲は常陸国風土記（行方郡）に「杵島唱曲、七日七夜、遊楽歌舞」とあり、全国に広く流伝していたと思われる。

一一　クサトリソナチ（所奈知）・クサトリカナワ（可奈和）と訓む説もある。

一二　柘枝伝説に見える吉野川の漁夫の名。懐風藻には美稲、続日本後紀には熊志禰。

但し、柘枝伝《しやしでん》[一]を見るに、此の歌あることなし。

譬喩歌[二]

紀皇女《きのひめみこ》の御歌一首

390 軽[三]の池の浦廻《うらみ》[四]行き廻《み》る鴨[五]すらに玉藻の上に独り寝なくに

軽池之　汭廻徃転留　鴨尚尓　玉藻乃於丹　独宿名久二

笠女郎《かさのいらつめ》、大伴宿禰家持《おほとものすくねやかもち》に贈る歌三首〈二首略〉

396 陸奥《みちのく》[六]の真野《まの》[七]の草原《かやはら》遠けども面影にして見ゆといふものを

陸奥之　真野乃草原　雖遠　面影為而　所見云物乎

挽　歌

上宮《かみつみやの》聖徳皇子《しやうとこのみこ》、竹原井《たかはらのゐ》[八]に出遊《いでま》しし時に、龍田《たつた》[九]山《やま》の死人《しにひと》を見て悲傷《かなし》びて作らす御歌一首[一〇]　小墾田宮《をはりだのみや》[一一]御宇天皇の代。小墾田宮に天の下知らしめししは豊御食炊屋姫《とよみけかしきやひめの》天皇《すめらみこと》なり。諱《いみな》は額田《ぬかた》、諡《おくりな》は推古

一　今に伝わらない。懐風藻の藤原史・紀男人・藤原万里・丹比広成・高向諸足の吉野に遊ぶ詩にその片鱗を見る。また続日本後紀所載の興福寺僧の長歌にある。

二　相聞に代って部立とした。恋の思いをたとえで歌った歌。表現上の特徴をもって分類した最初である。

三　応神紀の十一年十月の条に軽ノ池を剣池などと共に作ったことが記され、垂仁記には軽ノ池で舟遊びをした記事がある。軽は橿原市大軽・見瀬・石川・五条野一帯の地。池の跡は不明。

四　↓二九頁注一三

五　でさえも。

六　東山道の道の奥の意。磐城・岩代・陸前・陸中・陸奥の五か国の総称。今の福島・宮城・岩手・青森県。

七　福島県相馬郡鹿島町に、もと上真野村・真野村があり、そこに真野川が流れている。

八　大阪府柏原市高井田。続紀養老元年の条に「車駕還至二竹原井頓宮一」とある。

九　奈良県生駒郡三郷町立野の竜田本宮の西方の山。信貴山(しぎさん)の南に連なる。今この名はない。

一〇　推古紀二十一年十二月の条に「皇太子遊二行於片岡一。時飢者臥二道垂一。……皇太子視二之与一二飲食一。即脱二衣裳一覆二飢者一而言、安臥也。則歌之曰」として次の歌がある。
しなてる　片岡山に　飯に飢て　臥せる
その旅人あはれ　親無しに　汝生りけめ
や　さす竹の　君はや無き　飯に飢て
臥せる　その旅人あはれ

一一　推古天皇の皇居。ヲハリダは飛鳥地方の北部の地名。

415
[一]家にあらば妹《いも》が手[二]まかむ[三]草枕旅に[四]臥《こや》せるこの旅人《たびと》[五]あはれ

家有者　妹之手将纏　草枕　客尓臥有　此旅人怕怜

大津皇子《おほつのみこ》、死を被《たまは》りし時に、[六]磐余《いはれ》の池の[七]陂《つつみ》にして涕《なみた》を流して作らす御歌一首

416
[八]百伝《ももづた》ふ磐余の池に鳴く鴨を今日のみ見てや[九]雲隠りなむ

百伝　磐余池尓　鳴鴨乎　今日耳見哉　雲隠去牟

右、藤原宮の朱鳥《あかみとり》元年の冬十月

土形娘子《ひぢかたのをとめ》を[一〇]泊瀬《はつせ》の山《やま》に[一一]火葬《やきはぶ》る時に、柿本朝臣人麻呂の作る歌一首

428
[一二]隠《こも》りくの泊瀬の山の[一三]山の際《ま》[一四]にいさよふ雲は妹にかもあらむ

隠口能　泊瀬山之　山際尓　伊佐夜歴雲者　妹鴨有牟

溺《おぼほ》れ死にし出雲娘子《いづものをとめ》を吉野に火葬る時に、柿本朝臣人麻呂の作る歌二首〈一首略〉

430
[一五]八雲《やくも》さす[一六]出雲の子らが黒髪は吉野の川の沖に[一七]なづさふ

八雲刺　出雲子等　黒髪者　吉野川　奥名豆颯

[一八]勝鹿《かつしか》の[一九]真間《ままの》娘子《をとめ》の墓を過ぐる時に、山部宿祢赤人の作る歌一首　并せて短歌　東《あづま》

一　イヘナラバとも訓む。
二　↓二三頁注七　三　↓一六頁注一九
四　↓四〇頁注一五
五　原文「怐怜」は可怜とあるべきもの。怜はあわれむ意。
六　イハレは「余」の字アレと訓むにより磐余と書く。奈良県桜井市、香具山の東北から桜井付近にかけての地。神武天皇を神日本磐余彦天皇といい、神功皇后・履中・清寧・継体・用明天皇の皇居の地であった。池は履中紀二年の条に「十一月作二磐余池一」とある。今はその跡もなく、不明。
七　「陂」は傾斜した丘、堤の意。「般」とも書かれている。
八　磐余にかかる枕詞。百に伝ふ意で八十にかかるが、これは五十のイにかけたものか。
九　磐余の枕詞は普通ツノサハフである。雲隠ルは死ヌの敬避表現であるから、皇子本人の用いることばではなく、第三者のことばかという説がある。
一〇　↓一六頁注一二
一一　火葬は正史では、続日本紀文武天皇四年三月、道照和尚の火葬の記事に「天下火葬従レ此而始也」とある。その三年後大宝三年十二月、前年崩じた持統天皇を天皇では初めて火葬にした。道照を日本最初とするのは確かではないが、その頃始まったのだろう。
一二　泊瀬の枕詞。↓一六頁注一一
一三　↓九頁注一七
一四　ためらう。ただよう。
一五　出雲の枕詞。多くの雲がさし出でる意。
一六　溺死した出雲娘子は出雲国出身の采女であったか。
一七　水に浮かび漂う。水にもまれる。
一八　下総国葛飾郡。東西南北の葛飾郡に分れ、今は千葉県東葛飾郡・松戸市・市川市・東京都葛飾区・江戸川区・埼玉県北葛飾郡。

の俗語《くにひとのことば》に云ふ、可豆思賀能麻末乃弖胡《かづしかのままのてご》

431 古《いにしへ》に　ありけむ人の　倭文機《しつはた》の　帯解き交《か》へて　伏屋《ふせや》立て　妻問《ど》ひしけむ　葛飾の　真間の手児名《てごな》が　奥つ城《き》を　こことは聞けど　真木《まき》の葉や　茂りたるらむ　松が根や　遠く久しき　言《こと》のみも　名のみもわれは　忘らゆましじ

古昔　有家武人之　倭文幡乃　帯解替而　廬屋立　妻問為家武　勝壮鹿乃　真間之手児名之　奥槨乎　此間登波聞杼　真木葉哉　茂有良武　松之根也　遠久寸　言耳毛　名耳母吾者　不可忘

文(紀細)—父　可(類紀京)—所

反歌

432 われも見つ人にも告げむ葛飾の真間の手児名が奥つ城処《どころ》

吾毛見都　人尓毛将告　勝壮鹿之　問々能手児名之　奥津城処

433 葛飾の真間の入江にうち靡く玉藻刈りけむ手児名し思ほゆ

勝壮鹿乃　真々乃入江尓　打靡　玉藻苅兼　手児名志所念

神亀《じんき》五年戊辰、大宰帥大伴卿《だざいのそちおほとものまへつきみ》、故人《なきひと》を思《しの》ひ恋ふる歌三首

一九 真間のあたりに居たという伝説上の女性。千葉県市川市国府台の南の崖下に真間町がある。今ここに手児奈の墓と伝える手児奈堂がある。

一 舶来の精巧な模様のある織物でなく、日本古来の簡単な模様の織物。

二 互いに相手の帯を解いてやる。巻九の高橋虫麻呂歌集中の作によると、手児名は男になびかずに死んだと伝えているので、これは求婚のために男が帯を改めて盛装する意という説がある。また、伏屋のフスにかかる序ともいう。

三 妻を迎えるために新たに小屋を建てる。

四 テゴは人の手に抱かれる幼児の意、また父母の手にある処女の意か。手に技芸ある児とする説もある。ナは主として東国語で人を呼ぶ語について親愛の意を表わす接尾語。またオキナのナに同じく人の意という。

五 墳墓。

六 →一六頁注一三

七 シゲクアルラムとも訓む。

八 ワスラエナクニと訓む説がある。マシジは打消推量の助動詞。平安時代のマジ(→マイ)の古形。

九 神亀五(七二八)年の夏、大宰帥大伴旅人は任地に伴なった妻大伴郎女を亡くした。巻八・一四七二左注に旅人の妻の死と弔問の勅使のことがある。巻五の山上憶良の「日本挽歌」(七九四〜七九九)によれば、大宰府着任間もなくのことであった。

一〇 大伴旅人。

一一 大伴旅人の嫡妻大伴郎女。→注九

438 愛《うつく》[一]しき人の巻きてし敷たへ[二]のわが手枕《たまくら》を巻く人あらめや

愛　人之纏而師　敷細之　吾手枕乎　纏人将有哉

右の一首は、別れ去《い》[三]にて数旬を経て作る歌

439 帰るべく時はなりけり京《みやこ》にて誰《た》が手本《たもと》[四]をかわが枕《まくら》[五]かむ

応還　時者成来　京師尓而　誰手本乎可　吾将枕

440 京《みやこ》なる荒れたる[六]家にひとり寝ば旅にまさりて苦しかるべし

在京・　荒有家尓　一宿者　益旅而　可辛苦

京(類紀)―京師

右の二首は、京に向かふ時に臨近《ちか》づきて作る歌。

神亀[七]六年己巳、左大臣長屋王《ながやのおほきみ》、死を賜はりし後に、倉橋部女王《くらはしべのおほきみ》の作る歌一首

441 大君の命《みことかしこ》畏み大殯《おほあらき》[八]の時にはあらねど雲隠り[九]ます

大皇之　命恐　大荒城乃　時尓波不有跡　雲隠座

天平二年庚午の冬十二月、大宰帥大伴[一〇]《だざいのそちおほとものまへつきみ》卿、京《みやこ》[一一]に向ひて道に上る時に作る歌五首

一　原文「愛」はウツクシともウルハシとも訓む。「宇流波之と吾が思ふ妹」(巻十五・三七六九、三七五五)の例もあるが、「大和し宇流波斯」(景行記)の如くウルハシは風景・容姿の壮麗・端正なのをいい、「妻子見ればめぐし宇都久志」(巻五・八〇〇)「宇都久之気真子が手離れ」(巻二十・四四一四)などウツクシは親密な肉親的な愛情をいうらしい。

二　↓四〇頁注二一

三　妻と死別したこと。

四　手首、また袖口のあたり。

五　マクラを動詞化してマクラク。四段活用。枕にする。

六　帰京する予定の、平城京郊外佐保の大伴宗家の邸宅である。荒れているはずはない。妻のいないことをいう。

七　神亀六(七二九)年二月十日、左大臣長屋王は「私かに左道を学びて国家を傾けむと欲」していると密告があり、直ちに軍兵によって邸は包囲され、十一日知太政官事舎人親王・大納言多治比池守・中納言藤原武智麻呂ら台閣の高官が王の宅に赴いてその罪を窮問し、翌十二日王は自尽したと続紀にある。長屋王は謀反の罪による刑殺より自宅での自尽を望み、許されたのだろうか。

八　原文「大荒城」、アラキの本義は死者の本葬を行うまでの間、遺骸を仮に納めておくこと。殯。モガリともいう。「大殯」↓三二頁注一二

九　死ヌという語を忌避していう。

一〇　大伴旅人。

一一　旅人は天平二(七三〇)年十一月(公卿補任によれば十月)大納言に任ぜられ帰京した。

一 広島県福山市鞆町の海岸で、円形の湾。風光絶佳の地で、古来内海航路の要港。
二 ひのき科の常緑針葉樹。ハイネズ。備後地方ではモロギと呼ばれ、神霊の木として信仰されているという。イブキ説もある。
三 不老不死の理想郷。ここでは永久に変わらないことをいう。ニを伴って副詞的に用いる。

四 文字通り岩の上にあったのではないか。
五 根を張っている。
六 イヅラは広い茫漠とした不定の場所をさす語。不審を抱かせたものについての疑念を、どうしたのか、と感動詞的にいうのに用いる。
七 ムロの木に作者が尋ねる。作者にムロの木が尋ねるとする説もある。
八 ↓五六頁注一〇
九 サは時・場合の意の接尾語。方向を表わすとする説がある。帰る時に。帰り道で。
一〇 古葉略類聚鈔以外の諸本は全て「独而見者」である。これによってヒトリシテミレバと訓む説が多い。

二 妻を伴って大宰府へ赴任した時。神亀四(七二七)年冬と推定される。海路をとった。
三 サカは四段活用のサクの未然形。一般の下二段活用のサク(放)と同義の古形か。見放くることもなく来た。

一 妻がいない空しさをいう。アキ家だったのではない。

446 吾妹子《わぎもこ》が見し鞆《とも》[一]の浦のむろ[二]の木は常世《とこよ》[三]にあれど見し人そなき

吾妹子之　見師鞆浦之　天木香樹者　常世有跡　見之人曽奈吉

447 鞆の浦の磯のむろの木見むごとに相見し妹《いも》は忘らえめやも

鞆浦之　礒之室木　将見毎　相見之妹者　将所忘八方

448 磯[四]の上に根延《ねば》[五]ふむろの木見し人をいづら[六]と問[七]はば語り告げむか

礒上丹　根蔓室木、見之人乎　何在登問者　語将告可

右の三首は、鞆の浦を過ぐる日に作る歌。

449 妹と来《こ》し敏馬《みぬめ》[八]の崎を帰るさ[九]に独りし[一〇]見れば涙《なみた》ぐましも

与妹来之　敏馬能埼乎　還左尓　独之見者　涕具末之毛

之(古)―而

450 行[二]くさには二人わが見しこの崎を独り過ぐれば心悲しも(一に云ふ、見[三]もさかず来ぬ)

去左尓波　二吾見之　此埼乎　独過者　情悲喪　一云、見毛左可受伎濃

喪(古細[二])—哀

右の二首は、敏馬の埼を過ぐる日に作る歌。

故郷の家に還《かへ》り入りて、即ち作る歌三首

451 [一]人もなき空《むな》しき家は[二]草枕旅にまさりて苦しかりけり

人毛奈吉　空家者　草枕　旅尓益而　辛苦有家里

452 妹として二人作りしわが山斎《しま》[三]は木《こ》高く繁くなりにけるかも

与妹為而　二作之　吾山斎者　木高繁　成家留鴨

453 吾妹子が植ゑし梅の木見るごとに[四]心咽《む》せつつ涙し流る

吾妹子之　殖之梅樹　毎見　情咽都追　涕之流

[五]七年乙亥、大伴坂上郎女《おほとものさかのうへのいらつめ》、尼理願《あまりぐわん》の死去《みまか》れるを悲しび嘆きて作る歌一首　并せて短歌

460 [六]栲《たく》づのの　[七]新羅《しらき》の国ゆ　人言《ひとごと》を　[八]よしと聞かして　[九]問ひ放《さ》くる　親族兄《うがらはら》
弟《から》なき国に　渡り来まして　大君の　[一〇]敷きます国に　[一一]うち日さす　京《みやこ》
[一二]しみみに　里家《さといへ》は　多《さは》にあれども　[一三]いかさまに　思ひけめかも　つれも

二　→一六頁注一九

三　→三八頁注八。「山斎」は山荘だが、集中「属[二]目山斎[一]作歌」と題してシマを詠んでいる(四五一一)。

四　心がムスとは、ムスの比喩的用法で、悲哀の情に胸が一杯になる意。胸がつまる。

五　天平七(七三五)年。

六　新羅の枕詞。タクはコウゾ(楮)の古名。タクの樹皮から繊維を採り、その糸で織った白い布がタヘ。タクヌノとも。ツノはツナ。タクの糸で作った綱も白いところから、同音でシラキにかかる。

七　朝鮮半島東南部慶州(釜山の北約百キロ)の地から起り、四世紀に辰韓を統一して新羅を建国し、北の高句麗、西の百済と三国鼎立する。五世紀までしばしば高句麗や倭国の侵攻を受けた。六世紀後半から七世紀前半には三国中で最も頻繁に日本に使節を送っていた。六六〇年唐と連合して百済を滅ぼし、六六八年高句麗を滅ぼして朝鮮全土を統一した。天智七年のことである。やがて唐の勢力を駆逐して日本との国交を密にする。日本への文化的影響は大きい。九三五年王建の高麗国に滅ぼされた。シラキと清音によむ。

八　ヨシトキコシテとも訓む。

九　問ヒサク・語リサク・見サクなど、放つ・離す意のサクを補助動詞に用いて、相手に対して言葉や視線を放ちやる意を加える。

一〇　シクは治める意。占(し)む・領(し)ると同根だろう。

一一　宮・都にかかる枕詞。ウチは接頭語、動詞に冠してその意味を強め、また語調を整える。ヒサスは日射すで、太陽があまねく照らす宮・都をほめたたえるのだろう。

一二　シミシミニで、シミは繁茂するさまを表す。ぎっしりと、すき間なく。

一三　いか様に。どのように。

なき　[一]佐保の山辺に　[二]泣く子なす　慕ひ来まして　[三]敷たへの　家をも造り　[四]あらたまの　年の緒長く　住まひつつ　いまししものを　[五]生ける者[六]死ぬといふことに　免《まぬか》れぬ　ものにしあれば　[七]頼めりし　人のことごと[八]草枕　旅なる間《ほと》[九]に　[一〇]佐保川《さほがは》を　朝川渡り　[一一]春日野《かすがの》を　[一二]そがひに見つつ[一三]あしひきの　山辺を指して　[一四]夕闇と　隠りましぬれ　言はむすべ　せむすべ知らに　[一五]たもとほり　ただ独りして　[一六]白たへの　[一七]衣手干《ころもでほ》さず　嘆きつつ　わが泣く涙《なみた》　[一八]有間《ありま》山《やま》　[一九]雲居たなびき　雨に降りきや

栲角乃　新羅国従　人事乎　吉跡所聞而　問放流　親族兄弟　無国尓　渡来座而　大皇之　敷座国尓　内日指　京思美弥尓　里家者　左波尓雖在　何方尓　念鶏目鴨　都礼毛奈吉　佐保乃山辺尓・　哭児成　慕来座而　布細乃　宅乎毛造　荒玉乃　年緒長久・　住乍　座之物乎　生者　死云事尓　不免　物尓之有者　憑有之　人乃尽　草枕・　客有間尓　佐保河乎　朝河渡　春日野乎　背向尓見乍　足氷木乃　山辺乎指而　晩闇跡　隠益去礼　将言為便　将為須敝不知尓　俳佪　直独而　白細之　衣袖不干　嘆乍　吾泣涙　有間山　雲居軽引　雨尓零寸八

尓（類紀宮温）―ナシ　緒（紀宮温）―原字不明　枕（類紀宮温）―ナシ

一　平城京の東北郊が佐保の地。大伴氏を始めとする貴族顕官の住宅地であった。その背後の丘陵が佐保山である。
二　慕フの枕詞。ナスは～のように。泣いている子供のようにの意でかかる。
三　↓四〇頁注二一。家にかかるのはここと次の反歌のみ。
四　年・月にかかる枕詞。まだ磨いていない掘り出したばかりの玉の意で、新年・新月にかかり、次いで一般的に年・月にかかるようになったものとする説がある。またアラ玉を磨く砥石(とし)のトにかけてトシにかかるとも、アラ玉の鋭(と)しとかけてトシにかかるともいう。また、アラタ＋マで、新しい時の意とも考えられている。
五　ウマルレバと訓む説がある。
六　シヌトフコトニとも訓む。
七　尼理願が頼りにしていた人たちが偶々旅に出ていた。左注にあるような大刀自石川命婦ほか大伴家の人たちである。
八　↓一六頁注一九
九　ホドニとも、またアヒダニとも訓む。
一〇　平城京の東方春日山中に発し、北へ大きく迂回して西流し、佐保の里の南を真西へ向かい、法華寺の南方で南へ折れ、平城京を縦断し、現在の大和郡山市を過ぎ、磯城郡川西町・安堵町との境で初瀬川と合して大和川となる。
一一　奈良市の東方、春日山西麓一帯の野。
一二　↓六七頁注五　一三　↓二七頁注一
一四　原文「晩闇跡」で、クレクレトとも訓む。
一五　タは接頭語。モトホルは回る、徘徊する。
一六　↓一一頁注三
一七　衣の手に当たる部分。袖。
一八　神戸市兵庫区有馬町の有馬温泉付近の山。
一九　雲の居る所。雲のかかっている彼方。また、雲そのものをいう。

反歌

461 留《とど》めえぬ命にしあれば[一]敷たへの家ゆは出でて[二]雲隠りにき

留不得　寿尓之在者　敷細乃　家従者出而　雲隠去寸

右、新羅国《しらきのくに》の尼、名は理願《りぐわん》といふ。[三]遠く王徳に感じて、聖朝に帰化《まゐき》たり。時に[四]大納言大将軍大伴卿の家に寄住して、既に[五]数紀を逕《へ》たり。惟《ここ》に、天平七年乙亥を以ちて、忽《たちま》ちに[六]運病に沈み、既に[七]泉界《せんかい》に趣《おもむ》く。是《ここ》に、[八]大家《おほとじ》[九]石川命婦《いしかはのみやうぶ》、[一〇]餌薬《じやく》の事に依りて[一一]有間の温泉《ゆ》に往きて、此の喪に会はず。但、郎女《いらつめ》独り留まりて、屍柩《しきう》を葬《はぶ》り送ること既に訖《をは》りぬ。仍りて此の歌を作りて、温泉に贈り入る。

[一二]十一年己卯夏六月、大伴宿禰家持《おほとものすくねやかもち》、亡《みまか》りし妾《をみなめ》[一三]を悲傷《かなし》びて作る歌一首

462 今よりは秋風寒く吹きなむ[一四]をいかにか独り長き夜を寝む

従今者　秋風寒　将吹焉　如何独　長夜乎将宿

また家持、[一五]砌《みぎり》の上の[一六]瞿麦《なでしこ》の花を見て作る歌一首

464 秋[一七]さらば見つつしのへと妹《いも》が植ゑし[一八]屋前《やど》のなでしこ咲きにけるかも

秋去者　見乍思跡　妹之殖之　屋前乃石竹　開家流香聞

一 ↓四〇頁注二一。家にかかるのはこの長歌と反歌のみ。 二 ↓七〇頁注九
三 遥かに天皇の仁徳に感じて。
四 大伴宿禰安麻呂。
五 紀は歳星の一まわり、十二年。大伴安麻呂の生前ここに寄宿したのだから、安麻呂の没した和銅七(七一四)年から天平七年まで二十一年を経過している。
六 出典不明。天命の尽くべき病、天運免れ難き病、時運の気に当った流行病、運命を決する病、運は移る意でウツリアルク病即ち流行病などと解される。 七 黄泉。
八 大家は大姑に同じく、婦人の尊称。トジは女性をいう尊称。主婦。戸主(とぬし)の約かという。
九 石川郎女。令制で、五位以上の婦人を内命婦、五位以上の官人の妻を外命婦という。
一〇 薬餌に同じく、薬と食物、またクスリのこと。ここは病気療養一般のことをいう。
一一 神戸市兵庫区有馬町の有馬温泉。
一二 天平十一(七三九)年。
一三 家持の「妾」の実在を否定する説があるが、大宝令の規定に「妻妾」とあり、「妾」は正妻に次ぐ者として公に認められていた。家持にも「妾」がいたのだろう。
一四 原文「焉」は詠嘆的余情を示す助字で、ヲはその意を含んで訓添えたもの。
一五 ミギリは水限り。軒下や階段の下の敷石のある所。庭。
一六 ナデシコ科の多年草。今のカワラナデシコ。夏から秋に咲く。山上憶良の秋の野の七種の花の一つ。
一七 サル↓二二頁注一三
一八 屋前、また屋外・屋戸とも。家の庭、家の周囲、庭先。家の戸口・扉の意に用いることもある。宿ルのヤドとは別語。ニハとも訓む。↓八三頁注一〇

朔移りて後に、秋風を悲嘆《かなし》びて、家持の作る歌一首

465 うつせみの世は常なしと知るものを秋風寒み偲ひつるかも

虚蟬之　代者無常跡　知物乎　秋風寒　思努妣都流可聞

悲緒《かなしび》未だ息《や》まず、更に作る歌五首〈四首略〉

470 かくのみにありけるものを妹も我も千歳《ちとせ》のごとく頼みたりけり

如是耳　有家留物乎　妹毛吾毛　如千歳　憑有来

十六年甲申春二月、安積皇子《あさかのみこ》の、薨《かむあが》りましし時に、内舎人《うどねり》大伴宿禰家持の作る歌六首〈二首略〉

475 かけまくも　あやに畏《かしこ》し　言はまくも　ゆゆしきかも　わが大君　皇子《みこ》の命《みこと》　万代《よろづよ》に　見《め》したまはまし　大日本《おほやまと》　久邇《くに》の京《みやこ》は　うち靡く　春さりぬれば　山辺には　花咲きをり　川瀬には　鮎子《あゆこ》さ走《ばし》り　いや日異《け》に　栄ゆる時に　逆言《およづれ》の　狂言《たはこと》とかも　白たへに　舎人《とねり》装《よそ》ひて　和束山《わづかやま》　御輿《みこし》立たして　ひさかたの　天《あめ》知らしぬれ　こいまろび　ひづち泣けども　せむすべもなし

挂巻母　綾尓恐之　言巻毛　斎忌志伎可物　吾王　御子乃命　万代尓　食

一　朔は月の第一日。月が改まって七月に入った。
二　↓七頁注九
三　「妣」は濁音ビの仮名として常用されている。シノフは清音であるから、これを唯一の例外としてシノビと訓むか、字の誤りとするか。
四　ケルと訓む説がある。上に係助詞がなくても連体形ケルで止める例は後世の歌には多いが万葉には少い。しかし特に詠嘆の意をこめた場合にある。
五　天平十六(七四四)年閏正月十三日薨。
六　中務省に属し、職員令には「内舎人九十人、掌下帯レ刀宿衛、供ニ奉雑使一、若駕行分中衛前後上」とある。五位以上の者の子孫で二十一歳に達した者から選び、三位以上の者の子は選考を経ずに内舎人とした。
七　心にかけて思うこと。また口にかけて言うことと解する説もある。この冒頭四句は人麻呂の高市皇子殯宮挽歌(一九九)の冒頭四句を順序をかえて用いた。
八　ワゴオホキミと訓む説がある。↓一七頁注四
九　メスは見ルに尊敬の助動詞スがついたもの。
一〇　恭仁《くに》京の正式の呼び名は、続日本紀天平十三年十一月二十一日の条に「大養徳《おおやまと》恭仁大宮」とするとある。
一一　春の枕詞。春になると草木がやわらかになびくからという。
一二　サル↓二二頁注一三
一三　原文「花咲乎為里」とあり、花咲キヲヰリと訓む説がある。意味はヲヲリと同じという。ヲヲルはたわみ曲ること。枝がたわむほどに花が咲き盛っている。
一四　サは接頭語。
一五　原文「異」をケニと訓む。いよいよ日に日にその程度が強まり高まってゆく意を添

賜麻思　大日本　久迩乃京者　打靡　春去奴礼婆　山辺尓波　花咲乎為・
里　河湍尓波　年魚小狭走　弥日異　栄時尓　逆言之　狂言登加聞　白細
尓　舎人装束而　和豆香山　御輿立之而　久堅乃　天所知奴礼　展転　涅
打雖泣　将為須便毛奈思

挂（矢、但シ消セリ。宮「掛」）—桂

反歌

476 [一]わが大君天知らさむと思はねばおほに[二]そ見ける和束杣山《わづかそまやま》[三]

吾王　天所知牟登　不思者　於保尓曽見谿流　和豆香蘇麻山

477 [四]あしひきの山さへ[五]光り咲く花の[六]散りぬるごとき[七]わが大君かも

足檜木乃　山左倍光　咲花乃　散去如寸　吾王香聞

右の三首は、二月三日に作る歌なり。

480 大伴《おほとも》の名に《へ》負《お》ふ[九]靫《ゆき》[一〇]負ひて万代《よろづよ》に頼みし心いづくか寄せむ

大伴之　名負靫帯而　万代尓　憑之心　何所可将寄

右の三首〈二首略〉は、三月二十四日に作る歌。

える副詞。
一六 オヨヅレコトの略。人を惑わす言葉。
一七 正気を失って口走る言葉。妄語。
一八 ↓一一頁注三
一九 天皇・皇族に近侍して護衛や宿直に当たり雑役に奉仕する官。
二〇 京都府相楽郡和束町にある山。安積皇子の墓は同町白栖にある。
二一 ↓三六頁注一一
二二 天を治めることになられたので。死んで天に昇られたことをいう。ヌレは已然形で言い放つ語法で、順接・逆接条件を表す。
二三 コイは臥ユで、横になる意。マロブはころがること。ころがり回る。展転反側する。
二四 ヒヅチは原文「涅打」で、ヒヂウチの約。泥で汚れること。水にぬれる意ともいう。

一 ワゴオホキミとも訓む。
二 ぼんやりと、いい加減に。心に留めないさま。
三 和束山は木を材り出す山であった。
四 ↓二七頁注一
五 旧訓テリテを槻落葉にヒカリと改めた。テリテの訓も考えられる。
六 チリユクと訓む説がある。
七 ワゴオホキミカモと訓む説がある。
八 大伴氏は天孫降臨の時、その御前に立って警護した天忍日命の子孫で、以来連綿として武人の長として奉仕して来た。その率いる部族を天靫負部（あめのゆげひべ）と呼び、姓氏録によれば雄略天皇の御代に大伴連室屋が天靫負の名を賜わっている。
九 矢を入れて背に負う道具。
一〇 「帯」はオブの字だが、ここは広く身につける意と解し、靫についてはオフと訓む。オビテと訓む説が多い。

巻第四

相聞

額田王《ぬかたのおほきみ》、近江天皇《あふみのすめらみこと》[一]を思《しの》ひて作る歌一首

488 君待つと我が恋ひ居《を》ればわが屋戸《やど》[二]のすだれ動かし秋の風吹く

君待登　吾恋居者　我屋戸之　簾動之　秋風吹

鏡王女《かがみのおほきみ》の作る歌一首

489 風[三]をだに恋ふるは[四]ともし風をだに来《こ》むとし待たば何か嘆かむ

風乎太尓　恋流波乏之　風小谷　将来登時待者　何香将嘆

柿本朝臣人麻呂《かきのもとのあそみひとまろ》の歌四首

496 み[五]熊野の浦の浜木綿《はまゆふ》[六]百重《ももへ》[七]なす心[八]は思《おも》へど直《ただ》に逢はぬかも

三熊野之　浦乃浜木綿　百重成　心者雖念　直不相鴨

一　天智天皇をさす。
二　ヤドは集中、家・家の庭・家の扉また戸口のあたりの意に使い分けている。ここは戸口か。↓七六頁注一八
三　風を恋うるのは誰か。この歌を前の四八八に和するものとして、額田王が風を待ち恋うのをともしという とする解や、我はその風を恋うるさえともしとする解もある。
四　うらやましい。淋しく哀れの意とする説がある。また、乏しいともする。
五　ミは接頭語。熊野はもと紀伊国牟婁郡の地で、紀伊国の南半分を占める地域の名であった。今、東・西・南・北牟婁郡の四郡に分れ、東・西牟婁郡は和歌山県に、南・北牟婁郡は三重県に属している。
六　ハマオモト。ひがんばな科の多年草。関東以南の海浜砂地に群をなして自生。葉は大形舌状で幾重にも重なる。花は茎頂にたくさんの花柄を出して咲き乱れる。その姿が、楮の繊維の白い木綿で作った花のようであるところから浜ユフと名付けられたのだという。茎は茎軸はなく、たけのこの皮のように薄紙状に幾枚にもはがれる。以上二句が百重ナスの序。そのかかり方について、葉とする説、花とする説、茎とする説、またその群生の状態からとする説がある。
七　ナスは〜のようにあるの意の補助動詞。幾重にも積み重なって。
八　ココロハモヘドとも訓む。

497 古《いにしへ》にありけむ人も我がごとか妹《いも》に恋ひつつ寝《い》[一]ねかてずけむ

古尓　有兼人毛　如吾歟　妹尓恋乍　宿不勝家牟

498 今のみのわざ[二]にはあらず古《いにしへ》の人そまさりて哭《ね》にさへ泣きし

今耳之　行事庭不有　古　人曽益而　哭左倍鳴四

499 百重にも来及《きし》[三]かぬかもと思へ[四]かも君が使の見れど[五]飽かざらむ

百重二物　来及毳常　念鴨　公之使乃　雖見不飽有武・

武(桂元金紀)―哉

柿本朝臣人麻呂《かきのもとのあそみひとまろ》の歌三首〈一首略〉

501 娘子《をとめ》[六]らが袖布留山《ふるやま》[七]の瑞垣《みづかき》[八]の久しき時ゆ思ひきわれは

未通女等之　袖振山乃　水垣之　久時従　憶寸吾者

502 夏野行くを牡鹿《しか》[九]の角の束の間[一〇]も妹《いも》が心を忘れて思へや

夏野去　小壮鹿之角乃　束間毛　妹之心乎　忘而念哉

安倍女郎《あへのいらつめ》の歌二首

一　イネは名詞寝(い)と動詞寝(ぬ)の複合したもの。カツは補助動詞として、~できるの意。イネガテズケムと濁音に訓む説があるが正しくない。またイネカテニケムとも訓む。

二　一般の習慣化した行動をワザという。

三　シクは補助動詞として、重ねて~する意。来シクはひっきりなしに来ること。

四　思へバカモの意。

五　ミレドアカズアラムとも訓む。

六　「娘子らが袖」までフル(振る―布留)の序。

七　奈良県天理市布留町一帯の地を布留といい、石上神宮がある。布留山は石上神宮付近から東方の山地。ここは神宮をさす。

八　神社のまわりの垣を、ほめたたえていうもの。玉垣。樹木の垣とする説もある。ここまで、ヒサシを引き出す序。

九　集中「壮(牡)鹿」をヲシカと訓んだ例もあるが、この二字をシカと訓む例が多く、古くはシカが牡の鹿を指したと思われる。ヲは愛称の接頭語。

一〇　夏の鹿の角は、春に生えかわってまだ短いところから、初句よりここまで束ノ間の序。

505 今更に何をか思はむ[一]うち靡《なび》き心は君に寄りにしものを

今更　何乎可将念　打靡　情者君尓　縁尓之物乎

506 わが背子は物な思ひ[二]そ事[三]しあらば火にも水にもわれ[四]無けなくに

吾背子波　物莫念　事之有者　火尓毛水尓母・　吾莫七国

母（桂元金紀）―毛

志貴皇子《しきのみこ》の御歌一首

513 [五]大原のこの市柴《いちしば》[六]のいつしかとわが思ふ妹に今夜《こよひ》逢へるかも

大原之　此市柴乃　何時鹿跡　吾念妹尓　今夜相有香裳

[七]京職藤原大夫《きやうしきふぢはらのまへつきみ》、大伴郎女《おほとものいらつめ》[八]に贈る歌三首〈一首略〉卿、諱《いみな》[九]を麻呂と曰ふ

522 娘子《をとめ》らが玉櫛笥《たまくしげ》[一〇]なる玉櫛の神《かむ》[一一]さびけむも妹に逢はずあれば

嬬嬬等之　珠篋有　玉櫛乃　神家武毛　妹尓阿波受有者

523 [一二]よく渡る人は年[一三]にもあり[一四]といふをいつの間《ま》[一五]にそもわが[一六]恋ひにける

好渡　人者年母　有云乎　何時間曽毛　吾恋尓来

一　ウチナビクと訓む説がある。

二　モノナオモホシと訓む説がある。

三　もし何か事があったならば。いざとなれば。

四　ワガナケナクニとも訓む。↓二二頁注四

五　巻二・一〇三の大原と同地か。それならば奈良県高市郡明日香村小原（おおはら）。

六　イツシバとも訓む。イツ（厳）は勢いの激しい意、勢い盛んに茂ること。ここまで二句、類音でイツシカにかかる序。

七　京職は都を治める役所。左京職と右京職。

八　大伴坂上郎女。

九　忌み名の意。貴人の生前の実名。

一〇　↓二五頁注二

一一　神らしく振舞うこと、神々しいさまである。人間も古びると神々しくなる。

一二　渡ルは時を経て行くこと。ヨクはできること。ずっと我慢をつづける。

一三　年は一年。年ニモアリとは一年中そのままでいること。

一四　アリトフヲとも訓む。

一五　イツノアヒダゾモと訓む説もある。

一六　アレコヒニケルと訓む説もある。

大伴郎女《おほとものいらつめ》の和《こた》ふる歌四首〈二首略〉

525 佐保川[一]の小石[二]踏み渡りぬばたま[三]の黒馬《くろま》[四]の来る夜は年[五]にもあらぬか

狭穂河乃　小石踐渡　夜干玉之　黒馬之来夜者　年尓母有粳

527 来むと言ふも来ぬ時あるを来じと言ふを来むとは待たじ来じと言ふものを

将来云毛　不来時有乎　不来云乎　将来常者不待　不来云物乎

右、郎女は佐保大納言卿[六]の女《むすめ》なり。初め一品[七]穂積皇子《ほづみのみこ》に嫁《とつ》ぎ、寵《うつくしび》を被《かがふ》ること儔《たぐひ》なし。皇子薨《かむあが》りましし後《のち》時に、藤原《ふぢはらのま》 麻呂大夫《ろのまへつきみ》、この郎女を娉《つまど》ふ。郎女、坂上[八]の里に家《いへゐ》す。仍《よ》りて族氏《やから》号《なづ》けて坂上郎女と曰《い》ふ。

大伴宿奈麻《おほとものすくなま》呂宿禰《ろのすくね》の歌二首〈一首略〉佐保大納言卿の第三子なり

532 うち日さす[九]宮に行く児《こ》をまかなしみ[一〇]留《と》むれば苦し遣《や》ればすべなし

打日指　宮尓行児乎　真悲見　留者苦　聴去者為便無

大宰帥大伴《だざいのそちおほとものまへつきみ》[一一] 卿、大納言[一二]に任《ま》けらえて京《みやこ》に入らむとする時に、府の官人等《つかさひとたち》、卿を筑前国の蘆城《あしき》[一三]の駅家《うまや》[一四]に餞《うまのはなむけ》する歌四首〈二首略〉

一　奈良市東方春日山に発して北へ流れ、若草山北麓を回って、東大寺の南を西流してくる吉城川を合せて佐保の地を西流し、法華寺の南で南折し、平城京中を南下しつつ率川・能登川を合せ、大和郡山市を経て初瀬川と合流し、大和川に注ぐ。
二　小石をコイシ、またイシとも訓む。
三　→三八頁注五
四　クロマノクヨハ・クロマクルヨハとも訓む。
五　年は一年。一年中であってほしいの意。せめて一年に一度でもあってほしいとする説もある。
六　大伴宿禰安麻呂。
七　令制によって定められた親王に賜わる位の最上位。四品まで。
八　奈良市法華寺町西北の磐之媛命陵の付近か。同陵を平城坂上陵と称するところから推定。生駒郡三郷町立野の東北、坂上(ねさか)の地とする説もある。
九　宮・都にかかる枕詞。→七四頁注一一
一〇　マは接頭語、マを目とする説がある。
一一　大宰府の長官、大伴旅人卿。
一二　太政官で、太政大臣・左右大臣に次ぐ高官・重要な政事に参与して可否を奏上し、宣旨を伝達することを掌った。正三位相当官。旅人が大納言に任ぜられたのは天平二年十一月と推定される。
一三　福岡県筑紫野市阿志岐。宮地岳の西麓。大宰府の東南約四キロ。官道に当り、駅家が設けられ、大宰府の官人たちの送別の宴がしばしば催された。
一四　大宝令によれば、原則として諸道三〇里(今の約一六キロ)毎に一駅を置き、官使の往還のために馬を用意し、宿・食を供した。その施設を駅家という。

570 [一]大和へに君が立つ日の近づけば野に立つ鹿も[二]響《とよ》めてそ鳴く

山跡辺　君之立日乃　近付者　野立鹿毛　動而曽鳴

右の二首〈一首略〉は、大典麻田連陽春《だいてんあさだのむらじやす》

571 月夜《つくよ》よし[三]河音《かはと》清《さや》けしいざここに[四]行くも行かぬも遊びて行かむ

月夜吉　河音清之　率此間　行毛不去毛　遊而将帰

右の一首、[五]防人佑《さきもりのじよう》大伴四綱《おほとものよつな》

大宰帥大伴卿の京に上りし後に、筑後守葛井連大成《ふぢゐのむらじおほなり》の悲嘆《かなし》びて作る歌一首

576 今よりは[六]城《き》の山道《やまみち》はさぶしけむわが通はむと思ひしものを

従今者　城山道者　不楽牟　吾将通常　念之物乎

笠女郎《かさのいらつめ》、大伴宿禰家持《おほとものすくねやかもち》に贈る歌二十四首〈十七首略〉

593 君に恋ひ[七]いたもすべなみ[八]奈良山の小松が[九]下《した》に立ち嘆くかも

君尓恋　痛毛為便無見　楢山之　小松下尓　立嘆鴨

594 わが[一〇]屋戸《やど》の[一一]夕影草《ゆふかげくさ》の白露の消《け》ぬ[一二]がに[一三]もとな思ほゆるかも

吾屋戸之　暮陰草乃　白露之　消蟹本名　所念鴨

一 ヤマトへと訓んで、辺を格助詞への借訓字とする説がある。
二 トヨミテソナクとも訓む。
三 カハノトキヨシ・カハノオトキヨシと訓む説がある。
四 都へ行く者も行かないで留まる者も。
五 大宰府の防人司は、長官は正(かみ)、次官はなく、判官「佑」が兼ねた。スケではない。
六 大宰府の南を守る山城の山。福岡県筑紫野市原田(はるだ)から佐賀県三養基郡基山町に越える基山(きやま)。標高四〇四メートル。
七 イタは程度の甚しいことをいう。
八 ↓九頁注一六　九 モトとも訓む。
一〇 ヤドは多く屋敷内の庭を意味する。表記は屋戸・屋前・屋外で、ヤは家、トは処の意か。そのドは甲類で、宿ルのドは乙類であるから、このヤドは宿ではない。
一一 草の名ではない。夕日の光の中に見る草か。集中唯一例。元・類に「暮草陰」とあるので、ユフクサカゲと訓む説がある。
一二 ～しそうに、～せんばかりに。
一三 ↓五三頁注四

596
八百日《やほか》[一]行く浜の細砂《まなご》[二]もわが恋にあにまさらじか沖つ島守[三]

八百日往　浜之沙毛　吾恋二　豈不益歟　奥嶋守

598
恋にもそ人は死《しに》する水無瀬《みなせ》[四]川下[五]ゆわれ痩《や》す月に日に異《け》[六]に

恋尓毛曽　人者死為　水無瀬河　下従吾痩　月日異

無(桂元紀)—ナシ

602
夕[七]されば物思《ものもへ》[八]ひまさる見し人の言問《ことと》[九]ふ姿面影にして

暮去者　物念益　見之人乃　言問為形　面景為而

603
思[一〇]ふにし死にするものにあらませば千度《ちたび》そわれは死[一一]にかへらまし

念西　死為物尓　有麻世波　千遍曽吾者　死変益

608
相思はぬ人を思ふは大寺《おほてら》の餓鬼《がき》[一二]の後《しりへ》に額《ぬか》[一三]つくごとし

不相念　人乎思者　大寺之　餓鬼之後尓　額衝如

湯原王《ゆはらのおほきみ》、娘子《をとめ》[一四]に贈る歌二首〈一首略〉志貴皇子の子なり

632
目には見て手には取らえぬ月[一五]の内の楓《かつら》のごとき妹《いも》をいかにせむ

一　通過するのに八百日もかかるような長い浜。
二　マナゴはマサゴの古形。集中「麻奈胡」の仮名書例あり、懿徳天皇陵を書紀に「繊沙谿上陵」とし、それが古事記に「真名子谷上」とあり、和名抄にも「繊砂」に万奈古と訓じている。
三　沖の島守に問いかけている。
四　水無シ川。川底の表面に水は無く、その下を伏流している川。
五　目に見えないところから、人知れずにの意。また、シタは目に見えぬ心をさし、人目につかぬ恋心からと解する説がある。
六　程度が次第に強まっていく意。いっそう。
七　夕方になると。サル↓二二頁注一三
八　モノオモヒマサルと訓む説がある。
九　言問フはもの言うこと。話しかけること。
一〇　オモヒニシと訓む説がある。思うことによって死ぬという。
一一　死をくり返すことだろう。
一二　仏説で三悪道の第二という餓鬼道に落ちた亡者。貪欲の報いとして死後飢渇に苦しむもの。大きな寺には貪欲を戒しめるためにこの像があった。
一三　ヌカヅクガゴトと訓む説がある。
一四　名を記さない。この贈歌に始まって娘子との贈答を四度くり返すままに収録されている。宴席での戯れか。
一五　淮南子に「月中有二桂樹一」、唐の類書初学記所引の虞喜「安天論」に月に桂の木があるという。詞林采葉抄に兼名苑を引いて「月中桂長二百五十丈、月輪之中在之、下有レ河、此木秋花開云々」。和名抄に「楓、乎加豆良」「桂、女如都良」とある。

目二破見而　手二破不所取　月内之　楓如　妹乎奈何責

紀女郎《きのいらつめ》の怨恨《うらみ》の歌三首〈二首略〉[一]鹿人大夫《かひとのまへつきみ》の女、名を小鹿といふ。安貴王《あきのおほきみ》の妻なり

644
[二]今は我《わ》は[三]侘《わ》びそしにける[四]息の緒《を》に思ひし君を[五]ゆるさく思《おも》へば

今者吾羽　和備曽四二結類　気乃緒尓　念師君乎　縦左久思者

久(元金紀)—ナシ

大伴坂上郎女《おほとものさかのうへのいらつめ》の歌六首〈四首略〉

660
[六]汝《な》をと吾《あ》を人そ離《さ》くなる[七]いで吾《あ》が君人の[八]中言《なかごと》[九]聞きこすなゆめ

汝乎与吾乎　人曽離奈流　乞吾君　人之中言　聞起名湯目

661
恋ひ恋ひて逢へる時だに[一〇]愛《うつく》しき[一一]言尽《ことつく》してよ長くと思はば

恋々而　相有時谷　愛寸　事尽手四　長常念者

中臣女郎《なかとみのいらつめ》、大伴宿禰家持に贈る歌五首〈四首略〉

675
[一二]女郎花《をみなへし》[一三]佐紀沢《さきさは》に生《お》ふる花[一四]かつみ[一五]かつても知らぬ恋もするかも

娘子部四　咲沢二生流　花勝見　都毛不知　恋裳摺可聞

一　紀朝臣鹿人。
二　イマハワレハ・イマハアハ・イマハアレハとも訓む。
三　ワブは思い通りにならず落胆すること。
四　命の綱。
五　ユルスはゆるめ放ちやる意。去り行く男をそのまま自由にさせることであろう。
六　ナヲトワヲ・ナヲトアトヲとも訓む。
七　イデは相手に誘い求める意。イデワギミ・イデワガキミとも訓む。
八　自分と相手との間にある第三者の言。中傷。
九　コスは相手に希望する意の助動詞。未然形コセ、終止形コス、命令形コソが見える。原文「起」はオコスの上略の借訓字。キキタツナユメと訓む説がある。
一〇　ウルハシキと訓む説がある。ウツクシは親子・夫婦・恋人のこまやかな情愛を感じる表現。いとしい、やさしい。
一一　言葉をありったけ言って下さい。
一二　オミナエシ科の多年草。高さ約一メートル。山野に自生する。夏・秋に淡黄色の小花を多数傘状につける。秋の七草の一。
一三　佐紀は平城京の北郊西方一帯の地。現在奈良市佐紀町を中心に二条町、山陵町にわたる。原文「咲」はキ甲類、「紀」はキ乙類で、発音が違うことから、咲クサハと訓む説がある。
一四　沢に生える花あやめ・花菖蒲などの異称か。カツミがマコモの異名になるのは平安時代らしい。ここまで三句、カツテにかかる序。
一五　下に打消を伴って、今まで一度も、全然の意。

大伴坂上郎女《おおとものさかのうへのいらつめ》の歌七首〈五首略〉

684 今[一]は我《わ》は死なむよわが背生けりとも我[二]に寄るべしと言[三]ふと言はなくに

今者吾波　将死与吾背　生十方　吾二可縁跡　言跡云莫苦荷

688 青[四]山を横切る雲のいち[五]しろくわれと笑《ゑ》まして人に知らゆな

青山乎　横致雲之　灼然　吾共咲為而　人二所知名

河内百枝娘子《かふちのももえをとめ》、大伴宿禰家持《おおとものすくねやかもち》に贈る歌二首〈一首略〉

702 ぬ[六]ばたまのその夜の月夜《つくよ》[七]今日までにわれは忘れず間《ま》なくし思へば

夜干玉之　其夜乃月夜　至于今日　吾者不忘　無間苦思念者

粟田女娘子《あはためのをとめ》、大伴宿禰家持に贈る歌二首（一首略）

707 思[八]ひ遣《や》るすべの知らねば片垸《かたもひ》[九]の底にそわれは恋[一〇]ひなりにける（土垸《かたもひ》の中に注《しる》せり）

思遣　為便乃不知者　片垸之　底曽吾者　恋成尓家類　注[土垸之中]

注土垸之中（桂元）―ナシ

一　イマハワレハ・イマハアハ・イマハアレハとも訓む。
二　ワニヨルベシトとも訓む。
三　我に寄るべしと言フのは夫か世の人か。巻十一に「うるはしとわが思う妹は早も死なぬか生けりとも我に寄るべしと人の言はなくに」(二三五五)とあるのによっているとすれば、人の言うのをイフトイハナクニとおぼしめかした言い方にしたのだろう。
四　「雲の」までイチシロクの序。
五　はっきり、明瞭に。集中「伊知之路久」「伊知白苦」「市白久」などある。名義抄にもイチシロシの訓がある。
六　↓三八頁注五
七　照る月を月夜という。ツクヨと訓む。
八　胸の思いを晴らす。
九　モヒは水を盛る器。カタは不完全の意で蓋のないこと。カタモヒで片思をかける。
一〇　コヒナルは恋するようになる。

豊前国《とよくにのみちのくち》[一]の娘子《をとめ》大宅女《おほやけめ》の歌　未だ姓氏を審《つばひ》らかにせず

709　夕闇は道たづたづし[二]月待ちていませ[三]わが背子その間《ま》にも見む

夕闇者　路多豆多頭四　待月而　行吾背子　其間尓母将見

大伴宿禰家持、坂上家《さかのうへのいへ》[四]の大嬢《おほいらつめ》に贈る歌二首　離絶数年[五]、復《また》会ひて相聞往来す

727　忘れ草[六]わが下紐に着《つ》けたれど醜《しこ》[七]の醜草言《しこくさこと》[八]にしありけり

萱草　吾下紐尓　著有跡　鬼乃志許草　事二思安利家理

728　人[九]も無き国もあらぬか吾妹子《わぎもこ》と携《たづさ》[一〇]ひ行きて偶《たぐ》ひて居《を》らむ

人毛無　国母有粳　吾妹児与　携行而　副而将座

更に[一一]、大伴宿禰家持の、坂上大嬢《さかのうへのおほいらつめ》に贈る歌十五首〈十三首略〉

741　夢《いめ》[一二]の逢ひは苦しかりけり覚《おどろ》きて掻《か》き探《さぐ》れども手にも触れねば

夢之相者　苦有家里　覚而　搔探友　手二毛不所触者

755　夜《よ》[一三]のほどろ出でつつ来《く》らく度多《たびまね》くなればわが[一四]胸截《た》ち焼くごとし

夜之穂杼呂　出都追来良久　遍多数　成者吾胸　截焼如

一　福岡県の東部、北九州市門司・小倉区から南へ、大分県の北の一部を含む。
二　たどたどしい。あぶなっかしい。
三　ユカセと訓む説がある。
四　大伴坂上郎女の姉娘。坂上大嬢という。
五　大伴家持と坂上大嬢とは天平四年春頃から相聞贈答していたが、間もなく家持に他の女性との交渉が目立ち、離絶したらしい。天平十一年夏六月に家持は妾を亡くし、秋八月叔母坂上郎女の誘いに応えて竹田庄を訪ね、大嬢に再会した。
六　ヤブカンゾウのこと。ユリ科の宿根草。文選五十三巻、嵇叔夜「養生論」に「合歓蠲レ忿、萱草忘レ憂、愚智所二共知一也」とあり、その李善注に「毛萇詩伝曰、萱草令二人忘一レ憂」とある。憂えを忘れる草とされる。
七　シコはごつごつして頑丈なことから、頑迷・醜悪なさま。原文「鬼」とある。嘲罵の意をもって接頭語的にも用いる。
八　言葉だけだった。名前だけだった。
九　人の目や口がどれほどつらいものであったか。
一〇　タヅサハリユキテと訓む説もある。
一一　相聞復活後の二人の贈歌と和歌が三度くり返され、更に贈った家持の歌十五首を一括した。
一二　遊仙窟に「少時坐睡、即夢見二十娘一、驚覚攬レ之、忽然空レ手、心中悵快、復何可レ論」とある。
一三　ホドロは、沫雪が庭もホドロニ降ると歌われ、ホドはホドク・ホドコスなどゆるめ解き放ち、広く行きわたらせること。夜ノホドロは夜が一面に行きわたって深々とふけていると解する。
一四　遊仙窟に「未二曽飲一レ炭、腹熱如レ焼、不レ憶レ呑レ刃、腹穿似レ割」とある。タチヤクガゴト・キリヤクゴトシと訓む説がある。

久邇京《くにのみやこ》[一]に在りて、寧楽《なら》[二]の宅《いへ》に留《とど》まれる坂上大嬢を思《しの》ひて大伴宿禰家持の作る歌一首

765 一重山《ひとへやま》[三]隔《へな》れるものを月夜《つくよ》[四]良み門《かど》に出で立ち妹《いも》か待つらむ

一隔山　重成物乎　月夜好見　門尔出立　妹可将待

大伴宿禰家持の、紀女郎《きのいらつめ》に報《こた》へ贈る歌一首

769 [五]ひさかたの雨の降る日をただ独り山辺に居れば[六]いぶせかりけり

久堅之　雨之落日乎　直独　山辺尔居者　欝有来

大伴宿禰家持、久邇京《くにのみやこ》より坂上大嬢に贈る歌五首〈四首略〉

772 夢《いめ》にだに見えむとわれは[七]ほどけども[八]相《あひ》し思はねば[九]うべ見えざらむ

夢尔谷　将所見常吾者　保杼毛友　不相志思者・　諸不所見有武

者(桂元紀)—ナシ　有(桂元紀)—ナシ

大伴宿禰家持、藤原朝臣久須麻呂《ふぢはらのあそみくすまろ》に報へ贈る歌三首〈二首略〉

786 [一〇]春の雨はいやしき降るに[一一]梅の花いまだ咲かなくいと若みかも

春之雨者　弥布落尔　梅花　未咲久　伊等若美可聞

一 恭仁京とも。天平十二(七四〇)年十二月から十六年二月までの聖武天皇の帝都。京都府相楽郡加茂・木津・山城町にわたる、四囲を山にかこまれた狭い盆地に営まれた。宮址は加茂町例幣《れいへい》(旧瓶原《みかのはら》村)にある。天平十八年大極殿が国分寺に施入され、現在瓶原小学校の裏の国分寺址にその土壇と礎石が残されている。

二 平城京にある邸宅。

三 久邇京との間は奈良山が一つ横たわっているだけである。

四 月がよいので。

五 →三六頁注一一

六 イブセシは心が晴れず、うっとうしい意。イブセクアリケリとも訓む。

七 衣の下紐をほどいて寝ると恋しい人が来るという俗信があったか。下紐がひとりでにほどけるのは相手の思いが自分に届いたものとする俗信を裏返して自分から解いておいたとする説もある。

八 アヒシモハネバ・アハズシオモヘバとも訓む。

九 ウベミエズアラムとも訓む。

一〇 ハルサメハと訓む説がある。

一一 藤原久須麻呂の贈歌はないが、久須麻呂が家持の娘を妻にほしいというのだろう。梅ノ花は家持の娘をたとえたもので、まだ蕾だという。巻十六までは天平十六年までの作とすると家持は二十七歳を越えていない。その娘はせいぜい十歳か。

巻第五

雑歌

大宰帥《だざいのそち》大伴《おほともの》卿《まへつきみ》、凶問《きようもん》に報《こた》ふる歌一首

禍故重畳し、凶問累集す。永《ひたふる》に崩心の悲しびを懐《むだ》き、独《もはら》に断腸の泣《なみた》を流す。但し、両君の大き助に依りて、傾命を纔《わづか》に継ぐのみ。筆の言を尽さぬは、古今嘆く所なり。

793 世の中は空《むな》しきものと知る時しいよよますます悲しかりけり

余能奈可波　牟奈之伎母乃等　志流等伎子　伊与余麻須万須　加奈之可利家理

神亀五年六月二十三日

日本挽歌《にほんばんか》一首

794 大君の　遠《とほ》の朝廷《みかど》と　しらぬひ　筑紫の国に　泣く子なす　慕《した》ひ来まし

一　大宰府の長官、大伴旅人。
二　凶聞に同じ。凶事のしらせ。不幸に対する弔問の意に解する説もあるが、彼我の用例は全て凶事のしらせ。
三　わざわい。不幸。
四　崩れ落ちるほどの心の悲しみ。
五　はらわたを断ち切られるほどつらい悲しみの涙。
六　誰を指すか不明。この書簡の受取人である。
七　あぶなっかしい命。老年の寿命。
八　筆では言葉を尽すことができない。周易・繋辞に「書不ㇾ尽ㇾ言、言不ㇾ尽ㇾ意、然則聖人之意其不ㇾ可ㇾ見乎」とある。
九　人の生きるこの世。現世。世間。
一〇　世間虚仮。ムナシを歌ったのはこれが最初。単なる「無常」でなく身にしみるはかなさ、むなしさ。
二　中国の挽歌・挽歌詩を念頭において、日本語による倭歌としての挽歌であることを主張する。
三　都から遠く離れた所にある、天皇の命を受けて地方の政治をつかさどる役所。ここは大宰府をいう。
一三　筑紫にかかる枕詞。語義未詳。
一四　筑紫は九州全体をもいい、筑前・筑後の総称にも用いた。ここは筑前国を指す。
一五　泣く子供のように。慕ヒ来ルにかかる。ナス→七九頁注七

一 まだ経過していないのに。↓四四頁注二
二 心にも思わないうちに。全く思いがけず。
三 バとかドモを伴わずに已然形だけでその意を表わす。コヤス↓四〇頁注一五
四 問いかける方法もわからない。
五 ナラバはニアラバの約。家は筑紫の帥邸として墓に埋葬せずにとどめておくとする説、旅先(筑紫)に対して家郷大和の家とする説がある。
六 神や皇子につける敬称。ここは死者を尊んでつけた。
七 カイツブリの古名。池沼に住み、よく水中に潜る習性をもつ。繁殖期には雌雄二羽並んでいることが多い。
八 妻屋にかかる枕詞。妻屋には枕があるからだろう。枕が二つ並んでいる意か。
九 夫婦の寝室。ツマは端の意で、母屋の横に設けた離れ屋を意味するともいう。

て　息だにも　いまだ休めず　年月も　いまだあらねば　心ゆも　思は
ぬ間《あひだ》に　うち靡き　臥《こや》しぬれ　言はむすべ　せむすべ知らに　石木《いはき》をも
問ひ放《さ》け知らず　家ならば　形《かたち》はあらむを　恨めしき　妹《いも》の命《みこと》の　我《あれ》を
ばも　いかにせよとか　鳰《にほ》鳥の　二人並び居《ゐ》　語らひし　心背《そむ》きて　家
離《ざか》りいます

大王能　等保乃朝庭等　斯良農比　筑紫国尓　泣子那須　斯多比枳摩斯
提　伊企陀尓母　伊摩陀夜周米受　年月母　伊摩他阿良祢婆　許々呂由
母　於母波奴阿比陀尓・　宇知那毗枳　許夜斯努礼　伊波牟須弊　世武須弊
斯良尓　石木乎母　刀比佐気斯良受　伊弊那良婆　迦多知波阿良牟乎　宇
良売斯企　伊毛乃美許等能　阿礼乎婆母　伊可尓世与等可　尓保鳥能　布
多利那良毗為　加多良比斯　許々呂曽牟企弖　伊弊社可利伊摩須

尓(類紀宮温)—ナシ

反歌

795 家に行きていかにか吾《あ》がせむ枕づく妻屋さぶしく思ほゆべしも
伊弊尓由伎弖　伊可尓可阿我世武　摩久良豆久　都摩夜佐夫斯久　於母保
由倍斯母

796
愛《は》しきよしかくのみからに慕《した》ひ来《こ》し妹が心のすべもすべなさ

伴之伎与之　加久乃未可良尓　之多比己之　伊毛我己許呂乃　須別毛須別那左

797
悔《くや》しかもかく知らませばあをによし国内《くぬち》ことごと見せましものを

久夜斯可母　可久斯良摩世婆　阿乎尓与斯　久奴知許等其等　美世摩斯母乃乎

798
妹が見し楝《あふち》の花は散りぬべしわが泣く涙《なみた》いまだ干なくに

伊毛何美斯　阿布知乃波那波　知利奴倍斯　和何那久那美多　伊摩陀飛那久尓

799
大野山霧立ち渡るわが嘆く息嘯《おきそ》の風に霧立ち渡る

大野山　紀利多知和多流　和何那宜久　於伎蘇乃可是尓　紀利多知和多流

和(類紀宮細)—ナシ

神亀五年七月二十一日、筑前国守山上憶良《やまのうへのおくら》上《たてまつ》る。

惑《まと》へる情《こころ》を反《かへ》さしむる歌一首　并せて序

一　ハシキヤシも同じ。ハシはいとおしい、かわいいの意。ヨ・ヤ・シは詠嘆の助詞。
二　カラニは格助詞カラにニが付いて、自然のつながり、自然の成行きから、〜だけのために、〜したばっかりに、〜にすぎないのにの意に用いられる。
三　スベを重ねて、どうしようもないことを強調する。何とも詮ない、何とも痛ましくあわれなことよ。
四　知っていたならば。
五　枕詞。クヌチにかかる。集中全用例が奈良にかかる(→九頁注一五)ので、これは唯一の例外である。「国」のほめことばとして用いたのであろうか。「阿乎尓与斯」の「乎」を「奈」の草体からの誤写としてアナニヨシと訓んで、アナニヤシと同じとする説がある。
六　ここは筑紫の国の中であろう。
七　アフチはセンダンの古名。せんだん科の落葉高木。本州中部以南・四国・九州の海辺に自生。高さ約八メートル。葉は羽状複葉。花は四五月頃咲き、淡紫色の総状小花。本草和名、和名抄などいずれも「楝」にアフチと訓じている。
八　福岡県大野城市の東方にある大城山。四王寺山とも。大宰府の北に東西に連なる。白村江の敗戦の後、天智四(六六五)年八月、大野山と椽山(きやま)に、大宰府防衛のため百済(くだら)式山城を築いた。今、大野山に土塁・石垣・敷石・建物の礎石など遺構がある。
九　オキソはオキウソの約で、オキはイキ、ウソはウソブクという。
一〇　人の道を踏みはずす煩悩に迷う心。

或有人《ある》、父母を敬《ゐやま》ふことを知りて侍養[一]を忘れ、妻子を顧みずして、脱屣《だっし》[二]よりも軽みす。自ら倍俗[三]先生と称《い》ふ。意気は青雲[四]の上に揚ると雖も、身体は猶し塵俗の中に在り。未だ修行得道[五]の聖《ひじり》を験《あらは》さず、蓋《けだし》これ山沢に亡命[六]する民ならむか。所以《このゆゑ》に三綱《かう》[七]を指示《さししめ》し、更に五教[八]を開き、遺《おく》るに歌を以ちてして、其の惑《まとひ》を反さしむ。歌に曰はく、

800
父母を　見れば尊し　妻子《めこ》見れば　めぐし[九]愛《うつく》し[一〇]　世の中[一一]は　かくぞ道理《ことわり》　[一二]黐《もち》鳥の　かからはしもよ[一三]　行方《ゆくへ》[一四]知らねば　穿沓《うけぐつ》[一五]を　脱《ぬ》き棄《つ》る[一六]ごとく　踏み脱きて　行くちふ人は　石木《いはき》より　生《な》り出《で》し人か[一七]　汝《な》が名告《の》らさね　天《あめ》へ行かば　汝《な》がまにまに　地《つち》ならば　大君います　この照らす　日月《ひつき》の下《した》は　天《あま》雲の　向伏《むかぶ》す[一八]極み　谷蟆《たにぐく》[一九]の　さ渡る極み　聞こし食《を》す[二〇]　[二一]国のまほらぞ　[二二]かにかくに　欲しきまにまに　然《しか》にはあらじか

父母乎　美礼婆多布斗斯　妻子美礼婆　米具斯宇都久志　余能奈迦波　加久叙許等和理　母智騰利乃　可可良波志母与　由久弊斯良祢婆　宇既具都遠　奴伎都流其等久　布美奴伎提　由久智布比等波　伊波紀欲利　奈利提志比等迦　奈何名能良佐祢　阿米弊由迦婆　奈何麻尓麻尓　都智奈良婆　大王伊摩周　許能提羅周　日月能斯多波　阿麻久毛能　牟迦夫周伎波美

一　側に侍って孝養すること。
二　「屣」は「履」に同じ。破れてぬぎ捨てた履物。
三　倍俗は世間にそむくこと。先生は隠居者の意で、ここは皮肉的に用いている。
四　天上。
五　仏の道に入った聖人としての功験功能を持っていない。
六　戸籍を脱けて逃亡、流浪すること。
七　君臣・父子・夫婦の間の道徳。
八　父は義、母は慈、兄は友、弟は順(恭)、子は孝。
九　いとおしい。
一〇　↓七二頁注一
一一　↓八九頁注九
一二　もちにひっかかった鳥のように。
一三　互いにかかり合う状態である。離れがたい。
一四　↓三頁注五
一五　穴のあいたくつ。
一六　ヌギツルゴトク　フミヌギテとも訓む。
一七　ナリテシと訓む説がある。この場合テは完了の助動詞。
一八　天雲が遠い彼方に伏している。その果てまで。
一九　ひきがえる。谷間を潜(くぐ)り渡る意から。
二〇　お治めになる。主語(大君)が省略されている。
二一　国のすぐれたところ。古事記中(景行)に「やまとはくにのまほろば」景行紀に「やまとはくにのまほらま」とある。
二二　以下三句「かにかくにほしきまにまに」することを結句で否定するのである。こうもああもしたいと思うままにする。そんなものではあるまい。

多尓具久能　佐和多流伎波美　企許斯遠周　久尓能麻保良叙　可尓迦久
尓　保志伎麻尓麻尓　斯可尓波阿羅慈迦

智（紀宮温矢）—ナシ

反　歌

801
[一]ひさかたの[二]天路《あまぢ》は遠し[三]なほなほに家に帰りて業《なり》を為《し》[四]まさに

比佐迦多能　阿麻遅波等保斯　奈保〻〻尓　伊弊尓可弊利提　奈利乎斯麻
佐尓

〻〻（類紀宮）—奈保

[五]子等を思ふ歌一首　并せて序

釈迦如来、金口《こんく》[六]に正に説きたまはく、[七]等しく衆生を思ふこと、羅睺羅《らごら》[八]の如しとのたまへり。又説きたまはく、愛《うつくしび》[九]は子に過ぎたりといふこと無しとのたまへり。[一〇]至極の大聖すら尚し子を愛《うつく》しぶる心あり。況《いは》むや世間《よのなか》の蒼生《あをひとくさ》[一一]、誰かは子を愛しびずあらめや。

802
[一二]瓜食《は》めば　子ども思ほゆ　栗食《は》めば　まして偲《しぬ》[一三]はゆ　[一四]いづくより　来《きた》りしものそ　[一五]眼交《まなかひ》に　[一六]もとな懸《かか》りて　安眠《やすい》し寝《な》[一七]さぬ

一　↓三六頁注一一
二　天上へ行く道。
三　素直に。まっすぐに。
四　シマサナ・シマサネに同じ。マサは敬語のマスの未然形。
五　コドモ。コラと訓む説もある。
六　如来は金身であるから、その口を尊んで金口という。
七　金光明最勝王経捨身品に「等シク衆生ヲ視ルコト一子ノ如シ」、合部金光明経寿量品に「等シク衆生ヲ観ルコト羅睺羅ノ如シ」、大般涅槃経にも同じ。
八　羅睺羅は釈迦の出家前にもうけた一子の名。
九　この句は経典に見つからない。
一〇　釈迦のこと。
一一　一般の人々。人民。神代紀上の一書の中に「顕見蒼生。此云宇都志枳阿烏比等久佐」とあり、古事記上に「青人草」とある。
一二　集中唯一例。正倉院文書に「黄瓜」。マクワウリか。
一三　原文「斯農波由」の「農」はヌの仮名。シヌハユと発音することもあったか。憶良の古語使用癖によるかと見る説もある。
一四　契沖代匠記に二つの心あるべしとして、いかなる宿縁にてわが子と生れ来しものぞという心と、筑紫にて都に留めおいた子が面影に見えるのをいうと。
一五　目と目の間。目の前。集中唯一例。
一六　↓五三頁注四
一七　寝させてくれない。寝るの他動詞ナスがあった。

宇利波米婆　胡藤母意母保由　久利波米婆　麻斯提斯農波由　伊豆久欲利　枳多利斯物能曽　麻奈迦比尒　母等奈可〻利提　夜周伊斯奈佐農

波(紀細温)—婆　米婆(紀宮温矢)—ナシ　〻(紀宮温)—可

反　歌

803
[一]銀《しろかね》も[二]金《くがね》も玉も[三]何せむにまされる宝子に及《し》かめやも

銀母　金母玉母　奈尒世武尒　麻佐礼留多可良　古尒斯迦米夜母

[四]世間《よのなか》の[五]住《とどま》り難きを哀《かな》しぶる歌一首　并せて序

集まり易く排《はら》ひ難きは[六]八大の辛苦、遂げ難く尽し易きは[七]百年の賞楽なり。古人の嘆く所にして、今も亦これに及《し》けり。所以《このゆゑ》に因《よ》りて一章の歌を作りて、[八]二毛の嘆きを撥《はら》ふ。その歌に曰はく、

804
[九]世の中の　[一〇]すべなきものは　年月は　流るるごとし　取り続《つつ》き[一一]　追ひ来るものは　百種《ももくさ》に　迫《せ》め寄り来《きた》る　娘子《をとめ》らが　[一二]娘子さびすと　[一三]唐玉《からたま》を　[一四]手本《たもと》に巻かし(或いは此の句有りて云ふ、[一五]白たへの　袖振りかはし　紅《くれなゐ》の　赤裳裾引き)　[一六]同輩児《よちこ》らと　手携《てたづさ》はりて　遊びけむ　時の盛りを　留《とど》みかね

一　和名抄「之路加禰」、名義抄もシロカネ。
二　家持の「賀陸奥国出金詔書歌」(四〇九四)に「久我禰」とある。黄金(きがね)の母音交替形クガネ。月夜をツクヨというが如し。和名抄は「古加禰」。
三　解釈に諸説ある。何にしよう、何になろうという意で、詠嘆の意をこめてここで切れるとする説、また「何せむに」は副詞でそれをうけて結ぶ述語が省略されているとする説、「及かめやも」にかかるとする説など。
四　世間は仏教語。ヨノナカの意。
五　大智度論に「諸法ハ念念無常ニシテ住(トド)マル時有ルコト無シトイフコトヲ観ズ」とある。
六　大般涅槃経聖行品に「八相ハ苦ト名ヅク。所謂生苦、老苦、病苦、死苦、愛別離苦、怨憎会苦、求不得苦、五陰盛苦」とある。
七　金光明最勝王経如来寿量品に「人寿百年」とある。人間の寿命の限界を百年として、人生をいう。
八　黒髪と白髪と交っていること。
九　↓八九頁注九
一〇　術(すべ)無し。どうしようもない。何とも仕方がない。
一一　第二音節も清音、ツツク。
一二　サビはそのものにふさわしい、いかにもそれらしい行為・状態をいう接尾語。おとめらしくする、娘ぶる。
一三　舶来の宝玉。
一四　手首。また上膊部までいう。
一五　↓一一頁注三
一六　巻十三に「然れこそ年の八歳を切髪の吾同子(よち)を過ぎ」(三三〇七)と「…思へこそ年の八年を切髪の与知子を過ぎ」(三三〇九)とある。

過ぐし遣《や》りつれ　蜷《みな》の腸《わた》　か黒《ぐろ》き髪に　いつの間《ま》か　霜の降りけむ　紅の（一に云ふ、丹の穂なす）　面《おもて》の上に　いづくゆか　皺《しわ》が来《きた》りし（一に云ふ、常なりし　笑まひ眉引《まよびき》　咲く花の　移ろひにけり　世の中は　かくのみならし）　大夫《ますらを》の　男さびすと　剣《つるぎ》太刀《たち》　腰に取り佩《は》き　猟弓《さつゆみ》を　手《た》握《にぎ》り持ちて　赤駒に　倭文《しつ》鞍《くら》うち置き　匍《は》ひ乗りて　遊び歩きし　世の中や　常にありける　娘子らが　さ寝《な》す板戸を　押し開き　い辿《たど》り寄りて　真《ま》玉《たま》手《で》の　玉手さし交《か》へ　さ寝し夜の　いくだもあらねば　手《た》束杖《つかづゑ》　腰にたがねて　か行けば　人に厭《いと》はえ　かく行けば　人に憎まえ　老《お》よし男《を》は　かくのみならし　たまきはる　命惜しけど　せむすべもなし

世間能　周弊奈伎物能波　年月波　奈何流ゝ其等斯　等利都ゝ伎　意比久留母能波　毛ゝ久佐尓　勢米余利伎多流　遠等咩良何　遠等咩佐備周等　可羅多麻乎　多母等尓麻可志（或有此句云　之路多倍乃　袖布利可伴之　久礼奈為乃　阿可毛須蘇毗伎）　余知古良等　手多豆佐波利提　阿蘇比家武　等伎能佐迦利乎　等ゝ尾迦祢　周具斯野利都礼　美奈乃和多　迦具漏伎可美尓　伊都乃麻可　斯毛乃布利家武　久礼奈為能（一云尓能保奈須）　意母提乃宇倍尓　伊豆久由可　斯和何伎多利斯（一云　都祢奈利之　恵麻比麻欲毗伎　散久波奈能　宇都呂比尓家利　余乃奈可伴　可久乃未奈良之）　麻周羅遠乃　遠刀古佐備周等　都流伎多智　許

一　カ黒キ髪の枕詞。ミナは小巻具ニナの古名、タニシや川ニナの類をいう。食用とした。ワタは腹わた。
二　カは接頭語。色や性質を表す形容詞の上に付き、見た目にまさにそうだという気分を添える。
三　穂は秀でたものをさす。赤色が目立つさまをいう。
四　黛を引いた眉に限らず、眉、眉の様子。↓二一頁注一四
五　サビス↓九四頁注一〇
六　サツはサチの交替形。狩猟のえもの。サツ弓はえものをとる威力のある弓。
七　倭文（しつ）織の布を張った鞍。倭文は日本古来の単純素朴な文様の織物。
八　サは接頭語。ナスは寝るの意の尊敬語。
九　イは動詞に付く接頭語。
一〇　真も玉も美称の接頭語。
一一　イクダは幾ら。ダは接尾語。助詞モを伴ってアラズに続く用法にのみ見える。
一二　タツカは手につかむ意。
一三　文献資料に他に例がない。杖を腰にあてがう意だろう。束にするの意かともいう。
一四　下の「かく行けば」と対照。
一五　オヨシは上二段動詞オユ（老）から派生した形容詞。恋フ↓コホシ、喜ブ↓ヨコボシの類という。その修止形が名詞に接続する。
一六　↓五頁注二

志尓刀利波枳　佐都由美乎　多尓伎利物知提　阿迦胡麻尓　志都久良宇知
意伎　波比能利提　阿蘇比阿留伎斯　余乃奈迦野　都祢尓阿利家留　遠等
咩良何　佐那周伊多斗乎　意斯比良伎　伊多度利与利提　麻多麻提乃　多
麻提佐斯迦閇　佐祢斯欲能　伊久陀母阿羅祢婆　多都可豆恵　許志尓多何
祢提　可由既婆　比等尓伊等波延　可久由既婆　比等尓迩久麻延　意余斯
遠波　迦久能尾奈良志　多麻枳波流　伊能知遠志家騰　世武周弊母奈斯

母(紀宮細温)―ナシ　尓(紀宮細温)―ナシ　多麻(宮細温矢)―ナシ　恵(紀宮細)―慧　麻(紀宮細温)―ナシ　波(細温)―婆

反歌

805 常磐《ときは》[一]なすかくしもが[二]もと思へども世の事なれば留《とど》みかねつも

等伎波奈周　迦久斯母何母等　意母閇騰母　余能許等奈礼婆　等登尾可祢都母

迦(類紀温)―加

神亀五年七月二十一日、嘉摩郡《かまのこほり》[三]にして撰定す。筑前国守山上憶良

梅花の歌三十二首[四]〈二十四首略〉并せて序[五]

天平二年正月十三日[六]、帥老[七]の宅《いへ》に萃《あつ》まりて、宴会を申《の》ぶ。時に、初春の令月[八]

一 トキハはトコ(常)イハ(磐石)の約。ナス→七九頁注七
二 モガは願望の助詞。モは詠嘆の助詞。
三 和名抄に「筑前国嘉麻郡」がある。明治二十九年に穂波郡と合併して嘉穂郡となった。嘉摩郡家は今の稲築町鴨生(かもお)にあった。町中を嘉麻川が流れている。
四 集中梅は萩に次いで多く詠まれている。梅は日本古来の植物でなく、中国から渡来したもの。記紀や巻一・二、その他古歌謡を含む巻(七・九・十一・十二・十三など)には見えない。
五 序の作者について大伴旅人説・山上憶良説・旅人周辺の官人説などがある。
六 太陽暦二月四日。
七 大宰帥大伴旅人。時に六十六歳。
八 よい月。初春正月をいう。

にして、気淑《よ》く風和ぐ。梅は[一]鏡前の粉を披《ひら》き、蘭は珮《はい》[二]後の香《かう》を薫らす。加以《しかのみにあらず》、曙の嶺に雲移り、松は羅《うすもの》[三]を掛けて蓋《きぬがさ》を傾け、夕の岫《くき》[四]に霧結び、鳥は縠《うすもの》[五]に封《こ》められて林に迷《まと》ふ。庭には新蝶舞ひ、空には故鴈[六]帰る。ここに天を蓋《きぬがさ》[七]とし、地を坐《しきゐ》とし、膝[八]を促《ちかづ》け觴《さかづき》を飛ばす。言《こと》[九]を一室の裏《うち》に忘れ、衿《ころものくび》[一〇]を煙霞の外に開く。淡然[一一]に自《みづか》ら放《ほしきまま》にし、快然[一二]に自ら足る。若し翰苑[一三]にあらずは、何を以ちてか情《こころ》を攄《の》べむ。詩[一四]に落梅の篇を紀《しる》す。古と今とそれ何そ異ならむ。宜しく園の梅を賦[一五]して聊《いささ》かに短詠[一六]を成すべし。

815 正月《むつき》立ち春の来《きた》らばかくしこそ梅を招《を》[一七]きつつ楽しき終[一八]へめ　大弐紀卿[一九]

武都紀多知　波流能吉多良婆　可久斯許曽　烏梅乎〻岐都〻　多努之岐乎倍米

〻（類紀宮温）—乎　岐（紀細）—利

816 梅の花今咲けるごと散り過ぎずわが家《へ》の園にありこせ[二〇]ぬかも　少弐小野大夫[二一]

烏梅能波奈　伊麻佐家留期等　知利須義受　和我覇能曽能尓　阿利己世奴加毛

一 鏡台の前のおしろい。
二 帯にさげた匂い袋。
三 薄絹のような雲がかかるさま。
四 山の穴。ほら穴のある山。
五 薄絹。ちりめん。鳥が霧の中を飛ぶさま。
六 前の年の秋から来ている雁。
七 淮南子原道訓に「以レ天為レ蓋、以レ地為レ輿」とある。
八 膝をまじえて酒盃をどんどんまわす。
九 その部屋の中では言葉も忘れるほど楽しむこと。
一〇 着物のえりを開き、くつろいで外の景色に対すること。
一一 こだわるところがないさま。
一二 王羲之の蘭亭集序に「快然自足、曽不レ知二老之将一レ至」とある。
一三 翰は筆。翰苑は文筆の苑、詩歌文章。
一四 神宮文庫本・細井本・版本に「請」とあり、これを採って「請フ落海ノ篇ヲ紀サム」と訓む説もある。
一五 賦は詩歌を作ること。園梅ヲ賦スとは園の梅を題に詩歌を作ること。　一六 短歌。
一七 神霊や貴いものを呼び寄せる、招き寄せる意の古語。諸本多く「乎利都〻」とあり、折リツツとする説があった。紀州本と細井本に「乎岐都〻」とある。
一八 極めよう。極め尽そう。
一九 当時大宰大弐であった紀氏の人。紀男人か。この時従四位下。天平三年三月三十日付大宰府牒に大弐紀男人の署名がある。帥旅人が主人として後に名をつらねているので、帥に次ぐ大弐を来賓の第一位においた。
二〇 あってくれないかなあ。コセは希求願望の助動詞。↓八五頁注九
二一 大宰少弐小野老。

818 [一]春さればまづ咲く宿[二]の梅の花独り見つつや春日《はるひ》暮らさむ [三]筑前守山上大夫

波流佐礼婆 麻豆佐久耶登能 烏梅能波奈 比等利美都々夜 波流比久良
佐武

820 梅の花今盛りなり思[四]ふどち[五]挿頭《かざし》にしてな[六]今盛りなり [七]筑後守葛井大夫

烏梅能波奈 伊麻佐可利奈理 意母布度知 加射之尓斯弖奈 伊麻佐可利
奈理

821 [八]青柳《あをやなぎ》梅との花を折り[九]かざし飲みての後は散りぬともよし [一〇]笠沙弥

阿乎夜奈義 烏梅等能波奈乎 遠理可射之 能弥弖能々知波 知利奴得母
与斯

822 わが園に梅の花散る[一一]ひさかたの天より雪の流れ来るかも [一二]主人

和何則能尓 宇米能波奈知流 比佐可多能 阿米欲里由吉能 那何列久流
加母

823 梅の花散らく[一三]は何処《いづく》し[一四]かすがにこの城《き》[一五]の山に雪は降りつつ [一六]大監伴氏百代

烏梅能波奈 知良久波伊豆久 志可須我尓 許能紀能夜麻尓 由企波布理

一 春になると。サレバ→二二頁注一三
二 原文「耶登」の登はド乙類で、宿ルのドと同音。屋戸・屋外のドは甲類→七九頁注二。このヤドは帥旅人の邸の庭をさすと考えてよい。→八三頁注一〇
三 山上憶良。
四 気の合った仲間同士。
五 →一四頁注一三
六 →六頁注四
七 葛井連大成。
八 「青柳と」の「と」が略されている。
九 →一四頁注一三
一〇 沙弥満誓。
一一 →三六頁注一一
一二 大伴旅人。
一三 散るところは。
一四 そうはいうものの、それだのに。
一五 大宰府の南、福岡県筑紫野市原田(はるだ)から佐賀県三養基(みやき)郡基山町に越える基山(高さ四〇四メートル)。天智四(六六五)年大宰府の北の大野山とこの山に城が築かれた(→九一頁注八)。現在、土塁と石垣の遺構が残されている。大野山(四王寺山)とする説がある。
一六 大宰大監大伴百代。

都〻

831 春なれば諾《うべ》[一]も咲きたる梅の花君[二]を思ふと夜眠《よい》[三]も寝なくに　[四]壱岐守板氏安麻呂

波流奈例婆　宇倍母佐枳多流　烏梅能波奈　岐美乎於母布得　用伊母祢奈久尓

[五]後に追ひて梅の歌に和《こた》ふる四首〈三首略〉

852 梅の花夢《いめ》に語らく風流《みや》[六]びたる花と我《あれ》思《も》ふ酒に浮かべこそ[七]（一に云ふ、いたづ[八]らに我《あれ》を散らすな酒に浮かべこそ）

烏梅能波奈　伊米尓加多良久　美也備多流　波奈等阿例母布　左気尓于可倍許曽　一云　伊多豆良尓　阿礼乎知良須奈　左気尓于可倍許曽

[九]松浦河《まつらがは》に遊ぶ序

[一〇]余《われ》以、暫《たまたま》[一一]松浦の県《あがた》に往きて逍遙し、聊《いささ》かに[一二]玉島の潭《ふち》に臨みて遊覧せしに、[一三]忽《たちま》ちに魚[一四]を釣る女子《をとめ》等《ら》に値《あ》ひき。花の容《かほ》双《なら》び無く、光《て》れる儀《すがた》匹《たぐひ》無し。柳の葉を眉《まよ》の中に開き、桃の花を頬の上に発《ひら》く。意《こころばへ》気雲を凌《しの》ぎ、風流《みやび》世に絶《す》ぐれたり。僕《やつかれ》問ひて曰はく、誰が郷、誰が家の児等そ、若疑《けだし》[一五]神仙ならむかといふ。

一 ウベは承知する意。なるほど、もっとも。
二 梅を擬人化したもの。
三 集中他に例を見ない。夜の眠り。イは寝ルコトの名詞形。
四 続紀天平七年九月二十八日条に右弁官の大史従六位下板茂連安麻呂の名がある。壱岐守は従六位下相当。
五 先の梅花歌三十二首に、後日追加した。大伴旅人の作と考えられる。
六 ミヤは宮。宮廷風である。上品で優雅である。風流である。
七 →八五頁注九。　八 むだに。
九 現在の玉島川。佐賀県東松浦郡七山村に発し、ほぼ西流して旧玉島村、現浜玉町玉島の地を経て松浦湾に注ぐ。神功皇后鮎釣りの伝説の川である。この序の文は文選情賦や遊仙窟を模倣して作った虚構の物語である。作者は憶良とする説、旅人とする説がある。
一〇 「以」は助字。
一一 「県」は六世紀ごろ全国的に設けられた行政区画の称。肥前国松浦郡をさす。佐賀県東・西松浦郡、唐津市、伊万里市、長崎県北・南松浦郡、松浦市にわたる地。万葉集中の松浦は大凡唐津湾を囲む東松浦郡と唐津市の地が中心だという。
一二 今の玉島川。
一三 思いがけず。ゆくりなくも。
一四 神功皇后摂政前紀四月三日条に、肥前国松浦県の玉嶋里の小河(玉島川)で新羅征伐の成否をウケヒして鮎を釣り上げたことを記し、以来この地の女子は四月上旬に鮎釣りの行事をすること今に絶えずとある。聖武朝にも続いていたのであろう。
一五 神仙譚である。これは仙女の意。

娘《をとめら》等皆咲《ゑ》みて答へて曰はく、児等は漁夫の舎《いへ》の児、草庵の微《いや》しき者にして、郷も無く家も無し。何ぞ称《な》を云ふに足らむ。唯《ただ》し[一]性《さが》水を便とし、復《また》、心に山を楽しぶのみなり。或いは[二]洛浦《らくほ》に臨みて徒《いたづ》らに[三]玉魚を羨《ともし》み、乍《ある》いは[四]巫峡《ふけふ》に臥《ふ》して空しく烟霞《えんか》を望む。今以《いま》邂逅《たまさか》に[五]貴客《うまひと》に相遇《あ》ひ、[六]感応に勝《あ》へずして、輙《すなは》ち[七]欵曲《くわんきよく》を陳《の》ぶ。而今而後《いまよりのち》、豈偕老《あにへ》にあらざる可《べ》けむといふ。[九]下官対《やつかれこた》へて曰はく、[一〇]唯々《をを》、敬《つつし》みて芳命を奉《うけたまは》るといふ。時に日は山の西に落ち、[一一]驪馬《りばい》去なむとす。

遂に[一二]懐抱を申《の》べ、因《よ》りて詠歌を贈りて曰はく、

853　漁《あさり》する漁夫《あま》の子どもと人は言へど見るに[一三]知らえぬ[一四]貴人《うまひと》の子と

阿佐里須流　阿末能古等母等　比得波伊倍騰　美流尓之良延奴　有麻必等能古等

里(類紀細)―理　須流(類紀宮温)―流須

答ふる詩《うた》に曰はく

854　玉島のこの川上に家はあれど君を[一五]恥《やさ》しみ顕《あらは》さずありき

多麻之末能　許能可波加美尓　伊返波阿礼騰　吉美乎夜佐之美　阿良波佐受阿利吉

一　生れつき水に親しみ、心から山を楽しむ。論語雍也篇「知者楽ㇾ水、仁者楽ㇾ山」をふまえている。
二　洛水の岸辺、洛水は文選洛神賦に見える川の名で、玉島川を擬した。
三　「玉」は諸本「王」。温故堂本が右肩に点のあるのに諸注よっているが、確かでない。意味の上から「玉」とする。美称。
四　巫山の神仙峡。文選高唐賦に見える。玉島峡を擬した。
五　娘等の言葉であるから、この序の作者をさす。
六　感激にたえずして。
七　「欵」は玉篇に「誠也」とある。「曲」は委曲の意。真心のこまかなところ。
八　夫婦、共白髪のちぎり。
九　官人の謙譲の自称。作者をさす。
一〇　承諾のことば。
一一　黒毛の馬。ここは作者、主人公の乗馬。
一二　胸のうち。
一三　知られぬ。
一四　ウマはよい、立派なの意のウマシの語幹。ウマ寝(ぃ)、ウマ飯、ウマ酒など。
一五　痩スから派生したものか。身も痩せ細る思いがする、肩身が狭い、恥かしい。

書殿《ふみどの》[一]にして餞酒《うまのはなむけ》せし日の倭歌《やまとうた》四首〈三首略〉

876 天飛ぶや[二]鳥にもがも[三]や都まで送り申《まを》して飛び帰るもの

阿麻等夫夜　等利尓母賀母夜　美夜故麻提　意久利麻遠志弖　等比可弊流
母能

麻(類紀宮温)—摩　麻(紀宮温)—摩

敢へて私の懐《おもひ》を布《の》ぶる歌三首[四]〈一首略〉

880 天離《ざか》る[五]鄙《ひな》に五年《いつとせ》住まひつつ都の風俗《てぶり》[六]忘らえにけり

阿麻社迦留　比奈尓伊都等世　周麻比都々　美夜故能提夫利　和周良延尓
家利

882 我《あ》が主[七]の御霊《みたま》[八]賜ひて春さらば[九]奈良の都に召上《めさ》げたまはね[一〇]

阿我農斯能　美多麻々々比弖　波流佐良婆　奈良能美夜故尓　咩佐宜多麻
波祢

天平二年十二月六日、筑前国司山上憶良謹みて上《たてまつ》る。

貧窮問答[一一]の歌一首　并せて短歌

892 風雑《まじ》り[一二]　雨降る夜《よ》の　雨雑り[一三]　雪降る夜《よ》は　すべもなく　寒くしあれ

一　図書館、図書室。大宰府の文書整理、保管用の建物か。ここで大宰帥旅人の送別の宴が開かれた。
二　鳥の枕詞。ヤは間投助詞。
三　→一〇頁注六
四　長官送別の席で場所柄をわきまえず私情を述べることを断わる。
五　→一二頁注一七
六　テブリは手の振り方。ふるまい。動作のしかた、身の処し方。
七　上司である旅人への敬称。
八　神霊。ここではお心入れ、恩頼、慈悲。
九　春が来たならば。サル→二二頁注一三
一〇　相手に希望する意を表す終助詞。
一一　貧窮者の問答とする説、貧者と窮者との問答とする説、貧窮についての問答とする説がある。
一二　カゼマジヘとも訓む。
一三　アメマジヘとも訓む。

ば　堅塩《かたしほ》[一]を　取りつづしろひ[二]　糟湯酒《かすゆざけ》[三]　うち啜《すす》ろひて　咳《しはぶ》かひ[四]　鼻びしびしに[五]　しかとあらぬ　鬚《ひげ》かき撫でて　我《あれ》を措《お》きて　人はあらじと　誇ろへど　寒くしあれば　麻衾《あさぶすま》[六]　引き被《かが》ふり　布肩衣《ぬのかたぎぬ》[七]　有りのことごと　着《き》襲《そ》へども[八]　寒き夜すらを　我よりも　貧しき人の　父母は　飢《う》ゑ寒《こご》[九]ゆらむ　妻子《めこ》どもは　乞《こ》[一〇]ひ乞ひ泣くらむ　この時は　いかにしつつか　汝《な》が世は渡る

天地《あめつち》[一一]は　広しといへど　我《あ》がためは　狭《さ》くやなりぬる　日月《ひつき》は　明かしといへど　我《あ》がためは　照りやたまはぬ　人皆か　我《あ》[一二]のみや然《しか》る　わくらばに[一三]　人とはあるを　人並に　吾《あれ》も作《な》[一四]れるを　綿もなき　布肩衣の　海松《みる》[一五]のごと　わわけさがれる[一六]　襤褸《かかふ》[一七]のみ　肩にうち懸け　伏廬《ふせいほ》[一八]の　曲廬《まげ》[一九]の内に　直土《ひたつち》に　藁《わら》解き敷きて　父母は　枕の方《かた》に　妻子どもは　足《あと》の方に　囲《かく》み居て　憂へ吟《さまよ》[二〇]ひ　かまどには　火気《ほけ》[二一]吹き立てず　こしき[二二]には　くもの巣懸きて　飯炊《いひかし》く　事も忘れて　ぬえ鳥[二三]の　のどよひ[二四]居《を》るに　いとのきて[二五]　短き物を　端《はし》切ると　言へるがごとく　笞《しもと》[二六]取る　里長《さとをさ》[二七]が声は　寝屋処《ねやど》まで　来立ち呼ばひぬ　かくばかり　すべなきものか

一　純度の低い固形の塩。粗製の塩。
二　ツヅシルは少し食べる意。
三　酒のかすを湯にとかしたもの。
四　シハブクはせきをする意。
五　ビシビシニは鼻汁をすすり上げる形容。擬声語。
六　麻の夜具。粗末な寝具である。
七　絹などでなく粗末な布で作った肩だけをおおう衣。袖無し。
八　キソフは重ねて着る意。
九　古くウヱサムカラムと訓んだが、近年多くウヱコユラムと訓む。
一〇　動作の反覆は終止形のくり返しコフコフナクラムと訓むとする説、「吃〻」でサクリと訓む説がある。また、「吟」の誤としてニヨビと訓む説がある。また「乞弖」の誤りとしてコヒテナクラムとも訓む。
一一　以下「答」に当る。
一二　ワレ・アレとも訓む。
一三　偶然に。たまさかに。仏説に、この世に人として生まれ合うのは稀有なことだと説くという。
一四　人に生れ、そして人並みに五体満足に成長していること。ツクルヲと訓む説もある。
一五　みる科の海藻。食用とした。
一六　破れてよれよれになり、ぶら下っている。
一七　ぼろ。
一八　伏しているような、つぶれかかった家。
一九　曲って倒れそうな家。
二〇　ウレヒとも訓む。サマヨフは呻吟する、うめく意。
二一　ケブリと訓む説がある。
二二　米を蒸す道具。　二三　→四一頁注二九
二四　ノドヨフは細々とした力ない声を出すこと。

三五　憶良の「沈痾自哀文」に「諺曰、痛瘡灌レ塩、短材截レ端」とある。イトノキテはとりわけて、特別に。
三六　細い枝。むち。
三七　戸令に「凡戸以二五十戸一為レ里。毎レ里置二長一人一、掌下検二校戸口一、課二殖農桑一、禁二察非違一、催中駈賦役上」とある。

一　↓八九頁注九

一 世間《よのなか》の道

風雑　雨布流欲乃　雨雑　雪布流欲波　為部母奈久　寒之安礼婆　堅塩
乎　取都豆之呂比　糟湯酒　宇知須〻呂比弖　之叵夫可比　鼻毗之毗之
尓　志可登阿良農　比宜可伎撫而　安礼乎於伎弖　人者安良自等　富己呂
倍騰　寒之安礼婆　麻被　引可賀布利　布可多衣　安里能許等其等　伎曽
倍騰毛　寒夜須良乎　和礼欲利母　貧人乃　父母波　飢寒良牟　妻子等
波　乞〻泣良牟　此時者　伊可尓之都〻可　汝代者和多流　天地者　比呂
之等伊倍杼　安我多米波　狭也奈里奴流　日月波　安可之等伊倍騰　安我
多米波　照哉多麻波奴　人皆可　吾耳也之可流　和久良婆尓　比等〻波安
流乎　比等奈美尓　安礼母作乎　綿毛奈伎　布可多衣乃　美留乃其等　和
〻気佐我礼流　可〻布能尾　肩尓打懸　布勢伊保能　麻宜伊保乃内尓　直
土尓　藁解敷而　父母波　枕乃可多尓　妻子等母波　足乃方尓　囲居而
憂吟　可麻度柔播　火気布伎多弖受　許之伎尓波　久毛能須可伎弖　飯
炊　事毛和須礼提　奴延鳥乃　能杼与比居尓　伊等乃伎提　短物乎　端伎
流等　云之如　楚取　五十戸良我許恵波　寝屋度麻伿　来立呼比奴　可久
婆可里　須部奈伎物能可　世間乃道

叵(定本ニヨル)―可　婆(紀細)―波

893
世間《よのなか》を憂しと[一]恥《やさ》しと思へども飛び立ちかねつ[二]鳥にしあらねば

世間乎　宇之等夜佐之等　於母倍杼母　飛立可祢都　鳥尓之安良祢婆

山上憶良頓首謹みて上る

[三]好去好来の歌一首　反歌二首〈一首略〉

894
[四]神代《かむよ》より　[五]言ひ伝《つ》て来《く》らく　[六]そらみつ　倭《やまと》の国は　[七]皇神《すめかみ》の　厳《いつく》しき国
[八]言霊《ことだま》の　[九]幸《さき》はふ国と　語り継ぎ　言ひ継がひけり　今の世の　人もこと
ごと　[一〇]目の前に　見たり知りたり　人多《さは》に　満ちてはあれども　[一一]高光
る　[一二]日の朝廷《みかど》　[一三]神《かむ》ながら　[一四]愛《めで》の盛りに　[一五]天の下　奏《まを》したまひし　[一六]家の子
と　[一六]選ひたまひて　[一七]勅旨《おほみこと》(反して、大命と云ふ)　戴き持ちて　[一八]唐《もろこし》の　遠
き境に　遣《つか》はされ　罷《まか》りいませ　海原の　辺《へ》にも沖にも　[一九]神づまり　[二〇]領《うしは》
きいます　諸《もろもろ》の　大御神たち　[二一]船舳《ふなのへ》に(反して、ふなのへにと云ふ)　導き
申し　[二二]天地《あめつち》の　大御神たち　[二二]倭《やまと》の　大国御魂《おほくにみたま》　[二三]ひさかたの　天《あま》のみ空
ゆ　[二三]天翔《あまかけ》り　見渡したまひ　事終り　[二四]帰らむ日には　また更に　大御神
たち　船舳《ふなのへ》に　御手《みて》うち懸けて　[二五]墨縄を　延《は》へたるごとく　[二六]あちかをし
[二七]値嘉《ちか》の岬《さき》より　[二八]大伴の　御津《みつ》の浜辺《はまび》に　[二九]直泊《ただは》てに　み船は泊てむ　[三〇]つつ

一　肩身がせまい。恥しい。↓一〇〇頁注一五
二　正法念処経に「若シ人解脱ヲ悕ヒ、心生死ヲ楽シマズンバ、生死モ縛スルコト能ハズ、鳥ノ虚空ヲ飛ブガ如シ」、また華厳経に「ヨク一切法ハ性無ク生無ク所依無キコトヲ解了セバ、鳥ノ空ヲ飛ブガ如ク自在ヲ得ム」とある。それを得られぬ凡人である。
三　別れに相手を祝す言葉に好在（ごきげんよう）とあり、好去・好来は漢籍に見えない。好去は初唐の口語で別れの言葉であって、好来は憶良が好去に対して作ったものかという(小島憲之氏)。
四　カミヨとも訓む。
五　イヒツテケラクとも訓む。
六　↓三頁注九
七　神を尊んでいう。国土を統治する神。スメガミとも訓む。
八　言葉には霊力がこもっていて、言葉を発することによって事の成否や禍福が決すると信じられていた。
九　言葉の力によって幸福が約束され、豊かに栄えるという。
一〇　マノマヘニと訓む説もある。
一一　日の枕詞。タカテラスとも訓む。
一二　ヒノオホミカドと七音に訓む説もある。
一三　↓一四頁注五
一四　メデはメヅの名詞形。賞愛すること。
一五　天下の政について奏上する家柄の出身であることをいう。この歌を贈る遣唐大使多治比広成の父、島は持統四年七月右大臣に任ぜられ、文武四年正月左大臣、大宝元年七月薨じた。
一六　エラミタマヒテ・エラビタマヒテ・サダメタマヒテとも訓む。

みなく　幸《さき》くいまして　早帰りませ

神代欲里　云伝久良久　虚見通　倭国者　皇神能　伊都久志吉国　言霊能　佐吉播布国等　加多利継　伊比都賀比計理　今世能　人母許等期等目前尓　見在知在　人佐播尓　満弖播阿礼等母　高光　日御朝庭　神奈我良　愛能盛尓　天下　奏多麻比志　家子等　撰多麻比天　勅旨（反云大命）　戴持弖　唐能　遠境尓　都加播佐礼　麻加利伊麻勢　宇奈原能　辺尓母奥尓母　神豆麻利　宇志播吉伊麻須　諸能　大御神等　船舳尓（反云布奈能閇尓）　道引麻遠志　天地能　大御神等　倭　大国霊　久堅能　阿麻能見虚喩　阿麻賀気利　見渡多麻比　事畢　還日者　又更　大御神等　船舳尓　御手打掛弖　墨縄遠　播倍多留期等久　阿遅可遠志　智可能岫欲利　大伴　御津浜備尓　多太泊尓　美船播将泊　都々美無久　佐伎久伊麻志弖　速帰坐勢

戴（代精ニヨル）―戴　遠志（細）―志遠　打（紀宮細温）―行　遅（紀細）―庭

反　歌

896 一難波津《なにはつ》にみ船泊てぬと聞こえ来《こ》ば紐解き放《さ》けて立ち走り二せむ

難波津尓　美船泊農等　吉許延許婆　紐解佐気弖　多知婆志利勢武

天平五年三月一日、三良《ら》の宅《いへ》にして対面し、献《たてまつ》るは三日なり。　山上憶良謹上

一七 漢字音を示す法を反切というのにならって国語の訓みを示すこと反スルと言った。

一八 カラクニノと訓む説がある。

一九 神が鎮座する。神々が集まる。ツマルは留まる意の古語と考えられる。

二〇 ウシは主人。ハクは佩く意。あるじとして持っている。領する。

二一 大和の国土の精霊。大和のそれは大和《おおやま》神社の祭神。天理市新泉《にいずみ》にある。

二二 →三六頁注一

二三 アマガケリとも訓む。

二四 カヘラムヒハとも訓む。

二五 直線を引く大工道具。

二六 地名値嘉の枕詞。語義未詳。アヂカヲシとも訓む。

二七 長崎県南・北松浦郡の、五島列島、平戸島などその周辺の島々の総称。いま北松浦郡に上阿値嘉島、小値嘉島の名が残る。

二八 大伴ノ御津は難波の御津。→二〇頁注六

二九 ハマビのビはあたり、ほとり。

三〇 妨げられる、さしつかえることをツツムという。その名詞形。

一 ナニハヅニとも訓む。

二 急いで走る、走りまわるとも解されるが、跳びあがる、躍りあがる意もある。

三 憶良。

大唐大使卿[一]　記室[二]

老いたる身に病を重ね、年を経て辛苦《たしな》み、及《また》児等を思ふ歌七首長一首短六首〈一首略〉

897
たまきはる[三]　現《うち》[四]の限りは（瞻《せんぶ》[五]浮州の人の寿《よはひ》一百二十年なることを謂《い》ふ）　平ら
けく　安くもあらむを　事も無く　喪《も》[六]無くもあらむを　世の中の　憂け
く辛《つら》けく　いとのきて[七]　痛き傷には　辛塩《から》を　注くちふがごとく　ます[八]
ますも　重き馬荷に　上荷打つと　言ふことのごと　老いにてある　我
が身の上に　病をと　加へてあれば　昼はも　歎かひ暮らし　夜はも
息衝《いきづ》[九]き明かし　年長く　病みし渡れば　月重ね　憂[一〇]へ吟《さまよ》[一一]ひ　ことこと[一二]
は　死[一三]なと思へど　五月《さ》[一四]蝿《ばへ》なす　騒く子どもを　打《う》[一五]棄《つ》てては　死には
知らず　見つつあれば　心は燃えぬ　かにかくに　思ひわづらひ　哭《ね》[一六]の
み泣かゆ

霊剋　内限者（謂瞻浮州人寿一百二十年也）　平気久　安久母阿良牟遠　事母無　裳無母阿良
牟遠　世間能　宇計久都良計久　伊等能伎提　痛伎瘡尓波　鹹塩遠　灌知
布何其等久　益々母　重馬荷尓　表荷打等　伊布許等能其等　老尓弖阿
留　我身上尓　病遠等　加弖阿礼婆　昼波母　歎加比久良志　夜波母　息

一　遣唐大使、多治比真人広成。
二　書記官のこと。ここでは手紙を贈る相手を尊んで、その宛名の傍に書き添える。
三　↓五頁注二
四　現実。現世。
五　仏語。須弥山の南方の地で、南瞻浮州とも南閻浮提ともいわれる。人間の住む所という。
六　細井本「母裳无」とあるなどにより、モモナクアラムヲと訓む説がある。モナシは凶事が無いこと。
七　憶良の「沈痾自哀文」に「諺曰、痛瘡灌レ塩」とある。イトノキテ↓一〇三頁注二五。
八　ますます重い馬荷に上積みの荷をつける。注七に同類の諺。
九　イキヅクはため息をつく、嘆息する意。
一〇　ウレヒと訓む説がある。
一一　呻吟する、うめく意。
一二　同じ事ならば。かくの如く、ことごとく、何か事につけて常にの意など諸説ある。コトゴトハとも訓む。
一三　死にたい。
一四　陰暦五月頃に湧き出る蝿のように。数多いさま、うるさいさまにいう。騒クの枕詞とも。記紀神話では天の神々さえも耐え難い、邪悪な神の立てる凄じい音についていう。
一五　ウチ(打)ウ(棄)テテの約。
一六　↓三三頁注一五、五三頁注五

豆伎阿可志　年長久　夜美志渡礼婆　月累　憂吟比　許等々々波　斯奈々等思騰　五月蝿奈周　佐和久児等遠　宇都弖々波　死波不知　見乍阿礼婆　心波母延農　可尓可久尓　思和豆良比　祢能尾志奈可由

寿（紀細）―等　可（紀宮細温）―ナシ

反歌

898 慰むる心はなしに雲隠り[一]鳴き行く鳥の哭《ね》のみし泣かゆ

奈具佐牟留　心波奈之尓　雲隠　鳴往鳥乃　祢能尾志奈可由

899 すべもなく苦しくあれば出で走り去《い》なな[二]と思《おも》へど子ら[三]に障《さや》りぬ

周弊母奈久　苦志久阿礼婆　出波之利　伊奈々等思騰　許良尓佐夜利奴

佐（類古紀）―作

900 富人《とみひと》の家の子どもの着る[四]身無み腐《くた》し棄つらむ絁《きぬ》[五]綿らはも[六]

富人能　家能子等能　伎留身奈美　久多志須都良牟　絁綿良波母

901 荒[七]たへの布衣《ぬのきぬ》をだに着せかてに[八]かくや嘆かむせむすべを無み

麁妙能　布衣遠陀尓　伎世難尓　可久夜歎敢　世牟周弊遠奈美

一　鳴キ行ク鳥ノまで二句、ネノミシ泣カユの序。
二　希望の意の終助詞。
三　子供に邪魔されてしまった。子供のことが心にひっかかってそれができないこと。原文「許」はコ乙類で、「子・児」はコ甲類。子ラと解するなら仮名違いとなる。此ラとして此ノ子ラと解する説がある。
四　着るだけのからだがなくて。着物がたくさんあってからだが足りない意。
五　絹布と綿布と。綿は木綿ではなく真綿。
六　↓三九頁注一五
七　↓一七頁注五
八　カテニのニが打消であることが次第に忘れられてカテニが一まとまりで否定の意を表わすように意識されていたことが「難尓」の用字に感じられる。これもガテニと訓む説がある。

902
[一]水沫《みなわ》なす[二]もろき命も[三]栲縄《たくなは》の千尋《ちひろ》に[四]もがと願ひ暮しつ
水沫奈須　微命母　栲縄能　千尋尓母何等　慕久良志都

天平五年六月、丙申の朔の三日戊戌の日に作る

[五]男子《をのこ》名は古日《ふるひ》に恋ふる歌三首 長一首 短二首

904
世の人の　[六]貴び願ふ　[七]七種《ななくさ》の　[八]宝もわれは　何せむに　わが中の　生ま
れ出でたる　[九]白玉の　わが子古日は　[一〇]明星《あかぼし》の　明くる朝《あした》は　[一一]敷たへの
床の辺去らず　立てれども　居《を》れども　共に[一二]戯《たはぶ》れ　[一三]夕星《つづ》の　夕《ゆふへ》になれ
ば　いざ寝よと　手を携《たづさ》はり　父母も　[一四]上はな下《さが》り　[一五]三枝《さきくさ》の　中にを[一六]寝
むと　[一七]愛《うつく》しく　[一八]其《し》が語らへば　いつしかも　人と成り出でて　悪《あ》しけく
も　善けくも見むと　[一九]大船の　思ひ頼むに　思はぬに　[二〇]横しま風の　に[二一]
ふふかに　[二二]覆ひ来《きた》れば　せむすべの　[二三]たどきを知らに　[二四]白たへの　たす
きを掛け　[二五]まそ鏡　手に取り持ちて　天つ神　仰ぎ乞ひ[二六]禱《の》み　地《くに》つ祇《かみ》
伏して額づき　[二七]かからずも　かかりも　神のまにまにと　[二八]立ちあざり
[二九]われ乞ひ禱めど　[三〇]しましくも　快《よ》けくはなしに　漸々《やくやく》に　容貌《かたち》[三一]つくほ
り　[三二]朝な朝な　言ふこと止み　[三三]たまきはる　命絶えぬれ　立ち踊り　足

一　水のあわ。ミナアワと訓むべきか。ナス
　↓七九頁注七
二　イヤシキイノチモと訓む説がある。
三　楮(こうぞ)の繊維でなった縄。
四　↓一〇頁注六
五　男子古日は憶良の子であるとする説、その子の親の気持で歌ったとする説がある。
六　タフトミとも訓む。
七　仏法で珍重する七種の宝は経典によって異る。法華経には「金・銀・瑠璃(るり)・硨磲(しゃこ)・瑪瑙(めのう)・真珠・玫瑰(まいえ)」とあり、無量寿経には「金・銀・琉梨(るり)・玻瓈(はり)・珊瑚(さんご)・碼磁・硨磲(しゃこ)」とあるなど。
八　宝モで切って、次はワレハナニセムと一句に訓む説がある。
九　真珠のような。
一〇　明けの明星。金星で、ユフヅツ(宵の明星)と同じ。ここはアクルアシタの枕詞として用いている。
一一　↓四〇頁注二一
一二　タハムレとも訓む。
一三　ユフヅツノ・ユフツツノとも訓む。↓四一頁注三三
一四　ウヘはそばの意で、そばから引きさがるな、つまり離れるなの意か。上から下へさがるなの意か。また、サカリと訓む説もある。
一五　枕詞。枝が三つに分かれる性質を持つものであるところから中にかかる。その植物について諸説あり、ミツマタ・沈丁花・ヒノキ・山百合など。
一六　間投助詞。
一七　↓七二頁注一
一八　中称の代名詞。それ、その子。
一九　↓三七頁注六

すり叫び　伏し仰ぎ　胸打ち嘆き　手に持てる　我《あ》[一]が子飛ばしつ　世間《よのなか》[二]の道

世人之　貴慕　七種之　宝毛我波　何為　和我中能　産礼出有　白玉之
吾子古日者　明星之　開朝者　敷多倍乃　登許能辺佐良受　立礼杼毛　居
礼杼毛　登母尓戯礼　夕星乃　由布弊尓奈礼婆　伊射袮余登　手乎多豆佐
波里　父母毛　表者奈佐我利　三枝之　中尓乎袮牟登　愛久　志我可多良
倍婆　何時可毛　比等ゝ奈理伊弖天　安志家口毛　与家久母見武登　大船
乃　於毛比多能無尓　於毛波奴尓　横風乃　尓布敷可尓　覆来礼婆　世武
須便乃　多杼伎乎之良尓　志路多倍乃　多須吉乎可気　麻蘇鏡　弖尓登利
毛知弖　天神　阿布芸許比乃美　地祇　布之弖額拝　可加良受毛　可賀利
毛　神乃末尓麻尓等　立阿射里　我例乞能米登　須臾毛　余家久波奈之
尓　漸ゝ　可多知都久保里　朝ゝ　伊布許等夜美　霊剋　伊乃知多延奴
礼　立乎杼利　足須里佐家婢　伏仰　武祢宇知奈気吉　手尓持流　安我古
登婆之都　世間之道

婆(紀細無)—波　尓布敷可尓(新訓ニヨル)—尓母布敷可尓布敷可尓　吉(宮温矢京)—古　婆(紀細)—波

二〇 横なぐりに吹きつける風。思いがけない邪悪な力をいう。

二一 諸本に「尓母布敷可尓布敷可尓」とあり、紀州本に下の四文字は訓なく、西本願寺本等に「四字古本無之」と注記があり、普通「母」と下の四文字を衍字と見て、ニフフカニと訓んでいる。ニフブカニとも訓む。しかし下の四文字も加えてニフフカニ　フフカニと訓む説もある。ニフフカニの語、他に例なく、にわかにの意とする説、大風の吹くさまをいうとする説がある。

二二 オホヒキヌレバと訓む説がある。

二三 タヅキの転。手(た)付(づき)。手がかり。

二四 →一一頁注三

二五 鏡をほめていう語。よく澄んだ鏡、真澄の鏡の意か。また、真十鏡でよく整った完全な鏡の意か。鏡を手に持つのは、これによって神霊を申し下すのである。

二六 コヒノムは神に祈願すること。

二七 カカラズは病気でない状態をいい、カカリは病気であることをいう。病気の直るのも直らないのも。

二八 アザリは未詳。立ってとり乱し騒ぐ意か。

二九 ワガコヒノメド・アレコヒノメドと訓む説がある。

三〇 しばらくも。

三一 未詳。衰えることかという。原文「都久保里」を「久都保里」の誤写と見て、クツホリ・クヅホリと訓む説がある。

三二 アサナサナとも訓む。

三三 →五頁注二

一 わが子を失った。トバシツはいずこともなく行かせてしまったことをいう。

二 →八九頁注九

反歌

905 稚《わか》ければ道行き知らじ幣《まひ》はせむ黄泉《したへ》の使負ひて通らせ

和可家礼婆　道行之良士　末比波世武　之多敝乃使　於比弖登保良世

906 布施置きてわれは乞ひ禱《の》む欺《あざむ》かず直《ただ》に率《ゐ》ゆきて天路《あまぢ》知らしめ

布施於吉弖　吾波許比能武　阿射無加受　多太尓率去弖　阿麻治思良之米

右の一首、作者未だ詳《つばひ》らかならず。但し裁歌の体、山上の操に似たるを以ちて、この次《つぎて》に載す。

一　マヒは贈り物。わいろではない。
二　下方にある国、即ち黄泉(よみ)の国。
三　仏法僧への供物。
四　↓一〇九頁注二六
五　死んで天へ昇ってゆく道。前の歌の地下の国の使に願ったのと矛盾する。左注の通りこの一首を別の時の歌とする説がある。
六　「裁」は製の意。作歌のかたち。歌体。
七　山上憶良。
八　風調。しらべ。

巻第六

雑歌

一養老七年癸亥の夏五月、芳野《よしの》二の離宮《とつみや》に幸《いでま》しし時に、笠朝臣金村《かさのあそみかなむら》の作る歌一首

并せて短歌

907
滝《たぎ》三の上の　御舟《みふね》四の山に　瑞枝《みづえ》さし　繁《しじ》に生ひたる　栂《とが》五の木の　いやつぎ
つぎに　万代《よろづよ》に　かくし知らさむ　み吉野の　秋津《あきづ》六の宮は　神柄《かむから》七か　貴八
くあらむ　国柄《くにから》九か　見が欲しからむ　山川を　清《きよ》み清《さや》けみ　一〇うべし神代《かむよ》一一
ゆ　定めけらしも

滝上之　御舟乃山尓　水枝指　四時尓生有　刀我乃樹能　弥継嗣尓　万
代　如是二二知三　三芳野之　蜻蛉乃宮者　神柄香　貴将有　国柄鹿　見
欲将有　山川乎　清々　諸之神代従　定家良思母

生（元類紀）―主　二（元類古）―三

反歌二首

一　続紀によれば養老七（七二三）年五月九日出発、十三日帰京。
二　一一頁注一五
三　たぎち流れる急流。タギノヘノとも訓む。→五六頁注七
四　→五六頁注八
五　ツガノキと訓む説もある。ツガノキノ→一二頁注一一
六　三六歌に吉野の秋津の野辺に宮を建てたとある。吉野離宮をいう。
七　→五〇頁注九
八　タフトクアルラム・タフトカルラムとも訓む。
九　→五〇頁注八
一〇　ウベは納得・肯定する意の副詞。シは強く指示する助詞。
一一　カミヨと訓むものが多い。

908 [一]年のはにかくも見て[二]しかみ吉野の清き河内《かふち》[三]のたぎつ白波

毎年　如是裳見壮鹿・　三吉野乃　清河内之　多芸津白浪

壮(元金類)―牡

909 山高み白木綿花《しらゆふはな》[四]に落ちたぎつ滝《たぎ》[五]の河内は見れど飽かぬかも

山高三　白木綿花　落多芸追　滝之河内者　雖見不飽香聞

[六]神亀元年甲子の冬十月五日、紀伊国《きのくに》に幸《いでま》しし時に、山部宿禰赤人《やまべのすくねあかひと》の作る歌一首

并せて短歌

917 [七]やすみしし　わご大君[八]の　常宮[九]と　仕へ奉《まつ》れる　雑賀野《さひかの》[一〇]ゆ　背《そ》[一一]がひに見ゆる　沖つ島[一二]　清き渚《なぎさ》に　風吹けば　白波騒き　潮干《ふ》れば　玉藻刈りつ[一三]　神代《かむよ》[一四]より　然《しか》そ尊き　玉津島山[一五]

安見知之　和期大王之　常宮等　仕奉流　左日鹿野由　背七・尓所見　奥嶋　清波瀲尓　風吹者　白浪左和伎　潮干者　玉藻苅管　神代従　然曽尊　吉　玉津嶋夜麻

七(元金)―上

反歌二首

一　原文「毎年」、巻十九・四一六八歌末注に「毎年謂二之等之乃波一」とある。
二　不可能な、あるいは困難なことの実現を希望する意の終助詞。テは完了の助動詞ツの連用形、シは回想の助動詞キの連体形、カは希望の助詞。平安時代にはテシガ。
三　→一三頁注一四
四　ユフはコウゾの樹皮の繊維から作った糸。その白く美しいのを幣帛として神に奉る。
五　→一一一頁注三
六　続紀によれば神亀元(七二四)年十月五日、聖武天皇は紀伊国に行幸、八日に玉津島頓宮(かりみや)に至り、ここに二十一日まで滞在された。同月二十三日帰京。
七　→五頁注一五
八　記紀歌謡ではワガオホキミだが、万葉にはワゴの例が見られる。オホキミの頭の母音öが前のワガの終りの母音aをひっぱってöに転じさせたものという。歌語として用いられていたものか。
九　永久に変らない宮殿。
一〇　和歌山市の市街地の南部。聖武の玉津島頓宮は続紀に「造二離宮於岡東一」とあり、この岡は今、東照宮のある権現山の丘陵と見られる。雑賀野はこの岡の東方、和歌浦町の西北に接する一帯の平地。
一一　→六七頁注五。
一二　玉津島のこと。
一三　文末についてそこで言い切る用法。動作の反復・継続を表す。
一四　カミヨと訓むものが多い。
一五　和歌浦にあった島で、海中に山のように見えるので島山という。今はその入江が全域陸地化し、古の玉津島は鏡山・奠供(てんぐ)山・雲蓋山などの岡となっている。

918 沖つ島荒磯《ありそ》の玉藻[一]潮干満ち[二]い隠りゆかば思ほえむかも

奥嶋　荒礒之玉藻　潮干満　伊隠去者　所念武香聞

919 [三]若の浦に潮満ち来れば[四]潟を無み葦辺をさして[五]鶴《たづ》鳴き渡る

若浦尓　塩満来者　潟乎無美　葦辺乎指天　多頭鳴渡

右は、年月を記さず、但し玉津島に従駕《おほみとも》すといへり。因《よ》りて今、行幸の年月を検《かむが》へ注《しる》して以ちて載す。

[六]神亀二年乙丑の夏五月、[七]芳野《よしの》の離宮《とつみや》に幸しし時に、笠朝臣金村《かさのあそみかなむら》の作る歌一首

并せて短歌

920 [八]あしひきの　み山も清《さや》に　落ちたぎつ　吉野の川の　川の瀬の　清きを
見れば　[九]上辺《かみへ》には　[一〇]千鳥数鳴《しばな》き　[一一]下辺《しもへ》には　[一二]かはづ妻呼ぶ　[一三]ももしき
の　大宮人《おほみやひと》も　[一四]をちこちに　繁《しじ》にしあれば　見るごとに　あやに[一五]ともし
み　[一六]玉葛《たまかづら》　絶ゆることなく　万代《よろづよ》に　[一七]かくしもがもと　天地《あめつち》の　神をそ
祈る　[一八]畏《かしこ》くあれども

足引之　御山毛清　落多芸都　芳野河之　河瀬乃　浄乎見者　上辺者　千
鳥数鳴　下辺者　河津都麻喚　百礒城乃　大宮人毛　越乞尓　思自仁思有

一 潮の引いていたところに、潮が満ちて。
二 「伊」が元暦本・金沢本・紀州本では「伍」とあるので、この字を前の句につけてシホヒミチテ　カクロヒユカバ（あるいはカクラヒユカバ）と訓む説に従うべきかと思われるが、それによれば第三句が単独母音音節を含まぬ字余りになる。
三 和歌山市和歌浦、雑賀崎寄りに新和歌浦の名所ができているが、古の和歌浦は玉津島が点在していた入江で、今は陸地に化している。旧和歌浦という。
四 干潟がなくなるので。
五 →五九頁注七
六 神亀二年五月の吉野行幸は続紀に記載がない。
七 →一一頁注一五　八 →二七頁注一
九 カミベニハとも訓む。
一〇 チドリの名は鳴き声からとも百千群れ飛ぶ鳥の意とも。中型から小型の鳥で、水辺に棲む。
一一 シモベニハとも訓む。
一二 →六三頁注一四　一三 →一二頁注四
一四 ヲチは遠称、コチはそれに対する近称の代名詞。
一五 欲するものがあって、それを得たいと思う欠乏感・羨望感を表す。心ひかれる。うらやましい。
一六 絶ユルコトナクにかかる枕詞。玉は美称、カヅラは蔓草の総称。そのどこまでも伸びることからかかる。
一七 シは強く指示する助詞。モガは希求願望の助詞。モは詠嘆の助詞。このようにこそあってほしい。
一八 カシコカレドモ、またカシコケレドモとも訓む。

者　毎見　文丹乏　玉葛　絶事無　万代尓　如是霜願跡　天地之　神乎曽

禱　恐有等毛

反歌二首〈一首略〉

922 皆人[一]の命もわれもみ吉野[二]の滝[三]の常磐《ときは》の常[四]ならぬかも

皆人乃　寿毛吾母　三吉野乃　多吉能床磐乃　常有沼鴨

皆人(元類)—人皆　吉(元類紀)—芳

山部宿禰《やまべのすくね》赤人《あかひと》[五]の作る歌二首　并せて短歌

923 やすみしし[六]　わご大君[七]の　高知らす[八]　吉野[九]の宮は　畳《たた》なづく[一〇]　青垣隠《ごも》[一一]　川次《なみ》[一二]の　清き河内[一三]そ　春へ[一四]は　花咲きをり[一五]　秋[一六]されば　霧立ち渡[一七]る　その山の　いやますます[一八]に　この川の　絶ゆること無く　ももしき[一九]の　大宮人は　常に通はむ

八隅知之　和期大王乃　高知為　芳野宮者　立名附　青垣隠　河次乃　清

河内曽　春部者　花咲乎遠里　秋去者　霧立渡　其山之　弥益〻尓　此河

之　絶事無　百石木能　大宮人者　常将通

一　紀州本・西本願寺本以下諸本の「人皆」によりヒトミナノと訓む説がある。
二　↓一一頁注八
三　↓一一一頁注三
四　ツネニアラヌカモとも訓む。
五　右の神亀二年五月の笠金村作吉野行幸従駕歌に続いて配列されているが、赤人の歌には年時の記載がないので、いつの行幸従駕歌か不明。
六　↓五頁注一五
七　↓一七頁注四
八　↓一四頁注二一
九　↓一一頁注一五
一〇　山の重畳としていることの形容。青垣にかかる。
一一　青山に、垣根のように囲まれて。
一二　川ナミは川の続いて流れている姿の意とする説がある。
一三　↓一三頁注一四
一四　ハルベハ・ハルヘニハと訓む説がある。
一五　ヲヲルはたわみ曲る意。
一六　サルは移動して行ったり来たりする意の古語。集中、春・秋・夕に多く用い、その季節や時刻の来ることをいう。
一七　キリタチワタリとも訓む。
一八　イヤシクシクニと訓む説がある。
一九　↓一二頁注四

反歌二首

924 み[一]吉野の象《きさ》[二]山の際《ま》[三]の木末《こぬれ》[四]には[五]ここだも騒く鳥の声かも

三吉野乃　象山際乃　木末尓波　幾許毛散和口　鳥之声可聞

925 ぬ[六]ばたまの夜のふけ[七]ゆけば久木《ひさき》[八]生ふる清き河原に千[九]鳥しば鳴く

烏玉之　夜乃深去者　久木生留　清河原尓　知鳥数鳴

926 や[一〇]すみしし　わ[一一]ご大君は　み吉野の　秋[一二]津の小野の　野[一三]の上《へ》には　跡見《とみ》[一四]
据《す》ゑ置きて　み山には　射目《いめ》[一五]立て渡し　朝狩に　鹿猪《しし》[一六]踏み起こし　夕狩
に　鳥踏み立て　馬並《な》[一七]めて　み狩そ立たす　春の茂野《しげの》に

安見知之　和期大王波　見吉野乃　飽津之小野笑　野上者　跡見居置而
御山者　射目立渡　朝獦尓　十六履起之　夕狩尓　十里蹋立　馬並而　御
•獦曽立為　春之茂野尓

獦(元紀細)—狩

反歌一首

927 あ[一八]しひきの山にも野にも御《み》[一九]狩人《かりひと》[二〇]得物矢《さつや》手挟《たばさ》み騒[二一]きたり見ゆ

一 ↓一一頁注八
二 奈良県吉野郡吉野の離宮地宮滝の南正面、喜佐谷の西側の山。
三 ↓九頁注一七
四 木の枝先。木ノウレの約。ウレは草の葉・茎や木の枝などの伸びていく先端。
五 ↓五〇頁注一〇
六 ↓三八頁注五
七 フケヌレバと訓む説がある。
八 のうぜんかずら科の落葉高木キササゲという。川辺などに自生し、初夏に暗紫色の斑点のある淡黄色の花を開く。実を薬用にする。また、とうだいぐさ科の落葉高木アカメガシワのことという。若葉が鮮やかな赤色なのでこの名がある。夏、白い花を穂状につける。他に、木の名でなく雑木・柴をさすとする説がある。ヒサギとも訓む。
九 ↓五八頁注一一
一〇 ↓五頁注一五
一一 ↓一七頁注四
一二 ↓一三頁注一七
一三 ノノウヘニハとも訓む。
一四 狩の時、獣の足跡を調べること。またその役目の者。
一五 獲物を射るために隠れてねらう場所。そのための設備。
一六 食用となる獣肉をシシといい、肉を取るために狩る獣をいう。その代表的な獣として鹿と猪をいう。
一七 ↓五頁注三
一八 ↓二七頁注一
一九 天皇の狩猟に供奉する官人たち。ミカリビトとも訓む。
二〇 ↓五三頁注一七
二一 サワキテアリミユとも訓む。

足引之　山毛野毛　御獦・人　得物矢手挟・　散動而有所見

獦(元類紀)—狩　挟(元古紀)—狭

右、先後を審《つばひ》らかにせず。但し便《たより》を以ちての故に、此の次《つぎて》に載す。

[一]冬十月、難波宮《なにはのみや》[二]に幸《いでま》しし時に、笠朝臣金村《かさのあそみかなむら》の作る歌一首　并せて短歌

928
押[三]し照る　難波の国は　葦垣[四]の　古《ふ》りにし郷《さと》と　人皆の　思ひ息《やす》みて
つれも無く　ありし間《あひだ》に　績麻《うみを》[五]なす　長柄《ながら》[六]の宮に　真木柱《まきばしら》　太高《ふとたか》[七]敷き
て　食《を》[八]す国を　治めたまへば　沖つ鳥[九]　味経《あぢふ》[一〇]の原に　もののふ[一一]の　八十《やそ》
伴《とも》[一二]の男《を》は　廬《いほ》りして　都なしたり　旅にはあれども

忍照　難波乃国者　葦垣乃　古郷跡　人皆之　念息而　都礼母無　有之間
尓　続麻成　長柄之宮尓　真木柱　太高敷而　食国乎　治賜者　奥鳥　味
経乃原尓　物部乃　八十伴雄者　廬為而　都成有　旅者安礼十方

反歌二首〈一首略〉

930
海人娘子《あまをとめ》[一三]棚無し小舟《をぶね》漕ぎ出《づ》らし旅の宿りに楫《かぢ》[一四]の音《おと》聞こゆ

海未通女　棚無小舟　榜出良之　客乃屋取尓　梶音所聞

一　続紀によれば神亀二(七二五)年十月十日、聖武天皇は難波宮に行幸された。
二　→二〇頁注九
三　難波の枕詞。オシテルは照りわたる意で、明るく陽光をいっぱいに受けて、広く海にひろがる難波の地を称えたものだろう。
四　葦で編んだ垣で、質素な庶民の家の垣。
五　長柄にかかる枕詞。績麻はつむいでつなぎ合わせ撚り上げた麻糸で、ナスは〜のようにあるの意の補助動詞。
六　孝徳天皇の皇都が難波長柄豊碕宮といった。仁徳天皇の難波高津宮とほぼ同地といわれ、その後の天武天皇の難波宮も、それが全焼して聖武天皇が再建された難波宮も、ほぼ同地であったという。
七　宮柱太敷キマセバ(三六)とあり、高殿ヲ高知リマシテ(三八)とある。太・高は美称の接頭語。シク・シルは共に支配・領有する意。宮殿を高々と立派に造り上げるのである。
八　食スは治める意の尊敬語。
九　沖にいる鳥で、鴨・あぢ(ともえがも)にかかる枕詞。ここはアヂと同音で地名味経ノ原にかけた。
一〇　和名抄に「東成郡味原(あぢふ)郷」がある。今、大阪市天王寺区味原町・味原本町がある。難波宮跡の東区法円坂の南一三〇〇メートル。田辺福麻呂の難波宮の歌に「味原宮」(一〇六二)ともある。
一一　→二一頁注一七
一二　トモは各種の職務をもって朝廷に奉仕する部(べ)、団体。トモノヲはその部に属する男、官人。
一三　→二〇頁注三
一四　カヂノトキコユとも訓む。

山部宿禰赤人《やまべのすくねあかひと》の作る歌一首　并せて短歌

933
天地《あめつち》の　[一]遠きが如く　日月《ひつき》の　[二]長きが如く　[三]押し照る　[四]難波の宮に　[五]わご大君　国知らすらし　[六]御食《みけ》つ国　[七]日の御調《みつき》と　淡路の　[八]野島の海人《あま》の　海《わた》の底　沖つ[九]いくりに　[一〇]鮑《あわび》玉　多《さは》に潜《かづ》き出《で》　[一一]船並《な》めて　[一二]仕へまつるし　貴し見れば

天地之　遠我如　日月之　長我如　臨照　難波乃宮尓　和期大王　国所知良之　御食都国　日之御調等　淡路乃　野嶋之海子乃　海底　奥津伊久利二　鰒珠　左盤尓潜出　船並而　仕奉之　貴見礼者

反歌一首

934
朝凪《なぎ》に[一三]楫の音《おと》聞こゆ御食《みけ》つ国野島の海人の舟にしあるらし

朝名寸二　梶音所聞　三食津国　野嶋乃海子乃　船二四有良信

[一四]冬十一月、[一五]大宰《だざい》の官人等、[一六]香椎《かしひ》の廟《みや》を拝《をろが》み奉《まつ》り訖《を》へて退《まか》り帰る時に、馬を香椎の浦に駐《とど》めて、各《おのもおのも》懐《おもひ》を述べて作る歌

[一七]帥大伴卿《そちおほとものまへつきみ》の歌一首

957
[一八]いざ子ども香椎の潟に[一九]白たへの袖さへ濡れて朝菜摘みてむ

一　トホキガゴトとも訓む
二　ナガキガゴトとも訓む。
三　難波の枕詞。↓一一六頁注三
四　↓二〇頁注九
五　↓一七頁注四
六　天皇の御食料を奉る国。集中では他に伊勢・志摩をいう。
七　ミツキは租・庸・調など租税の総称。みつぎもの。日は日毎に奉る意、年に対して臨時のものの意、天皇の御料である意などの説がある。
八　淡路島の西海岸、北端より約四キロにある。兵庫県津名郡北淡町野島。↓五六頁注一二
九　海中の石。暗礁をいうか。山陰道から東北地方に至る日本海沿岸地方で暗礁をクリという。
一〇　真珠。鮑貝とする説もある。
一一　フナナメテと訓む説もある。
一二　仕へ奉ルガタフトキミレバと訓む説がある。
一三　カヂノトキコユと訓む説がある。
一四　神亀五(七二八)年。
一五　筑紫大宰府の役人たち。
一六　福岡県東区香椎。仲哀天皇と神功皇后を祀る宮。
一七　大宰帥大伴旅人。
一八　↓二〇頁注五
一九　↓一一頁注三

一　大宰大弐。大宰府の次官の上席。小野老は天平二(七三〇)年正月の梅花宴の歌に小弐とある。大弐は誤り。
二　時をたがえず吹く海陸風。潮の干満の時にも一時的に吹く。

去来児等　香椎乃瀛尓　白妙之　袖左倍所沾而　朝菜採手六

大弐《だいに》[一]小野老朝臣《をののおゆのあそみ》の歌一首

958　時[二]つ風吹くべくなりぬ香椎潟[三]潮干の浦に玉藻刈りてな

時風　応吹成奴　香椎瀛　潮干汭尓　玉藻苅而名

帥大伴卿《そちおほとものまへつきみ》[四]、次田《すきた》[五]の温泉《いでゆ》に宿り、鶴《たづ》が音《ね》を聞きて作る歌一首

961　湯[六]の原に鳴く蘆鶴《あしたづ》[七]はわが如く[八]妹に恋ふれや[九]時[一〇]わかず鳴く

湯原尓　鳴蘆多頭者　如吾　妹尓恋哉　時不定鳴

冬[一一]十二月、大宰帥《だざいのそち》大伴卿の京《みやこ》に上る時に、娘子《をとめ》の作る歌二首

965　凡《おほ》[一二]ならばかも[一三]かもせむを恐《かしこ》[一四]みと振り[一五]たき袖を忍びてあるかも

凡有者　左毛右毛将為乎　恐跡　振痛袖乎　忍而有香聞

966　大和道《やまとぢ》[一六]は雲隠りたり然《しか》[一七]れどもわが振る袖を無礼《なめし》と思《も》ふな

倭道者　雲隠有　雖然　余振袖乎　無礼登母布奈

右、大宰帥大伴卿、大納言に兼任して、京《みやこ》に向かひて道に上る。此の日、馬を水城《みづき》[一八]に駐《とど》めて、府家《ふけ》を顧《かへり》み望む。時に卿を送る府吏の中に、遊行女婦《うかれめ》[一九]有り。

三　前の歌と同じく香椎の浦の潮干潟。
四　大宰帥大伴旅人。
五　和名抄に「筑前国御笠郡次田」。今の筑紫野市二日市温泉。武蔵温泉ともいわれた。
六　温泉の出る原の意。地名になっていたか。ユノハルと訓む説がある。
七　葦の生い繁った海浜で餌をあさるのでいう。鶴の種類ではない。
八　アガゴトクとも訓む。
九　カと訓む説がある。
一〇　時を定めず。時の区別なく。
一一　天平二(七三〇)年。
一二　オホはおおよそ、ぼんやりとしているさま、おろそかなさま、平凡なさま。大宰帥大伴卿が並の人であったならば。
一三　原文「左毛右毛」はカモカクモ、カニモカクニモ。ああもこうも、どのようにもの意。一四　恐れ多いからとて。
一五　フリイタキと訓んで、はなはだしく振るの意とする説もある。
一六　大和へ行く道。
一七　大和道は雲の彼方に隠れるほど遠いが、シカレドモ見えなくなるまで袖を振ると解する説、前歌のシノビテアルカモを受けていうとする説、雲に隠れてわが振る袖も見えないだろうがしかしと解する説、雲に隠れて見えない君の姿だのにそれにもかかわらずとする説などがある。
一八　天智紀三(六六四)年の条に「是歳、於㆓対馬嶋・壱岐嶋・筑紫国等㆒置㆓防与㆑烽。又於㆓筑紫㆒築㆓大堤㆒貯㆑水。名曰㆓水城㆒」とある。全長一・二キロ、高さ一〇メートル。大宰府の北西の博多湾に向う御笠川の谷を塞いだ。その前方に幅六〇メートル、深さ四メートルの堀が掘られていた。今、福岡県太

其の字《あざな》を児島《こしま》と曰《い》ふ。ここに娘子《をとめ》、此の別るることの易きを傷《いた》み、彼《そ》の会ふことの難きを嘆き、涕《なみた》を拭《のご》ひて、自《みづか》ら袖を振る歌を吟《うた》ふ。

大納言大伴卿の和《こた》ふる歌二首

967 大和道の[一]吉備《きび》の児島を過ぎて行かば筑紫の児島思ほえむかも

日本道乃　吉備乃児嶋乎　過而行者　筑紫乃子嶋　所念香裳・

裳(元紀温)—聞

968 [二]大夫《ますらを》と思へるわれや[三]水茎の[四]水城《みづき》の上に涙《なみた》拭《のご》はむ

大夫跡　念在吾哉　水茎之　水城之上尓　泣将拭

[五]三年辛未、大納言大伴卿、寧楽《なら》の家に在りて故郷を思ふ歌二首〈一首略〉

969 [六]しましくも行きて[七]見てしか[八]神奈備《かむなび》の淵は[九]浅《あ》せにて瀬にかなるらむ

須臾　去而見壮鹿・　神名火乃　淵者浅而　瀬二香成良武

壮(元類古紀)—牡

[一〇]四年壬申、藤原宇合卿《ふぢはらのうまかひのまへつきみ》、[一一]西海道の[一二]節度使《せつどし》に遣《つか》はさるる時に、高橋連虫麻《たかはしのむらじむしま》呂《ろ》の作る歌一首　并せて短歌

宰府市水城にその長堤が、交通路線と御笠川を通すために数か所切り開かれてはいるが、古代の姿をそのまま残している。
一九 和名抄に「遊行女児宇加礼女、一云阿曽比」とある。万葉集では地方に下った貴族・官人の宴席に侍して接待し、古歌を誦したり歌を詠んだりするホステス的存在。

一 備前国児島郡児島。今、倉敷市児島地区(旧児島市)・玉野市・児島郡灘崎町と岡山市に属す部分もある。児島半島。
二 →二一頁注一四
三 水城の枕詞。みずみずしい茎と同音でミヅキにかけたものであろう。
四 →一一八頁注一八
五 天平三(七三一)年。
六 シマシは少しの時間をいう副詞。シマシクも同じ。
七 →一一二頁注二
八 神が降臨する所。神のいます所。飛鳥川のめぐる飛鳥の神丘。その淵は飛鳥川。
九 浅くなる意の下二段動詞アスの連用形。アサミテ・アサビテと訓む説がある。
一〇 天平四(七三二)年。
一一 九州地方。古代の筑前・筑後・豊前・豊後・肥前・肥後・日向・大隅・薩摩の九国と壱岐・対馬二島。
一二 天平四年八月十七日、唐制にならって初めて東海・東山・山陰・西海の四道におかれ、軍政の面に限って強力に道内諸国を統率することになった。その時の節度使は東海・東山二道を兼ねて藤原房前(正三位中納言)、山陰道は多治比県守(従三位参議)、西海道は藤原宇合(従三位参議)であった。天平六年四月廃止された。

971
[一]白雲の 龍田《たつた》[二]の山の 露霜に 色付く時に うち越えて 旅行く君は 五百重山《いほへやま》 い[三]行きさくみ 賊《あた》[四]守る 筑紫に至り 山の極《そき》[五] 野の極《そき》見よと 伴《とも》[六]の部《へ》を 班《あか》[七]ち遣《つか》はし 山彦の 応《こた》へむ極《きは》み 谷蟇《たにぐく》[八]の さ渡る極み 国状《くにかた》[九]を 見《め》[一〇]したまひて [一一]冬こもり [一二]春さり行かば [一三]飛ぶ鳥の [一四]早く来まさね 龍田道《たつたぢ》の 丘辺《をかへ》[一五]の道に 丹《に》つつじの [一六]にほはむ時の 桜花 咲きなむ時に [一七]山たづの 迎へ参出《まゐで》む [一八]君が来まさば

白雲乃　龍田山乃　露霜尓　色附時丹　打超而　客行公者　五百隔山　伊去割見　賊守　筑紫尓至　山乃曽伎　野之衣寸見世常　伴部乎　班遣之　山彦乃　将応極　谷潜乃　狭渡極　国方乎　見之賜而　冬木成　春去行者　飛鳥乃　早御来　龍田道之　岳辺乃路尓　丹管士乃　将薫時能　桜花　将開時尓　山多頭能　迎参出六　公之来益者

公（元類紀）―君　木（元類紀）―ナシ　公（元類紀）―君

反歌一首

972
千万《ちよろづ》の軍《いくさ》[一九]なりとも言挙《ことあ》[二〇]げせず取りて来《き》ぬべき男《をのこ》[二一]とぞ思ふ

千万乃　軍奈利友　言挙不為　取而可来　男常曽念

一　白雲の立ツところから龍田にかかる枕詞。
二　奈良県生駒郡三郷町の西方の山。生駒山脈の南部、信貴山の南に続き、大和から河内へまたがる山。
三　イは接頭語。サクミは裂クと同根の語で、岩や木々を押し開き、踏み分ける意。
四　敵対するもの、自分に害をなすもの。
五　遠ざかる意のソクの名詞形。果て、辺境。
六　トモノベヲとも訓む。
七　名義抄に「頒アカツ」とある。分ける、分配する。
八　→九二頁注一九
九　クニガタヲと訓む説もある。
一〇　→一八頁注一〇
一一　→八頁注五。フユゴモリとも訓む。
一二　春になったら。サル→二二頁注一三
一三　早クにかかる枕詞。
一四　早くお帰り下さい。ハヤカヘリマセと訓むことも考えられる。
一五　ヲカベとも訓む。
一六　ニホフとは赤い色が鮮やかに照り輝くこと。
一七　ニワトコの古名。ミヤツコギ。枝や葉が対生で向き会っているところからムカフの枕詞。
一八　キミシキマサバと訓む説がある。
一九　兵士。軍勢。
二〇　言葉に出して言いたてること。言葉の持つ呪力を発揮させること。
二一　ヲトコと訓む説もある。

右、補任[一]の文を検《かむが》ふるに、八月十七日に東山・山陰・西海の節度使を任ず。

[二]天皇《すめらみこと》、酒を節[三]度使の卿《まへつきみたち》[四]等に賜ふ御歌《おほみうた》一首 并せて短歌

973 食《を》[五]す国の 遠[六]の朝廷《みかど》に 汝等《いましら》[七]が かく罷《まか》りなば 平けく われは遊ばむ 手抱《たむだ》[八]きて われはいまさむ 天皇朕《すめらわ》[九]が うづ[一〇]の御手《みて》もち かき撫でそ 労《ね》[一一]ぎたまふ うち撫でそ 労ぎたまふ 帰り[一二]来《こ》む日 相飲まむ酒《き》そ この豊御酒《みき》は

食国　遠乃朝庭尓　汝等之　如是退去者　平久　吾者将遊　手抱而　我者将御在　天皇朕　宇頭乃御手以　掻撫曽　祢宜賜　打撫曽　祢宜賜　将還来日　相飲酒曽　此豊御酒者

反歌一首

974 大夫《ますらを》[一三]の行くとい[一四]ふ道そおほろか[一五]に思ひて行くな大夫《ますらを》の伴《とも》[一六]

大夫之　去跡云道曽　凡可尓　念而行勿　大夫之伴

右の御歌は、或は云はく、太上天皇《おほきすめらみこと》[一七]の御製なりといへり。

[一八]山上臣憶良《やまのうへのおみおくら》の沈痾《ぢんあ》[一九]の時の歌一首

一 補任とは官職を任命すること。補任のことを記録した文書があったか、未詳。
二 聖武天皇。
三 →一一九頁注一二
四 「卿」は三位以上の高官の尊称。
五 統治する国。→一一六頁注八
六 →八九頁注一二
七 イマシラシ・イマシラノと訓む説がある。
八 手をつかねて何もしないでいる。タウダキテとも訓む。抱クはムダクが古く、ウダク→イダク→ダクとなったという。
九 スメラワレと訓む説がある。
一〇 ウヅは貴いの意。
一一 ねぎらう。慰労する。
一二 カヘリコムヒニと訓む説がある。
一三 →二一頁注一四
一四 トフとも訓む。
一五 おろそかに。いいかげんに。
一六 仲間。連中。人々。
一七 元正天皇。
一八 この歌の前二首(九七六、七)の題詞に「五年癸酉」とある。ここから九九五歌まで天平五(七三三)年の作とする。
一九 重病。従来はオモキヤマヒと訓読していた。

978
士《をのこ》[一]やも空《むな》[二]しくあるべき万代《よろづよ》に語り継ぐべき名は立てずして

士也母　空応有　万代尓　語続可　名者不立之而

右の一首、山上憶良臣《やまのうへのおくらのおみ》の沈痾《ぢんあ》の時に、藤原朝臣八束《ふぢはらのあそみやつか》、河辺朝臣東人《かはへのあそみあづまひと》を使《つか》はして疾《や》める状《さま》を問はしむ。ここに憶良臣、報《こた》ふる語《ことば》已《すで》に畢《をは》り、須《しま》くありて、涕《なみた》を拭《のご》ひ悲しび嘆きて、此の歌を口吟《うた》ふ。

大伴坂上郎女《おほとものさかのうへのいらつめ》の月の歌三首〈二首略〉

983
山の端《は》[三]のささら愛《え》壮士《をとこ》天の原門《と》[四]渡る光見らくし良しも

山葉　左佐良榎壮子・　天原　門度光　見良久之好藻

壮（紀温矢）—牡

右の一首の歌は、或は云はく、月の別名《またのな》をささらえをとこといふ、この辞《こと》によりてこの歌を作るといふ。

湯原王《ゆはらのおほきみ》の月の歌二首〈一首略〉

985
天《あめ》に坐《ま》す月読壮士《つくよみをとこ》[五]幣《まひ》[六]はせむ今夜《こよひ》の長さ五百夜《いほよ》継ぎこそ[七]

天尓座　月読壮子・　幣者将為　今夜乃長者　五百夜継許増

壮（類紀細）—牡

一　ヲトコヤモとも訓む。マスラヲモと訓む説もあった。
二　ムナシカルベキとも訓む。
三　ササは細小の意。ラは接尾語。エは愛らしい意。古事記にイザナキ・イザナミの結婚の条に柱を廻って互いに「あなにやしエヲトコを」「あなにやしエヲトメを」と言った。
四　トは瀬戸・水門（ミナ）など両岸が迫って狭くなっている所。船などの通り道でもある。
五　月を人格化したもの。
六　贈り物。
七　希求願望を表す助動詞コスの命令形。

同じ坂上郎女の[一]初月《みかづき》の歌一首

993 [二]月立ちてただ三日月の[三]眉根《まよね》掻《か》き[四]日長《け》く恋ひし君に逢へるかも

月立而　直三日月之　眉根掻　気長恋之　君尓相有鴨

大伴宿禰家持《おほとものすくねやかもち》の初月《みかづき》の歌一首

994 [五]ふりさけて三日月見れば[六]一目見し人の[七]眉引《まよびき》思ほゆるかも

振仰而　若月見者　一目見之　人乃眉引　所念可聞

大伴坂上郎女、親族《うがら》と宴《うたげ》する歌一首

995 かくしつつ遊び飲みこそ[八]草木すら春は[九]さきつつ秋は散りゆく

如是為乍　遊飲与　草木尚　春者生管　秋者落去

[一〇]六年甲戌、海犬養宿禰岡麻呂《あまのいぬかひのすくねをかまろ》、[一一]詔《みことのり》に応《こた》ふる歌一首

996 [一二]御民《みたみ》われ生ける[一三]験《しるし》あり天地《あめつち》の栄ゆる時に[一四]あへらく思へば

御民吾　生有験在　天地之　栄時尓　相楽念者

[一五]春三月、[一六]難波宮に幸しし時の歌六首〈五首略〉

1001 [一七]大夫《ますらを》は[一八]み狩に立たし娘子《をとめ》らは赤裳裾引く清き[一九]浜びを

一 月初めの月の意で、歌中には三日月とあるによってミカヅキと訓む。
二 新しい暦の月が始まること。タダまで三日にかかる序。
三 眉がかゆくなるのは待つ人の来る前兆という俗信があり、そこから眉を掻くことによって待つ人を来させるという呪術があったとする。 四 ↓二三頁注五
五 原文「振仰而」をフリサケテと訓んだのは、「天の原ふりさけ見れば」(巻二・一四七)に始まる慣用句フリサケミレバがふり仰いで見る意で用いられるのをもとにこの句を成したと考えられるから。サクに仰ぐの意はない。
六 慣用的に、たった一目見ただけの意。
七 眉墨で描いた眉。 八 ↓八五頁注九
九 原文「生管」でオヒツツと訓むのが普通。モエツツと訓む説もある。
一〇 天平六(七三四)年。
一一 応詔歌と題詞・左注に記すものは、天皇の肆宴に坐したり行幸に供奉したりする時、その場に作歌奏上を求められたのに応えて奉った歌をいう。指名されたものではないらしい。これは元旦の肆宴に一下級官人がいち早く応えたが故に残ったのだろう。
一二 天皇の臣民である自分は。
一三 効験。甲斐。
一四 アヘラクは会っていること、生れ合わせたこと。
一五 天平六年。続紀によれば三月十日出発、十九日帰京した。
一六 ↓二〇頁注九 一七 ↓二一頁注一四
一八 山野の狩猟でなく難波の浜辺で催された天覧の飾騎・騎射であろう(井村哲夫氏)。
一九 浜ミ(廻)の転。海浜のめぐり、あたり。

大夫者　御獦尓立之　未通女等者　赤裳須素引　清浜備乎
　獦(元類古紀細)―藕

右の一首、山部宿禰《やまべのすくね》赤人《あかひと》の作なり。

[一]十年戊寅、[二]元興寺《ぐわんこうじ》の僧《ほうし》の自《みづか》ら嘆く[三]歌一首

1018 [四]白玉は人に[五]知らえず知らずともよし　知らずともわれし[六]知れらば知らずともよし

白珠者　人尓不所知　不知友縦　雖不知　吾之知有者　不知友任意

右の一首、或は云はく、元興寺の僧、[七]独覚して智多けれども、未だ顕聞あらねば、衆諸《もろもろ》狎侮《あなづ》りき。これに因りて、僧この歌を作り、自ら身の才《ざえ》を嘆くといへり。

石上乙麻呂卿《いそのかみのおとまろのまへつきみ》、[八]土佐国に配《なが》さえし時の歌三首〈二首略〉并せて短歌

1022 父君に　われは[九]愛子《まなご》ぞ　[一〇]母刀自《ははとじ》に　われは愛子《まなご》ぞ　参上《まゐのぼ》る　[一一]八十氏人《やそうぢひと》の　[一二]手向《たむけ》する　[一三]恐《かしこ》の坂に　幣奉《ぬさまつ》り　[一四]われはぞ追へる　遠き土左道《とさぢ》を

父公尓　吾者真名子叙　妣刀自尓　吾者愛兒叙　参昇　八十氏人乃　手向為　恐乃坂尓　幣奉　吾者叙追　遠杵土左道矣

一　天平十(七三八)年。
二　崇峻天皇元(五八八)年蘇我馬子によって飛鳥の真神原に建てられた法興寺(飛鳥寺)が元興寺と改称され、平城遷都後、養老二(七一八)年左京五条七坊に移された。塔跡の礎石が奈良市芝新屋(しばのしんや)町に残っている。
三　この歌の形式は五七七五七七で、旋頭歌という。　四　真珠。
五　知ラエは知ラユ。ユは受身の助動詞。
六　知レラは知レリの未然形。知ルにアリのついたもの。
七　仏典語で、僧が修行して自分の道をさとること(小島憲之氏)。
八　続紀天平十一(七三九)年三月二十八日の条に「石上朝臣乙麻呂坐㆑姧㆓久米連若売㆒、配㆓流土左国㆒。若売配㆓下総国㆒焉」とある。
九　マナコと訓む説もある。
一〇　刀自は一家の主婦。転じて女性に対する敬称。
一一　数々の氏に属する多くの人々。ヤソウヂビトノとも訓む。
一二　神仏に供物を供えるのをタムク。その名詞形タムケ。
一三　所在未詳。土左国へ行く南海道は紀伊国を経るので紀伊路にありとする説がある。大和と紀伊との国境真土山にあったのだろうという説もある。
一四　ワレハゾオフとも訓む。追を退の誤りとしてワレハゾマカルと訓む説もある。

一　大崎の名が和歌山県海草郡下津町大崎にある。神ノ小浜はその下津湾口の北側に深く鋭く湾入した大崎の入江とする。阿波の徳島に直向う所で、ここから四国へ渡ったとみる。しかし古代四国渡海の道は下津湾まで南下せず、紀ノ川の河口の北、加太岬

反歌一首

1023 大崎[一]の神の小浜《をばま》は狭《せば》[二]けども百舟人《ももふなびと》も過ぐと言はなくに

大埼乃　神之小浜者　雖小　百船純毛　過迹云莫国

十[三]二年庚辰の冬十月、大宰少弐《だざいのせうに》[四]藤原朝臣広嗣《ふぢはらのあそみひろつぐ》、謀《みかどかたぶ》[五]反けむとして軍《いくさ》を発《おこ》せるに依りて、伊[六]勢国に幸《いでま》しし時に、河[七]口の行宮《かりみや》にして内舎人《うどねり》[八]大伴宿禰家持《おほとものすくねやかもち》の作る歌一首

1029 河口《かはぐち》[九]の野辺に廬《いほ》りて夜の経《ふ》れば妹《いも》が手本《たもと》[一〇]し思ほゆるかも

河口之　野辺尓廬而　夜乃歴者　妹之手本師　所念鴨

天皇《すめらみこと》[一一]の御製歌《おほみうた》一首

1030 妹に恋ひ吾《あが》[一二]の松原見渡せば潮干の潟に鶴《たづ》[一三]鳴き渡る

妹尓恋　吾乃松原　見渡者　潮干乃滷尓　多頭鳴渡

右の一首、今案《かむが》ふるに、吾の松原は三重郡《みへのこほり》[一四]に在り、河口の行宮を相去ること遠し。若疑朝明《けだしあさけ》[一五]の行宮に御在《おはしま》しし時に製《つく》りましし御歌なるを、伝ふる者誤《ひと》れるか。

十[一六]五年癸未の秋八月十六日、内[一七]舎人大伴宿禰家持、久邇《くに》[一八]の京《みやこ》を讃《ほ》めて作る歌一

から友ケ島・淡路島の南岸を経て阿波に至るとする説が新しい。大崎の名はないが、和歌山市加太町小字泊り谷に推定される賀陁(だか)駅の入江こそ大崎ノ神ノ小浜にふさわしいという(吉井巌氏)。カミノヲハマとも訓む。

二 チサケドモ・チヒサケド・セバケレドと訓む説もある。

三 天平十二(七四〇)年。 四 →六四頁注三一

五 八月二十九日広嗣は上表文を奉って政治の過失と天地の災異は全て天皇の側近に成り上った僧正玄昉と吉備真備によると述べ、この二人を除くべしと論じた。その返答を待たず、九月三日大宰府に挙兵した。

六 十月二十九日、聖武天皇は広嗣の乱のさ中に行幸、伊賀・伊勢・美濃・近江を経て、十二月十五日に恭仁宮(→八八頁注一)に至り、ここを都とした。

七 十一月二日、伊勢国壱志郡河口頓宮に到り、ここを関宮というと続紀にある。三重県一志郡白山町川口。

八 →七七頁注六

九 カハクチノとも訓む。

一〇 →九四頁注一四。ここは手枕。

一一 聖武天皇。

一二 所在未詳。→注一四

一三 →五九頁注七

一四 四日市市の南から三重郡楠町に至る海岸のどこかということになる。四日市市松原町・鈴鹿市若松町など諸説がある。

一五 旧朝明郡は三重郡と四日市市の北部の地。行宮の跡は分らない。

一六 天平十五(七四三)年。

一七 →七七頁注六　一八 →七七頁注一〇

首

1037 今造る久邇《くに》の都は山川の清《さや》けき見ればうべ[一]知らすらし

今造　久迩乃王都者　山河之　清見者　宇倍所知良之

迩(元類紀)―尓

安積親王《あさかのみこ》の、左少弁《させうべん》[二]藤原八束朝臣《ふぢはらのやつかのあそみ》の家に宴《うたげ》せし日に、内舎人《うどねり》[三]大伴宿禰家持《おほとものすくねやかもち》の作る歌一首

1040 [四]ひさかたの雨は降り[五]しけ思ふ子[六]がやど[七]に今夜《こよひ》は明かしてゆかむ

久堅乃　雨者零敷　念子之　屋戸尓今夜者　明而将去

[八]同じ月の十一日に、活道《いくぢ》[九]の岡に登り、一株《ひともと》の松の下に集ひて飲《うたげ》する歌二首

1042 一つ松幾代か経ぬる吹く風の音[一〇]の清きは年深みかも

一松　幾代可歴流　吹風乃　声之清者　年深香聞

右の一首、市原王《いちはらのおほきみ》の作。

1043 [一一]たまきはる命[一二]は知らず松が枝《え》[一三]を結ぶ心は長くとぞ思ふ

霊剋　寿者不知　松之枝　結情者　長等曽念

一 ↓一一一頁注一〇

二 左弁官局にあって左大弁・左中弁に次ぐ。八省を左右で分け、中務・式部・治部・民部各省との連絡・管理を担当する。

三 ↓七七頁注六

四 ↓三六頁注一一

五 フリシクと訓む説がある。

六 オモフコノと訓む説がある。

七 ↓八三頁注一〇

八 天平十六(七四四)年正月十一日。

九 未詳。久邇京の近くにあった山であろう。安積皇子(聖武天皇の皇子)の墓が京都府相楽郡和束町白栖の東方の丘陵にあって、その付近かともいわれる。

一〇 コヱと訓む説がある。

一一 ↓五頁注二

一二 イノチモシラズと訓む説がある。

一三 松の枝や草を結ぶことによって、魂を結びとめ、身の安全や長寿を願う信仰があった。

一 ↓七七頁注一〇

二 現世に姿を現わしている神。

三 ワゴオホキミノと訓む説がある。↓一七頁注四

右の一首、大伴宿禰家持の作。

久《く》[一]邇《に》の新《あらた》しき京《みやこ》を讃《ほ》むる歌二首〈一首略〉并せて短歌

1050
現《あき》[二]つ神　[三]わが大君の　天の下　八島《やしま》[四]の中《うち》に　国は[五]しも　[六]多くあれども
里はしも　多《さは》にあれども　[七]山並の　宜《よろ》しき国と　川次《なみ》[八]の　[九]立ち合ふ里
と　山背《やましろ》[一〇]の　鹿背山《かせやま》[一一]の際《ま》[一二]に　宮柱　[一三]太敷き奉《まつ》り　[一四]高知らす　布当《ふたぎ》[一五]の宮
は　川近み　[一六]瀬の音《と》ぞ清き　山近み　鳥が音《ね》響《とよ》む　[一七]秋されば　山もとど
ろに　[一八]さ雄鹿は　妻呼び響め　[一九]春されば　岡辺も繁《しじ》に　巌《いはほ》には　花咲き
をを[二〇]り　[二一]あなおもしろ　布当の原　いと貴《たふと》　大宮所　[二二]うべしこそ　わが
大君は　[二三]君ながら　[二四]聞かしたまひて　[二五]さす竹の　大宮ここと　定めけら
しも

明津神　吾皇之　天下　八嶋之中尓　国者霜　多雖有　里者霜　沢尓雖
有　山並之　宜国跡　川次之　立合郷跡　山代乃　鹿背山際尓　宮柱　太
敷奉　高知為　布当乃宮者　河近見　湍音叙清　山近見　鳥賀鳴慟　秋去
者　山裳動響尓　左男鹿者　妻呼令響　春去者　岡辺裳繁尓　巌者　花開
乎呼理　痛恠　布当乃原　甚貴　大宮処　諾己曽　吾大王者　君之随

四　日本列島。日本の国。古事記上に「故因二此八島先所一レ生、謂二大八島国一」とある。
五　ヤシマノナカニと訓む説がある。
六　シは強意の助詞。モは詠嘆の助詞。
七　サハニアレドモと訓む説がある。
八　山の並んでいる姿。
九　↓一一四頁注一二
一〇　川の流れが合する所。川が添っている里の意、とする説がある。
一一　京都府の南の部分。大和から見て、奈良山の北面背後の地と意識されていた。平安遷都後「山城」と改めた。
一二　京都府相楽郡木津町の東北方、木津川南岸の山。高さ二〇三メートル。続紀、天平十三年九月の条に「従二賀世山西道一以東為二左京一、以西為二右京一」とあり、この山の北東の盆地に京は造られたので、山の中に宮殿を造ったのではない。
一三　「際」↓九頁注一七。ここは山に囲まれた空間という程度。
一四　↓一四頁注一八
一五　↓一四頁注二一
一六　フタギの名は今は残っていない。旧瓶原（みかのはら）村あたり一帯をいったものらしい。フタギノ宮は久邇宮と同じ。
一七　セノオトとも訓む。
一八　秋になると。サル↓二二頁注一三
一九　サは接頭語。ヲシカ↓八〇頁注九
二〇　春になると。サル↓二二頁注一三
二一　↓一一四頁注一五
二二　アナアハレと訓む説がある。
二三　↓一一一頁注一〇
二四　君として。キミガマニと訓む説がある。
二五　キコシタマヒテとも訓む。
二六　↓三八頁注一六

所聞賜而　刺竹乃　大宮此跡　定異等霜

反歌二首

1051 三[一]香《みか》の原布当[二]《ふたぎ》の野辺を清みこそ大宮所(一に云ふ、ここと標[三]《しめ》さし)定めけらしも

三日原　布当乃野辺　清見社　大宮処(一云此跡標刺)　定異等霜

1052 山[四]高く川の瀬清し百代《ももよ》まで神[五]《かむ》しみ行かむ大宮所

・山高来　川乃湍清石　百世左右　神之味将往　大宮所

山(考ニヨル)—弓

右の二[六]十一首〈十八首略〉、田辺福麻呂《たなべのさきまろ》の歌集の中に出づ。

一　相楽郡加茂町。鹿背山の東方から、北へひろがる盆地。そのまん中を東西に流れる木津川(泉川)の北が、もと瓶原村であった。
二　→一二七頁注一五
三　シメを立てて。
四　ヤマダカクとも訓む。
五　カムシミはカムサビと同語であろう。
六　一〇四七〜一〇六七。

巻第七

雑歌

天《あめ》[一]を詠《よ》む

1068 天の海に雲の波立ち月の船星の林に漕ぎ隠る見ゆ

天海丹　雲之波立　月船　星之林丹　榜隠所見

右の一首、柿本《かきのもと》朝臣《あそみ》人麻呂《ひとまろ》の歌集[二]に出づ。

月を詠む

1082 水底《みなそこ》の玉さへ清《さや》[三]に見[四]つべくも照る月夜《つくよ》かも夜[五]の更《ふ》けゆけば

水底之　玉障清　可見裳　照月夜鴨　夜之深去者

雲を詠む

1087 [六]穴師《あなし》川《がは》川波立ちぬ[七]巻目《まきもく》の[八]斎槻《ゆつき》が嶽《たけ》に雲居[九]立てるらし

痛足河　〻浪立奴　巻目之　由槻我高仁　雲居立有良志

一 以下「詠…」という形で分類配列する。中国の六朝の詠物詩からとったものか。その順序は天・地・人とする。

二 柿本人麻呂歌集は万葉集編纂の資料となった歌集の中で最も多くの歌を提供した歌集である。万葉集の巻二・三・七・九・十・十一・十二・十三・十四に見え、多くは左注によって人麻呂歌集所出であることを示すが、巻九にはその左注の及ぶ範囲が定かでないものがあって歌数は確かには示し難い。短三一八・長二・旋三五、総計三六五首を教えることができ、また三八〇首とも三九五首とも数えられる。これらは自作他作を混じえている。その表記法に著しい特徴があり、極端にテニヲハなどを略した表記のものが二一〇首ある。これは人麻呂による表記で、略体は古体と認められている。

三 キヨクと訓む説がある。

四 ミユベクモと訓む説がある。

五 ヨノフケヌレバと訓む説がある。

六 奈良県桜井市穴師から箸中を流れる川で、今、纒向川という。この地の東方巻向山・穴師山から発し、三輪山(→九頁注一四)の北麓を西流し、初瀬川に入る。

七 マキムクと訓む説もある。巻向に同じ。桜井市穴師(旧纒向村)を中心とした一帯の地。

八 巻向の地の東北、三輪山の東北につづく山を巻向山という(高さ五六七メートル)。巻向山には山頂が二つあり、斎槻が嶽はそのいずれかであろう。古の巻向山は小溪を隔てて西北の穴師山(高さ四一五メートル)をも含めて称したともいい、斎槻が嶽をこの穴師山とする説もある。

九 雲居は雲のかかっている所、転じて雲そ

1088 [一]あしひきの山川の瀬の響《な》[二]る[三]なへに斎槻《ゆつき》[四]が嶽に雲立ち渡る

足引之　山河之瀬之　響苗尓　弓月高　雲立渡

右の二首、柿本《かきのもとの》朝臣《あそみ》人麻呂《ひとまろ》の歌集[五]に出づ。

1089 大海《おほうみ》[六]に島もあらなくに海原のたゆたふ[七]波に立てる白雲

大海尓　嶋毛不在尓　海原　絶塔浪尓　立有白雲

右の一首、[八]伊勢の従駕《おほみとも》に作る。

山を詠む

1092 鳴[九]る神の音のみ聞きし巻向《まきむく》[一〇]の檜原《ひばら》[一一]の山を今日見つるかも

動神之　音耳聞　巻向之　檜原山乎　今日見鶴鴨

1093 三諸《みもろ》[一二]のその山並《やまなみ》に児らが[一三]手を巻向山[一四]は継ぎのよろしも

三毛侶之　其山奈美尓　児等手乎　巻向山者　継之宜霜

右の三首〈一首略〉、柿本朝臣人麻呂の歌集に出づ。

河を詠む

1101 ぬばたま[一五]の夜さり[一六]来れば巻向[一七]の川音《おと》[一八]高しも嵐かも[一九]疾《と》き

黒玉之　夜去来者　巻向之　川音高之母　荒足鴨疾

のものをさす。タテルラシは「立良志」の本文もあり、タツラシと訓む説がある。

一　↓二七頁注一
二　鳴る。音がする。ひびく。
三　〜をするちょうどその時に。
四　↓一二九頁注八
五　↓一二九頁注二
六　オホキウミと訓む説がある。
七　動揺して安定しない。
八　いつの伊勢行幸か不明。
九　かみなり。雷。ナルカミノで音の枕詞。
一〇　奈良県桜井市穴師(旧纒向村)を中心とした一帯の地。
一一　ヒハラとも訓む。檜の林。巻向山・泊瀬山・三輪山一帯には檜が繁茂していたらしく、「泊瀬の檜原」「三輪の檜原」も歌われている。
一二　↓六三頁注四。ここは三輪山↓九頁注一四
一三　妻の手を枕にする意から巻キにかかる枕詞。
一四　三輪山の東に続く山。↓一二九頁注八
一五　↓三八頁注五
一六　ユフサリクレバと訓む説がある。サリ↓二二頁注一三
一七　巻向川は穴師川とも称した。↓一二九頁注六
一八　カハトとも訓む。
一九　詠嘆の助詞。

一　↓一二九頁注二
二　三笠の枕詞。大君の召される御笠の意でかかる。
三　奈良の春日山の主峰花山の前面西方にあ

右の二首〈一首略〉、柿本朝臣人麻呂の歌集[一]に出づ。

1102 大[二]君の三[三]笠の山の帯にせる細[四]谷川の音の清《さや》けさ

大王之　御笠山之　帯尓為流　細谷川之　音乃清也

1108 泊[五]瀬《はつせ》川流るる水[六]脈《みを》の瀬を速み井[七]堤《ゐで》越す波の音の清[八]けく《きよ》

泊瀬川　流水尾之　湍乎早　井提越浪之　音之清久

1109 さ[九]檜《ひ》の隈[一〇]檜隈川《くまひのくまがは》の瀬を速み君が手取らば言[一一]寄せむかも

佐檜乃熊　檜隈川之　瀬乎早　君之手取者　将縁言毳

葉を詠む

1118 古《いにしへ》にありけむ人もわがごとか三[一二]輪の檜[一三]原《ひばら》に挿[一四]頭《かざし》折りけむ

古尓　有険人母　如吾等架　弥和乃檜原尓　挿頭折兼

1119 行[一五]く川の過[一六]ぎにし人の手折らねばうらぶれ立て[一七]り三輪の檜原は

往川之　過去人之　手不折者　裏触立　三和之檜原者

右の二首、柿本朝臣人麻呂の歌集[一八]に出づ。

る円錐形の御蓋山。標高二八三メートル。今、一般に言う三笠山(若草山)ではない。この山の前面西麓に春日神社がある。

四 細い谷川。御蓋山の帯になるという川は吉城川(よしきがわ)、率川(いざかは)、能登川がある。能登川説が一般である。

五 奈良県桜井市の旧上之郷村地域に発し、初瀬で吉隠(よなばり)からの小流を合せて西流し、三輪山の裾を南から西へめぐって西北に向かい、佐保川と合流して大和川となる。

六 川や海での水の特に流れる筋。

七 用水のために、川の流れをせきとめてある所。

八 サヤケクと訓む説がある。

九 サは接頭語。ヒノクマは奈良県高市郡明日香村大字檜前(ひのくま)。高松塚古墳はここにある。

一〇 高市郡の高取山中に発して、高取町から明日香村檜前の西を、ほぼ近鉄吉野線に沿って北流し、畝傍山の西麓を廻って更に北へ、橿原市曽我町で曽我川に合する。いま高取川と呼ばれる。

一一 原文の語順に従ってヨラムコトカモと訓む説がある。

一二 三輪山の西北麓の、倭笠縫邑伝承地に檜原神社があり、ここを檜原と称する。泊瀬・巻向・三輪の山々の近辺には檜が繁茂していたらしい。↓一三〇頁注一一

一三 ヒハラとも訓む。

一四 花や木の枝などを折りとって頭の飾りに刺すもの。カザシは初めは神を迎え幸を祈る呪的な意味を持っていたが、次第に単なる装飾になっていった。

一五 過グの枕詞。

一六 亡くなった人。過グは死ヌの敬避表現。

1126
故郷《ふるさと》を思《しの》[一]ふ
年月もいまだ経なくに明日香川《あすかがは》[二]瀬々ゆ渡し[三]し石橋《いははし》[四]も無し
年月毛　未経尓　明日香川・　湍瀬由渡之　石走無
川（元類古紀）—河

1132
芳野《よしの》にして作る
夢《いめ》[五]のわだ言《こと》にしありけり現《うつつ》にも見て[六]けるものを思ひし思へば
夢乃和太　事西在来　寤毛　見而来物乎　念四念者

1138
山背《やましろ》[七]にして作る
宇[八]治川を船渡せをと[九]呼ばへども聞[一〇]こえざるらし楫《かぢ》[一一]の音《おと》もせず
氏河乎　船令渡呼跡　雖喚　不所聞有之　檝音毛不為

1140
摂津[一二]にして作る
し[一三]なが鳥猪名野《ゐなの》[一四]を来れば有間山[一五]夕霧立ちぬ宿り[一六]は無くて
志長鳥　居名野乎来者　有間山　夕霧立　宿者無而・
而（類紀）—為

一七　ウラは心。ウラブルは気力を失う。力なく萎れる。
一八　↓一二九頁注二
一　↓八頁注一一
二　↓四〇頁注九
三　ワタリシと訓む説がある。
四　イハバシ・イシハシとも訓む。↓四〇頁注一〇
五　吉野川の、離宮のあったと推定される宮滝の対岸、象の小川が流入するあたりの深淵をいうのだろう。ワダは湾曲した地形をいう。
六　テは完了の助動詞ツの連用形。過去の助動詞ケリに付いて強意を表す。見てしまった。ケルを原文「来」を正訓字として来（ケ）ルとし、来（キ）アリの約で、見に来たと解する説がある。
七　山城国のこと。京都府南部の地。
八　↓五八頁注四　九　間投助詞。
一〇　キコエズアラシと訓む説がある。
一一　カヂノトとも訓む。
一二　大阪府の一部と兵庫県の一部の地。津ノ国ともいう。
一三　枕詞。息の長い鳥の意で、かいつぶりの類。雌雄居並ぶ性質があるところからヰナにかかる。また、尻長鳥（しりながとり）の意で尾長鳥であるとし、それが「居る」意から、あるいは伴を「率」て歩くことからヰにかかるという説がある。
一四　大阪府池田市から兵庫県川西市・伊丹市・尼崎市にかけての、猪名川にそった平野。
一五　神戸市兵庫区有馬町、有馬温泉付近の山々を広くさす。

一本に云はく、猪名乃浦廻乎《ゐなのうらみを》　榜来者《こぎくれば》

羈旅[一]にして作る

1192 白栲《しろたへ》[二]にほふ[三]真土《まつち》[四]の山川にわが馬なづむ[五]家恋ふらしも

白栲尓　丹保布信土之　山川尓　吾馬難　家恋良下

1218 黒牛《くろうし》[六]の海紅《くれなゐ》[七]にほふもも[八]しきの大宮人《おほみやひと》し漁《あさり》[九]すらしも

黒牛乃海　紅丹穂経　百礒城乃　大宮人四　朝入為良霜

時[一〇]に臨む

1263 暁《あかとき》と夜烏鳴けどこの岡[一一]の木末《こぬれ》[一二]の上はいまだ静けし

暁跡　夜烏雖鳴　此山上之　木末之於者　未静之

1264 西[一三]の市にただ独り出でて目並べ[一四]ず買ひ[一五]てし絹の商《あき》[一六]じこりかも

西市尓　但独出而　眼不並　買師絹之　商自許里鴨

右の十七首[一七]〈十五首略〉、古歌集[一八]に出づ。

所[一九]に就きて思を発《おこ》す

一六 ヤドハナクシテ・ヤドリハナシニと訓む説がある。

一 ↓五六頁注九　二 ↓一一頁注三

三 ↓一〇頁注一一

四 大和から紀伊に行く国境に当る、五条市上野(こうずけ)町から和歌山県橋本市隅田(すだ)町真土に越える真土山と、今県境に沿って北から南へ流れて紀ノ川に注ぐ落合川。

五 行き悩む。難渋する。

六 和歌山県海南市黒江湾。今はほぼ全面埋め立てられた。かつて牛に似た黒い岩が干潟にあったのだという。

七 ↓一二〇頁注一六　八 一二頁注四

九 四段動詞アサルの名詞形。鳥や獣が飼を探し求めるのが原義。漁をする。

一〇 折に触れ時に当って詠まれたもの。この題目は集中他にない。

一一 原文「山上」をヤマ・モリ・ミネと訓む説がある。　一二 ↓一一五頁注四

一三 平城京の東西に置かれた市のうち、西のもの。右京八条二坊(あるいは三坊)にあった。いま大和郡山市九条町字市田のあたりという。藤原京の西の市と見る説がある。

一四 メナラブは目を並べることで、多くの人に見てもらう意か。また、見くらべる、よく見て吟味する意か。

一五 カヘリシ・カヒニシと訓む説がある。

一六 アキは商い。ジコリは未詳。為懲りで、買い損ないの意か。また為凝りともいう。

一七 一二五一～一二六七。

一八 万葉集編纂の資料の一つ。この名の特定の歌集があったか、古い歌集の意か、不明。巻二・七・九・十・十一に見える。巻七・九には「古集」ともあるが、同じものを指

1269
巻向《まきむく》[一]の山辺響《とよ》みて行く水の水沫《みなわ》[二]の如し世の人われは

巻向之　山辺響而　往水之　三名沫如　世人吾等者

右の二首〈一首略〉、柿本朝臣人麻呂《かきのもとのあそみひとまろ》の歌集に出づ。[三]

旋頭歌《せどうか》[四]

1274
住吉《すみのえ》[五]の出見《いでみ》[六]の浜の柴[七]な刈りそね　娘子《をとめ》らが赤裳《も》の裾《すそ》の濡《へ》れて行かむ見む

住吉　出見浜　柴莫苅曽尼　未通女等　赤裳下　閏将往見

1278
夏蔭[九]の妻屋[一〇]の下《した》に衣裁《きぬた》つ吾妹《わぎも》　心設《うらま》[一一]けてわがため裁たばやや大《おほ》に裁て

夏影　房之下迩・　衣裁吾妹　裏儲　吾為裁者　差大裁

迩(元古紀)―庭

1281
君がため手力《たぢから》疲れ織り[一二]たる衣《きぬ》ぞ　春[一三]さらば[一四]いかなる色に摺《す》りてばよけむ

公為・　手力労　織在衣服叙・　春去　何色・　摺者吉

公(元古紀)―君　叙(全釈ニヨル)―斜　色(略解ニヨル)―〻

1283
梯立《はしたて》[一五]の倉橋川[一六]の石《いは》[一七]の橋はも　男盛《をざか》りにわが渡り[一八]てし石の橋はも

橋立　食椅川　石走者裳　壮子時　我度為　石走者裳

すのであろう。

一九　ある所に臨んで感慨を述べたもの。この題目は集中他にない。巻十二の「羈旅発思」が同趣。また、続いて「寄物発思」の題がある。

一　巻向山↓一二九頁注八

二　ミナアワとも訓む。仏教でこの世の虚仮不実にたとえていう。法華経随喜功徳品に「涅槃真実法、世皆不二牢固一、如二水沫泡焔一」とある。　三　↓一二九頁注二

四　五七七五七七という歌体の歌。ここに旋頭歌が二十四首まとめられているが、集中これほどの旋頭歌集団は他にない。

五　大阪市住吉区を中心とした一帯の地。海浜は堆積と埋立で地形は全く変っている。その海側に住之江区、内陸の方に東住吉区があり、南は大和川を境として川向うは堺市となった。平安時代になってスミヨシとも訓まれた。

六　住吉にイデミの地名はなく、その名の海浜を特定できない。イヅミと訓んで南方の和泉の地とする説がある。

七　小さい雑木をいう。その茂みに隠れて覗き見をする。

八　ヌレテユクミムと訓む説もある。

九　夏の木蔭か。

一〇　原文「房」は和名抄に「在二室之両方一也」とあり、別建てになって相対する屋の意でツマヤと訓む。結婚する夫婦のために建てる室をいい、一族の家の端(まつ)に作られた。

一一　ウラは心。わがためと心づもりをして。着物の裏地を用意してと解する説もある。

一二　オレルキヌガネ・オレルコロモゾと訓む説がある。

一三　サルは移動する意の古語。集中、春・秋・

夕の時の来ることにのみ用いる。春が来たならば。
一四　諸本「何〻」とあり、略解に宣長云として「何色と書るを何々と見たる也と言へり。此説しかり」とある。原文のままイカニカイカニ・イカニイカニカと訓む説がある。
一五　枕詞。上古の倉は高倉で、足を高く立てて作ったので梯(はし)(ごし)を立てて倉に入るところからクラにかかる。
一六　多武峰山中に発して、音羽山と多武峰の間の谷を北流し、桜井市倉橋に出て、寺川となって桜井市中を縦断し栗原川を合して大和川に注ぐ。
一七　石橋(いわはし)。イシノハシと訓む説もある。
　↓四〇頁注一〇
一八　ワガワタシテシとも訓む。

一　↓五九頁注一四
二　ウラはウレに同じ。植物の枝や葉の先端。ウラバは草木の先の方の葉。
三　三七三～三九四。
四　↓一二九頁注二
五　巻三に同じく「相聞」の部立の代わりに置いたもの。「寄…」と題して比喩形式の恋歌を収める。
六　シメマクとも訓む。
七　ニホハバヤと訓む説がある。ニホフは赤く染まること、赤い色が目立つこと。
八　フユゴモリと訓む説もある。↓八頁注五

1288
水門《みなと》[一]の葦の末葉《うらば》[二]を誰《たれ》か手折りし　わが背子が振る手を見むとわれぞ手折りし

水門　葦末葉　誰手折　吾背子　振手見　我手折

右の二十[三]三首〈十八首略〉、柿本朝臣《かきのもとのあそみ》人麻呂《ひとまろ》の歌[四]集に出づ。

譬喩歌《ひゆか》[五]

衣に寄す

1297
紅《くれなゐ》に衣《ころも》[六] 染めまく欲しけども着て[七]にほはばか人の知るべき

紅　衣染　雖欲　著丹穂哉　人可知

右の十五首〈十四首略〉、柿本朝臣人麻呂の歌集に出づ。

草に寄す

1336
冬[八]こもり春の大野を焼く人は焼き足らねかもわが心焼く

冬隠　春乃大野乎　焼人者　焼不足香文　吾情熾

挽歌

1409 秋山の黄葉《もみち》[一]あはれびうらぶれて[二]入りにし妹《いも》は待てど[三]来まさず

秋山　黄葉怜　浦触而　入西妹者　待不来

1411 幸福《さきはひ》[四]のいかなる人か黒髪の白くなるまで妹《いも》が声を聞く

福　何有人香　黒髪之　白成左右　妹之音乎聞

一 感じ入る。アハレトとも訓む。オモシロミと訓む説もある。
二 ↓一三二頁注一七
三 マツニキマサズと訓む説がある。
四 サキは幸い、栄え。ハヒはあたりに這い広がる意を添えて動詞を作る接尾語ハフ(ニギハフ・サキハフなど)の名詞形。

巻第八

春の雑歌

志貴皇子《しきのみこ》の懽《よろこび》の御歌一首

1418 石《いは》ばしる垂水《たるみ》の上のさ蕨《わらび》の萌《も》え出づる春になりにけるかも

石激　垂見之上乃　左和良妣乃　毛要出春尓　成来鴨

鏡王女《かがみのおほきみ》の歌一首

1419 神奈備《かむなび》の岩瀬の社《もり》の呼子鳥《よぶこどり》いたくな鳴きそわが恋まさる

神奈備乃　伊波瀬乃社之　喚子鳥　痛莫鳴　吾恋益

中納言阿倍広庭卿《あべのひろにはのまへつきみ》の歌一首

1423 去年《こぞ》の春い掘《こ》じて植ゑしわが屋外《やど》の若木の梅は花咲きにけり

去年春　伊許自而殖之　吾屋外之　若樹梅者　花咲尓家里

一　何のよろこびか不明。増封か、位階昇進か、酒宴での感興かともいい、春到来のよろこびとも、新春の賀宴での祝意ともいう。

二　石の上を激しく流れる。垂水の枕詞ともいう。イハソクと訓む説がある。

三　滝。地名とする説がある。大阪府吹田市垂水の、境内に小さい滝のある垂水神社のあたりとも、神戸市垂水区の地ともいう。

四　サは接頭語。ワラビを詠んだものは集中この一首のみ。ワラビは山野に自生するうらぼし科のしだで、春、先のくるりと巻いた新芽を出し、これを当時から食用に供した。

五　神のいます所。神の宿る所。↓六三頁注五

六　未詳。奈良県生駒郡斑鳩(いかるが)町竜田の西南の同町稲葉車瀬にある森か。今の竜田川(旧平群川)の東にその跡とする所がある。他に、生駒郡三郷町立野の南、大和川の北岸にもその跡を伝えており、また高市郡飛鳥地方に求める説もある。モリは神域で、神霊のよりつく、神の寄る所。

七　今のかっこうとする説、ほととぎす、その他諸説あり。鳴声が人を呼ぶように聞える鳥の総称とも。↓二一頁注七

八　太政官で大納言を補佐する官として慶雲二(七〇五)年に設置された。職掌は大納言と同じく天皇に近侍して奏上・宣下のことをつかさどり、政務に参画した。正四位上相当とする。

九　イは接頭語。コジは掘り起こすこと。連用形の例しかなく、活用も終止形も明らかでない。

一〇　↓八三頁注一〇

山部宿禰《やまべのすくね》赤人《あかひと》の歌四首〈二首略〉

1424 春の野に[一]すみれ摘みにと来《こ》しわれそ野を懐しみ一夜《ひとよ》寝にける

春野尓　須美礼採尓等　来師吾曽　野乎奈都可之美　一夜宿二来

1427 明日よりは[二]春菜摘まむと[三]標《し》めし野に昨日も今日も雪は降り[四]つつ

従明日者　春菜将採跡　標之野尓　昨日毛今日母・　雪波布利管

母(類紀)—毛

山部宿禰赤人の歌一首

1431 [五]百済《くだら》野の[六]萩の古枝《え》に春待つと居りし鶯鳴きにけむかも

百済野乃　芽古枝尓　待春跡　居之鶯　鳴尓鶏鵡鴨

大伴坂上郎女《おほとものさかのうへのいらつめ》の柳の歌二首〈一首略〉

1433 [七]うち上《のぼ》る[八]佐保の川原の青柳《あをやぎ》は今は[九]春へとなりにけるかも

打上　佐保能河原之　青柳者　今者春部登　成尓鶏類鴨

厚見王《あつみのおほきみ》の歌一首

1435 [一〇]かはづ鳴く[一一]神奈備《かむなび》川に影見えて今か咲くらむ[一二]山吹の花

一　山野に自生するすみれ科の多年生草本。春、葉の間から数本の花茎を出し、濃紫色の花をつける。スミレの名は花の形が墨入(墨壺)に似ているからという。集中ツボスミレともある。その若芽は食用に供された。このスミレ摘みの目的は食料のためか、花染めをするためか、また花を摘んで賞でるためか。

二　春の野草で、つんで食べるもの、春先につむものを若菜という。ワカナと訓む説がある。

三　シメを結った野。シメは自分の占有であることを示すしるし。ここは心の中でそういう心づもりをしたのであろうという説がある。

四　文末におく場合は継続の意を表しつつ詠嘆の意を持つ。

五　奈良県北葛城郡広陵町百済あたりを中心に、曽我川・葛城川流域一帯の野。朝鮮半島からの帰化人による一つの文化圏をなしていた。

六　↓五三頁注一〇、一四三頁注三

七　佐保の地は奈良山へ上って行く地形であるからか、作者が佐保川沿いに上流へ向かって歩いて行くのか。

八　↓八二頁注一

九　ハルベと訓む説もある。

一〇　カジカ。↓六三頁注一四

一一　カムナビ(↓六三頁注五)のあたりを流れる川。明日香のカムナビなら明日香川、竜田のカムナビなら竜田川である。

一二　ばら科の落葉灌木。晩春、枝先に黄色五弁の花を開くが、八重咲のものが多く、これは実をつけない。山野に自生するが、庭園にも植えられた。ヤマフキとも。

河津鳴　甘南備河尓　陰所見而・　今香開良武　山振乃花

而（類紀）―ナシ

春の相聞

[一]大伴宿禰家持《おほとものすくねやかもち》、坂上家《さかのうへのいへ》の大嬢《おほいらつめ》に贈る歌一首

1448 わが[二]屋外《やど》に蒔きし[三]なでしこいつしかも花に咲きなむ[四]なそへつつ見む

吾屋外尓　蒔之瞿麦　何時毛　花尓咲奈武　名蘇経乍見武

大伴宿禰坂上郎女の歌一首

1450 [五]心ぐきものにそありける春霞たなびく時に恋の繁きは

情具伎　物尓曽有鶏類　春霞　多奈引時尓　恋乃繁者

笠女郎《かさのいらつめ》、大伴家持に贈る歌一首

1451 水鳥の[六]鴨の羽色の[七]春山の[八]おほつかなくも思ほゆるかも

水鳥之　鴨乃羽色乃　春山乃　於保束無毛　所念可聞

一　坂上大嬢。

二　家の庭先。→八三頁注一〇

三　ふつうカワラナデシコを指す。高さ五〇センチくらい。晩夏から秋に可憐な淡紅色の小花を開く。秋の七草の一つ。

四　ナソフは他のものに見立てる意。人麻呂歌集歌に一例と家持にしかない語。ナゾヘと訓む説もあるが清音が正しい。

五　形容詞ココログシの連体形。心が欝々として晴れやらぬさま。心苦しい。切ない。

六　鴨の羽の色は緑色が目立つところから春山の新緑の色の譬喩とした。カモノハノイロノと訓む説がある。

七　初句より「春山の」までオホツカナシを導く序。

八　おぼろではっきりしないさま。気がかりなこと。オボツカナクモと訓むものもある。

夏の雑歌

藤原夫人《ふぢはらのぶにん》の歌一首　明日香清御原宮に天の下知らしめしし天皇の夫人なり。字を大原大刀自と曰ふ。即ち新田部皇子の母なり。

1465
[一]ほととぎすいたくな鳴きそ汝《な》が声を[二]五月《さつき》の玉に[三]あへ貫《ぬ》くまでに

霍公鳥　痛莫鳴　汝音乎　五月玉尓　相貫左右二

[四]式部大輔《しきぶのだいふ》石上《いそのかみの》堅魚朝臣《かつをのあそみ》の歌一首

1472
ほととぎす来鳴き響《とよ》もす[五]卯の花の共にや来《こ》しと問はましものを

霍公鳥　来鳴令響　宇乃花能　共也来之登　問麻思物乎

右、神亀五年戊辰、[六]大宰帥《だざいのそち》大伴卿《おほとものまへつきみ》の妻大伴郎女《おほとものいらつめ》、病に遇ひて長逝す。時に[七]勅使式部大輔石上朝臣堅魚を大宰府に遣はして、喪《も》を弔《とぶら》ひ、并《あは》せて物を賜ふ。其の事既に畢《をは》り、[八]駅使《はゆまづかひ》と府の諸《もろもろ》の卿大夫《まへつきみ》等《たち》と、共に[九]記夷城《きのき》に登りて望遊せし日に、乃《すなは》ち此の歌を作れり。

大伴《おおともの》家持《やかもち》の[一〇]晩蟬《ひぐらし》の歌一首

1479
隠《こも》りのみ居れば[二]いぶせみ[三]慰むと出で立ち聞けば来鳴くひぐらし

隠耳　居者鬱悒　奈具左武登　出立聞者　来鳴日晩

一　鳩よりやや小さく、初夏から山や里近くで、昼夜ともに鳴く。その鳴き声が際立っている上に他の鳥は鳴かない夜にも鳴くので、古くから歌に詠まれて来た。この名は鳴き声によるらしい(スは鳥を表わす接尾語)。
二　集中二例。ホトトギスの声を交じえ貫くという。五月五日の節句に作る薬玉とする説、橘の実そのものとする説がある。いずれもその玉に菖蒲や橘の花を刺し、色糸を飾り、室内に下げて邪気を払う。
三　アヒヌクとも訓む。合わせて貫く。
四　式部省の上席次官。正五位下に相当する官。式部省は文官の名帳を管理し、人事や儀式・学校・試験などを掌る。
五　山野に自生するユキノシタ科の落葉低木。幹が中空なのでウツギと名づけられた。初夏、鐘状の白い花を円錐状につける。
六　大伴旅人。
七　喪葬令に「凡京官三位以上、遭㆓祖父母父母及妻喪㆒。四位遭㆓父母喪㆒。五位以上身喪、並奏聞。遣㆑使弔」とある。旅人は正三位中納言であった。
八　官吏や公用旅行者の乗り継ぐために諸道の各駅に置かれた馬を駅馬(はゆま)という。ハユマとは早馬(はやうま)の約。
九　福岡県筑紫野市原田(はるだ)から佐賀県三養基(みやき)郡基山(きやま)町に越える基山(標高四〇四メートル)は大宰府の真南に当るので、ここに大宰府防備のため城が築かれた。いま坊中山にその遺跡がある。
一〇　初秋、午後から夕暮にかけて鳴くのでこの名がある。カナカナゼミとも。万葉では夏のせみと秋のひぐらしという区別がないともいうが、やはり大部分は秋や夕暮の景物として詠まれている。
二　イブセシは心が晴れず、うっとうしいこと。
三　心をなぐさめようと。

大伴家持の霍公鳥《ほととぎす》の歌二首〈一首略〉

1495 [一]あしひきの木《こ》の間《ま》[二]立ちくくほととぎすかく聞きそめて後《のち》恋ひむかも

足引乃　許乃間立八十一　霍公鳥　如此聞始而　後将恋可聞

夏の相聞

大伴四綱《おほとものよつな》の宴《うたげ》に吟《うた》ふ歌一首

1499 言《こと》[三]繁み君は来まさずほととぎす汝《なれ》だに来鳴け朝戸《あさと》開かむ

事繁　君者不来益　霍公鳥　汝太尓来鳴　朝戸将開

大伴坂上郎女《おほとものさかのうへのいらつめ》の歌一首

1500 夏の野の繁みに咲ける姫[四]百合の知らえぬ恋は苦しきものそ

夏野之・繁見丹開有　姫由理乃　不所知恋者　苦物曽

之（類紀矢）―乃

秋の雑歌

一 山の枕詞。山ノ木ノ間の意で続けた。アシヒキを山の意に転用したものと解する説もある。

二 ククはくぐる。くぐり抜ける意。立チククはホトトギスが翼を閉じてすうっと木々の間を抜けて行くさまを微細に表現したもの。家持独自の表現。鶯には飛ビククと歌う。鶯は翼をはばたかせながらくぐるのでいう。

三 人のうわさが絶え間なくひどいこと。

四 小さい可憐なユリで、夏、黒点をもつ朱または黄色の花を咲かせる。初句より「姫百合の」まで、ヒメユリは夏草の茂みにかくれて人目につかないので、知ラエヌを導く序。

1511 岡本天皇《をかもとのすめらみこと》の御製歌《おほみうた》一首

夕されば小倉の山に鳴く鹿は今夜《こよひ》は鳴かずい寝にけらしも

暮去者　小倉乃山尓　鳴鹿者　今夜波不鳴　寐宿家良思母

宿（類紀温）―ナシ

1512 大津皇子《おほつのみこ》の御歌一首

経《たて》もなく緯《ぬき》も定めず娘子《をとめ》らが織れる黄葉《もみち》に霜な降りそね

経毛無　緯毛不定　未通女等之　織黄葉尓　霜莫零

1513 穂積皇子《ほづみのみこ》の御歌二首〈一首略〉

今朝の朝明《あさけ》雁が音聞きつ春日山黄葉《もみち》にけらしわが心痛し

今朝之旦開　雁之鳴聞都　春日山　黄葉家良思　吾情痛之

1521 山上臣憶良《やまのうへのおみおくら》の七夕《たなばた》の歌十二首〈十首略〉

風雲《かぜくも》は二つの岸に通へどもわが遠妻の（一に云はく、愛《は》し妻の）言《こと》そ通はぬ

風雲者　二岸尓　可欲倍杼母　吾遠嬬之（一云波之嬬乃）　事曽不通

1522 礫《たぶて》にも投げ越しつべき天《あま》の川隔《へだ》てればかもあまたすべなき

一 高市岡本宮（→四頁注一）を皇居とした舒明天皇。斉明天皇も舒明の宮址に皇居を建てたので、斉明天皇かとする説もある。
二 サルは古くは移動する意。万葉集に春・秋・夕の来ることをいうのにのみ残っている。夕方になると。
三 未詳。飛鳥地方の東に連なる山及びその付近の山の一つであろう。多武峯（→一五一頁注二）の端山・倉橋山（桜井市倉橋の東南方の音羽山か）・桜井市今井谷のあたり・忍坂山（三輪山の南、山腹に舒明陵がある）などの諸説がある。
四 イは眠ることの名詞・動詞ヌ（寝）と複合してイヌという。
五 織物の縦糸。
六 織物の横糸。ヌキの仮名書例は集中にないが、和名抄に「緯　和名沼岐」とある。
七 オルモミチバニと訓む説がある。
八 朝の明ける頃。
九 奈良市の東方の春日山・御蓋《みかさ》山・若草山などの山地一帯の総称。主峰を花山（高さ四九七メートル）という。今はこれを春日山といっている。
一〇 牽牛・織女の二星の伝説は古代中国に起こり、わが国に伝来したのは天武朝かと思われる。わが国の文芸に見られる最も古いものが柿本人麻呂歌集である。わが国には古代に神に仕える巫女が神を祭るために神衣を織る習俗があり、棚機《たな》ツ女と呼んだ。天上にもタナバタツメがいると信じられ、中国の牽牛・織女伝説と習合して、織女星をタナバタというようになった。その伝説をまたタナバタ伝説と呼んだ。
一一 つぶて。

多夫手二毛　投越都倍吉　天漢　敝太而礼婆可母　安麻多須弁奈吉

去(類紀)―伎

右、天平元年七月七日の夜に、憶良、天の河を仰ぎ観《み》る。(一に云はく、帥[一]の家にして作るといへり)

山上臣憶良、秋の野の花を詠む二首

1537 秋の野に咲きたる花を指折《およ》[二]りかき数ふれば七種《ななくさ》の花　其の一

秋野尓　咲有花乎　指折　可伎数者　七種花　其一

1538 [三]萩の花尾花[四]葛花《くず》[五]なでしこ[六]の花女郎花《をみなへし》[七]また藤袴《ふぢばかま》[八]朝顔[九]の花　其の二

芽之花　乎花葛花　瞿麦之花　姫部志　又藤袴　朝皃之花　其二

湯原王《ゆはらのおほきみ》の蟋蟀《こほろぎ》[一〇]の歌一首

1552 夕月夜《ゆふづくよ》[一一]心もしのに白露の置くこの庭にこほろぎ鳴くも

暮月夜　心毛思努尓　白露乃　置此庭尓　蟋蟀鳴毛

大伴《おほともの》家持《やかもち》の秋の歌四首

1566 [一二]ひさかたの雨間《あまま》[一三]も置かず雲隠《くもがく》り鳴きそ行くなる早稲田《わさだ》[一四]雁がね

一 大宰帥。この時は大伴旅人。

二 ユビヲリテと訓む説がある。

三 ハギがハナとも訓む。ふつうヤマハギを指す。まめ科の落葉灌木。夏から秋にかけ紫紅色の蝶形の花を多数咲かせる。↓五三頁注一〇

四 スススキの花穂。動物の尻尾に似ているところから名付けられたものという。

五 まめ科の大形つる草。つるの長さは一〇メートル以上にもなる。初秋、紫紅色の蝶形の花を総状に咲かせる。クズノ花を詠んだ歌は集中この一首のみ。

六 ↓一三九頁注三。ナデシコガハナとも。

七 おみなえし科の多年生草本。夏から秋かけて淡黄色の小花を多数傘状に咲かせる。

八 きく科の多年生草本。高さ一メートルくらいになる。秋、茎の頂に紫色の小さい花を多数群がり咲かせる。茎・葉にいい香りがあり、古く蘭草と称した。

九 今日のアサガオ(牽牛子、一名ケニゴシ)とする説、キキョウ(桔梗)とする説、ムクゲ(槿)説、ヒルガオ説などがある。和名抄や本草和名に「牽牛子　阿佐加保」とあり、今日の朝顔の名の古さを示すが、その花の性質が集中のアサガホの歌の内容にそぐわない。新撰字鏡に「桔梗　阿佐加保」とある。名義抄に「槿アサガホ」とある。またヒルガオは集中のアサガホに当てはまる所が多いが、古くアサガホと言った確証がない。アサガホガハナと訓む説がある。

一〇 今のコオロギを含めて、秋鳴く虫の総称であろう。

一一 ↓五八頁注一二

一二 ↓三六頁注一一

一三 ～間はそれの無い間隔をいうのが普通。例えば雲間、波間、垣間など。それによれば雨間は雨の止んだ間、晴れ間。雨間も置かずは雁が晴れ間を待たず、雨の降る中をいとわず鳴いて飛んで行くのであろう。

一四 ワセの田。

久堅之　雨間毛不置　雲隠　鳴曽去奈流　早田鴈之哭

1567 雲隠り鳴くなる雁の行きて居《ゐ》む秋田の[一]穂《ほ》立《たち》繁くし思ほゆ

雲隠　鳴奈流鴈乃　去而将居　秋田之穂立　繁之所念

1568 雨隠《あまごも》り心[二]いぶせみ出で見れば[三]春日の山は色づきにけり

雨隠　情欝悒　出見者　春日山者　色付二家利

1569 雨晴れて清く照りたるこの月夜《つくよ》[四]また更にして雲なたなびき

雨晴而　清照有　此月夜　又更而　雲勿田菜引

右の四首、天平八年丙子の秋九月に作れり。

大伴坂上郎女《おほとものさかのうへのいらつめ》、[五]竹田庄《たけだのたどころ》にして作る歌二首〈一首略〉

1592 [六]然《しか》とあらぬ[七]五百《いほ》代《しろ》小《を》田《だ》を刈り乱り[八]田廬《たぶせ》に居《を》れば都し思ほゆ

然不有　五百代小田乎　苅乱　田廬尓居者　京師所念

右、天平十一年己卯の秋九月に作れり。

大伴宿禰家持《おほとものすくねやかもち》の鹿鳴の歌二首〈一首略〉

一　稲穂の立っているさま。ホダチとも。

二　↓一四〇頁注一一

三　↓一四二頁注九

四　「又」の字は上の文字を重ねる用字と考えて、ヨ(夜)クタチニシテと訓む説があり、マタヨクタチテとも訓む。

五　竹田は橿原市東竹田町の地で、耳成山の東北に当る。この地に大伴氏の田庄(たどころ)があった。田庄とは豪族などが私有する田地。

六　シカアラヌとも訓む。原文「然」を黙の誤りとしてモダモアラズと訓む説がある。シカトアラヌはちゃんとしていない、たいしたことのない、わずかの。

七　令の制では三六〇歩を一段とし、これを五〇代(しろ)とするという。一歩はほぼ一坪。五〇〇代は一〇段だから、三六〇〇坪となる。あるいは「五百代」はただ多いことをいうとする説もある(沢瀉注釈)。

八　田の中の小屋。

1602 山彦の相響《とよ》む[一]まで妻恋《つまごひ》に鹿《か》鳴く山辺に独りのみして

山妣姑乃　相響左右　妻恋尓　鹿鳴山辺尓　独耳為手

右の二首〈一首略〉、天平十五年癸未の八月十六日に作れり。

秋の相聞

弓削皇子《ゆげのみこ》の御歌一首

1608 秋萩[二]の上に置きたる白露[三]の消《け》[四]かも死なまし恋ひつつあらずは[五]

秋芽子之　上尓置有　白露乃　消可毛思奈万思　恋管不有者

湯原王《ゆはらのおほきみ》の、娘子《をとめ》[六]に贈る歌一首

1618 玉に貫き消[七]たず賜《たば》らむ秋萩の末《うれ》[八]わわら[九]葉に置ける白露

玉尓貫　不令消賜良牟　秋芽子乃　宇礼和々良葉尓　置有白露

大伴家持、姑《をば》[一〇]坂上郎女の竹田庄《たけだのたどころ》[一一]に至りて作る歌一首

1619 玉桙《たまほこ》[一二]の道は遠けどはしきやし[一三]妹《いも》を相見に出でてそわが来《こ》し

玉桙乃　道者雖遠　愛哉師　妹乎相見尓　出而曽吾来之

一　動作・状態の程度にも用いられ、その限度に達する意を表す。～するほどに。

二　↓五三頁注一〇、一四三頁注三
三　初句より三句、「消」を起こす序。
四　「消」の連用形ケ。消えることは死ぬ意。シナマシは巻十の重出歌二二五四に「消鴨死猿」、類歌二二五六「消鴨死益」などの表記により死ナマシと解する。語法的には為ナマシとする説がある。
五　↓二三頁注六
六　巻四に六三一から六四一まで、「娘子」との贈答の記録がある。その娘子と同一人であろうか。
七　消ツは消(く)・消ユの他動詞。
八　枝先。↓一一五頁注四
九　ワワラは破れそそける、ほつれる意のワワクと同類の語で、ほつれ乱れた葉の意か。葉の状態ではなく、ワワラバニで、たわむばかりにの意かともいう。また、「々」は「久」の誤と見てワクラバニ(↓一〇二頁注一三)と訓み、極立ったさまとする説もある。
一〇　爾雅に「父之姉妹曰レ姑」とも「称ニ夫之母一曰レ姑」ともある。坂上郎女もまた家持にとって叔母でもあり妻の母でもあった。
一一　↓一四四頁注五
一二　↓四七頁注一五
一三　いとしい。↓九一頁注一

1620
大伴《おほともの》坂上《さかのうへの》郎女《いらつめ》の和《こた》ふる歌一首

[一]あらたまの月立つ[二]までに来まさねば夢《いめ》にし見つつ思ひそわがせし

荒玉之　月立左右二　来不益者　夢西見乍　思曽吾勢思

右の二首、天平十一年己卯の秋八月に作れり。

1632
大伴宿禰家持《おほとものすくねやかもち》、久邇《くに》[三]の京《みやこ》より寧楽《なら》の宅《いへ》に留まれる坂上大嬢《さかのうへのおほいらつめ》に贈る歌一首

[四]あしひきの山辺に居《を》りて秋風の日[五]に異《け》に吹けば妹《いも》をしそ思ふ

足日木乃　山辺尓居而　秋風之　日異吹者　妹乎之曽念

冬の雑歌

1636
舎人娘子《とねりのをとめ》の雪の歌一首

[六]大口の真《ま》[七]神《かみ》の原に降る雪はいたくな降りそ家《へ》もあらなくに

大口能　真神之原尓　零雪者　甚莫零　家母不有国

1639
大宰帥大伴卿《だざいのそちおほとものまへつきみ》[九]、冬の日に雪を見て、京《みやこ》を憶《おも》ふ歌一首

[一〇]沫雪《あわ》[一一]のほどろほどろに降り敷けば奈良の京《みやこ》し思ほゆるかも

一　月・年にかかる枕詞。原義未詳。まだ磨いていない掘り出したばかりの玉の意で、新年・新月にかかり、次いで一般的に年・月にかかるようになったものとする説がある。またアラ玉を磨く砥石（とい）のトにかけてトシにかかるとも、アラ玉の鋭（と）しとかけてトシにかかるともいう。また、アラタ＋マで、新しい時の意とも考えられている。

二　月が始まる。新しい月の初めになる。月立チが音便化してツイタチ。

三　→七七頁注一〇

四　→二七頁注一

五　日に日にまさって。ケニは格別に、一段との意。

六　枕詞。狼は口が大きいので真神（狼）にかかる。マガミガハラニ・マカミガハラニと訓む説がある。

七　奈良県高市郡明日香村飛鳥の飛鳥寺（法興寺址）の北西から南方一帯に及ぶ平野。書紀、崇峻元年「始作㆓法興寺㆒。此地名㆓飛鳥真神原㆒」とある。

八　ひどく。甚しく。

九　大伴旅人。

一〇　泡のように消えやすい雪。

一一　ホドロは雪がはらはらと降り、まだらに積るさま。

沫雪　保杼呂保杼呂尓　零敷者　平城京師　所念可聞

大伴宿禰家持の雪の梅の歌一首

1649 今日降りし雪に競《きほ》ひてわが屋前《やど》の冬木の梅は花咲きにけり

今日零之　雪尓競而　我屋前之　冬木梅者　花開二家里

冬の相聞

大伴坂上郎女の歌一首

1656 酒坏《さかづき》に梅の花浮かべ思ふどち飲みての後《のち》は散りぬともよし

酒坏尓　梅花浮　念共　飲而後者　落去登母与之

和《こた》ふる歌一首

1657 官《つかさ》にも許したまへり今夜《こよひ》のみ飲まむ酒かも散りこすなゆめ

官尓毛　縦賜有　今夜耳　将飲酒可毛　散許須奈由米

右、酒は官に禁制にして偁《い》はく、京中の閭里《りより》、集宴すること得ざれ、但し、親々一二《はらからひとりふたり》して飲楽するは聴許《ゆる》すといへり。これによりて和《こた》ふる人此の発句

一　四四六九歌にキホフの仮名書例がある。
二　→八三頁注一〇。ワガニハノと訓むものがある。
三　ウケと訓む説がある。
四　→九八頁注四
五　ツカサは官庁、役所。また官庁・役所に勤務する役人。その官職、職務。
六　コスは希求願望の助動詞。
七　酒の禁制は続日本紀に天平九(七三七)年五月十九日の詔に、四月以来疫病と旱魃が重なり農作物は被害甚大、そこで山川に祈禱し、天神地祇を奠祭したが効験がないので天皇みずから寛仁を布いて民の苦患を救わんと思い、「宜レ令下国郡審録二冤獄一、掩レ骼埋レ胔、禁レ酒断上レ屠」とある。天平宝字二(七五八)年二月二十日の詔は、民間で宴集しややもすれば間違いを犯し、あるいは泥酔して争いになったりするので、「自レ今已後、王公已下、除二供祭療患一以外、不レ得二飲酒一。其朋友寮属、内外親情、至二於暇景一、応二相追訪一者、先申二官司一、然後聴レ集」とある。
八　閭は村里の門。またその里をいう。閭里は村里、また村民。

を作る。

藤皇后《とうのおほきさき》[一]、天皇《すめらみこと》[二]に奉る御歌一首

1658 わが背子と二人見ませば幾許《いくばく》[三]かこの降る雪の[四]うれしからまし

吾背児与　二有見麻世波　幾許香　此零雪之　懽有麻思

一 光明皇后。
二 聖武天皇。
三 どのくらい。どれほど。
四 ウレシクアラマシとも訓む。

巻第九

雑歌

一大宝元年辛丑の冬十月、二太上天皇《おほきすめらみこと》、三大行天皇《さきのすめらみこと》、紀伊国《きのくに》に幸《いでま》し時の歌十三首

〈十一首略〉

1672 四黒牛潟《くろうしがた》潮干の浦を紅《くれなゐ》の玉裳裾引き行くは誰《た》が妻

黒牛方　塩干乃浦乎　紅　玉裙須蘇延　往者誰妻

1673 五風莫《かぜなし》の浜の白波六いたづらにここに七寄せ来る見る人なしに（一に云はく、ここに寄せ来も）

風莫乃　浜之白波　徒　於斯依久流　見人無　一云、於斯依来藻

右の一首、山上臣憶良《やまのうへのおみおくら》の類聚歌林《るいじうかりん》に曰はく、長忌寸意吉麻呂《ながのいみきおきまろ》、詔《みことのり》に応《こた》へて此の歌を作るといへり。

忍壁皇子《おさかべのみこ》に献《たてまつ》る歌一首　九仙人《やまびと》の形を詠む

一 大宝元（七〇一）年九月十八日、文武天皇は紀伊国にいでまし、十月八日武漏温泉（むろのゆ）に至り、同十九日還幸と続紀にある。
二 譲位した天皇。ここは持統天皇。
三 崩御してまだ諡号のない天皇をいう。ここは単に先帝の意で、文武天皇。
四 和歌山県海南市黒江湾の海岸。和歌浦湾の南に続く。かつて牛に似た黒い岩が干潟にあったのが、埋立てられて埋没したという。埋立ては今、湾全面にわたっている。
五 所在不明。風の吹かない波の静かな浜をいうか。原文「莫」は「草」の誤りとみて、「草」は「早」に同じでカザハヤノと訓む。「風莫」をカザナシと訓む説もある。
六 むなしく。
七 ヨリクルとも訓む。
八 ↓五頁注一〇
九 形とは像か絵であったことを示す。忍壁皇子が所蔵していた仙人の像を、作者が見せてもらった時に詠んだものであろう。

一 夏と冬とが同時に。
二 獣の皮で作った着物。防寒着。
三 ハナタズと訓む説がある。
四 チリスグレドモ・チリスギユケドモと訓む説がある。
五 ↓九頁注一四

1682
とこしへに[一]夏冬行けや裘《かはごろも》[二]扇放[三]たぬ山に住む人

常之倍尒　夏冬徃哉　裘　扇不放　山住人

倍(藍壬類紀)—陪

舎人皇子《とねりのみこ》に献る歌二首〈一首略〉

1684
春山は散[四]り過ぎぬとも三[五]輪山はいまだ含《ふふ》[六]めり君待ちかて[七]に

春山者　散過去鞆　三和山者　未含　君待勝尒

[八]名木河にして作る歌二首〈一首略〉

1688
あぶり干《ほ》す人もあれや濡[九]れ衣《ぎぬ》を家には遣《や》らな[一〇]旅のしるしに

焱干　人母在八方　沾衣乎　家者夜良奈　羈印

泉[一一]河《いづみがは》にして作る歌一首

1695
妹《いも》[一二]が門《かど》入り泉川の常滑《とこなめ》[一三]にみ雪残れりいまだ冬かも

妹門　入出見川乃　床奈馬尒　三雪遺　未冬鴨

宇[一四]治河にして作る歌二首〈一首略〉

1699
巨椋《おほくら》[一五]の入江響《とよ》[一六]むなり射目《いめ》[一七]人の伏見[一八]が田井に雁渡るらし

六　口に含むことから花や葉がふくらんでまだ開ききらないことをいう。

七　マチガテニと訓む説がある。カテニ↓二五頁注一四

八　和名抄に「山背国久世郡那紀郷」とあるが、その所在は不明。宇治市伊勢田町のあたりといわれる。木津川が巨椋池に注いでいたのがそのあたりで、その木津川をいうとする説がある。現在宇治市の西南部広野町を西流する小川を名木川と呼ぶ。近鉄京都線大久保駅の西でその南を同じく西流して来る大谷川と合し、やがて北流して宇治川に注いでいるが、巨椋池があった時代にどこを流れていたか分らない。

九　ヌレキヌヲと訓む説もある。

一〇　自己の行動の実現を希望する終助詞。

一一　木津川。伊賀の山々から発して上野盆地で合流し、西流して京都府南山城村に入り、北流して来た名張川と合して笠置山の北麓を西行して、聖武天皇の久邇京のあった加茂を過ぎ木津で大きく右折して北流し、当時は巨椋池に入った。今は八幡市男山で淀川に合流する。泉川の名は加茂町・木津町の川沿い一帯の古名「泉」による。

一二　妹が門入り出ヅから泉川を起す序。

一三　↓一四頁注四

一四　↓五八頁注四

一五　京都府宇治市から久世郡にわたって、宇治川が広大な入江をなし、巨椋池(おぐらのいけ)と呼ばれていた。ここに木津川、桂川が注ぎ、淀川となる。現在は全面干拓されて水田になっている。

一六　ナルナリと訓む説がある。

一七　伏見の枕詞。射目は獲物を狙い射るために身をかくす設備。そこに待ちかまえる人を射目人という。伏して見るところからかかる。

一八　京都市伏見区のあたり。

巨椋乃　入江響奈理　射目人乃　伏見何田井尓　鴈渡良之

舎人皇子《とねりのみこ》に献る歌二首〈一首略〉

1704 [一]ふさ手折り多武《たむ》[二]の山霧繁みかも細川[三]の瀬に波の騒ける

　　球手折　多武山霧　茂鴫　細川瀬　波騒祁留

弓削皇子《ゆげのみこ》に献る歌一首

1709 御食《みけ》[四]向かふ南淵《みなぶち》[五]山の巌《いはほ》には降り[六]しはだれか消え[七]残りたる

　　御食向　南淵山之　巌者　落波太列可　削遺有

右、[八]柿本朝臣人麻呂《かきのもとのあそみひとまろ》の歌集[九]に出づ。

芳野《よしの》[一〇]の離宮《とつみや》に幸《いでま》しし時の歌二首〈一首略〉

1714 落ち[一一]たぎち流るる水の岩に触れ淀める淀に月の影見ゆ

　　落多芸知　流水之　磐触　与杼売類与杼尓　月影所見

右の二首〈一首略〉、作者詳《つばひ》らかならず。

上総《かみつふさ》[一二]の末《すゑ》[一三]の珠名娘子《たまなをとめ》を詠む一首　并せて短歌

1738 [一四]しなが鳥　安房《あは》[一五]に継ぎたる　梓弓《あづさゆみ》[一六]　周淮《すゑ》の珠名は　胸別《むなわけ》[一七]の　広[一八]き吾妹《わぎも》

一　枕詞。どっさり手折ってたわめる意でタムにかかる。フサは茎の意とする説がある。

二　多武峰（とうのみね）。奈良県桜井市の南、飛鳥の東方にそびえる山。高さ六一九メートル。藤原鎌足をまつる談山神社がある。

三　多武峰の南に発し、明日香村細川を過ぎ、同村祝戸（いわいど）で飛鳥川に合する小川。今、冬野川と呼ぶ。

四　枕詞。向かう食膳に蜷（みな）があるからか。

五　↓四一頁注二五

　多武峰の南方、明日香村冬野のあたりから稲淵にかけて西へつらなる山。ミナフチヤマとも訓む。

六　フレルハダレカと訓む説がある。ハダレはハダレニ降ルともいい、ハダレニはまたホドロニともいい、一面に広く広がっているさまと解され、ハダレもあたり一面びっしりと降り積った雪のこと。ハラハラと降り、薄く積る雪という説もある。

七　ケヅリノコレルと訓む説がある。

八　一六八二以後三十首をさすか。一六八七以後、また一七〇九のみとする説もある。

九　↓一二九頁注二

一〇　↓一一頁注一五

一一　水がほとばしり逆巻き流れる意。

一二　千葉県中部から南部全域を古く、上ツ総（きふ）ノ国といった。

一三　周淮郡。明治の新郡区編成で、天羽・周淮・望陀三郡合して君津郡となった。君津市・富津市一帯の地。

一四　安房の枕詞。↓一三二頁注一三

一五　上総国安房郡。安房国は養老二年に上総国から平群・安房・朝夷・長狭四郡を割いて設置した。

一六　周淮にかかる枕詞。弓の末と同音による。

一七　↓五頁注一八

　胸、また胸幅。

一八　ユタケキと訓む説がある。

腰細の　[一]すがる娘子《をとめ》の　[二]その姿《かほ》の　[三]端正《きらきら》しきに　花の如《ごと》　笑《ゑ》みて立てれ
ば　[四]玉桙《たまほこ》の　[五]道行く人は　己《おの》が行く　道は行かずて　呼ばなくに　門《かど》に
至りぬ　[六]さし並ぶ　隣の君は　あらかじめ　[七]己妻《おのづま》離れて　乞《こ》はなくに
[八]鍵さへ奉《まつ》る　人皆の　かく迷《まと》へれば　[九]容艶《かほよ》きに　寄りてそ妹は　[一〇]たはれ
てありける

水長鳥　安房尓継有　梓弓　末乃珠名者　胸別之　広吾妹　腰細之　須軽
娘子之　其姿之　端正尓　如花　咲而立者　玉桙乃　道徃人者　己行　道
者不去而　不召尓　門至奴　指並　隣之君者　預　己妻離而　不乞尓　鎰
左倍奉　人皆乃　如是迷有者　容艶　縁而曽妹者　多波礼弖有家留

徃(藍類紀)―行　預(藍壬宮細)―豫　皆乃(藍類温)―乃皆

反　歌

1739
[一一]金門《かなと》にし人の来立てば夜中にも身は[一二]たな知らず出[一三]でてそ逢ひける

金門尓之　人乃来立者　夜中母　身者田菜不知　出曽相来

[一四]水江《みづのえ》の浦嶋の子を詠む一首　并せて短歌

1740
春の日の　霞める時に　[一五]墨吉《すみのえ》の　岸に出で居て　釣船の　[一六]とをらふ見れ

一　スガルはジガバチ類の古名。胸と腹との境が細いので腰の細い美人にたとえた。
二　ソノサマノ・ソノナリノと訓む説がある。カホはここでは形姿を意味する。
三　霊異記中三一縁に「面容端正」とあり、訓注に「端正二合岐良支良シ」とある。新撰字鏡に「媄・妍」を「支良々々志」とある。容姿が整って美しい。
四　→四七頁注一五
五　ミチユキビトハと訓む説がある。
六　サシは接頭語。並んでいる隣家であるが、隣の枕詞とする説もある。
七　夫の家に同居している妻であったか。
八　原文「鎰」は名義抄にカギとある。中国では鍵は主婦の地位の象徴であったという。
九　原文「容艶」でカホニホヒ・カホヨキニと訓むが、下へのつながりから姿態の形容に解してウチシナヒ・タチシナヒと訓む説がある。
一〇　異性と不倫な関係を結ぶことをいう。
一一　金属性の門の意か。金具を用いた門という解は特に「金門」と記すに不適。頑丈な門であったから、「門」と記す。門一般に用いたのだろう。カナドと訓む説がある。
一二　タナはすっかり、まったくの意の接頭語。タナシラニと訓む説がある。
一三　イデゾアヒケルと訓む説がある。
一四　水江はもと地名で、丹後国風土記逸文にはシマコとあるによれば、水江の浦に住む嶋子か。しかしその風土記の歌に「ウラシマノコガ」とある。地名水江が氏の名となり、浦島は名と考えられる。子は愛称。浦島伝説は書紀の雄略二十二年七月の条、『釈日本紀』引用の丹後国風土記逸文、扶桑略記(二)、浦島子伝などにある。
一五　所在不明。京都府竹野郡網野町に「澄の江」と称する湖沼群があり、同町の北の浜を「水之江」という。与謝郡伊根町本庄浜

ば 古《いにしへ》の 事そ思ほゆる 水江の [一]浦島の子が 堅魚《かつを》釣り [二]鯛釣り誇
り 七日まで 家にも来《こ》ずて [三]海界《うなさか》を 過ぎて漕ぎ行くに 海神《わたつみ》の 神
の[四]娘子《をとめ》に たまさかに い漕ぎ向かひ [五]相誂《あと》らひ 事成りしかば かき
結び [六]常世《とこよ》に至り 海神の 神の宮の [七]内の重《へ》の 妙なる殿に 携《たづさ》はり
二人入り居て 老いもせず 死にもせずして 永き世に ありけるもの
を 世の中の [八]愚人《おろかひと》の 吾妹子《わぎもこ》に [九]告《の》りて語らく しましくは 家に
帰りて 父母に 事も[一〇]語らひ 明日のごと われは来《き》なむと 言ひけれ
ば 妹が言へらく [一一]常世辺《へ》に また帰り来て 今のごと 逢はむとなら
ば この[一二]篋《くしげ》 開くな[一三]ゆめと [一四]そこらくに 堅めし言《こと》を 墨吉に 帰り来《きた》
りて 家見れど 家も見かねて 里見れど 里も見かねて [一五]怪《あや》しみと
そこに思はく 家ゆ出でて 三年《みとせ》の[一六]間《ほと》に 垣も無く 家失せめやと こ
の箱を 開きて見てば もとのごと 家はあらむと 玉篋 少し開く
に 白雲の 箱より出でて 常世辺に [一七]たなびきぬれば [一八]立ち走り 叫
び袖振り [一九]臥《こ》いまろび 足ずりしつつ たちまちに [二〇]心消《け》失《う》せぬ [二一]若か
りし 膚《はだ》も皺《しわ》みぬ [二二]黒かりし 髪も白けぬ [二三]ゆなゆなは 息さへ絶え

ともいい、大阪の住吉とする説もある。
一六 トヲはトヲム・トヲヲのトヲ(撓)であろう。ゆれている意。

一 ウラノシマコガと訓む説がある。
二 ホコリの原文「矜」は名義抄に「ホシママ」とあり、ホシイママ、オゴルなどの訓もあり、ホコルと訓む。得意になる、いい気になるの意。調子に乗る、夢中になる。
三 海の限界。海のはて、
四 ヲミナ・ムスメと訓む説がある。
五 アトラフはさそう意。アヒトブラヒと訓む説がある。
六 不老不死の神仙境。海の彼方の異郷。
七 内の仕切り。へは障壁。ウチツヘとも訓む。
八 オロカビトと訓む説がある。
九 ツゲテカタラク・カタリテイハクと訓む説がある。一〇 ノラヒとも訓む。
一一 トコヨベニと訓む説もある。
一二 櫛笥。櫛を入れる箱。女の化粧道具を入れる蓋のついた箱。
一三 強く注意をうながすことば。禁止の表現の中に用いられて、決しての意。
一四 ソコバク・ココバクと同じ。たくさん。幾度も。
一五 アヤシトと訓む説がある。
一六 ホドニ・アヒダニと訓む説がある。
一七 タナビキユケバと訓む説がある。
一八 タチハシリともタチバシリとも訓む。
一九 コユは横になる意。マロブはころぶ意。ころがりまわること。ころがって身もだえすること。
二〇 心が失せてしまった。失神してしまった。
二一 ワカクアリシと訓む説がある。
二二 クロクアリシと訓む説がある。
二三 未詳。ユは後の意のユリに同じで、ナは朝ナ夕ナ・夜ナ夜ナのナとする説がある。後々は、それからはの意か。

ー　イヘトコロと訓む説もある。

て

後遂《のち》に　命死にける　水江の　浦島の子が　家地《いへどころ》見ゆ

春日之　霞時尓　墨吉之　岸尓出居而　釣船之　得乎良布見者　古之　事曽所念　水江之　浦嶋児之　堅魚釣　鯛釣矜　及七日　家尓毛不来而　海界乎　過而榜行尓　海若　神之女尓　邂尓　伊許芸趍　相誂良比　言成之賀婆　加吉結　常代尓至　海若　神之宮乃　内隔之　細有殿尓　携　二人入居而　耆不為　死不為而　永世尓　有家留物乎　世間之　愚人乃　吾妹児尓　告而語久　須臾者　家帰而　父母尓　事毛告良比　如明日　吾者来南登　言家礼婆　妹之答久　常世辺　復変来而　如今　将相跡奈良婆　此篋　開勿勤常　曽己良久尓　堅目師事乎　墨吉尓　還来而　家見跡　宅毛見金手　里見跡　里毛見金手　恠常　所許尓念久　従家出而　三歳之間尓　垣毛無　家滅目八跡　此筥乎　開而見手歯　如本　家者将有登　玉篋　小披尓　白雲之　自箱出而　常世辺　棚引去者　立走　叫袖振　返側　足受利四管　頓　情消失奴　若有之　皮毛皺奴　黒有之　髪毛白斑奴　由奈由奈波　気左倍絶而　後遂　寿死祁流　水江之　浦嶋子之　家地見

乎(壬宮細温矢)—手　古(藍壬類)—吉　乃(藍壬類)—之　宅(藍壬類)—不明
垣(藍類紀)—墻　筥(矢京)—莒　如(藍類)—如来　返(藍類紀)—反　由(藍類紀宮)—ナシ

反歌

1741 常世辺に住むべきものを剣刀《つるぎたち》[一]己《な》[二]が心から鈍《おそ》[三]やこの君

常世辺　可住物乎　剣刀　己之行柄　於曽也是君

行(藍壬類紀)—心

筑波山《つくはのやま》[四]に登る歌一首　并せて短歌

1757 草枕[五]　旅の憂へを　慰もる　事[六]もありやと　筑波嶺《つくはね》に　登りて見れば　尾花[七]散る　志筑《しづく》[八]の田井に　雁がねも　寒く来鳴きぬ　新治《にひばり》[九]の　鳥羽《とば》[一〇]の淡海《あふみ》も　秋風に　白波立ちぬ　筑波嶺の　良けくを見れば　長き日《け》[一一]に　思ひ積み来し　憂へは止《や》みぬ

草枕　客之憂乎　名草漏　事毛有哉跡　筑波嶺尓　登而見者　尾花落　師付之田井尓　鴈泣毛　寒来喧奴　新治乃　鳥羽能淡海毛　秋風尓　白浪立　筑波嶺乃　吉久乎見者　長気尓　念積来之　憂者息沼

哉(藍類)—武

反歌

1758 筑波嶺の裾廻《すそみ》[一二]の田井に秋田刈る妹《いも》[一三]がり遣《や》らむ黄葉《もみち》手折らな

一　枕詞。ナへのかかり方未詳。剣には名があるからとも、刃をナというからともいう。身に添うの枕詞として多く用いられる。

二　自分の心ゆえに。オノガワザカラと訓む説がある。

三　オソはオソシの語幹。愚鈍でにぶいこと。気がきかないこと。

四　茨城県筑波・真壁・新治三郡にまたがる筑波山。山頂は男体・女体の二峰に分かれ、高さ八七六メートル。名山として知られ、古代にはここで歌垣が行われた。

五　↓一六頁注一九

六　コトモアルカトと訓む説がある。

七　尾花↓一四三頁注四

八　茨城県新治郡千代田村の字に上志筑・中志筑・下志筑がある。国府のあった石岡市の西。常陸国風土記にある信筑川(今、恋瀬川)がこの地を流れている。シツクとも訓む。

九　古の新治は、今の真壁郡、下妻市、西茨城郡の西部の地。筑波山の西北方に当る。

一〇　筑波山西方にあった湖沼。真壁郡明野町のうち旧鳥羽村・上野村、同郡関城町のうち旧黒子村・下妻市のうち旧騰馬江《とばのえ》村・大宝村などにわたる地で、小貝川、毛野川筋による大沼沢地であったらしい。現在は殆ど水田となっている。他に大宝沼説、霞ケ浦説がある。

一一　ケは日の複数。

一二　山すそのまわり。

一三　ガリは代名詞・人を表わす名詞について、その人のもとへと方向を示す。

筑波嶺乃　須蘇廻乃田井尓　秋田苅　妹許将遣　黄葉手折奈

[一]筑波嶺に登りて嬥歌会《かがひ》[二]をする日に作る歌一首　并せて短歌

1759
鷲《わし》[三]の住む　筑波の山の　裳羽服津《もはきつ》[四]の　その津の上に　率《あども》[五]ひて　娘子壮士《をとめをとこ》
の　行き集ひ　かがふ[六]嬥歌《かがひ》に　人妻に　我《わ》[七]も交《まじ》はらむ　わが妻に[八]　人も[九]
言問《ことと》へ　この山を　領《うしは》[一〇]く神の　昔より　禁《いさ》めぬ行事《わざ》ぞ　今日のみは　め[一一]
ぐしもな見そ　言《こと》も咎《とが》むな(嬥歌は東《あづま》の俗《くにひと》の語《こと》にかがひと曰ふ)

鷲住　筑波乃山之　裳羽服津乃　其津乃上尓　率而　未通女壮士之　徃
集　加賀布嬥歌尓　他妻尓　吾毛交牟　吾妻尓　他毛言問　此山乎　牛掃
神之　従来　不禁行事叙　今日耳者　目串毛勿見　事毛咎莫　嬥歌者東俗
語曰ニ賀我比ー

壮(元藍類)—牡

反　歌

1760
男《を》[一二]の神に雲立ちのぼり時雨《しぐれ》[一三]降り濡れ通るともわれ帰らめや

男神尓　雲立登　斯具礼零　沾通友　吾将反哉

[一四]右の件《くだり》の歌、高橋連虫麻呂《たかはしのむらじむしまろ》の歌集[一五]の中に出づ。

一　↓一五五頁注四
二　歌垣を東国ではカガヒと呼んだ。古代の年中行事の一つで、春と秋に老若男女が山の上や道の辻に集って、男女で歌をかけ合わし、最後に男女は一夜の交わりを結んだ。農・漁村で行われた歌垣が、やがて都にも入り、宮廷の行事となり、踏歌という形式になる。「嬥歌」の文字は文選の魏都賦に「或明発而嬥歌」と見え、李善注に「巴土人歌也」とあり、何晏注に「巴人謳歌相引牽、連ㇾ手而跳歌也」とある。
三　東歌常陸国歌に「筑波嶺にかか鳴く鷲の」(三三九〇)とあり、筑波山には鷲が住んでいることが知られていた。
四　筑波山の女体山中の凹地で水の出る所であろう。位置不明。
五　アトモヒテと訓む説がある。ひきつれて、声をかけ合ってつらなって。
六　歌垣をする意の動詞か。
七　ワ(ア)レモマジラムと訓む説がある。
八　オノヅマニと訓む説がある。
九　ヒトモコトドへと訓む説がある。
一〇　わがものとして領有する。支配する。
一一　メグシはいとおしい意で、愛しい人に見るなと呼びかけていると解する説と、メグシを気がかりなの意として、不都合だと見るなと解する説がある。
一二　筑波山の男体山。ヲガミニ・ヲカミニ・ヒコカミニと訓む説がある。
一三　秋から冬にかけて降ったり止んだりする小雨。
一四　一七三八〜一七六〇の二十三首を指す。
一五　高橋虫麻呂の歌を集めた歌集と推定される。「高橋連虫麻呂之歌中出」とあるのも同じ。この歌集から長歌十四首・短歌十九首・旋頭歌一首が採られている。巻三・八にも見えるが、その大部分は巻九にある。

相聞

[一]大神大夫《おほみわのまへつきみ》、[二]長門守《ながとのかみ》に任《ま》けらえし時に、[三]三輪川の辺《へ》に集《つど》ひて宴《うたげ》する歌二首〈一首略〉

1771 後《おく》れ居てわれはや恋ひむ春霞たなびく山を君が越え去《い》なば

於久礼居而　吾波也将恋　春霞　多奈妣久山乎　君之越去者

右の二首〈一首略〉、[四]古集の中に出づ。

舎人皇子《とねりのみこ》に献る歌二首〈一首略〉

1775 [五]泊瀬《はつせ》川《がは》夕渡り来て吾妹子《わぎもこ》が家の[六]金門《かなと》に近づきにけり

泊瀬河　夕渡来而　我妹児何　家門　近春二家里

右の三首〈二首略〉、柿本朝臣《かきのもとのあそみ》人麻呂《ひとまろ》の[七]歌集に出づ。

[八]石川大夫《いしかはのまへつきみ》、任を遷《うつ》さえて京《みやこ》に上る時に、[九]播磨娘子《はりまのをとめ》の贈る歌二首〈一首略〉

1777 君無くはなぞ身装《よそ》はむ[一一]櫛笥《くしげ》なる[一二]黄楊《つげ》の小櫛も取らむとも[一三]思はず

君無者　奈何身将装餝　匣有　黄楊之小梳毛　将取跡毛不念

一 大神は大三輪、三輪氏に同じ。これは三輪朝臣高市麻呂。
二 長門国は山口県の西部。天武紀五年正月二十五日に「詔曰、凡任二国司一者、除二畿内及陸奥・長門国一。以外皆任二大山位以下人一」とある。大山位は令制の六・七位に相当する。長門守は重職であった。
三 泊瀬川の三輪山麓付近での呼び名。泊瀬川↓注五
四 古歌集と同じらしい。
五 泊瀬の巻向山の北東方、都祁(げつ)村・天理市福住あたりの山地に発して南流し、長谷寺をかすめ、吉隠方面からの小流を合せて西流し、三輪山の裾をめぐって、奈良盆地の全ての川を集めて大和川となる、その本流。三輪山をめぐって盆地へ出たあたりでもう大和川と呼ばれている。
六 ↓一五二頁注一一
七 ↓一二九頁注二
八 石川君子か。霊亀元(七一五)年五月に播磨守となり、養老四(七二〇)年兵部大輔。
九 播磨国(兵庫県の南西部)の女。遊行女婦か。
一〇 ナソと訓む説がある。
一一 ↓二五頁注二
一二 暖地に自生する常緑小高木。材は密でかたく、黄色。古くから櫛や印材などを作るに用いられた。
一三 オモハズともモハズとも訓む。

一 天平五(七三三)年三月二十一日、遣唐大使多治比広成等拝朝、閏三月辞見、節刀を授けられ、四月三日四船に分れて難波を発した。
二 大阪市を中心に隣接する府下の一部及び兵庫県の一部に当る。その古の海岸線は今

天平五年癸酉、遣唐使の船《ふね》の難波を発《た》ちて海に入る時に、親母《はは》の子に贈る歌一首　并せて短歌

1790
秋萩を　妻問《ど》ふ鹿《か》こそ　独子《ひとりご》に　子持てりといへ　鹿児《かこ》じもの　わが独子の　草枕　旅にし行けば　竹玉《たかたま》を　しじに貫《ぬ》き垂れ　斎瓮《いはひべ》に　木綿《ゆふ》取り垂《し》でて　斎ひつつ　わが思ふわが子　ま幸《さき》くありこそ

秋芽子乎　妻問鹿許曽　一子二　子持有跡五十戸　鹿児自物　吾独子之　草枕　客二師徃者　竹珠乎　密貫垂　斎戸尓　木綿取四手而　忌日管　吾思吾子　真好去有欲得

反　歌

1791
旅人《たびびと》の宿りせむ野に霜降らばわが子羽ぐくめ天《あめ》の鶴群《たづむら》

客人之　宿将為野尓　霜降者　吾子羽裏　天乃鶴群

挽　歌

宇《う》治若郎子《ぢのわきいらつこ》の宮所《みやどころ》の歌一首

1795
妹《いも》らがり今木《いまき》の嶺《みね》に茂り立つ夫《つま》松の木は古人《ふるひと》見けむ

の大阪市の上町台丘陵地に沿っており、ここに港が営まれた。

三　↓五三頁注一〇、一四三頁注三。鹿は萩を妻とするといわれていた。

四　ツマトフと訓む説もある。

五　鹿は五、六月頃、一年に一回、一匹だけ子を産む。

六　↓四四頁注二九　七　↓一六頁注一九

八　細い竹を短く切って紐に通し、玉飾りのようにしたもの。タカダマと訓む説がある。

九　ぎっしりと。すき間なくいっぱいに。

一〇　ヌキタリと訓む説がある。

一一　枕辺・床の辺に掘って据え、神に捧る酒を盛る神聖なかめ。イハヒヘニと訓む説がある。

一二　こうぞなどの樹皮の繊維を蒸して水に浸し、さらして、細かに裂いて糸としたもの。白く美しい。

一三　忌みつつしんで祈る。物忌みし、まじないをする。

一四　ワガオモフアゴ・ワガモフワガコ・アガモヘルアゴ・アガオモフアガコと訓む説もある。

一五　希求願望の助動詞コスの命令形という。

一六　タビヒトノと訓む説がある。

一七　ハグクムは羽の中に包む意。

一八　大空高く飛ぶところからアメノを冠した。

一九　ラは親愛の意の接尾語。ガリ↓一五五頁注一三。妹のところへ今来るの意で、今木にかかる枕詞。今来のキは甲類、木は乙類で、発音が異なるが、掛詞にはこのような例がある。

二〇　題詞によれば宇治のあたりの山であろうが不明。

二一　ツマを待ツところから松の序とした。見ているのは松の老樹で、夫の訪れを待つかの如く立っていると見た。

二二　故人。宇治若郎子をさす。

妹等許　今木乃嶺　茂立　嬬待木者　古人見祁牟

紀伊国にして作る歌四首〈三首略〉

1799
[一]玉津島磯の浦廻《うらみ》[二]の真砂《まなご》[三]にもにほひて[四]行かな妹[五][六]が触れけむ

玉津嶋　礒之裏未之　真名子仁文　尓保比弖去名　妹触険

未(元)—末　子(紀)—ナシ　弖(考ニヨル)—ナシ

[七]右の五首〈三首略〉、柿本朝臣人麻呂《かきのもとのあそみひとまろ》の歌集に出づ。[八]

[九]葦屋処女《あしのやのをとめ》の墓《つか》を過ぐる時に作る歌一首　并せて短歌

1801
古《いにしへ》の　[一〇]ますら壮士《をとこ》の　[一一]相競《きほ》ひ　妻問《つまど》ひしけむ　[一二]葦屋《あしのや》の　[一三]菟原《うなひ》処女《をとめ》の　奥《おく》[一四]津城《つき》を　わが立ち見れば　永き世の　語りにしつつ　後人《のちひと》[一五]の　偲ひにせむと　[一六]玉桙《たまほこ》の　道の辺《へ》[一七]近く　磐構《いはかま》へ　作れる塚を　天雲の　遠隔《そくへ》[一八]の限り　この道を　行く人ごとに　行き寄りて　い立ち嘆かひ　[一九]或る人は　哭《ね》にも泣きつつ　語り継ぎ　偲[二〇]ひ継ぎ来る　処女《をとめ》らが　奥津城どころ[二一]　われさへに　見れば悲しも　古《いにしへ》思へば

古之　益荒丁子　各競　妻問為祁牟　葦屋乃　菟名日処女乃　奥城矣　吾立見者　永世乃　語尓為乍　後人　偲尓世武等　玉桙乃　道辺近　磐構

一　↓一一二頁注一五
二　↓二九頁注一三　三　↓八四頁注二
四　ニホフ↓一九頁注一六。ここでは色に染めること。妹が触れた砂に衣をすりつけて砂の色でも移そうとするのであろう。原文テに当る文字なく、「尓」を補入してニホヒニユカナと訓む説がある。
五　↓一五〇頁注一〇
六　イモモと訓む説がある。
七　右の紀伊国作歌四首に、その前の宇治若郎子宮所歌一首を加えて五首。
八　↓一二九頁注二
九　葦屋は古くは六甲山南麓一帯の総名であったという。アシヤと訓む説がある。兵庫県芦屋市にその名を残す。その古代葦屋地方に住むおとめ。菟原処女(うなひをとめ)ともいう。妻争い伝説の悲劇の人物として名高かった。菟原は和名抄に「摂津国菟原郡」とあり、今の芦屋市及び神戸市の東部一帯の地に当る。そのおとめの墓は神戸市東灘区御影塚町二丁目一〇に処女塚古墳として伝えられている。前方後方墳。
一〇　立派な男子。マスラヲノコとも訓む。マスラヲに同じ。↓二一頁注一四
一一　原文「各競」とあり、二人の男が競い合ったのであった。キホヒ↓一四七頁注一
一二　アシヤノと訓む説がある。
一三　↓注九　一四　墳墓。
一五　ノチビトノと訓む説がある。
一六　↓四七頁注一五
一七　ミチノベと訓む説がある。
一八　ソキヘノキハミ・ソクヘノキハミと訓む説がある。
一九　原文「或」のままで「惑」と意としてワビビトハと訓む説がある。
二〇　シノヒツギコシ・シノヒツギケルと訓む説がある。
二一　オクツキトコロとも訓む。

作冢矣　天雲乃　退部乃限　此道矣　去人毎　行因　射立嘆日　或人者
啼尓毛哭乍　語嗣　偲継来　処女等賀　奥城所　吾并　見者悲喪　古思者

反　歌〈二首中一首略〉

1802 古《いにしへ》の小竹田壮士《しのだをとこ》[一]の妻問ひし菟原処女《うなひをとめ》の奥津城ぞこれ
古乃　小竹田丁子乃　妻問石　菟会処女乃　奥城叙此

右七首〈五首略〉、田辺福麻呂《たなべのさきまろ》の歌集に出づ。

勝鹿《かつしか》[二]の真《ま》間娘子《まのをとめ》[三]を詠む歌一首　并せて短歌

1807 鶏《とり》[四]が鳴く　東《あづま》の国に　古《いにしへ》に　ありける事と　今までに　絶えず言ひ来《く》[五]
る　葛飾《かつしか》[六]の　真間の手児奈《てごな》[七]が　麻衣《あさきぬ》[八]に　青衿《くび》付け　直《ひた》さ麻《を》[九]を　裳には織
り着て　髪だにも　掻きはけづらず　沓《くつ》をだに　履《は》かず行けども　錦綾《にしきあや》[一〇]
の　中に包める　斎《いは》ひ児《こ》[一一]も　妹《いも》に及《し》かめや　望月の　足れる[一二]面《おも》わに　花
のごと　笑《ゑ》みて立てれば　夏虫の　火に入るがごと[一三]　水門《みなと》[一四]入りに　舟漕
ぐ如く　行きかぐれ[一五]　人の言ふ時　いくばくも　生けらじものを　何す
とか　身をたな知りて[一六]　波の音[一七]の　騒く湊《みなと》の　奥津城[一八]に　妹が臥《こや》せる[一九]
遠き代に　ありける事を　昨日しも　見けむがごとも　思ほゆるかも

一　長歌には、「ますら壮士」として名前は歌われていなかった。その一人。
二　↓七〇頁注一八
三　↓七一頁注一九
四　↓四二頁注一九
五　イヒケルと訓む説がある。
六　カヅシカと訓む説がある。
七　テコナとも訓む。↓七一頁注四
八　麻の衣は粗末な衣服であった。アサギヌとも訓む。
九　ヒタはまじり気のないこと。サは接頭語。
一〇　錦は金糸銀糸色糸を用いて織った厚手の豪華な絹織物。綾は地模様を織り出した美しい絹織物。
一一　イハフは神聖なものとして忌みつつしんで祭ること。イハヒコとはみだりに人に触れさせず大切に守り育てている子。イハヒゴとも、またイツキゴとも訓む。
一二　満ち足りた、すべて充足している顔。
一三　ヒニイルゴトクと訓む説がある。
一四　↓五九頁注一四
一五　未詳。求婚する意か。また寄り集まる意とも、焦レの類義語かとも。
一六　すっかり。十分に。
一七　ナミノトノとも訓む。
一八　墳墓。
一九　↓四〇頁注一五

鶏鳴　吾妻乃国尓　古昔尓　有家留事登　至今　不絶言来　勝壮鹿乃　真間乃手児奈我　麻衣尓　青衿著　直佐麻乎　裳者織服而　髪谷母　掻者不梳　履乎谷　不著雖行　錦綾之　中丹裹有　斎児毛　妹尓将及哉　望月之　満有面輪二　如花　咲而立有者　夏虫乃　入火之如　水門入尓　船己具如久　帰香具礼　人乃言時　幾時毛　不生物呼　何為跡歟　身乎田名知而　波音乃　驟湊之　奥津城尓　妹之臥勢流　遠代尓　有家類事乎　昨日霜　将見我其登毛　所念可聞

壮（元藍類紀）―牡　呼（元藍類）―乎

反歌

1808 葛飾の真間の井[一]を見れば立ち平《なら》し[二]水汲ましけむ手児奈《てこな》[三]し思ほゆ

勝壮鹿之　真間之井乎見者　立平之　水挹家武　手児名之所念

壮（元類古紀）―牡　乎（元藍紀）―ナシ　武（元藍類紀）―牟

[四]菟原処女《うなひをとめ》の墓《つか》を見る歌一首　并せて短歌

1809 [五]葦屋《あしのや》の　菟原処女の　[六]八年児《やとせご》の　[七]片生《かたおひ》の時ゆ　[八]小放髪《をはなり》に　[九]髪たくまで　[一〇]並び居《を》る　家にも見えず　[一一]虚木綿《うつゆふ》の　[一二]隠《こも》りて居《を》れば　[一三]見てしかと

一　『乎』の文字が西本願寺本以降の諸本にはないので、この句をママノヰミレバと七音に訓む説がある。
二　いつもここに来ていたことを、地面を踏みならすという表現で表わす。
三　テゴナとも訓む。
四　葦屋処女と同じ。↓一五九頁注九
五　アシヤと訓む説がある。
六　八歳の子供。ヤトセコノとも訓む。
七　片は不完全の意。片生は未成熟。
八　ヲは接頭語。ハナリは髪を結わず振分け髪にすること。
九　髪をかき上げる意。
一〇　ナラビヰルとも訓む。
一一　コモリにかかる枕詞。原義未詳。
一二　コモリテマセバと訓む説がある。
一三　テシカは実現不可能なことを希望する意を表す。

[一]いぶせむ時の　垣ほなす　人の誂《と》ふ時　[二]血沼壮士《ちぬをとこ》　[三]菟原壮士の　[四]伏屋焼《ふせやた》
き　[五]すすし競《きほ》ひ　相結婚《よばひ》　[六]しける時には　[七]焼太刀《やきたち》の　[八]手柄《たかみ》押しねり　[九]白《しら》
真弓《まゆみ》　[一〇]靫《ゆき》取り負ひて　水に入り　火にも入らむと　立ち向かひ　競《きほ》ひし
時に　吾妹子《わぎもこ》が　母に語らく　[一一]倭文手纏《しつたまき》　賤しきわが故　[一二]大夫《ますらを》の　争ふ
見れば　生けりとも　[一三]逢ふべくあれや　[一四]ししくしろ　[一五]黄泉《よみ》に待たむと
[一六]隠《こも》り沼《ぬ》の　[一七]下延《ば》へ置きて　うち嘆き　妹《いも》が去《い》ぬれば　血沼壮士《ちぬをとこ》　その
夜夢《いめ》に見　[一八]取り続《つつ》き　追ひ行きければ　後《おく》れたる　菟原《うなひ》壮士い　[一九]天仰《あめあふ》
ぎ　叫びおらび　[二〇]足ずりし　牙喫《きか》み建《たけ》びて　[二一]もころ男《を》に　負けてはあら
じと　[二二]懸佩《かけはき》の　[二三]小太刀《をだち》取り佩《は》き　[二四]ところ葛《づら》　尋《と》め行きければ　[二五]親族《うがら》ど
ち　い行き集ひ　永き代に　標《しるし》にせむと　遠き代に　語り継がむと　[二六]処《をと》
女《め》墓《つか》　中に造り置き　[二七]壮士墓《をとこつか》　[二八]此方彼方《こなたかなた》に　造り置ける　故縁《ゆゑよし》聞きて
知らねども　新喪《にひも》のごとも　哭《ね》泣きつるかも

葦屋之　菟名負処女之　八年児之　片生乃時従　小放尓　髪多久麻弖尓
並居　家尓毛不所見　虚木綿乃　牢而座在者　見而師香跡　悒憤時之　垣
廬成　人之誂時　智弩壮士　宇奈比壮士乃　廬八燎　須酒師競　相結婚

一　うつうつとして憤りをおぼえる。もどかしと思う。
二　チヌの地出身の男。チヌは和泉国の古名で、茅渟県（ちぬあがた）ともいう。今の堺市から岸和田市にわたる。
三　おとめと同じ菟原郡に住む男。
四　枕詞。粗末な小屋で火をたくとススだらけになるところからススシにかかるという。フセヤタクと訓む説がある。
五　ススシは未詳。スサブ・ススムと同系の語か。他に例がない。
六　シケルトキハと訓む説が多い。
七　火に焼き鍛えた刀。
八　剣の柄。オシネリは押しひねること。
九　白いマユミの材で作った弓。マユミは真弓で弓をほめて言ったものともいう。マユミの木はにしきぎ科の落葉樹で、初夏に淡緑色の四弁の花が群がって咲く。材質は強くしなやかで弓の材に好適。
一〇　矢をつめて背に負う道具。
一一　枕詞。倭文は舶来の派手なあや織物に対して、日本古来のあや織物。タマキは手に巻く腕飾り。珠の腕飾をする貴人に対して、倭文の布の腕飾は身分の賤しい者がしたのだろう。イヤシキ・数ニモアラヌにかかる。
一二　↓二一頁注一四
一三　アフは結婚する意。ベシは可能。ヤは反語。
一四　枕詞。シシ(肉)の串焼きはヨイ味であるところから、黄泉(よみ)のヨにかかる。
一五　死者の行く所。あの世。
一六　枕詞。見えない意からシタバへにかかる。
一七　こっそりと知らせての意、心の中に期しての意と両説がある。母にそれとなく言った意であろうともいう。シタハヘヲキテとも訓む。
一八　トリツヅキと訓む説がある。
一九　間投助詞。強調の意を表わす意。

為家類時者　焼大刀乃　手穎押祢利　白檀弓　靫取負而　入水　火尓毛将
入跡　立向　競時尓　吾妹子之　母尓語久　倭文手纒　賤吾之故　大夫
之　荒争見者　雖生　応合有哉　宍串呂　黄泉尓将待跡　隠沼乃　下延置
而　打歎　妹之去者　血沼壮士　其夜夢見　取次寸　追去祁礼婆　後有
菟原壮士伊　仰天　叫於良妣　跟地　牙喫建怒而　如己男尓　負而者不有
跡　懸佩之　小劔取佩　冬菽蕷都良　尋去祁礼婆　親族共　射帰集　永代
尓　標将為跡　遐代尓　語将継常　処女墓　中尓造置　壮士墓　此方彼方
二　造置有　故縁聞而　雖不知　新喪之如毛　哭泣鶴鴨

悒(元藍紀)―挹　弩(元藍)―奴　壮(元藍類)―牡　文(元紀)―父　歎(元藍類)―嘆

反　歌

1810
葦屋《あしのや》の菟原処女の奥つ城を行き来《く》と見れば哭《ね》のみし泣かゆ

葦屋之　宇奈比処女之　奥槨乎　往来跡見者　哭耳之所泣

1811
墓《つか》の上《うへ》の木《こ》の枝《え》靡けり聞きしごと血沼壮士にし寄りにけらしも

墓上之　木枝靡有　如聞　陳奴壮士尓之　依家良信母

奴(元藍京)―努　壮(元藍類)―牡　依(元藍類紀)―依倍

三〇　ツチヲフミと訓む説がある。

三一　モコロは如しの意で、ここは匹敵するの意であろう。

三二　カキハキノとも訓む。紐をかけて腰につるすことをいうのだろう。

三三　ヲタチとも訓む。

三四　トコロのつる。トコロはやまいも科の多年生蔓草、根茎を食用とするが、苦味が強くうまくない。つるをたどって根を探し求めるところからトメユクの枕詞。トコロツラと訓む説がある。

三五　ウカラドチとも、ウガラドモとも、またヤカラドモ・ヤカラドチとも訓む。

三六　ヲトメヅカ・ヲトメバカ・ヲトメハカとも訓む。

三七　ヲトコヅカ・ヲトコバカ・ヲトコハカとも訓む。神戸市東灘区御影塚町二丁目の処女塚古墳から東へ一キロ、同区住吉宮町一丁目に血沼壮士の求女(もとめ)塚があった。東求女塚古墳(全長約八〇メートル)と呼ばれるが、墳丘は現在完全に削平され、求女公園の中に形ばかりの土盛りに碑が立っているばかり。また処女塚の西一・五キロ、灘区都通三丁目に菟原壮士の求女塚と伝える大塚山古墳(全長約一〇〇メートル)があり西求女塚古墳として整備されている。

三八　コノモカノモニとも訓む。

一　アシヤノと訓む説がある。

二　ツカノヘノ・ハカノウヘノ・ハカノヘノとも訓んでいる。

三　キクガゴト・キケルゴトと訓む説がある。

右の五首、高橋連虫麻呂《たかはしのむらじむしまろ》の歌集の中に出づ。[一]

一 →一五六頁注一五

巻第十

春の雑歌

1812 [一]ひさかたの天《あめ》の[二]香具山《かぐやま》この夕へ[三]霞たなびく春立つらしも

久方之　天芳山　此夕　霞霏霺　春立下

右、柿本《かきのもと》朝臣《あそみ》人麻呂《ひとまろ》の[四]歌集に出づ。

鳥を詠《よ》む

1821 春霞流るるなへ[五]に青柳《あをやぎ》の枝くひ[六]持ちてうぐひす鳴くも

春霞　流共尓　青柳之　枝喙・持而　鸎鳴毛

喙(元類紀)—啄

花を詠む

1861 能登《のと》[七]川の水底《みなそこ》さへに照るまでに三笠[八]の山は咲きにけるかも

能登河之　水底并尓　光及尓　三笠乃山者　咲来鴨

一 →三六頁注一一

二 アマノカグヤマと訓む説もある。香具山→四頁注二

三 ユフべと訓む説もある。

四 →一二九頁注二

五 →四八頁注二

六 クフはもと口にくわえる意。鳥が植物の枝や花を口にくわえて飛ぶ姿は、正倉院宝物の花喰鳥模様の図柄にある。

七 奈良市街東方の春日山に発して御蓋山(みかさやま)と高円山との間を西流し、奈良市の南を過ぎて佐保川に注ぐ小川。

八 春日山の主峰花山の前(西方)にある円錐形の山。御蓋山(高さ二八三メートル)。春日大社のある山で、俗にいう三笠山(若草山)ではない。

煙《けぶり》を詠む

1879 [一]春日野《かすがの》に煙立つ見ゆ娘子《をとめ》らし春野のうはぎ[二]摘みて煮《に》らしも

春日野尓　煙立所見　嬬嬬等四　春野之菟芽子　採而煮良思文

野遊[三]

1883 ももしきの[四]大宮人は暇《いとま》[五]あれや梅を挿頭《かざ》[六]してここに集へる

百礒城之　大宮人者　暇有也　梅乎挿頭而　此間集有

春の相聞

1892 春山の霧に惑《まと》へるうぐひすもわれにまさりて物思は[七]めやも

春山　霧惑在　鸎　我益　物念哉

右、柿本朝臣人麻呂《かきのもとのあそみひとまろ》の歌集[八]に出づ。

花に寄す

1903 わが背子に我が恋ふらくは[九]奥山の馬酔木《あしび》[一〇]の花の今盛りなり

吾瀬子尓　吾恋良久者　奥山之　馬酔花之　今盛有

一　奈良市街地の東部、春日山からその山麓一帯を広く春日野と称した。
二　きく科の宿根草。ヨメナ。春、その若葉をとって食用とした。秋に淡紫色の花が咲く。
三　ヤイウともノアソビとも。春の一日、野に出て歌舞飲食して遊ぶ民間行事が宮廷でも行なわれたらしい。
四　→一二頁注四
五　「あればや」の「ば」を省略したもの。あるからだろうか。
六　→一四頁注一三
七　モノオモハメヤ・モノモハメヤモとも訓む。
八　→一二九頁注二
九　以下二句は譬喩によって、今盛リナリを導く序。
一〇　→三六頁注六

雨に寄す

1917 春雨に衣《ころも》はいたく通らめや七日[一]し降らば七日来《こ》じとや

春雨尓　衣甚　将通哉　七日四零者　七日不来哉

日（元類紀）―夜

夏の雑歌

鳥を詠む

1960 物[二]思《おも》ふと寝《い》[三]ねぬ朝明《あさけ》に[四]ほととぎす鳴きてさ[五]渡るす[六]べなきまでに

物念登　不宿旦開尓　霍公鳥　鳴而左度　為便無左右二

花を詠む

1966 風に散る花[七]橘を袖に受けて君が[八]御跡《みあと》と偲[九]ひつるかも

風散　花橘叫　袖受而　為君御跡　思鶴鴨

夏の相聞

一 長い日数であることを示す。

二 モノモフトとも訓む。

三 名詞イ（寝）と動詞ヌ（寝）の複合語。

四 →二八頁注四

五 サは接頭語。

六 →九四頁注一〇

七 みかん科。本州南部の海近くの山地に自生する常緑小高木。初夏、五弁の白い花が咲き、芳香を放つのをめでた。

八 キミガミタメトと訓む説がある。

九 オモヒツルカモとも訓む。シノフ→八頁注一一

草に寄す

1985 ま[一]葛延《くずは》ふ夏野の繁く[二]かく恋ひばまことわが命常[三]ならめやも

真田葛延　夏野之繁　如是恋者　信吾命　常有目八面・

面(元紀)—方

日に寄す

1995 六月《みなづき》[四]の地《つち》さへ裂けて照る日にもわが袖干《ひ》めや君に逢はずして

六月之　地副割而　照日尓毛　吾袖将乾哉　於君不相四手

秋の雑歌

七夕《たなばた》[五]

2029 天の川楫《かぢ》[六]の音《おと》聞こゆ彦星と織女《たなばたつめ》[七]と今夜《こよひ》逢ふらしも

天漢　梶音聞　孫星　与織女　今夕相霜

右、柿本《かきのもと》朝臣《のあそみ》人麻呂《ひとまろ》の歌集に出づ[八]。

2037 年[九]の恋今夜尽くして明日よりは常のごとくや我が恋ひ居らむ

一 マは接頭語。クズ→一四三頁注五。ハフは植物の蔓や根などが長く伸びること。

二 ここまで初二句、「繁く」を引き出す序。

三 ツネニアラメヤモとも訓む。

四 ミナツキノとも訓む。

五 この題詞の下に一九九六～二〇九三の九十八首を収載する。そのうち三十八首が柿本人麻呂歌集歌である。一首を除いて略体歌で、人麻呂作と認めれば、これは七夕歌の最先端に位置する。

六 カヂノトキコユとも訓む。

七 タナバタははた織りの機、織機。ツは連体修飾の助詞。棚機《たなはた》ツ女《め》。

八 →一二九頁注二。

九 一年間にわたる恋。特に七夕の二星の恋をいう。

年之恋　今夜尽而　明日従者　如常哉　吾恋居牟

花を詠む

2096 [一]ま葛《くず》原なびく秋風吹くごとに阿太《あだ》[二]の大野の萩[三]の花散る

真葛原　名引秋風　毎吹　阿太乃大野之　芽子花散

毎吹(元類)―吹毎

鹿鳴を詠む

2141 このころの秋の朝明《あさけ》に霧隠《がく》り[四]妻呼ぶ鹿の声のさやけさ

比日之　秋朝開尓　霧隠　妻呼雄鹿之　音之亮左

蟋蟀《こほろぎ》[五]を詠む

2160 庭草に村雨《むらさめ》[六]降りて蟋蟀の鳴く声聞けば秋づきにけり

庭草尓　村雨落而　蟋蟀之　鳴音聞者　秋付尓家里

黄葉《もみち》[七]を詠む

2179 朝露ににほひ[八]そめたる秋山に時雨《しぐれ》[九]な降りそあり渡る[一〇]がね[一一]

朝露尓　染始　秋山尓　鍾礼莫零　在渡金

一 マは接頭語。クズ→一四三頁注五

二 奈良県五条市の東部、吉野川に沿う一帯で、旧大阿太村・南阿太村の地。今、五条市に東阿田・西阿田・南阿田町の名を残している。

三 →五三頁注一〇、一四三頁注三。ハギガハナチルとも訓む。

四 キリコモリ・キリゴモリとも訓む。

五 →一四三頁注一〇

六 急に激しく降っては止み、また降る雨。驟雨。万葉集に唯一首。

七 →八頁注一〇

八 赤や黄色に美しくもみじすること。

九 →一五六頁注一三

一〇 あり続ける。紅葉がそのままいつまでも変らずある。

一一 動詞の連体形に接続し、意志や命令の文に対して、その目的・理由を表わす。

鍾(元紀)—鐘

右の二首〈一首略〉、柿本朝臣《かきのもとのあそみ》人麻呂《ひとまろ》の歌集[一]に出づ。

2180
九月《ながつき》[二]の時雨《しぐれ》[三]の雨に濡れ通り春日[四]の山は色づきにけり

九月乃　鍾•礼乃雨丹　沾通　春日之山者　色付丹来

鍾(元類紀)—鐘

2185
大坂[五]をわが越え来れば二上《ふたかみ》[六]に黄葉《もみちば》流る時雨降りつつ

大坂乎　吾越来者　二上尓　黄葉流　志具礼零乍

芳《か》[七]を詠む

2233
高松[八]のこの峰も狭《せ》[九]に笠立てて満ち盛りたる秋の香《か》の良さ

高松之　此峯迫尓　笠立而　盈盛有　秋香乃吉者

秋の相聞

2240
誰《た》[一〇]そ彼《かれ》とわれをな問ひそ九月《ながつき》の露に濡れつつ君待つわれを

誰彼　我莫問　九月　露沾乍　君待吾

一 →一二九頁注二

二 ナガヅキとも訓む。

三 →一五六頁注一三

四 →一四二頁注九

五 大和(特に飛鳥地方)から河内(大阪府南河内郡)へ越える坂道。二上山の北側をゆく穴虫越か。奈良県北葛城郡香芝町に大字逢坂(おうさか)の名があり、穴虫は香芝町にある。また、その北に関屋越の道があり、二上山の南側には竹内(たけのうち)越の道がある。

六 二上山。フタガミとも訓む。→三五頁注一二

七 「芳」は香りのよい草。かぐわしい、香りがよいこと。歌によればここは、特に松茸の芳香をいう。「芳」を「茸」の草体からの誤字とする説がある。

八 所在未詳。高円とする説もある。

九 「山もせに咲ける馬酔木の」(一四二八)、「国もせに生ひ立ち栄え」(四一二二)などともある。峰も、山も、国も狭いほどに、狭しとばかりにと解する。

一〇 「そこにいるのは誰」と私のことを尋ねる。愛人が通って来て私に尋ねるとか、「あれは誰か」と第三者が作者の愛人を見咎めて尋ねるとかと解する説もある。後にそんな夕方の薄暗い時分を「黄昏時」という。

右、柿本朝臣人麻呂の歌集に出づ。

草に寄す

2270 道の辺の尾花が下《した》の思ひ草今さらさらに何をか思はむ

道辺之　乎花我下之　思草　今更尓　何物可将念

花に寄す

2284 ゆくりなく今も見が欲《ほ》し秋萩のしなひにあるらむ妹《いも》が姿を

率尓　今毛欲見　秋芽子之　四搓二将有　妹之光儀乎

月に寄す

2298 君に恋ひしなえうらぶれ我が居れば秋風吹きて月傾《かたぶ》きぬ

於君恋　之奈要浦触　吾居者　秋風吹而　月斜焉

冬の雑歌

2314 巻向《まきむく》の檜原《ひばら》もいまだ雲居ねば小松が末《うれ》ゆ沫《あわ》雪流る

一 →一二九頁注二
二 →一四三頁注四
三 すすきの根に寄生するナンバンギセルか。花の姿が首うなだれて物思う姿に似る。
四 「今更尓何」としてイマサラニナゾ・イマサラニナドと訓む説がある。その場合、第五句はモノカオモハムと訓む。
五 思いがけなく、突然、不意に。原文「率爾」は類聚名義抄に「ニハカニ、ユクリナシ」とある。イササメニ(かりそめに)とも訓む。
六 →五三頁注一〇、一四三頁注三
七 シナフこと。しなやかな曲線をなしていること。
八 シナユもウラブルも同じく、力なくうちしおれて、思いうなだれる意。
九 →一三〇頁注一〇
一〇 ヒノキの林。→一三〇頁注一一
一一 雲がかかっていないのに。このバは逆接の確定条件を表わす。
一二 枝先。
一三 泡のように消えやすい雪。柔らかい雪。淡雪ではない。

巻向之　檜原毛未雲居者　子松之末由　沫雪流

右、柿本朝臣《かきのもとのあそみ》人麻呂《ひとまろ》[一]の歌集に出づ。

雪を詠む

2323 わが背子を今か今かと出で見れば[二]沫雪《あわゆき》降れり庭も[三]ほどろに

吾背子乎　且今〻〻　出見者　沫雪零有　庭毛保杼呂尔

黄葉《もみち》を詠む

2331 [四]八田《やた》の野の[五]浅茅《あさぢ》色づく[六]有乳《あらち》山《やま》峰の沫雪寒く降るらし

八田乃野之　浅茅色付　有乳山　峯之沫雪　寒零良之

冬の相聞

2334 沫雪は千重に[七]降りしけ[八]恋ひしくの[九]日《け》長き我は見つつ偲はむ

阿和雪　千重零敷　恋為来　食永我　見偲

阿和(元類紀)―沫　重(元)―里

右、柿本朝臣人麻呂の歌[一〇]集に出づ。

一 ↓一二九頁注二

二 ↓一四六頁注一〇

三 ↓一四六頁注一一

四 大和郡山市矢田の地。市街地より遙か西で、生駒山の麓に当る。なお、福井県に求める説、石川県に求める説がある。

五 たけ低く、まだ茂らぬ若いチガヤ。チガヤは春、花穂を生じ、これをツバナと称して食用とする。

六 滋賀県高島郡マキノ町から福井県敦賀市の旧愛発《あらち》村に越える山。北国に下る要路で、古く、その山から敦賀寄りに出た所に愛発の関があった。

七 降りしきれの意。降り敷け、降り積れの意とする説もある。

八 コヒシケクと訓む説がある。

九 ケは日の複数。

一〇 ↓一二九頁注二

一 「夜更け」の程度をいう。
二 ユは神聖、清浄の意の接頭語。ユユシのユという説がある。ユササノウヘニ・ユザサガウヘニとも訓む。

霜に寄す

2336 一はなはだも夜更けてな行き道の辺のゆ小竹《ざさ》二の上に霜の降る夜を

甚毛　夜深勿行　道辺之　湯小竹之於尓　霜降夜焉

巻第十一

旋《せ》[一]頭歌《どうか》

2354
健男《ますらを》[二]の思ひ乱れて隠[三]せるその妻　天地《あめつち》に通り照るとも顕《あらは》れめやも（一に云ふ、大夫《ますらを》の思ひたけびて）
健男之　念乱而　隠在其妻　天地　通雖光　所顕目八方　一云　大夫乃　思多鶏備弖

2355
[四]うつくしと我が思ふ[五]妹は早[六]も死なぬか　生けりともわれに寄るべしと人の言はなくに
恵得　吾念妹者　早裳死耶　雖生　吾迩応依　人云名国

右の十二首〈十首略〉、柿本朝臣人麻呂《かきのもとのあそみひとまろ》の歌集[七]に出づ。

2364
玉垂《たまだれ》[八]の小簾《をす》[九]の隙《すけき》[一〇]に入り通ひ来《こ》ね[一一]　たらちね[一二]の母が問はさば風と申さむ
玉垂　小簾之寸鶏吉仁　入通来根　足乳根之　母我問者　風跡将申

一　↓一三四頁注四
二　↓二一頁注一四
三　カクシタルツマと訓む説がある。
四　かわいいとの意。ウルハシトと訓む説がある。
五　モフとも訓む。
六　愛人に早く死んでしまえと言うのは他には例がない。この反対表現が受け入れられるのは民謡的であるからだろう。ハヤモシネヤモと訓む説がある。
七　↓一二九頁注二
八　枕詞。小簾・地名越智にかかる。玉(竹の管玉なども)を緒に貫いて垂らすところから、ヲ(緒)にかかる。玉を垂らした簾の意からとも。タマタレノと清音に訓む説もある。
九　ヲは接頭語。スはすだれ。
一〇　原文「寸」はキの訓仮名でスの例は他にない。スケキと訓んで、スキ(透)アキの約ですき間の意か。
一一　希求願望の助詞。
一二　母の枕詞。原義未詳。チに「乳」を用いることが多いので、満ち足りた乳、また垂れた乳房の意で、ネは女性に対する親愛の気持を表わすという説がある。また、タラチはタラシ(足)の転ともいう。

右の五首〈四首略〉、[一]古歌集の中に出づ。

[二]正《ただ》に心緒《おもひ》を述ぶ

2368 [三]たらちねの母が[四]手離れかくばかり[五]すべ無きことはいまだ為《せ》なくに
垂乳根乃　母之手放　加是許　無為便事者　未為国

2382 [六]うち日さす[七]宮道《みやぢ》を人は満ち行けど我が思ふ君はただ一人のみ
打日刺　宮道人　雖満行　吾念公　正一人

2394 [八]朝影に我が身は成りぬ[九]玉かぎる[一〇]ほのかに見えて去《い》にし子ゆゑに
朝影　吾身成　玉垣入　風所見　去子故

2401 恋ひ死なば恋ひも死ね[一一]とか吾妹子《わぎもこ》が吾家《わぎへ》の門《かど》[一二]を過ぎて行くらむ
恋死　恋死哉　我妹　吾家門　過行

2414 [一三]恋ふること[一四]慰めかねて[一五]出で行けば[一六]山を川をも知らず来にけり
恋事　意追不得　出行者　山川　不知来

一 →一三三頁注一八
二 他の事物に託さずに、まっすぐに心情を述べるという意。序詞や譬喩を用いないことを建て前とする。寄物陳思・譬喩歌と並んで表現手法による部立の一つ。
三 →一七四頁注一二
四 母の養育の手。
五 どうしようもないこと。どうしていいかわからぬこと。
六 宮・都にかかる枕詞。ウチは内か全(うつ)か現(うつ)しの意か。日のよくさし入ることで宮をほめたもの。
七 宮殿へ行く道。
八 朝日によってできる影は細長く見えるところから痩せた身の譬喩。朝の光が薄明で弱々しく頼りないところからいうとする説もある。
九 →一六頁注一七。タマカキルとも訓む。
一〇 原文「風」、名義抄にホノカナリの訓がある。
一一 シネトヤとも訓む。
一二 カナトと訓む説がある。
一三 コフラクノと訓む説がある。
一四 原文「意追」は「意遣」に同じ。ココロヤリとも訓むが、意をとってナグサムの義訓とする。
一五 イデテユケバと訓む説がある。
一六 ヤマモカハヲモ、ヤマヲモカハモと訓む説がある。

物に寄せて思を陳《の》ぶ[一]

2425
山科《やましな》[二]の木幡《こはた》[三]の山を馬[四]はあれど徒歩《かち》[五]ゆ我が来《こ》し汝《な》[六]を思ひかねて

山科　強田山　馬雖在　歩吾来　汝念不得

2430
宇治川[七]の水泡《みなわ》[八]逆巻《さかま》き行く水の事反《かへ》[九]らずそ思ひ始《そ》[一〇]めてし

是川　水阿和逆纒　行水　事不反　思始為

2453
春柳[一一]葛城山《かづらきやま》[一二]に立つ[一三]雲の立ちても居ても妹をしそ思ふ

春楊　葛山　発雲　立座　妹念

2456
ぬばたまの[一四]黒髪山[一五]の山草《すげ》[一六]に小雨降りしきしくしく[一七]思ほゆ

烏玉　黒髪山　山草　小雨零敷　益〻所思

思（嘉類文紀）—念

2465
わが背子に我が恋ひ居《を》ればわが屋戸《やど》[一八]の草さへ思ひうらぶれ[一九]にけり

我背児尓　吾恋居者　吾屋戸之　草佐倍思　浦乾来

一　他の事物を題材としてそれに託して心情を述べる意。正述心緒・譬喩歌と並んで表現手法による部立の一つ。
二　→三三頁注一〇
三　→三二頁注八
四　馬はあるが、馬の用意をするのももどかしくの意とする説、馬の足音で人に知られるのを憚ってとする説があり、特殊な陳述のアレドで、それはともかくさしおいての意とする説がある。
五　カチヨリアガコシとも訓む。
六　ナヲオモヒカネと訓む説がある。
七　→五八頁注四
八　ミナアワとも訓む。→一〇八頁注一
九　コトカヘサズゾと訓む説がある。
一〇　オモヒソメタルと訓む説がある。
一一　枕詞。春の柳をカヅラにする（カヅラク）意で、カヅラキにかかる。
一二　→三五頁注一一
一三　初句よりこの句まで三句、立チを導く序。
一四　→三八頁注五
一五　奈良市の北方、奈良山の東部、佐保山の一部にこの名がある。山中に黒髪社がある。栃木県日光市・岡山県新見(にいみ)市に求める説もある。
一六　「草」をカヤと訓む例があるように、これはスゲを指したと思われる。
一七　結句のみが一首の本旨を表わす。初句より四句がシクシクを導く序。シクシクはしきりに、絶え間なくの意。
一八　→八三頁注一〇
一九　原文「乾」は奈良時代には上二段活用であったから、その已然形フレを借りてウラブレを表わした。心うち萎れること。

[一]問答

2508 [二]すめろきの神の御門《みかど》[三]を畏《かしこ》みと侍従《さもら》[四]ふ時に逢へる君かも

皇祖乃　神御門乎　懼見等　侍従時尓　相流公鴨

懼（嘉文紀）―懼

2509 真澄鏡《まそ》[五]見[六]とも言はめや玉[七]かぎる岩垣淵[八]の隠《こも》りたる妻

真祖鏡　雖見言哉　玉限　石垣淵乃　隠而在孋

右[九]の二首

以前《さき》[一〇]の一百四十九首〈百三十七首略〉、柿本朝臣人麻呂《かきのもとのあそみひとまろ》の歌集[一一]に出づ。

正《ただ》[一二]に心緒《おもひ》を述ぶ

2517 たらちね[一三]の母に障《さは》[一四]らばいたづら[一五]に汝《いまし》も我も事成[一六]るべしや

足千根乃　母尓障良婆　無用　伊麻思毛吾毛　事応成

2546 思[一七]はぬに到らば妹がうれしみと笑《ゑ》まむ眉引《まよびき》[一八]思ほゆるかも

一　二人で唱和した歌の組み合わせ。部立名としてはこれが初出で柿本人麻呂歌集のもの。巻十一にはあとにもう一度あり、巻十二、十三にある。題詞・左注としては巻四・七・十四に見える。その問と答の組み合わせは本来のものでないものが多い。

二　皇祖・皇祖神および歴代の天皇をスメロキという。ここは皇祖から受け継がれて来た天皇の意。

三　御殿。

四　サは接頭語。モラフは守ルに反復継続の意の動詞語尾フのついたもの。貴人の側に奉仕し、その命令をうかがい待つ意。

五　鏡をほめていう語。見るの枕詞。

六　ミトモイハメヤモと訓む説がある。

七　↓一六頁注一七、四七頁注二

八　↓四七頁注三

九　右の二首で一組の問答だという。

一〇　「問答」の部の最後二五一六の左にあり、「正述心緒」の冒頭二三六八から一四九首。

一一　↓一二九頁注二

一二　↓一七五頁注二。先のが柿本人麻呂歌集のもので、ここから出典不記・作者不記のもの。

一三　↓一七四頁注一二

一四　サヤラバと訓む説がある。妨げられる。邪魔されること。

一五　↓一七頁注一七

一六　コトヤナルベキ・コトノナルベキ・コトソナルベキ・コトハナルベシとも訓む。

一七　思いがけない時に。

一八　↓九五頁注四

2550
立ちて思ひ居てもそ思ふ[一]紅《くれなゐ》の赤裳裾《すそ》引き去《い》にし姿を
不念丹　到者妹之　歓三跡　咲牟眉曳　所思鴨
立念　居毛曽念　紅之　赤裳下引　去之儀乎

2554
相見ては面《おも》隠さるる[二]ものからに継ぎて見まくの欲しき君かも
対面者　面隠流　物柄尓　継而見巻能　欲公毳

2571
[三]大夫《ますらを》は[四]友の騒きに[五]慰もる[六]心もあらむわれそ苦しき
大夫波　友之驂尓　名草溢　心毛将有　我衣苦寸

[七]物に寄せて思を陳《の》ぶ

2640
[八]梓弓《あづさゆみ》[九]引きみ弛《ゆる》へみ来《こ》ずは来《こ》ず来《こ》ば[一〇]来《こ》[一一]其《そ》を何《な》ど[一二]来《こ》ずは来《こ》ば其《そ》を
梓弓　引見弛見　不来者不来　来者来其乎奈何　不来者来者其乎
弛(嘉類古)—絶　不来(嘉類紀)—〻〻　来其(古)—其〻

2642
ともし火《び》の[一三]かげに[一四]かがよふ[一五]うつせみの妹《いも》が笑《ゑ》まひし面影に見ゆ

一　クレナヰの染料で染めた赤い裳。クレナヰはベニバナ。末摘花とも。葉・花ともアザミに似る。夏、紅色・黄紅色の花が咲く。花からベニをとり、染料ともする。この名はクレノアヰが転じたもので、呉の国から渡来した藍(染料)の意。
二　ものだのに。逆接の意を表わす。
三　↓二一頁注一四
四　友だちとのつきあいの騒ぎ。
五　ナグサフルと訓む説がある。
六　ココロモアラメ・アラムヲ・アルラムとも訓む。
七　↓一七六頁注一。これも「正述心緒」と同じく、先のが柿本人麻呂歌集のもので、ここから出典不記・作者不記のもの。
八　↓五頁注一八
九　ヒキミユルベミと訓む説がある。引いたりゆるめたりするように。ここまで、来たり来なかったりすることの譬喩による序。
一〇　古葉略類聚鈔以外は「其」。これによれば来バソと訓む。来バソ来ルのクルの略かという。
一一　それをどうして。ソヲナゾとも訓む。
一二　来ないなら来ずに、来るなら来ればいい。それをどうしてやきもきさせるのか、或いはやきもきするのかの意。来ないにしろ、来るにしろ、それが何だと解する説がある。また、来ないならどうしよう、来るならどうしようと解する説もある。
一三　光。
一四　ちらちらとゆれて光る。
一五　↓七頁注九

燈之　陰尓蚊蛾欲布　虚蝉之　妹蛾咲状思　面影尓所見

2648 [一]かにかくに物は思はじ[二]飛驒人《ひだひと》[三]の打つ墨縄[四]のただ一道《ひとみち》に

云々　物者不念　斐太人乃　打墨縄之　直一道二

2651 難波人[五]葦火焚《た》く屋の煤《す》してあれど己《おの》が妻こそ常[六]めづらしき

難波人　葦火燎屋之　酢四手雖有　己妻許増　常目頬次吉

2679 窓越しに月おし照り[七]てあしひき[八]の嵐吹く夜は君をしそ思ふ

窓超尓　月臨照而　足檜乃　下風吹夜者　公乎之其念

問答[九]

2808 眉根《まよね》[一〇]搔《か》き鼻ひ[一一]紐解け[一二]待てりやもいつかも見むと恋ひ来《こ》し我を

眉根搔　鼻火紐解　待八方　何時毛将見跡　恋来吾乎

右、上に柿本朝臣人麻呂の歌の中に見えたり。[一三]但し、問答なるを以ちての故に、茲《ここ》に累《かさ》ね載せたり。

一 あれこれと。いろいろと。
二 オモハズと訓む説がある。
三 飛驒国は今の岐阜県の北部の山岳地帯。飛驒の人は飛驒のタクミ(工匠)として知られていた。彼等の多くは都へ出て、木工・大工・杣人として働いた。
四 大工が木材などに長い直線を正しく引くために用いるもの。墨糸とも。これで線を引くことを墨打ちという。「飛驒人の打つ墨縄の」がタダヒトミチを導く序。
五 難波の人が葦で火をたく家はすすけているところから、「葦火焚く屋の」まで、古女房のすすけているのを導く序。
六 トコメヅラシキと訓む説がある。メヅラシは心ひかれる、かわいいこと。
七 強く照る。一面に照りわたる。
八 山の枕詞(→一七頁注一)を、転じて山の意に用いる。
九 →一七七頁注一。ここも「正述心緒」「寄物陳思」と同じく、先のが柿本人麻呂歌集のもので、ここからは出典不記・作者不記のもの。
一〇 眉毛の生えている部分。
一一 くしゃみをすること。
一二 下紐が自然に解けること。
一三 同じ巻十一、二四〇八に「眉根掻き鼻ひ紐解け待つらむかいつかも見むと思へる我を」(柿本人麻呂歌集歌)とある。

2809 [一]今日なれば[二]鼻ひ鼻ひし眉痒《かゆ》み思ひしことは君にしありけり

今日有者　鼻火鼻火之　眉可由見　思之言者　君西在来

火鼻火之（略解補正ニヨル）—之〻〻火

右の二首

[三]譬喩

2838 川上に洗ふ[四]若菜の流れ来て妹があたりの瀬にこそ寄らめ

河上尓　洗若菜之　流来而　妹之当乃　瀬社因目

右の四首〈三首略〉、草に寄せて思ひを喩《たと》ふ。

一 ケフシアレバと訓む説がある。
二 ハナシハナシヒ・ハナノハナヒシと訓む説がある。
三 →六九頁注二
四 わが身の譬喩。

巻第十二

正《ただ》に心緒《おもひ》を述ぶ

2841 わが背子が朝明《あさけ》の姿よく見ずて今日の間《あひだ》を恋ひ暮すかも

我背子之　朝明形　吉不見　今日間　恋暮鴨

物に寄せて思を陳《の》ぶ

2855 新墾《にひばり》の今作る道さやかにも聞きてけるかも妹《いも》が上のことを

新治　今作路　清　聞鴨　妹於事矣

右の二十三首〈二十一首略〉、柿本朝臣人麻呂《かきのもとのあそみひとまろ》の歌集に出づ。

正に心緒を述ぶ

一 ↓一七五頁注二

二 夜明け方に女の家から帰って行く姿。

三 ↓一七六頁注一

四 新しく土地を切り開くこと。「新墾の今作る道」ははっきりしているので、サヤカニモを導く序。

五 キキニケルカモと訓む説がある。

六 二八四一～二八六三。正述心緒・寄物陳思の二部に分類されている。

七 ↓一二九頁注二

2875 天地《あめつち》に少し至らぬ大夫《ますらを》[一]と思ひしわれや雄心[二]も無き

天地尓　小不至　大夫跡　思之吾耶　雄・心毛無寸

雄(元紀宮温)―原字不明

2887 立[三]ちて居てたどき[四]も知らず我が心天つ空[五]なり土は踏めども

立居　田時毛不知　吾意　天津空有　土者践鞆

2961 うつせみ[六]の常のことばと思へども継ぎてし聞けば心[七]はまとふ

虚蝉之　常辞登　雖念　継而之聞者　心遮焉

[八]物に寄せて思を陳《の》ぶ

2984 剣《つるぎ》[九]大刀《たち》名の惜[一〇]しけくも我は無しこのころの間《ま》の恋の繁きに

劒大刀　名之惜毛　吾者無　比来之間　恋之繁尓

2991 たらちね[一一]の母が養《か》ふ蚕《こ》[一二]の繭《まよごも》[一三]隠りいぶせく[一四]もあるか妹《いも》に逢[一五]はずして

垂乳根之　母我養蚕乃　眉隠　馬声蜂音石花蜘蟵荒鹿　異母二不相而

一　↓二二頁注一四

二　雄々しい心。男らしい強い心。

三　タチテヰルと訓む説がある。

四　タドキ↓一〇九頁注二三。タドキモシラニと訓む説がある。

五　ナリはニアリ。天空に浮いている。うわの空である。

六　↓七頁注九

七　マトフは迷うこと、トは清音に訓む。ココロマトヒヌとも訓む。

八　↓一七六頁注一

九　「名」の枕詞。刃をナというところから同音でかかる。

一〇　惜シのク語法。惜しいことも。

一一　↓一七四頁注一二

一二　かいこ。まゆから絹糸をとるために古くから飼養された。桑子(くわご)とも。

一三　かいこがまゆを作って入ること。この句まで、イブセクを導く序。マヨコモリと訓む説もある。

一四　↓八八頁注六

一五　アハズテと訓む説がある。

3002 あしひきの[一]山より出づる月待つと人には言ひて妹待つわれを

足日木乃　従山出流　月待登　人尓波言而　妹待吾乎

3056 妹が門《かど》行き過ぎかねて草結ぶ[二]風吹き解くなまた顧りみむ(一に云ふ、直《ただ》に逢ふまでに)

妹門　去過不得而　草結　風吹解勿　又将顧　一云　直相麻氏・尓

氏(古紀宮温)—土

問答歌[三]

3101 紫は灰[四]さすものぞ海石榴市《つばきち》[五]の八十《やそ》[六]の衢《ちまた》に逢へる児や誰《たれ》

紫者　灰指物曽　海石榴市之　八十街尓　相児哉誰

3102 たらちねの[七]母が呼ぶ名を申さめど道行く[八]人を誰と知りてか

足千根乃　母之召名乎　雖白　路行人乎　孰跡知而可

羈旅《たび》[九]に思を発す

一 ↓二七頁注一

二 草を結び合わせることによって、自分と妹とを結びつけて離れないようにする呪術。

三 ↓一七七頁注一

四 ムラサキを染料とするにはムラサキの根のしぼり汁に灰を入れる。その灰にはツバキの灰が最もよいとされたところから、初二句、ツバイチの序とした。

五 ツバイチとも訓む。古代の市で、奈良県桜井市三輪山南麓金屋付近にあった。いま椿市観音と称する小祠がある。ここは初瀬の谷の入口に当り、初瀬道・山の辺の道・山田の道・磐余の道などの合する所。古には歌垣も行われた。市の街路樹にツバキが植えられていたらしい。

六 チマタは道の股。海石榴市は東は泊瀬、南は忍坂・山田・磐余(いわ)・飛鳥、西は横大路を通って当麻から岩屋峠を越えれば河内、北は山辺道が通じる。

七 ↓一七四頁注一二

八 ミチユキビトヲと訓む説がある。問いかけた相手をいう。

九 羈旅発思という部立はこれだけである。

3127
[一]度会《わたらひ》の[二]大川の辺《へ》の[三]若ひさぎわが久ならば妹恋ひむかも

度会　大川辺　若歴木　吾久在者　妹恋鴨

右の四首〈三首略〉、柿本朝臣人麻呂《かきのもとのあそみひとまろ》の[四]歌集に出づ。

3154
いで吾《あ》が駒早く行き[五]こそ[六]真土山《まつちやま》待つらむ妹《いも》を行きて早見む

乞吾駒　早去欲　亦打山　将待妹乎　去而速見牟

[七]別れを悲しぶる歌

3205
後《おく》れ居て恋ひつつあらず[八]は[九]田子の浦の[一〇]海人《あま》ならましを玉藻[一一]刈る刈る

後居而　恋乍不有者　田籠之浦乃　海部有申尾　珠藻苅〻

一　三重県度会郡の地。今の伊勢市を含む。

二　宮川とする説と五十鈴川とする説とある。宮川は大和との境の大台ケ原山に発し、多気(けた)郡を東流、度会郡を横切って伊勢市二見浦の北方で伊勢湾に注ぐ。五十鈴川は神路山に発し、伊勢神宮の神域を過ぎて御手洗(みたらし)川となる清流で、下流の方は大川という趣もある。オホカハノベノとも訓む。

三　初句よりここまで三句、同音によってワガヒサナラバを導く序。ワカヒサキとも訓む。ヒサキ→一一五頁注八

四　→一二九頁注二

五　コソは希求願望の助動詞コスの命令形という。

六　同音から待ツの枕詞として用いたもの。真土山は奈良県五条市上野(こうずけ)町から和歌山県橋本市隅田(だす)町真土へ越える山。大和から紀伊への道はこの峠を越える。

七　悲別歌という部立はこれだけである。

八　→二三頁注六

九　→六二頁注一

一〇　アマニアラマシヲと訓む説がある。

一一　同語を重ねて、その継続して行われることを表わす。何の物思いもなくただ無心に藻を刈りつづけているの意。

巻第十三

雑歌

3222
[一]三諸《みもろ》は　人の守《も》[二]る山　本辺《もとへ》[三]は　馬酔木《あしび》[四]花[五]咲き　末辺《すゑへ》[六]は　椿花咲く　うら[七]ぐはし　山そ　泣[八]く子守《も》る山

三諸者　人之守山　本辺者　馬酔木花開　末辺方　椿花開　浦妙　山曽　泣児守山

3227
[九]葦原《あしはら》の　瑞穂《みづほ》の国に　手向《たむけ》[一〇]すと　天降《あも》[一一]りましけむ　五百万《いほよろづ》　千万神《ちよろづかみ》の　[一二]神代《かむよ》より　言ひ継ぎ来《きた》る　[一三]神奈備《かむなび》の　[一四]三諸《みもろ》の山は　春[一五]されば　春[一六]霞立ち　秋[一七]行けば　紅[一八]にほふ　神奈備の　三諸の神の　帯[一九]にせる　明日香《あすか》[二〇]の　川の　水脈《みを》[二一]速み　生《む》[二二]したため難き　石枕《いはまくら》[二三]　蘿生《こけむ》すまでに　新[二四]た夜の　幸《さき》く　通はむ　事計り　夢に見せ[二五]こそ　剣刀《つるぎたち》[二六]　斎《いは》ひ祭れる　神にしませ[二七]ば

葦原笑　水穂之国丹　手向為跡　天降座兼　五百万　千万神之　神代従

一　ミモロ山。ミモロ→六三頁注四
二　みだりに人の入らぬように見守る。
三　山の麓の方。モトベとも訓む。
四　→三六頁注六
五　ハナサクと訓む説がある。
六　木の先端を木末というように、ここは山の頂の方。スエベとも訓む。
七　心に美しく感じられる。ウラは心、クハシはこまやかにうるわしく、すぐれていること。ウラクハシと訓む説がある。
八　ナクコは守ルにかかる序。
九　葦に囲まれた国土に五穀が豊かに稔る国。日本の異名。→三六頁注一七
一〇　→一二四頁注一二
一一　アモリはアマオリの約。
一二　カミヨとも訓む。　一三　→六三頁注五
一四　→六三頁注四　一五　→二二頁注一三
一六　ハルカスミタツと訓む説がある。
一七　アキサレバと訓む説がある。
一八　山が紅葉すること。→一六九頁注八
一九　オバセルと訓む説がある。
二〇　→四〇頁注九
二一　ミヲは川や海の中で水が深く流れをなしているところ。
二二　オヒタメカタキとも訓む。水流が速くてこけむしていることができない。
二三　枕状の岩。枕は夫婦の交わりの連想。イソマクラ・イシマクラとも訓む。「枕」を「根」の誤りとしてイハガネノと訓む説がある。
二四　毎夜新しくめぐってくる夜。「新た夜の一夜も落ちず」の意をこめる。
二五　ミエコソと訓む説がある。コソ→八五頁注九
二六　イハフにかかる枕詞。剣大刀を穢れなく大事にするところからかけた。
二七　マサバ・イマセバと訓む説がある。

云続来在　甘南備乃　三諸山者　春去者　春霞立　秋往者　紅丹穂経　甘・
甞備乃　三諸乃神之　帯為　明日香之河之　水尾速　生多米難　石枕　蘿
生左右二　新夜乃　好去通牟　事計　夢尓令見社　劒刀　斎祭　神二師座
者

甘(天紀温細)—耳

反　歌〈二首中一首略〉

3229
[一]斎串《いくし》立て神酒《みわ》坐ゑ奉《まつ》る[二]神主部《はふりべ》が[三]髻華《うず》の[四]玉蔭見れば羨し[五]も《とも》

五十串立　神酒座奉　神主部之　雲聚玉蔭・　見者乏文

玉(元天類)—王

右の三首。但し、或書には此の短歌一首は載することあることなし。

3236
[六]そらみつ　大和《やまと》の国　[七]あをによし　[八]奈良山越えて　[九]山背《やましろ》の　[一〇]管木《つつき》の原
[一一]ちはやぶる　[一二]宇治の渡り　[一三]瀧屋《たぎつや》の　[一四]阿後尼《あごね》の原を　千歳に　[一五]欠くること
なく　万代《よろづよ》に　あり通はむと　[一六]山科《やましな》の　[一七]石田《いはた》の社《もり》の　[一八]皇神《すめかみ》に　幣《ぬさ》取り向
けて　われは越え行く　[一九]逢坂山《あふさかやま》を

空見津　倭國　青丹吉　常山越而　山代之　管木之原　血速舊　于遅乃

一　神聖な串。地上に立てて神霊を招き悪霊を退散させる。イグシとも。
二　ハフリへとも、またカムヌシとも訓む。
三　木の枝葉・花・造花・玉などを頭に挿して飾りにしたもの。かざしの一種。
四　玉は美称。カゲはヒカゲノカヅラ。↓三二頁注一〇
五　↓一一三頁注一五
六　↓三頁注九
七　↓九頁注一五
八　↓九頁注一六
九　↓一二七頁注一〇
一〇　京都府綴喜郡の原。綴喜郡は今の田辺町・井手町・宇治田原町。
一一　↓四二頁注二〇
一二　宇治川。↓五八頁注四
一三　所在未詳。宇治川の渡しを渡ったあたり。タギノヤノ・タキツヤノとも訓む。
一四　所在未詳。宇治から山科に向かうあたり。
一五　オツルコトナクと訓む説がある。
一六　京都市山科区一帯。古くは伏見区醍醐・石田から宇治市木幡の丘陵の以北を広く称したらしい。「山科の木幡の山」(三四三五)とある。
一七　京都市伏見区石田(いしだ)にある式内社天穂日命神社、通称石田の森神社。田中神社とも。
一八　ここはその土地を支配する神。
一九　大津市の西南、京都市との境をなす逢坂山。古来、山城から近江に越える交通の要路であった。

渡　瀧屋之　阿後尼之原尾　千歳尓　闕事無　万歳尓　有通将得　山科
之　石田之社之　須馬神尓　奴左取向而　吾者越往　相坂山遠

反歌

3238 逢坂をうち出でて見れば近江[一]の海白木綿《しらゆふ》[二]花に波立ち渡る
相坂乎　打出而見者　淡海之海　白木綿花尓　浪立渡

相聞

3248 磯城島《しきしま》[三]の　日本《やまと》の国に　人多《さは》に　満ち[四]てあれども　藤波[五]の　思ひまつ[六]は
り　若草[七]の　思ひつきにし　君が目に　恋ひや明かさむ　長きこの夜を
式嶋之　山跡之土丹　人多　満而雖有　藤浪乃　思纏　若草乃　思就西
君目二・　恋八将明　長此夜乎
目(元類)—自

反歌

3249 磯城島の日本《やまと》の国に人[八]二人ありとし思はば何か嘆かむ

一 琵琶湖。
二 白いユフで作った花。ユフはコウゾなどの繊維をさらして、細く裂いて糸にしたもの。
三 ヤマトにかかる枕詞。磯城島の宮のある大和の意でかかるという。欽明天皇の磯城島金刺宮が奈良県桜井市三輪山麓金屋の地にあった。古く崇神天皇の磯城瑞籬宮もあった。
四 ミチテハアレドモと訓む説がある。
五 枕詞。藤のつるが巻きつくところからマツハリにかかる。藤波→二四四頁注一八
六 オモヒモトホリと訓む説がある。
七 枕詞。「藤波の」との対を考えるならば、オモヒツクにかかるもの。若草が愛すべきものだからという説、若草のなよびかな姿に思いをかけるという説、若草の緑の色が衣に染みつきやすいからツクにかかるとする説などがある。
八 私の思う人が二人。

式嶋乃　山跡乃土丹　人二　有年念者　難可将嗟

柿本朝臣人麻呂《かきのもとのあそみひとまろ》の[一]歌集の歌に曰はく

3253
葦原《あしはら》[二]の　瑞穂《みづほ》の国は　神《かむ》[三]ながら　言挙《ことあげ》[四]せぬ国　然《しか》れども　言挙ぞ我がする　言幸《ことさき》[五]く　ま幸く坐《ま》せと　つつみなく[六]　幸く坐《いま》さば　荒磯波《ありそなみ》[七]　ありて[八]も見むと　百重波　千重波しきに[九]　言挙すわれは[一〇]　言挙すわれは[一一]

葦原　水穂国者　神在随　事挙不為国　雖然　辞挙叙吾為　言幸　真福座跡　恙無　福座者　荒礒浪　有毛見登　百重波　千重浪敷尓　言上為吾　言上為吾

敷尓(考ニヨル)—尓敷　言上為吾(元天類)—ナシ

反　歌

3254
磯城島《しきしま》[一二]の日本《やまと》の国は言霊《ことだま》[一三]の助くる[一四]国ぞま幸くありこそ[一五]

志貴嶋　倭国者　事霊之　所佐国叙　真福在与具

3260
小治田《をはりだ》[一六]の　年魚道《あゆぢ》[一七]の水を　間無くそ　人は汲む[一八]といふ　時じくそ[一九]　人は飲むといふ　汲む人の　間無き[二〇]がごと　飲む人の　時じきがごと　吾妹《わぎも》

一　↓一二九頁注二　二　↓一八五頁注九
三　↓一四頁注五
四　ことばに出して言い立てること。
五　ことばの霊力によって幸くあること。「言」を借字と見て「事幸く」とし、無事で幸いにの意とする説がある。
六　妨げやさしつかえがなくて。
七　枕詞。同音でアリにかかる。
八　存在して、年月経て。
九　シキニは諸本全て「尓敷」とあるので、チヘナミニシキと訓む説がある。百重波千重波はシキニの序。シキニはしきりにの意。
一〇　原文、ハに当る文字なく、ハを訓添えない説もある。
一一　最後の句を繰り返すのはうたいものの形である。↓一二〇頁注二〇
一二　↓一八七頁注三
一三　ことばに宿る霊。コトタマノと訓む説がある。
一四　サキハフと訓む説がある。
一五　↓八五頁注九
一六　奈良県高市郡明日香村飛鳥・豊浦・雷など一帯の総称らしい。推古紀十一年十月の条に「遷二于小墾田宮一」とある。霊異記上第一話の「雷岡」の注に「在二古京小治田宮之北一者」とある。近年雷丘の東南麓付近から「小治田宮」と墨書のある土器が出土した。
一七　所在未詳。多武峰略記に貞観六(八六四)年当時、多武峰の北限として鮎谷・阿由谷の名をあげている。飛鳥の東北方、高家・山田辺か。アユチと訓む説がある。
一八　クムトフと訓む説がある。ノムトフも。
一九　形容詞「時じ」。時を定めない。
二〇　マナキガゴトクと訓む説がある。

子《こ》に　我が恋ふらくは　止む時もなし

小治田之　年魚道之水乎　間無曽　人者挹云　時自久曽　人者飲云　挹人之　無間之如　飲人之　不時之如　吾妹子尓　吾恋良久波　已時毛無

反歌

3261 思ひ遣《や》る[一]すべのたづきも今は無し君に逢はずて年の経[二]ぬれば

思遣　為便乃田付毛　今者無　於君不相而　年之歴去者

問答

3314 つぎねふ[三]　山背道《やましろぢ》[四]を　他夫《ひとづま》[五]の　馬より行くに　己夫《おのづま》し　徒歩《かち》より行けば　見るごとに　哭《ね》のみし泣かゆ　そこ思ふ[六]に　心し痛し　たらちね[七]の　母が形見と　わが持てる　まそみ鏡[八]に　蜻蛉領巾《あきづひれ》[九]　負ひ並《な》め[一〇]持ちて　馬買へ[一一]　わが背

次嶺経　山背道乎　人都末乃　馬従行尓　己夫之　歩従行者　毎見　哭耳之所泣　曽許思尓　心之痛之　垂乳根乃　母之形見跡　吾持有　真十見鏡

一　スベもタヅキもともに方法・手段の意。同義語を重ねて意味を強調したもの。
二　ヘユケバと訓む説がある。
三　山背にかかる枕詞。原義未詳。原文の文字により大和から山背へ峰続きである意とする説、継苗（なぎ）の生うる山代の意とする説、ツギネの生えているところからとする説などがある。ツギネはフタリシズカ（二人静）の古名。わが国各地にあるが、特に畿内地方に多いという。せんりょう科の多年生草本で、高さ約三〇センチ、初夏に花茎を二本出し、白い小さな花を開く。
四　山背へ行く道。山背→一二七頁注一〇
五　ヒトツマと訓む説がある。オノツマとも。
六　ソコオモフニともソコモフニとも訓む。
七　↓一七四頁注一二
八　マスミの鏡に同じ。よく磨いた澄んだ鏡。
九　トンボの羽のように薄い美しいヒレ。ヒレは女が頭から肩へかけ垂らす細長い布。
一〇　二つながら身につけて持って。
一一　カフは原文「替」で交換する意。馬一頭の値段は正倉院文書に天平十年、稲四五〇束から二五〇束とあり、現在の米の値段で大凡百万円。

一　木津川のこと。三重県は伊賀国と伊勢国の堺をなす布引山地から発して上野盆地を抜け、名張川と合して笠置を経て恭仁京、泉の地を流れ、木津から北流して淀川に合する。
二　徒歩で渡ることのできる浅瀬。ワタリセと訓む説がある。
三　コロモとも訓む。
四　ヒヅツはひどく濡れる意。本来泥でよごれる意であるからヒヅツは当らずとする説もある。ヌレニケルカモ・ヌレヒタムカモ・トホリヌレムカモと訓む説がある。
五　よく磨いて澄んだ鏡。　六　↓六五頁注七
七　ナヅムは難渋する意。　八　↓三〇頁注一
九　ワハ・ワレハとも訓む。
一〇　↓一六頁注一一　一一　↓一六頁注一二
一二　↓三二頁注七
一三　奈良県桜井市忍坂の東北方の山。標高二九二メートル。北の三輪山と相対して泊瀬の谷の入口に位置している。
一四　山並みが走り流れるように続くさま。家から走り出た所にあるの意とする説もある。
一五　「走出」に対して、山が空に向かって突き出ているさま。

一　繊細な美しさがある。こまやかで優れている。

尓　蜻領巾　負並持而　馬替吾背

反　歌

3315 泉川[一]渡瀬《わたりぜ》[二]深みわが背子が旅行き衣《ごろも》[三][四]ひづちなむかも

泉川・渡瀬深見　吾世古我　旅行衣　蒙沾鴫

川(元天類)―河

或る本の反歌に曰はく

3316 真澄鏡《まそ》[五]持てれどわれは験《しるし》[六]なし君が徒歩《かち》よりなづみ[七]行く見れば

清鏡　雖持吾者　記無　君之歩行　名積去見者

3317 馬買はば妹徒歩《かち》ならむよしゑやし[八]石は踏むとも吾《あ》[九]は二人行かむ

馬替者　妹歩行将有　縦恵八子　石者雖履　吾二行

挽　歌

3331 隠《こも》[一〇]りくの　泊瀬《はつせ》[一一]の山　青旗[一二]の　忍坂《おさか》[一三]の山は　走出《はしりで》[一四]の　宜《よろ》しき山の　出《いで》[一五]

立《たち》の　妙《くは》[一]しき山ぞ　あたらしき[二]　山の　荒れまく惜しも

隠来之　長谷之山　青幡之　忍坂山者　走出之　宜山之　出立之　妙山

叙　惜　山之　荒巻惜毛

3332　高山と　海こそは[三]　山ながら[四]　かくも現《うつ》[五]しく　海ながら　然真《しかまこと》[六]ならめ　人は花物[七]そ　うつせみ世人[八]

高山与　海社者　山随　如此毛現　海随　然真有目　人者花物曽　空蟬与人

3344　この月は　君来まさむと　大船[九]の　思ひ頼みて　いつしかと　わが待ち居れば　黄葉《もみちば》[一〇]の　過ぎ[一一]て去《い》にきと　玉梓《たまづさ》[一二]の　使の言へば　螢《ほたる》[一三]なす　ほのかに聞きて　大地《おほつち》を　炎《ほのほ》[一四]と踏みて　立ちて居て　行く方も知らず[一五]　朝霧[一六]の　思ひ惑《まと》ひて　杖足らず[一七]　八尺《やさか》[一八]の嘆《なげき》　嘆けども　験《しるし》[一九]を無みと　何処《いづく》にか　君が坐《ま》さむと　天雲の　行きのまにまに　射ゆ[二〇]鹿猪《しし》の　行きも死なむと　思へども　道[二一]の知らねば　独り居て　君に恋ふるに　哭《ね》のみし泣かゆ

二　惜しむべきをアタラシという。もったいない。

三　「与海社者」として、ウミトコソハ・ウミトコソバと訓む説がある。

四　ナは連体格の助詞。カラは本来の性格、本性。神ナガラと同じく副詞的に用いる。山の性格として、山であるままに。

五　実際に存在していること。

六　ナラメは初二句コソハの結び。シカタダナラメ・シカマサナラメと訓む説がある。原文「真」を「直」の誤りとして改め、タダと訓むのである。

七　散りやすい花のようなもの。はかなく移ろいやすい存在。

八　ウツセミ→七頁注九。ウツセミヨ人ハ・ウツセミノ世人と訓む説がある。

九　タノムの枕詞。→三七頁注六

一〇　過グの枕詞。

一一　スグは人の死ぬこと。スギテユキヌト・スギテイユクトと訓む説がある。

一二　使にかかる枕詞。→四七頁注八

一三　枕詞。ホタルの火のほのかなところからホノカにかかる。

一四　炎を足で踏むとは、じっと立っていられないさまを表わす。

一五　シラニと訓む説がある。

一六　枕詞。朝霧がたちこめてよく物が見えなくなるところからマトフにかかる。

一七　枕詞。ツエは一丈の長さを示し、八尺は一丈には足りないところからヤサカにかかる。

一八　大きな嘆息。　一九　→六五頁注七

二〇　射られた猪や鹿が手負いで逃げて行って、その先で死ぬように。シシ→四四頁注二九

二一　ミチシシラネバと訓む説がある。

此月者　君将来跡　大舟之　思憑而　何時可登　吾待居者　黄葉之　過行
跡　玉梓之　使之云者　螢成　髣髴聞而　大土乎　火穂跡而　立居而　去
方毛不知　朝霧乃　思或而　杖不足　八尺乃嘆　ゝ友　記乎無見跡　何所
鹿　君之将座跡　天雲乃　行之随尓　所射宍乃　行文将死跡　思友　道之
不知者　独居而　君尓恋尓　哭耳思所泣

土(天、考ニヨル)—士　火(元天類)—太　而立(元天)—立而　或(元天)—惑
文(元天類)—父

反歌

3345 葦辺《あしへ》[一]行く雁の翼を見るごとに君が帯《お》ばしし投矢《なげや》[二]し思ほゆ

葦辺往　雁之翅乎　見別　公之佩具之　投箭之所思

公(元天類)—君

右の二首。但し或いは云はく、此の短歌は防人[三]の妻の作りし所なり。然れば則ち長歌も亦此と同作なりと知るべしといへり。

一　アシベと訓む説もある。
二　ナグヤと訓む説がある。
三　→二〇一頁注一一、二四九頁注一〇

巻第十四

東《あづま》[一]歌《うた》

3348
夏麻《なつそ》[二]引《び》く海上潟《うなかみがた》[三]の沖つ洲《す》に舟はとどめむさ夜更《ふ》けにけり

奈都素妣久　宇奈加美我多能　於伎都渚尓　布祢波等杼米牟　佐欲布気尓家里

杼(類古矢)—抒

右の一首、上総国《かみつふさのくに》[四]の歌。

3351
筑波嶺《つくはね》[五]に雪かも降[六]らる否《いな》[七]をかも愛《かな》[八]しき児[九]ろが布《にの》[一〇]干さるかも

筑波祢尓　由伎可母布良留　伊奈乎可母　加奈思吉児呂我　尓努保佐流可母

右の二首〈一首略〉、常陸国《ひたちのくに》[一一]の歌。

3352
信濃《しなの》[一二]なる須我《すが》[一三]の荒野《あらの》[一四]にほととぎす[一五]鳴く声聞けば時過[一六]ぎにけり

一　巻十四の総題と思われるが、次の「雑歌」とあるべき標目がないので、冒頭の五首(三三四八～三三五二)の標目だとする説もある。東(あづま)の国の歌という意。

二　枕詞。夏の麻を引いて苧(を)に績(う)む意からウにかかる。糸にする意でイノチにもかかる。

三　古く上つ海上(上総)と下つ海上(下総)があった。上つ海上は千葉県市原郡海上村(現在、三和町に併合)。下つ海上は銚子市とその西の海上郡。左注に「上総国歌」とあるが、この海上潟は下総の海上で、今の九十九里浜の北から屏風ケ浦あたりかといわれている。

四　古く総の国があり、それを上・下二つに分けた。上つ総の国は千葉県の中部。下総の国の南、房総半島の大部分を占める。

五　筑波山。ツクバネと訓む説がある。↓一五五頁注四

六　フレルの訛った形。

七　いや、ちがうだろうか。ヲは間投助詞。

八　カナシは心にしみて強く感じることで、ここは、いとしい、かわいい意。

九　ロは接尾語。児ラの東国語形。特に親しい女性をいう。

一〇　ニノはヌノの訛。ホサルはホセルの訛。

一一　茨城県の大部分。同県の西南の一部は下総の国。

一二　長野県。

一三　所在未詳。和名抄に「筑摩郡苧賀郷曽加」とあるソガの地とする説がある。西筑摩郡の菅村とする説(今、菅村は木祖村の字となっている)、小県郡真田町菅平説などがある。

一四　「野」は甲類ノだが、原文の「能」は乙類ノで、仮名違い。

信濃奈流　須我能安良能尓　保登等芸須　奈久許恵伎気婆・　登伎須疑尓家里

婆(紀細)―波

右の一首、[一]信濃国の歌。

相聞

3353
麁玉《あらたま》[二]の伎倍《きへ》[三]の林に汝《な》を立てて行きかつまし[四]じ寝《い》を先立たね

阿良多麻能　伎倍乃波也之尓　奈乎多弓天　由伎可都麻思自　移乎佐伎太多尼

右の二首〈一首略〉、遠江国《とほつあふみのくに》[五]の歌。

3355
天[六]の原富士の柴[七]山木《こへ》の暗《くれ》の時[九]ゆつりなば逢はずかもあらむ

安麻乃波良　不自能之婆夜麻　己能久礼能　等伎由都利奈波　阿波受可母安良牟

右の五首〈四首略〉、駿河国《するがのくに》[一〇]の歌。

一五　↓二八頁注四

一六　京人の京に帰るべき時、夫の帰り来べき時、農耕の時期など諸説あり、また季節の移りをいうとも。

一　長野県。

二　和名抄に遠江国の郡名「麁玉阿良多末」とある。後、引佐・浜名・磐田郡に入った。近年まで静岡県引佐郡麁玉村の名があった。静岡県浜北市および浜松市の北部一帯に相当する。

三　所在未詳。キベと訓む説がある。

四　カツは堪える、できるの意で、下に打消の語を伴って用いられる。マシジは打消の推量の助動詞。

五　静岡県の西部。

六　枕詞。天の原にそびえる意で富士山にかかる。

七　富士山麓の森林地帯をいうか。

八　コノクレは木陰の暗がりの意。木が深く茂る時期をいう。また、「此の暮れ」に言いかけているとする説もある。

九　時刻の移る意を表わす。接頭語イ＋ウツルの約か。

一〇　静岡県の東部。

一　マは接頭語。カナシ↓一九三頁注八

二　今の鎌倉市。

三　鎌倉市深沢から発して、長谷を流れ、由比が浜に注ぐ稲瀬川。

四　ナムはラムの訛。

五　アシガラの訛。神奈川県足柄上郡・足柄下郡の地。当時の東海道は駿河国から足柄峠を越えてここを通った。

3366
[一]ま愛《かな》しみさ寝に我《わ》は行く鎌倉[二]の美奈の瀬川[三]に潮満つなむか[四]

麻可奈思美　佐祢尓和波由久　可麻久良能　美奈能瀬河伯・尓　思保美都奈

武賀

伯(元類古)—泊

3368
足柄《あしがり》[五]の土肥《とひ》[六]の河内に出づる湯の世にもたよらに[七]児ろ[八]が言はなくに

阿之我利能　刀比能可布知尓　伊豆流湯能　余尓母多欲良尓　故呂河伊波

奈久尓

右の十二首〈十首略〉、相模国《さがむのくに》[九]の歌。

3373
多摩川[一〇]に曝《さら》す[一一]手作り[一二]さらさらに何そこの児のここだ[一三]愛《かな》[一四]しき

多麻河伯・尓　左良須弖豆久利　佐良左良尓　奈仁曽許能児乃　己許太可奈

之伎

伯(元古)—泊

右の九首〈八首略〉、武蔵国《むざしのくに》[一五]の歌。

3383
馬来田《うまぐた》[一六]の嶺《ね》ろに隠《かく》り居かく[一七]だにも国の遠[一八]かば汝《な》が目欲《ほ》[一九]りせむ

宇麻具多能　祢呂尓可久里為　可久太尓毛　久尓乃登保可婆　奈我目保里

六　神奈川県足柄下郡湯河原町・真鶴町に当る。土肥ノ河内は湯河原町の千歳川流域の湯河原谷をさす。

七　タユラニに同じ。「筑波嶺の岩もとどろに落つる水よにもたゆらに我が思はなくに」(三三九二)とある。絶えるようにの意か。絶ユとタユム(倦・怠)のタユをかけた語で気が進まない意とする説、タユタニと同じく動揺するさまとする説などがある。

八　↓一九三頁注九

九　神奈川県。

一〇　山梨県の大菩薩嶺に発して東流し、東京都を西北から東南へ斜めに横切って川崎市との境を流れて東京湾に注ぐ。河口では六郷川という。

一一　手織りの布。職業的専門的織り手でない農民が、自らの手で織った布の意であろうという(曽倉岑氏)。初句よりここまで布をさらすことから同音でサラサラを導く序。

一二　さらにさらに。今さらに。新たに。

一三　↓五〇頁注一〇　一四　↓一九三頁注八

一五　ムザシと濁って言う。東京都・埼玉県の全域及び神奈川県の一部。

一六　上総国望陀郡。和名抄に「望陀末宇太」とある。書紀に天武天皇の壬申の乱に「大伴連馬来田」とある人物が天武十二年六月三日「大伴連望多薨」とある。「望多」は「馬来田」と同じくマクタと訓んだ。後近隣諸郡と合して千葉県君津郡となる。今、木更津市に上望陀・下望陀の町名が残っている。この馬来田ノ嶺ロはどの山かわからない。

一七　このダニはサへに近く、…マデモの意。こんなにまで、こんなにも。

一八　トホケバの訛。仮定条件句。

一九　目ヲ欲ルは逢いたいこと。

勢牟

右の二首〈一首略〉、上総国《かみつふさのくに》の歌。

3386
鳰鳥《にほどり》[一]の葛飾《かづしか》[二]早稲《わせ》を饗《にへ》[三]すともその愛《かな》[四]しきを外《と》に立てめやも

尓保杼里能　可豆思加和世乎　尓倍須登毛　曽能可奈之伎乎　刀尓多弖米
也母

右の四首〈三首略〉、下総国《しもつふさのくに》[五]の歌。

3393
筑波嶺《つくはね》[六]の彼面《をても》[七]此面《このも》に守部《もりべ》[八]据ゑ母い[九]守《も》れども魂《たま》[一〇]そ合ひにける

筑波祢乃　乎弖毛許能母尓　毛利敝須恵　波播已毛礼杼母　多麻曽阿比尓
家留

右の十首〈九首略〉、常陸国の歌。

3399
信濃道《しなのぢ》[一一]は今の墾道《はりみち》[一二]刈株《かりばね》[一三]に足踏[一四]ましなむ沓《くつ》履《は》[一五]けわが背

信濃道者　伊麻能波里美知　可里婆祢尓　安思布麻之奈牟　久都波気和我
世

奈牟(元)—牟奈

一 枕詞。ニホドリはカイツブリのこと。水によく潜るので、カヅク(潜)と同音のカヅシカにかかる。 二 →七〇頁注一八
三 新嘗の祭をする。神や天子にその年の初物を食物として捧げること。東国ではその夜は物忌みが厳重で、外来の者を家に入れなかったという。 四 →一九三頁注八
五 千葉県の北部。上総の国の北。→一九三頁注四 六 →一五五頁注四
七 ヲテモはヲチ(彼方、遠方)＋オモ(面)の約。コノモはコノ(此)オモ(面)の約。あちら側とこちら側。あちらこちら。かなたこなた。
八 山野・河川・陵墓などの番をする者。モリへと訓む説がある。
九 イは副助詞。これは主格につく場合。
一〇 魂が通じ合うこと。心が通い合うこと。
一一 信濃(長野県)へ行く道。木曽路。続日本紀に大宝二(七〇二)年十二月「始開㆓美濃国岐蘇山道㆒」とあり、和銅六(七一三)年七月「美濃信濃二国之堺。径道険隘。往還艱難。仍通㆓吉蘇道㆒」とある。十二年かかって開通したのである。シナヌヂと訓む説がある。
一二 新たに開墾された道。新道。
一三 刈り端根の意。
一四 底本の文字によりフマシムナと訓む説がある。
一五 クツは履物の総称。ここはわらじか。

一 シナヌと訓む説がある。
二 千曲川。長野県南佐久郡に発し、小諸・上田・更埴各市を経て、善光寺平で、犀川を合わせて信濃川となる。
三 サザレイシの約。小さい石。

3400
[一]信濃《しなの》なる[二]千曲《ちぐま》の川の[三]細石《さざれし》も君し踏みてば玉と拾《ひろ》はむ
信濃奈流　知具麻能河泊能　左射礼思母　伎弥之布美弖婆　多麻等比呂波牟
右の四首〈二首略〉、信濃国の歌。

3403
吾《あ》が恋は[四]まさかも[五]かなし[六]草枕[七]多胡《たご》の入野の[八]奥もかなしも
安我古非波　麻左香毛可奈思　久佐麻久良　多胡能伊利野乃　於久母可奈思母
久(代初ニヨル)—父

3404
[九]上《かみ》つ毛《け》野《の》[一〇]安《あ》蘇《そ》の[一一]真《ま》麻《そ》群《むら》かき抱《むだ》き寝《ぬ》れど飽かぬを何《あ》どか我《あ》がせむ
可美都気努　安蘇能麻素武良　可伎武太伎　奴礼杼安加奴乎　安杼加安我世牟

3414
[一二]伊香保ろの[一三]八《や》尺《さか》の井《ゐ》堤《で》に立つ[一四]虹《のじ》の[一五]現はろまでも[一六]さ寝をさ寝てば
伊香保呂能　夜左可能為提尓　多都努自能　安良波路万代母　佐祢乎佐祢弖婆
右の二十二首〈十九首略〉、上野国《かみつけののくに》の歌。

四　マは目、サカは先と同根か。マサは目の方向、または正の意、カは所の意とする説がある。目前、現在。オク、末などと対になって用いられる。
五　ここは切ないの意。「恋はかなし」を恋人はかわいいと解する説もある。
六　→一六頁注一九
七　和銅四(七一一)年三月六日、上野国甘良郡から四郷、緑野郡の一郷、片岡郡の一郷を割いて多胡郡を置いた(続紀)。今の群馬県多野郡吉井町全域と高崎市・藤岡市の一部を含む地域。多胡郡は明治以後、緑野郡・南甘楽郡と合せて多野郡となった。吉井町大字池に和銅四年三月に建てた、建郡の由来を刻んだ石碑(多胡碑)がある。入野は山間に入り込んで奥深い野。この二句、オクを導く序。
八　ここでは、行く末、将来。
九　古く毛野の国があり、それを上・下二つに分けた。それが上野・下野となった。上つ毛野の国は群馬県。
一〇　今、栃木県安蘇郡及び佐野市の地。足利郡と共に下野国の西南隅にあり、上野国に属していたこともあったのであろうという が、三四二五に「下つ毛野安蘇」とあり、安蘇の地は上野・下野にまたがっていたと考えられる。
一一　麻は古くは「夏麻引く」(三三四八)とあるように、抱きかかえて引き抜いたという。初句よりここまで、カキムダキを導く序。
一二　群馬県北群馬郡伊香保町。ロは接尾語。榛名山も含め、伊香保温泉の南西方一帯の山地をいう。
一三　高く大きい井堤。ヰデ→一三一頁注七。ヤサカを地名として、伊香保温泉の東南、

3425
下《しも》[一]つ毛《け》野《の》[二]安蘇の河原よ石踏まず空[三]ゆと来ぬよ汝《な》が心告《の》れ

志母都家努　安素乃河伯・良欲　伊之布麻受　蘇良由登伎奴与　奈我己許呂
能礼

伯(元)―泊

右の二首〈一首略〉、下野国《しもつけののくに》の歌。

3428
安太多良《あだたら》[四]の嶺《ね》に臥《ふ》す鹿猪《しし》[五]のありつつ[六]も吾《あれ》は到らむ寝処《ねど》な去りそね

安太多良乃　祢尓布須思之能　安里都々毛　安礼波伊多良牟　祢度奈佐利
曽祢

右の三首〈二首略〉、陸奥国《みちのくのくに》[七]の歌。

譬喩歌[八]

3429
遠江《とほつあふみ》[九]引佐《いなさ》[一〇]細江《ほそえ》の水脈《みを》[二]つくしわれを頼めてあさましものを[三]

等保都安布美　伊奈佐保曽江乃　水乎都久思　安礼乎多能米弖　安佐麻之
物能乎

右の一首、遠江国《とほつあふみのくに》の歌。

伊香保町水沢とする説がある。

一四　ノジはニジの訛。初句よりここまで、アラハロを導く序。

一五　アラハロはアラハルの訛。

一六　同語を重ねて強調する形。下に省略がある。寝に寝たらどんなにいいだろう。

一　下野国。今の栃木県。↓一九七頁注九

二　安蘇郡の地の代表的な川であるとすれば渡良瀬川であろうという。また同郡を北から南へ流れ、佐野市の南で渡良瀬川に注ぐ秋山川とする説もある。

三　宙を飛ぶ思いで来た。

四　福島県二本松市の西方にそびえる安達太良山。標高一七〇〇メートル。

五　ここまで「ありつつも」を導く序。鹿や猪はいつも同じねぐらに臥す習性があるところから。また、時に人里にあらわれるからとする説がある。

六　いつも変らず、いつまでもこうして。

七　東山道の道の奥の意。今の福島・宮城・岩手・青森の諸県をまとめていう。

八　↓六九頁注二

九　↓一九四頁注五

一〇　遠江国に引佐郡がある。和名抄に「引佐伊奈佐」とある。浜名湖東北隅のここに細長い入江があった。今、静岡県引佐郡細江町気賀の付近。

二　水脈つ串。深くて航行安全な水脈のあることを知らせる標識。頼みにさせることの比喩的序詞。

三　アサマシはそのまま形容詞で、浅い状態であることか。また、浅くする意の四段活用動詞アス(浅)の未然形アサに反実仮想の助動詞マシか。

3433
薪[一]樵《たきぎこ》る鎌倉山[二]の木垂《こだ》る[三]木をまつ[四]と汝《な》が言はば恋ひつつやあらむ

多伎木許流　可麻久良夜麻能　許太流木乎　麻都等奈我伊波婆　古非都追夜安良牟

右の三首〈二首略〉、相模国《さがむのくに》の歌。

雑歌

3438
都武賀《つむが》[五]野に鈴が音聞こゆ可牟思太《かむしだ》[六]の殿[七]の仲子《なかち》[八]し鷹狩《とがり》すらしも

都武賀野尓　須受我於等伎許由　可牟思太能　等能乃奈可知師　登我里須良思母

或る本の歌に曰はく、美都我野尓《みつがのに》[九]。又曰はく、和久胡思《わくごし》[一〇]

3439
鈴[一一]が音《ね》の早馬《はゆま》[一二]駅家《うまや》のつつみ井[一三]の水を賜へ[一四]な妹が直手《ただて》よ

須受我祢乃　波由馬宇馬夜能　都追美井乃　美都乎多麻倍奈　伊毛我多太手欲

一 鎌倉山の枕詞。薪を伐る鎌の意でかかる。タキキコルと訓む説がある。
二 神奈川県鎌倉市の背後にある山地。
三 枝が垂れ下るばかりに茂った木。作者自身の比喩。
四 松に待ツをかける。
五 所在未詳。
六 カムシダは地名であろうが所在未詳。カムは上か。上のカミはカムにならないという説もある。シダは駿河国志太郡、常陸国信太郡、陸奥国志太郡がある。
七 御殿。
八 二番目の男の子。次男坊。長男と末っ子以外の中間の男の子をさすとも。ナカチコ。
九 所在未詳。
一〇 若子。年若い男子。青年。↓二〇〇頁注二
一一 枕詞。駅馬(はゆま)につける駅鈴の音の意でハユマにかかる。
一二 ハユマはハヤウマの約。中央と地方との間の公用の使や官吏の地方赴任、上京等の公用旅行者のために諸道に駅を設け駅馬を置いた。これをハイマ・ハユマという。その駅をウマヤという。↓八二頁注一四
一三 掘り抜き井戸でなく、湧き水を石などで囲った泉。
一四 タマハナと訓む説がある。

相聞

3459
稲春《つ》けば輝《かか》[一]る我《あ》が手を今夜《こよひ》もか殿[二]の若子《わくご》が取りて嘆かむ

伊祢都気波　可加流安我手乎　許余比毛可　等能乃和久胡我　等里弖奈気
可武

3484
麻苧《あさを》[三]らを麻笥《をけ》[四]に多《ふすさ》[五]に績《う》[六]まずとも明日《あす》着せ[七]さめやいざせ[八]小床《をどこ》[九]に

安左乎良乎　遠家尓布須左尓　宇麻受登毛　安須伎西佐米也　伊射西乎騰
許尓

3494
子持山《こもちやま》[一〇]若かへる[一一]での黄葉《もみ》[一二]つまで寝[一三]もと我《わ》は思《も》ふ汝《な》は何《あ》どか思《も》ふ

児毛知夜麻　和可加敝流弖能　毛美都麻弖　宿毛等和波毛布　汝波安杼可
毛布

3519
汝《な》が母に嘖《こ》[一四]られ吾《あ》は行く青雲[一五]の出《い》で来《こ》吾妹子《わぎもこ》相見て行かむ

奈我波伴尓　己良例安波由久　安乎久毛能　伊弖来和伎母兒　安必見而由
可武

一　カカルはこの一例だけだが、和名抄に「漢書註云、皹音軍、阿加々利手足坼裂也」とある。アカカリのできることをカカルと言ったか。あかぎれが切れる。
二　御殿の若様。ワクゴは若子で、若い人。青年。ワクコと訓む説がある。
三　麻の繊維からとった糸。
四　績(う)んだ麻を入れる笥。笥はケ乙類。原文の「家」はケ甲類で仮名違い。
五　たくさん。
六　ウムは麻の繊維を細く裂いてつなぎ合わせて撚ること。
七　着ルの連用形キを名詞としてサ変動詞スをつけ、敬語スをつけて着セスとした。
八　人を誘うイザにサ変動詞スの命令形セ。
九　ヲは名詞に冠する接頭語。小さい、かわいいものとして親しみをこめていう。ここは夫婦の共寝するうれしい寝床。
一〇　この名の山はどの国の山か特定できなかった。群馬県北群馬郡、吾妻郡、沼田市にまたがる子持山がある。標高一二九六メートル。
一一　カエデ。かえで科の落葉高木の総称。現在、通称モミジ。種類が多いが、広く分布しているのはタカオモミジで、春、紅色の若葉を出し、夏、緑色となり、秋に美しく紅葉する。葉が蛙の手のような形をしているのでカヘルデという。カヘルテと清音に訓む説がある。
一二　もみじすること。
一三　ネムの訛。
一四　コルは叱責する意。
一五　出デ来の枕詞。

3537 柵越《くへご》[一]しに麦食《は》む小馬《こうま》のはつはつ[二]に相見し子らしあやに愛《かな》[三]しも

久敝胡之尓　武芸波武古宇馬能　波都〻尓　安比見之兒良之　安夜尓可奈思母

或る本の歌に曰はく、宇麻勢胡之《うませごし》[四]　牟伎波武古麻能《むぎはむこまの》　波都〻尓《はつはつに》　仁必波太《にひはだ》[五]　布礼思《ふれし》　古呂之可奈思母《ころしかなしも》

3546 青柳《あをやぎ》[六]の張らろ[七]川門《かはと》[八]に汝《な》を待つと清水《せみど》[九]は汲《く》まず立処《たちど》[一〇]平《なら》すも

安乎楊木能　波良路可波刀尓　奈乎麻都等　西美度波久末受　多知度奈良須母

防人《さきもり》[一一]の歌

3569 防人《さきもり》に立ちし朝明《あさけ》の金門《かなと》[一二]出《で》に手離《たばな》[一三]れ惜しみ泣きし児らはも

佐伎母理尓　多知之安佐気乃　可奈刀但尓　手婆奈礼乎思美　奈吉思兒良波・母

波（類）―婆

一　柵の東国語か。木隔(へ)の意かという(大系本)。ここから「小馬の」までハツハツを引き出す序。
二　わずかにの意のハツカニのハツを重ねたもので、ほんのちょっと。
三　↓一九三頁注八
四　馬柵。牧場の柵。
五　新肌。初めて共寝して男に触れる女の肌。
六　青々と茂った新緑の柳。
七　ハラロはハレルの訛。ハルは草木の芽の萌えふくらむこと。芽ぶく。
八　川の渡り場。川の両岸が迫って門のような地形の所。
九　セミドはシミヅの訛。清水は泉が井の水で、川の水をいう例はなく、「堰水(せみ)」で、水を汲むために川を堰き止めたものとする説がある。
一〇　立っている所。足もと。
一一　サキモリは崎守の意であろう。辺境を守る者。主として九州北岸・壱岐・対馬を守備する兵士をさす。軍防令によれば任期三年。諸国から二十一歳以上六十歳以下の正丁が徴発されたが、父子兄弟の中一人に限られ、家に老人病人が居て他に看病する者の無い時は免ぜられた。本来全国から派遣されたが、東国の兵士が最もすぐれ、諸国の防人を停めて東国からのみ集めたことが多かった。巻二十に八十四首の防人歌が収められているが、防人歌の部立はここだけである。↓二四九頁注一〇
一二　金門は門と同じ。門柱や門扉を金具で堅め飾るのでいう。↓一五二頁注一一
一三　相手の手から離れること。

譬喩歌[一]

3572
あど[二]思《も》へか阿自久麻山《あじくまやま》[三]のゆづる[四]葉の含《ふふ》[五]まる時に風吹かずかも
安杼毛敝可　阿自久麻夜末乃　由豆流波乃　布敷麻留等伎尓　可是布可受可母

夜（類古紀宮）―ナシ

挽[六]歌

3577
かなし[七]妹をいづち[八]行かめ[九]と山菅《やますげ》[一〇]のそがひ[一一]に寝しく今し悔しも
可奈思伊毛乎　伊都知由可米等　夜麻須気乃　曽我比尓宿思久　伊麻之久夜思母

以前《さき》[一二]の歌詞は、国土山川の名を勘《かむが》へ知ることを得ず。

一　↓六九頁注二
二　東国語。ナドに当る。どのように、いかに。
三　所在未詳。
四　ゆずりは。↓二八頁注二
五　フフムは花や葉がまだ開かず、つぼんでいる。
六　東歌に挽歌は一首のみである。
七　いとしい妻。かなし↓一九三頁注八
八　チは方角を表わす。どちらへ、どこへ。
九　ユカメの已然形はユカメヤの反語の意を表わす。
一〇　ソガヒの枕詞。山スゲのスゲとソガの類音によってかけたものか。
一一　↓六七頁注五
一二　三四三八以降をさす。以上を「未勘国歌」という。

巻第十五

新羅《しらき》に遣はさえし使人等、別れを悲しびて贈答し、及《また》海路《うみつぢ》にして情《こころ》を慟《いた》み思を陳《の》ぶ。并せて所に当りて誦《うた》ふ古歌

3580 君が行く海辺《うみへ》の宿に霧立たば我《あ》が立ち嘆く息と知りませ

君之由久　海辺乃夜杼尓　奇里多々婆　安我多知奈気久　伊伎等之理麻勢

3581 秋さらば相見むものを何しかも霧に立つべく嘆きしまさむ

秋佐良婆　安比見牟毛能乎　奈尓之可母　奇里尓多都倍久　奈気伎之麻佐牟

右の十一首〈九首略〉、贈答。

備後《きびのみちのしりのくに》　国の水調郡《みつきのこほり》の長井の浦に船泊《ふなはて》せし夜に作る歌三首〈二首略〉

3614 帰るさに妹《いも》に見せむにわたつみの沖つ白玉《しらたま》拾《ひり》ひて行かな

可敝流散尓　伊母尓見勢武尓　和多都美乃　於伎都白玉　比利比弖由賀奈

一 目録には「天平八年丙子夏六月、遣二使新羅国一之時」とある。続紀には天平八(七三六)年二月二十八日に「以二従五位下阿倍朝臣継麻呂一為二遣新羅大使一」とあり、四月に拝朝した。出発は遅れて六月になったのであろう。この題詞は以下一四五首についての総題で、翌年正月帰朝までの往復途上の作歌と贈られた歌と誦詠した古歌が収められている。副使大伴三中が編集したものと推測する説がある。

二 ウミベとも訓む。

三 秋になったら。→二二頁注一三

四 シは強く指示する助詞。マサは敬語マス。嘆きなさるのだろうか。また、シをサ変動詞とも解する。

五 瀬戸内海に面する大国吉備が大宝令発布頃には既に備前・備中・備後に分たれていた。備前・備中両国は岡山県、備後国は西の安芸国と合せて広島県。

六 今、御調郡および三原市の一部。

七 三原市糸崎町の糸崎港。

八 →七三頁注九

九 →七頁注一三

一〇 沖の白玉は海の底の鮑(あわび)貝にできる真珠のこと。

一一 ヒリフはヒロフの古語。

[一]長門の浦より船出《ふなで》せし夜、月の光を仰ぎ観て作る歌三首〈二首略〉

3624 われのみや夜船《よふね》は漕ぐと思へれば沖辺《おきへ》の方《かた》に楫《かぢ》の音《おと》すなり

和礼乃未夜　欲布祢波許具登　於毛敝礼婆　於伎敝能可多尓　可治能於等

須奈里

周《す》[二]防国《はのくに》の玖《く》[三]河郡《がのこほり》の麻《ま》[四]里《り》布《ふ》の浦を行きし時に作る歌八首〈七首略〉

3630 真《ま》[五]楫貫《かぢぬ》き船し行かず[六]は見れど飽かぬ麻里布の浦に宿りせましを

真可治奴伎　布祢之由加受波　見礼杼安可奴　麻里布能宇良尓　也杼里世

麻之乎

[七]大嶋の鳴門《なると》を過ぎて再宿《ふたよ》を経し後に、追ひて作る歌二首〈一首略〉

3638 こ[八]れやこの名に負ふ鳴門の渦潮《うづしほ》に玉藻刈るとふ海人娘子《あまをとめ》ども

巨礼也己能　名尓於布奈流門能　宇頭之保尓　多麻毛可流登布　安麻乎等

女杼毛

右の一首、田辺秋庭

佐《さ》[九]婆《ば》の海中《わたなか》にして、忽《たちま》ちに逆風に遭《あ》ひ、漲《たた》へる浪に漂流す。経宿《やどり》せし後に、幸

一　広島県安芸郡の倉橋島を長門の島という。この浦は倉橋島本浦の桂浜か。また、宮の浜とも、江の浦ともいう。

二　山口県の東半分。

三　今、玖珂郡および岩国市・柳井市の地域。続紀に養老五(七二一)年四月二十日「分二周防国熊毛郡一、置二玖珂郡一」とある。

四　岩国市の北東部の室木(むろのき)付近から錦川の河口、今津川の北側一帯の海辺といわれる。

五　左右の船端に梶をたくさん取りつける。

六　→二三頁注六

七　山口県大島郡の大島、一名屋代島。大島の鳴門はその対岸の玖珂郡大畠町との間の海峡。大畠の瀬戸とも。鳴門とは潮流が激しい音をたてて流れる瀬戸をいう。

八　コレヤコノ、これがまあ～なのか。慣用句。ヤは疑問的詠嘆を表わし、結句までにかかる。

九　今の山口県佐波郡および防府市。その海中とは周防灘。

一　豊国が大宝令発布頃には既に豊前と豊後に分れていた。豊前国は福岡県と大分県に分れ、豊後国は大分県。

ひに順風を得、豊《とよのみちのくちのくに》[一]前 国の下 毛《しもつみけのこほり》[二]郡の分間《わくま》[三]の浦に到着す。是《ここ》に追ひて艱難を恒《いた》み、悽惆《せいちう》[四]して作る歌八首〈七首略〉

3645 吾妹子《わぎもこ》は早も来《こ》ぬかと待つらむを沖[五]にや住まむ家付[六]かずして

和伎毛故波　伴也母許奴可登　麻都良牟乎　於伎尓也須麻牟　伊敝都可受之弖

筑紫《つくし》[七]の館《たち》に至りて、遙かに本郷《もとつくに》を望み、悽愴《せいさう》[八]して作る歌四首〈三首略〉

3655 今よりは秋づきぬらしあしひき[九]の山松蔭にひぐらし鳴きぬ

伊麻欲理波　安伎豆吉奴良之　安思比奇能　夜麻末都可気尓　日具良之奈伎奴

筑《つくしのみちのくちのくに》[一〇]前　国の志麻郡《しまのこほり》[一一]の韓亭《からとまり》[一二]に到り、船泊《ふなはて》して三日を経たり。時に夜の月の光皎々として流照[一三]す。奄《たちま》ちに此の華《ひかり》に対して旅情悽噎《せいいつ》[一四]し、各《おのもおのもおもひ》心緒を陳《の》べて聊《いささ》かに裁《つく》る歌六首〈四首略〉

3669 旅にあれど夜は火ともし居《を》るわれを闇[一五]にや妹が恋ひつつあるらむ

多妣尓安礼杼　欲流波火等毛之　乎流和礼乎　也未尓也伊毛我　古非都追安流良牟

二　今、下毛(げしも)郡および中津市の地。

三　下毛郡内の海浜であるが所在未詳。今の中津市田尻、和間の海岸か。防府市から周防灘を隔てた五十六、七キロ南に当る。

四　悽・惆ともに、いたむ、悲しむ、嘆く意。

五　海上に長逗留していること。

六　家に近づかずに。イヘヅカズシテとも訓む。

七　筑紫ノ館は筑前国、博多湾から近くに設けられていた外国使節を接待し宿泊させる建物。のちの鴻臚館。旧福岡城内、現在の平和台球場とその周辺から遺構が確認されている。館の訓みは日本書紀の古訓にムロツミとあるのによる説もある。

八　悽は注四。愴もいたむ、悲しむ意。

九　→二七頁注一

一〇　ツクシは大宰府管下の西海道、九国二島すなわち九州地方の総名。また九州北部の中央の地を占める国の名としても用いられた。この筑紫国は大宝頃には既に筑前・筑後の二国に分たれている。筑前国は福岡県の北西部を占める地。

一一　今、糸島郡の北部。同郡の南部はもと怡土(とい)郡。

一二　糸島郡北崎村の東北に唐泊崎がある。博多湾口西側の港で、福岡市に属している。海外との交通の船舶の碇泊するところであっただろう。

一三　唐の褚亮、望月詩に「層軒登皎月、流照満中天」とある。

一四　悲しみむせぶこと。

一五　灯油が貴重で一般下級官吏の家では夜どおし火をともしていることはなかったであろう。心の暗さとかけているという説がある。

右の一首、大判官《だいはんぐわん》[一]

3670
韓亭《からとまり》[二]能許《のこ》[三]の浦波立たぬ日はあれども家に恋ひぬ日は無し

可良等麻里　能許乃宇良奈美　多〻奴日者　安礼杼母伊敝尓　古非奴日者奈之

許（類紀宮細）―不明

対馬《つしま》[四]の島の浅茅《あさぢ》[五]の浦に到りて船泊《ふなはて》せし時に、順風を得ず、経停《とど》まること五箇日《いつか》なり。是《ここ》に物華《ぶつくわ》[六]を瞻望《せんぼう》[七]し、各《おのもおのも》慟《いた》む心を陳《の》べて作る歌三首〈二首略〉

3697
百船《ももふね》[八]の泊《は》つる対馬の浅茅山[九]時雨《しぐれ》の雨にもみたひ[一〇]にけり

毛母布祢乃　波都流対馬能　安佐治山　志具礼能安米尓　毛美多比尓家里

竹敷《たかしき》[一一]の浦に船泊《ふなはて》せし時に、各《おのもおのも》心緒《おもひ》を陳《の》べて作る歌十八首〈十七首略〉

3706
玉敷ける清き渚《なぎさ》を潮満てば飽かず[一二]われ行く帰る[一三]さに見む

多麻之家流　伎欲吉奈芸佐乎　之保美弖婆　安可受和礼由久　可反流左尓見牟

右の一首、大使[一四]

一　オホキマツリゴトビトとも読む。副使に次ぐ官。判官とは一般に三等官をいう。この時の大判官は壬生使主宇太麻呂（みぶのおみうだまろ）。
二　→二〇五頁注一二
三　博多湾内中央の残島（のこのしま）。今、福岡市西区能古島。韓亭から能古島は正面ま近に見え、能古島の海辺に立つ波は韓亭の浜に通じると見える。
四　長崎県上県郡（上島）と下県郡（下島）より成る。古くは上下陸続きであった。
五　上島と下島との間にリアス式溺れ谷の浅《あそ》茅《う》湾が展開し、その東部が狭い地峡部でつながっている。海路を浅茅の浦に入るには西へ大廻りするが、東の地峡部に小船越・大船越の名が残り、そこを船を引いて越したらしい。大船越は寛文十二（一六七二）年に掘削され堀切となって通じ、明治三十三年（一九〇〇）に当時の海軍によって万関瀬戸が開削され、東から大船も通り抜けられるようになった。
六　自然のすぐれた景色。
七　目を上げて遥かに見やる。
八　百船ノ泊ツルが、その津と対馬のツと同音でかかる序。
九　浅茅湾の東、小船越の南に高い大山嶽か。標高一八八メートル。
一〇　モミタヒはもみじする意のモミツに反復継続を表わすフがついたモミタフの連用形。
一一　今、下県郡美津島町竹敷（たけしき）。浅茅湾の奥にあり、要港。
一二　ここにまだ飽き足りていない。
一三　→七三頁注九
一四　この天平八年の遣新羅使の大使は阿倍朝臣継麻呂であった。帰途対馬で病没した。

中臣朝臣宅守《なかとみのあそみやかもり》と狭野弟上娘子《さののおとがみのをとめ》との贈答の歌[一]

3723 あしひきの[二]山路越えむとする君を心に[三]持ちて安けく[四]もなし

安之比奇能　夜麻治古延牟等　須流君乎　許ゝ呂尓毛知弖　夜須家久母奈之

3724 君が行く道の長て[五]を繰り畳《たた》[六]ね焼き滅ぼさむ天《あめ》[七]の火もがも[八]

君我由久　道乃奈我弖乎　久里多ゝ祢　也伎保呂煩散牟　安米能火毛我母

右の四首〈二首略〉、娘子《をとめ》の別れに臨みて作る歌。

3730 畏《かしこ》[九]みと告《の》らずありしをみ越路《こしぢ》[一〇]の手向《たむけ》[一一]に立ちて妹が名告りつ

加思故美等　能良受安里思乎　美故之治能　多武気尓多知弖　伊毛我名能里都

右の四首〈三首略〉、中臣朝臣宅守の道に上《のぼ》りて作る歌。

3742 逢《あ》はむ日をその日と知らず常闇《とこやみ》[一二]にいづれの日まで我《あれ》恋ひ居《を》らむ

安波牟日乎　其日等之良受　等許也未尓　伊豆礼能日麻弖　安礼古非乎良牟

右の十四首〈十三首略〉、中臣朝臣宅守

一　目録には「中臣朝臣宅守娶二蔵部女嬬狭野弟上娘子一之時、勅断二流罪一配二越前国一也」とある。その流罪に処せられた時期は不明だが、続紀に天平十二(七四〇)年六月の大赦から漏れた者として中臣宅守の名が見えるから、その少し前、同年春頃か、一年前程度ではなかったか。この贈答歌はその流罪の時のもの。題詞は以下巻末までの六十三首に対するもの。
二　→二七頁注一
三　心にいだき持つ。心に深く思う。
四　ヤスケクは心安らかなことの意。
五　長い道すじ。長くのびた道。
六　タタヌという動詞の存在が考えられる。タタムと同意。
七　道を焼いてもらうために、人間の力を越えた強力な火を望んだ。奇蹟を願った娘子が天の神の力にすがったのであろう。史記に例のある漢語「天火」に出典を求める説がある。
八　モガは多く体言を受け、そのものの実現を希望する意を表す助詞。
九　恐れ多いことであるからとして。
一〇　越(こし)の国へ行く道。北陸道。
一一　旅の安全を祈って道の神に手向をする場所。それは峠に限らない。山越えの時にも、山上でもあり山腹でもあったという。
一二　永遠に続く闇。希望を失った心の暗さのたとえ。

3750 天地《あめつち》の底《そこ》[一]ひの裏に我《あ》が如く君に恋ふらむ人はさね[二]あらじ

安米都知乃　曽許比能宇良尓　安我其等久　伎美尓故布良牟　比等波左祢

安良自

3753 逢[三]はむ日の形見にせよと手弱女《たわやめ》[四]の思ひ乱れて縫へる衣《ころも》そ

安波牟日能　可多美尓世与等　多和也女能　於毛比美太礼弖　奴敝流許呂

母曽

右の九首〈七首略〉、娘子

3758 さす[五]竹《だけ》の大宮人《おほみやひと》は今もかも人なぶり[六]のみ好みたるらむ(一に云ふ、今さへ

や)

佐須太気能　大宮人者　伊麻毛可母　比等奈夫理能末•　許能美多流良武

一云　伊麻左倍也

末(類紀宮細)—美

右の十三首〈十二首略〉、中臣朝臣宅守

3767 魂[七]は朝夕《あしたゆふへ》[八]にたまふれど我《あ》が胸痛し恋の繁きに

多麻之比波　安之多由布敝尓　多麻布礼杼　安我牟祢伊多之　古非能之気

一　ソコとは底、果て、極み。ウラはうち。

二　サネは果実の種子。核で、ものの本体、真実の意を表わすが、これが陳述副詞として用いられる時は、決して、少しもの意。

三　再び逢う日までの。

四　タワヤはたわみしなうような、女のなよやかなさまをいう。タワヤメはたおやかな女、なよなよとした女。

五　枕詞。サスタケノと同じ。大宮・大宮人・皇子(みこ)・君・舎人などにかかる。枝葉の生い繁るのをサスというところから、生い繁る竹をもってその繁栄を祝福したものだろう。竹のすくすくと伸びるところから、またよく殖えるところからなど諸説ある。

六　ナブルはからかう、嘲弄する、もてあそぶこと。

七　宅守の霊魂と解する説と、作者自身のとする説がある。

八　上代人は霊魂が肉体から遊離するものと考えていた。その遊離魂を鎮めるために鎮魂祭の祈禱をする。それをミタマフリという。また、ミタマフリは御魂振で、魂を振り起こして魂の活きを盛んにすること。そのために衣などを魂代として振り動かすという。なお、「賜ふれど」として相手の魂を頂戴する意に解する説もある。

吉尓

3770 [一]味真野《あぢまの》に宿れる君が帰り来《こ》む時の迎へをいつとか待たむ

安治麻野尓　屋杼礼流君我　可反里許武　等伎能牟可倍乎　伊都等可麻多武

3772 [二]帰りける人来《きた》れりと言ひしかば[三]ほとほと死にき君かと思ひて

可敝里家流　比等伎多礼里等　伊比之可婆　保等保登之尓吉　君香登於毛比弖

3774 わが背子が帰り来まさむ時のため命残さむ忘れたまふな

和我世故我　可反里吉麻佐武　等伎能多米　伊能知能己佐牟　和須礼多麻布奈

右の八首〈四首略〉、娘子

3776 今日もかも都なりせば見まく欲《ほ》り[四]西の御馬屋《みまや》の外《と》に立てらまし

家布毛可母　美也故奈里世婆　見麻久保里　尓之能御馬屋乃　刀尓多弖良麻之

一 倭名抄に越前国今立郡に「味真阿知末」とある。福井県今立郡味真野村があったが、今、武生市に入った。国府のあった武生市街から東南方約六キロメートルの山際の地。

二 赦免されて地方から帰って来た人。天平十二(七四〇)年六月十五日の大赦の時のことであろう。

三 ほとんど、あやうく〜しそうだったの意。

四 宮中の西の御馬屋で、右馬寮（うまりょう）のこと。馬寮は令制で、官馬の調習・飼養、乗具、飼部等のことをつかさどった役所。

右の二首〈一首略〉、中臣朝臣宅守

3785 ほととぎす間しまし置け汝《な》が鳴けば我《あ》が思《も》ふ心いたもすべなし

保登等芸須　安比太之麻思於家　奈我奈気婆　安我毛布許己呂　伊多母須

敝奈之

右の七首〈六首略〉、中臣朝臣宅守の花鳥に寄せて思を陳《の》べて作る歌。

一　↓二八頁注四
二　しばらく。暫時。
三　イタは程度の甚しいこと。
四　スベは方法、手段。下に否定を伴う。

巻第十六

由縁有る雑歌[一]

昔者娘子《むかしをとめ》有りき。[二]字《あざな》を桜児《さくらこ》と曰《い》ふ。時に二《ふたり》の壮士《をとこ》有り。共に此の娘を誂《あとら》[三]ふ。生《いのち》を損《す》てて挌競《あらそ》ひ、[四]死を貪《むさぼ》りて相敵《あた》[五]む。是《ここ》に娘子歔欷《なげ》[六]きて曰はく、古より今に至るまで、未だ聞かず未だ見ず、一《ひとり》の女の身の、二つの門《かど》に往適《ゆ》[七]くといふことを。方今《いまし》壮士の意《こころ》、和平《やは》し難きものあり。妾《わ》が死にて、相害《あいそこな》ふこと永く息《や》まむには如《し》かじといふ。すなはち林の中に尋ね入り、樹に懸《さが》りて経《わな》[八]き死にき。其の両《ふたり》の壮士哀慟《かなしび》に敢《あ》へずして、[九]血の泣《なみたころものくび》襟に漣《なが》る。各《おのもおのも》心緒《おもひ》を陳《の》べて作る歌二首

3786 [一〇]春さらば挿頭《かざし》[一一]にせむとわが思《おも》[一二]ひし桜の花は散[一三]りゆけるかも　其の一

春去者　挿頭尓将為跡　我念之　桜花者　散去流香聞　其一

3787 妹が名に懸けたる桜花咲かば常[一四]にや恋ひむいや年のは[一五]に　其の二

妹之名尓　繋有桜　花開者　常哉将恋　弥年之羽尓　其二

一 この部立を示す語は他に例がない。作歌事情に特に言うべき物語がある歌という意。諸本「有由縁井雑歌」とあり、ユヱアル、アハセテザフカと訓み、「有由縁歌」と「雑歌」と二種類の歌がある意とする説がある。
二 実名のほかに通用している名。通称。
三 求婚する。
四 死を求めてまで、命を棄てて。
五 アタムのアタは敵の意。アタムは互いに相手を敵とすること。
六 すすりなく、むせびなく意。
七 「適」は嫁ぐ意。
八 ワナクは首をくくること。鳥や獣を捕えるワナを動詞化したもの。
九 悲嘆の余り涙が尽きて血の涙が流れる。
一〇 ↓二二頁注一三　一一 ↓一四頁注一三
一二 ワガモヒシ・アガモヒシ・アガオモヒシとも訓む。
一三 チリニケルカモと訓むのが一般である。
一四 永久に。　一五 毎年。

一 ヲは接頭語。泊瀬山は奈良県桜井市初瀬付近、初瀬川流域一帯の地の山の総称。ヲバツセヤマとも訓む。　二 墳墓の石室。
三 ナオモヒソワガセと訓む説がある。
四 接は人と会う、交わる、男女が交接する。マジハルとも訓む。
五 呵はのどをかすらせてかっとどなる。嘖は声を出して言い争ったり騒いだりする。コロフは叱ること。　六 悚・惕は恐れる。
七 猶予はためらってなかなか決断しない意。
八 福島県安積郡日和田町の東北方にある小円丘。上代の郡家であった郡山市と本宮との中間で街道に沿っている。他に郡山の西北、片平村の額取(ひたとり)山とする説もある。
九 山の清水のわくところ。前記日和田町の

3806
事しあらば[一]小泊瀬山《をはつせやま》の[二]石城《いはき》にも隠《こも》らば共にな[三]思ひわが背

事之有者　小泊瀬山乃　石城尓母　隠者共尓　莫思吾背

右、伝へて云はく、時に女子《をみな》有りき。父母に知れずて、竊《ひそか》に壮士《をとこ》に[四]接《あ》ひき。壮士其の親の[五]呵嘖《ころ》はむことを[六]悚惕《おそ》りて、稍《やくや》くに[七]猶予《たゆた》ふ意《こころ》有り。此《これ》に因《よ》りて、娘子《をとめ》この歌を裁作《つく》りて、其の夫に贈り与へたりといへり。

3807
[八]安積山《あさかやま》影さへ見ゆる[九]山の井の浅き心をわが思はなくに

安積香山　影副所見　山井之　浅心乎　吾念莫国

右の歌、伝へて云はく、[一〇]葛城王《かづらきのおほきみ》、[一一]陸奥国《みちのくのくに》に遣はさえし時に、国司の[一二]祇承《しじょう》、[一三]緩怠なること異《こと》に甚し。時に王の意悦《こころよろこ》びず、怒《いかり》の色面に顕《あらは》る。[一四]飲饌《いんぜん》を設《ま》くと雖《いへど》も、肯《あ》へて宴楽せず。是《ここ》に前《さき》の[一五]采女《うねめ》有り、風流《みや》びたる娘子《をとめ》なり。左の手に觴《さかづき》を捧げ、右の手に[一六]水を持ち、王の膝を撃ちて、此の歌を詠みき。すなはち王の意解け悦《よろこ》びて、楽飲すること終日《ひねもす》なりきといへり。

穂積親王《ほづみのみこ》の御歌一首

3816
[一七]家にありし[一八]櫃《ひつ》に鍵《かぎ》刺し蔵《をさ》めてし[一九]恋の奴《やつこ》のつかみかかりて

家尓有之　櫃尓鏁刺　蔵而師　恋乃奴之　束見懸而

安積山に山の井清水の跡と称するものあり、額取山にも山の井の古跡あり。初句よりここまで、浅キ心を導く序。
一〇 橘諸兄のことか。同名人が他に二人ある。
一一 大化年間に設置された。和銅五(七一二)年越後の一部も加えて出羽国をさき、養老二(七一八)年、それぞれ数郡をさいて石城国と石背国としたが、神亀年中(七二四〜七二八)それを廃して陸奥に併合した。安積山に近いここは、石背国の国府、今の郡山市であろう。
一二 つつしみ仕えること。
一三 心が緩んで怠りなまけること。
一四 酒食。 一五 ↓一七頁注一五
一六 歌の山の井の水か。
一七 イヘニアルと訓む説がある。
一八 上に蓋のある大きな箱。
一九 ヤツコは奴婢。理非の分別などのない者として、押さえきれぬ恋をこれにたとえた。

一 琴などを弾いて吟誦したのだろう。
二 常に賞愛するもの。愛誦歌。
三 柄のついたなべ。後にはサスナベとも。
四 召使の若者。或いは仲間の人々をさすか。
五 地名とすれば、旧奈良県添上郡櫟井(いち)村か。ここは今、大和郡山市櫟枝(いちえだ)町となっている。その東には天理市櫟本(いちのもと)町もある。イチヒヅとも訓む。
六 ヒノキで作った橋。火箸をかけているとする説がある。ヒハシとも訓む。
七 コムで狐の声を表現した。原文「来許武」とあるところからヒバシユココムと訓み、狐声を利かせた芸当と見る説がある。
八 キツニアムサムと訓む説がある。
九 夜漏は漏刻で計る夜の時刻。漏刻は器から漏る水の量によって時刻を知る水時計。その水が三度かわるのが夜半の三更の時。

右の歌一首、穂積親王、宴飲《うたげ》の日に、酒酣《たけなは》なる時に、好みて斯《こ》の歌を誦《よ》み、以ちて恒《つね》の賞《めで》と為したまひき。

長忌寸意吉麻呂《ながのいみきおきまろ》の歌八首〈五首略〉

3824 さし鍋に湯沸かせ子ども櫟津《いちひつ》の檜橋《ひばし》より来《こ》む狐《きつね》に浴むさむ

刺名倍尓　湯和可世子等　櫟津乃　檜橋従来許武　狐尓安牟佐武

右の一首、伝へて云はく、一時《あるとき》に衆《もろもろ》集ひて宴飲《うたげ》しき。時に夜漏三更にして、狐の声聞こゆ。すなはち衆諸《もろびと》、興麻呂《おきまろ》を誘ひて曰はく、此の饌具・雑器・狐の声・河・橋等の物に関《か》けて、但《ただ》に歌を作れといへれば、即ち声に応へて此の歌を作りきといへり。

双六《すぐろく》の頭《さえ》を詠む歌

3827 一二《ひとふた》の目のみにあらず五《いつつ》六三四《むつみつよつ》さへあり双六《すぐろく》の采《さへ》

一二之　目耳不有　五六　三四佐倍有　双六乃佐叡

香《こり》、塔《たふ》、厠《かはや》、屎《くそ》、鮒《ふな》、奴《やつこ》を詠む歌

3828 香塗《こりぬ》れる塔にな寄りそ川隈《かはくま》の屎鮒《くそぶな》食める痛き女奴《めやつこ》

香塗流　塔尓莫依　川隈乃　屎鮒喫有　痛女奴

一〇 食膳をととのえるのに用いる道具。歌でサシナベがこれに当る。
一一 雑多の器物。歌のイチヒツに櫃(つひ)を隠している。「饌具の雑器」とする説がある。
一二 イチヒ津がこれに当る。次の橋に続けて河橋とする説もある。
一三 持統紀三年十二月「禁㆓断双六㆒」とある。禁止令が出るほど流行していた。和名抄に「一名六采」とあり、「俗云㆓須久呂久㆒」とある。正倉院宝物に紫檀の双六盤があり、縦三〇・五センチ、横五四センチ、これは盤上に罫線がないが、普通は左右十二の目に線を引き、黒白各十五箇の石を相対して並べ、さいころの目の数によって進め、早く敵地に入った方を勝とする。天平勝宝六(七五四)年十月にも禁止令が出ている。
一四 さいころ。和名抄に「頭子双六乃佐以」。
一五 イチニノ、またイチニノメと音訓みするのが一般である。
一六 初句をイチニノメと訓めば、第二句はノミニハアラズと訓む。
一七 音訓みする場合は、ゴロクサムと訓む。
一八 古葉略類聚鈔に「有来」とあるによって第四句をシサヘアリケリと訓む。「有」だけでシサヘアリナリと訓む説もある。
一九 主として仏事に用いられた。香木・沫香などは焚き、香水はふりかけ撒き、香油はからだや建具などに塗りつけた。
二〇 カウヌレルとも訓む。
二一 川の曲り角で人目につきにくい所。厠のある所をさす。
二二 題の二つを組み合せて作った語。クソフナとも訓む。
二三 ここでは堪えられないほど惨めで、卑しい、汚らしいの意。

痩《や》せたる人を嗤咲《わら》ふ歌二首

3853
石麻呂《いはまろ》[一]にわれ物申す夏痩《やせ》に良しといふものそ鰻《むなぎ》捕《と》[二]り喫《め》[三]せ

石麻呂尓　吾物申　夏痩尓　吉跡云物曽　武奈伎取喫売世反也

吉(類古紀宮)―告　喫(尼類)―食

3854
痩[四]す痩すも生[五]けらばあらむをはた[六]やはた鰻《むなぎ》を捕《と》ると川に流るな

痩々母　生有者将在乎　波多也波多　武奈伎乎漁取跡　河尓流勿

右、吉田連《よしだのむらじ》老《おゆ》あり。字《あざな》を石麻呂と曰ふ。所謂《いはゆる》仁敬《へ》[七]の子なり。其の老《おゆ》、人と為《な》り身体甚《いた》く痩せたり。多く喫飲すれども、形飢饉《ききん》[八]に似たり。これに因《よ》りて、大伴宿禰家持《おほとものすくねやかもち》、聊《いささ》かにこの歌を作りて、以ちて戯《たはぶ》れ咲《わら》ふことを為《な》せり。

筑前国《つくしのみちのくちのくに》の志賀《しか》[九]の白水郎《あま》[一〇]の歌十首〈五首略〉

3860
大君の遣《つか》はさなくにさかしら[一一]に行きし荒雄《あらを》[一二]ら沖に袖振る

王之　不遣尓　情進尓　行之荒雄良　奥尓袖振

3861
荒雄らを来《こ》むか来《こ》じかと飯《いひ》盛りて門に出で立ち待てど来まさず[一三]

荒雄良乎　将来可不来可等　飯盛而　門尓出立　雖待来不座

一　イシマロと訓む説がある。
二　うなぎの古名。新撰字鏡「牟奈支」和名抄「無奈木」ムナキと訓む説がある。
三　食う・飲む・着るなどの尊敬語。
四　痩せに痩せていても。痩せながらも。
五　イケラはイキアラバの約。アラムはそれでよいの意の慣用句。
六　副詞のハタはひょっとすると、もしかするとの意。ハタヤハタはその強調表現。
七　仁敬という名の人は未詳。仁敬の行ないある人の意か。
八　飢饉に遭遇した人、飢えさらばえた人。
九　福岡市東区志賀町志賀島(しかのしま)。玄界灘に真向う周囲八キロの小島。古代には北九州海域にわたる海人族の根拠地であった。
一〇　「白水郎」は和名抄に「和名、阿万」とある。泉郎とも書く。白水は中国との交通路(南路)に当る今の浙江省の地名で、郎は官名。水先案内役の白水郎から出たとする説がある。またそのあたりに住む漁民(男子)とする説もある。泉郎を先と見て、泉州の海人のことからという説もある。
一一　ここは自分の心が進んで、さし出ての意。
一二　志賀の海人の名。この十首の歌に出てくる主人公。ラは親しんで呼ぶ接尾語。
一三　キマサヌと訓む説がある。

一　志賀島の北部、玄界灘に面した方に大字勝馬の集落があり、大浦の小字がある。島に珍しい山間の水田地帯で、ここととする説があるが、歌の内容からこれを田んぼの意とは考え難い。「志賀の海人の大浦」とはその海人たちの本拠地の大きな湾入をいうのではないか。志賀島の南の、海人たちの母港で、今も全島民の七〇%が住むここに昔から棚という字があり、今は棚町という。

3863 荒雄らが行きにし日より志賀の海人《あま》の[一]大浦田沼《たぬ》はさぶしくもあるか

荒雄良我　去尓之日従　志賀乃安麻乃　大浦田沼者　不楽有哉

3865 荒雄らは妻子《めこ》の[二]生業《なり》をば思はず[三]ろ年の[四]八歳《やとせ》を待てど[五]来まさず

荒雄良者　妻子之産業乎波　不念呂　年之八歳乎　待騰来不座

3866 [六]沖つ鳥[七]鴨とふ船の帰り来《こ》ば[八]也良《やら》の崎守《さきもり》早く告《つ》げ[九]こそ

奥鳥　鴨云船之　還来者　也良乃埼守　早告許曽

右、神亀年中に、[一〇]大宰府、筑前国宗像郡《むなかたのこほり》[一一]の[一二]百姓《おほみたから》宗形部津麻呂《むなかたべのつまろ》を[一三]差して、[一四]対馬《つしま》に粮《かて》を送る船《ふね》の[一五]柂師《かぢとり》に充《あ》つ。時に、津麻呂、[一六]滓屋郡《かすやのこほり》志賀村の白水郎荒雄が許に詣《いた》りて語りて曰はく、僕《われ》小事有り、若疑《けだし》許さじかといふ。荒雄答へて曰はく、[一七]走《われ》、郡《こほり》を異にすと雖《いへど》も、船を同じくすること日久し。志は兄弟《はらから》よりも篤《あつ》く、死に殉《したが》ふこと在りとも、豈復辞《あにまたいな》びめやといふ。津麻呂曰はく、[一八]府官《つかさ》、僕《われ》を差して対馬に粮を送る舶の柂師に充てしも、[一九]容歯衰老して、海路に堪《あ》へず。[二〇]故《ことさら》に来りて祇候す。願はくは相替ることを垂れよといふ。是《ここ》に荒雄許諾《うべな》ひて、遂に彼《そ》の事に従ひ、[二一]肥前国松浦県美祢良久《ひのみちのくちのくにまつらのあがたみねらく》の埼より船《ふね》を発《いだ》し、直《ただ》に対馬を射《さ》して海を渡る。登時《すなはち》忽《たちま》ちに天暗冥《くら》く、暴風に雨を交《まじ》へ、竟《つひ》に順

田沼は仮字でタヌ→タナではないか。
二 原文「産業」は生活のための生業、なりわい。ナリという。
三 詠嘆を表わす助詞。断定の終助詞とも。
四 長い年月。八年という実数ではない。
五 キマサヌと訓む説がある。
六 鴨の枕詞。
七 荒雄の船の名。カモトイフフネとも訓む。
八 博多湾の内部に浮ぶ残島(今、能古島)の最北端の岬。玄界灘への湾口に真向かっていて、ここに崎守(防人)が配備されていた。
九 希求願望の意の助動詞コスの命令形。
一〇 →六四頁注三
一一 現在、福岡県宗像郡がある。
一二 人民。民。 一三 つかわして。
一四 対馬は糧食に乏しいので、役人や防人たちの食糧は九州から送った。延喜式主税上に「凡筑前・筑後・肥前・肥後・豊前・豊後等国、毎年穀二千石漕㆓送対馬嶋㆒、以充㆓嶋司及防人等粮㆒」とある。 一五 船頭。
一六 福岡県粕屋郡。志賀島は今、福岡市東区。
一七 「走」は玉篇に「僕也」とあり、文選にも見える。自称の語。 一八 大宰府の官人。
一九 容は容貌、姿。歯は年令、よわい。
二〇 遊仙窟に「承聞此処有㆓神仙窟宅㆒故来祇候…賜㆓恵交情㆒、幸垂㆓聴許㆒」とある。
二一 「県」は朝廷の御料地。松浦郡は今、佐賀県東・西松浦郡・唐津市、伊万里市、長崎県北・南松浦郡に分れている。ミネラクノ埼は肥前国風土記に「川原の浦の西の埼」とあり、長崎県南松浦郡五島列島の福江島の北西部にある三井楽町の岬であろう。三井楽湾は古代の海外渡航の要所であった。

一 子牛が母牛を慕うような、ただひたすらな思慕の情。

風無く、海中に沈み没《い》りぬ。斯《これ》に因りて妻子等、犢《うしのこ》の慕《したひ》に勝《あ》へずして、此の歌を裁作《つく》りき。或は云はく、筑前国守山上憶良臣《やまのうへのおくらのおみ》、妻子の傷《いたみ》を悲感《かな》しび、志を述べて此の歌を作れりといへり。

能登国《のとのくに》の歌三首〈二首略〉

3880
鹿島嶺《かしまね》の　机の島の　小螺《しただみ》を　い拾《ひり》ひ持ち来て　石以《も》ち　突《つつ》き破り　早川に　洗《すす》ひ濯ぎ　辛塩《から》に　こごと揉《も》み　高坏《たかつき》に盛り　机に立てて　母に奉《まつ》りつや　愛《め》づ児の刀自《とじ》　父に献《まつ》りつや　みめ児の刀自

所聞多祢乃　机之嶋能　小螺乎　伊拾持来而　石以　都追伎破夫利　早川尓　洗濯　辛塩尓　古胡登毛美　高坏尓盛　机尓立而　母尓奉都也　目豆児乃刀自　父尓献都也　身女児乃刀自

刀自(尼)—負

越中国《こしのみちのなかのくに》の歌四首〈三首略〉

3884
伊夜彦《いやひこ》神の麓に今日らもか鹿《しか》の伏すらむ裘《かはごろも》　着て角付きながら

伊夜彦　神乃布本　今日良毛加　鹿乃伏良武　皮服著而　角附奈我良

二　石川県能登半島の地。能登国は養老二(七一八)年越前国から分れて初めて設置され、天平十三(七四一)年十二月越中国に併合され、天平勝宝九(七五七)年五月再び分れた。

三　「聞く所多し」はカシマシであるところからカシマと訓む。能登湾の南から西へかけて七尾市を中心とする地域が今、鹿島郡である。古くは能登郡の鹿島であった。

四　今、鹿島郡中島町瀬嵐(せらし)の南東に浮かぶ低い小島を机島と呼んでいる。これか。ここはシタダミが大変多い。七尾港外の雌島雄島とする説、能登島とする説もある。

五　小さな円錐形の巻貝。コシタカガンガラ。能登地方では今もシタダミという。

六　イは接頭語。

七　アラヒソソキ・アラヒソソギ・アラヒススキと訓む説がある。

八　シタダミの肉をもみ洗う音。ココトモミと訓む説がある。

九　足の高い土器。

一〇　ハハニアヘツヤと訓む説がある。父の句も同じ。

一一　一家の主婦。普通、年配の女性をさすが、若い人にも敬意をこめて用いる。

一二　目をもって愛すべき意を表わし、ミは接頭語とする説、ミメヨキ児で美しい児をいうとする説などがある。ムメゴノトジと訓む説がある。また、「目豆児」の誤としてメヅコノトジとする説もある。

一三　北陸道越の国は大宝ごろには、若狭・越前・越中・越後・佐渡の五国に国分けされていた。越中国は今の富山県、天平十三(七四一)年から天平勝宝九(七五七)年までは能登国をも併せていた。

一四　弥彦山は新潟県(越後国)西蒲原郡弥彦村

にある。高さ六三八メートル。山麓に伊夜彦神社がある。題詞に越中国歌とあるので、越中にもイヤヒコ神社があったのではないかと言われている。続紀、大宝二(七〇二)年三月の条に「分二越中国四郡一、属二越後国一」とあることから、弥彦山もこの時越後に移ったので以前は越中に属していたとする説がある。また「彦」の字は「立山」の誤としてイヤタチヤマと譲み、越中の名山立山とする説もある。
一五 カハコロモと訓む説がある。
一六 角をつけたままで。
一七 この一首は五七五七七七の仏足石歌体の集中唯一例である。

一 ホカヒは祈る、ことほぐ意のホクに反復継続の意の動詞語尾フのついたホカフの名詞形、寿詞(よごと)の意。ホカヒビトは寿詞を唱えて食を乞い歩く人。門付芸人。
二 いとしい人。親愛なる君。男女ともに用いる。
三 この寿歌を唱える相手に呼びかけていう。初句イトコは同格。
四 モノは指すところが不定である場所にいう。ここはどこかへの意。
五 本来は朝鮮半島の南部の国名だが、半島全体をさす。漠然と外国の意にも用いる。
六 トラトイフカミヲとも訓む。神は恐ろしいもの。
七 敷物に縫って。韓国ノからこの句まで八重畳を導く序。
八 枕詞。重ねる意のへからヘグリにかかる。ヤヘダタミともヤヘタタミとも訓まれる。
九 奈良県生駒郡生駒山の南に続く山を平群山という。生駒・平群山地の東麓を南流する今の竜田川は古く平群川といい、ここを

[一]乞食者《ほかひびと》の詠《うた》二首〈一首略〉

3885
愛子《いとこ》[二] 汝背《なせ》[三]の君 居り居りて 物[四]にい行くとは 韓国《からくに》[五]の 虎[六]とふ神を
生取りに 八頭《やつ》取り持ち来《き》 その皮を 畳[七]に刺し 八重畳[八] 平群《へぐり》[九]の山
に 四月《うづき》[一〇]と 五月《さつき》[一一]との間《ま》に 薬猟《くすりがり》[一二] 仕ふる時に あしひき[一三]の この片山[一四]
に 二つ立つ 櫟《いちひ》[一五]が本《もと》に 梓《あづさ》[一六]弓 八つ手挟《たばさ》み ひめ鏑《かぶら》[一七] 八つ手挟《ばさ》み し[一八]
し待つと わが居《を》る時に さ雄鹿[一九]の 来立ち嘆かく 頓《たちまち》に われは死
ぬべし 大君に われは仕へむ わが角《つの》は 御《み》笠《かさ》[二〇]のはやし わが耳は
御《み》墨《すみ》[二一]の壺 わが目らは 真澄《ますみ》の鏡 わが爪は 御弓の弓《ゆ》弭《はず》[二二] わが毛ら
は 御筆《みふみて》はやし わが皮は 御箱の皮に わが肉《しし》は 御膾《みなます》[二三]はやし わが
肝《きも》も 御膾はやし わがみげ[二四]は 御塩[二五]のはやし 老いたる奴《やつこ》[二六] 我が身
一つに 七重花咲く 八重花咲くと 申しはやさね[二七] 申しはやさね

伊刀古 名兄乃君 居ゝ而 物尓伊行跡波 韓国乃 虎云神乎 生取尓
八頭取持来 其皮乎 多ゝ弥尓刺 八重畳 平群乃山尓 四月 与五月間
尓 薬猟 仕流時尓 足引乃 此片山尓 二立 伊智比何本尓 梓弓 八
多婆佐弥 比米加夫良 八多婆左弥 宍待跡 吾居時尓 佐男鹿乃 来立
嘆久 頓尓 吾可死 王尓 吾仕牟 吾角者 御笠乃波夜詩 吾耳者 御

墨坩　吾目良波　真墨乃鏡　吾爪者　御弓之弓波受　吾毛等者　御筆波夜斯　吾皮者　御箱皮尓　吾完者　御奈麻須波夜志　吾伎毛母　御奈麻須波夜之　吾美義波　御塩乃波夜之　耆矣奴　吾身一尓　七重花佐久　八重花生跡　白賞尼　白賞尼

宍(類)―完　立(尼類)―立来　波(尼類紀宮)―婆

右の歌一首、鹿の為に痛を述べて作れり。

平群谷という。ここに平群氏の本拠があった。ヘグリノ山は平群谷をはさんだ一帯の山地をさしたものであろう。

一〇　ウツキと訓む説がある。

一一　サツキノホドニ・サツキノホトニ・サツキノアヒダニとも訓む。

一二　↓一〇頁注一三　一三　↓二七頁注一

一四　一方に傾斜面を見せている山。また一方が山で他方は開けている地形の山側をいう。

一五　イチヒはいぬぶな科の常緑高木。イチヒガシ。材は堅く、建材・器材に用いられる。イチヒ大和の古代人の住居跡からこの自然木が出土している。　一六　↓五頁注一八

一七　ヒメは割れ目の意。鋭く割れ目にくい込むカブラ矢をいう。

一八　シシは肉の意で、その代表的であった猪と鹿とをシシで総称した。ここは薬猟であるので鹿を主に指した。　一九　↓八〇頁注九

二〇　栄える意のハユの使役形ハヤスの名詞形。栄えあらしめるもの、一層引き立てるもの。飾り。

二一　ミスミノツホ・ミスミツホと訓む説がある。　二二　↓四三頁注四

二三　ナマスは肉や魚貝を細く薄く切って、生で食べる料理。

二四　牛・羊・鹿などの胃袋。　二五　塩辛。

二六　オイハテヌ、またオイヌルヤツコと訓む説がある。

二七　相手の行動の実現を希望する意の助詞。

一　鹿の苦痛に同情するというのは表の意味で、本質的には鹿の奉仕を説き、ひいてはそれを利用する貴人を讃えることほぎ歌である。しかし、祝歌は表面だけで、内容は諷刺・怨嗟であることは明らかだとも言われる。

巻第十七

天平二年庚午の冬十一月、大宰帥《だざいのそち》[一]大伴卿《おほとものまへつきみ》、大納言に任《ま》けらえて(帥を兼ぬること旧の如し)京《みやこ》に上る時に、傔従等《けんじゆうら》[二]、別に海路《うみつぢ》を取りて京に入りき。是《ここ》に羈旅を悲傷《かな》しび、各《おのもおのも》所心《おもひ》を陳《の》べて作る歌十首〈九首略〉

3896 家にてもたゆたふ[三]命波の上に浮き[四]てし居《を》れば奥処《をくか》[五]知らずも

家尔底母　多由多敷命　浪乃宇倍尔　宇伎氏之乎礼波　於久香之良受母

宇伎氏之(元)宇伎而志(古)—思之

右の九首[六]の作者、姓名を審《つばひ》らかにせず。

十[七]年七月七日の夜に、独り天漢《あまのがは》を仰ぎて、聊《いささ》かに懐《おもひ》を述ぶる一首

3900 織女《たなばた》し船乗りすらしまそ鏡[八]清き月夜《つくよ》に雲立ち渡る

多奈波多之　船乗須良之　麻蘇鏡　吉欲伎月夜尔　雲起和多流

右の一首、大伴宿禰《おほとものすくね》家持《やかもち》の作なり。

十[九]六年四月五日に、独り平城《なら》の故《ふる》き宅《いへ》に居りて作る歌六首〈四首略〉

一 大伴旅人。
二 傔は従者、ともの人。傔従はそれに同じ。
三 タユタフは揺れ動く、動揺する意。ここは不安な状態であること。
四 元暦校本・古葉略類聚鈔以外の諸本は、本文を「思之乎礼八」とし「一云」として「宇伎氏之乎礼波」を添える。それによれば本文はオモヒシヲレバと訓む。
五 奥まった所、果て。また、将来、行く末。
六 十首の中、第一首のみ作者名を記すので第二首(三八九一)から第十首までの九首。
七 天平十(七三八)年
八 清キの枕詞。清キ月夜にかけたとも。マソカガミ→一〇九頁注二五
九 天平十六(七四四)年。

3916 橘の[一]にほへる香かもほととぎす[二]鳴く夜の雨にうつろひぬらむ[三]

橘乃　尓保敝流香可聞　保登等芸須　奈久欲乃雨尓　宇都路比奴良牟

3921 かきつはた[四]衣《きぬ》に摺《す》り付け大夫《ますらを》[五]の着襲《きそ》[六]ひ狩[七]する月は来にけり

加吉都播多　衣尓須里都気　麻須良雄乃　服曽比獦須流　月者伎尓家里

右、大伴宿禰《おほとものすくね》家持《やかもち》の作なり。

十八年正月[八]、白雪多《さは》に零《ふ》りて、地《つち》に積むこと数寸なり。時[九]に左大臣橘卿《たちばなのまへつきみ》[一〇]、大納言[一一]藤原豊成朝臣《ふぢはらのとよなりのあそみ》及び諸王臣等を率《ゐ》て、太上天皇《おほきすめらみこと》[一二]の御在所《みましどころ》[一三](中宮の西院)に参入《まゐ》りて、掃雪《ゆきはき》に供《つか》へ奉《まつ》りき。是《ここ》に詔《みことのり》を降して、大臣参議[一四]并《あは》せて諸王は、大殿の上に侍《さもら》はしめ、諸卿大夫《まへつきみたち》は南の細殿[一五]に侍はしめたまひて、則ち酒を賜ひて肆宴《とよのあかり》[一六]したまふ。勅《みことのり》して曰はく、汝《いまし》諸王卿等、聊《いささ》かに此の雪を賦して各《おのもおのも》其の歌を奏せとのりたまふ。

左大臣橘宿禰《すくね》、詔《みことのり》[一七]に応《こた》ふる歌一首

3922 降[一八]る雪の白髪までに大君に仕へまつれば貴くもあるか

布流由吉乃　之路髪麻泥尓　大皇尓　都可倍麻都礼婆　貴久母安流香

紀朝臣《きのあそみ》清人《きよひと》、詔に応ふる歌一首

一 このニホフは香にいう。ニホフを嗅覚に用いた、確かな唯一例ではないか。
二 →二八頁注四
三 香気が消えることをいう。ウツロフのロは集中乙類「呂」が十二例、甲類「路」二例。仮名の不統一が見える。
四 アヤメ科の多年生草本。池沼や水辺に自生し、花菖蒲に似る。夏、白または紫色の大きな花を開く。花を衣服や紙に摺り染めをした。
五 →二一頁注一四
六 重ね着すること。
七 夏四月五日の狩猟とは五月五日の薬猟を一と月早く行なったものだろう。
八 天平十八(七四六)年。
九 太政官において太政大臣に次ぐ。右大臣の上に位し、諸般の政務を統べた官。正・従二位相当官。
一〇 橘諸兄。
一一 太政官において左・右大臣に次ぐ高官。政務を審議し、可否を奏上し宣旨を伝達することを掌った。正三位相当官。この年大納言は欠員で、藤原豊成は中納言であった。大納言になるのは二年後で、それをさか上らせて記した。
一二 元正天皇。
一三 天皇の御所。中宮はここでは宮殿の意。その西の建物であった。
一四 令外(りょうげ)の官。太政官におかれ、中納言に次ぐ要職で、政務の審議に参与する。四位以上から任ぜられた。
一五 中宮西院の南の廊。
一六 酒宴。特に宮中で行われる宴会をいう。
一七 応詔歌と表記されるが、集中応詔歌と記される例はこの他に十例(大伴家持の予作

3923 天の下すでに[一]覆《おほ》ひて降る雪の光を見れば貴くもあるか

天下　須泥尓於保比氏　布流雪乃　比加里乎見礼婆　多敷刀久母安流香

葛井連《ふぢゐのむらじ》諸会《もろあひ》、詔に応ふる歌一首

3925 新《あらた》しき年の初めに豊《とよ》[二]の年しるすとならし雪の降れるは

新　年乃波自米尓　豊乃登之　思流須登奈良思　雪能敷礼流波

波(元)—婆

大伴宿禰家持、詔に応ふる歌一首

3926 大宮の内にも外《と》にも光るまで降れ[三]る白雪見れど飽かぬかも

大宮能　宇知尓毛刀尓毛　比賀流麻泥　零流白雪　見礼杼安可奴香聞

能(元類)—之　流(類)—須

大伴宿禰家持、閏《のちの》[四]七月、[五]越中国の守《かみ》[六]に任《ま》[七]けらえ、即ち七月を取《へ》りて任所に赴《おもぶ》く。時に[九]姑大伴氏　坂上郎女《をばおほともうぢのさかのうへのいらつめ》、家持に贈る歌二首

3927 草枕[一〇]旅行く君を幸《さき》くあれと斎瓮《いはひべ》[一一]据ゑつ我《あ》が床の辺に

久佐麻久良　多妣由久吉美乎　佐伎久安礼等　伊波比倍須恵都　安我登許

能敝尓

応詔歌は除く)で、事情のわからないものもあるが明らかなところ、予期しない突然の詠歌奏上の所望があって即興で応える作歌であったようである。この時もそうだった。

一八 枕詞。雪の降る眼前の景から。比喩によって白にかかる。

一 すっかり。全く。

二 トシとは穀物、特に稲の稔り。

三 「零須」の本文によりフラスと訓む説がある。

四 閏七月に任官し、その前の七月に任地に赴けるわけがない。続紀によれば任官は六月二十一日である。また、この天平十八年には閏七月はなく、閏は九月であった。「夏六月」とあるべきである。

五 →二一六頁注一三

六 越中は上国であった。上国の国守は従五位下相当官。家持は天平十七年正月正六位より従五位下に昇っていた。

七 マクは任命してつかわす。マカルに対する他動詞。

八 七月を選んで。「取」を「以」の誤とする説がある。

九 →一四五頁注一〇

一〇 →一六頁注一九

一一 祭祀に用いる、忌み清めた神聖なかめ。床や枕もとにすえ、神酒を盛り、木綿をとりつける。イハヒヘと訓む説がある。

3928 今のごと恋しく君が思ほえばいかに[一]かもせむするすべの無さ

伊麻能其等　古非之久伎美我　於毛保要婆　伊可尓加母世牟　須流須辺乃奈左

其(元紀宮温)—去

[二]八月七日の夜に、守大伴宿禰《かみおほとものすくね》家持《やかもち》の館《やかた》[三]に集ひて宴《うたげ》[四]する歌

3943 秋の田の穂向《ほむき》[五]見[六]がてりわが背子が[七]ふさ手折りける女郎花《をみなへし》[八]かも

秋田乃　穂牟伎見我氏里　和我勢古我　布左多乎里家流　乎美奈敝之香物

右の一首、守《かみ》大伴宿禰家持の作なり。

3944 女郎花咲きたる野辺《のへ》[九]を行きめぐり君を思ひ出《で》[一〇]たもとほり来《き》ぬ

乎美奈敝之　左伎多流野辺乎　由伎米具利　吉美乎念出　多母登保里伎奴

右の三首〈二首略〉、**掾《じよう》[一一]大伴宿禰池主《いけぬし》の作なり。**

3954 馬並《な》[一二]めていざうち行かな渋谿《しぶたに》[一三]の清き磯廻《み》[一四]に寄する波見に

馬並氏　伊射宇知由可奈　思夫多尓能　伎欲吉伊蘇末尓　与須流奈弥見尓

末(温)—末

右の二首〈一首略〉、守大伴宿禰家持

一 疑問の係助詞カに詠嘆の意を添える係助詞モ。
二 天平十八年八月七日。家持が越中国府に到着して間もないころ。
三 当時の越中の国庁は、今の富山県高岡市伏木町古国府(ふるこう)の勝興寺の地一帯にあった。国守館址は勝興寺門前の小字東館にある測候所付近といわれる。また、伏木町の背後の丘陵の上にあったともいう。
四 家持の歌六首、大伴池主の歌四首他古歌一首なども含めて全十三首の歌を収載している。
五 実った稲穂の靡くさま。稲穂の実り具合。
六 ガテラに同じ。
七 フサはフサ手折ルの例のみ。「総手折」(一五四九)があり、たくさんまとめる意か。
八 →一四三頁注七
九 ノベと訓む説がある。
一〇 タは接頭語。回る、徘徊する。タモトホリ来ヌは恋の歌に人目を避けて廻り道をすることや遠い道のりをものともせずに訪れることを歌う例が多い。池主は恋しい人を訪る愛人を演じて見せた。
一一 国司の第三等官。守・介に次ぐ。判官。
一二 ナムは並べる意。馬を横一線に並べて。
→五頁注三
一三 今、高岡市渋谷(しぶたに)といわれるあたりの海岸。国庁から北に約二キロ半、渋谿の崎がある。二上山系の北の出崎に当り、奇岩に富む荒磯の浜。
一四 荒磯が湾曲している所。原文「末」によりイソマと訓む説がある。

一 天平十九(七四七)年二月二十日に、家持はこの春病に倒れ死線をさまよった思いを病床で歌い、続いて二十九日、越中掾大伴池主

の見舞いに謝す書簡と「悲歌」と題する二首(三九六五、六)を贈り、三月二日に池主の返書と短歌二首(三九六七、八)があって、家持は更に池主に贈ったのである。

二　万物をつつみ入れる広大な徳。池主の好意をいう。

三　家持自身をさす。よもぎで屋根を葺いた粗末な家を「蓬庵」「蓬屋」などといい、よもぎのように乱れた頭髪を「蓬頭」「蓬髪」などというのによるか。

四　「不訾」に同じく、計ることのできない、数えきれないの意。

五　家持自身の心をいう。卑賤な心。

六　眷はかえり見ること、目をかけること。

七　論語述而篇に「子曰、志㆓於道㆒、拠㆓於徳㆒、依㆓於仁㆒、游㆓於芸㆒」とあるによる。芸とは六芸、礼・楽・射・御・書・数をいう。礼記少儀にも「士依㆓於徳㆒、游㆓於芸㆒」とあり、中国において士たる者の必修の学識であった。

八　書翰を横たえるとは、文章を展開すること。

九　彫虫とは字句をこまかに飾ること。

一〇　家持の仰ぐべき歌の師とは柿本人麻呂をおいて他にない。山柿は柿本人麻呂をいう。山柿を山・柿の併称として、山を山部赤人とする説、山上憶良とする説、その山のつく二人とする説があるが、柿本人麻呂の上に立たせることはありえない。また、山部赤人は家持の師たるに足らず、山上憶良には少年時代から大いに学んでいる。

一一　歌を作ること。

一二　叢林に同じ。やぶや林。

一三　黙已は黙止に同じ。

一四　お笑い草に供する。

[一]更に贈る歌一首　并せて短歌

[二]含弘の徳は、恩を[三]蓬体《ほうたい》に垂れ、[四]不貲《ふし》の思は、[五]陋心《ろうしん》に報《こた》へ慰《なぐさ》む。[六]来眷《らいけん》を戴荷し、喩《たと》ふる所に堪《あ》ふること無し。但し、稚《わか》き時に[七]遊芸の庭に渉《わた》らざりしを以ちて、[八]横翰の藻、自《おのづか》らに[九]彫虫に乏《とも》し。幼き年に未だ[一〇]山柿の門に逕《いた》らずして、[一一]裁歌の趣《おもぶき》、詞を[一二]聚林に失ふ。爰《ここ》に藤を以ちて錦に続ぐの言を辱《かたじけな》くし、更に石を将《も》ちて瓊《たま》に間《まじ》ふる詠《うた》を題《しる》す。固《もと》より是《こ》れ俗愚にして癖を懐《むだ》き、[一三]黙已《もだを》ること能《あた》はず。仍《よ》りて数行を捧げ、式《も》ちて[一四]嗤笑《しせう》に酬《むく》ゆ。其の詞に曰はく、

3969
大君の　[一五]任《まけ》のまにまに　[一六]級離《しなざか》る　[一七]越《こし》を治めに　出でて来《こ》し　大夫《ますら》われすら　世の中の　常し無ければ　うち靡《なび》き　床に臥《こ》い伏し　[一八]痛けくの　[一九]日に異《け》に増せば　[二〇]悲しけく　ここに思ひ出《で》　[二一]いらなけく　そこに思ひ出　[二二]嘆くそら　[二三]安けなくに　思ふそら　苦しきものを　[二四]あしひきの　山来隔《きへな》りて　[二五]玉桙《たまほこ》の　道の遠けば　[二六]間使《まづか》ひも　遣《や》るよしも無み　思ほしき　言《こと》も通はず　[二七]たまきはる　命惜しけど　せむすべの　[二八]たどきを知らに　籠《こも》り居て　思ひ嘆かひ　慰《なぐさ》むる　心はなしに　[二九]春花《はるはな》の　咲ける盛りに　[三〇]思ふどち　手折り[三一]挿頭《かざ》さず　春の野の　繁み[三二]飛びくく　うぐひすの　声だに聞かず　娘子《をとめ》らが　[三三]春菜摘ますと　紅《くれなゐ》の　赤裳《あかも》の裾《すそ》の　春雨に　[三四]に

ほひひづちて　通ふらむ　時の盛りを　一いたづらに　過ぐし遣《や》りつれ
偲はせる　君が心を　二愛《うる》はしみ　この夜すがらに　三眠《い》も寝ずに　今日も
四しめらに　恋ひつつそ居《を》る

於保吉民能　麻気乃麻尓〻〻　之奈射加流　故之乎袁佐米尓　伊泥氏許之　麻須良和礼須良　余能奈可乃　都祢之奈家礼婆　宇知奈妣伎　登許尓己伊布之　伊多家苦乃　日異麻世婆　可奈之家口　許己尓思出　伊良奈家久　曽許尓念出　奈気久蘇良　夜須家奈久尓　於母布蘇良　久流之伎母能乎　安之比紀能　夜麻伎敝奈里氐　多麻保許乃　美知能等保家婆・　間使毛遣縁毛奈美　於母保之吉　許等毛可欲波受　多麻伎波流　伊能知乎之家登勢牟須弁能　多騰吉乎之良尓　隠居而　念奈気加比　奈具佐牟流　許己呂波奈之尓　春花乃・　佐家流左加里尓　於毛敷度知　多乎里可射佐受　波流乃野能　之気美登・妣久〻　鸎　音太尓伎加受　乎登売良我　春菜都麻須等久礼奈為能　赤裳乃須蘇能　波流在米尓　尓保比〻豆知弖　加欲敷良牟時盛乎　伊多豆良尓　須具之夜里都礼　思努波勢流　君之心乎　宇流波之美　此夜須我浪尓　伊母祢受尓　今日毛之売良尓　孤悲都追曽乎流

婆(元)—波　乃(元宮細)—之　登(元宮紀温)—豆

一五 天皇のお指図のままに。家持は「大君の命恐み」に代えてこの句を専ら用いた。家持のますらおの意識を示す。
一六 越の枕詞。シナは等級、都を高級、鄙を低級とする考えから、都から遠く離れた意とする説、シナは坂の意で、多くの坂を越えての意からかかるとする説などがある。
一七 家持は越中国を治めた。越→二一六頁注一三
一八 痛シのク語法。痛いこと、痛み。
一九 →八四頁注六
二〇 悲シのク語法。悲しいこと。
二一 イラナシのク語法。イラナシは心がとげが刺さったようにちくちく痛む。心苦しい。
二二 ソラは心地、気持。
二三 ヤスケはヤスシの古い未然形。これに打消の助動詞ズのク語法ナクが接続した。
二四 →二七頁注一　二五 →四七頁注一五
二六 二人の間を往来して消息を伝える使い。マツカヒと訓む説がある。
二七 →五頁注二
二八 タヅキの母音交替形。→一〇九頁注二三
二九 ハルバナノと訓む説がある。
三〇 気の合う仲間。親しい者同士。
三一 →一四頁注一三
三二 ククは物の間を漏れ出る。狭い所をくぐり抜ける意。
三三 ワカナと訓む説がある。
三四 ニホフは色が美しく照り映える意。ヒヅチ→五三頁注三

一 何の役にも立たない。無益だ。空しい。→一七頁注一七　二 →七二頁注一
三 イは眠ること。
四 シミラニと同じ。隙間なくびっしりと。今日一日中休みなく。

3970 [一]あしひきの山桜花ひと目だに[二]君とし見てば吾《あれ》恋ひ[三]めやも

安之比奇能　夜麻左久良婆奈　比等目太尓　伎美等之見氐婆　安礼古非・米夜母

非(元宮温細)—悲

[四]三月三日、大伴宿禰家持《おほとものすくねやかもち》

[五]二上山《ふたがみやま》の[六]賦《ふ》一首　この山は[七]射水《いみづのこほり》郡に有り

3985 [八]射水川《いみづがは》　い行き廻《めぐ》れる　[九]玉くしげ　二上山は　春花の　咲ける盛りに　[一〇]秋の葉の　にほへる時に　出で立ちて　[一一]振り放《さ》け見れば　[一二]神柄《かむから》や　[一三]そこば貴き　[一四]山柄や　見が欲《ほ》しからむ　[一五]皇神《すめかみ》の　[一六]裾廻《すそみ》の山の　[一七]渋谿《しぶたに》の　崎の荒磯《ありそ》に　朝なぎに　寄する白波　夕なぎに　満ち来る潮の　いや増しに　絶ゆることなく　古《いにしへ》ゆ　今の[一八]現《をつつ》に　かくしこそ　見る人ごとに　[一九]懸けて[二〇]しのはめ

伊美都河泊　伊由伎米具礼流　多麻久之気　布多我美山者　波流波奈乃　佐家流左加利尓　安吉能葉・乃　尓保敝流等伎尓　出立氐　布里佐気見礼婆　可牟加良夜　曽許婆多敷刀伎　夜麻可良夜　見我保之加良武　須売加未能　須蘇未乃夜麻能　之夫多尓能　佐吉乃安里蘇尓　阿佐奈芸尓　余須

一 ↓二七頁注一
二 一族で部下の越中掾大伴池主。
三 反語。
四 天平十九年三月二日の池主の返書にすぐ翌日三日更に贈った。
五 双峰の山。越中国府のすぐ西に見える。富山県高岡市と氷見市との間に位置する。
六 中国の韻文の文体の名。毛詩の序に詩の六義の一としてあげられている。文選は賦から始まる。対句を多用し朗誦にふさわしい修辞にすぐれた美文、長詩。家持が初めて山を主題とする長歌にこの名をつけた。
七 越中四郡の一つ。国府があった。今の富山県射水郡と高岡市から氷見市まで。
八 小矢部川。富山県西南部、石川県境の大門山に発し、砺波郡を過ぎ、小矢部市から高岡市を経て、高岡市伏木で富山湾に注ぐ。古くはその東を流れる庄川が砺波市から小矢部市・高岡市にかけて幾筋にもなって流れ込み、一本の大河となっていたという。これが国府のある射水郡では射水川と呼ばれていた。イミヅカハとも訓む。
九 玉は美称。クシゲは櫛笥で、女人の櫛など化粧道具を入れる箱。蓋をしているところから同音の二上山の枕詞となった。
一〇 ↓一六九頁注八　一一 ↓三二頁注四
一二 カラはそのものの持つ本来の性質。素性。品格。神カラは神としての性質。神格。
一三 それほどに甚しく。
一四 山そのものの本性。
一五 ここは、一定の区域を支配する神。スメガミノと訓む説がある。
一六 山の麓のまわり。神威の高い神山である二上山の裾に続く山である。
一七 高岡市渋谷。二上山の東北麓、丘陵が富山湾に落ちこむ所に渋谷崎。JR氷見線雨晴駅の東方。
一八　ウツの転か。現在の意。ヲツヅと訓む説がある。
一九　心に懸けて。口に懸けてで、ことばに出して言うこととする説もある。
二〇　シノフは賞美する。

一　天平十九(七四七)年。
二　依興作歌。集中初出の例。家持の歌にのみ十三種三十一首ある。その中十種二十五首が家持の越中時代の作。予作歌と追和歌に多く、家持の「興」は現実から離れて空想の世界を描こうとする心、非現実の世界を歌う文学創造における想像力を意識したことばであった。
三　越中国府の高岡市伏木から二上山地を北に越えた氷見市南部の田子・窪・神代・布施・十二町などにわたる低地に広がっていた湖水。近世から干拓が進み、現在は十二町潟と呼ばれる細い帯状の水域を残すのみ。
四　↓二二五頁注七。旧江村は二上山の北麓、布勢の水海の南岸の地。
五　↓二一一頁注一七
六　朝廷に仕える多くの氏・部(べ)を統率する長。転じて朝廷に仕える官人たち。ここでは越中国庁の官人たち。
七　↓九八頁注四
八　心を遣る。気を晴らす。心を慰める。
九　↓五頁注三
一〇　未詳。他に例のない語。
一一　↓二二二頁注一三
一二　↓七五頁注一五
一三　渋谿の崎をめぐって雨晴海岸から氷見市島尾付近にかけての長汀白砂の海岸。
一四　氷見市街の北一〇キロほどに氷見市宇波

流之良奈美　由敷奈芸尓　美知久流之保能　伊夜麻之尓　多由流許登奈久　伊尓之敝由　伊麻乃乎都豆尓　可久之許曽　見流比登其等尓　加気氏之努波米

能(元類)—乃

3987
玉くしげ二上山《ふたがみやま》に鳴く鳥の声の恋しき時は来にけり

多麻久之気　敷多我美也麻尓　鳴鳥能　許恵乃孤悲思吉　登岐波伎尓家里

右、[一]三月三十日に、[二]興に依りて作れり。大伴《おほともの》宿禰《すくね》家持《やかもち》。

[三]布勢《ふせ》の水海《みづうみ》に遊覧する賦一首　并せて短歌　此の海は[四]射水郡の旧江《ふるえ》村に有り。

3991
[五]もののふの　[六]八十伴《やそとも》の緒《を》の　[七]思ふどち　[八]心遣《や》らむと　[九]馬並《な》めて　[一〇]うちく
ちぶりの　白波の　荒磯《ありそ》に寄する　[一一]渋谿《しぶたに》の　[一二]崎たもとほり　[一三]松田江の
長浜過ぎて　[一四]宇奈比《うなひ》川　清き瀬ごとに　[一五]鵜川《うかは》立ち　か行きかく行き　見
つれども　そこも飽かにと　布勢の海に　船浮け据ゑて　[一六]沖へ漕ぎ　辺
に漕ぎ見れば　渚《なぎさ》には　[一七]あぢ群《むら》騒き　[一八]島廻《み》には　[一九]木末《こぬれ》花咲き　[二〇]ここばく
も　見の清《さや》けきか　玉くしげ　二上山に　[二二]延《は》ふ蔦《つた》の　行きは別れず　[二一]あ
り通ひ　[二三]いや年のはに　思ふどち　かくし遊ばむ　今も見るごと

あり。富山湾に流れ注ぐ宇波川がある。これをウナヒ川とする。
一五　→一四頁注一五
一六　次句「辺に漕ぎ」に対して「沖へ漕ぎ」と解する。「沖辺」としてオキヘと訓み、オキベと訓む説もある。
一七　あぢ(鶴)の群れ。鴨の一種。今のトモエガモとも。
一八　原文「未」を「末」としてシママと訓む説がある。
一九　→一一五頁注四
二〇　ココダ・ココダクに同じ。→五三頁注九
二一　玉クシゲから延フ蔦ノまで三句、蔦のつるがあちこちに分れてのびるところから、行キ別ルを起こす序。
二二　ずっと通い続ける。アリは恒常的に継続・反復する意を表す。
二三　→一一二頁注一

一　ここまで初二句、白波の絶えぬところからアリ通ヒを起こす序。同時に結句の対象を示すともいう。
二　天平十九年。
三　今の立山(たてやま)。立ちそびえる山として古くはタチヤマといった。タテヤマの確かな最古の例は室町時代。富山県の東南部、北アルプスの西北端に連なる連峰。最も高い峰は三〇一五メートル。剣岳(三〇〇三メートル)・薬師岳(二九二六メートル)などと立山連峰をなす。古くからの信仰の山で、富士山・白山と並んで日本三名山の一つ。
四　→二二五頁注六
五　富山県の東部。今、上・中・下新川郡に分れる。日本海沿岸は富山・滑川・魚津・黒部の諸市になっている。

物能乃敷能　夜蘇等母乃乎能　於毛布度知　許己呂也良武等　宇麻奈米氐　宇知久知夫利乃　之良奈美能　安里蘇尓与須流　之夫多尓能　佐吉多母登保理　麻都太要能　奈我波麻須義氐　宇奈比河波　伎欲吉勢其等尓　宇加波多知　可由吉賀久遊岐　見都礼騰母　曽許母安加尓等　布勢能宇弥尓　布祢宇気須恵氐　於伎敝許芸　辺尓己伎見礼婆　奈芸左尓波　安遅牟良佐和伎　之麻未尓波　許奴礼波奈左吉　許己婆久毛　見乃佐夜気吉加多麻久之気　布多我弥夜麻尓　波布都多能　由伎波和可礼受　安里我欲比　伊夜登之能波尓　於母布度知　可久思安蘇婆牟　異麻母見流其等

賀(元)—加　未(類)—末

3992　布勢の海の沖つ白波[一]あり通ひいや年のはに見つつしのはむ

布勢能宇美能　意枳都之良奈美　安利我欲比　伊夜登偲能波尓　見都追思努播牟

努(類紀宮細)—奴

右、守《かみ》大伴宿禰家持作れり。四月二十四日[二]

立山《たちやま》[三]の賦[四]一首　并せて短歌　この山は新川郡《にひかはのこほり》[五]に有り

4000
[一]天離《あまざか》る　鄙《ひな》に名懸かす[二]　越《こし》[三]の中《なか》　国内《くぬち》ことごと　山はしも[四]　繁《しじ》[五]にあれど
も　川はしも　多《さは》に行けども　皇神《すめかみ》[六]の　領《うしは》[七]き坐《いま》す　新川《にひかは》[八]の　その立山に
常夏《とこなつ》に　雪降り敷きて　帯《お》[九]ばせる　片貝川《かたかひ》[一〇]の　清き瀬に　朝夕《よひ》ごとに
立つ霧の　思[一一]ひ過ぎめや　あり通[一二]ひ　いや年[一三]のはに　外《よそ》[一四]のみも　振り放《さ》[一五]
け見つつ　万代《よろづよ》の　語[一六]らひ草と　未《いま》だ見ぬ　人にも告げむ　音のみも
名のみも聞きて　羨《とも》[一七]しぶるがね

安麻射可流　比奈尓名可加須　古思能奈可　久奴知許登其等　夜麻波之
母　之自尓安礼登毛　加波〻之母　佐波尓由気等毛　須売加未能　宇之波
伎伊麻須　尓比可波能　曽能多知夜麻尓　等許奈都尓　由伎布理之伎弖
於婆勢流　可多加比河波能　伎欲吉瀬尓　安佐欲比其等尓　多都奇利能
於毛比須疑米夜　安里我欲比　伊夜登之能播仁　余増能未母　布利佐気見
都〻　余呂豆余能　可多良比具佐等　伊末太見奴　比等尓母都気牟　於登
能未毛　名能未母伎吉氏　登母之夫流我祢

婆(元類紀宮)―波　増(元宮温細)―曽　母(元類宮温)―毛

4001
立山《たちやま》に降り置ける雪を常夏に見れども飽かず神《かむ》[一八]からならし

一　↓一二頁注一七
二　その名をうたわれている。名高い。
三　越中の国。
四　↓一三頁注一三
五　密に。ぎっしりとつまっているさま。
六　↓一〇四頁注七
七　ウシハクは主(あるじ)として支配する。
八　↓二二七頁注五
九　帯ブ。山裾を川がめぐり流れていること。
一〇　立山連峰の北に発して、片貝谷を西北流し、魚津市で日本海に注ぐ川。常願寺川とする説もある。
一一　思いが過ぎる。思い忘れる。
一二　↓二二七頁注二二
一三　↓一一二頁注一
一四　遠くからだけでも。
一五　↓三二頁注四
一六　話の種。語り草。
一七　トモシブはうらやましがる意。ガネは上にある処置を表明し、それが将来どのような役割を果すはずであるかを表わす文脈の結語として用いられる。〜するように、〜だろうからの意。
一八　神カラ↓五〇頁注九

多知夜麻尓　布里於家流由伎乎　登己奈都尓　見礼等母安可受　加武賀良
奈良之

4002 片貝の川の瀬清く行く水の絶ゆることなくあり通ひ見む
可多加比能　可波能瀬伎欲久　由久美豆能　多由流許登奈久　安里我欲比
見牟

[一]四月二十七日に、大伴《おほとものすくね》宿禰家持《やかもち》作れり。

4017 東風《あゆのかぜ》[二](越の俗語、東風をあゆのかぜといへり)いたく吹くらし奈呉《なご》[三]の海人《あま》の釣する小舟《をぶね》漕ぎ隠る見ゆ
東風(越俗語東風謂之安由乃可是也)　伊多久布久良之　奈呉乃安麻能　都利須流乎夫祢　許芸可久流見由
之(元類宮細)―ナシ

右の四首〈三首略〉、[四]二十年春正月二十九日、大伴宿禰家持。

[五]礪波郡《となみのこほり》の[六]雄《を》神《かみ》河の辺《ほとり》にして作る歌一首

4021 雄神川[七]紅《くれなゐ》にほふ少女《をとめ》らし葦附《あしつき》[八](水松の類)採ると瀬に立たすらし

一 天平十九(七四七)年。
二 今も日本海沿岸ではアイノカゼという。富山湾は東北に向って開いているので、海から陸へ吹く風は、東北の風となる。
三 新湊市の西部海岸、放生津(ほうじょうづ)に至る一帯。今も漁師町として盛んである。
四 天平二十(七四八)年。
五 今、富山県東礪波郡及び礪波市・小矢部市の地。国府のあった射水郡の西南に接する。
六 飛驒の白川地方に発し、東礪波郡及び礪波市を流れて富山湾に注ぐ庄川の古名という。今は庄川町に含まれたが、もと雄神村があり、その地を通るところから雄神川と呼んだのであろうか。
七 赤い色が美しく水に照り映えている。ニホフ→一〇頁注一一、六四頁注六
八 じゅずも科の淡水藻類。アシツキノリ。葦・石などに付着している。川モズク説がある。形は水前寺海苔に似る。川モズクはミルに似る。注の「水松」は海松に同じくミル。

乎加未河伯　久礼奈為尓保布　乎等売良之　葦附水松之類等流登　湍尓多々須
良之

婦負《めひ》[一]郡《のこほり》の鸕《う》[二]坂《さか》河の辺にして作る歌一首

4022 鵜坂川渡る瀬[三]多みこ[四]の我《あ》が馬《ま》の足掻《あが》きの水に衣《きぬ》濡れにけり

宇佐可河泊・　和多流瀬於保美　許乃安我馬乃　安我枳乃美豆尓　伎奴々礼
尓家里

泊（元類宮温）—伯　奴（元類紀宮）—努

新[五]川郡にして延槻《はひつき》[六]河を渡る時に作る歌一首

4024 立山《たちやま》[七]の雪し消《く》[八]らしも延槻の川の渡り[九]瀬鐙《あぶみ》[一〇]浸かすも

多知夜麻乃　由吉之久良之毛　波比都奇能　可波能和多理瀬　安夫美都加
須毛

気《け》[一一]太神宮《たのかむみや》に赴《おもぶ》き参り、海辺を行く時に作る歌一首

4025 志《し》[一二]雄《を》路《ぢ》から直《ただ》越え来れば羽《は》[一三]咋《くひ》の海朝なぎしたり船楫《ふねかぢ》[一四]もがも[一五]

之乎路可良　多太古要久礼婆　波久比能海　安佐奈藝思多理　船梶母我毛

一　今の婦負（ねい）郡。一部は富山市に入っている。
二　婦負郡婦中（ふちゆう）町に式内鵜坂神社がある。もと鵜坂村があった。北アルプス焼岳に発する高原川と飛驒高山を流れる宮川とが合して北流し富山市から富山湾に注ぐ神通（じんづう）川が、鵜坂の地を通るあたりを鵜坂川と呼んだのであろう。
三　この川は鵜坂の辺で川幅広く、その間に幾筋もの水脈に分れて流れている。
四　コノアガウマノと二字字余りに訓む説もある。
五　↓二二七頁注五
六　今の早月川。立山連峰剣岳から発して西北流し、魚津市と滑川市の境となって富山湾に注ぐ。現在川幅は広いが河原にはほとんど水が見えない。往時は県下第一の急流であったから立山連峰の雪解け水を含めた春先の早月川の奔流はすさまじかったであろう。
七　↓二二七頁注三
八　消は未然・連用形がケであったから下二段活用、終止形はクであっただろう。来ラシモと解する説がある。
九　↓一九〇頁注二
一〇　馬の両側に鞍から下げて、乗り手の足を受ける馬具。
一一　羽咋郡の延喜式内社気多神社。能登四郡に唯一の名神大社である。祭神は大己貴神。能登一の宮。石川県羽咋市家町にある。
一二　氷見から羽咋へまっ直に宝達丘陵を越える山道。今の志雄町（石川県羽咋郡）を通って羽咋の海へ出る。
一三　羽咋市にある邑知潟をさす。近年干拓されて長さ三キロほど細長い湖面を残すのみ。

珠洲郡《すすのこほり》より船を発《いだ》して治布《ちふ》に還りし時に、長浜の湾《うら》に泊《は》てて、月の光を仰ぎ見て作る歌一首

4029
珠洲の海に朝開きして漕ぎ来れば長浜の浦に月照りにけり

珠洲能宇美尓　安佐妣良伎之弖　許芸久礼婆　奈我波麻能宇良尓　都奇氐理尓家里

妣(元類)―比　波(元類紀宮)―婆

右の件《くだり》の歌詞は、春の出挙《すいこ》に依りて諸郡を巡行し、当時当所にして属目《しよくもく》して作れり。大伴宿禰《おほとものすくね》家持《やかもち》。

往時は、羽咋から七尾市へ続く低地と南は志雄町にもかけて湖水が広がっていた。宝達丘陵を越えると遙かに湖面が望めたろう。また、まっ直ぐ西方の外海とする説もある。

一四 船と梶。フナカヂモガモと訓む説がある。

一五 →一〇頁注六

一 能登半島最北端の地。今、珠洲(すず)市及び珠洲郡。船出をした所は珠洲の郡家に近い港であろう。珠洲の中心飯田の北、正院あたりと思われる。

二 所在未詳。「治府」の誤で国府の意とする説がある。

三 所在未詳。富山県氷見(みひ)市の松田江の長浜かという。ここから越中国府まであとわずかである。七尾湾岸説及びその周辺に求める説もある。

四 →六七頁注一

五 四〇二一〜四〇二九の九首(四首略)を指す。

六 春に官稲を出して貸し付け、秋冬に利息を付けて返済させる。令に「春時挙受、以二秋冬一報、是為二一年一也」とある。春の出挙とは、その貸し出し。

七 目をつけること。注意して見ること。

巻第十八

[一]天平二十年春三月二十三日に、左大臣橘《たちばな》[二]家の使者造酒司令《さけのつかさのさくわん》[三] 史田辺福麻呂《たなべのさきまろ》を守《かみ》大伴《おほとも》宿禰《すくね》家持《やかもち》の館《やかた》に饗《あへ》す。爰《ここ》に新《あら》しき歌を作り、并《あは》せて便《すなは》ち古き詠《うた》を誦《よ》みて、各《おのもおのも》 心緒《おもひ》を述ぶ。

4032
奈呉《なご》[四]の海に舟しまし貸せ沖に出でて波立ち来《く》やと見て帰り来《こ》む
奈呉乃宇美尓　布祢之麻志可勢　於伎尓伊泥弖　奈美多知久夜等　見底可
敝利許牟
右の四首〈三首略〉、田辺史《ふひと》 福麻呂

水海《みづうみ》[五]に至りて遊覧せし時に、各《おのもおのも》 懐《おもひ》を述べて作る歌

4049
おろかに[六]そわれは思ひし乎布《をふ》[七]の浦の荒磯《ありそ》のめぐり見れど飽かずけり
於呂可尓曽　和礼波於母比之　乎不乃宇良能　安利蘇野米具利　見礼度安
可須介利
右の一首、田辺史福麻呂

一 西暦七四八年。家持三十一歳。三月二十三日は太陽暦で四月二十五日。
二 橘諸兄。
三 造酒司は宮内省に所属し、酒・酢の類を醸造する役所。令吏は四等官(司は次官を置かない)で、大初位上相当の低い官。
四 奈呉は今も富山湾に面した新湊市の海浜の名としてある(→二一九頁注三)。奈呉ノ海はその沖合いをいう。富山湾。
五 布勢の水海。→二二六頁注三
六 オロカニは疎略なさま、いい加減にの意。おろそかに。
七 布勢水海の南岸の入江。今の氷見市窪・園付近という。

一 布勢水海の東南部の中央寄り。今、氷見市上田子・下田子の地名を残している。タゴと訓む説もある。

4051 多《たー》胡《こ》の崎木《こ二》の暗繁《くれしげ》にほととぎす来鳴き響《とよ》めば[三]はだ恋ひめやも
多胡乃佐伎　許能久礼之気尓　保登等芸須　伎奈伎等余米婆・　波太古非米
夜母

婆(元)—波

右の一首、大伴宿禰家持
前《さき》の件《くだり》の十[四]五首〈その二首〉の歌は、二[五]十五日に作れり。

[六]天平感宝元年五月五日に、東大寺の占墾地使《七せんこんぢし》の僧平栄《へいえい》等を饗《あへ》す。時に、守《かみ》大伴宿禰家持、酒を僧に送る歌一首
4085 焼《八やきた》大刀《ち》を礪《九と》波《なみ》の関に明日よりは守部《一〇もりべ》遣《や》り添へ君を留《とど》めむ
夜伎多知乎　刀奈美能勢伎尓　安須欲里波　毛利敝夜里蘇倍　伎美乎等・登・
米牟

等登(元類)—登等

[一一]同じ月の九日に、諸僚[一二]、少目《一三せうさくわん》秦伊美吉石竹《はたのいみきいはたけ》の館に会《つど》ひて飲宴《うたげ》す。時に主人《あるじ》、[一四]百合《ゆり》の花縵《はなかづら》三枚《ひら》を造り、[一五]豆器《とうき》に畳《かさ》ね置きて、賓客に捧げ贈る。各《おのもおのも》此の縵を賦《ふ》して作る三首〈二首略〉

二　木ノ暗は木が繁茂してあたりが薄暗くなること。木ノ暗繁はそれほどの深い茂み。
三　はなはだ。非常に。
四　「水海に至りて遊覧せし時、各懐を述べて作る歌」は四〇四六から四〇五一まで六首しかない。九首も脱落している。
五　天平二十年三月二十五日に家持は福麻呂を布勢水海遊覧に誘って接待した。
六　天平二十一(七四九)年四月十四日、その年二月の陸奥国黄金出土を記念して改元した。
七　天平二十一年四月一日の陸奥産金を神仏に感謝し時代をことほぐ聖武天皇の宣命に「又寺寺爾墾田地許奉利僧綱乎始氏衆僧尼敬問比治賜比」とあり、正倉院文書に東大寺の越中国の墾田に関するものがあり、墾田の地図も残されている。この時奈良の東大寺から開墾すべき土地を占定する使者が派遣されたのである。
八　焼いて鍛えた大刀を磨ぐところから、礪波のトにかけた枕詞。
九　越前と越中との国境をなす礪波山の越中側山麓にあった北陸道の関所。その位置は定かでないが、今、富山県小矢部市石坂に関跡の石碑があり、この一首を刻む。
一〇　番人。モリへとも訓む。
一一　天平感宝元(七四九)年五月。
一二　越中国府の役人たち。
一三　国司の四等官。大国(令に国は大・上・中・下の四等級を定めている)のみ大目と少目各一人と定めている。越中は上国だが能登を含めていたので大国の扱いを受けたのだろう。
一四　百合の花で作った髪飾り。
一五　豆器は元来食物を盛る器。後に礼器として祭祀に用いた。ここでは高坏(たかつき)。

4086
あぶら火《ひ》の光に見ゆるわが縵《かづら》　さ百合の花の笑《ゑ》まはしきかも

安夫良火乃・比可里尓見由流　和我可豆良　佐由利能波奈能　恵麻波之伎
香母

乃(元類)—能

右の一首、守大伴《かみおほともの》宿禰《すくね》家持《やかもち》

陸奥国《みちのくのくに》より金《くがね》を出《いだ》せる詔書を賀《ほ》く歌一首　并せて短歌

4094
葦原の　瑞穂の国を　天降《あまくだ》り　知らしめしける　皇祖《すめろき》の　神の命の　御代重ね　天《あま》の日嗣《ひつぎ》と　知らし来る　君の御代御代　敷《へ》きませる　四方《よも》の国には　山川を　広み厚みと　奉《たてまつ》る　御調宝《みつき》は　数へ得ず　尽しもかねつ　然《しか》れども　わが大君の　諸人《もろひと》を　誘《いざな》ひたまひ　善き事を　始めたまひて　黄金《くがね》かも　たしけくあらむと　思ほして　下《した》悩ますに　鶏《とり》が鳴く　東《あづま》の国の　陸奥《みちのく》の　小田《をだ》なる山に　黄金ありと　申したまへれ　御《み》心を　明らめたまひ　天地《あめつち》の　神相うづなひ　皇祖《すめろき》の　御霊《みたま》助けて　遠き代に　かかりし事を　朕《わ》が御世に　顕《あら》はしてあれば　食《を》す国は　栄えむものと　神《かむ》ながら　思ほしめして　もののふの　八十《やそ》伴《とも》の緒《を》を　服従《まつろ》

一　灯心を皿の油にひたしてともす灯火。アブラビと訓む説がある。
二　サは接頭語。サ衣・サ夜・サヲ鹿など。
三　↓一九八頁注七
四　続日本紀宣命第十三詔。天平二十一(七四九)年二月二十二日陸奥国小田郡より黄金献上、四月一日聖武天皇は東大寺行幸、造営中の大仏にその報告と感謝のことばを表白(第十二詔)、続いて一般民衆に喜びの宣命が下された。その中で大伴氏の祖先の功業にも言及された。
五　↓一八五頁注九　六　↓一二頁注二一
七　宣命にはアマツヒツギとある。天つ日の神の神聖なる継承者の意。トはとして。
八　お治めになる。
九　山や川が広大で充実しているので。
一〇　ツキは貢物。税としての租・調。
一一　ワゴオホキミとも訓む。↓一七頁注四
一二　仏教にいう功徳の善業で、ここは東大寺大仏造営をさす。
一三　タシケシはタシカニに同じという。確かである。十分である。
一四　シタは心の奥。　一五　↓四二頁注一九
一六　宮城県遠田(とおだ)郡の地。「小田なる山」は同郡涌谷(わくや)町大字涌谷小字黄金迫(こがねはざま)にある小山。ここに延喜式神名帳にある黄金山神社がある。
一七　申し奉ったので。已然形で切って、ドモやバを省略して下へかかってゆく語法。原文「麻宇之」でマウシと訓むが、「麻乎之」の誤りとする説がある。
一八　ここから「栄えむもの」まで天皇の思われた内容。
一九　大切なものと思う。よろこんでほめたたえる。ウヅは高貴なもの、珍しいものの意。

への　[一]向けのまにまに　[二]老人《おいひと》も　女童児《をみなわらは》も　[三]其《し》が願ふ　[四]心足《だ》らひに　撫《な》でたまひ　治めたまへば　此《ここ》をしも　あやに貴み　嬉しけく　いよよ思ひて　[五]大伴の　遠つ神祖《かむおや》の　其の名をば　[六]大久米主《おほくめぬし》と　負ひ持ちて　仕へし官《つかさ》　[七]海行かば　水浸《みづ》く屍《かばね》　山行かば　草生《む》す屍　大君の　辺《へ》にこそ死なめ　顧みは　せじと[八]言立《ことだ》て　[九]大夫《ますらを》の　清きその名を　[一〇]古《いにしへ》よ　今の[一一]現《をつつ》に　[一二]流さへる　祖《おや》の子等《ども》そ　[一三]大伴と　佐伯《さへき》の氏《うぢ》は　人の祖の　立つる言立《ことだて》　人の子は　祖の名絶たず　大君に　奉仕《まつろ》ふものと　言ひ継げる　[一四]言《こと》の官《つかさ》そ　[一五]梓《あづさ》弓　手に取り持ちて　剣大刀《つるぎたち》　腰に取り佩《は》き　朝守り　夕《ゆふ》の守りに　[一六]大君の　御《み》門《かど》の守り　われをおきて　[一七]人はあらじと　[一八]いや立て　思ひし益《まさ》る　大君の　[一九]御《み》言《こと》の幸《さき》の(一に云ふ、を)聞けば貴み(一に云ふ、貴くしあれば)

葦原能　美豆保国乎　安麻久太利　之良志売之家流　須売呂伎能　神乃美許等能　御代可佐祢　天乃日嗣等　之良志久流　伎美能御代〻〻　之伎麻世流　四方国尓波　山河乎　比呂美安都美等　多弖麻都流　御調宝波　可蘇倍衣受　都久之毛可祢都　之加礼騰母　吾大王乃　毛呂比登乎　伊射奈比多麻比　善事乎　波自米多麻比弖　久我祢可毛　多之気久安良牟登　於

二〇　↓一二頁注二。ここは歴代の天皇。古の聖天子の時代にあった瑞祥をいうか。対馬から金が届けられて大宝と改元したり、秩父からの和銅献上によって和銅に改元したりしたことなどをさすのであろう。
二一　↓三七頁注五　二二　↓一四頁注五
二三　↓二一頁注一七
二四　↓一一六頁注一二
二五　

一　従わせる。平らげる。
二　オイビトモと訓む説がある。
三　それ、その人。人をも事物をも指す。
四　満足するように。
五　大伴氏の遠い貴い祖先。
六　古事記上巻に「天忍日命、此者大伴連等之祖。天津久米命、此者久米直等之祖也」とあり、同中巻(神武)には「爾大伴連等之祖、道臣命、久米直等之祖、大久米命」とある。書紀神武紀には「大伴氏之遠祖日臣命、帥二大来目一」とあり、道を開きよく先導を果した功により道臣命と改名したとある。大久米主とは記されていない。大久米部を統帥したのでそう呼んだ伝承もあったのか。大久米↓二五九頁注一七
七　海行カバから顧ミハセジまで大伴氏の忠誠を誓う言立(ことだて)である。聖武天皇の宣命第十三詔(↓二三四頁注四)に大伴・佐伯宿祢の祖先以来の忠誠を顕彰して、その祖先から言い継いで来た誓詞を紹介されたのに家持は感動した。その文句は「海行かばみづく屍山行かば草むす屍王(おほきみ)の辺にこそ死なめのどには死なじ」とある。ミツクカバネとツを清音に訓む説がある。
八　コトダツは特にとり立てて言うこと。
九　↓二一頁注一四　一〇　昔より。昔から。
一一　現在の意。うつつ。ヲツヅニとも訓む。

一二　流スに反覆・継続の助動詞フが付いて、流サフ＋アリの約まったもの。
一三　大伴氏は代々天皇の守護に任じ、佐伯氏は大伴氏の分家である。姓氏録によれば、雄略天皇の御世、大連大伴室屋が宮門の警衛の責の重さに子の談(かたる)と相扶けてこれに当りたいと奏上し、許された。談の子孫が佐伯氏となり、以来大伴・佐伯の二氏が左右の門を守ることになったという。
一四　そのことば通りの、そのことばに背かぬ官職の意か。
一五　↓五頁注一八
一六　原文「尓」が「余」とあるもの、元暦校本・西本願寺本・紀州本・温故堂本などにより、ユフノマモリヨと訓む説がある。
一七　諸本、この句の頭に「且」があるので、マタヒトハアラジと訓む説がある。
一八　いよいよ志を立てて。
一九　詔書のことばの栄え。

母保之弖　之多奈夜麻須尓　鶏鳴　東国乃・　美知能久乃　小田在山尓　金有等　麻宇之多麻敝礼　御心乎　安吉良米多麻比　天地乃　神安比宇豆奈比　皇神祖乃　御霊多須気弖　遠代尓　可ゝ里之許登乎　朕御世尓　安良波之弖安礼婆　御食国波　左可延牟物能等　可牟奈我良　於毛保之売之弖　毛能乃布能　八十伴雄乎　麻都呂倍乃　牟気乃麻尓ゝゝ　老人毛　女童児毛　之我願　心太良比尓　撫賜　治賜婆　許己乎之母　安夜尓多敷刀美　宇礼之家久　伊余与於母比弖　大伴乃・　遠都神祖乃　其名乎婆　大来目主等・　於比母知弖　都加倍之官　海行者　美都久屍　山行者　草牟須屍　大皇乃　敝尓許曽死米　可敝里見波　勢自等許等太弖　大夫乃　伎欲吉彼名乎　伊尓之敝欲　伊麻乃乎追通尓　奈我佐敝流　於夜乃・子等毛曽　大伴等　佐伯乃氏者　人祖乃　立流辞立　人子者　祖名不絶　大君尓　麻都呂布物能等　伊比都雅流　許等能都可左曽　梓弓　手尓等里母知弖　剣大刀　許之尓等里波伎　安佐麻毛利　由布能麻毛利尓・　大王乃・　三門乃麻毛利　和礼乎於吉弖・　比・等波安良自等　伊夜多氏　於毛比之麻左流　大皇乃　御言能左吉乃一云乎　聞者貴美一云貴久之安礼婆

嗣(宮細矢京)—飼　乃(元類)—能　多(元)—多能　等(元類)—登　尓(類宮細)—余　弖比(大系ニヨル)—弖且比

反歌三首〈一首略〉

4096 大伴の遠つ神祖《かむおや》[一]の奥つ城《き》は著《しる》[二]く標《しめ》[三]立て人の知るべく

大伴乃・ 等保追可牟於夜能 於久都奇波 之流久之米多弖 比等能之流倍久

乃(元類古)—能

4097 [四]すめろきの御代栄えむと東《あづま》なる陸奥《みちのく》[五]山に黄金《くがね》花咲く

須売呂伎能 御代佐可延牟等 阿頭麻奈流 美知乃・久夜麻尓 金花佐久

乃(元類)—能

[六]天平感宝元年五月十二日に、越[七]中国守の館《へ》[八]にして大伴宿禰家持《おほとものすくねやかもち》作れり。

天平感宝元年閏《のちの》五月六日以来《このかた》、小旱[九]起りて、百姓《おほみたから》の田畝《でんぽ》稍《やや》く凋《しぼ》める色あり。六月朔日《ついたち》に至りて、忽《たちま》ちに雨雲の気《け》を見る。仍《よ》りて作る雲の歌一首 短歌一絶[一〇]

4122 すめろきの 敷き[一一]ます国の 天の下 四方《よも》の道には 馬の蹄《つめ》[一二] い尽す極《きはみ》
船《ふな》[一三]の舳《へ》の い泊《は》つるまでに 古《いにしへ》[一四]よ 今の現《をつつ》[一五]に 万調《よろづつき》[一六] 奉《まつ》るつかさ[一七]と
作りたる その農業《なりはひ》[一八]を 雨降らず 日の重なれば 植ゑし田も 蒔きし
畠《はたけ》も 朝ごとに 凋《しぼ》み枯れ行く そを見れば 心を痛み 緑児[一九]の 乳乞《ちこ》

一 墳墓。
二 はっきりと。明瞭に。
三 しるし、標識。それを施すことをシメ結フといい、シメ立ツは集中一例。シメサスもある。
四 ↓一二頁注二
五 陸奥国の小田郡の山。
六 ↓二三三頁注六
七 ↓二二一頁注六
八 ↓二二二頁注三
九 しばらく日照りが続いたこと。
一〇 短歌を詩の絶句に見立てたもの。反歌一首の意。
一一 ↓二三四頁注八
一二 馬蹄の踏み行く極み。祝詞・祈年祭に「馬爪至留限」とある。馬蹄がすり減って無くなってしまうほど遠い果までとする説がある。いずれも、次句に対して陸路の果て。
一三 海路の果て。
一四 ↓二三五頁注一〇
一五 ↓二三五頁注一一。ヲツヅと訓む説がある。
一六 あらゆる貢物。
一七 ツカサは第一のもの、主だったもの。
一八 ナリは生業。ここでは農業。
一九 ミドリゴと訓む説がある。↓四八頁注一四

ふが如く　天つ水　仰ぎてそ待つ　あしひきの[一]　山のたをりに[二]　この見ゆる　天の白雲　海神《わたつみ》の[三]　沖つ宮辺に[四]　立ち渡り　との曇り合ひて[五]　雨も賜はね[六]

須売呂伎能　之伎麻須久尓能　安米能之多　四方能美知尓波　宇麻乃都米　伊都久須伎波美　布奈乃倍能　伊波都流麻泥尓　伊尓之敝欲　伊麻乃乎都頭尓　万調　麻都流都可佐等　都久里多流　曽能奈里波比乎　安米布良受　日能可左奈礼婆　宇恵之田毛　麻吉之波多気毛　安佐其登尓　之保美可礼由苦　曽乎見礼婆　許己呂乎伊多美　弥騰里児能　知許布我其登久　安麻都美豆　安布芸弖曽麻都　安之比奇能　夜麻能多乎理尓　許能見油流　安麻能之良久母　和多都美能　於枳都美夜敝尓　多知和多里　等能具毛利安比弖　安米母多麻波祢

反歌一首

4123 この見ゆる雲ほびこりて[七]　との曇り雨も降らぬか心足《だ》らひに[八]

許能美由流　久毛保妣許里弖　等能具毛理　安米毛布良奴可　己許呂太良比尓

己許(元類)—許己

右の二首、六月一日の晩頭《ひのぐれ》に、守大伴宿禰《かみおほとものすくね》家持《やかもち》作れり。

一 →二七頁注一
二 もののたわんだ部分。山のくぼんで低くなったところ。鞍部。
三 海神は水を司るとされていた。海幸山幸の説話で、海神からもらった玉で田の水の供給を自由にするのは、この信仰による。
四 ミヤベニと訓む説がある。
五 一面にかきくもる。タナグモルともいう。トノはタナの変化した形。
六 他者の行動の実現を希う終助詞。
七 広がる。いっぱいになる。はびこる。
八 →二三五頁注四

雨の落《ふ》るを賀《ほ》く歌一首

4124 わが欲《ほ》りし雨は降り来《き》ぬかくしあらば言挙《ことあ》げせずとも年は栄えむ

和我保里之　安米波布里伎奴　可久之安良婆・　許登安気世受杼母　登思波佐可延牟

婆(元)―波

右の一首、同じ月四日に、大伴宿禰家持作れり。

天平勝宝二年正月二日に、国庁に饗《あへ》を諸《もろもろ》の郡司等に給ふ宴《うたげ》の歌一首

4136 あしひきの山の木末《こぬれ》の寄生《ほよ》取りて挿頭《かざ》しつらくは千歳寿《ほ》くとそ

安之比奇能　夜麻能許奴礼能　保与等理天・　可射之都良久波　知等世保久等曽

理(元類古)―里

右の一首、守《かみ》大伴宿禰家持作れり。

墾田《こんでん》の地を検察する事に縁《よ》りて、礪波郡《となみのこほり》の主帳《しゆちやう》多《た》治比部北里《ぢひべのきたさと》の家に宿る。時に、忽《たちま》ちに風雨起りて、辞去すること得ずして作る歌一首

4138 荊波《やぶなみ》の里に宿借り春雨に隠《こも》り障《つつ》むと妹に告げつや

一 →一二〇頁注二〇
二 トシは五穀、特に稲のみのりをいう。
三 天平感宝元(七四九)年七月二日、孝謙天皇即位と共に天平勝宝と改元。
四 もてなしの食事。
五 →二七頁注一
六 →一一五頁注四
七 ヤドリギ。ホヤ。ケヤキ、エノキなど落葉樹の幹や枝に灌木状に寄生する。冬になるとよく目立ち、常緑なのでめでたいとしてかざしにされたのであろう。
八 →一四頁注一三
九 ホクは神に祈る意。祈ることによって幸を招く。祝福する。ことほぐ。
一〇 新たに開墾した田。例えば宣命第十三詔に「又寺々に墾田の地を許し奉り」とある。正倉院文書に東大寺の越中国の墾田に関するものがある。
一一 →二二九頁注五
一二 書記。
一三 所在未詳。延喜式神名帳に越中国礪波郡荊波(やぶなみ)神社がある。小矢部市礪中町藪波があり、もと藪波村であったが、これは後に古名をつけたものという。
一四 妨げられる。雨ツツミの語もある。
一五 家持の妻坂上大嬢は、初め奈良の京に留っていたが、この年三月二十三日大嬢が越中から京の母へ贈る歌を家持が代作しているから、この時にはすでに越中へ下っていたかも知れぬ。そうすれば、このイモは坂上大嬢をさす。

夜夫奈美能　佐刀尓夜度可里　波流佐米尓　許母理都追牟等　伊母尓都宜
都夜

[一]二月十八日に、守《かみ》大伴《おほともの》宿禰《すくね》家持《やかもち》作れり。

一　天平勝宝二(七五〇)年二月十八日は太陽暦で三月三十日に当る。

巻第十九

[一]天平勝宝二年三月一日の暮《ゆふへ》に、春苑の桃李[二]の花を眺矚《てうしょく》して作る歌[三]二首

4139 春[四]の苑紅《くれなゐ》[五]にほふ桃の花下照《したで》[六]る道に出で立つ少女《をとめ》

春苑　紅尓保布　桃花　下照道尓　出立嬬嬬

照(元類文)—昭

4140 わが園の李《すもも》[七]の花か庭[八]に降るは[九]だれのいまだ残りたるかも

吾園之　李花可　庭尓落　波太礼能末　遺在可母

翻《と》び翔《かけ》る鴫《しぎ》[一〇]を見て作る歌一首

4141 春[一一]まけて物悲《がな》[一二]しきにさ夜[一三]ふけて羽振《はぶ》[一四]き鳴く鴫誰《た》が田にか住む

春儲而　物悲尓　三更而　羽振鳴志芸　誰田尓加須牟

二日に、柳黛《りうたい》[一五]を攀《よ》[一六]ぢて京師《みやこ》を思ふ歌一首

4142 春の日に張《は》[一七]れる柳を取り持ちて見れば都の大路《おほち》[一八]し思ほゆ

一　七五〇年。→二三九頁注三

二　桃と李。桃は中国の黄河上流の高原地帯の原産で、日本に渡来したもの。山野に野生のものが見られた。

三　この巻では作者の名を記さないものは大伴家持作であることが巻末左注に記されている。

四　題詞の漢語「春苑」の翻訳語だろう(小島憲之氏)。

五　ニホフは赤い色があざやかに照り輝くこと。春の園が紅にニホフのである。この句、下に続けて解する説もあるが、二句切れでよみたい。

六　木の下に照り映える。シタテルと清音に訓む説もある。

七　歌に詠むのは集中唯一例。李の開花は桃と同じかあるいは少し遅れるものという。李の花カと二句で切りたい。

八　ニハニチルと訓んで李の花が散ると解する説がある。九 →一五一頁注六

一〇　しぎ科の鳥。田鴫・山鴫・小鴫など種類が多い。くちばしの長い鳥。多くは秋、北から南へ渡る途中と、春、北へ帰る途中、日本を通過する。冬、日本に留まるものもある。水辺に住む。

一一　マクは待ち設ける、心待ちにする意。春を待ちつける意から転じて、春になっての意とする説がある。

一二　何となく悲しい。無性に切ないのである。モノカナシキニと清音に訓む説がある。

一三　「三更而」をサヨフケテと訓む。三更→二一二頁注九

一四　ハブクは翼を振ること。

一五　黛は眉墨であるが、ここは黛を引いた眉を表わす。柳の若葉を女の眉にたとえた。

春日尓　張流柳乎　取持而　見者京之　大路所念・

念(元類)—思

堅香子《かたかご》[一]草の花を攀《よ》[二]ぢ折る歌一首

4143
[三]もののふの八十《やそ》娘子《をとめ》らが汲《く》[四]みまがふ寺[五]井の上《うへ》の堅香子《かたかご》の花

物部乃・　八十・嬬等之　挹乱　寺井於乃　堅香子之花

乃(元類古)—能　十(元吉)—十乃

暁《あかとき》に鳴く雉《きぎし》[六]を聞く歌二首〈一首略〉

4149
[七]あしひきの八峰《やつを》[八]の雉《きぎし》鳴き響《とよ》む朝明《あさけ》の霞見ればかなしも

足引之　八峯之鴙　鳴響　朝開之霞　見者可奈之母

遙かに江《かは》を泝《さかのぼ》る船人の唱《うた》を聞く歌一首

4150
朝床に聞けば遙《はる》[九]けし射[一〇]水川《いみづかは》朝漕ぎしつつ唱ふ船人《ふなびと》

朝床尓　聞者遙之　射水河　朝己芸思都追　唱船人

[一一]季春三月九日に、出挙《すいこ》[一二]の政《まつりこと》に擬《あた》りて、旧江村《ふるえのむら》[一三]に行く。道の上《ほとり》にして物化《ぶつくわ》[一四]を属《しよく》[一五]目《もく》する詠《うた》、并《あは》せて興[一六]の中に作れる歌。

一六　ヨヅはしっかりつかんで引くこと。引き寄せて手折ったのである。
一七　張ルは芽ぐむこと。↓二〇一頁注七
一八　オホヂシオモホユ・オホチ(ヂ)オモホユとも訓む。

一　カタクリ。ゆり科の多年生草本。山野に自生する。早春、地下茎から二葉を出し、その間から長い花柄を出し、ヒメユリに似た紅紫色の六弁の花が下を向いて咲く。地下茎は白色多肉で、澱粉を貯えている。カタクリ粉を採る。
二　ヨヅはしっかりとつかんで引き寄せることだが、カタカゴの花を手折るのに何の力もいらない。　三　↓二一頁注一七
四　多勢入り乱れて水を汲んでいる。乱をマガフと訓む例は三六二、一六四〇。
五　寺の境内にある井。ウヘはほとり。井↓一七頁注二
六　キジ。鶉鶏《じゅんけい》目きじ科の鳥。雄は顔が赤く、背面の色は複雑で美しい。首から腹部にかけて暗緑色。尾は長く美しい。雌は淡褐色で黒斑があり、尾は短い。日本特産。古くから代表的な狩猟鳥の一つ。
七　↓二七頁注一　八　方々の多くの峰々。
九　「開けば苦しも」(一四六七)「聞けば悲しも」(三九六八)「聞けば懐かし」(四一八一)などと同じく、ハルケシは家持独自の感情語で、遙かに細々と聞えてしみじみと心ひかれる思いを表す。
一〇　白山を中心とする両白山地の北端から発し、富山県西礪波郡を流れ、越中国府のあった高岡市伏木町で富山湾に注ぐ小矢部川。古くは今の庄川も合して射水川となっていた。イミヅガハとも。
一一　晩春。天平勝宝二(七五〇)年三月。↓二二五頁注八

渋谿《しぶたに》の崎を過ぎて巌《いはほ》の上の樹《き》を見る歌一首　樹の名は都万麻《つまま》なり

4159 磯の上のつままを見れば根を延《は》へて年深からし神《かむ》さびにけり

礒上之　都万麻乎見者　根乎延而　年深有之　神左備尓家里

左(元類古)―佐

霍公鳥《ほととぎす》と藤の花とを詠《よ》む一首　并せて短歌

4192 桃の花　紅色《くれなゐいろ》に　にほひたる　面輪《おもわ》のうちに　青柳《あをやぎ》の　細き眉根《まよね》を　笑《ゑ》み曲がり　朝影見つつ　娘子《をとめ》らが　手に取り持てる　真澄《まそ》鏡　二上山《ふたがみやま》に　木の暗《くれ》の　繁き谷辺《たにへ》を　呼び響《とよ》め　朝飛び渡り　夕月夜《ゆふづくよ》　かそけき　野辺に　遙々《はろはろ》に　鳴くほととぎす　立ちくくと　羽触《はぶり》に散らす　藤波の　花なつかしみ　引き攀《よ》ぢて　袖に扱《こき》入れつ　染《し》まば染《し》むとも

桃花　紅色尓　尓保比多流　面輪乃宇和尓　青柳乃　細眉根乎　咲麻我

理　朝影見都追　嬬嬬良我　手尓取持有　真鏡　盖上山尓　許能久礼乃

繁谿辺乎　呼等余米　旦飛渡　暮月夜　可蘇気伎野辺　遙々尓　喧霍公

鳥　立久々等　羽触尓知良須　藤浪乃　花奈都可之美　引攀而　袖尓古伎

礼都　染婆染等母

乃(元類)能　余米(代ニヨル)―米尓

一二 ↓二三一頁注六　一三 ↓二二六頁注四

一四 万物が自然のうちに変化する姿。ここでは「物華」と同じく自然の景色をいうか。

一五 目をつけて見る。注目する。嘱目。

一六「興に依りて作れる歌」と同じ。

一 ↓二二二頁注一三

二 タブノキ。クスノキ科の常緑高木。沿海の温暖地に自生し、高さ十五メートル余に達する。葉はクスノキに似て長楕円形で肉厚。老木になると根が盛り上がり地上に露出して、いかにも神々しい姿になる。

三 ↓一四頁注六　四 ↓二八頁注四

五 ニホフは赤い色があざやかに照り輝くこと。紅顔の若々しい美しさをいう。

六 ワは輪郭。顔、顔つき。

七 相好を崩す。目尻を下げて眉を曲げて笑う。八 朝に見る姿。

九 真澄みの鏡。古代の鏡にはふたがついていたところからフタガミ山にかかる。初句からマソ鏡まで二上山を起こす序。

一〇 ↓二二五頁注五。フタカミヤマと訓む説がある。

一一 木が繁って薄暗いほどの繁みの意から、それほどに木が繁っていること。谿辺をタニべと訓む説がある。

一二 ↓二三三頁注二

一三 月夜はツクヨと訓む。

一四 家持の独自の用語。集中二例しかない。カスカニも万葉集にない。野辺を照らす夕月の光が見えるか見えないか、細々とかすかである。野辺をノべと訓む説がある。

一五 遙かに遠く隔って。ハロバロニと訓む説がある。家持の歌に「波呂婆呂尓」(四三九八)とも「波呂々々尓」(四四〇八)ともある。

一六 家持にしか見えない詞句で、ホトトギスは「立ちくく」(三例)、ウグヒスは「飛び

4193
ほととぎす鳴く[一]羽触《はぶり》にも散りにけり盛り過ぐらし藤波の花(一に云ふ、散りぬべみ袖に[二]扱《こき》入れつ藤波の花)

霍公鳥　鳴羽触尓毛　落尓家利　盛過良志　藤奈美能花　一云　落奴倍美
袖尓古伎納都　藤浪乃花也

[三]同じ九日に作れり。

[四]十二日に、[五]布勢《ふせ》の水海《みづうみ》に遊覧するに、[六]多祜《たこ》の湾《うら》に船泊《ふなはて》して、藤の花を望み見て、各《おのもおのも》懐《おもひ》を述べて作る歌四首〈一首略〉

4199
[七]藤波の[八]影なす海の底清み[九]沈著《しづ》く石をも玉とぞ我が見る

藤奈美乃・影成海之　底清美　之都久石乎毛　珠等曽吾見流
乃(元類)—能

守大伴宿禰家持《かみおほとものすくねやかもち》

4200
多祜の浦の底さへ[一〇]にほふ藤波を[一一]挿頭《かざ》して行かむ見ぬ人のため

多祜乃浦能　底左倍尓保布　藤奈美乎　加射之氏将去　不見人之為

[一二]次官《すけ》内蔵忌寸《くらのいみき》縄麻呂《なはまろ》

4201
[一三]いささかに思ひて来《こ》しを多祜の浦に咲ける藤見て一夜《ひとよ》経ぬべし

くく」(二例)と使い分けている。樹間をくぐり抜けてゆく表現。ウグヒスは軽く羽ばたきつつ樹間を飛びくぐるのに対してホトトギスは羽ばたきをせずに木の間を抜ける違いに応じた表現だという(稲岡耕二氏)。

一七 羽が触れて花が散らされる。ハブキニチラス・ハブレニチラスと訓む説もある。

一八 藤の花房が風に靡くさまを波に見立てたものであろう。

一九 ヨヅ↓二四二頁注二

二〇 コクはしごく。コキイレツが約まった。

二一 ソマバソムトモと訓む説がある。

一 ハブキ・ハブレと訓む説がある。

二 コキイレツと訓む説がある。

三 天平勝宝二(七五〇)年四月九日。

四 天平勝宝二年四月十二日。

五 富山県氷見市田子・窪・神代(じろう)・布施・十二町などの地一帯に広く展開していた湖水。土砂の堆積の上に、干拓が古くから続けられて、今は一帯広々とした水田である。細長く小さい十二町潟を残すのみ。大伴家持はここの風景を愛し、度々ここに遊覧している。

六 ↓二三二頁注一。そのあたりの入江。今、氷見市下田子の藤波神社に藤の古木がある。

七 ↓二四四頁注一八

八 影を作る。影を映している。

九 水底に沈み着いている。

一〇 ↓二四三頁注五　一一 ↓一四頁注一三

一二 国司の二等官。介(けす)。

一三 イササカはほんのわずか、少しばかりの意。たいしたことはないと思って来たのである。

一 ↓二二二頁注一一

二 天平勝宝三(七五一)年。

伊佐左可尓　念而来之乎　多祜乃浦尓　開流藤見而　一夜可経

判官《じよう》久米朝臣《くめのあそみ》広縄《ひろなは》

七月十七日を以ちて、少納言《せうなごん》に遷任せらる。仍《よ》りて別れを悲しぶる歌を作りて、朝集使掾久米朝臣広縄《じようくめのあそみひろなは》の館に贈り貽《のこ》す二首〈一首略〉

既に六載の期《ご》に満ち、忽《たちま》ちに遷替の運《とき》に値《あ》ふ。是《ここ》に旧《ふるき》に別るる懐《かなしび》、心中に欝結す。渧《なみた》を拭《のご》ふ袖は、何を以ちてか能く旱《かは》かむ。因《よ》りて悲歌二首を作りて、式《も》ちて忘るること莫《な》き志《こころ》を遺《のこ》す。其の詞《ことば》に曰はく

4249
石瀬《いはせ》野に秋萩凌《しの》ぎ馬並《な》めて初鷹狩《はつとがり》だにせずや別れむ

伊波世野尓　秋芽子之努芸　馬並　始鷹猟太尓　不為哉将別

右、八月四日に贈れり。

便《すなは》ち大帳使《だいちやうし》に附きて、八月五日を取りて京師《みやこ》に入らむとす。此《これ》に因《よ》りて四日を以ちて、国厨《こくちう》の饌を設《ま》け、介内蔵伊美吉縄麻呂《すけくらのいみきなはまろ》の館に餞《うまのはなむけ》す。時に大伴宿禰家持の作る歌一首

4250
しな離《ざか》る越《こし》に五年《いつとせ》住み住みて立ち別れまく惜しき宵かも

之奈謝可流　越尓五箇年　住〻而　立別麻久　惜初夜可毛・

三　太政官の判官（じよう）に当る。定員三名。小事の奏宣と官印の管理を掌る。侍従を兼ねた。従五位下相当官。大伴家持が少納言に選任せられた事は続紀に漏れている。

四　国司から、一年間の政務の記録・諸施設の状況・官吏の勤務評定等を報告する朝集帳を中央政府に提出するために派する使。

五　国司の三等官。

六　天平十八（七四六）年六月に家持が越中守に任ぜられてから、既に満五年と一ヶ月、足かけ六年になる。

七　家持が鷹狩を楽しんだ場所で、国府から余り遠くない原野だったろう。富山県射水郡大門町の北方、高岡市石瀬（いしぜ）一帯の地かという。富山市の北部、神通川の河口近くの東岩瀬にはこの歌を刻んだ碑があるが、ここは当らずという。

八　↓五三頁注一〇、一四三頁注三

九　押し伏せ、押し分けて進むこと。

一〇　その年、初めての狩。鷹狩は、秋から冬のもので、秋は小鷹狩といい、ウズラなどの小鳥をとり、冬は大鷹狩といって雁・鴨などをとる。この年の秋の小鷹狩はまだしていなかった。

一一　家持の越中生活最後の日。太陽暦で八月二十九日に当る。

一二　調・庸賦課のために各国人別に課口・不課口が記載された計帳を毎年八月三十日までに太政官に提出する使で、大計帳使ともいう。遷任上京する家持が大帳使を託されたのである。

一三　厨は「廚」でくりや、台所。国庁の調理場で用意された料理によって次官官邸で餞別の宴が催された。

一四　↓二二四頁注一六　一五　↓注六

毛(元類宮文)—母

[一]閏《のちの》三月、[二]衛門督大伴古慈悲宿禰《ゑもんのかみおほとものこじひのすくね》の家にして、[三]入唐副使《にふたふふくし》同じき胡麻呂宿禰《こまろのすくね》等に餞する歌二首〈一首略〉

4262
[四]唐国《からくに》に[五]行き足らはして帰り来むますら[六]健男《たけを》に御酒《みき》たてまつる

韓国尓　由伎多良波之氏　可敝里許牟　麻須良多家乎尓　美伎多弖麻都流

右の一首、多治比真人鷹主《たぢひのまひとたかぬし》、副使大伴胡麻呂宿禰を寿《ことほ》けり。

[七]十一月八日に、[八]左大臣橘朝臣《たちばなのあそみ》の宅《いへ》に在《いま》して、[九]肆宴《とよのあかり》きこしめす歌四首〈三首略〉

4272
天地《あめつち》に[一〇]足らはし照りて[一一]わが大君[一二]敷き坐《ま》せばかも楽しき[一三]小里《をさと》

天地尓　足之照而　吾大皇　之伎座婆可母　楽伎小里

右の一首、[一四]少納言大伴宿禰家持《せうなごんおほとものすくねやかもち》。[一五]未だ奏《まを》さず

[一六]二十七日に、林王《はやしのおほきみ》の宅《いへ》にして、[一七]但馬按察使《たぢまのあんせつし》橘奈良麻呂朝臣《たちばなのならまろのあそみ》に餞する宴の歌三首〈二首略〉

4281
白雪の降り敷く山を越え行かむ君をそ[一八]もとな[一九]息の緒に思ふ

白雪能　布里之久山乎　越由加牟　君乎曽母等奈　伊吉能乎尓念

[二〇]左大臣、[二一]尾を換へて云はく、伊伎能乎尓須流《いきのをにする》といへり。然れども猶《なほ》喩《さと》して曰

一 天平勝宝四(七五二)年。
二 宮門を守る衛門府の長官。当時まだ左右の別はなかった。正五位上相当官。武官の最高の位置。ゆげひのつかさ。
三 天平勝宝二(七五〇)年九月藤原清河を大使とし、大伴古麻呂を副使とする遣唐使の任命があった。同四年閏三月九日副使以上内裏に召され、節刀を賜う。同六年正月帰国。
四 カラクニは漠然と外国をさす。ここは唐。
五 行って、使命を果すこと。タラハスは満たす、充足する。完遂するの意。
六 マスラヲにしてタケヲである意。マスラヲ↓二一頁注一四
七 天平勝宝四(七五二)年。
八 ↓二二〇頁注九、一〇
九 ↓二二〇頁注一六
一〇 満ち満ちる。隅々までたっぷりと。
一一 ワゴオホキミと訓む説がある。↓一七頁注四
一二 シキマス↓二三四頁注八。ここは行幸なさっている意とする。
一三 ヲザトと訓む説がある。
一四 ↓二四五頁注三
一五 この歌を作ったが、奏上しなかった。
一六 天平勝宝四(七五二)年十一月二十七日。
一七 按察使は地方行政の監督官。養老三年(七一九)七月十三日始めて按察使が置かれ、数ケ国をまとめてその中の一国の国守が任命された。天平勝宝以降は、中央高官が兼任して派遣されている。橘奈良麻呂も参議であったが、天平勝宝四年十一月三日、但馬・因幡按察使を命ぜられ、伯耆・出雲・石見までの非違事の検校を兼任した。
一八 ↓五三頁注四
一九 息ノ緒は命の綱の意で、命の続くさまを

はく、前の如く誦《よ》めといへり。

右の一首、少納言大伴宿禰家持。

[一]五年正月四日に、治部少輔《ぢぶのせうふ》[二]石上朝臣《いそのかみのあそみ》宅嗣《やかつぐ》の家にして宴《うたげ》する歌三首〈二首略〉

4284
新《あらた》しき年の初めに思ふどち[三]い群《む》れて居《を》ればうれしくもあるか

新　年始尓　思共　伊牟礼氏乎礼婆　宇礼之久母安流可

右の一首、大膳大夫[四]道祖王《ふなどのおほきみ》

二月十九日に、左大臣橘家[五]の宴にして、攀《よ》ぢ折れる[六]柳の条《えだ》を見る歌一首

4289
青柳《あをやぎ》の上枝《ほつえ》[七]攀《よ》ぢ取りかづらく[八]は君が屋戸《やど》[九]にし千年寿《ちとせほ》く[一〇]とそ

青柳乃　保都枝与治等理　可豆良久波　君之屋戸尓之　千年保久等曽

二十三日[一一]に、興に依りて作る歌二首

4290
春の野に霞たなびきうら悲《がな》し[一二]この夕かげ[一三]にうぐひす鳴くも

春野尓　霞多奈毗伎　宇良悲　許能暮影尓　鸎奈久母

4291
わがやど[一四]のいささ[一五]群竹《むらたけ》吹く風の音のかそけき[一六]この夕《ゆふべ》[一七]かも

和我屋度能　伊佐左村竹　布久風能　於等能可蘇気伎　許能由布敝可母

二〇 橘諸兄。奈良麻呂は諸兄の長子である。
二一 結びの句。

一 天平勝宝五(七五三)年。家持が越中から帰京して二度目の正月を迎えた。
二 治部省の次官の下位。
三 →九八頁注四
四 宮内省所轄の大膳職の長官。宮廷での会食の料理を担当する役所である。
五 橘諸兄。
六 →二四二頁注二
七 ホ(秀)は他に抜きん出たもの。ホツ枝は最上方の枝。
八 つる草や花を頭髪の飾りにする。それをカヅラという。
九 →八三頁注一〇
一〇 よい結果が得られるように神に祈ること。その祝い言を唱えること。
一一 天平勝宝五(七五三)年二月二十三日。
一二 心がかなしい。カナシは痛切に心が動かされる意。心中深く感傷にひたっているのであろう。この句で切れる形であるが、この句を下に続ける説がある。ウラカナシと清音に訓む説がある。
一三 夕方の光。
一四 →八三頁注一〇
一五 未詳。イは接頭語で、ササは小竹、笹の意か。イササはイササカニ・イササケシの語幹で、わずかばかりの意か。イササムラダケと訓む説もある。
一六 かすかである。家持にもう一例あるのみで、他に例がない。→二四三頁注一四
一七 コノユフへと清音に訓む説がある。

二十五日に作る歌一首

4292 うらうらに照れる春日《はるひ》にひばり上がり心悲しもひとりし思へば

宇良宇良尓　照流春日尓　比婆理安我里　情悲毛　比登里志於母倍婆

登(元類文)—等

春日遅々として、鶬鶊正に啼《な》く。悽惆の意、歌にあらずは撥《はら》ひ難し、仍《よ》りて此の歌を作り、式《も》ちて締緒を展《の》ぶ。但し、此の巻の中に作者の名字を称《い》はず、徒《ただ》年月・所処・縁起のみを録《しる》せるは、皆大伴宿禰家持の裁作《つく》れる歌詞《うた》なり。

一　天平勝宝五年二月二十五日。
二　名義抄に「遅々　ウラウラ」とある。左注に「春日遅々」とある。春の日の暮れなずむさまをいう。諸注多く、うららかに照り渡る春の日というが、単にのどかで明るい意とはしがたい。
三　テレルハルビニと訓む説がある。
四　心が痛む。胸が切なく痛む。ココロガナシモと訓む説がある。
五　思惟は窮極のところ一人のもの。考える人の孤独さを家持は知った。ヒトリ思フは集中この一例しかない。
六　毛詩小雅・出車に「春日遅々　卉木萋々　倉庚喈々　采蘩祁々」とあるによったものであろう。
七　うぐいすの意であるが、日本ではヒバリの意に用いる。和名抄に「雲雀」の和名を「比波利」と記した下に「楊氏漢語抄云、鶬鶊倉庚二音、和名上同」とある。
八　悲しみ痛む、沈んだ心。
九　鬱結した心。
一〇　気持をゆったりとさせる。心を晴らす。

巻第二十

[一]天平勝宝五年八月十二日に、二三《ふたりみたり》の大[二]夫等《まへつきみたち》、各《おのもおのも》壺《こ》酒《しゅ》を提《さ》げて高円《たかまと》[三]の野に登り、聊《いささ》かに所心《おもひ》を述べて作る歌三首〈二首略〉

4297
[四]女郎花《をみなへし》秋萩凌《しの》[五]ぎさ[六]雄鹿の露別け鳴かむ高円の野そ

乎美奈弊•之　安伎波疑之努芸　左乎之可能　都由和気奈加牟　多加麻刀能　野曽

弊（類紀宮細）―敝

右の一首、少納言《せうなごん》[七]大伴《おほともの》宿禰《すくね》家持《やかもち》

[八]天平勝宝七歳乙未の二月、相替りて筑紫《つくし》[九]に遣《つか》はさるる諸国《くにぐに》の防人《さきもり》[一〇]等の歌

4321
[一一]畏《かしこ》きや命《みこと》[一二]被《かが》ふり明日ゆり[一三]や草《かえ》[一四]が[一五]むた寝む妹《いむ》[一六]なしにして

可之古伎夜　美許等加我布理　阿須由利也　加曳我•牟多祢牟•　伊牟奈之尓　志弖

我（元古）―我伊　牟（元類古）―乎

右の一首、国造丁《くにのみやつこのよほろ》[一七]長下郡《ながのしものこほり》[一八]の物部秋持《もののべのあきもち》

一　七五三年。その八月十二日は太陽暦で九月十三日。
二　大夫は四位、五位の者をいう。
三　↓五三頁注一八　四　↓一四三頁注七
五　↓五三頁注一〇、一四三頁注三
六　↓八〇頁注九　七　↓二四五頁注三
八　続紀、天平勝宝七（七五五）年正月四日の条に「勅、為レ有レ所レ思、宜下改二天平勝宝七年一、為中天平勝宝七歳上。」とある。
九　↓二〇五頁注一〇
一〇　サキモリについて↓二〇一頁注一一。史書には書紀、孝徳紀大化二年正月「初修二京師一、置二畿内国司・郡司・関塞・斥候・防人・駅馬・伝馬一」とあるのが初見。天智紀三年「於二対馬嶋・壱岐嶋・筑紫国等一置二防与レ烽一」とある。続紀、天平二年九月「停二諸国防人一」とあり、専ら東国からとした。天平九年九月「停二筑紫防人一帰二于本郷一。差二筑紫人一令レ戍二壱岐対馬一」とあるが、天平勝宝七歳復活し、交替のため東国人が筑紫へ遣わされた。その防人たちの歌が兵部少輔大伴家持の手で集められた。この防人も三年の任期以前に廃止された。天平宝字元年閏八月「勅曰、大宰府防人、頃年差二坂東諸国兵士一発遣、由レ是、路次之国、皆苦二供給一、防人産業、亦難二弁済一、自レ今已後、宜下差二西海道七国兵士合一千人一充中防人司上」とある。
一一　恐れ多い。ヤは間投助詞。
一二　こうむる。受ける。
一三　ヨリに同じ。ユ。ヨ。　一四　カヤの訛。
一五　↓三〇頁注八　一六　イモの訛。
一七　国造とは古く国郡を統合していた世襲の地方官。ヨホロは二十一歳から六十歳までの壮丁。国造丁とはその国の防人軍団の長

4322
わが妻はいたく恋[一]ひらし飲む水に影《かご》[二]さへ見えて世に忘られず

和我都麻波　伊多久古非良之　乃牟美豆尓　加其佐倍美曳弖　余尓和須良礼受

非(元)―比

右の一首、主帳丁《しゆちやうのよほろ》[三]麁玉郡《あらたまのこほり》[四]の若倭部身麻呂《わかやまとべのむまろ》

4323
時時《ときとき》[五]の花は咲けども何すれそ母とふ花の咲き出来《でこ》ずけむ

等伎騰吉乃　波奈波佐家登母　奈尓須礼曽　波々登布波奈乃　佐吉泥己受祁牟

右の一首、防人山名郡《やまなのこほり》[六]の丈部真麻呂《はせつかべのままろ》

4327
わが妻も絵に描《か》き取らむ暇《いつまへ》[七]もが旅行く我《あれ》は見つつ偲はむ

和我都麻母　画尓可伎等良無　伊豆麻母加　多妣由久阿礼波　美都々志努波牟

妣(元)―比　波(類古紀宮)―婆

右の一首、長下郡[九]の物部古麻呂《もののべのこまろ》

二月六日に、防人部領使《さきもりのことりづかひ》[一〇]遠江国《とほつあふみのくに》[一一]の史生[一二]坂本朝臣人上《ししやうさかもとのあそみひとかみ》が進《たてまつ》れる歌の数は十

を勧める者であったと考えられる。国造の家から出た壮丁という説もある。

一八　今、静岡県浜名郡となり、一部は磐田郡に入った。

一　コフラシの訛。

二　カゲの訛。

三　軍防令に兵一千人になると主帳は二人おけ(それ以外は一人)と規定している。その主帳である壮丁の意で、その国の防人軍団の庶務・会計等を担当する者であったと考えられる。

四　静岡県引佐・浜名・磐田の三郡に入った。近年まで引佐郡の東部に麁玉村があった。

五　時節時節の。季節季節の。トキドキノと訓む説がある。

六　今、静岡県小笠郡の中に含まれている。

七　イトマの訛。イヅマと濁音に訓む説もある。

八　→一〇頁注六。モカと清音に訓む説がある。

九　→二五〇頁注一八

一〇　防人を難波まで引率して行く役。コトリはコトトリの約。国司がこれに当る。

一一　静岡県の西半部。大井川以西の地。浜名湖が古くから名高く、琵琶湖を「近つ淡海」というに対して浜名湖を「遠つ淡海」といったのが国名となった。

一二　国の書記。

八首なり。但し拙劣なる歌十一首あるは取り載せず。[一]

4328
大君の命《みこと》[二]畏《かしこ》み[三]磯に触り海原《うのはら》[四]渡る父母を置きて

於保吉美能　美許等可之古美　伊蘇尓布理　宇乃波良和多流　知々波々乎　於伎弖

右の一首、助丁《すけのよほろ》[五]丈部造人麻呂《はせつかべのみやつこひとまろ》

二月七日に、相模国《さがむのくに》[六]の防人部領使[七]守《かみ》[八]従五位下藤原朝臣宿奈麻呂《ふぢはらのあそみすくなまろ》の進《たてまつ》れる歌の数は八首なり。但し拙劣なる歌五首は取り載せず。[九]

4337
水鳥[一〇]の発《た》ちの急ぎ[一一]に父母に物言《ものは》[一二]ず来《け》にて今ぞ悔しき

美豆等利乃　多知能已蘇岐尓　父母尓　毛能波須価尓弖　已麻叙久夜志伎

利(元類古)—里

右の一首、上丁《かみつよほろう》[一三]有度部牛麻呂《うどべのうしまろ》

4342
真木柱《まけばしら》[一四]讃《ほ》[一五]めて造れる殿のごといませ母刀自《とじ》[一六]面《おめ》[一七]変りせず

麻気婆之良　宝米弖豆久礼留　等乃能其等　已麻勢波々刀自　於米加波利　勢受

婆(元)—波

一 七首収載されている。
二 御命令を恐れ多くも承って。
三 海岸の岩に触れんばかりにしながら。危険を冒しての船旅のさまをいう。
四 ウナハラの訛。
五 その国の防人軍団の長の補佐を勤める者であったと考えられる。正丁に対して補助の壮丁とする説もある。
六 神奈川県。
七 →二五〇頁注一〇
八 相模国守。
九 三首しか収載しなかった。
一〇 枕詞。水鳥がぱっと飛び立つところからタツにかかる。
一一 イソキと清音に訓む説がある。
一二 モノイハズキニテの訛。
一三 成年の壮丁。一般の兵士。
一四 マキバシラの訛。マキは杉や檜などの立派な木。マケハシラと清音に訓む説もある。
一五 家を新築する時には、柱をほめたたえるなどの室寿き祭りをして家の鎮めとし、長久を願った。
一六 →一二四頁注一〇
一七 オメはオモの訛。オメガハリと訓む説もある。

右の一首、坂田《さかた》部首麻呂《べのおびとまろ》

4344 忘[一]らむて野行き山行きわれ来れどわが父母は忘[二]れせぬかも

和須良牟弖・努由伎夜麻由伎　和例久礼等　和我知ゝ波ゝ波　和須例勢努加毛

右の一首、商長《あきのをさの》首麻呂《おびとまろ》

弖（大系ニヨル）―[石弖]

4346 父母が頭《かしら》かき撫で幸《さ》[三]くあれて言ひし言葉《けとば》[四]ぜ忘れかねつる

知ゝ波ゝ我　可之良加伎奈弖　佐久安例弖・・伊比之気等婆是・　和須礼加祢豆・流

右の一首、丈部《はせつかべの》稲麻呂《いなまろ》

例弖（元）―礼天　婆（元紀温）―波　豆（元）―津

二月七日に、駿河国《するがのくに》[五]の防人《さきもり》[六]部領使《のことりづかひ》[七]守従五位下布勢朝臣《ふせのあそみ》人主《ひとぬし》、実《まこと》に進《たてまつ》れるは九日、歌の数は二十首なり。但し拙劣なる歌は取り載せず[八]。

4352 道[九]の辺《へ》のうまら[一〇]の末《うれ》[一一]に這《は》[一二]ほ豆のからまる君を別《はか》[一三]れか行かむ

美知乃倍乃　宇万良能宇礼尓　波保麻米乃　可良麻流伎美乎　波可礼加由

一 ワスラムトの訛。元暦校本に「豆」類聚古集に「等」とあるので、ワスラムトとも訓んでいる。
二 忘れることができない。ヌの原文「努」でワスレセノカモと訓む説がある。
三 サクはサキクの訛か。アレテはアレトの訛。
四 コトバゾの訛。
五 静岡県の東部。
六 ↓二五〇頁注一〇
七 駿河国守。
八 十首収載されている。
九 ミチノべとも訓む。
一〇 ウバラ。とげのある小灌木類の総称。また、特にばら科のイバラ。ノイバラ。初夏に小さい白い花をつけ、秋に紅い丸い実が実る。
一一 枝先。↓一一五頁注四
一二 ハフの訛。
一三 ワカレの訛。ハガレと訓む説がある。

加牟

右の一首、天羽郡《あまはのこほり》[一]の上丁《かみつよほろ》[二]丈部《はせつかべ》鳥《のとり》

4357
葦垣《あしかき》[三]の隈処《くまと》[四]に立ちて吾妹子《わぎもこ》が袖もしほほに[五]泣きしそ思《も》[六]はゆ

阿之可伎能　久麻刀尓多知弖　和芸毛古我　蘇弖母志保ゝ尓　奈伎志曽母波由

母(元類)―毛

右の一首、市原郡《いちはらのこほり》[七]の上丁刑部直千国《おさかべのあたひちくに》

4359
筑紫《つくし》[八]方《へ》に舳《へ》[九]向かる船のいつしかも仕[一〇]へ奉《まつ》りて国[一一]に舳向かも[一二]

都久之閉尓　舳牟加流布祢乃　伊都之加毛　都加敝麻都里弖　久尓ゝ閇牟可毛

右の一首、長柄郡《ながらのこほり》[一三]の上丁若麻績部羊《わかをみべのひつじ》

二月九日に、上総国《かみつふさのくに》[一四]の防人部領使[一五]少目《せうさくわん》[一六]従七位下茨田連沙弥麻呂《まむたのむらじさみまろ》が進《たてまつ》れる歌の数は十九首なり。但し拙劣なる歌は取り載せず。[一七]

4364
防人《さきむり》[一八]に発《た》たむ騒きに家の妹《いむ》[一九]がなる[二〇]べき事を言はず来《き》ぬかも

佐伎牟理尓　多ゝ牟佐和伎尓　伊敝能伊牟何　奈流弊伎己等乎　伊波須伎

一　千葉県君津郡の西南部一帯。安房に接する地。今、君津郡天羽町がある。
二　成年の壮丁。
三　アシガキと訓む説がある。
四　垣の曲ったすみの所。
五　ぐっしょりと水に濡れたさま。
六　オモハユ。オモホユの原形。係助詞ソをうけて連体形オモハユルで結ぶべきところ、オが上のソに吸収されて片言になったものか。
七　千葉県市原郡。海上郡を合せている。
八　↓二〇五頁注一〇
九　舳は船首。ヘムカルはヘムケルの訛。あるいはムカルは向いているの意という。
一〇　任務を果して。勤めを終って。
一一　故郷。
一二　ムカムの訛。
一三　千葉県長生郡となる。埴生郡と合した。今、長生郡長柄町がある。
一四　↓一九三頁注四
一五　↓二五〇頁注一〇
一六　目(さかん)は国司の四等官。大国には大目と少目が置かれた。
一七　十三首収載されている。
一八　サキモリの訛。↓二〇一頁注一一、二四九頁注一〇
一九　イモの訛。
二〇　生業。生活の道。

奴可母

弊(元類)―敝

右の二首〈一首略〉、茨城郡《うまらきのこほり》[一]の若舎人部広足《わかとねりべのひろたり》

4370
霰《あられ》[二]降り鹿島《かしま》[三]の神を祈りつつ皇御軍《すめらみくさ》[四]にわれは来にしを[五]

阿良例布理　可志麻能可美乎　伊能利都々　須米良美久佐尓　和例波伎尓

之乎

右の二首〈一首略〉、那賀郡《なかのこほり》[六]の上丁《かみつよほろ》[七]大舎人部千文《おほとねりべのちふみ》

二月十四日に、常陸国《ひたちのくに》[八]の部領防人使《さきもりのことりづかひ》[九]大目《だいさくわん》[一〇]正七位上息長真人国島《おきながのまひとくにしま》が進《たてまつ》れる歌の数は十七首なり。但し拙劣なる歌は取り載せず[一一]。

4373
今日よりは顧みなくて大君の醜《しこ》[一二]の御楯《みたて》と出で立つわれは

祁布与利波　可敝里見奈久弖　意富伎美乃　之許乃美多弖等　伊涅多都和

例波

右の一首、火長《くわちやう》[一三]今奉部与曽布《いままつりべのよそふ》

4375
松の木の[一四]け並《な》[一五]みたる見れば家人《いはびと》[一六]のわれを見送ると立たりしもころ[一七]

麻都能気乃　奈美多流美礼波　伊波妣等乃　和例乎美於久流等　多々理之

一　今の茨城県新治郡と東・西茨城郡の一部にわたる地。

二　枕詞。霰が降ってかしましい音を立てる意でカシマにかかる。

三　鹿島郡鹿島町に鹿島神宮がある。その神は武甕槌神。古くから軍神として武人の尊信が篤い。

四　スメラミイクサの約。天皇の軍人、軍隊。

五　感動詠嘆の終助詞。また逆接の接続助詞とする説もある。

六　茨城県那珂郡及び東茨城郡の北部、水戸市を含む地。

七　成年の壮丁。

八　茨城県。↓一九三頁注一一

九　↓二五〇頁注一〇

一〇　↓二五三頁注一六

一一　十首収載されている。

一二　シコはみにくい、いやしいの意で、天皇に対して自分を卑下していう。頑強の意とする説がある。

一三　クヮチャウ。軍防令に「凡兵士十人為㆓一火㆒」とある。火長はその十人の長。

一四　ケはキの訛。

一五　四段活用のナムで自動詞。

一六　イヘビトの訛。

一七　相似た状態、同じ状態の意を表わす名詞。

母己呂

右の一首、火長[一]物部真島《もののべのましま》

4382
[二]ふたほがみ悪《あ》[三]しけ人なり[四]あたゆまひわがする時に防人《さきもり》に差《さ》す

布多冨我美　阿志気比等奈里　阿多由麻比　和我須流等伎尓　佐伎母里尓

佐須

右の一首、那須郡《なすのこほり》[五]の上丁[六]大伴部広成《おほともべのひろなり》

二月十四日に、下野国《しもつけのくに》[七]の防人部領使[八]正六位上[九]田口朝臣《たぐちのあそみ》大戸《おほと》が進《たつまつ》れる歌の数は十八首なり。但し拙劣なる歌は取り載せず。[一〇]

4388
旅[一一]とへど真旅《またび》[一二]になりぬ家の妹《も》[一三]が着せし衣《ころも》に垢《あか》付きにかり[一四]

多妣等弊等　麻多妣尓奈理奴　以弊乃母加　枳世之己呂母尓　阿加都枳尓

迦理

右の一首、占部虫麻呂《うらべのむしまろ》

二月十六日に、下総国《しもつふさのくに》[一五]の防人部領使少目《せうさくわん》[一六]従七位下県犬養宿禰浄人《あがたのいぬかひのすくねきよひと》が進《たてまつ》れる歌の数は二十二首なり。但し拙劣なる歌は取り載せず。[一七]

4401
韓衣《からころむ》[一八]裾《すそ》に取りつき泣く子らを置きてそ来《き》[一九]ぬや母《おも》無しにして

一　↓二五四頁注一三
二　下野国府は都賀郡布多の地にあったらしいこととホガミをオホカミの約として、布多にいる大守の意で国守をさすか。また色葉字類抄に「小腹、ホカミ」とあり、小腹は下腹を意味するところから、フタはフツで全くの意とし、フツホガミ悪シケ人で全く腹の悪い人、本当に根性の悪い人の意とする説、フタは二で二腹、つまり二心のある悪い人とする説、またフタホ神という神の名とする説などがある。
三　アシキの訛。
四　未詳。ユマヒはヤマヒの東国訛か。アタは急の意か。中国・四国の方言にあり、沖縄にもあるという。熱(あつ)で熱病か、足(あと)で脚病か、異病(あたやまい)かなど。
五　現在の栃木県那須郡と大田原市付近。
六　成年の壮丁。
七　栃木県。↓一九七頁注九
八　↓二五〇頁注一〇
九　国司としての位置が記されてないが、正六位上ならば国守であったかと思われる。
一〇　十一首収載されている。
一一　タビトイヘドの約まったもの。
一二　他に例がない語。本格的な旅、長期にわたるかりそめでない旅。
一三　イモの約まったもの。
一四　ケリの訛。　一五　↓一九三頁注四
一六　↓二五三頁注一六
一七　十一首収載されている。
一八　カラコロモの訛。韓風の着物で、防人として官給の服であろうという。また、衣の縁でスソにかかる枕詞と見る説がある。
一九　ヌの原文「怒」でキノヤと訓む説あり、キヌヤの東国方言とする。

可良己呂武・　須宗尓等里都伎・　奈苦古良乎　意伎弖曽伎怒・也　意母奈之尓
志弖

武(元類)―茂　宗(元春)―曽　怒(元類宮細)―奴

右の一首、国造[一]小県郡《ちひさがたのこほり》[二]の他田舎人大嶋《をさだのとねりおほしま》
二月二十二日に、信濃国《しなののくに》[三]の防人部領使《さきもりのことりづかひ》[四]、道[五]に上り病を得て来《きた》らず。進《たてまつ》れる
歌の数は十二首なり。但し拙劣なる歌は取り載せず。[六]

4407
日[七]な曇《くも》り碓日《うすひ》の坂[八]を越えしだに[九]妹《いも》が恋しく忘らえぬかも

比奈久母理　宇須比乃佐可乎　古延志太尓　伊毛賀古比之久　和須良延奴
加母

右の一首、他田部子磐前《をさたべのこいはさき》[一〇]
二月二十三日に、上野国《かみつけののくに》の防人部領使大目《だいさくわん》[一一]　正六位下上毛野君駿河《かみつけののきみするが》が進《たてまつ》れ
る歌の数は十二首なり。但し拙劣なる歌は取り載せず。[一二]

4417
赤駒を山野《やまの》に放《はが》[一三]し捕《と》りかに[一四]て多摩[一五]の横山徒歩《かし》[一六]ゆか遣《や》らむ

阿加胡麻乎　夜麻努尓波賀志　刀里加尓弖　多麻能・余許夜麻　加志由加也
良牟

一　国造丁か。↓二四九頁注一七
二　今の長野県小県郡と上田市の地。
三　長野県。
四　↓二五〇頁注一〇
五　出発してから途中で発病、難波には到着しなかった。
六　三首収載されている。
七　枕詞。日の曇って薄日の意で碓氷にかかる。ナはノに同じ。ヒナグモリと訓む説がある。
八　碓氷峠。東山道、信濃国と上野国との国境の峠。今、群馬県碓氷郡松井田町坂本から長野県北佐久郡軽井沢町へ越える国道の碓氷峠の北に旧峠跡があるが、古代の東山道は南寄り今の碓氷バイパスに近く、その入山峠を通っていたらしい。昭和三十年ここから多数の石製模造祭器が発掘された。
九　シダは時、ころ。
一〇　群馬県。↓一九七頁注九
一一　↓二五三頁注一六
一二　四首収載されている。
一三　ハガチの訛か。ハガツは放つ意。ハカシと清音に訓む説もある。ハカスは放す意。
一四　カネテの訛。
一五　東京都府中市(当時の国府)の南方、多摩川の南岸に横たわるいわゆる多摩丘陵。そのあたりは、今、東京都多摩市。八王子市の横山町の地とする説があるが、国府を発した防人らは直ちに多摩川を渡って南進して東海道に出たとすれば、当らない。
一六　カシはカチの訛。ユはここは手段を表わす助詞。軍防令に「凡防人向レ防、若有下家人奴婢及牛馬欲二将行一者上聴(ユルセ)」とあり、馬を連れて行くことができた。

能(元類)―乃

右の一首、豊島郡《としまのこほり》[一]の上丁《かみつよほろ》[二] 椋椅部荒虫《くらはしべのあらむし》が妻《め》宇遅部《うぢべ》黒女《くろめ》

4423 足柄《あしがら》[三]の御坂《みさか》に立《た》[四]して袖振らば家《いは》[五]なる妹《いも》[六]はさやに見[七]もかも

安之我良乃　美佐可尓多志弖　蘇泥布良婆　伊波奈流伊毛波　佐夜尓美毛
可母

右の一首、埼玉郡《さきたまのこほり》[八]の上丁藤原部等母麻呂《ふぢはらべのともまろ》

4424 色深く背[九]なが衣は染めましを御坂[一〇]たばらばまさやか[一一]に見む

伊呂夫可久　世奈我許呂母波　曽米麻之乎　美佐可多婆良婆　麻佐夜可尓
美無

右の一首、妻《め》物部刀自売《もののべのとじめ》

二月二十九日[一二]に、武蔵国《むざしのくに》[一三]の部領防人使[一四]掾《じよう》[一五]正六位上安曇宿禰三国《あづみのすくねみくに》が進《たてまつ》れる歌の数は二十首なり。但し拙劣なる歌は取り載せず。[一六]

4425 防人《さきもり》[一七]に行くは誰《た》が背と問ふ人を見るが羨《とも》[一八]しさ物思《も》[一九]ひもせず

佐伎毛利尓　由久波多我世登　刀布比登乎　美流我登毛之佐　毛乃母比毛
世受

一 東京都豊島区にその名をとどめている。荒川・北・板橋・文京の各区にも及んでいた。

二 成年の壮丁。

三 東海道の相模国と駿河国との国境いの峠。神奈川県足柄上郡足柄町、今は南足柄市の矢倉沢から地蔵堂を経て、静岡県駿東郡小山町竹之下に越える足柄峠。古代の東海道はここを通っていた。峠には神が鎮座し旅人は峠の手向けして通った。

四 タチテの訛。

五 イヘの訛。

六 あざやかに。くっきりと。

七 ミムの訛。

八 埼玉県南・北埼玉郡および行田・加須・羽生・岩槻・春日部・越谷の各市一帯。

九 夫。ナは親愛を表わす。

一〇 ミサカは足柄のミサカ。タバルはタマハルに同じ。「足柄のみ坂たまはり」(四三七二)ともある。峠や坂はそこを領する神のものとする意識があり、その許しを得て通らせて頂くのだと考えた。

一一 マは接頭語。サヤカは清らかなさま、明らかなさま。

一二 古葉略類聚鈔に「廿九日」とある。防人歌の収載は二月六日以来、中に挟んだ家持の歌もきちんと日付の順に廿三日まで並べられている。「廿九日」に改むべきか。

一三 ↓一九五頁注一五

一四 ↓二五〇頁注一〇

一五 国司の三等官。

一六 十二首収載されている。

一七 ↓二〇一頁注一一、二四九頁注一〇

一八 ↓一一三頁注一五

一九 問う人について言っている。

右の八首〈七首略〉、昔年《さきつとし》の防人の歌なり。[一]主典《さくわん》[二]刑部少録《ぎやうぶのせうろく》正七位上磐余伊美吉《いはれのいみき》諸君《もろきみ》抄写して、[三]兵部少輔《ひやうぶのせうふ》大伴《おほとも》宿禰《のすくね》家持《やかもち》に贈れり。

[四]三月三日に、防人を検校《けんかう》する勅使と[五]兵部の使人等と、同《とも》に集ふ飲宴《うたげ》に作る歌三首〈一首略〉

4434 ひばり上がる[六]春へと[七]さやになりぬれば都も見えず霞たなびく

比姿里安我流　波流弊等佐夜尓　奈理奴礼波　美夜古母美受　可須美多奈妣久

4435 [八]含《ふふ》めりし花の初めに来《こ》しわれや散りなむ後《のち》に都へ行かむ

布敷売里之　波奈乃波自米尓　許之和礼夜　知里奈牟能知尓　美夜古敝由可無

右の二首、[九]兵部使《ひやうぶのつかひ》の少輔大伴宿禰家持

[一〇]族《うがら》を喩《さと》す歌一首　并せて短歌

4465 [一一]ひさかたの　[一二]天《あま》の戸開き　[一三]高千穂の　嶽《たけ》に天降《あも》りし　[一四]皇祖《すめろき》の　神の御代より　[一五]梔弓《はじ》を　手《た》握り持たし　[一六]真鹿児矢《まかご》を　手《た》挟み添へて　[一七]大久米の

一　令制の四等官の称だが、何の主典か不明。
二　刑部省の四等官。大録と少録とある。刑部省は刑罰・訴訟を司る役所。
三　兵部省の次官。大輔と少輔とある。兵部省は武官の選考、叙任及び訓練、兵馬・兵器の事などを司る役所。
四　天平勝宝七（七五五）歳。
五　兵部省から防人の事のために派遣されている使人。　六　ハルベと訓む説がある。
七　すっかり春になり切ったさまをいう。
八　フフムは含む、内部に秘めること。花や葉がまだ開かずつぼんでいること。
九　勅使に対して兵部省派遣の使人であることをいう。
一〇　ウガラは血縁の同族、親族。カラは血のつながりをいう。ヤカラ・ハラカラなど。書紀神代上に「不負於族、此云ニ宇我邏磨概茸（うがらまけじ）一」とある。ヤカラニサトスと訓む説がある。　一一　↓三六頁注一一
一二　書紀神代下、天孫降臨の条、第四の一書に「則引ニ開天磐戸一、排ニ分天八重雲一以奉レ降之」とある。天から外界へ出入りする門があったとする伝承による。
一三　紀に「日向襲之高千穂峯」とあり、記には「日向之高千穂之久士布流多気」とある。日向の高千穂は、霧島山の高千穂峰（高さ一五七四メートル）にその名があり、また宮崎県の北の山地、西臼杵郡高千穂町がある。ここは高千穂峡で名高い。
一四　↓一二頁注二
一五　ハジの木の弓。記、天孫降臨の条に「爾天忍日命、天津久米命二人……取ニ持天之波士弓一、手ニ挾天之真鹿児矢一、立ニ御前一而仕奉」とあり、神代紀下に「手捉ニ取梔弓天羽羽矢一」とある。ハジはハゼノキ。うるし科

の落葉高木。実から蠟を採り、樹皮は染料となる。材は強靭で弓を作る。
一六　鹿狩りに用いる矢。天孫降臨の場に用いられることは前注記の通り。
一七　記では大伴氏の祖と久米氏の祖が同格で天孫降臨の先導をしているが、紀には大伴氏の祖が大久米部を率いたと記す（↓二三五頁注六）。久米部は大和朝廷の軍部の中核をなしていた部の一つ。紀の記載は久米氏が没落したため大伴氏に率いられるようになった事実を示している。

一　↓二一頁注一四　二　↓七八頁注九
三　ヤマガハと訓む説がある。
四　岩や木の間を押し開き、踏み分ける。
五　住むによい未知の国土を求めること。マグは求め尋ねる意。六　↓四二頁注二〇
七　言葉をもって帰順させ、平和にする。服従させる。
八　マツロヘヌと訓む説がある。
九　↓四頁注一二
一〇　神武即位前紀に神武天皇が「観夫畝傍山東南橿原地者、蓋国之墺区乎。可㆑治之」とのたまい、ここに宮を造ったとある。
一一　フトシリはフトシキに同じ。↓一四頁注一八
一二　↓一二頁注二　一三　↓二三四頁注七
一四　カクサフはカクスに反復継続のフの付いた形。
一五　いつわりのない清い心。赤心。忠誠心。
一六　天皇のお側近く。スメラベと訓む説がある。一七　↓二三五頁注八
一八　ツギテはツギツの連用形で、順序立てる。秩序立てるの意という。順序を立てて次々に語って。
一九　惜しい。もったいない、立派なの意。

[一]大夫《ますら》健男《たけを》を　先に立て　靫《ゆき》[二]取り負《おほ》せ　山川《やまかは》[三]を　岩根[四]さくみて　踏み通
り　国覓《ま》[五]ぎしつつ　ちはやぶる[六]　神を言《こと》[七]向け　服従《まつろ》[八]はぬ　人をも和《やは》し
掃き清め　仕へ奉《まつ》りて　あきづ島[九]　大和の国の　橿原《かしはら》[一〇]の　畝傍《うねび》の宮に
宮柱　太《ふと》[一一]知り立てて　天《あめ》の下　知らしめしける　皇祖《すめろき》[一二]の　天《あま》[一三]の日嗣《ひつぎ》と
継ぎて来る　君の御代御代　隠さはぬ[一四]　赤き心[一五]を　皇辺《すめらへ》[一六]に　極め尽し
て　仕へ来る　祖《おや》の官《つかさ》と　言立《ことだ》[一七]てて　授けたまへる　子孫《うみのこ》の　いやつぎ
つぎに　見る人の　語りつぎてて[一八]　聞く人の　鏡にせむを　あたらし[一九]
き　清きその名そ　おぼろかに[二〇]　心思ひて　虚言《むなこと》[二一]も　祖《おや》の名断つな[二二]　大
伴の　氏《うぢ》と名に負へる　大夫《ますらを》[二三]の伴[二四]

比左加多能　安麻能刀比良伎　多可知保乃　多気尓阿毛理之　須売呂伎
能　可未能御代欲利　波自由美乎　多尓芸利母多之　麻可胡也乎　多婆左
美蘇倍弖　於保久米能　麻須良多祁乎々　佐吉尓多弖　由伎登利於保世
山河乎　伊波祢左久美弖　布美等保利　久尓麻芸之都々　知波夜夫流　神
乎許等牟気　麻都呂倍奴　比等乎母夜波之　波吉伎欲米　都可倍麻都里
弖　安吉豆之万　夜万登能久尓乃　可之波良能　宇祢備乃宮尓　美也婆之
良　布刀之利多弖氏　安米能之多　之良志売之祁流　須売呂伎能　安麻能

日継等　都芸弖久流　伎美能御代〻〻　加久左波奴　安加吉許己呂乎　須売良弊尓　伎波米都久之弖　都加倍久流　於夜能都可佐等　許等太弖氏　佐豆気多麻敝流　宇美乃古能　伊也都芸都岐尓　美流比等乃　可多里都芸弖　伎久比等能　可我見尓世武乎　安多良之伎　吉用伎曽乃名曽　於煩呂加尓　己許呂於母比弖　牟奈許等母　於夜乃名多都奈　大伴乃　宇治等名尓於敝流　麻須良乎能等母

波(元)―婆　婆(元紀温)―波

4466 磯城島《しきしま》[一]の大和《やまと》の国に明らけき名に負ふ伴[二]の緒心努めよ

之奇志麻乃　夜末等能久尓〻　安伎良気伎　名尓於布等毛能乎　己許呂都刀米与

4467 剣大刀《つるぎたち》[三]いよよ研《と》ぐべし古《いにしへ》ゆ清《さや》けく負ひて来にしその名そ

都流芸多知　伊与余刀具倍之　伊尓之敝由　佐夜気久於比弖　伎尓之曽乃名曽

右、淡海真人《あふみのまひと》三船《みふね》の讒言[四]に縁《よ》りて、出雲守《いづものかみ》大伴古慈斐《おほとものこしび》宿禰《のすくね》任を解かる。是《ここ》を以ちて家持《やかもち》此の歌を作れり。

二〇 おろそかに。いいかげんに。オホロカニと清音に訓む説がある。
二一 うそにも。かりそめにも。
二二 名声。　二三 ↓二一頁注一四
二四 同一集団に属する人々。仲間たち。

一 ↓一八七頁注三
二 トモは一定の職業に従事する部民。ヲはそれを一つにまとめることを表わす。一族の人々ぐらいの意。
三 トグにかかる枕詞とする説があるが、ここは剣太刀を研ぐべしと言うのである。それが武をもって仕える大伴氏の一族に一層の忠勤を呼びかける比喩となっている。
四 続紀、天平勝宝八(七五六)歳五月十日に「出雲守従四位上大伴宿祢古慈斐、内竪淡海真人三船、坐下誹二謗期廷一、无中人臣之礼上、禁二於左右衛士府一」とあり、十三日に「並放免」とある。三船の讒言とは記されていない。二人ともに拘禁され、ともに放免されたのである。三船が朝廷を誹謗して捕えられ、共謀者として古慈斐を讒言したということか(講談社文庫本)。左注の「讒言に縁りて」は家持の誤記とする説。「縁」をツラナリテと訓んで三船の事件に古慈斐が縁坐(連坐)して捕えられたとする説もある。

病に臥《ふ》して無常を悲しび、[一]修道を欲《ほり》して作る歌二首

4468　[二]うつせみは[三]数無き身なり山川の清《さや》けき見つつ[四]道を尋ねな[五]

宇都世美波　加受奈吉身奈利　夜麻加波乃　佐夜気吉見都々　美知乎多豆祢奈

4469　渡る日の[六]影に競《きほ》ひて尋ねてな[七]清きその[八]道またも遇《あ》はむため

和多流日能　加気尓伎保比弖　多豆祢弖奈　伎欲吉曽能美知　末多母安波無多米

寿《いのち》を願ひて作る歌一首

4470　[九]泡沫《みつぼ》なす[一〇]借れる身そとは知れれどもなほし願ひつ千歳《ちとせ》の命を

美都煩奈須　可礼流身曽等波　之礼々杼母　奈保之祢我比都　知等世能伊乃知乎

[一一]以前《さき》の歌六首、[一二]六月十七日に、大伴宿禰家持作れり。

[一三]勝宝九歳六月二十三日に、[一四]大監物《だいけんもつ》三形王《みかたのおほきみ》の宅《いへ》にして宴《うたげ》する歌一首

4483　移り行く時見る[一五]ごとに心痛く[一六]昔の人し思ほゆるかも

一　仏道の修行。
二　→七頁注九
三　数える価値のない。
四　仏道。
五　自己の行動の実現を希望する意、またその意志を表わす。
六　光。日の光。
七　→注五
八　来世にも再び仏道に逢うために。
九　水の泡のような。
一〇　仮のものである。一時的のものである。
一一　六首といえば四四六五以下を指す。しかし「喩族歌」三首をあとの三首と同日の作とはしがたい。「六首」は「三首」の誤ではないか。「喩族歌」を作らしめた事件の起ったのは五月十日である。古慈斐の放免された十三日以降間もなく作ったが、公表せずに作歌月日もまだ記さずにあったものではなかったか。
一二　天平勝宝八(七五六)歳。
一三　七五七年。天平勝宝七年より「年」を「歳」と改称した。→二四九頁注八
一四　中務省に属し、出納を監察することを司る。大・中・少がある。大監物は従五位下相当官。
一五　表向きは季節であるが、家持の真意は大きく転換して行った時勢、時世をさしている。
一六　誰をさすのか分らない。一年前に亡くなった聖武天皇や、この年正月に没した橘諸兄のことを、その時代を、懐しんでいるのだろう。

宇都里由久　時見其登尓　許己呂伊多久　牟可之能比等之　於毛保由流加母

右、[一]兵部大輔《ひやうぶのたいふ》大伴宿禰《おほとものすくね》家持《やかもち》作れり。

4484 咲く花は移ろふ時あり[二]あしひきの[三]山菅《やますが》の根し長くはありけり

佐久波奈波　宇都呂布等伎安里　安之比奇乃　夜麻須我乃祢之　奈我久波安利家里

右の一首、大伴宿禰家持、[四]物色《ぶつしよく》の変化《うつろひ》を悲しび怜《あは》れびて作れり。

[五]天平宝字元年十一月十八日に、内裏《うち》にして[六]肆宴《とよのあかり》きこしめす歌二首

4486 [七]天地《あめつち》を照らす日月《ひつき》の極《きはみ》無くあるべきものを何をか思はむ

天地乎　弖良須日月乃　極奈久　阿流倍伎母能乎　奈尓乎加於毛波牟

右の一首、[八]皇太子《ひつぎのみこ》の御歌

4487 [九]いざ子ども[一〇]狂《たは》わざなせそ[一一]天地《あめつち》の固めし国そ[一二]大和島根は

伊射子等毛　多波和射奈世曽　天地能　加多米之久尓曽　夜麻登之麻祢波

右の一首、[一三]内相《ないしやう》[一四]藤原朝臣《ふぢはらのあそみ》奏せり。

一 →二五八頁注三
二 →二七頁注一
三 ヤマスゲ。山に生えるスゲ。スゲはかやつりぐさ科の植物で、種類が非常に多い。カンスゲ・ジュズスゲなどは山地に自生する。また、ゆり科のヤブランとする説がある。麦門冬。一名リュウノヒゲ、ジャノヒゲという。
四 四季に生ずる万物のあや、風物。
五 天平勝宝九(七五七)歳八月十八日、改元された。
六 →二二〇頁注一六
七 天地ヲ照ラス日月ノは極ミナクの比喩で、序。天の日嗣の無窮をたたえる。
八 大炊王。淳仁天皇になる。
九 満座の官人たちに呼びかけたもの。
一〇 たわけた振舞。狂気のしわざ。
一一 天神地祇。
一二 もと大和の国を海上から遥かに望み見ていったもの(→五七頁注一七)。ここは日本の国の意。
一三 紫微内相。続紀、天平宝字元年五月「新令之外、別置二紫微内相一人一、令レ掌二内外諸兵事一。其官位、禄賜、職分、雑物者、皆准二大臣一」とある。
一四 藤原仲麻呂。

一 天平宝字二(七五八)年。
二 天皇のお側に仕える人。
三 小童。宮中の殿上に奉仕するもの。

[一]二年春正月三日に、[二]侍従《おもとひと》・[三]竪子《ちひさわらは》・王臣等を召して、内裏《うち》の東の屋の垣下《みかきのもと》に侍《さもら》はしめ、即ち[四]玉箒《たまばはき》を賜ひて[五]肆宴《とよのあかり》きこしめき。時に、[六]内相藤原朝臣、勅《みことのり》を奉《うけたまは》りて宣《の》りたまはく、諸王卿等《おほきみたちまへつきみたち》、堪《あ》ふるまにま、意《こころ》に任せて歌を作り并《あは》せて詩を賦せよといへり。仍《よ》りて詔旨《みことのり》に応へ、各《おのもおのも》心緒《おもひ》を陳《の》べて歌を作り詩を賦しき。未だ諸人の賦せる詩と作れる歌とを得ず。

4493 初春の[七]初子《ね》の今日の玉箒手に取るからに[八]ゆらく玉の緒

始春乃　波都祢乃家布能　多麻婆波伎　手尓等流可良尓　由良久多麻能乎

右の一首、[九]右中弁大伴宿禰家持作れり。但し[一〇]大蔵《おほくら》の政《まつりごと》に依りて奉《まを》し堪《あ》へざりき。

[一一]二月に、[一二]式部大輔《しきぶのたいふ》中臣清麻呂朝臣《なかとみのきよまろのあそみ》の宅《いへ》にして宴《うたげ》する歌十五首〈十一首略〉

4498 [一三]はしきよし今日の主人《あろじ》は[一四]磯松の常に[一五]いまさね今も見るごと

波之伎余之　家布能安路自波　伊蘇麻都能　都祢尓伊麻佐祢　伊麻母美流其等

其等

右の一首、右中弁大伴宿禰家持

4499 [一六]わが背子しかくし[一七]聞こさば天地《あめつち》の神を[一八]乞《こ》ひ禱《の》み長くとそ思ふ

四　玉を飾った箒、蚕の床を掃く道具として、初子の日に辛鋤は天皇が農耕をされる意、箒は后妃が養蚕をされる意で、あわせて農蚕奨励の意を表すという。箒の先に玉をつけるのは、タマで寿命を意味し、そのタマを掃き寄せるまじないであるという。
五　→二二〇頁注一六
六　内相→二六二頁注一三。藤原仲麻呂。
七　この年の正月三日は丙子で初の子の日に当る。
八　ゆらゆらと揺れ動くこと。玉などが触れ合って清らかな音をたてること。
九　弁官は太政官に直属し、左右に分かれ、左弁官は中務・式部・治部・民部の四省を担当し、右弁は兵部・刑部・大蔵・宮内の四省を担当して、文書を司り、行政の中軸となった。大弁・中弁・少弁がある。
一〇　右中弁として大蔵省の関係業務に従事していたのでこの歌を奏上できなかった。
一一　天平宝字二年の二月、この宴の歌十五首(四四九六～四五一〇)とその宴の続きの山斎を属目して作る三首(四五一一～三)の後の四五一四の題詞に「二月十日」とあるので、この宴は一日から～九日までの間に行なわれたのだろう。
一二　式部省の上席次官。
一三　ハシキは愛シの連体形、ヨ・シは詠嘆の間投助詞。いとしいなあ。懐しいなあ。
一四　庭の池の岸辺の磯に立つ松。その松のように常ニイマサネと続く。
一五　希求願望の終助詞。
一六　背子は男性一般を親しんで呼ぶ語。男性から男性にも用い、ここでは前の歌の作者大伴家持をさす。
一七　キコスは言フの尊敬語。
一八　コフもノムも神仏に祈願する意。

和我勢故之　可久志伎許散婆　安米都知乃　可未乎許比能美　奈我久等曽

於毛布

右の一首、主人中臣清麻呂朝臣《なかとみのきよまろのあそみ》

[一]興に依りて各《おのもおのも》[二]高円《たかまと》の離宮処《とつみやどころ》を思ひて作る歌五首〈三首略〉

4506
高円の野の上《うへ》の宮は荒れにけり立たしし君の御代遠退《そ》[三]けば

多加麻刀能　努乃宇倍能美也波・安礼尓家里　多ゝ志ゝ伎美能　美与等保

曽気婆

波(類)—婆

右の一首、[四]右中弁大伴宿禰家持《おほとものすくねやかもち》

4510
大君の継ぎて見《め》[五]すらし高円の野辺《のへ》見るごとに哭《ね》のみし泣かゆ

於保吉美乃　都芸弖売須良之　多加麻刀能　努敝美流其等尓　祢能未之奈

加由

右の一首、[六]大蔵大輔《おほくらのたいふ》甘南備伊香真人《かむなびのいかごのまひと》

[七]山斎《しま》を属目《しよくもく》[八]して作る歌三首〈二首略〉

4511
[九]をしの住む君がこのしま[一〇]今日見れば馬酔木《あしび》[一一]の花も咲きにけるかも

一　前の題詞の中臣清麻呂宅宴歌十五首の中に含まれる。宴たけなわ、出席者の思いが誰いうとなく先帝ゆかりの高円離宮への追憶に向かっていった。

二　高円山西麓にあった聖武天皇の離宮。高円山↓五三頁注一八

三　遠く離れたので。

四　↓二六三頁注九

五　見ルの尊敬語。↓一八頁注一〇

六　大蔵省の上席次官。

七　山斎は山荘の意であるが、万葉集では泉水や築山などのある庭園をいうのに用いる。シマ↓三八頁注八

八　↓二四三頁注一五

九　ヲシはおしどり(鴛鴦)の古名。

一〇　山斎。

一一　↓三六頁注六

乎之能須牟　伎美我許乃之麻　家布美礼婆　安之婢乃波奈毛　左伎尓家流可母

右の一首、大監物《だいけんもつ》[一]御《み》方王《かたのおほきみ》

[二]七月五日に、治部少輔《ぢぶのせうふ》[三]大原今城真人《おほはらのいまきのまひと》の宅《いへ》にして、因幡守《いなばのかみ》[四]大伴宿禰家持に餞《うまのはなむけ》する宴《うたげ》の歌一首

4515 秋風の末[五]吹き靡く萩[六]の花共に挿頭《かざ》[七]さず相《あひ》か別れむ

秋風乃　須恵布伎奈婢久　波疑能花　登毛尓加射左受　安比加和可礼牟

右の一首、大伴宿禰家持作れり。

[八]三年春正月一日に、因幡国[九]の庁にして、饗《あへ》[一〇]を国郡《くにこほり》の司《つかさ》等に賜ふ宴の歌一首

4516 新《あらた》しき年の始めの初春の今日降る雪のいや[一一]重《し》け[一二]よごと

新　年乃始乃　波都波流能　家布敷流由伎能　伊夜之家余其騰

[一三]右の一首、守《かみ》大伴宿禰家持作れり。

一 →二六一頁注一四。三形王とも。
二 天平宝字二(七五八)年六月十六日、大伴家持は因幡守に任ぜられた。
三 治部省の次官の下位。治部省は姓氏を正すこと、五位以上の者の結婚や葬式のこと、僧尼のこと、外国使節の応接のことなどを司る役所。
四 因幡国は鳥取県の東部。
五 葉末。枝の末、つまり梢の意とする説がある。
六 →五三頁注一〇、一四三頁注三
七 →一四頁注一三
八 天平宝字三(七五九)年。
九 因幡国の国庁の址は鳥取市の東南、岩美郡国府町大字庁にある。
一〇 もてなしの食事。御馳走。
一一 初句よりここまで、イヤシケを導く序。
一二 ヨゴトは寿詞、賀詞をいう。その祝い言でことほぐことは、吉事・めでたい事の出現を意味する。
一三 この一首で万葉集は全巻の幕を閉じる。巻十七以下の四巻は大伴家持の歌日記と言われるほど、彼の歌と彼の周辺の歌が年次に従って収録されている。その歌日記が、この一首でぴたりと閉ざされてしまった。未来への期待と希望をこめて、家持はこの一首を結びの歌としたのだろう。家持はこの時四十二歳、この後延暦四(七八五)年没するまで二十七年間。家持の歌の記録はどこにも伝えられていない。

解説

万葉集二十巻は、一つの明確な編纂意識をもって一時期に成立したものではない。巻によって歌の表記の形式にも、配列方法にも、分類にも、用字にも、相違が見られる。古撰といわれる巻々がある。それにならって後に編纂された拾遺の巻、あるいは後撰の巻というべき巻々がある。また、資料をそのまま一巻としたような巻々がある。そして二十巻全体はその構造と成立の上から二部に分たれ、巻一から巻十六までをふつう第一部とする。第二部は大伴家持の私的な歌記録に基づいてできた巻十七以降の四巻である。その各巻がいつ、誰によって成ったか、確かなことはわからないが、その多くの巻に大伴家持がかかわっていたと考えられる。この二十の巻々を今日見る形にまとめ上げ、「万葉集」と名付けたのはいつか、それは誰か。これも確かな証拠はないけれども、奈良時代後期、宝亀から延暦にかけての時期（七七〇～七八五年）であろうと推定され、その有力な編者はやはり家持であっただろうと考えられている。

万葉集二十巻がどのような内容と特徴を持っているか、次に各巻一覧を掲げる。（昭和47年旧版を修正した）

各巻一覧

巻 歌番号	部立	時代	主な作者（本書に収載）	歌体と歌数		伝本歌数	用字法	特徴
巻一 84～1	雑歌	雄略～舒明	雄略天皇・舒明天皇・中皇命・額田王・天智天皇・天武天皇・持統天皇・吹芡刀自・	長16 短68	84	藍2 元69 冷83	表意文字・表音文字交用（訓仮名	各天皇の代ごとの標目を掲げて、年代順に排列。巻二も同形式で、巻一と二を合せて一つの

	巻二 234～85		巻三 483～235		
	相聞	挽歌	雑歌	譬喩歌	挽歌
元明〈和銅五年〉	仁徳・允恭 孝徳 ～ 持統（文武）	斉明 ～ 元正〈霊亀元年、または二年〉	持統 ～ 聖武	持統 ～ 聖武〈天平中頃〉	推古 持統 ～ 聖武〈天平十六年〉
柿本人麻呂・高市黒人・志貴皇子・長皇子・長意吉麻呂・山上憶良・坂門人足・文武天皇・元明天皇・御名部皇女	磐姫皇后・天智天皇・鏡王女・藤原鎌足・天武天皇・藤原夫人・大伯皇女・日並皇子・大津皇子・石川郎女・弓削皇子・額田王・但馬皇女・舎人皇子・舎人娘子・柿本人麻呂	有間皇子・倭大后・額田王・高市皇子・持統天皇・大来皇女・柿本人麻呂・日並皇子宮の舎人等・穂積皇子・依羅娘子・笠金村	持統天皇・志斐嫗・柿本人麻呂・長意吉麻呂・弓削皇子・高市黒人・田口益人・長屋王・大伴旅人・山部赤人・小野老・山上憶良・沙弥満誓・笠金村・湯原王	紀皇女 笠女郎	聖徳太子・大津皇子・柿本人麻呂・山部赤人・大伴旅人・倉橋部女王・坂上郎女・大伴家持
	長 3 短 53 56	長 16 短 78 94	長 14 短 144 158	短 25	長 9 短 60 69
	150		252(249)		
類 80 古 57	元 60 金 129 天 5 類 132 古 97		（金） 類 241 古 174		
が多い）	表意文字・表音文字交用		表意文字を主とし、音仮名を主とする表音文字を交用		
まとまりを持つ。天皇御製・行幸従駕の歌などが多く、格調高く、名作に富む。	各天皇の代ごとの標目を掲げて、年代順に排列。天皇・皇子女を中心とする宮廷関係の歌で、巻一に同じく名作に富み、この両巻勅撰説もある。人麻呂の晴の歌の殆どがこの両巻に収められている。この両巻を核として巻三以降が順次編纂されたのだろう。		この巻以後は天皇代の標目を立ててない。各部ごとに年代順に排列。時に前後している所あり。巻一、二の続撰であったものへ家持が大伴氏関係とその周辺の歌を加え、相聞に当る部は量が多くなったので別に一巻とし（巻四）、代りに譬喩歌の部を入れたのではないか。譬喩歌の部のみ他の二部に比して質量とも余りに貧弱である。		

巻四	792〜484	相聞	仁徳 斉明 〜 聖武〈天平十六年頃〉	額田王・鏡王女・柿本人麻呂・安倍女郎・志貴皇子・藤原麻呂・坂上郎女・大伴宿奈麻呂・麻田陽春・大伴四綱・葛井大成・笠女郎・湯原王・紀女郎・中臣女郎・河内百枝娘子・粟田女娘子・大宅女・大伴家持	長7 短301 旋1	309	桂175 元297 金89 類143 古96	巻三に同じ	年代順に排列。時に前後している所あり。第一、二期の歌は少く、拾遺程度。家持の歌が多く、大伴氏関係の歌も多い。
巻五	906〜793	雑歌	聖武〈神亀五年〜天平五年〉	大伴旅人・山上憶良・紀卿・小野老・葛井大成・沙弥満誓・大伴百代	長10 短104	114	春33 類106 古51	一字一音式の仮名書。稀に表意文字を使用	年代順に排列。相聞・挽歌に当る歌を含む。宮廷的なものは全くなく、筑紫大宰府における旅人と憶良を中心とする知識人たちの歌集と言える。漢詩二・漢文の序十・書簡五・文章一を収載。この巻の筆録者について憶良説・旅人説・旅人周辺説等諸説あり。
巻六	1067〜907	雑歌	元正〈養老七年〉〜聖武〈天平十六年〉	聖武天皇・笠金村・山部赤人・大伴旅人・小野老・児島・高橋虫麻呂・山上憶良・坂上郎女・湯原王・大伴家持・市原王・海犬養岡麻呂・山部赤人・元興寺の僧・石上乙麻呂・田辺福麻呂	長27 短132 旋1	160(161)	元154 金14 春36 類145 古100	表意文字・表音文字交用	年代順に排列。行幸・旅行・遊宴・新京故京に関する歌など宮廷和歌の伝統を保持する歌の巻。殆ど第三・四期の歌人の作で、巻一の続編として聖武朝の出発を示す。
巻七	1417〜1068	雑歌	年代不明	作者不明（柿本人麻呂歌集・古集・古歌集出あり）	短203 旋25 228	350	元283 春21 類319 古229	表意文字を主として表音文字を交用	雑歌部に詠物、譬喩歌部に寄物の題を持つ。長歌なし。先立つ六巻に対して、作者名の伝わらない歌を集めた巻。大体第二期から第三期にかけての歌か。
		譬喩歌	年代不明	作者不明（柿本人麻呂歌集出あり）	短107 旋1 108				
		挽歌	年代不明	作者不明	短14				

巻八	1663〜1418	春雑歌 春相聞 夏雑歌 夏相聞 秋雑歌 秋相聞 冬雑歌 冬相聞	舒明 天智 天武 〜 聖武〈天平十五、六年〉	舒明天皇・大津皇子・志貴皇子・鏡王女・藤原夫人・穂積皇子・弓削皇子・聖武天皇・山部赤人・山上憶良・大伴旅人・阿倍広庭・石上堅魚・大伴四縄・厚見王・舎人娘子・光明皇后・湯原王・坂上郎女・大伴家持・笠女郎	長6 短235 旋4 連1	246	春29 類236 古11	表意文字・表音文字交用	四季に分類する先駆をなす巻。各部ほぼ年代順に排列。第一・二期は少数で、天平年間の歌が圧倒的に多い。巻三・四・六と作者・作歌時期の重なるものが多く、同一資料から季節感のはっきりしたものを選り出してまとめたらしい。恐らく家持の編か。
巻九	1811〜1664	雑歌	雄略・(舒明) 斉明 文武〈大宝元年〉 〜 聖武	(柿本人麻呂歌集出) 長意吉麻呂 高橋虫麻呂	長12 短89 旋1 (102)	148	藍131 元55 壬85 類135 古66	表意文字・表音文字交用	三大部立を完備し、他の部類を交えない唯一の巻。各部ほぼ年代順に排列。巻一・二・三に対して拾遺的存在。古集・人麻呂歌集・金村歌集・虫麻呂歌集・福麻呂歌集の先行全歌集から採取。注記には類聚歌林も。
		相聞	持統 〜 聖武	(柿本人麻呂歌集出) 大神大夫・播磨娘子・遣唐使(天平五年)の母	長5 短24 (29)				
		挽歌	天武・持統頃 〜 聖武	(柿本人麻呂歌集出) 田辺福麻呂 高橋虫麻呂	長5 短12 (17)				
巻十	2350〜1812	春雑歌 春相聞 夏雑歌 夏相聞 秋雑歌 秋相聞 冬雑歌 冬相聞	年代不明(天武・持統〜奈良初期)	作者不明(柿本人麻呂歌集出あり、三方沙弥と伝える歌あり)	長3 短532 旋4	539	藍5 元502 天27 類525 古26	表意文字を主として表音文字を交用。戯書がある。	四季による分類は巻八とこの巻のみ。詠物・寄物によって排列。宮廷人の作歌の参考のための手控え的なものをもとにしたか。
巻十一	〜2351	旋頭歌 正述心緒 寄物陳思	年代不明(天武・持統〜奈良初期)	作者不明(古歌集・柿本人麻呂歌集出あり)	短480 旋17	(490)	元17 嘉472 類312	表意文字・表音文字交用。戯書が	目録に「古今相聞往来歌類之上」とある。同じ部立が二度出てくるのは、人麻呂歌集所出のもの

2840～	巻十二 3220～2841	巻十三 3347～3221	巻十四 3577～3348		
問答 正述心緒 寄物陳思 問答 譬喩	正述心緒 寄物陳思 正述心緒 寄物陳思 問答歌 羇旅発思 悲別歌 問答歌	雑歌 相聞 問答 譬喩歌 挽歌	東歌 相聞 譬喩歌	雑歌 相聞 防人歌 譬喩歌 挽歌	
	年代不明（天武・持統～奈良初期）	年代不明（古歌謡の流れを伝えるもの～奈良初期）	年代不明	年代不明	天平八年～九年
	作者不明（柿本人麻呂歌集出あり）	作者不明（柿本人麻呂歌集出あり、防人の妻と伝える歌あり）	作者不明（国名判明のもの）	作者不明（国名も不明のもの）	遣新羅使人等
	短 383	長 66 短 60 旋 1	短 95	短 143	
497	383（380）	127	238（230）		
古 242	元 354 尼 13 類 244 古 154	元 125 天 127 春 15 類 87 古 27	元 194 天 10 春 9 類 230 古 148		天 64
ある。人麻呂歌集には略体表記あり。	巻十一に同じ	表意文字・表音文字交用。戯書が多い。	一字一音式の仮名書。表意文字を時に交える。		一字一音式
と然らざるものとの別。この分類法は人麻呂歌集にあったのだとする説あり。巻十に同じく作歌参考書であったか。	目録に「古今相聞往来歌類之下」とある。正述心緒と寄物陳思の部立が二度出てくるのは、人麻呂歌集所出のものと然らざるものとの別。問答歌は前者が一般のもの、後者は旅の別れに関するもの。巻十一と重出・類似が多く、部立の相異などからも、両巻が上下一組として同時編纂されたものとは思えない。	長歌集。独立した短歌なく、全て反歌として、旋頭歌を反歌とするのは集中唯一例。古歌謡の流れを伝える古形のものを多く含む。	東歌は総題で、雑歌の標目が落ちたものらしい。東国の民謡的性格もあり、農民生活に密着した素材と方言は集中の異彩。その田園調・野趣のある生命感が魅力的。		一つの巻がただ二つの歌群から

巻十五 3785〜3578	部立なし	天平十一、二年	中臣宅守・狭野弟上娘子	長5 短137 旋3（145）／短63	208	類190 古65	の仮名書。表意文字を時に交える。	成っている。前半は遣新羅使人らの往復途上の作歌と旅中誦詠した古歌及び出発時・出先で贈られた歌を集めたもの。後半は宅守と弟上娘子との贈答歌。
巻十六 3889〜3786	有由縁并雑歌	天武・持統〜聖武〈天平十六年頃〉	穂積皇子・長意吉麻呂・陸奥国の前采女・大伴家持・志賀白水郎の妻子（山上憶良）・乞食者	長8 短92 旋3 仏足石歌体1	104	尼101 類99 古91	表意文字・表音文字交用。漢語・仏語を用いる。	題詞左注で詳しく歌のいわれを説明する伝説による歌が多く、のちの歌物語を思わせ、戯笑歌・詠数種物歌・無心所著歌・地方民謡・乞食者詠など文学史的興味がある。
巻十七 4031〜3890	部立なし	天平二年〜同十六年 天平十八年正月〜同廿年春	橘諸兄・紀清人・葛井諸会・大伴家持・坂上郎女・大伴池主	長14 短127 旋1	142	元140 春5 類126 古39	一字一音式の仮名書。表意文字を時に交える。	この巻以下四巻は家持の歌日記と言われる。始めに天平二年から十六年までの補遺を掲げ、十八年から日録の体裁を見せる。年月日順に排列。家持の歌文を主として、贈られた歌、伝聞した歌、宴の歌などを随時記録したものによる。漢文書簡六と漢詩二首がある。
巻十八 4138〜4032	部立なし	天平廿年三月二十三日〜天平勝宝二年二月十八日	大伴家持・田辺福麻呂	長10 短97	107	藍8 元94 類101 古43	巻十七に同じ。	巻十七から続く家持の歌日記と言える。この巻には一年に及ぶ空白がある。これはある時期に大きな損傷を受け、補修もされたが、補いきれず空白のまま残されたものという。
巻十九 4292〜4139	部立なし	天平勝宝二年三月一日〜同五年二月二十五日	大伴家持・内蔵縄麻呂・久米広縄・多治比鷹主・道祖王	長23 短131	154	元151 春7 類144 古28	表意文字・表音文字交用	最も家持自身の手記らしい巻。巻末に、この巻中作者名を記さないものは家持作だという注がある。

	巻二十	通巻
番号	4516～4293	4516～1
部立	部立なし	
年代	天平勝宝五年五月～天平宝字三年正月一日	（仁徳）・（雄略）・（推古）・舒明・皇極・孝徳・斉明・天智・天武・持統・文武・元明・元正・聖武・孝謙・淳仁
作者	大伴家持・防人等・藤原仲麻呂・皇太子（淳仁天皇）・中臣清麻呂・甘南備伊香・御方王	（作者不明の巻）巻七・十・十一・十二・十三・十四
歌数	長 6　短 218	長 265　短 4207　旋 62　連 1　仏 1
計	224	4536
次点本	元 214　春 46　類 216　古 122	（右は次点本のみ掲げた）
表記	一字一音式の仮名書。表意文字を時に交える。	（仮名書の巻）巻五・十四・十五・十七・十八・二十
備考	天平勝宝七歳の東国出身の防人の歌が八十四首、作者名も記され、歌の作者として庶民の名がこれだけ多く残されたことは珍しい。他に昔年防人歌計九首収載されている。	

名　義

万葉集という名の意味について、古くから論じられて来たが、いまだにその解釈が定まっていない。昭和四十四年一月刊行された『講座日本文学の争点』上代編において「争点」の一つとして「万葉集の名義」が取り上げられ、雑誌『国文学・解釈と鑑賞』が特集した「万葉集の謎」（昭和四十四年二月号）にも「万葉集の名義」が謎の一項目となっている。

鎌倉時代中期、天台宗の僧仙覚《せんがく》が、その画期的な注釈書『万葉集註釈』のはじめに「万ノ詞ノ義也」と述べたのが最初であった。江戸時代に入って下河《しもこう》辺長流《べちょうりゅう》はその著『万葉集鈔《しょう》』に、万世も伝われと祝う意で名付けられたかとも思うがと「万世の集」とする説を紹介しつつも、万葉は「万の言」とする説を採っている。続いて契沖《けいちゅう》の『万葉代匠記』には「葉の字は、これにふたつの義あり」として「ひとつには世の義」「ふたつには歌集」と両説を上げて詳しく述べているが、契沖はどちらかといえば「万世の集」の説に傾いていたように思われる。爾来この「多くの歌の集」と「多くの時代の集」との両説が時により盛衰を繰り返しながら今に至っている。その主な論者は次の通りである。

（一）多くの歌を載せた集

(イ)「葉」は「言の葉」で、よろずの言の葉即ち多くの歌の意とする。

仙　覚『万葉集註釈』（文永六年版）――「先此集ヲ、万葉集ト名ツクルハ、何意ソヤ。コレハヨロツノコトノハノ義也」

下河辺長流『万葉集鈔』――「万葉集と名付る事、万は十千にかきらす、おほかる数を、ちゝとも、よろつともいへは、今も言の葉のおほきをいふなり。葉者世也と注したるにつきて、万世もつたはれと祝て名付たる歟、とおもふへけれと、さにはあらす。万の言といふなり。後〳〵の勅撰に、金葉、玉葉（南朝に新葉）など名付られたるも、此集をおもひてなるへし。」

荷田春満《かだのあずままろ》（次項参照）

賀茂真淵《かものまぶち》『万葉集大考』（宝暦十年成）――「こを万葉といへるは、万は数の多かる也、葉は言《こと》ばにて、歌をいふぞと荷田大人は東万呂いはれき、或人はから文に万葉は万世の意なるに依つれど、こゝには字を借しのみ也、葉に歌をよせずは何を集めたるとも聞えじ」

(ロ)「葉」は「木の葉」で、歌の譬喩だとする。

上田秋成『万葉集楢《なら》の杣《そま》』（寛政十二年起稿）

木村正辞『万葉集美夫君志《みぶくし》』首巻（明治二十二年一部刊）

岡田正之『近江奈良朝の漢文学』（昭和四年七月刊）――詩文を枝葉にたとえた例が漢籍に多いこと、詩集に万世の意の命名は不自然で六朝初唐にも見えないことなどをあげる。

鈴木虎雄「『万葉集』書名の意義」（『万葉』一号、昭和二十六年十月）――岡田正之の引用例を訂正し、葉を世代・支族の衆多なるにたとえるものがある以上他にも及ぼし得るとし、「類聚歌林」の例もあり「万葉」が歌の林に茂る木のその衆多の葉の意であることは自然であるとする。また『言の葉』思想なるものは万葉集の時代に歌集、歌林の思想ありてそこに潜在せし思想が偶ま貫之により文字として表明せられしものと観ば如何」という。

星川清孝「万葉集名義論考」（『国語と国文学』二九巻一号、昭和二十七年一月）――唐末五代の用例であるが、蜀の何光遠の『鑑戒録』に「詞林万葉」の成句のあることを指摘。「万葉」に詩文の意はなく、ただ多数の形容であって、集の内容の多数なることを形容したものとする。

中西　進『万葉集の比較文学的研究』（昭和三十八年一月）――古今集両序を比較検討し、類聚歌林・古今類聚詩苑・懐風藻・衔悲藻・群英集に後の文華秀麗集といった和漢の書名の趨勢により、「群英」などから「万葉」が生まれることを述べる。万葉集の編纂に三つのプロセスを考え、最後に「一括二十巻の形を成すに当って、この雑多な何とも名状し難い集を名づけるのに万葉集という名は誠に巧みだった」という。更に、「万代」こそ集の名としては後のものとする。
（二）多くの時代にわたる集（「葉」は「世」「代」の意）

(イ)万世の末までも伝われとの祝福をこめて名付けたものとする。

契　沖『万葉代匠記』（惣釈）――「此集万世までにつたはりて世をおさめ、民をみちびく教ともなれといはひて名付たるにや。後の勅撰にも、千戴集となづけられたる、このこころなり」

鹿《か》持《もち》雅《まさ》澄《ずみ》『万葉集古義』総論其一、題号（天保十三年頃成）――「古来両説あり、一ツには万世の義とし、一ツには万辞の義とせり、さて件の両説、此も彼も共に所拠はあり、（中略）しかれども、余は後の義を諾はず、（中略）万世の義にてこそあらめ、（中略）されば長く万世の後まで朽せず伝はれとて、しか名づけられたるにぞありける」

山田孝《よし》雄《お》「万葉集名義考」（『国語と国文学』二巻二号、大正十四年二月。『万葉集考叢』所収）――「言葉」の成語が日本で用いられたのは後の金葉集の時代（院政期）であるとし、「葉」を世代の義に用いることは、詩経をはじめ「文選」その他和漢に古くから用例があることから「万葉集の名の万世の義なることは殆ど否認せられまじと信ず」と述べ、万世の集とは、古今を通じての歌を集めた集で、将来長く伝われと祝福する意があるという。

井上通《みち》泰《やす》『万葉集新考』巻八、万葉集雑攷（昭和二年刊）――「ヨロヅノコトノ葉の義につかへる例は、山田君と同じく骨を折つて探して見たが山田君の挙げられたる例即言葉は藤原為忠の詩序、言葉詞華は惟宗孝言の詩序より古きものは見当らぬ。（中略）万葉集の出来た時代にコトバを単に葉と云はなかつたのは勿論、言葉といふ熟字も無かつた事と思はれる。されば万葉集の名をヨロヅノコトノハの義とするは学問上根拠の無い説である。さて万葉と名づけたのは万世ニ伝ハレと祝しての事である。」

小島憲之『上代日本文学と中国文学 中』万葉集名義考——万葉時代に当る和漢の文献から「万葉」を博捜した結果、その用例の全てが万世・万代の意と数多の木の葉の意であることを述べ、「万葉集」が漢籍の用例によって名付けられたとすれば万世の意が最も有力と説く。更にこれが漢籍と無関係に用いられた場合も考えられ、用例に始終しただけでは解決の道の遠いことを述べ、万葉集成立過程・編纂事情・歌集としての性格などを合せ考えることによって、万世の意が最も適切と説く。永遠万世をかけてその名の流れるべく、しかもそれを願う歌集であり、歌集の前途を祝福する意の命名であったとする。

大久保正「万葉集の名義に関する一小見」（澤瀉久孝『万葉集注釈』巻一附録、昭和三十三年四月。『上代日本文学概説』所収）——「よろづよ」の語がわが国の宮廷寿歌の久しい伝統を持っていることを述べ、そこから「よろづよ」が極めて自然に万世を意味する「万葉」という漢語に結びつき、万代までもと祝福する歌集の名となったのであろうという。中国の用例の側から見た難点は、日本の歌集の名として当らずといえよう。

(ロ)天皇・皇后の万歳を祝福する意で名付けたものとする。

折口信夫《しのぶ》『古代研究・国文学篇』『万葉集研究』など（『折口信夫全集』第一巻・第九巻）——万葉を踏歌（あらればしり）の「よろづ代あられ」と結びつけて、「天子・皇后の万葉を祝福する詞章」の意に解する。

(ハ)古今を通じての歌を集めたものとする。

山田孝雄（前掲）

(三) 多くの紙数の集（「葉」は紙を数える時の助数詞）

武田祐吉『万葉集新解』上（昭和五年四月刊）――「本集巻の十八に、大伴家持は紙端の意に葉端の字を用ゐ、また紙の枚数は葉を以つて数へるから、万葉集といふのは、紙数の多い集といふ義であるかも知れぬ。」（これは全くの試案であって、武田博士は「万世に伝はれとの抱負を示した書名であらう」と言い、「まづこの解が穏当と思はれる」としている）

成立

万葉集の成立に関する最初の記録は、『古今集』巻十八雑下に収められている貞観年間（八五九～八七六）の、清和天皇と文《ふん》屋有季《やのありすえ》との間に交わされた問答の歌だと言われている。

貞観の御時、万葉集はいつばかりつくれるぞととはせたまひければ、よみてたてまつりける　文屋ありすゑ

神な月時雨ふりおけるならのはの名におふ宮のふるごとぞこれ（九九七）

陰暦十月の時雨がならの木の葉に降り注いでいる景を前にして、清和天皇が歌の題を出されたのであろう。天皇はならの葉に「奈良」を思い、更に万葉集に思いを至されたのであろう。それに対して文屋有季が当意に即妙の答えを返したのである。そういう答歌であるからこそ「ならのはの名におふ宮のふるごと」という答えにならない答え方でよかったのである。爾来、今に至る万葉集成立論の主なものは次の通りである。

一、平安時代から中世まで

菅原道真『新撰万葉集』序

夫万葉集者古歌之流也。非レ未三嘗称二警策之名一焉。況復不レ屑二鄭衛之音一乎。聞説、古者飛文染翰之士、興詠吟嘯之客、青春之時、玄冬之節、随レ見而興既作。触レ聆而感自生。凡厥取二草稿一不レ知二幾千一。漸尋二筆墨之跡一、文句錯乱、非レ詩非レ賦、字対雑糅、難レ入難レ悟。所謂仰弥高、鑽弥堅者乎。然而有レ意者進、無レ智者退而已。於レ是奉二綸綍一綜緝之外、更在二人口一尽以撰集成二数十巻一。装二其要妙一韞匵待レ価。唯媿非二凡眼之所一レ可レ及。

紀貫之『古今和歌集』仮名序

いにしへより、かくつたはるうちにも、ならの御時よりぞ、ひろまりにける。かのおほむ世や、哥のこゝろをしろしめしたりけむ。かのおほむ時に、おほきみつのくらゐ、かきのもとの人まろなむ、哥のひじりなりける。これは、きみもひとも、身をあはせたりといふなるべし。秋のゆふべ、たつた川にながるゝもみぢをば、みかどのおほむめには、にしきと見たまひ、春のあした、よしのの山のさくらは、人まろが心には、雲かとのみなむおぼえける。また、山の辺のあか人といふ人ありけり。哥にあやしく、たへなりけり。人まろは赤人がかみにたゝむ事かたく、赤人は人まろがしもにたゝむことかたくなむありける。この人々をおきて、またすぐれたる人も、くれ竹の世々にきこえ、かたいとの、よりよりにたえずぞありける。これよりさきの哥をあつめてなむ、万葉集と、なづけられたりける。こゝに、いにしへのことをも、哥のこゝろをも、しれる人、わづかにひとり、ふたりなりき。しかあれど、これかれ、えたるところ、えぬところ、たがひになむある。かの御時より、このかた、としはもゝとせあまり、世はとつぎになむなりにける。

紀　淑《よし》望《もち》『古今和歌集』真名序

昔平城天子詔二侍臣一。令レ撰二万葉集一。自レ爾来。時歴二十代一。数過二百年一。

栄花物語　巻一　月の宴

むかし高野の女帝の御代、天平勝宝五年には、左大臣橘卿諸卿《諸兄》大夫等あつまりて、万葉集をえらばせ給。

〔参考〕　顕《けん》　昭《しょう》『古今集序注』下

又世継云、昔高野女帝御代、天平勝宝五年ニハ左大臣橘卿東家ニテ、諸卿大夫等アツマリテ、万葉集ヲ撰セリトカケリ、（中略）又世継証本ニハ、昔奈良帝御時ニモ、万葉集エラバセ給云々。然者、普通本ニ、万葉五巻抄序ヲアシク心エテ、万葉撰ト存シテ、和纔ニ書也、尤可付証本歟、件本ハ土御門右大臣家本也

勝《しょう》　命《みょう》『古今集序注』所引注

勝命云、万葉第廿巻之奥歌者、孝謙御代藤真楯撰加レ之。

後拾遺集　序

此の事今日にはじまれるにあらず。ならの帝は万葉集二十巻をえらびて、つねのもてあそびものとし給へり。

藤原　清《きよ》輔《すけ》『袋草紙《ふくろそうし》』（「撰二万葉集一或称二大同朝一疑二桓武時一事」）

難者云、如二古今真名序一平城天子詔二侍臣一撰二万葉一書、如何。答云、此平城天子桓武若聖武等也。更非二大同之朝一。如二古今序一。時歴二十代一数過二百年一云々。然者当二桓武一而多二其疑一。一、彼集宝字三年以後之年号

不レ載。一、家持延暦二年任二中納言一者也。而公卿之時歌不レ載。就レ中桓武作歌之由無二所見一。予案レ之聖武之撰也。多二其理一。一、如二古今序一者人丸同時奈良御時被レ撰之由見。一、天平元年正月十四日奏二諸歌一之由見二皇代記一。一、能令レ作レ歌云々。至二十代文一者以下若過、若減、皆存二大数一之儀上棄レ余取二十代一歟。

顕昭『万葉集時代難事』（「人麿在世事」）

持統、文武、元明、元正、聖武、孝謙之御代、好事溢レ朝、詠歌甚多。仍大同帝集二彼世々之歌一被レ撰二万葉集一也。是故集二前歌一之由被レ注二序文一也。若聖武、孝謙之御宇撰レ之者、不レ可レ云レ集二前歌一歟。万葉歌是聖武、孝謙二代歌也。已是当代也。何云二前歌一乎。所レ謂仮名序者、雖レ挙二人丸・赤人等同時之帝一。然不レ挙下撰二万葉一之帝号上也。然而カノトキヨリコノカタ、年ハモ、トセ余リ、ヨハトツギニナムナリニケルト書タレバ、指二大同帝一之条無レ疑也。真名序者、不レ挙二人丸・赤人同時之帝一。只至二奥文一、平城天子詔二侍臣一令レ撰二万葉集一。自レ爾以来時更二十代一、数過二百年一云云。両序共、書下時更二十代一之文上。仍平城天子者、指二平城天皇一之条無レ疑事也。若人丸同時奈良帝撰レ之者、真名序挙二人丸等同時之帝号一畢。此帝即撰二万葉一之由慥可二書載一也。

藤原俊成『万葉集時代考』（万葉考）

あらはに聖武天皇くらゐをおりさせ給て。孝謙天皇くらゐにおはしますころの集とは見えて候へとも。たれうけたまはりて。一定えりたりとも。いつれのみかとのおほせ事にてありとも。たしかにかきたる物はなにも見え候はす。

諸兄大臣は天平勝宝八年　聖武天皇のうせさせたまふとし致仕。つきの年うせて候へは。人のほと。まことにうけたまはりてえらんも。あたりたる人に候へとも。ものなとにうるわしくかきたる事は見をよひ候はす。人のつかさ世のありさまにて。あらはに聖武御時のことゝは見え候へとも。さま〳〵ろんしいさかひ申あひて候。

藤原定家『定家長歌短歌之説（万葉集長歌載短歌字之由事）』

大同年中無可撰和歌之人。不載称徳天皇以後歌。於平城之説者勿論不足言事歟。これよりさきの歌をあつむる文。又以不審多。強不勘時代年限。課文章所書歟。天平勝宝年中歌をこれよりさきの歌と書。尤無其理歟。道因之所載勘文。不詰此等子細。古今序此等事。頗不以披見万葉集之人如何。（巻末、古今序批判の部分より）

仙覚『万葉集註釈』

橘大臣、謂二撰者一事者、先達多以称レ之。随二万葉集奥書一云、天平勝宝五年、左大臣橘諸兄撰二万葉集一云々。何可レ不レ用レ所レ注乎。就中此集中、橘大臣、為二撰者一歟之由、有二見事一。第十九巻、少納言大伴宿禰家持歌云、白雪能布里之久山乎越由加牟君乎曽母等奈伊吉能乎尓念。左大臣換レ尾云、伊伎能乎尓須流。然猶喩曰、如レ前誦レ之也。如レ此者、左大臣為二撰者一之間、於レ不二甘心一、句々欲レ換レ之歟。而又家持相共依レ為二撰者一、喩二如レ前誦レ之由一乎。両人共、不レ為二撰者一、不レ可レ及二評判一者歟。爰知三左大臣為二撰者一乎。次又家持見二撰者一証拠勘レ之者、第十九巻奥云、但此中不レ称二作者名字一、徒録二年月所処縁起一者、皆大伴宿禰家持載作（マヽ）歌詞也云々。然則前所レ挙、天平五年贈二入唐使一歌并壬申之乱定、以後歌、随レ聞得レ之、如レ載二天平勝宝三四年之中一者、皆是家持所レ注也。加之同第廿巻、天平勝宝七年春時分、昔年防人歌書レ之畢云々。右八首、昔年防人歌矣、主典刑部少録、正七位上磐余伊美吉諸君抄写贈二兵部少輔大伴宿禰家持一云々。当レ知レ為二撰者一。故注レ贈二古歌一也。依レ有二如レ此見所一、両人相共謂レ為二撰者一也。

二、近　世

契　沖『万葉代匠記（精撰本）』惣釈（「雑説」）

今此定家卿ノ抄（前掲の『定家長歌短歌之説』）ヲ見テ、是ニ心著テ普ク集中ヲ考ヘ見ルニ、勅撰ニモアラス、撰者ハ諸兄公ニモアラスシテ、家持卿私ノ家ニ若年ヨリ見聞ニ随テ記シオカレタルヲ、十六巻マテハ天平十六年十七年ノ比マテニ、廿七八歳ノ内ニテ撰ヒ定メ、十七巻ノ天平十六年四月五日ノ歌マテハ遺タルヲ拾ヒ、十八年正月ノ歌ヨリ第二十ノ終マテハ日記ノ如ク、部ヲ立ス、次第ニ集メテ宝字三年ニ一部ト成サレタルナリ。

荷田春満『万葉解通釈并解釈例』（賀茂真淵）所引荷田春満説

荷田東麻呂云、凡此撰者の事定家卿の説の如く家持卿なる証いと多し。然れとも竊に案るに、第一第二巻の体、或は第十より十三までの作者なき古歌の集の体、其外一二の様をおもふに家持卿の手になれる物とも覚えられす。恐らくは諸兄公なとの撰せられし有しに家持卿の集の混したる成へし。但上古の家集といふは古今の歌を自記し置、且自らのをもよむに随ひて書入れたる事、家持卿越中の任中に京師にての歌をも伝へ聞にしたかひてましへ記されたるなどにてしられたり。然れは同巻の中の上には上古の作者の歌を挙て次第に当時に及てみつからの歌を末に載られたるもあり。また第十七巻以下は全く此卿の家集と見えて疑ひなし。

賀茂真淵『万葉考』別記一（「巻のついで」）

考にいへる如く、此集の中に古き撰みと見ゆるは、一の巻・二の巻也、それにつぎては今十三・十一・十二・十四とする巻どもゝ、同し時撰ばれしうちならんとおほゆ、（中略）かゝれは古へ万葉集といへるは、右にいふ六つの巻にて、其ほかは家々の集どもなりしを、いと後の代に一つまじりて、二十巻とは成し也けり、しかつどへる上にては、一・二の巻の外は何れをそれともしられず乱れにたるを、古への事をよくも思ひ得ぬ人、私に次をしるせしもの也

本居宣長『万葉集重載歌及巻の次第』（「全篇巻の次第の事」）

まつ廿巻ともに家持撰也、さて一つゝけに次第して集めたる物にあらされは、巻々のついては、年代を以ては定めかたく、又歌の類をもても定めかたし、たゝ巻の類を分て、おの〳〵別に次第すへし、その類を分るに付て、まづ分て前後二度の撰とす、前の撰は、一 二 三 四 六 七 八 九 十 十一 十二 十三 十四 十六、この十四巻也、後の撰は、五 十五 十七 十八 十九 廿、この六巻也、そは何をもて前後別の撰といふ事をしるとなれは、まづ一ッには年代こと也、二ッには部立異也、三ッには歌の書さま異也、一ッに年代の異なるとは、前撰は上古より天平十六年迄の歌也、後の撰は天平十八年より始まれり、次に部立のことなるとは、前撰は巻々いつれも雑歌相聞挽歌と部を分て次第に集めたり、後の撰は此わかちなし、次に歌のかきさまのことなるとは、前撰は文字さま〳〵に書て十四巻おほかた同しさま也、後撰は一言に一字を用ゐて仮字のみ也、これらをもてまづ前後二度の撰なる事をしるへし

三、近　　代（要約）

品田太吉『万葉集両巻説』（『万葉学論纂』所収）他

古く万葉集と言ったのは巻一・二のみで、これは勅撰集であるとし、巻三・四・八の三巻は家持による続撰、巻九は拾遺、巻七・十・十一・十二・十三・十四・十五・十六の八巻は別集、巻五・六・十七・十八・十九・二十の六巻は家集であるとする。また、巻一・二については第一次撰・二次撰があり、両巻の相違を考え、巻一の編者は人麻呂・憶良・黒人・意吉麻呂の中の誰かであり、巻二の編者は旅人であろうという。

折口信夫《しのぶ》『古代研究・国文学篇』『万葉集研究』（『折口信夫全集』第一巻・第九巻）

万葉集の主要な部分は大歌所の台本から出たもので、それに大伴家から出た「大伴集」が、大歌所を介して合体することによって組立てられたのが万葉集二十巻であるとする。この合体は平城朝で、これは薬子仲成の乱のため三巻で沙汰やみになり、中絶して官庫に入ってしまったのだが、それに更に整理を加えて世に出したのは天暦における梨壺の五人であろうという。

山田孝雄《よしお》「万葉集の編纂は宝亀二年以後なるべきことの証」（『心の花』大正13・2、『万葉集考叢』所収）

巻十四東歌において武蔵が東海道に入っているのは、この国が東山道から移された宝亀二（七七一）年十月の制によっているとして、万葉集の成立はそれ以後でなければならぬとし、この東歌の配列がえは平城朝に行なわれたものであろうという。全巻の生成については、巻一から巻五がまず一応でき上がり、加えて巻十五までができ、それに巻十六を加えた、巻一から巻十六までが第一団、巻十七から巻二十は歌の記録のまま最後に添えた第二団であるとする。また、家持が死後罪をこうむって大伴家の家財が官没された時、万葉集も没収せられ、平城朝大伴氏赦免と共に世に出たのではないかという（「万葉集と大伴氏」―『万葉集考叢』所収）。

武田祐吉『上代国文学の研究』『万葉集校定の研究』『万葉集全註釈（総説）』

各巻について詳細に検討し、家持の編纂と言い難い諸点を明らかにして、巻一から巻十六までの編纂に従事した者を大伴氏に仕えていた書記か、家持の弟書持かと言い、巻十七以降も家持の手録を後人が整理したものと考える。撰者も撰定の時代も決定し難いという。ただ、万葉集が大伴家に伝わり、その長い成長のある期間に家持はその整理増大に干与していたであろうといい、大伴家家財官没によって平安時代に万葉集が世に出たのであろうとする山田説に注目し、恐らくその後において整理が加えられ、現行の如き形になったものであるかもしれぬという。

久松潜一『万葉集の新研究』

各巻の体裁・表現法・編纂態度の上から、A巻一・二、B巻三・四・六・八・十七・十八・十九・二十、C巻七・十・十一・十二・十三・十四、D巻九・十六、E巻十五、F巻五に大分し、更にこまかく分類して、撰者を家持と推定する。そして天平十八年越中赴任前に第一回整理、天平宝字三年頃に第二回の整理をして二十巻とし、その後も家持及び他の人によって手が加えられ、現万葉集の形になったのが平城朝でもあっただろうという。

澤《おも》瀉《だか》久《ひさ》孝《たか》「編纂論序説」（春陽堂『万葉集講座』第六巻）

多くの人の手に成った種々の歌集が、天平十六、七年頃に家持によって整理され、その後四巻が増補されて二十巻となり、更にその後も手が加えられて、今日見るような形になったのは宝亀二年以後であろうという。品田説以来の諸説を生かし、すべて矛盾なく成立させる。

徳田　浄《じよう》『万葉集撰定時代の研究』『万葉集成立攷』

集中の氏名の称呼法（卑敬称法）の考察を中心に、用字法・左注など種々の方面から考察して、巻一・二の大部分が慶雲・和銅・養老年間に順次成立し、巻一から巻十六までは天平十八年から天平勝宝五年までの間の撰（第一回撰）、巻十七から巻二十は天平宝字三年六月から同八年正月までに成立（第二回撰）、全二十巻に宝亀八年正月から同九年正月にかけて（家持従四位時代）手を加えた（第三回撰）と説く。

小島憲之『上代日本文学と中国文学　中』

二十巻で成書となった万葉集は完成後は「公的性格」に包含されたものというべきだとして、最終編纂者（代表者）に公的に有力者である某官人があったはずという。公的性格をもつ原万葉集に家持をめぐる家集的なものやその他を混ぜて編纂した功績の大部分は家持に帰すべきであろうが、その完成に近い編纂物を奈良末期、宝亀三年以後あたりに有力某官人がまとめ、平安初期平城朝に公的に流布させたとする。

伊丹末雄『万葉集成立考』

巻一・二を三部に分け、その第一・二部を太安万呂が古事記編纂前後、書紀編纂以前に成し、第三部と増補を天平十八年聖武天皇の家持への下命によると推定。そのあとも巻十七までが、聖武の命のもと、諸兄を編纂代表者、家持をその実務者として天平二十年頃成り、次いで宝亀年間に家持によって巻十八以後の三巻が加えられ、同時に先の部にも手が加えられたが、完備せぬまま官庫に没収され、平城朝に世に出たと説く。全巻に家持の手がわたっているとする。

大久保正「古代万葉集研究史稿」（『北海道大学文学部紀要』九号・十号）

奈良朝に家持の手でほぼ編纂を終えていた現行二十巻の万葉集が、平城天皇の公的ならぬ個人的意志によって補修されたものが平城の万葉で、目録などはこの時に付されたものであるかも知れないとする。

中西進『万葉集の比較文学的研究』

A群（巻一・二）、B群（巻三・四・六・七・八・九・十・十三）、C群（巻五・十一・十二・十四・十五・十六）、D群（巻十七・十八・十九・二十）の四群に分ち、A群はいわゆる古撰、B群は家持の手許にあった資料によって家持が天平十七年に編纂の作業をなしたとする。C群は、巻五・十五・十六の三巻は資料を蒐集しただけのもので、巻十一・十二は家持とは別人X氏の編纂、巻十四はB群と同系統ともいえるという、D群は家持の手許にあった家持の歌日記に最終的には他人の手が入っているという。

後藤利雄『万葉集成立論』

万葉集の成立過程を本撰・追撰・最終編纂の三段階に分け、巻一から巻十六までで巻十五を除く部分が本撰で、これが第五次まであったとする。その原撰は巻一・二の原形で大宝二年から慶雲四年の間、勅撰かもしれぬとし、第二次撰は天平五年直後、第三次撰は天平十二年直後、第四次撰は天平十六年直後、第五次撰は天平勝宝二年から天平宝字三年の間とする。追撰は巻十五と巻十七以下巻二十の四四五六までで、天平宝字五年から延暦四年までの間とする。最終編纂は宝亀二年から延暦十三年の間になされたとする。

そしてその編者は、本撰第二・三次が坂上郎女、四・五次及び追撰が家持、最終編纂は家持の妻坂上大嬢であるという。

中西　進「万葉集の形成――平安朝文献の意味――」（『講座日本文学』2上代編II）他

新撰万葉集序文を、道真の前にあった万葉集は草藁で、勅を奉じて道真がこれを綜緝し、更に人口にある万葉歌を集めて数十巻となし、その上その要妙を装うて匱に韜み、価を後世に待とうとした、と読み、ここに草藁万葉・人口万葉・数十巻万葉・要妙万葉が現出したとする。このうち人口万葉が口誦され、平安朝諸歌集に見られる現万葉集にない万葉歌の母胎になったものとし、数十巻万葉がさらに梨壺の五人によって撰定（「よみときえらぶ」）されて、現万葉集となったという。（「続・万葉集の形成（下）―平安朝文献の意味―」『成城国文学論集』1）

伊藤　博『万葉集の構造と成立』上下、新潮日本古典文学集成『万葉集』一～五解説

全二十巻のうち、まず巻十六までを、巻一から巻十五に巻十六の母体を付録としてぶらさげた十五巻本万葉集として第一部、巻十七以降を第二部として大きく捉える。そしてその第一部の形成過程を、持統上皇晩年に巻一原型部分が編まれ、元明女帝晩年か上皇時代に巻二の原型部が巻一を継承して集成され、この二巻が核万葉となったとし、さらに養老末年から神亀年間に、古歌の拾遺歌巻に奈良朝の今歌を増補した古今倭歌集たる巻三・四が、風流侍従と呼ばれた六人部王らによって編まれ、巻五は家持によって憶良の私歌集に旅人側の資料を併用して形成され、巻六は巻一の晴の歌の続編として編まれ、天平雑歌集として巻五と一組を成すと説く。巻七～十二は人麻呂歌集との関わりを持つ点で同族圏となるうえに、それぞれが古今倭歌集の構造を貫くという。巻十三・十四は長歌集・宮廷歌謡歌巻、短歌集・東国歌謡巻の古今構

造を持たぬ類聚歌巻として対をなし、巻十五は、天平十年代の内舎人家持らによって、悲劇的長編歌物語として組み立てられた歌群を併せて成り、原初巻十六がその歌数の少ないことや内容の異常さから独立する巻としては扱われなかったというのである。天平十七、八年頃に十五巻本万葉集が成ったという。この編纂実務者には家持のほか坂上郎女や市原王らが考えられるという。

第二部は、まず巻十七から十九までが成立し、時を経て巻二十が巻十七の冒頭部とともに併せられて誕生したという。この時に付録歌巻が巻十六として生まれ変わったらしい。これによって第一部を古、第二部を今とする二十巻本万葉集が成立したわけである。この時期は延暦元～二年の間ではなかったかという。

時期区分

万葉集の時代は、巻二巻頭の仁徳天皇の磐姫皇后から、巻一巻頭の雄略天皇を経て、巻二十の巻尾の天平宝字三年(七五九)正月元日に至る。仁徳天皇を古代中国の『宋書倭国伝』の伝える倭王讃と推定して五世紀初期の天皇であるとすると、およそ三百五十年である。その長い時代の万葉集の四千五百数十首に時期区分が行なわれたのは、漸く近世に入ってからであった。

賀茂真淵『万葉集大考』

1、いとしも上つ代々の哥は、人の真ごゝろのかぎりにして、そのさま和《なご》くもかたくも強くも悲くも、四の時なす立かへりつゝ前しりへ定めいひがたし、

2、やゝ中つ代にうつろひて高市崗本の宮の比よりをいはゞ、み冬つき春さり来て、雪氷のとけゆくがごと

し、これをはじめのうつろひといはん、

3、藤原の宮となりては、大海の原にけしきある島どものうかべらむさまして、おもしろきいきほひぞ出きたる、これぞ二たびのうつろひ也、

4、奈良の宮の初めには、此いきほひ有をまねびうつせしまゝに、おのがものともなくうらせばくなりぬ、これぞ三たびのうつろひ也、

5、其宮のなかつ比には、ゆかしき隈もなき海・山を風はやき日に見んがごと、あらびたるすがたと成ぬ、是ぞ四度のうつろひ也、

6、それゆ後の哥は此集にはのらず、古今哥集に、よみ人しらずとふ中の古きしらべなるぞ、此宮の末ゆ今の都のはじめの哥也、そは彼荒《あら》びたりしがうらうへになりて、清らなる庭に山ぶきの咲とをめらんなして、ひたぶる妹に似るすがたとなりにたり、これぞいつ度の終のかはりめ也ける、

島木赤彦『万葉集の鑑賞及び其批評』（大正十四年十一月）

元来、万葉集は、仁徳天皇御宇から淳仁天皇御宇天平宝字三年に至る四百五十年間の歌を輯めたものであるが、舒明天皇以前のものは極めて少い。舒明以後のものを三期に分れば、舒明より天武に至る約五十年間が前期であつて、主として明日香地方に朝廷のあつた時代である。それから、持統文武両帝約二十年間が中期であつて、主として藤原に朝廷のあつた時代であり、万葉集としては歌の最も頂上に到達した時である。それから以後は奈良朝と言はれる時代になるのであつて、元明より淳仁に至る約五十年が後期になるのである。

1、万葉集の歌、特にそのうちの前期ともいふべき時代の歌は、如何にも素樸率直な歌が多くて、子どもの無邪気な口つきから出る言葉や、地駄々を踏んで泣き叫ぶ声を聞く如き感じを与へる歌が多く、それが何れも自己の真実に根ざしてゐるから、些の厭味を交じへないのである。この期の歌は、多く喜怒哀楽といふ如き単純な感情が歌はれ、その感情が純粋一途に集中してゐるから、作者自ら知らざるに、自ら人生の機微に参し得てゐるといふやうな快い境涯がある。

2、万葉集の中期に入ると、歌が追々芸術的に進んで来て、中に、柿本人麿・山部赤人の如き大きな歌人を出して、それらを中心として生れた当時の歌の中には、芸術としての至上境と思はれる所にまで入つてゐるものがあるのであるが、それらの歌が、何れも素樸さや率直さから離れてゐないのであつて、つまり、自己の真実に徹して歌はれてゐるから、至上境として真の力を持ち得るのである。この期の歌は、初期に比べると、歌の範囲が人事自然の各相に亙って拡がり、而も、それが豊かに満ち高く張つて、芸術の要求する崇高性厳粛性といふ如きものを持ち得て、或るものは円融具足の相に入り、或るものは暢達流動の相となり、或るものは高邁、或るものは蒼古、或るものは明澄、或るものは沈潜の姿となつて現れてゐるのである。

3、後期に入れば、中期の芸術的方面を更らに芸術的に押し進めてゐる人々が現れると共に、万葉の素質的方面から離れはじめるといふ現象も伴ひ、それらの人々には理智的な観念的な歌がぼつぼつ目につき、後に現れる古今集の歌風などへの橋渡しをするといふ観があるけれども、大体に於ては、矢張、万葉集の真髄を捉へて中期の歌風を継承したといふべきである。

澤瀉久孝・森本治吉『作者類別年代順万葉集』（昭和七年五月）

万葉集の時代を便宜上奈良朝以前・以後の二期に大別し、更にそれを二つづゝに別け、第一期を壬申の乱までとし、第二期を奈良遷都までとし、第三期は天平五年まで、それ以後を第四期としました。天平五年としたのは奈良朝初期の代表歌人たる憶良・旅人・赤人・金村の作品がその年の前後で終つてゐるからです。

風巻景次郎『万葉集と歌風の変遷』（『万葉集大成一』昭和二十八年三月）

ここでは発展段階的な見方で区切りを立てて見ようと思ふのである。発展段階的な見方と言ふのは、原始的と思はれる形から、最も後発的と思はれる形まで、万葉歌の歌風の上でいくつかの段階を区切つて、その各段階は歴史的に順を追つて発生してきたものと見て、それによつて歌風の変遷を一応整理しようとするものである。その各段階は次の段階が発生すれば前時代の段階として入れ代りに消滅して行くとは限らないのであつて、寧ろ後の時期まで重なり合つて残存したり、次の段階の歌に於ても、その特色の一部として溶け込んでゐたりするのが普通であつて、実年代によつて歴史的に区分してしまふことは事実上困難である。だから発展段階的に見ようと思ふのである。さうした見方から、ここでは万葉集に含まれた全作品を歌風の変遷の上で次のやうに整理して見ることができると思ふ。

1、原始の段階——民謡的
2、第二の段階——混沌的
3、第三の段階——開化的

4、第四の段階――悒情的

五味智英『万葉集一』（岩波日本古典文学大系）解説（昭和三十二年五月）

歌風の変還をたどるには、前後約三世紀にわたる万葉時代を時間的に分って考えるのである。このような区分をなすに当って規準となるのは、主要な歌人の活動時期・歌風・作品の背景をなす政治的社会的情勢等である。これらの規準に照らして万葉時代を分ち、先ず奈良遷都（和銅三年、七一〇）を境に前期後期となし、前期は更に推古天皇時代までを萌芽（先駆）時代、舒明天皇（元年は六二九年）から壬申の乱（六七二年）までを第一期、それ以後奈良遷都までを第二期とする。後期は奈良時代の中期までであるが、これを天平五年（七三三）までの第三期と、それ以後天平宝字三年（七五九）までの第四期とに分つ。

1、　萌芽時代　その終りが古事記の終りと一致し、歌の方からいうと歌謡時代であり、時間的には長いが歌数も少なく、伝えられる作者も多くない。

2、　第一期　　萌芽時代に比すると、歌が多くなり、年代的にも切れ目が少なく、流れとして歌を見ることが出来るようになって来る。この期は日本書紀の歌謡の終りの方の部分と重なり合うのであるが、書紀の斉明御製が歌謡の域を脱して創作和歌に転生して来ようとするのと相応ずるように、万葉集でもこの期に和歌の生誕を迎える。これは日本の歌の歴史において、極めて重大な事柄である。生まれたばかりの和歌のみずみずしい香気が、清冽・豊潤で強い調べの中に溢れて、人麿にもないような古代的な美しさを発揮している時期で、歌謡の手法がかなり用いられているが、それが歌謡のような大まかな味わいでなく、緊密な集中的な表現効果を生んでいるのである。

3、　第二期　壬申の乱後、天武天皇の強力な指導の下に皇室の絶対的権威と新律令国家との確立が推進された時期であり、新しい体制が前途への希望を人々に抱かせた時期である。人々の希望は各々ちがい、人の世の常として結局は裏切られることが多かったにしても、大乱収束後の安定と繁栄とを享受し、沈滞と頽廃とに未だ脅かされるに至らない時代は、全体として活気を蔵する時代であった事には疑いない。持統朝を中心とする和歌の隆盛は、令の改訂、史書の編纂等の進行と相並んで、その活気の生む所ものであった。歌の数も前期より増し、歌人の層も一段と厚くなった。歌謡の手法も天武天皇の作あたりでは表立って見えるが、持統朝の歌人人麿の作などでは著しく没線的になり内面化されて採り入れられ、凝集的表現を支えるものとして強く働いている。人麿は枕詞・序詞・対句・繰返し等の従来から存在した技法を縦横に駆使し、絢爛たる修辞を以て歌を飾っているが、それが軽く流れず、地底から響いて来るような重厚な響を以て万人の胸を打つ。また彼は自然であれ人事であれ、対象と自分との間の境界を撤して、対象と我と渾然合一の境地にあるような歌を詠んでいる。この心情の在り方は、原始の人の心から糸を引いて来ているものの如くである。原始の心と開化の技法との微妙な調和に、彼の歌の万人を打って、しかも及びがたい所以があるのである。この境地は彼を以て最後とした。万葉を大きく分って前後の二期に分つのも、彼が真に古代的なものの完成者であり、最後の人であるからである。

4、　第三期　上限は奈良遷都で、政治的にも重大な意味があるが、下限に定めた天平五年は政治的にも社会的にもそれほど大きな事件はない。しかし万葉集からいうとかなり大きい意味のある年である。山上憶良がこの年に没したことはほぼ確実であるし、笠金村の作品の年代の明らかなものの最後はこの年の作であり、高橋虫麿の年代明記の長短歌は天平四年のもの、大伴旅人の没したのは天平三年であって、この期に最も活動した歌人の活動が大体天平五年あたりを区切りとして終熄すると考えられるのである。もっとも、虫麿の場合は資料があまり少な過ぎるし、山部赤人は天平八年の作もあるので、天平五年という下限は多少下げてもいいが、赤人の活動は神亀から天平初年が最高潮だったらしいし、右の諸事情を考えて大体天平五年を区切りとするのである。

5、第四期　奈良時代中期にあたる。天平の文化は絢爛として栄え、東大寺の造営、大仏の開眼もあり、はなやかな時代であったが、やや久しい太平の淀みは人の心を安易にし、また繊細な神経が過度に鋭敏になって行くような時代であった。（中略）この期の歌人たちは、華やかな文化の風にあたりながら、陰暗な重圧を感じないではいられなかったであろう。鋭敏に打ちふるう神経は、繊細な美を感受しほそぼそとした歌を生んだ。時に細いながらも張った歌も詠まれたけれども、人麿の歌の強靱さはもとより、第三期の先達らの歌ほどの幅もないのが普通であった。そのほそぼそとした美しさは、まさに都会文化の生む所であり、爛熟期の産物であった。

武田祐吉『増訂万葉集全註釈一　総説』（昭和三十二年七月）

1、第一期、伝説歌謡時代（―五九一）

最古の時代から推古天皇の時代以前までで、漢文学の影響のまだあらわれない時代である。その作者や作歌事情については、伝説として考えるのが至当であり、歌詞も伝誦によつて伝えられたと考えられる。

2、第二期、明日香時代前期（五九二―六七二）

推古天皇の即位から壬申の乱までを含むから、地理的には、明日香、難波、明日香、大津となつている。漢文学の影響がようやくあらわれて来た時代で、作品が即時に記されることもある時代である。以上の二期は、遺作もすくないので、合わせて一期として考えることもできる。

3、第三期、明日香時代後期（六七三―六八六）

天武天皇の明日香の浄御原の宮の時代であつて、歌がまさに大きく発展しようとする準備的時代である。

4、第四期、藤原時代（六八七―七〇九）

持統天皇文武天皇の二代、その初めは、なお明日香の浄御原の宮にあつたが、六九四年に都を藤原に遷した。漢文学の影響を受けて大いに発達した時代である。

5、第五期、奈良時代前期（七一〇―七四〇）

七一〇年に奈良に遷都してから、七八四年に山城の国の長岡に遷都するまで七十五年間、いわゆる奈良時代である。前期は天平十二年（七四〇）まで。天平十二年の終りに奈良から一時都が山城の久邇に移つたので、しばらくこの年までを前期とする。奈良時代の大歌人たちは、このころまでにすべて作品を見せなくなる。これによつて、歌風が一変したように見える。これは偶然のことであつて、万葉集の集録が偏つているかも知れないが、大歌人の死と共に残された人々の歌風が一変したように見える。この期は、歌が文筆作品としての地位を確立した時代である。

6、第六期、奈良時代中期（七四一―七五九）

万葉集の最後の歌である天平宝字三年（七五九）までである。この期の集録は、大伴の家持中心に偏つているが、今日ではこれによらざるを得ない。文筆作品としての歌が、既に類型的な作風に堕した時代である。

扇畑忠雄「万葉集の時代区分」(『万葉』三十四号、昭和三十五年一月)

真淵の五区分法は、彼なりの内的要求にもとづいて考案されたものであり、現在もほとんどそのままの形で使用されていることが多い。ただその五区分のうち、1を除外した形の、すなわち万葉時代なるものの四区分法によって、万葉の本質的展開を把握しようとする傾向を生じたことは、たしかに一つの進歩だったにちがいないが、前述したように万葉集に含まれたすべてのものをもつて万葉を理解したいという立場からは、ふたたび1をとりもどして、真淵の区分法に還らざるをえないのである。仁徳代から推古代を、第一期とするのである。

1、この第一期の歌は、もともと個性的ではなく、民謡的に発生し、伝誦されていたものが、伝承の過程においてある特定の作者に仮託された作が多い。これは、記紀歌謡にみられる一般性に通ずるものである。

2、第二期は、舒明代から壬申の乱までという区分が一般的であるが、壬申の乱という大事件をもつて区切ることの政治的文化的意味の正しさはみとめるにしても、やはり政治史的区分の色彩が濃い。天智代までを下限とする人もあるが、万葉自体に即してみると、むしろ天武代までとする方が妥当のようである。

3、第三期は、持統代からはじまり、人麿中心の時代となるのであるが、この期の下限に、元明代の奈良遷都をもつて当てるのが通例となつている。人麿の終焉後まもなく奈良遷都(和銅三年七一〇)の行われていることは、人麿の退場という文学的現象と遷都という政治的現象と軌を一にしていることから不都合はないのであるが、それを万葉の上に仔細にみれば、元明譲位前年の和銅七年(七一四)までは歌数も少なく、主要な作品もみられない。年数のわずかな違いにすぎないが、元明代の終りまでを第三期とし、元正即位(霊亀元年七一五)から第四期をはじめてよいと思う。

4、第四期の下限は、政治史的な区分ではなく、聖武代の天平五年頃をもつてするのが通説である。従来の区分法の中にあつて、万葉自体の現象から区分した唯一の例であろう。天平三年・旅人亡、天平五年・憶良亡、天平四年以後・虫麿の作歌見えず、天平五年以後・金村の作歌見えず、天平八年以後・赤人の作歌見えず、といった万葉に内在する現象にもとづいて、天平五年を代表させたものであるが、これは五年という数字にこだわる必要なく、天平八年を限度とすることもさしつかえない。ただ、中間的に天平五年を採用したまでである。

5、第五期(天平五年から天平宝字三年)

小島憲之・木下正俊・佐竹昭広『万葉集二・三・四』(小学館日本古典文学全集)解説(昭和四十七年五月～五十年十月)

いろいろな意味において、四期区分説には無理があるといってよい。まして、この四区分法における「第一期」や「第二期」をさらに細分する、五区分説や六区分説などになると、むしろ「時代区分なきに及かず」とさえ思われる。しかし、時代区分という観点を全面的に排除してしまうことも、また新たな混乱を招くだけである。(中略)やはり多少の欠点はあっても、手ごろな目安を設けることは、『万葉集』編纂者の意図にもかなうことにもなるであろう。そのような意味において、欠点はあるにせよ、通説の四区分説による呼称には便宜上捨てがたい利点もないわけではない。

1、伝　承　歌

「作る歌」の前には、長い長い口頭伝承の時代があった。漢字という舶載の文字に出会うまでは、まず最初に誰がいつどこで歌ったともわからぬ歌謡が、人々の口を借りて漂い、ある時には物語や原始演劇などの中にも姿を現わした。その一端は、現在、記紀などの歌謡として、二百首ばかりが残っている。これは消え去るべき運命の歌謡が幸運にも文字とめぐり会い、書物の中に定着したまれな存在である。『万葉集』の中にも、伝承歌の痕跡がかなり見られる。（舒明天皇御製も含めて―著者注）これは記紀時代につながるものとして、『万葉集』の萌芽期、黎明期とみるべきであり、「第一期」に含めることは適切でなかろう。

2、近江朝前後

天智天皇は、称制を含めて、六六二年から六七一年まで在位した。このいわゆる近江朝の文学は、在来の歌の表現を学ぶほかに、外来の詩の洗礼をも受け、歌の中に詩的表現を加味しようとした時期である。近江朝以前においては、伝承歌が皇室歌人と結ばれ、伝承的なにおいを持つものが少なくないが、このころになると、もはや個人的な性格を帯びるものがしだいに多くなる。ことに個人の作品が公的な場で発表されるような機会が多くなるにつれて、歌の表現は洗練の度を増す。壬申の乱以後、「第二期」にはいるが、これによって近江朝的な歌風が消え去るわけではない。むしろ、その連続ともいえる。

3、藤原朝前後

この時期に、公的私的の歌を自己の歌に十二分にこなし、自己の才能を発揮したのは、持統・文武に仕えた下級官人、柿本人麻呂であった。彼はいわゆる「第二期」の代表選手であると共に、万葉歌人の第一人者でもある。(中略)柿本人麻呂を初めとして、高市黒人など官人歌人が多く生まれたことは、藤原朝すなわち持統・文武の両朝における歌の隆勢を意味する。しかも単に名のある歌人のみならず、無名の官人の中にも歌をよくする者が多かったのである。(中略)この前後、歌は天皇を頂点とする貴族社会で詠まれることが多くなるにつれて、社交の具、遊戯《あそび》の種ともなることは、当然のなりゆきである。文武天皇のころの官人、長奥麻呂(意吉麻呂)が多くの戯咲歌《たわむれうた》の名手であったのもその例である。(中略)これは、本質的に悲哀や歓喜などの感情を歌いあげるべき歌とはその方向を異にするが、遊びの技術のほうへ進もうとする一面の見られることは注目しておいてよい。

4、奈良朝前期

飛鳥・藤原両期を経て、平城の地に都は移る。女帝元明の和銅三(七一〇)年の時のことである。この前後から天平初期までおおよそ二十余年、その時期を奈良朝前期とみなす。従来の時代区分からいえば、いわゆる「第三期」にあたる。これは、(中略)代表的歌人の一人である大伴旅人が天平三(七三一)年に没し、続いて同五年ごろ、同じく特異の歌風で知られた山上憶良も病没したと推定され、これらを便宜上区切りと考える立場によるものである。しかし、両人の死によって、『万葉集』全体の歌風の流れが切断されたわけではなく、(中略—山部赤人・笠金村・高橋虫麻呂・大伴坂上郎女など—著者注)これらの優れた歌人たちの主に活躍した時期を含むその前後を、漠然と「奈良朝前期」と呼ぶほうが無難であろう。(中略)万葉歌風の流れはゆるやかである。この期の歌風も、その底流は、先行する藤原朝前後や後続する奈良朝後期と変わらない部分が少なくない。しかし、旅人や憶良のような官人歌人が、中国的知識を身につけて和歌に対処し、新機軸を生み出したことをはじめとして、さまざまの幅広い個性的な作品が生み出され、おのおの独自の世界を持つ傾向がかなりはっきり認められるのは、この時期のなによりも著しい特色である。

5、奈良朝後期

（赤人を最後に宮廷歌人の流れがこの前後でとぎれつつあった。―著者注）これはまた、たまたま政治史において、同九年に藤原武智麻呂らの高官が当時全国的に蔓延した疱瘡に倒れ、代わって橘諸兄が登場して政権交代したのとも、ほとんど時期を同じくする。この前後から、『万葉集』最後の歌、後に掲げる天平宝字三（七五九）年正月一日の家持の歌が詠まれるまでの二十数年間を「奈良朝後期」と呼ぶことにする。通説にいう「第四期」におおむね相当する。（中略）この時期を代表する作者はむろん大伴家持である。（中略）この期は、一般に感動によって歌をものするというよりは、「作る」ことに眼目がある。いきおい、駄作が少なくないのも当然といえよう。恋愛の歌といっても、虚構的なものが多く、以前の各期のそれに比して感動を受けることが少ないのは、悪くいえば、歌の終焉、よくいって歌の普及と説明することができようか。ただし、さすがに家持の歌の一部には、この期の歌人はもちろん、在来の歌に見られない新鮮な佳作があり、その詩語の応用も巧みである。この方面に新しい局面は開かれたが、彼もやがて「歌残さぬ人」となった。

中西　進『万葉集全訳注原文付一』（講談社文庫）解説（昭和五十三年八月）

「万葉集」は、その包含する時代も長い。後述のようにほぼ百二十年にもわたり、これを、世代（三十年）

という見方で区切ると、四期にわけることができる。初期万葉、白鳳万葉、平城万葉、天平万葉とも名づけるべき四期がそれである。

1、その第一期、いわゆる初期万葉は、壬申の乱（六七二年）をもって次と区別されるが、その出発の時期は必ずしも明確ではない。（中略）かりに大きな政治的変動のゆえをもって、大化の改新（大化元年＝六四五）からと考えるのが便宜である。すると二十七年間が初期万葉の時期となる。この時期は古代氏族制の社会から次第に天皇権を中心とする制度の整備に向かう時代で、はげしい変動をふくんでいる。このような政治情況を背景とする和歌は、いきおい変動をふくんでいて安定した歌風を示さない。すなわち、集団的・儀礼的な記紀歌謡の要素を濃厚にとどめて、混沌とした抒情がこの期にはみられる。また和歌は一人立ちせず、歌語り的要素をまといつかせている。あるいは、海外との必然的な交渉の結果、海外的な色彩もおびている。額田王の歌は、それをよく示すものといえる。

2、第二期の白鳳万葉と称すべき時代は、いわば安定の時期である。壬申の乱にはじまるこの期は、持統天皇の崩ずる大宝二年（七〇二）をもってとじるのがよいと考えるが、するとちょうど三十年、天武・持統・文武の治世となる。（中略）先帝天智の直面した国際的危機は遠のき、対内的に国力の充実につとめることのできたこの時代は、天皇を神とする思想に統一され、その思想を渾身の力こめて歌った詩人が、柿本人麿であった。しかして持統の崩じた大宝二年、白鳳期にはまったく見られなかった遣唐使が海を渡る。大きな時代の転換がここに訪れてきて、万葉も第三期にバトンを渡すこととなる。

3、第三期を平城万葉とよぶのは、その中心に平城遷都があるゆえである。七一〇年（和銅三年）のそれをピークとして、この期は天平元年（七二九）をもって区切るのがよいと思われる。二十七年間が平城万葉である。この時期は、いわば、文明開化の時期である。遣唐使は右の大宝二年の次に、また養老元・二年（七一七・八）に往復する。（中略）こうして唐風文化の急激に浸透した時代が、平城万葉の時代である。

4、天平元年（七二九）の長屋王の自害は、大きな出来事だった。万葉集の歌も、ここからいわゆる天平万葉の時代となる。天平という年号は二十年つづくが、その後も天平感宝・天平勝宝・天平宝字・天平神護と三十八年間もつづく。これらが広く天平時代であり、万葉集の年代判明歌の最後の歌のよまれたのも、天平宝字二年（七五九）である。この三十年間を天平万葉とよぶ所以である。この時代に君臨した天子は、主として聖武である。天平年間が二十年間もつづくということは、やはり一つの盛時だったといってよい。（中略）天平万葉の初頭を彩る人々は、大伴旅人、山上憶良、山部赤人、笠金村といった人々であり、ついで大伴家持、坂上郎女、田辺福麿といった人々が最後を飾っている。人麿を代表歌人とする白鳳万葉に対峙する、万葉のピークがここにある。彼らは白鳳の伝統を継承しながら、それぞれに個性的であり「万葉集」を真に文学たらしめるものをもっていた。それを支えたものが聖武による天平文化であり、唐風にならい、仏教を受容しつつ国家的整備を進めた、時代精神であった。

5、ここで万葉の歌のふくむ時代は終ったのではない。あくまでも年代の判る歌についての話で、万葉の半数を占める、作者名も作年代も記さない歌がすべて、この間によまれたとは即断できない。いやむしろ、これらは殊の外に新しいのではないかというのが、私の印象である。ここに第五期ともいうべき「天平以後」をたてて考える必要がある。

用字法

万葉集の用字法の体系的研究は鎌倉時代の仙覚に始まり（仙覚律師奏覧状）、同時代末の由阿《ゆうあ》（詞林采葉抄）、近世に入って契沖（万葉代匠記精撰本惣釈）、春登《しゆんと》（万葉用字格《ようじかく》）、鹿持雅澄（万葉集古義総論）、高橋残夢（万葉国字抄）、明治以後の武田祐吉（上代国文学の研究）、澤瀉久孝（『国語国文の研究』昭和1・1）、岡田正之（近江奈良朝の漢文学）、橋本進吉、松山慎一、森本治吉である（森本治吉氏「万葉集の研究――用字法を中心として――」による）。その代表的な分類の方法として、春登・澤瀉久孝の二種の分類を表にして次に掲げる。

（一）春登説（文化十五年）

一、仮字《かな》（漢字の音を用いたもの）

(イ)　正音……音を正常に用いたもの

(ロ)　略音……音の一部分を省略して用いたもの

二、訓語（漢字の訓を用いたもの）

(イ)　正訓……訓を正常に用いたもの

(ロ)　義訓……字義に添っているが、正常の訓にはよらないもの

(ハ)　略訓……訓の一部分を略して用いたもの

三、借訓……字義を取らずただその訓を異意に借りて用いたもの

四、戯訓……意識的にふざけようとして用いたもの

（二）澤瀉久孝説（昭和元年）　（　）内はそれに相当する春登の分類用語

一、国語の意味に相当した漢字を用いたもの

(a)　一語を一字に表わしたもの　吾《われ》・君《きみ》・秋《あき》・月《つき》・来《くる》・去《さる》（正訓）
暖《はる》・寒《ふゆ》・金《にし》・乞《こそ》・勤《ゆめ》・疑《らむ》（義訓）

(b)　一語を表わすに二字をもってしたもの　年魚《あゆ》・芽子《はぎ》・白水郎《あま》（正訓）
恋水《なみだ》・丸雪《あられ》・未通女《をとめ》（義訓）

(c)　一字にも書けるものを二字以上にしたもの　神祇《かみ》・京師《みやこ》・古昔《いにしへ》・辛苦《くるし》・悲哀《かなし》・猶預不定《たゆたふ》

二、漢字をそのまま用いたもの　餓鬼《がき》・法師《ほふし》・布施《ふせ》・檀越《だんをち》

三、漢字の音を借りたもの

(a)　一字一音　阿《あ》・伊《い》・宇《う》（正音）
安《あ》・吉《き》（略音）

(b)　一字二音　南《なむ》・念《ねむ》

四、漢字の訓を借りたもの

(a)　一字一音　射《い》・蚊《か》・荷《に》（借訓）
市《ち》・跡《と》・常《と》（略訓）

(b)　二字一音　五十《い》・鳴呼《あ》

付、春登『万葉用字格』の「戯書」は特別な用法というより右の用法に更に戯れの工夫を加へたものと見るべ

きである。

(a)　重二《しし》・十六《しし》・八十一《くく》・二五《とを》・左右《まで》・左右手《まで》・二手《まで》・羲之《てし》・大王《てし》

(b)　山上復有山《いづ》

(c)　牛鳴《む》・蜂音《ぶ》・馬声《い》・喚鶏《つつ》・追馬喚犬《そま》・神楽声浪《ささなみ》・神楽浪《ささなみ》・楽浪《ささなみ》

上代特殊仮名遣

奈良時代には八十七の音が区別されていた。平安時代以降のいろは四十七文字とその濁音二十、合計六十七音より二十音多い音が区別されて発音されていた。その相違は母音の数によるのであって、奈良時代には母音が八音あったのである。この事実は、万葉仮名九百七十三字（記・紀・万葉）の用法を検討し類別することによって明らかになった。今では同じ発音である音に対して、万葉仮名では書き分けている事実を最初に発見したのは本居宣長であった（古事記伝）。そしてこの研究を記・紀・万葉を中心に広汎に細かく行なったのは宣長の弟子石塚龍麿《たつまろ》であった。その成果をまとめたのが『仮字遣《かなづかい》 奥山路《おくのやまじ》』三巻である。しかしこれらはただ仮名使用上の特殊な事実を指摘したに留まる。近代に至って初めて、橋本進吉の研究により、これが奈良時代の発音の区別を示すものであることが明らかになった。その研究の結果、奈良時代にはａｉｕｅｏの母音の他にïëöという中舌母音を用いて区別されていたことがわかった。これらの中舌母音を用いて区別のある音は次の二十音である。

ï　キ　ヒミ　ギ　ビ

ë　ケ　ヘメ　ゲ　ベ

ö　コソトノ　モヨロゴゾド

橋本進吉は、この区別を表わすのに、甲類・乙類の名を用いた。次に甲・乙の別のある音について、その主な万葉仮名を一覧表にして掲げる。

き	ki	（甲）	支伎岐妓吉枳棄企寸来杵
	kï	（乙）	奇寄綺騎忌記紀貴幾木樹城
ぎ	gi	（甲）	伎岐祇芸
	gï	（乙）	疑宜義
け	ke	（甲）	家計係奚谿鶏価祁結兼《ケム》険《ケム》監《ケム》異来
	kë	（乙）	気既毛消飼食（介）
げ	ge	（甲）	下牙雅夏
	gë	（乙）	気宜礙削義导
こ	ko	（甲）	古故枯姑祜高庫侯孤子小粉（児）（籠）
	kö	（乙）	己忌巨去居許虚乞興金《コム》今《コム》木
ご	go	（甲）	吾呉胡後虞（侯）籠児
	gö	（乙）	其期碁凝
そ	tso	（甲）	蘇素宗祖十麻追馬
	tsö	（乙）	曽僧増憎則所衣苑背其
ぞ	dzo	（甲）	俗
	dzö	（乙）	序叙賊存
と	to	（甲）	刀斗都土（度）礪速戸門利（砥）
	tö	（乙）	止等登澄徳得騰十鳥常迹跡
ど	do	（甲）	土度渡
	dö	（乙）	杼特藤騰等縢
の	no	（甲）	努怒弩野
	nö	（乙）	乃能笑箆荷
ひ	Fi	（甲）	比必卑賓嬪臂日氷負飯檜
	Fï	（乙）	非悲斐肥飛火樋干（乾）
び	bi	（甲）	妣毗婢鼻
	bï	（乙）	備肥飛乾
へ	Fe	（甲）	敝弊幣平弁反返遍辺陛伯覇重部隔
	Fë	（乙）	倍陪閇閉拝経缻戸綜

べ be （甲） 弁便別部
bë （乙） 倍
み mi （甲） 弥民敏美三見御水参視
mï （乙） 未味尾微身箕実
め me （甲） 売咩馬面女婦
më （乙） 米迷昧梅目眼海藻
も mo （甲） 毛(記)｝母毛木勿物方文目忘茂望門
mö （乙） 母(記)｝問聞畝蒙藻哭喪裳

よ yo （甲） 用容欲夜
yö （乙） 余餘与予世吉代四誉
ろ ro （甲） 路漏盧楼
rö （乙） 里呂侶
〔参考〕
え e （ア行） 衣依愛亜榎荏得
ye （ヤ行） 曳延叡要遙兄江吉枝柄

奈良時代の動詞の活用と上代特殊仮名遣との関係

	未然形	連用形	終止形	連体形	已然形	命令形
四段活用（カ、ハ、マ行）		イ列甲			エ列乙	エ列甲
カ行変格活用	コ乙	キ甲				コ乙
下二段活用（カ、ハ、マ行）	エ列乙	エ列乙				イ列乙
上二段活用（カ、ハ、マ行）	イ列乙	イ列乙				イ列乙
上一段活用（カ、マ行）	イ列甲	イ列甲	イ列甲	イ列甲	イ列甲	イ列甲

なお、昭和五十年以後、五母音説（松本克己・森重敏）が再提示され、さらに六母音説（服部四郎）も出た。これらの論によって、八母音は均質なものではなく、甲乙類間の現れ方等にも差異がある等の八母音説の問題点が明らかになった。

諸　本

一、古　点

村上天皇の天暦五（九五一）年十月、撰和歌所が宮中の梨壷（昭陽舎）に置かれ、清原元輔《きよはらのもとすけ》・紀時文《きのときふみ》・大中臣能宣《おおなかとみのよしのぶ》・源《みなもとの》順《したがう》・坂上望城《さかのうえのもちき》の五人が選ばれ、万葉集の訓読と後撰集の撰集の事業を遂行した。このいわゆる「梨壷の五人」が万葉集に付した訓点を古点という。天暦の施点は史上唯一回の勅命による事業で、規模が大きく、訓を施された歌は約四〇〇〇首に及んだといわれる。ただし、その大部分は短歌で、旋頭歌は約半分であったという。この古点の原本は今に伝わらない。またその写本も現存しない。しかしその訓は次点本以下に引き継がれており、仙覚による新点本中、訓を朱・青などに色分けしている本において、墨で書かれた訓で朱の合点のない歌は、大体古点の歌とみてよいといわれている。

二、次点本

天暦の古点の後、鎌倉時代中期に仙覚の新点を見るまでの約三〇〇年の間に多くの人々が古点で訓のつけられなかった歌に、随意に訓を付けていった。この期の訓点を次点といい、この期の写本を次点本という。点者として藤原道長・大江佐国《おおえのすけくに》・惟宗孝言《これむねのたかこと》・大江匡房《まさふさ》・源国信《くにざね》・源師頼《もろより》・藤原基俊《もととし》等をあげるものがあるが、更に藤原敦隆《あつたか》・藤原長忠《ながただ》・藤原清輔《きよすけ》・道因《どういん》・顕昭《けんしょう》・藤原定家あるいは藤原為家その他をこれに加え、また道長以前の幾人かをあげる説もある。

次点本のうち現在に伝わっているものは、次の十二種の古写本の一部とその断簡である。

古写本名（略称）	内容	形態	書写年代	書写筆者	特徴	主な複製本
桂《かつら》本《ぼん》（桂）	巻四の約⅓	巻子《かんす》本一巻 金銀の花鳥模様のある七色の継色紙	平安中期	不明（貫之・定家・順・行成・俊房等説）	現存最古の写本	田中光顕（明32） 竹柏会（昭3） 集英社（昭51） 別冊太陽（昭52）
同断簡栂尾切	巻四					
藍《らん》紙《し》本《ぼん》（藍）	巻九の約⅘	巻子本一巻 銀砂子を散らした薄藍色漉紙	平安中期	藤原伊房説（公任説）	桂本に次ぐ古写本 元暦校本と同系	大日本歌道奨励会（明42） 講談社（昭46） 二玄社（昭57）
同断簡	巻一・九・十・十八					
元《げん》暦《りゃく》校《こう》本《ほん》（元）	巻一・二・四・六・七・九・十・十二・十三・十四・十七・十八・十九・二十（各巻に多少脱落あり）	粘葉《でっちょう》装十四帖 紫・藍の飛雲のある鳥の子紙（巻六のみ飛雲なし）	平安中期（巻六のみ鎌倉初期補写）	寄合書	元暦元（一一八四）年六月九日校合の奥書あり、墨・朱・赭・緑などで校合	古河（大8） 竹柏会（大14） 大阪朝日新聞社（昭3） 二玄社（昭58） 勉誠社（昭61）
同断簡	右の巻及び巻十一					
金《かな》沢《ざわ》本《ぼん》（金）	巻二の約⅘、巻四の約¼	粘葉装一帖 金銀切箔砂子を散らした色紙	平安後期	藤原定信説（俊頼・公任説）	藍紙本に次ぐ古写本	竹柏会（大13） 日本古典文学会（昭48）
同断簡	巻三（目録）・四・六・					
天《てん》治《じ》本《ぼん》（天）	巻十三全・十五の一部	巻子本一巻 仙花紙	平安後期	不　明	天治元（一一二四）年六月廿五日書写の奥書あり	竹柏会（大15） 勉誠社（昭58）
同断簡	巻二・十・十四・十五					
尼《あまが》崎《さき》本《ぼん》（尼）	巻十六全部（三首欠）	綴葉装一帖 雲母引斐紙	平安末期	不　明	巻十六は仙覚本系外唯一の古写本	貴重図書影本刊行会（昭7）
同断簡仁和寺切	巻十二				天治本と同系	京都大学文学部（昭10）
嘉《か》暦《りゃく》伝《でん》承《しょう》本《ぼん》（嘉）	巻十一の大部分	綴葉装一帖 鳥の子紙	鎌倉初期	不　明	この本の伝承を記す嘉暦三（一三二八）年の識語あり定家仮名遣による訓	竹柏会（昭16）
伝《でん》壬《み》生《ぶ》隆祐《たかすけ》筆本《ひっぽん》（壬）	巻九の前半	巻子本三巻（もと粘葉装）	鎌倉中期	壬生隆祐か（確証なし）	仙覚本の底本の系統 天治本と同系	竹柏会（昭16）

春日《かすが》本《ぼん》（春）	巻五〜十・十三・十四・十七・十九・二十の各一部	もと歌会用の懐紙裏を袋綴冊子として書写したものの残簡	鎌倉中期	春日神社若宮神官中臣祐定	もと春日懐紙裏切と称した	竹柏会（昭5）
伝冷泉為頼筆本《でんれいぜいためよりひっぽん》（冷）	巻一全部（一首欠）	袋綴冊子一冊	室町時代	不明	冷泉為頼（寛永四年一六二七没）と伝えるが室町時代の書写	（お茶の水図書館所蔵）
類《るい》聚《じゅう》古《こ》集《しゅう》（類）	全巻にわたって、次点本中で歌数最多	粘葉装十六帖鳥の子紙	平安末期	能書家五人の分筆	藤原敦隆が歌体や題材で分類編纂したもの。二十巻中四巻欠	竹柏会（大3）臨川書店再刊（昭49）
古葉略類聚鈔《こようりゃくるいじゅうしょう》（古）	全巻にわたって、次点本中で元暦本に次ぐ	袋綴冊子五冊仙花紙	鎌倉初期	不明	類聚古集に倣う。建長二（一二五〇）年書写の奥書	竹柏会（大12）
廣瀬本（廣）	非仙覚本として唯一の二十巻揃った全本（脱漏錯乱、三八三首欠）	美濃判袋綴冊子十冊	江戸後期天明元年十二月写	七人による寄合書	巻末識語に「参議侍従兼伊予権守藤」とあり、祖本は藤原定家書写本	校本萬葉集別冊一〜三（平6）

三、新点本（仙覚本）

鎌倉中期、寛元四（一二四六）年、仙覚はいくつかの証本によって万葉集の校合を行ない、更に今まで読めないままであった無訓歌の全部に新しく訓をつけた。この仙覚の付した訓点を新点という。一首全部の訓が新点である仙覚新点の歌は一五二首であったと仙覚自ら称しているが、その中には、仙覚は見なかったが仙覚以前既に訓のあったというものが少なからず混っていると言われている。仙覚のこの最初の校訂・施訓による本文を寛元本という。文永二（一二六五）年、寛元本以後新たに見ることのできた数種の本もあって、改めて校訂本を作成した。これが文永二年本である。この本は時の将軍宗尊親王から所望されたので、それと殆ど変らないものを翌三年に再び作成した。これが文永三年本である。その後にも彼は文永九（十）年本を作成したらしい。仙覚本の特徴は、それまで多く平仮名で別行に書いた訓を、本文のすぐ傍に片仮名で書いたことである。寛元本は古・次点を漢字の右、新点を左に書いて旧訓を保存したのに対して、文永本は、古点・新点の区別をせず正訓と考えたものを漢字の右に書き下した。主な写本は次の通り。

古写本名（略称）	内容	形態	書写年代	特徴	所蔵者・複製本
紀《き》州《しゅう》本《ぼん》（紀）	全巻（巻十に10首重出）	綴本二十帖　鳥の子紙	前半巻十まで鎌倉末　後半は室町末	前半は次点本系　後半は仙覚文永本系	後藤家所蔵　後藤安報恩会複製（昭16）
西《にし》本《ほん》願《がん》寺《じ》本《ぼん》（西）	全巻	大和綴二十帖　大型鳥の子紙	鎌倉後期（巻十二は後の補筆）四人筆	全巻完備した写本として最古。文永本系	お茶の水図書館所蔵　竹柏会複製（昭8）　主婦の友社複製（昭59・平5）
金沢文庫本（文）	巻一・九・十九　巻十八	巻子本四巻　大型冊子本一冊	室町初期	文永本系（巻十一関東大震災焼失、校本に校）	お茶の水図書館所蔵
同断簡	**巻七・十二・十三・十四**	**大型冊子本残簡**		**巻十八は平成6年発見**	**天理図書館・久松家等所蔵　巻十八は冷泉家時雨亭蔵**
神《じん》宮《ぐう》文庫本（宮）	全巻（巻一に3首、巻二に2首欠）	袋綴冊子二十冊	室町後期（天文十五年一五四六以前）	欠は破り取られたもの。寛元本系現存最古	神宮文庫所蔵　勉誠社複製（昭52）
大《おお》矢《や》本《ぼん》（矢）	全巻	袋綴冊子二十冊	室町末期	文永本系	お茶の水図書館所蔵
陽《よう》明《めい》本《ぼん》（陽）	全巻（巻十に152首欠）	綴葉装二十帖　鳥の子紙	室町末期（元亀二年一五七一以後）	文永本系（温故堂本の祖本）	京大図書館所蔵
温《おん》故《こ》堂《どう》本《ぼん》（温）	全巻（巻十に152首、巻十九に1首欠）	綴葉装十帖	室町末期	文永本系	東洋文庫所蔵
細《ほそ》井《い》本《ぼん》（細）	全巻（巻三後半107首重出、巻四後半273首欠）	袋綴冊子二十冊	巻四・五・六室町末　その他江戸初期	巻四・五・六伝冷泉為頼筆本と同系。他は寛元本系（神宮文庫本の伝本）細井貞雄校	東洋文庫所蔵
近《この》衛《え》本《ぼん》（近）	全巻	袋綴冊子二十冊	江戸初期	文永本系	陽明文庫所蔵
京都大学本（京）	全巻（巻十九1首欠）	袋綴冊子二十冊	江戸初期	文永本系	京大図書館所蔵

四、江戸時代の版本

江戸時代に入って書籍の出版が盛んに行われるようになり、万葉集は次の四種が刊行されている。

版本名（略称）	内容	形態	刊行年代	特徴	所蔵者・影印本
活字無訓本（無）	全巻	木活字本二十冊	江戸初期（慶長頃、元和初年とも）	細井本系の林道春校本による。従って巻三後半重出、巻四後半欠本文のみで訓なし	お茶の水図書館等所蔵
活字附訓本（附）	全巻	木活字本十冊	江戸初期（慶長・元和頃）	活字無訓本を底本に文永十年寂印成俊本（大矢本と同系本）で校合、訓を付した	東洋文庫等所蔵
寛永本（寛）	全巻	木版本二十冊	寛永二十（一六四三）年	活字附訓本の整版本 通行本として広く行なわれ、度々増刷し、版木磨滅し補刻した部分があり 明治以後も諸書の底本として用いられた	校本万葉集本文 万葉集総索引本文 万葉集大成本文編
宝永本（宝）	全巻	木版本二十冊	宝永六（一七〇九）年	寛永本の版木を、別の書肆が購入、刊記を改めて刊行した 重刷の際に補刻・改刻した部分あり	

五、仙覚本系諸本の系統図（林勉氏作成のものより抜萃）。

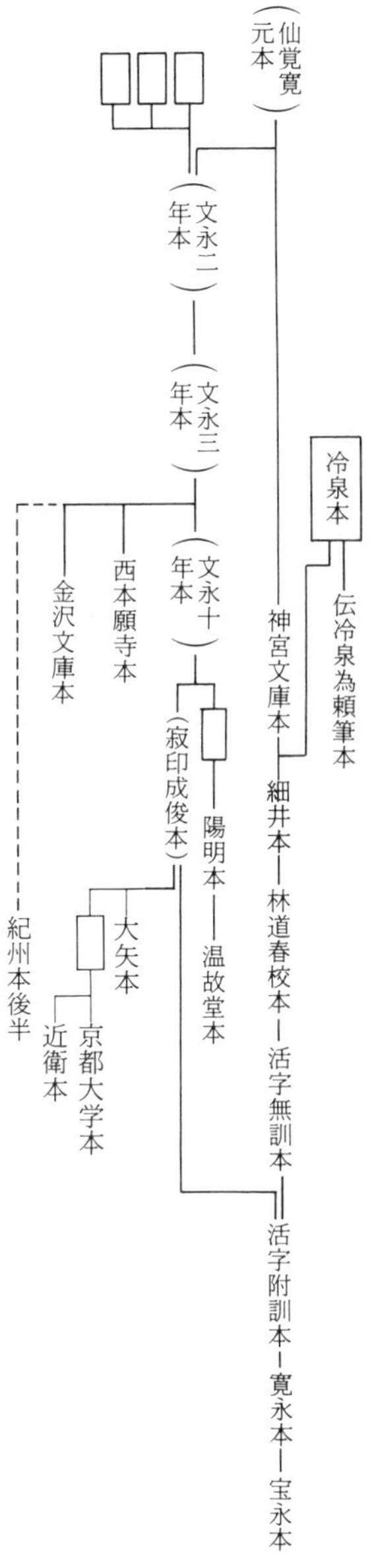

六、明治以後の刊行書（注釈書を除く）

書名	編者名	冊数	発行年月	発行所	特徴
万葉集（日本歌学全書）	佐佐木弘綱 佐佐木信綱	三冊	明24・10〜12	博文館	寛永本による。明治における活字版の最初。
国歌大観	松下大三郎 渡辺文雄		明34・12〜36・3 大15・7訂正復興版 昭6・2改正版 昭26・11再版	教文館 紀元社 中文社 角川書店	寛永本による。古歌の一部分からその全体及び作者・出典等を知るための索引の歌集部に万葉集本文あり。通し番号が付されたことによって歌の位置が安定し、爾来諸本にこの歌番号が採用されて研究に便ならしめた。
校本万葉集	佐佐木信綱 橋本進吉 千田憲 武田祐吉 久松潜一 佐竹昭広 木下正俊 神堀忍 工藤力男	二十五冊 十冊 十七冊	大13・12〜14・3 昭6・6〜7・5増補版 昭54・5〜57・8新増補版	校本万葉集刊行会 岩波書店 岩波書店	寛永本を影印して底本とし、桂本以下の諸本によって厳密な校合を加えて、その校異のすべてを掲げる。古注釈による異訓も付し、諸本・その系統・注釈書・研究史の論文及び古写本の写真等を添える。昭和の万葉集研究を画期的に飛躍発展させた。
新訓万葉集（岩波文庫）	佐佐木信綱	二冊	昭2・9、10 昭15改訂再版 昭29、30新訂版	岩波書店	寛永本による。訓み下し文。校異・異訓を注記。
万葉集（有朋堂文庫）	塚本哲三	二冊	昭3・5、6	有朋堂	『万葉集略解』による。原文の後に訓み下し文。
白文万葉集（岩波文庫）	佐佐木信綱	二冊	昭5・3、4	岩波書店	寛永本による。改訂校異を注記。
分類万葉集	佐佐木信綱	一冊	昭5・9	岩波書店	全歌を題材によって分類し、天部・地部・人部の三編にまとめる。訓み下し文。
作者類別年代順万葉集	澤瀉久孝 森本治吉	一冊 二冊 一冊	昭7・5 昭12・4新潮文庫 昭51・4覆刻再版	新潮社 芸林舎	全歌を作者別にまとめ年代順に排列する。訓み下し文。
万葉集（大日本文庫）	佐佐木信綱	二冊	昭10・11、11・9	春陽堂	訓み下し文『新訓万葉集』に同じ。頭注に語釈、下巻

	山本正秀注				巻尾に記紀歌謡を併載。
新校万葉集	澤瀉久孝 佐伯梅友	一冊	昭11・9 昭24・9 改訂版 昭52・4 新版（全面改訂）	楽浪書院 創元社	『万葉集総釈』の第十一巻として刊行したものを単行本にした。寛永本を底本として原文を掲げ、平仮名の傍訓を施す。本文校訂は厳密で、新たに原本・複製本によって校合し、校異は脚注として詳細に注記する。訓読は従来の訓に拘ず独自の研究を試みた。
定本万葉集	佐佐木信綱 武田祐吉	五冊	昭15・2～23・6	岩波書店	西本願寺本を底本とする本文を上段に、釈文（訓）を下段に掲げる。本文は新たに諸本及び諸家の説を参考に校訂を加え、訓は『新訓万葉集』を基礎にその後の研究によって改訂。各冊に別記として原文・釈文決定の理由を記す。
万葉集（日本文学大成）	森本治吉	一冊	昭22・10	地平社	寛永本による。訓み下し文。
万葉集（日本古典全書）	佐伯梅友 藤森朋夫 石井庄司 森本治吉	五冊	昭22・12～30・5 昭48・3～50・3 新訂版	朝日新聞社	各冊「訓」と「本文」と二部に分け、「訓」部に訓み下し文と頭注に語釈、「本文」部は寛永本を底本とし校本・新校・定本等によって校訂を加え、頭注に校異を示す。新訂は渡瀬昌忠による。
万葉集大成・本文篇	澤瀉久孝 佐伯梅友	三冊	昭28・6～29・7	平凡社	上欄に寛永本を影印しそれに校訂改訓を書き入れた『万葉集総索引本文篇』をそのまま縮写影印し、下欄に訓み下し文と語釈を収める。
万葉集（角川文庫）	武田祐吉	二冊	昭29・2、30・4	角川書店	訓み下し文。各巻巻頭歌にのみ原文を付す。脚注に語釈。上巻巻末に作者別索引、下巻巻末に初句索引。
万葉集（日本古典文学大系）	高木市之助 五味智英 大野晋	四冊	昭32・5～37・5	岩波書店	西本願寺本を底本として新たに厳密な校訂を加えた原文を右頁に、訓み下し文を左頁に収める。校異は原文の脚注に記し、頭注に語釈。
万葉集 本文篇	佐竹昭広 木下正俊 小島憲之	一冊	昭38・6 平10・2 補訂版	塙書房	西本願寺本を底本として新たに厳密な校訂を加えた原文に平仮名の傍訓を施す。脚注に校異。
万葉集注釈 本文篇	澤瀉久孝	一冊	昭45・11	中央公論社	『万葉集注釈』全二十巻の本文と訓み下しの部分をまとめたもの。上段に原文（片仮名の傍訓を施す）、下段にその訓み下し文を置く。底本は寛永本と古写本の二

					本立とし、一首毎正しいと認められる方を選択する。
万葉集（日本古典文学全集）	小島憲之 木下正俊 佐竹昭広	四冊	昭46・1〜50・10	小学館	三段組で、中段に読み下し本文、下段に西本願寺本を底本に新たに校訂を加えた原文と口語訳を示す。校異は巻末の校訂付記に記す。頭注に語釈。
万葉集　訳文篇	佐竹昭広 木下正俊 小島憲之	一冊	昭47・3	塙書房	塙本『万葉集本文篇』の訓み下し文。
万葉集	鶴久 森山隆	一冊	昭47・4 昭52・5増訂版	桜楓社	西本願寺本を底本として新たに校訂を加え、原文に平仮名の傍訓を施す。頭注に現行諸注釈書による異訓を掲げ、脚注に本文の校異を付す。
現代語訳対照 万葉集（旺文社文庫）	桜井満	三冊	昭49・1〜50・4 昭63・5 （対訳古典シリーズ）	旺文社	二段組で、上段に訓み下し本文、下段に口訳と簡単な注。巻末に補注と解説・名歌鑑賞・人名地名総覧などを付す。
万葉集（新潮日本古典集成）	青木生子 井手至 伊藤博 清水克彦 橋本四郎	五冊	昭51・11〜59・9	新潮社	本文は訓み下し文のみ、原文はない。上段に口語訳（色刷り）と、釈注（作歌事情等の解説）と語釈を掲げる。各巻末に解説「万葉集の世界」（一）〜（五）、「万葉集の生いたち」（一）〜（五）、年表など。
万葉集 全訳注原文付（講談社文庫）	中西進	五冊 合冊	本文四冊 昭53・8〜58・10 昭59・9（本文篇）	講談社	二段組で、上段に訓み下し本文とその原文を配する。底本は西本願寺本による。下段に口訳と語注。第五冊は万葉集事典。
万葉集（角川文庫）	伊藤博	二冊	昭60・3、4	角川書店	訓み下し文。各巻冒頭歌群のみの原文と目録の書き下し文を下巻に付す。脚注に語釈。『新編国歌大観』の別番号を併記する。
万葉集歌人集成	中西進 辰巳正明 日吉盛幸	一冊	平2・10	講談社	全歌を歌人別にまとめ、歌人名の現代仮名遣いによる五十音順に配列する。訓み下し文。作中人物もまじえ、人名に系譜・閲歴を付す。
新校注万葉集	井手至 毛利正守	一冊	平20・10	和泉書院	西本願寺本を底本として新たに校訂を加えて原文とし歌の傍訓に上代特殊仮名遣の甲・乙の別を示し、頭注に主要な校異を、脚注には認められる別訓を示す。

注釈書

一、近世以前

平安時代後期、天治元(一一二四)年ないし天養元(一一四四)年の間に成立したと思われる藤原清輔の『奥儀抄《おうぎしょう》』には万葉集及び古今から後拾遺に至る勅撰集中の語彙二六二語について例歌をあげて注釈を加えており、文治元(一一八五)年以後文治二、三年頃の成立と推定される顕昭の『袖中抄《しゅうちゅうしょう》』もまた同種の注釈書である。これらは万葉語の解釈を多く含んでいる点で、平安時代の万葉集の注釈的研究の成果と言える。独立の万葉集注釈書の現存する最初のものは藤原盛方の著かという『秘府本万葉集抄』である。続いて中世においては仙覚を中心に、由阿・宗祇・兼載らの研究が見られる。近世に入って万葉研究はいよいよ盛んになり、下河辺長流・北村季吟・契沖・荷田春満・賀茂真淵・本居宣長・橘千蔭・岸本由豆流・橘守部・鹿持雅澄らがすぐれた万葉注釈書を残している。全巻にわたる注釈書及び選釈書の主なものを次に掲げる。

書名	著者名	成立・刊行年代	特徴	所収現行本
秘府本万葉集抄	藤原盛方か	平安末期	長・短・旋頭歌一七三首を抄出、略注。	万葉集叢書第九輯
万葉集註釈	仙覚	文永六(一二六九)年	全巻から歌を抄出、詳注。豊富な古文献引用と、その文証に忠実な態度はこの書の価値を高からしめている。別名『仙覚抄』『万葉集抄』。	国文註釈全書第十七巻 万葉集叢書第八輯 日本文学古注釈大成 影印本(京都大学)
青葉丹花抄	由阿	応安七(一三七四)年	長・短・旋頭歌二六六首を抄出、略注。先に『詞林采葉抄』『拾遺采葉抄』がある。別名『万葉難義』。	万葉学叢刊・中世編(万葉集叢書第十輯)
万葉抄	宗《そう》祇《ぎ》	文明十四(一四八二)年以前	全巻から巻順に一一六五首を抄出、略注。注のない歌もある。別名『宗祇抄』『万葉集註抄』。	万葉学叢刊・中世編(万葉集叢書第十輯)

万葉集之歌百首聞書	猪苗代《いなわしろ》兼載《けんさい》		百首を選出し、四季・恋・雑に分類、注解。万葉百首選の初め。別名『万葉集聞書』。	万葉学叢刊・中世編（万葉集叢書第十輯）
万葉集管《かん》見《けん》	下河辺長流	寛文年間（一六六一〜一六七三）成	全巻から難語句を抄出、略注。	万葉集叢書第六輯 契沖全集附巻長流全集上巻 万葉集古註釈集成・近世編1
万葉集鈔《しょう》	下河辺長流		巻二から巻十四までから七十三首を抽出し注解。	契沖全集附巻長流全集上巻 万葉集古註釈集成・近世編1
万葉拾《しゅう》穂《すい》抄《しょう》	北村季吟《きぎん》	貞享三（一六八六）年成 元禄三（一六九〇）年刊	最初の全巻にわたる全注。旧注の集大成。二十巻三十冊、自筆板下によって刊行。	複製本（新典社）全六巻 別巻（解説・索引）
万葉代《だい》匠《しょう》記《き》	契沖	初稿本・貞享末年（一六八八頃）成 精撰本・元禄三年（一六九〇）成	全歌に詳注を加える。古文献に用例を求め、漢籍仏典を広く渉猟した精確な解釈。最初の科学的研究。	契沖全集（朝日新聞社）第一〜四巻 契沖全集（岩波書店）第一〜七巻
万葉集僻《へき》案《あん》抄	荷田春満	享保年間（一七一六〜一七三五）成	巻一のみの全注。注は多く問答体。新見が多いが文献的確実さに乏しく独断も少なくない。	万葉集叢書第二輯 荷田全集第一巻
万葉集童《どう》蒙《もう》抄	荷田春満講 荷田信名記	享保年間（一七一六〜一七三五）成	巻二から巻十七までの全注。	荷田全集第二〜五巻 荷田春満全集第四〜六巻
万葉集劄《さっ》記《き》	荷田春満講 荷田信名記		巻十七から巻二十までの全注。	荷田全集第五巻
万葉考	賀茂真淵	宝暦十（一七六〇）年版 明和五（一七六八）年刊	巻一・二・十一・十二・十三・十四の六巻の全注。他巻は真淵の没後、草稿本を基に門人達の補助を得て、狛諸成が大成した。注釈は簡にして要を得ていて、歌評は独創的。本文の改訂に独断が目立つ。巻序の改変、	増訂賀茂真淵全集第一〜四巻 賀茂真淵全集（続群書類従完成会）第一〜五巻
万葉集玉の小琴《おごと》	本居《もとおり》宣長《のりなが》	安永八（一七七九）年成 天保九（一八三八）年刊	巻一から巻四までの摘注。略注だが宣長の万葉集注釈としてまとまった唯一のもので、卓説が少くない。	増補本居宣長全集（吉川）第七巻 本居宣長全集（筑摩）第六巻

万葉集私考	宮地　春樹	天明四（一七八四）年成	全巻に亘り詞句の注及び作歌事情・歌意を記す。師宣長の説が多く見られる。	日本古典全集
万葉考槻落葉《つきのおちば》	荒木田久老《あらきだひさおゆ》	天明八（一七八八）年成 寛政十（一七九八）年刊	巻三のみの全注。主に師真淵説に従う。中には精細な考証もあり、新見もある。	万葉集叢書第四輯 万葉集古註釈集成・近世編5
万葉集略解《りやくげ》	橘《たちばなの》　千蔭《ちかげ》 （加藤）	寛政十二（一八〇〇）年成 寛政八（一七九六）年～文化九（一八一二）年刊	全巻の全注。穏健な態度で先説を取り入れている。簡便にして標準的な注釈書として広く、永く流布。	日本古典全集（八冊） 国民文庫第一・二巻 校注和歌叢書第一・二巻 博文館叢書第一～四巻
万葉集楢《なら》の杣《そま》	上田　秋成	寛政十二（一八〇〇）年に起稿	巻一から巻五までの全注。概して新説に乏しい。	歌謡俳書選集八
万葉集燈《ともしび》	富士谷御杖《ふじたにみつえ》	文政五（一八二二）年刊	巻一のみの全注。〈言〉（語釈）と〈霊〉（歌意）の二部に分け〈霊〉を説くことに主眼。	万葉集叢書第一輯
万葉集攷証《こうしよう》	岸本由豆流《きしもとゆずる》	文政十一（一八二八）年成	巻一から巻六までの全注。語釈が詳しく、豊富な和漢の引用と精密な考証は随一。	万葉集叢書第五輯（七冊）
万葉集墨縄《すみなわ》	橘　守部《もりべ》	天保十二（一八四一）年頃	巻一の一～三九の注釈。先注の集成に重点を置く。	橘守部全集第五
万葉集古義《こぎ》	鹿持　雅澄	天保十三（一八四二）年全編成	全巻の全注。引例も多く調査も深く創見も多いが、歌の情意を解することが不足。枕詞解・人物伝・品物解・名所考・雅言成法等万葉百般に亘り近世万葉研究の集大成といえる。	国書刊行会刊（十冊） 名著刊行会刊（十冊） 精文館刊（十二冊） 自筆稿本影印本（高知県文教協会）
万葉集檜嬬手《ひのつまで》	橘　守部	嘉永元（一八四八）年成	巻一から巻三の三七九までの全注。主に歌意を説き、語釈は簡略。	橘守部全集第四 万葉集叢書第三輯
万葉集新考	安藤　野雁《のかり》	安政四（一八五七）年成	巻一から巻十三までの全注。巻四あたりから注釈が減じ、巻十一以降は簡略。（巻五～十は欠）	未刊国文古注釈大系第一冊

二、明治以後

昭和に入って万葉集研究は飛躍的に発展した。『校本万葉集』の刊行によって万葉集研究に文献学的基礎が与えられ、本文と訓に関する研究が深められた。『万葉集総索引』の刊行によって万葉集の語釈・語法等の研究に著しい便が与えられ、歌の解釈にすぐれた新見が続々と発表された。万葉集の注釈書も、新考・新釈・新解・新講等と名付けられて全注釈相続いて刊行された。全巻にわたる注釈書と、特色ある巻別の注釈書を次に掲げる。

書名	著者名	冊数	発行年月	発行所	特徴
万葉集美夫君志	木村正辞	八冊	明34・5、44・1	光風館書店	巻一・二のみ。（昭59、勉誠社複製）
万葉集新釈	伊藤左千夫		明37・2〜44・9「馬酔木」「アララギ」掲載 昭4・4	岩波書店	巻一（一〜七）のみ。（但、二六、五六は欠）『左千夫歌論集巻二』所収
万葉集新考	井上通泰	八冊	大4・5〜昭2・6 昭3・3〜4・1補訂	歌文珍書保存会 国民図書	全注。補訂版は『井上通泰上代関係著作集』1〜8複製所収。
口訳万葉集	折口信夫	三冊	大5・9、6・5	文会堂書店	全歌に口語訳。所々に短評・評価。『折口信夫全集』（中央公論社）第四・五巻所収。巻一、巻二は改稿あり、全集第十三巻所収。
万葉集講義	山田孝雄	三冊	昭3・2、7・7、12・11	宝文館	巻一・二・三のみ。豊富な引例、精緻な注釈。
万葉集全釈	鴻巣盛広	六冊	昭5・7〜10・12	広文堂	全注
万葉集論究	松岡静雄	二冊	昭9・2、6	章華社	巻十三・十四のみ。
万葉集総釈	（各巻分担）	十二冊	昭10・5〜11・12	楽浪書院	全注（巻一・武田祐吉、二・土屋文明、三・吉沢義則、四・石井庄司、五・森本治吉、六・新村出、七・窪田通治、八・藤森朋夫、九・川田順、十・安藤正次、十一・春日政治、十二・久松潜一、十三・斎藤清衛、十四・折口信夫、十五・今井邦子、十六・高木市之助、十七・佐佐木信綱、十八・尾上八郎、十九・森本健吉、二十・豊田八十代）
有由縁歌と防人歌	松岡静雄	一冊	昭10・6	瑞穂書院	巻十六巻と巻二十の防人の歌のみ。
万葉集精考	菊池寿人	一冊	昭10・7	中興館	巻一・二のみ。
万葉集評釈	金子元臣	四冊	昭10・11〜20・1	明治書院	巻一から巻九まで。
万葉集評釈	窪田空穂	十二冊 七冊 十一冊	昭18・6〜27・7 昭41・1〜42・3補訂 昭59・9〜60・8新訂版	東京堂 角川書店 東京館	全注。補訂版は『窪田空穂全集』第十三〜十九巻所収。

万葉集全註釈	武田祐吉	十五冊 十四冊	昭23・8～25・12 昭31・8～32・12増訂版	改造社 角川書店	全注
評釈万葉集	佐佐木信綱	七冊	昭23・11～29・9	六興出版部	全注。『佐佐木信綱全集』第一～七巻所収。
万葉集私注	土屋文明	二十冊 十冊 十冊	昭24・5～31・6 昭44・6～45・4合冊 昭51・10～52・3新訂版	筑摩書房	全注。合冊版では一～九に巻二十までの注釈を収め、十は補巻として旧版以後の補正稿などを収める。
万葉集（日本古典文学大系）	高木市之助 五味智英 大野晋	四冊	昭32・5～37・5	岩波書店	全注。頭注に詳しい語釈と大意。
万葉集注釈	澤瀉久孝	二十冊	昭32・11～43・10 昭57・11～59・9普及版	中央公論社	全注。原文、訓み下し文、口訳、詳細な訓釈、考。
万葉集（日本古典文学全集）	小島憲之 木下正俊 佐竹昭広	四冊	昭46・1～50・10	小学館	全注。三段組で、上段に詳しい語釈、中段に読み下し文、下段に原文と口語訳。
万葉集（新潮日本古典集成）	青木生子 伊藤博 ほか3名	五冊	昭51・11～59・9	新潮社	全注。二段組で、上段に口語訳（色刷り）と、釈注（作歌事情等の解釈）と語釈。原文はない。
万葉集全注	（各巻分担）	二十冊	昭58・9～	有斐閣	全注（巻一・伊藤博、二・稲岡耕二、三・西宮一民、四・木下正俊、五・井村哲夫、六・吉井巌、七・渡瀬昌忠、八・井手至、九・金井清一、十・阿蘇瑞枝、十一・稲岡耕二、十二・小野寛、十三・曽倉岑、十四・水島義治、十五・吉井巌、十七・橋本達雄、十八・伊藤博、十九・青木生子、二十・木下正俊、巻十六未刊）
万葉集（新編日本古典文学全集）	小島憲之 木下正俊 東野治之	四冊	平6・5～8・8	小学館	全注。旧版と体裁は同じ。
万葉集釈注	伊藤博	十一冊	平7・11～11・3	集英社	全注。訓み下し文、原文、詳しい釈文と語釈。十一は別巻、万葉集の成り立ち、目録、時代年表等を収める。
万葉集（和歌文学大系）	稲岡耕二	四冊	平9・6～	明治書院	全注。二段組で、上段に訓み下し文と原文。下段に詳しい語釈。
万葉集（新日本古典文学大系）	佐竹昭広 山田英雄 工藤力男 ほか2名	四冊	平11・5～平15・10	岩波書店	全注。二段組で、上段に訓み下し文と原文。下段に口訳と語釈。

索引・事典・辞典類

書名	編著者名	冊数	発行年月	発行所	特徴
万葉集総索引	正宗敦夫	四冊 五冊 二冊	昭4・7〜6・11 昭28〜30増訂 昭49・5、8新装	白水社・万葉閣 平凡社	本文篇・単語篇・諸訓説篇・漢字篇より成る。増訂版は歌番号を付されて『万葉集大成』に、新装版は単語篇と漢字篇が各一冊本になった。
万葉集 各句索引	佐竹昭広 木下正俊 小島憲之	一冊	昭41・10	塙書房	全歌のどの句からでも歌が検索できる。
万葉集表記別類句索引	日吉盛幸	一冊	平4・4	笠間書院	全歌・題詞・左注・脚注の各句から、その類句・漢字表記・巻・部・国歌大観番号・句番・作者名等が検索できる。巻末に類句頻度巻別集計表。
万葉集歌句漢字総索引	日吉盛幸	二冊	平4・4	桜楓社	全歌・題詞・左注・脚注の歌句を一単位とした漢字一字索引。その漢字を含む歌句の漢字原文・仮名訓読・巻・部・国歌大観番号・句番・作者等が検索できる。巻末に校異一覧と巻別字母集計表。
万葉集各句索引	高田昇	一冊	平4・11	桜楓社	桜楓社版万葉集に基づいて、各句から歌番号・部立・歌種・作者が検索できる。
万葉集注釈索引篇	澤瀉久孝	一冊	昭52・6	中央公論社	『万葉集注釈』で取りあげ説明をした事項・用語・地名・人名・漢字の索引と、助詞・助動詞をのぞいた語句の索引。
万葉集索引	古典索引刊行会	一冊	平15・2	塙書房	『万葉集CD-ROM版』を底本とし、歌中の全語彙を収録し、見出し語に複合語を多く採る。
万葉集事典	佐佐木信綱	一冊	昭31・6	平凡社	総説・歌語・社会・人名・地名・動物・植物・年表・典籍の諸編により成る。
和歌文学大辞典	伊藤嘉夫 臼田甚五郎 江湖山恒明 木俣修 窪田章一郎	一冊	昭37・11	明治書院	古代から現代に至る和歌に関する事項について解説したもの。万葉集に関しては、万葉歌人・万葉集・万葉研究書・同研究者・関係文献が収められており、巻末に歌碑現在目録・文献目録・複製本目録・万葉集作者部類・和歌史年表・索引等が付

	五味　智英 高崎　正秀				されている。
時代別国語大辞典　上代編	上代語辞典編修委員会	一冊	昭42・12	三省堂	上代の文献に万葉仮名で記された語彙を全て採り、それに準ずるものを加えて八五〇〇語、二万項目。上代語概説・助数詞・諺・資料解説・万葉仮名一覧などを付す。
万葉集事典（万葉集講座別巻）	伊藤　博 中西　進 橋本　達雄 三谷　栄一 渡瀬　昌忠	一冊	昭50・10	有精堂	各巻概要、作者別研究史、諸本の系統、人名索引、年表、作者系図、地名索引、動植物索引、枕詞一覧、上代仮名遣、音韻、語法、用字法、研究書目録、研究年表。
万葉集歌人事典	大久間喜一郎 森　淳司 針原　孝之	一冊	昭57・3	雄山閣	万葉集所出の人名・神名・伝承上の人物を掲げる。巻末に巻別概説、官位相当表・諸氏系図・皇室系図・万葉集年表を付す。
万葉の歌ことば辞典	稲岡　耕二 橋本　達雄	一冊	昭57・11	有斐閣	万葉集から六六〇語を選んで五十音順に配列、解説したもの。
万葉集事典（講談社文庫）	中西　進	一冊	昭60・12	講談社	各巻一覧・諸本解説・研究史年表・研究文献・万葉仮名・遣外使・官位相当表・議政官一覧・系図・人名解説・動植物一覧・年表・地名解説・地図・初句索引など。
和歌大辞典	犬養　廉 井上　宗雄 大久保　正 小野　寛 田中　裕 橋本不美男 藤平　春男	一冊	昭61・3	明治書院	上代から近世に至る古典和歌に関する人名・作品・用語等の諸事項を小項目制によって細かく取り上げて解説したもの。万葉集歌人については記名のある限り全歌人を採録している。巻末に年表・叢書収録歌書一覧が付されている。
上代文学研究事典	小野　寛 桜井　満	一冊	平8・5	おうふう	上代文学に関する散文・韻文合せて四一五項目について、概要・研究史・展望・基本文献を記す。

人名一覧

注一、本書に収録した歌に関する人名のみについて掲げた。
二、排列は歴史的仮名遣による五十音順とした。
三、見出しの人名の下に、本書に収録されている作歌及び関係歌の番号を示した。漢数字は巻、アラビア数字は歌番号である。
四、その人の集中の初出歌を本書に採らなかった場合には、解説の末尾にその初出歌の番号を示した。

あ行

安貴王《あきのおほきみ》　▽題、四-644
天智天皇の曽孫。志貴皇子の孫。春日王の子。市原王の父。天平元(七二九)年従五位下。同十七年従五位上。神亀元(七二四)年頃因《いな》幡《ば》の八上采女《やかみのうねめ》を娶って不敬の罪に問われたことがある。歌数四、長歌一・短歌三。(初出306)

安積皇子《あさかのみこ》　▽題、三-477　六-1040
聖武天皇の皇子。母は夫人県犬養宿禰広刀自《あがたのいぬかひのすくねひろとじ》。天平十六(七四四)年閏正月十一日難波行幸に従っていて脚病で倒れ、久邇《くに》京に帰り、十三日薨。十七歳。皇太子基皇子《もといのみこ》が二歳で薨じた後、皇子は安積一人であったが皇太子に立てられず、光明皇后の子阿倍内親王が天平十年皇太子になっていた。安積皇子を推す派もあったろうという推測から、藤原仲麻呂一派が毒殺したとする説もある。墓は京都府相楽郡和束《わづか》町白栖《しらす》の東端にある。作歌はない。

麻田連陽春《あさだのむらじやす》　四-571
生没年未詳。百済系渡来人で、もと答本陽春。神亀元(七二四)年麻田連の姓《かばね》を賜わる。天平二(七三〇)年十二月大宰帥大伴旅人が上京の時、大宰大典。同三年六月大伴熊凝の死を悼む歌も大宰大典として。天平十一(七三九)年外従五位下。懐風藻に五言詩一首、石見守年五十六とある。歌数、短歌四。

明日香皇女《あすかのひめみこ》　▽題、二-196
天智天皇の皇女。母は阿倍倉梯麻呂《あべのくらはしまろ》の娘、橘　娘《たちばなのいらつめ》。忍壁皇子《おさかべのみこ》の妃。文武四(七〇〇)年四月浄広肆の位で没。作歌はない。

飛鳥岡本宮御宇天皇《あすかのをかもとのみやにあめのしたしらしめししすめらみこと》――→舒明天皇

厚見王《あつみのおほきみ》　八―1435
父母未詳。天平勝宝元(七四九)年従五位下。同七年伊勢神宮に奉幣使として派遣された時、少納言。天平宝字元(七五七)年従五位上。生没年未詳。歌数、短歌三。(初出668)

粟田女娘子《あはたのめのをとめ》　四―707
伝未詳。歌は大伴家持に贈る恋の歌。粟田朝臣家に関わる女性で、女官であったか。歌数、短歌二。

淡海真人三船《あふみのまひとみふね》　▽左注、二十―4467
大友皇子(弘文天皇)の曽孫。父は池辺王。名はもと三船王。天平勝宝三(七五一)年淡海真人の姓《かばね》を賜わった。天平宝字五(七六一)年従五位下。東山道巡察使・大宰少弐・大判事・大学頭・文章博士などを歴任。従四位下刑部卿に至り、延暦四(七八五)年七月没。六十四歳。作歌はない。

阿倍朝臣広庭《あべのあそみひろには》　八―1423
阿倍御主人《あべのみうし》の子。安倍とも。和銅二(七〇九)年伊予守。同四年正五位上。霊亀元(七一五)年宮内卿。養老四(七二〇)年正四位下左大弁。同六年参議兼知河内和泉国事。神亀四(七二七)年中納言従三位。天平四(七三二)年二月薨。七十四歳。歌数、短歌五。懐風藻に詩二首。(初出302)

安倍女郎《あべのいらつめ》　四―505 506
伝未詳。集中安倍女郎・阿倍女郎と記した者が二〜三人いる。この安倍女郎は大伴家持が歌を贈っている第四期の安倍女郎とは明らかに別人で、巻三・四のは同一人かも知れない。いずれも阿倍朝臣家の女性であった。歌は短歌五。(初出269)

阿閉皇女《あへのひめみこ》→元明天皇

海犬養宿禰岡麻呂《あまのいぬかひのすくねをかまろ》　六―996
伝未詳。天平六(七三四)年の応詔歌一首を伝えるのみ。

天豊財重日足姫天皇《あめとよたからいかしひたらしひめのすめらみこと》→斉明天皇

天渟中原瀛真人天皇《あめのぬなはらおきのまひとのすめらみこと》→天武天皇

天命開別天皇《あめみことひらかすわけのすめらみこと》→天智天皇

有間皇子《ありまのみこ》　二―141 142
孝徳天皇の皇子。母は阿倍倉梯麻呂《あべのくらはしまろ》の娘、小足媛《をたらしひめ》。白雉五(六五四)年父天皇が中大兄のために孤立せられ、恨みの中に崩御された時十五歳。その後いつ頃からか狂人のふりをしていたと紀にある。身を守るためであったか。斉明四(六五八)年十一月、蘇我赤兄《そがのあかえ》の策謀にかかり反逆を企てて捕えられ、天皇行幸先の紀伊国牟婁温湯《むろのゆ》に連行、尋問された後、都への帰途、藤白坂で絞首された。時に十九歳。歌数、短歌二。

雄略天皇《いうりやくてんおう》　一-1
第二十一代。大泊瀬《おほはつせ》稚武天皇《わかたけのすめらみこと》、泊瀬朝倉宮御宇天皇とも。允恭天皇第五皇子。母は皇后忍坂大中姫命《おしさかのおほなかつひめのみこと》。名は大泊瀬命、大長谷《おほはつせ》若建命《わかたけのみこと》という。記・紀にこの天皇をめぐる説話・歌謡が多い。「倭の五王」の一人武に擬せられる。倭王武は四七八年宋に遣使上表、四七九年斉と、五〇二年梁と交渉を持っている。紀によれば在位二十三年、四七九年八月崩。御陵は大阪府羽曳野市（もと南河内郡南大阪町字高鷲原）にある（丹比高鷲原陵）。歌は他に一首、巻九・一六六四を雄略作と伝える。

石川朝臣君子《いしかはのあそみきみこ》　▽題、九-1777
号を少郎子。和銅六（七一三）年従五位下。播磨守・兵部大輔・侍従などを歴任。神亀元（七二四）年正五位下。この頃大宰少弐か。同三年従四位下。生没年未詳。歌数、短歌三（石川大夫作および異伝のものを含める）。（初出247）

石川郎女《いしかはのいらつめ》　二-108　▽題、二-107・109・110　▽左注、三-461（石川命婦）
伝未詳。石川朝臣家の女性。石川は蘇我氏の祖武内宿禰の子蘇賀石河宿禰に由来し、大化改新の功臣蘇我倉山田石川麻呂の弟連子の子安麻呂から石川氏を称し、天武十三（六八四）年石川朝臣を賜わった。皇太子草壁皇子に愛され（一一〇歌）、字は大名児、大津皇子の強い愛に屈した。集中、石川女郎も含めて同名異人多く、諸説ある。

石上朝臣乙麻呂《いそのかみのあそみおとまろ》　六-1022 1023
左大臣石上麻呂の子。宅嗣の父。神亀元（七二四）年従五位下。天平四（七三二）年従五位上、丹波守。同十年従四位下左大弁。同十一年三月故藤原宇合の妻久米若売と通じた罪により土佐へ配流。同十五年従四位上。同十六年西海道巡察使。治部卿・常陸守・右大弁・中務卿を歴任して、天平勝宝元（七四九）年中納言。翌二年九月薨。歌数五、長歌三、短歌二。懐風藻に詩四首。漢詩集『銜悲藻』二巻があったという。

石上朝臣《いそのかみのあそみ》**堅魚**《かつを》　八-1472
勝男、勝雄とも。養老三（七一九）年従五位下。神亀三（七二六）年従五位上。同五年大宰帥大伴旅人の妻の死に対して弔問使として大宰府に下向、この時式部大輔。生没年未詳。歌はこの一首。

石上朝臣《いそのかみのあそみ》**宅嗣**《やかつぐ》　▽題、十九-4284
石上麻呂の孫。乙麻呂の子。天平勝宝三（七五一）年従五位下。相模守・三河守・上総守・文部大輔・侍従・常陸守・中衛中将を歴任、天平神護二（七六六）年参議。神護景雲二（七六八）年従三位、式部卿。宝亀元（七七〇）年八月称徳天皇崩御により光仁天皇を擁立。中

納言・大納言、天応元(七八一)年正三位、同年六月薨。五十三歳。贈正二位。歌数、短歌一。(初出4282)

市原王《いちはらのおほきみ》　六-1042

志貴皇子の曽孫。春日王の孫。安貴《あき》王の子。曽祖父・祖父・父ともに万葉歌人。天平十五(七四三)年従五位下。備中守・玄蕃頭・治部大輔・礼部大輔・摂津大夫を歴任。その間、金光明寺造仏長官・写経司長官・造東大寺長官等を兼任した。また類聚歌林の伝来にも関係があったらしい。生没年未詳。歌数、短歌八。(初出412)。

磐姫皇后《いはのひめのおほきさき》　二-85 86 87 88

仁徳天皇の皇后。葛城襲津彦《かづらきのそつひこ》の娘。履中・反正・允恭天皇らの母。記・紀によれば、夫仁徳の女性関係をはげしく嫉妬し、皇后の留守の間に仁徳が八田皇女《やたのひめみこ》を妃としたのを怒って、ついに難波宮に帰らず、以後仁徳の迎えにも応ぜず、山城の筒城宮《つつきのみや》で崩。磐姫の仁徳への情熱的な愛の姿が、一方ではげしい嫉妬の物語となり、一方ではやさしい恋の歌の伝承をもたらした。歌数、短歌五。

磐余忌寸諸君《いはれのいみきもろきみ》　▽左注、二十-4425

伝未詳。天平勝宝七(七五五)歳二月、昔年防人歌を抄写して兵部少輔大伴家持に贈った。時に正七位上刑部少録。作歌はない。

上宮聖徳皇子《うへのみやのしやうとこのみこ》→聖徳太子

息長足日広額天皇《おきながたらしひひろぬかのすめらみこと》→舒明天皇《じよめいてんわう》

忍壁皇子《おさかべのみこ》　▽題、九-1682　左注、三-235

天武天皇の皇子。続紀によれば第九皇子。忍坂部皇子・刑部親王とも。母は宍人臣大麻呂《ししひとのおみおほまろ》の娘、檝媛娘《かぢひめのいらつめ》。壬申の乱では吉野から天皇と行を共にした。天武十(六八一)年川島皇子らと国史編纂の勅を受けた。同十四年浄大参。文武四(七〇〇)年藤原不比等らと律令撰定の勅を受けた。この時三品とある。大宝三(七〇三)年知太政官事。慶雲二(七〇五)年五月薨。集中に歌はない。(初出194題)

大后《おほきさき》→倭大后

大伯皇女《おほくのひめみこ》　二-105 106 163 164 165 166

大来皇女とも。天武天皇の皇女。母は天智天皇の皇女、大田皇女《おほたのひめみこ》。大津皇子《おほつのみこ》の同母姉。斉明七(六六一)年正月八日、百済救援の西征の船中、備前大伯の海上で誕生したと紀に記されている。天武三(六七四)年十四歳で伊勢斎宮となり、天武崩後、朱鳥元(六八六)年十一月帰京。大宝元(七〇一)年十二月没。四十一歳。歌数、短歌六。

大鷦鷯天皇《おほさぎきのすめらみこと》→仁徳天皇

大津皇子《おほつのみこ》　二-107 109　三-416　八-1512　▽題、二-105・165

天武天皇の皇子。続紀によれば第三皇子。母は天智天皇の皇女、大田皇女《おほたのひめみこ》、持統天皇の同母姉。持統の子草壁皇子《くさかべのみこ》より一歳年下であった。体格・度量共にすぐれ、文武に秀で、人望が厚かったという。天武十二(六八三)年初めて朝政を聴いたと紀にあるのは、皇太子と同格の扱いを受けていたことを示す。天武十四年浄大弐。時に皇太子草壁皇子は一階上の浄広壱であった。朱鳥元(六八六)年九月父天武崩後、反逆を企て、十月二日親友川島皇子の密告により捕えられ、翌日死を賜わる。二十四歳。奈良県と大阪府との境をなす葛城連峰の北端二上山《ふたかみやま》(今ニジョウザン)の雄岳の頂上に墓がある。歌数、短歌四。懐風藻に詩四首。

大伴坂上郎女《おほとものさかのうへのいらつめ》　三-460 461　四-525 527 660 661 684 688　六-983 993 995　八-1433 1450 1500 1592 1620 1656　十七-3927 3928

大伴安麻呂の娘。大伴旅人の異母妹。母は石川内命婦。初め天武天皇の皇子穂積皇子《ほづみのみこ》の妻となり、皇子の薨後、藤原不比等の子麻呂の愛を受け、のち異母兄大伴宿奈麻呂《すくなまろ》に嫁し、坂上大嬢《さかのうへのおほいらつめ》・坂上二嬢《おといらつめ》を生んだ。坂上大嬢は家持の妻になったので、家持にとって叔母であり義母である。天平二(七三〇)年六月、異母兄旅人が九州で重病の時、家持を連れて大宰府に下り、旅人の看病に当ったらしい。旅人の病気回復後も大宰府に留まり、同年十一月旅人に先立って帰京。旅人の死後、大伴氏一族の中心的女性。万葉女流歌人中最も多くの歌を残した。万葉集編纂に際して彼女が提供した資料が考えられ、また編者の一人に考える説もある。歌数八四、長歌六・短歌七七・旋頭歌一。

大伴坂上大嬢《おほとものさかのうへのおほいらつめ》　▽題、四-741・765　八-1448

大伴宿奈麻呂《すくなまろ》と坂上郎女との間に生まれた。家持の従妹に当り、家持の妻となる。集中の歌はすべて家持との贈答。歌数、短歌一一。(初出581)

大伴宿禰池主《おほとものすくねいけぬし》　十七-3944

生没年未詳。天平十(七三八)年春宮坊少属従七位下。同年十月橘奈良麻呂邸の宴に大伴家持・書持兄弟と共に出席。同十八年家持が越中守として赴任した時、越中掾。同二十年越前掾に転出。天平勝宝五(七五三)年左京少進。同八年聖武太上天皇の河内行幸に供奉、時に式部少丞。天平宝字元(七五七)年奈良麻呂の変に参加、未然に発覚して逮捕投獄。その後は分らない。歌数二八、長四・短二四。(初出1590)

大伴宿禰古慈悲《おほとものすくねこじひ》　▽題、十九-4262　▽左注、二〇-4467

壬申の乱に天武天皇方で勲功のあった大伴吹負《ふけひ》の孫。祖父麻呂《をぢまろ》の子。持統九(六九五)年生まれ。若くして才幹ありという。天平九(七三七)年外従五位下。累進して従四位上衛門督となる。出雲守に遷され、天平勝宝八(七五六)歳五月朝廷を誹謗したと藤原仲麻呂に誣言され拘禁されたが程なく釈放、土佐守に遷された。翌年橘奈良麻呂の乱に座し任地土佐に流された。宝亀元(七七〇)年従四位下に復し、大和守。同八年八月従三位で没。八十三歳。作歌はない。

大伴《おほとも》宿禰《すくね》胡《こ》麻呂《まろ》　▽題、十九-4262

大伴旅人の甥。天平十七(七四五)年従五位下。左少弁を経て、天平勝宝二(七五〇)年遣唐副使に任ぜられ、同四年三月大使藤原清河と共に参朝、従四位上を授けられた。同閏三月大伴古慈悲の家で送別の宴を開く。入唐して同六(七五四)年正月唐僧鑒真《がんじん》を伴って帰朝した。唐帝に謁見の際、新羅の使と席次を争い主張を通して上座に着いたことを続紀に伝える。正四位下左大弁となる。同九(七五七)歳兼陸奥鎮守府将軍・陸奥按察使。同年七月橘奈良麻呂の乱の一味として捕えられ、杖下に死した。作歌はない。(初出567左)

大伴《おほとも》宿禰《すくね》宿奈《すくな》麻呂《まろ》　四-532

安麻呂の第三子。先妻の子田村大嬢があり、のち異母妹坂上郎女を妻として坂上大嬢・坂上二嬢の二女あり。和銅元(七〇八)年従五位下。霊亀元(七一五)年左衛士督。養老三(七一九)年備後守で初の按察使を任じられ、同四年正五位上、神亀元(七二四)年従四位下。以後の記録がない。集中に右大弁とあるのが極官か。神亀年中に没したかと推測される。歌数、短歌二。

大伴《おほとも》宿禰《すくね》旅人《たびと》　三-315 316 331 332 333 338 339 340 341 342 343 344 348 349 350 438 439 440 446 447 448 449 450 451 452 453　五-793 822 852 853 854　六-957 961 967 968 969　八-1639　▽題、四-571

安麻呂《やすまろ》の長子。家持《やかもち》の父。万葉集では大伴卿とある。和銅三(七一〇)年正五位上左将軍として続紀に初めて見える。以来、中務卿・中納言を歴任。養老四(七二〇)年征隼人持節大将軍として隼人の乱を平定。神亀元(七二四)年正三位。同四年頃大宰帥に任ぜられた。任地で妻を失くし、自らも重病に苦しんだが、この九州在任中が彼の作歌活動の中心である。山上憶良との交友もこの時であった。天平二年十二月大納言に昇任されて帰京、翌三年七月大納言従二位で薨。六十七歳。万葉第三期の代表歌人の一人。歌数七一、長歌一・短歌七〇。懐風藻に詩一首。

大伴《おほとも》宿禰《すくね》百代《ももよ》　五-823

生没年未詳。大伴旅人が大宰帥であった頃、大宰大監としてその部下であった。天平二(七三〇)年春の梅花の宴の歌の中に百代の作を見る。天平十年外従五位下兵部少輔。のち美作守・鎮西副将軍・豊前守などを歴任。同十八年従五位下。翌年正五位下。歌数、短歌七。(初出392)

大伴宿禰《おほとものすくね》家持《やかもち》　三-462 464 465 470 475 476 477 480 四-727 728 741 755 765 769 772 786 六-994 1029 1037 1040 1043 八-1448 1479 1495 1566 1567 1568 1569 1602 1619 1632 1649 十六-3853 3854 十七-3900 3916 3921 3926 3943 3954 3969 3970 3985 3987 3991 3992 4000 4001 4002 4017 4021 4022 4024 4025 4029 十八-4051 4085 4086 4094 4096 4097 4122 4123 4124 4136 4138 十九-4139 4140 4141 4142 4143 4149 4150 4159 4192 4193 4199 4249 4250 4272 4281 4289 4290 4291 4292 二十-4297 4434 4435 4465 4466 4467 4468 4469 4470 4483 4484 4493 4498 4506 4515 4516　▽題、三-396 四-593 八-1451

大伴旅人の長男。生年は諸説あるが、養老二(七一八)年か。天平十(七三八)年には内舎人。同十七年従五位下。十八年宮内少輔。同年六月越中守。越中時代は彼の作歌習練期であり、歌境確立期である。天平勝宝三(七五一)年七月少納言となり帰京。同六年兵部少輔。防人歌を集めたのはこの次の年であった。天平宝字元(七五七)年兵部大輔。万葉集には元年十二月から二年にかけて右中弁とある。二年六月因幡守。翌三(七五九)年正月一日因幡国庁での歌(四五一六)を最後に「歌わぬ家持」となる。この後、信部大輔・薩摩守・大宰少弐・左中弁・中務大輔・相模守・左京大夫・衛門督・伊勢守と浮沈をくり返し、宝亀十一(七八〇)年参議となり春宮大夫を兼ねる。翌年従三位。延暦元(七八二)年兼陸奥按察使鎮守将軍。同二年中納言。同四年八月没。六十八歳。死後、藤原種継暗殺事件に関係のあったことが発覚、除名。延暦二十五(八〇六)年三月許された。万葉第四期の代表歌人。万葉集の編者に擬されている。歌数四七三、長歌四六・短歌四二五・連歌一・旋頭歌一。(初出403)

大伴宿禰《おほとものすくね》安麻呂《やすまろ》　▽左注、四-527

大伴長徳《ながとこ》の子。旅人・坂上郎女の父。壬申の乱に天武天皇方として叔父馬来田《まくた》・吹負《ふけひ》・兄御行《みゆき》らと大伴一族を率いて奮戦、勲功があった。大宝元(七〇一)年従三位。式部卿・兵部卿・参議・大納言・大宰帥等を歴任して、和銅七(七一四)年五月正三位大納言兼大将軍で薨。贈従二位。万葉歌人でもある。歌数、短歌三(初出101)

大伴宿禰《おほとものすくね》四綱《よつな》　四-571 八-1499

生没年未詳。四縄とも書く。大伴旅人が大宰帥であった頃、防人佑としてその部下であった。天平二(七三〇)年旅人が大納言に遷任せられて帰京する時、筑前国にあって大宰府の官人達と一緒に旅人を見送っている。天平十(七三八)年頃大和少掾、同十七年頃雅楽助正六位上であったことが正倉院文書に記されてある。歌

数、短歌五。（初出329）

大泊瀬稚武天皇《おほはつせわかたけのすめらみこと》→雄略天皇《いうりやくてんおう》

大原真人今城《おほはらのまひといまき》　▽題、二十-4515

今城王とすれば母は大伴女郎。その大伴女郎は大伴旅人の妻説、坂上郎女説があるが、別人か。父は未詳。大伴家持の親友。天平十一（七三九）年高安王らと共に大原真人の姓《かばね》を賜わった。天平二十（七四八）年兵部少丞。天平勝宝七（七五五）歳上総大掾。同八歳兵部大丞。天平宝字元（七五七）年従五位下。治部少輔。のち左少弁・上野守などを歴任。天平宝字八年藤原仲麻呂の乱に連座、除名。宝亀二（七七一）年従五位上に復し、兵部少輔。同三年駿河守。生没年未詳。歌数、短歌九。（初出1604）

大宅女《おほやけめ》　四-709

豊前国（福岡県の東部から大分県の北の一部）の娘子。遊女の類か。歌数、短歌二。

か　行

鏡王女《かがみのおほきみ》　二-92 93　四-489　八-1419　▽題、二-91

鏡女王・鏡姫王とも。従来額田王《ぬかたのおほきみ》の姉とされて来たが、近年その墓が舒明天皇陵の域内にあることから、舒明の皇女か皇妹か、または皇孫かと言われる。初め天智天皇に愛されたが、のち藤原鎌足の正室となる。興福寺縁起によれば、興福寺は鎌足が病気の時、鏡王女の発願によって開基されたものという。天武紀、十二（六八三）年七月に「（四日）天皇幸二鏡姫王之家一訊レ病」とある。その翌日薨。歌数、短歌四（重出歌は除く）。

柿本朝臣人麻呂《かきのもとのあそみひとまろ》　一-29 30 31 36 38 39 40 41 42 45 46 47 48 49　二-131 132 133 167 168 169 170 196 197 199 200 201 207 208 209 210 211 212 220 221 223　三-235 250 251 252 253 254 255 261 262 264 266 428 430　四-496 497 498 499 501 502　▽題、二-224

生没年未詳。万葉集以外に履歴を知る資料がない。身分は六位以下であったらしい。作歌年代の明らかな最も早いものは持統三（六八九）年の日並皇子《ひなみしのみこ》殯宮挽歌で、辞世の歌と称するものが巻二の「寧楽宮」の標題の前にある。持統・文武両朝に下級官人として仕え、宮廷歌人的存在であった。皇子女の殯宮に挽歌を歌い、皇子への献歌を詠んだ。晩年石見国に国司の一員として赴任したことがあったらしい。柿本氏は春日《かすが》・和珥《わに》氏と同族で、天理市櫟本《いちのもと》の和邇下《わにした》神社の境内の柿本寺跡に人麻呂の墓と伝えて歌塚がある。万葉集のみならず和歌史上最高の歌人。歌数九一、長歌二〇・短歌七一。「柿本人麻呂歌集」があり、万葉集に三六〇余首収められている。本書に収載したのは次の通り。七-

1068 1087 1088 1092 1093 1101 1118 1119 1269 1274 1278 1281 1283 1288 1297 九-1682 1684 1688 1695 1699 1704 1709 1775 1795 1799 十-1812 1892 2029 2179 2240 2314 2334 十一-2354 2355 2368 2382 2394 2401 2414 2425 2430 2453 2456 2465 2508 2509 十二-2841 2855 3127 十三-3253 3254

笠朝臣金村《かさのあそみかなむら》 二-230 231 232 三-365 六-907 908 909 920 922 928 930

伝未詳。万葉集以外に所伝がない。作歌年時明記のものは霊亀元(七一五)年から天平五(七三三)年まで。その間行幸従駕の作が多く、宮廷歌人的存在であった。官位は不明だが、山部赤人《やまべのあかひと》より上であったか。下級官人だが歌人として名が高かったらしく、頼まれて代作などもしている。構想力は確かであった。万葉第三期の代表歌人の一人。笠金村歌集の歌は彼の作品と考えられている。歌数四五、長歌一一、短歌三四。

笠女郎《かさのいらつめ》 三-396 四-593 594 596 598 602 603 608 八-1451

伝未詳。歌は全部大伴家持に贈った恋の歌。家持をめぐる女性たちの一人。笠朝臣家の女性であった。その関係は天平五、六年頃からか。歌数、短歌二九。

河辺朝臣東人《かはべのあそみあづまひと》 ▽左注、六-978

天平神護三(七六七)年従五位下。宝亀元(七七〇)年石見守となる。生没年未詳。歌数、短歌一。

河内百枝娘子《かふちのももえをとめ》 四-702

伝未詳。歌は大伴家持に贈る恋の歌。河内国の出身で、河内を名のる氏族の女性か。女官であったか。歌数、短歌二。

甘南《かむな》備《びのま》真人伊香《ひといかご》 二十-4510

生没年未詳。敏達天皇の後裔、伊香王。天平十八(七四六)年無位より従五位下。同年雅楽頭。天平勝宝三(七五一)年甘南備真人の姓《かばね》を賜る。天平宝字元(七五七)年頃、大蔵大輔。美作介・備前守・主税頭・越中守を歴任、宝亀八(七七七)年正五位上。歌数、短歌四。(初出4489)

軽皇子《かるのみこ》──→文武天皇

紀朝臣鹿人《きのあそみかひと》 ▽題、四-644

生没年未詳。紀女郎《きのいらつめ》の父。天平初年典鋳正。同九(七三七)年外従五位下主殿頭。同十二年外従五位上。同十三年大炊頭《おほいのかみ》。歌数、短歌三。

紀朝臣清人《きのあそみきよひと》 十七-3923

和銅七(七一四)年三宅藤麻呂と共に国史撰進の勅を受ける。霊亀元(七一五)年従五位下。養老五(七二一)年正月山上憶良らと共に東宮侍講。天平十三(七四一)年治部大輔兼文章博士。同十六年従四位下。十八年武蔵守。天平勝宝五(七五三)年七月没。歌はこの一首。

紀朝臣男人《きのあそみをひと》 五-815

慶雲二(七〇五)年従五位下。累進して養老二(七一八)年正五位上。同五年東宮侍講。同年少納言、同七年従四位下。天平二(七三〇)年正月の大宰府梅花の宴に大弐紀卿とある。同三年従四位上。同年三月東大寺文書巻五に大宰大弐従四位上と見える。同十年十月卒、時に大宰大弐正四位下。懐風藻に詩三首、年五十七とある。歌はこの一首。

紀女郎《きのいらつめ》　四-644　▽題、四-769

紀朝臣《きのあそみ》鹿人《かひと》の娘。名を小鹿といい、安貴王《あきのおほきみ》の妻となったという。大伴家持と相聞歌を贈答している。生没年未詳。歌数、短歌十二。

紀皇女《きのひめみこ》　三-390

天武天皇の皇女。母は蘇我赤兄の娘、大蕤娘《おほぬのいらつめ》。穂積皇子の同母姉妹。生没年未詳。歌はこの一首。

草壁皇子《くさかべのみこ》　二-110　▽歌中、一-49　▽題、二-167・171

天武天皇の第一皇子。年令は高市皇子《たけちのみこ》が第一だが、続紀では皇位継承の順により草壁を第一とする。天智元(六六二)年に生まれ、第二皇子大津皇子より一歳年上。母は持統天皇。日並皇子《ひなみしのみこ》と呼ぶが、これは天皇と並んで天下を治める皇子の意。特に草壁皇子に言う。天武十(六八一)年皇太子となり、天武崩後、即位を目前にして持統称制三(六八九)年四月薨。二十八歳。人麻呂ら舎人達が奉った挽歌が巻二にある。天平宝字二(七五八)年岡宮御《をかのみやにあめのしたしら》宇天皇《しめししすめらみこと》と追尊された。御陵は奈良県高市郡高取町佐田にある(岡宮天皇真弓丘陵)が、他にもそれと推定される古墳がある。歌は短歌一首。

久米朝臣広縄《くめのあそみひろなは》　▽題、十九-4249

伝未詳。天平二十(七四八)年頃越中掾大伴池主が越前掾に転じた後、その後任となった。歌数九、長歌一、短歌八。(初出4050)

内蔵忌寸縄麻呂《くらのいみきなはまろ》　十九-4200

ウチノクラとも訓む。伝未詳。天平末年から天平勝宝初年にかけての頃、越中介。歌数、短歌四。(初出3996)

倉橋部女王《くらはしべのおほきみ》　三-441

椋橋部女王とも。伝未詳。左大臣長屋王と何らかの関係があったらしい。歌はこの一首の他、「或云」として短歌一首。

光明皇后《くわうみやうくわうごう》　八-1658

聖武天皇の皇后。藤皇后とも。孝謙天皇の母。藤原不比等の娘。母は県犬養橘三千代《あがたのいぬかひのたちばなのみちよ》。名は安宿《あすか》媛、光明子。天平元(七二九)年立后。天平宝字二(七五八)年皇太后。同四年六月崩。六十歳。歌数、短歌三。

元正天皇《げんしやうてんおう》　▽左注、六-974

第四十四代。名は氷高皇女《ひだかのひめみこ》。天武・持統両天皇の孫。父は草壁皇子。母は元明天皇。文武天皇の同母姉。霊亀元(七一五)年九月即位。養老二(七一八)年律令撰定。同四年日本書紀完成奏上あり。在位九年。養老八年(神亀元年)聖武天皇に譲位。天平二十(七四八)年四月崩。六十九歳。御陵は奈良市北郊佐保丘陵の北に母元明陵と並んである(奈保山西陵)。歌数、短歌五。

元明天皇《げんめいてんおう》　一-76

第四十三代。名は阿閉皇女《あへのひめみこ》。天智天皇の皇女。母は蘇我倉山田石川麻呂の娘、通称姪娘《めひのいらつめ》、持統天皇・大田皇女らの母遠智娘《をちのいらつめ》の妹。御名部皇女の同母妹。草壁皇子の妃となり、文武・元正両天皇を生む。慶雲四(七〇七)年文武崩御により即位。在位八年、和銅開珎の鋳造流通、平城遷都、古事記成立、風土記撰進の宣下があった。霊亀元(七一五)年九月元正天皇に譲位。養老五(七二一)年十二月崩。六十一歳。御陵は奈良市北郊佐保丘陵の北に元正陵と並んである(奈保山東陵)。歌数、短歌二(三首とも)。(初出22左)

児嶋《こしま》　六-965 966

遊行女婦。筑紫娘子とも。伝未詳。大伴旅人が大宰帥として大宰府にあった時、親交を持った。歌数、短歌三。

さ　行

斉明天皇《さいめいてんおう》　▽左注、一-7・8・15

第三十五代皇極天皇として在位四年、六四五年六月大化改新と共に弟孝徳天皇に譲位。孝徳崩後六五五年重祚して第三十七代斉明天皇となる。天豊財重日足姫天皇《あめとよたからいかしひたらしひめのすめらみこと》・後岡本宮《のちのをかもとのみや》御宇天皇とも。舒明天皇の皇后。名は宝皇女《たからのひめみこ》。舒明の弟茅渟王《ちぬのおほきみ》の娘。天智天皇・間人皇女《はしひとのひめみこ》・天武天皇の生母。多武峰の頂上に高楼を建て、その山に石垣を造り、石を運ぶ運河を香具山の西から石上山まで穿つなど大土木工事を好んだという。斉明七(六六一)年正月、新羅に滅された百済《くだら》救援に出兵のため筑紫に向い、七月筑前朝倉宮で崩御。六十八歳と伝える。御陵は奈良県高市郡高取町車木、越智の岡にある(越智崗上陵)。歌は巻四・四八五〜七が斉明作か。万葉集の中皇命を斉明天皇と見る説がある。

坂門人足《さかとのひとたり》　一-54

伝未詳。大宝元(七〇一)年九月持統太上天皇の紀伊国行幸に従駕して歌を残す。歌はこの一首。

狭野弟上娘子《さののおとがみのをとめ》　十五-3723 3724 3750 3753 3767 3770 3772 3774

茅上娘子《ちがみのをとめ》とする伝本もある（細井本）。天平十(七三八)年頃蔵部の女孺。禁を破って中臣宅守《なかとみのやかもり》と通じたため宅守は越前に流罪となる。歌は宅守に対する熱情溢るる恋の歌二十三首(すべて短歌)。

沙弥満誓《さみまんせい》→満誓沙弥

志貴皇子《しきのみこ》　一-51 64　四-513　八-1418　▽題、一-84　二-230
天智天皇の第七皇子。母は越《こし》の道君伊羅都売《みちのきみいらつめ》、采女《うねめ》であったか。光仁天皇・湯原王《ゆはらのおほきみ》らの父。持統三(六八九)年撰善言司。霊亀元(七一五)年二品。翌二年八月薨。宝亀元(七七〇)年春日宮天皇《かすがのみやのすめらみこと》と追尊された。墓は奈良市須山町東金坊《とうこんぼう》にある(春日宮天皇田原西陵)。歌数、短歌六。

志斐嫗《しひのおみな》　三-237　▽題、三-236
伝未詳。志斐氏。『新撰姓氏録』左京皇別上に阿倍志斐連名代《あべのしひのむらじなしろ》という者があり、天武天皇に楊《やなぎ》の花を献じてこぶしの花だと称し、群臣が楊の花だと言うのを聞き入れなかったので「志斐」の名をもらったという。その一族か。

聖徳太子《しやうとくたいし》　三-415
用明天皇の皇子。母は皇后穴穂部間人皇女《あなほべのはしひとのひめみこ》。名は厩戸皇子《うまやどのみこ》・豊《とよ》聰耳皇子《とみみのみこ》とも。叔母推古天皇即位と共に皇太子として政を執る。冠位十二階・憲法十七条を制定、国史の撰定など大化改新の先駆をなす。仏教への帰依深く、経典の研究にすぐれ、法隆寺を創建した。推古二十九(六二一)年二月薨(三十年と記す文献もある)。四十九歳。歌は短歌一首。

聖武天皇《しやうむてんわう》　六-973 974　六-1030　▽題、八-1658
第四十五代。文武天皇の皇子。母は藤原不比等《ふひと》の娘、宮子《みやこ》。名は首皇子《おびとのみこ》。大宝元(七〇一)年に生れ、和銅七(七一四)年立太子。神亀元(七二四)年即位。皇后は皇親派の反対を押し切って藤原不比等の娘光明子を立てた。天平時代がその治世に当る。在位二十六年。国分寺・国分尼寺を諸国に建立し、東大寺を総国分寺とし、盧舎那大仏を鋳造せしめた。天平感宝元(七四九)年七月譲位。天平勝宝四(七五二)年四月東大寺大仏開眼。同八年崩。五十六歳。御陵は奈良市法蓮北町にある(佐保山南陵)。歌数一一、長歌一・短歌一〇。(初出530)

淳仁天皇《じゆんにんてんわう》　二十-4486
第四十七代。天武天皇の孫。舎人親王の第七皇子。母は当麻山背。名は大炊王《おおいのおおきみ》。天平勝宝九(七五七)年四月道祖王廃太子により、藤原仲麻呂に推挙されて立太子。時に二十五歳。天平宝字二(七五八)年八月即位。仲麻呂を重用して官名を中国風に改める。孝謙上皇は道鏡を重用して対立、仲麻呂(恵美押勝)は乱を起こして誅せられ、天皇も退位させられ淡路へ配流。天平神護元(七六五)年十月淡路に没。三十三歳。歌はこの一首。

舒明天皇《じよめいてんおう》　一-2　八-1511　▽題、一-3　▽左注、一-6・8
第三十四代。息長足日広額天皇《おきながたらしひひろぬかのすめらみこと》・岡本天皇《をかもとのすめらみこと》とも。敏達天皇の孫。押坂彦人大兄皇子《おしさかのひこひとのおほえのみこ》の皇子。名は田村皇子。推古天皇の崩後、蘇我蝦夷に推されて即位。皇后宝皇女(皇極・斉明天皇)。中大兄皇子(天智天皇)・間人皇女《はしひとのひめみこ》(孝徳皇后)・大海人皇子(天武天皇)の父。夫人蘇我馬子の娘法提郎媛《ほてのいらつめ》に古人大兄皇子がある。在位十三年、六四一年十月崩。四十九歳。御陵は奈良県桜井市忍坂にある(押坂内陵)。歌数二、長歌一・短歌一。

推古天皇《すいこてんおう》　▽題、三-415
第三十三代。豊御食炊屋姫天皇《とよみけかしきやひめのすめらみこと》とも。欽明天皇の皇女。母は蘇我稲目の娘、堅塩媛《きたしひめ》。異母兄敏達天皇の皇后となり、二男五女を生む。その中、菟道貝鮹皇女《うぢのかひだこのひめみこ》は聖徳太子の妃、小墾田皇女《をはりだのひめみこ》は舒明天皇の父彦人大兄皇子《ひこひとのおほえのみこ》の妃である。崇峻天皇崩後即位。聖徳太子を皇太子として万機を摂政させる。在位三十六年。六二八年三月崩。七十三歳、また七十五歳とも。御陵は大阪府南河内郡太子町山田にある(磯長山田陵)。

た　行

高橋連虫麻呂《たかはしのむらじむしまろ》　六-971 972　九-1738 1739 1740 1741 1757 1758 1759 1760 1807 1808 1809 1810 1811
伝未詳。天平四(七三二)年西海道節度使となった藤原宇合《うまかひ》を送る歌があり、養老年間宇合が常陸守であった頃その配下にあったかと推測され、常陸国風土記の編纂に加わったと推定されている。集中には高橋虫麻呂歌集中出・同歌中出として三十四首の歌が収載され、これらは彼の作品と考えられている。旅と伝説とに関する歌が多く、特に伝説に取材した叙事的な歌に特色がある。伝説歌人として万葉第三期の代表歌人の一人。歌集の歌を合せて歌数三六、長歌一五・短歌二〇・旋頭歌一。(初出321)

高天原広野姫天皇《たかまのはらひろのひめのすめらみこと》──→持統天皇

田口朝臣益人《たぐちのあそみますひと》　三-296
生没年未詳。慶雲元(七〇四)年従五位下。和銅元(七〇八)年上野守、この時従五位上。同二年右兵衛率。霊亀元(七一五)年正五位下より正五位上。歌数、短歌二。

高市古人《たけちのふるひと》　一-32 33
伝未詳。高市黒人《たけちのくろひと》を歌(三二)の冒頭「古人尓」によって誤ったものかと考えられる。

高市皇子《たけちのみこ》　二-158　▽題、二-116・199
天武天皇の皇子。母は胸形君徳善《むなかたのきみとくぜん》の娘、尼子娘《あまこのいらつめ》。壬申の乱には十九歳で、総指揮官として天武軍を率いて勝利。天武の皇子中最年長で功績も大であったが、母の身分が低いので位は草壁皇子・大津皇子に次ぐ。その両皇子が先になくなり、持統四(六九〇)年太政大臣。集中「皇子尊」と尊号が付されているので立太子があったとする説があるが未詳。同十(六九六)年七月薨。四十三歳。歌数、短歌三。(初出156)

高市連黒人《たけちのむらじくろひと》　一-32 33 58 70　三-270 271 272 273 274 275 283
伝未詳。持統・文武両朝に、人麻呂と同じく宮廷歌人的存在であった。行幸従駕の歌、旅の歌が多く、その自然詠は「叙景歌の曙」と評される。歌数、短歌一八。

橘宿禰《たちばなのすくね》諸兄《もろえ》　十七-3922　▽左注、十六-3807　▽題、十九-4272
敏達天皇五代の孫美努王《みののおほきみ》の子。母は県犬養橘三千代《あがたのいぬかひのたちばなのみちよ》。光明皇后と異父同母の兄妹。名はもと葛城王《かづらきのおほきみ》。和銅三(七一〇)年従五位下。累進して天平三(七三一)年参議。同四年従三位。同八年王籍を離れ母方の姓《かばね》を賜わった。同九年大納言。十年右大臣。十一年従二位。十二年正二位。十五年従一位左大臣。十八年兼大宰帥。天平勝宝元(七四九)年正一位。同八歳七月致仕。天平宝字元(七五七)年正月薨。七十四歳。歌数、短歌八。(初出1025)

多治比真人《たぢひのまひと》鷹主《たかぬし》　十九-4262
伝未詳。天平勝宝四(七五二)年閏三月大伴古慈悲《おほとものこじひ》の家で遣唐副使大伴胡麻呂《こまろ》を餞する歌一首を残す。天平勝宝九(七五七)歳、橘奈良麻呂の乱に参加している。歌数、短歌一。

但馬皇女《たぢまのひめみこ》　二-114 115 116
天武天皇の皇女。母は藤原鎌足の娘、氷上娘《ひかみのいらつめ》。万葉集に「但馬皇女在高市皇子《たけちのみこ》宮時、思穂積皇子《ほづみのみこ》御作歌」とあり、異母兄高市皇子の宮に住んでいて同じく異母兄穂積皇子に熱烈な愛を捧げた。和銅元(七〇八)年六月三品内親王で没。歌数、短歌四。

田辺史福麻呂《たなべのふひとさきまろ》　六-1050 1051 1052　九-1801 1802　十八-4032 4049
生没年未詳。天平二十(七四八)年三月、左大臣橘諸兄の使者として越中の大伴家持を訪ねたことが巻十八の冒頭の題詞によって知られるが、その時造酒司令史(大初位上相当官)であったことが記されている。歌は、その時の十三首と田辺福麻呂歌集のものがあり、歌集の歌には宮廷歌人の伝統が見える。合計歌数四四、長歌一〇・短歌三四(伝誦歌は除く)。(初出1047)

持統天皇《ぢとうてんおう》　一-28　二-159　三-236　▽題、一-57　三-235　九-1672
第四十一代。高天原広野姫天皇《たかまのはらひろのひめのすめらみこと》とも。天智天皇の第二皇女。

母は蘇我倉山田石川麻呂の娘、遠智娘《をちのいらつめ》。名は鸕野讃良皇女《うののさららのひめみこ》。大《おほ》伯皇女《くのひめみこ》・大津皇子姉弟の母である大田皇女の同母妹。天武天皇の皇后。草壁皇子の母。六八六年天武崩御により称制、皇太子草壁皇子薨去の翌年(六九〇)即位。天武の遺業を継ぎ、律令制国家完成へ歩を進めた。六九四年十二月藤原京に遷都。六九七年草壁皇子の遺児軽皇子に譲位。大宝二(七〇二)年十二月崩。五十八歳。御陵は奈良県高市郡明日香村野口に夫天武と合葬されてある(檜隅大内陵)。歌数六、長歌二・短歌四。

天智天皇《てんちてんおう》　一-13 14 15　二-91　▽題、一-16　二-147・148　四-488

第三十八代。天命開別天皇《あめみことひらかすわけのすめらみこと》・近江大津宮御宇天皇とも。舒明天皇の皇子。母は皇極(斉明)天皇。名は葛城皇子《かづらきのみこ》、中大兄《なかのおほえ》皇子とも。天武天皇の同母兄。父舒明崩御の時十六歳と紀にあるによれば、推古三十四(六二六)年の生れ。中臣鎌子(藤原鎌足)・蘇我倉山田石川麻呂と謀り、皇極四(六四五)年蘇我入鹿を討ち、大化改新を断行した。孝徳・斉明二代の皇太子として実権をふるい、斉明七(六六一)年天皇崩後も皇太子のまま称制、六六七年三月近江大津京に還都、翌年正月即位。皇権を確立させ、新律令制国家を推進した。六七一年十二月崩。四十六歳。五十八歳説もある。御陵は京都市山科区御陵にある(山科陵)。歌数四、長歌一・短歌三。

天武天皇《てんむてんおう》　一-21 25 27　二-103　▽題、一-20　二-159

第四十代。天渟中原瀛真人天皇《あめのぬなはらおきのまひとのすめらみこと》とも。舒明天皇の皇子。母は皇極(斉明)天皇。名は大海人皇子《おほあまのみこ》。天智天皇の同母弟。天智紀、八(六六九)年十月に「東宮大皇弟」とあり、六六八年正月兄天智の即位と共に皇太子になったと思われる。天智十(六七一)年正月天智の皇子大友皇子が太政大臣を拝してより、無冠の東宮は政権から疎外されてゆくように思われ、同年秋病に倒れた天智の譲位のさそいを辞退し、出家して吉野に入った。紀に「虎着レ翼放之」とうわさする者があったという。天智崩御、六七二年六月壬申の乱を起し、近江朝を倒し、都を飛鳥に還して六七三年即位。在位十四年、政治機構を整備し、位階制を改め、国史の編纂に着手するなど、律令制国家の確立に努めた。六八六年九月崩。五十六歳か。六十五歳説もある。御陵は奈良県高市郡明日香村野口に皇后(持統天皇)と合葬されてある(檜隅大内陵)。歌数四、長歌一・短歌三。

藤皇后《とうくわうごう》──→光明皇后

舎人皇子《とねりのみこ》　二-117　▽題、七-1704

天武天皇の皇子、続紀によれば第三皇子。母は天智天皇の皇女、新田部皇女《にいたべのひめみこ》。持統九(六九五)年浄広弐。養老二(七一八)年一品。同三年新田部皇子と共に皇太子の補佐役に任ぜられ、同四年五月『日本書紀』編纂事業の総裁として完成奏上。同年八月知太政官事。天平七(七三五)年薨。天平宝字三(七五九)年追尊して崇道尽敬皇帝と称せられた。歌数、短歌三。

舎人娘子《とねりのをとめ》　二-118　八-1636

伝未詳。大宝二(七〇二)年の行幸従駕の作、舎人皇子(天武の皇子)との贈答歌があり、持統・文武朝の人と思われる。歌数、短歌三。(初出61)

十市皇女《とをちのひめみこ》　▽題・左注、一-22

天武天皇の皇女。母は額田王。大友皇子の妃、葛野王《かどののおおきみ》の母。天武四(六七五)年二月阿閉皇女《あへのひめみこ》と共に伊勢神宮に参向。同七年四月天皇が倉橋の斎宮に行幸せんとする時、卒然発病、宮中にて薨ず。作歌はない。

な　行

中皇命《なかつすめらみこと》　一-3　4　10　11

間人皇女《はしひとのひめみこ》。舒明天皇の皇女。母は皇極・斉明天皇。天智天皇の妹、天武天皇の姉。父舒明崩時、中大兄皇子（天智）十六歳とあり、間人は十四歳ぐらいと想像される。大化元(六四五)年叔父孝徳天皇の皇后となる。天智四(六六五)年二月薨。同六年斉明の越智崗上陵に合葬した。なお、斉明天皇とする説もあるが、「皇命」を「天皇」と同義にし難いこと、巻一・一〇～一二の左注はむしろ斉明でないことを示していること、また巻一の三、四の歌を献らしめた間人老《はしひとのおゆ》との関係などから、この説は採らない。歌数五、長歌一・短歌四。

中臣朝臣清麻呂《なかとみのあそみきよまろ》　二十-4499　▽題、二十-4498

中臣国子の曽孫。意美麻呂の第七子。大中臣朝臣と賜姓。天平十五(七四三)年従五位下。神祇大副・尾張守・左中弁、天平宝字二(七五八)年二月の頃、式部大輔。同五年頃紫微中台大忠を兼任、また文部大輔、十二月参議。同七年左大弁。天平神護元(七六五)年従三位、神祇伯。神護景雲二(七六八)年中納言。宝亀二(七七一)年大納言。同三年右大臣従二位。同三年正二位。天応元(七八一)年致仕。延暦七(七八八)年薨、八十七歳。歌数、短歌五。(初出4296)

中臣朝臣宅守《なかとみのあそみやかもり》　十五-3730　3742　3758　3776　3785

天平十一(七三九)年頃宮中の蔵部の女嬬狭野弟上娘子《さののおとがみのをとめ》と通じて罰せられ越前へ流された。天平十二年六月の大赦には赦されず、のち赦されて、天平宝字七(七六三)年従五位下。神祇大副となる。

同八年九月藤原仲麻呂の乱により除名。歌数、短歌四〇。

中臣女郎《なかとみのいらつめ》　四-675

伝未詳。歌は大伴家持に贈る恋の歌のみ。中臣朝臣家の女性であった。歌数、短歌五。

長忌寸奥麻呂《ながのいみきおきまろ》　一-57　三-238 265　九-1673　十六-3824 3828

意吉《おき》麻呂とも。伝未詳。大宝元年、二年の行幸従駕歌ほか旅の歌と戯笑歌がある。下級官人であったか。歌数、短歌一四。

中大兄《なかのおほえ》→天智天皇

長皇子《ながのみこ》　一-65 84

天武天皇の皇子。続紀によれば第四皇子。母は天智天皇の皇女、大江皇女《おほえのひめみこ》。弓削皇子《ゆげのみこ》の同母兄。持統七(六九三)年浄広弐。慶雲元(七〇四)年二品。霊亀元(七一五)年六月一品で薨。歌数、短歌五。(初出60)

長屋王《ながやのおほきみ》　三-300　▽題、三-441

天武天皇の孫。高市皇子の子。慶雲元(七〇四)年無位より正四位上。和銅二(七〇九)年宮内卿。同三年式部卿従三位。霊亀二(七一六)年正三位。養老二(七一八)年大納言。同五年従二位、右大臣。神亀元(七二四)年正二位左大臣。同六年二月、左道を学び国家を傾けんとなすと讒言されて、厳しく窮問され、ついに自尽。五十四歳。歌数、短歌五。懐風藻に王宅での詩が多く、王の詩も三首。(初出75)

仁徳天皇《にんとくてんおう》

第十六代。大鷦鷯天皇《おほさざきのすめらみこと》とも。応神天皇の皇子。弟宇治若郎子《うじのわきいらつこ》(菟道稚郎子)と皇位を譲り合った末、弟が自害したので即位した。仁政を行ない、治水・勧農に努めたと伝える。紀によれば在位八十七年、三九九年崩。「倭の五王」の一人讃に当るとする説が有力で、それとすれば四一三年に位にあり、四三八年崩御となる。御陵は大阪府堺市大仙町にある(百舌鳥耳原中陵)。集中に歌はない。

額田王《ぬかたのおほきみ》　一-7 8 16 17 18 20　二-112 151 155　四-488　▽題、二-111

鏡王《かがみのおほきみ》の娘。孝徳朝、大海人皇子(天武天皇)の最初の愛を受け、十市皇女《とをちのひめみこ》を生んだ。その閲歴は分らないが、万葉集の歌によれば、皇極上皇の側にあって行啓の伴をし、斉明天皇に仕えて、斉明七(六六一)年西征の途上の「熟田津に船乗りせむと」の歌は西征軍総帥たる天皇の口ぶりがあり、近江朝の風雅の宴につらなり春秋の優劣を競う官人達を前にして判者をつとめるなど、単なる後宮の女性ではなかったと思われる。額田王の歌の左注に時の天皇の作とする異伝が記されていることは天皇に代って歌を詠む立場にあったか。万葉集中第一流の歌人。生没年未詳。歌数一二、長歌三・短歌九（重出歌を除く）。

後岡本宮《のちのをかもとのみや》駅宇《あめのしたしらしめしし》天皇《すめらみこと》→斉明天皇

は　行

間人連老《はしひとのむらじおゆ》　▽題、一-3

伝未詳。孝徳紀、白雉五（六五四）年二月の条に遣唐使判官として見える「小乙下中臣間人連老」と同人か。

播磨娘子《はりまのをとめ》　九-1777

伝未詳。播磨守石川大夫が遷任せられ上京するのを送る歌二首を残したが、石川大夫が石川君子とすれば、霊亀末年から養老初年の頃の作。

日並皇子尊《ひなみしのみこのみこと》→草壁皇子

藤原朝臣鎌足《ふぢはらのあそみかまたり》　二-94 95　▽題、一-16

中臣御食子《なかとみのみけこ》の長子。母は大伴夫人《おほとものぶにん》。もと中臣連鎌子といった。中大兄皇子（天智天皇）を誘って皇極四（六四五）年蘇我入鹿を倒し、以後新政府の内臣として大化改新を進めた。天智の信任厚く、天智の政治のほとんどは彼の献策によるとまで言われる。白雉五（六五四）年紫冠を授けられた。天智八（六六九）年十月十日、病床に天皇直々の見舞を受け、十五日大織冠と大臣の位を授けられ、藤原氏の姓を賜った。その翌日薨。歌数、短歌二。

藤原朝臣宿奈麻呂《ふぢはらのあそみすくなまろ》　▽左注、二十-4328

藤原宇合《うまかひ》の第二子。天平十二（七四〇）年兄広嗣の叛に座し、伊豆に流された。同十四年赦されて大宰少判事。同十八年従五位下上総守。天平勝宝四（七五二）年相模守。同七歳二月、防人部領使《さきもりことりづかひ》として防人の歌八首をたてまつった。以後諸職を歴任、大宰帥・参議を経て宝亀二（七七一）年内臣。同五年従二位。同八年内大臣となり、九月薨。六十二歳。贈従一位。宝亀元年良継と改名している。平安朝に入って贈正一位太政大臣。作歌はない。

藤原朝臣仲麻呂《ふぢはらのあそみなかまろ》　二十-4487　▽題、二十-4493

藤原武智麻呂《むちまろ》の第二子。天平六（七三四）年従五位下。民部卿・参議・兼近江守・式部卿を歴任。同二十（七四八）年正三位。天平勝宝元（七四九）年大納言。同二年従二位。孝謙天皇の寵を受け、天平宝字元（七五七）年紫微内相。同二年太保《たいほう》（右大臣）。勅により恵美押勝と改名。同四年従一位太師《たいし》（太政大臣）。同六年正一位。同八年道鏡の新勢力に敗れ、謀叛を企て発覚、近江に逃れたが捕えられ誅せられた。五十九歳。歌数、短歌二。（初出4242）

藤原朝臣広嗣《ふぢはらのあそみひろつぐ》　▽題、六-1029

藤原宇合《うまかひ》の長子。天平九（七三七）年従五位下。翌年大養徳守《やまとのかみ》。同年

十二月大宰少弐となる。同十二年八月上表して天皇側近の玄昉《げんぼう》と吉備真備《きびのまきび》を除くことを進言。入れられず、九月挙兵。大野東人《おほののあづまひと》を大将軍とする一万七千の官軍と戦い、十月二十三日捕えられ、十一月一日斬られた。歌は短歌一。

藤原朝臣不比等《ふぢはらのあそみふひと》　▽題、三-378

鎌足の第二子。和銅元(七〇八)年正二位右大臣。養老四(七二〇)年八月薨。六十三歳。正一位太政大臣を追贈された。男の子は武智麻呂・房前・宇合・麻呂。女の子は、宮子は文武天皇の夫人となり聖武天皇を生み、光明子は聖武の皇后となった。ために外戚として栄えた。作歌はない。懐風藻に詩五首。

藤原朝臣麻呂《ふぢはらのあそみまろ》　四-522 523　▽左注、四-527

藤原不比等の第四子。藤原京家の祖。武智麻呂《むちまろ》・房前《ふさざき》・宇合《うまかひ》の弟。養老元(七一七)年美濃介として従五位下昇叙。同五年従四位上左京大夫。天平三(七三一)年参議兵部卿。同九年七月従三位で没。歌は「贈坂上郎女歌」三首。懐風藻に詩五首。(初出522)

藤原朝臣八束《ふぢはらのあそみやつか》　▽左注、六-978

藤原房前《ふさざき》の第三子。天平十二(七四〇)年従五位下。治部卿・参議・中務卿・摂津大夫・右大弁・大宰帥・中納言を歴任。天平宝字四(七六〇)年に真楯《またて》の名を賜わった。天平神護二(七六六)年大納言。

同年三月没。正三位。五十二歳。歌数、短歌八。(初出398)

藤原夫人《ふぢはらのぶにん》　二-104　八-1465　▽題、二-103

藤原鎌足の娘。名は五百重娘《いほへのいらつめ》。大原大刀自とも。姉氷上娘《ひかみのいらつめ》と共に天武天皇の夫人となり、新田部皇子《にいたべのみこ》を生む。のち異母兄藤原不比等の妻となり、麻呂を生んだ。歌数、短歌二。

葛井連大成《ふぢゐのむらじおほなり》　四-576　五-820

生没年未詳。神亀五(七二八)年外従五位下。天平二(七三〇)年正月の大宰府梅花の宴の歌の中に筑後守として作あり。歌数、短歌三。

葛井連諸会《ふぢゐのむらじもろあひ》　十七-3925

生没年未詳。天平十七(七四五)年外従五位下。同十八年正月元正太上天皇御在所での雪の肆宴に応詔歌一首。同十九年相模守。天平宝字元(七五七)年従五位下。歌はこの一首。『経国集』に和銅四年の対策文二編を載せる。

道祖王《ふなどのおほきみ》　十九-4284

天武天皇の孫。新田部親王の子。塩焼王の弟。天平九(七三七)年無位より従四位下。同十二年従四位上。同二十年四月元正上皇崩御の時山作司。天平勝宝八(七五六)歳五月聖武天皇の遺詔により立太子。天平宝字元(七五七)年三月廃太子。同年七月橘奈良麻呂の変に連坐して捕えられ、名を麻度比(惑)と改められて、杖下に死す。歌はこの一首。

吹《ふ》芡刀自《ふきのとじ》　二-22

紀州本・神宮文庫本系諸本に「吹黄」とあり、フキとも訓む。天武天皇と額田王との皇女、十市皇女に仕えた女性。刀自と呼ぶのは年配の女性と思われる。歌数、短歌三。

穂《ほ》積皇子《づみのみこ》　二-203　八-1513　十六-3816　▽題、二-116

天武天皇の皇子。続紀によれば第五皇子。母は蘇我赤兄の娘、大蕤《おほぬのいらつめ》娘。持統五(六九一)年浄広弐。慶雲二(七〇五)年二品で知太政官事、同三年季祿を右大臣に準じて給う。和銅八(七一五)年正月一品。同年七月薨。異母妹但馬皇女《たぢまのひめみこ》と熱烈な愛をかわし、のち大伴《おほとものさかの》坂上《うへのいらつめ》郎女を妻とした。歌数、短歌四。

ま　行

満誓沙《まんせいさ》弥《み》　三-336　351　五-821

沙弥満誓とも。俗名笠朝臣麻呂。生没年未詳。慶雲元(七〇四)年従五位下。同三年美濃守。和銅元(七〇八)年再任されて木曽路を開通させ、同七年国守としての功績を賞せられた。霊亀二(七一六)年兼尾張守。養老三(七一九)年初めての按察使の一人となり、尾張・参河・信濃を管する。同四年右大弁。五年元明上皇の病気平癒祈願のため出家。時に従四位上。七年造筑紫観世音寺別当として九州に派遣せらる。神亀三(七二六)年から四年頃筑前守山上憶良、大宰帥大伴旅人が相次いで筑紫に下り、交りを結ぶ。歌はこの時期のものが残っている。歌数、短歌七。

三《み》形王《かたのおほきみ》　▽題、二十-4483

御方王とも。系統未詳。天平勝宝元(七四九)年従五位下。天平宝字三(七五九)年従四位下。同年木工頭。万葉集には天平宝字元年二月頃大監物と見える。歌数、短歌二。

三《み》方沙弥《かたのさみ》　十-2315(或云)

伝未詳。歌数、短歌三。(初出123)

御《み》名《な》部皇女《べのひめみこ》　一-77

天智天皇の皇女。母は蘇我倉山田石川麻呂の娘、通称姪娘《めひのいらつめ》、持統天皇・大田皇女らの母遠智《をちのいらつめ》娘の妹。元明天皇の同母姉。高市皇子に嫁し長屋王を生む。続紀、慶雲元(七〇四)年正月に一百戸増封のことが見える。歌は短歌一首。

壬《み》生《ぶのう》宇太《だ》麻《ま》呂《ろ》　十五-3669

天平八(七三六)年遣新羅使大判官に任ぜられた。翌年帰国。従六位上。のち右京亮・但馬守を経て、天平勝宝六(七五四)年玄蕃頭。歌数五、短歌四・旋頭歌一。(初出3612)

文武天皇《もんむてんおう》　▽題、一-45　▽題・左注、一-74　▽題、九-1672
第四十二代。天之真宗豊祖父天皇《あまのまむねとよおほぢのすみらみこと》とも。父は天武天皇と持統天皇の皇子、草壁皇子。母は天智天皇の皇女、阿閉皇女《あへのひめみこ》（元明天皇）。名は軽皇子。元正天皇の同母弟。持統十一（六九七）年二月皇太子になったらしい。同年八月即位。在位十一年、大宝律令の撰定があった。慶雲四（七〇七）年六月崩。二十五歳。御陵は奈良県高市郡明日香村栗原にある（檜隈安古山陵）。歌は確かではないが、短歌一首。懐風藻に詩三首。

や　行

倭大后《やまとのおほきさき》　二-147 148 149 153
天智天皇の皇后。倭姫王。天智の異母兄古人大兄皇子の娘。天智七（六六八）年二月立后。生没年未詳。歌数四、長歌一、短歌三。

山上臣憶良《やまのうへのおみおくら》　一-63　三-337　五-794 795 796 797 798 799 800 801 802 803 804 805 818 876 880 882 892 893 894 896 897 898 899 900 901 902 904 905 906　六-978　八-1521 1522 1537 1538（十六-3860 3861 3863 3865 3866）　▽左注、一-7・8・18
大宝元（七〇一）年遣唐使少録として始めて国史に見える。「无位山於億良為二少録一」と続紀にあり、この時無位、四十二歳。翌二年渡唐。慶雲年間に帰朝。和銅七（七一四）年従五位下。霊亀二（七一六）年伯耆守。養老五（七二一）年東宮侍講。神亀三（七二六）年頃筑前守となり、大宰帥大伴旅人と交遊し多くの優れた歌を作った。帰京後間もなく、天平五（七三三）年没。七十四歳という。斉明六（六六〇）年の生まれで年齢的には柿本人麻呂と同時代だが、憶良の作歌活動は晩年に偏しており、万葉第三期の代表的歌人の一人。歌数七六、長歌一一・短歌六四・旋頭歌一。

山部宿禰赤人《やまべのすくねあかひと》　三-317 318 322 323 324 325 357 358 359 378 431 432 433　六-917 918 919 923 924 925 926 927 933 934 1001　八-1424 1427 1431
伝未詳。万葉集以外に所伝がない。作歌年時の推定し得るものは神亀元（七二四）年から天平八（七三六）年まで。奈良時代前期に作歌活動をした万葉第三期の歌人。行幸従駕の作が多く、宮廷歌人的存在であった。特に自然詠に独自の境地を示し、自然歌人と言われる。柿本人麻呂と並び称せられる万葉代表歌人。歌数五〇、長歌一三・短歌三七。

弓削皇子《ゆげのみこ》　二-111　三-242　八-1608　▽題、九-1709
天武天皇の皇子。続紀によれば第六皇子。母は天智天皇の皇女大江皇女《おほえのひめみこ》。長皇子《ながのみこ》の同母弟。持統七（六九三）年浄広弐。文武三（六九九）年七月没。天武の皇子女の中で万葉集に残した歌数は最も多いが、その生涯の記録は少ない。懐風藻に、高市皇子の薨去後、皇嗣の選考会議の席で軽皇子（文武天皇）を立てようとする葛《かど》野王《ののおほきみ》（大友皇子と十市皇女との子）の発言に反対せんとして葛野王に制せられたことが見える。歌数、短歌八（九）。

湯原王《ゆはらのおほきみ》　三-375　四-632　六-985　八-1552　1618

天智天皇の孫。志貴皇子の子。万葉集第三期の終りから第四期にかけての著名歌人。優しくこまやかな感受性を感じさせる。歌数、短歌一九。

依《よ》羅娘子《さみのをとめ》　二-224

柿本人麻呂の妻の一人。依羅は氏。石見国で通った妻とする説もあるが、依羅氏は山陰地方に見られず、殆ど河内・摂津・和泉に集中しているという。依羅の地名も河内・摂津にあり、この地出身の氏族の女性であろう。歌数、短歌三。（初出140）

わ行

岡本天皇《をかもとのすめらみこと》　──→舒明天皇

小《を》野朝臣《ののあそみ》老《おゆ》　三-328　五-816　六-958

養老三（七一九）年従五位下。同四年右少弁。天平元（七二九）年従五位上。同二年頃大宰少弐。同九（七三七）年従四位下大宰大弐で没。歌数、短歌三。

収載歌一覧

＊印は長歌
▽印は旋頭歌
○印は仏足石歌体

巻一
1＊ 2＊ 3＊ 4 7 8 10 11 13＊ 14 15 16＊ 17＊ 18 20 21 22 25＊ 27 28 29＊ 30 31 32 33 36＊
37 38＊ 39 40 41 42 45＊ 46 47 48 49 51 52＊ 53 54 57 58 63 64 65 70 74 76 77 78 84
(52)

巻二
85 86 87 88 91 92 93 94 95 103 104 105 106 107 108 109 110 111 112 114 115 116 117 118 131＊ 132
133 141 142 147 148 149 151 153＊ 155＊ 158 159＊ 163 164 165 166 167＊ 168 169 170 171 176 177 178 179 184 192
196＊ 197 199＊ 200 201 203 207＊ 208 209 210＊ 211 212 220＊ 221 222 223 224 230＊ 231 232
(72)

巻三
235 236 237 238 242 250 251 252 253 254 255 261＊ 262 264 265 266 270 271 272 273 274 275 283 296 300 315＊
316 317＊ 318 322＊ 323 324＊ 325 328 331 332 333 336 337 338 339 340 341 343 344 348 349 350 351 357 358 359
365 375 378 385 390 396 415 416 428 430 431＊ 432 433 438 439 440 441 446 447 448 449 450 451 452 453 460＊
461 462 464 465 470 475＊ 476 477 480
(87)

巻四
488 489 496 497 498 499 501 502 505 506 513 522 523 525 527 532 570 571 576 593 594 596 598 602 603 608
632 644 660 661 675 684 688 702 707 709 727 728 741 755 765 769 772 786
(44)

巻五
793 794＊ 795 796 797 798 799 800＊ 801 802＊ 803 804＊ 805 815 816 818 820 821 822 823 831 852 序 853 854 876
880 882 892＊ 893 894＊ 896 897＊ 898 899 900 901 902 904＊ 905 906
(40)

巻六
907＊ 908 909 917＊ 918 919 920＊ 922 923＊ 924 925 926＊ 927 928＊ 930 933＊ 934 957 958 961 965 966 967 968 969 971＊
972 973＊ 974 978 983 985 993 994 995 996 1001 1018▽ 1022＊ 1023 1029 1030 1037 1040 1042 1043 1050＊ 1051 1052
(49)

巻七
1068 1082 1087 1088 1089 1092 1093 1101 1102 1108 1109 1118 1119 1126 1132 1138 1140 1192 1218 1263 1264 1269 1274▽ 1278▽ 1281▽ 1283▽
1288▽ 1297 1336 1409 1411
(31)

巻八
1418 1419 1423 1424 1427 1431 1433 1435 1448 1450 1451 1465 1472 1479 1495 1499 1500 1511 1512 1513 1521 1522 1537 1538▽ 1552 1566
1567 1568 1569 1592 1602 1608 1618 1619 1620 1632 1636 1639 1649 1656 1657 1658
(42)

巻九
1672 1673 1682 1684 1688 1695 1699 1704 1709 1714 1738＊ 1739 1740＊ 1741 1757＊ 1758 1759＊ 1760 1771 1775 1777 1790＊ 1791 1795 1799 1801＊
1802 1807＊ 1808 1809＊ 1810 1811
(32)

巻十
1812 1821 1861 1879 1883 1892 1903 1917 1960 1966 1985 1995 2029 2037 2096 2141 2160 2179 2180 2185 2233 2240 2270 2284 2298 2314
2323 2331 2334 2336
(30)

巻十一
2354▽ 2355▽ 2364▽ 2368 2382 2394 2401 2414 2425 2430 2453 2456 2465 2508 2509 2517 2546 2550 2554 2571 2640 2642 2648 2651 2679 2808
2809 2838
(28)

巻十二
2841 2855 2875 2887 2961 2984 2991 3002 3056 3101 3102 3127 3154 3205
(14)

巻十三
3222＊ 3227＊ 3229 3236＊ 3238 3248＊ 3249 3253＊ 3254 3260＊ 3261 3314＊ 3315 3316 3317 3331＊ 3332＊ 3344＊ 3345
(19)

巻十四
3348 3351 3352 3353 3355 3366 3368 3373 3383 3386 3393 3399 3400 3403 3404 3414 3425 3428 3429 3433 3438 3439 3459 3484 3494 3519
3537 3546 3569 3572 3577
(31)

巻十五
3580 3581 3614 3624 3630 3638 3645 3655 3669 3670 3697 3706 3723 3724 3730 3742 3750 3753 3758 3767 3770 3772 3774 3776 3785
(25)

巻十六
3786 3787 3806 3807 3816 3824 3827 3828 3853 3854 3860 3861 3863 3865 3866 3880＊ 3884○ 3885＊
(18)

巻十七
3896 3900 3916 3921 3922 3923 3925 3926 3927 3928 3943 3944 3954 3969* 3970 3985* 3987 3991* 3992 4000* 4001 4002 4017 4021 4022 4024
4025 4029
(28)

巻十八
4032 4049 4051 4085 4086 4094* 4096 4097 4122* 4123 4124 4136 4138
(13)

巻十九
4139 4140 4141 4142 4143 4149 4150 4159 4192* 4193 4199 4200 4201 4249 4250 4262 4272 4281 4284 4289 4290 4291 4292
(23)

巻二十
4297 4321 4322 4323 4327 4328 4337 4342 4344 4346 4352 4357 4359 4364 4370 4373 4375 4382 4388 4401 4407 4417 4423 4424 4425 4434
4435 4465* 4466 4467 4468 4469 4470 4483 4484 4486 4487 4493 4498 4499 4506 4510 4511 4515 4516
(45)

合計歌数七二三首(短歌六三八、長歌七五、旋頭歌九、仏足石歌体一)

万葉時代年表

西暦	天皇	年号	歴史事項
313	(仁徳)	1	一、大鷦鷯尊即位、難波高津宮を造る(紀)。
314		2	三、磐之媛命を皇后とする(紀)。
334		22	一、天皇、八田皇女を妃とせんと皇后に乞う。皇后聴かず(紀)。
342		30	九、皇后熊野に遊行の間、天皇、八田皇女を宮中に召す。皇后忿り、宮に還らず、山背筒城宮に入る(紀)。
347		35	六、皇后磐之媛命、筒城宮に薨(紀)。
350		38	一、八田皇女を皇后とする(紀)。
399		87	一、天皇崩御(紀)。
421			倭王讃(仁徳天皇)、宋に修交す。
438			倭王讃没し、弟珍立つ。
456	(雄略)	1	二、允恭天皇の第五子大泊瀬幼武尊、泊瀬朝倉宮に即位(紀)。
478			倭王興没す。弟武(雄略天皇)立つ。武、宋に遣使、奉献上表す。
479	(雄略)	23	八、天皇崩御(紀)。倭王武、南斉高帝より鎮東大将軍を授けらる。
502			倭王武、梁武帝より征東将軍を授けらる。
552	欽明	13	一〇、百済、仏像と経論を献じ、天皇、仏像礼拝の可否を群臣に問う。
593	推古	1	四、聖徳太子、摂政となる。
596		4	一一、法興寺落成。
606		14	四、丈六の仏像を飛鳥寺に納む。
622		30	二、聖徳太子、斑鳩宮に没す(49)。
629	舒明	1	一、天皇即位。
630		2	一〇、飛鳥の岡本宮に遷る。

641		13	一〇、天皇崩御。
642	皇極	1	一、舒明皇后宝皇女即位。
645	孝徳	大化1 4	六、中大兄皇子・中臣鎌足ら、蘇我入鹿を暗殺。大化改新始まる。一二、難波長柄豊碕宮に遷る。
650		白雉1	二、穴戸国(長門国)より白雉を献上す。
655	斉明	1	冬、飛鳥板蓋宮焼け、飛鳥川原宮に遷る。
656		2	飛鳥の岡本宮に遷る。
658		4	一〇、天皇、紀伊の湯に行幸。一一、有間皇子、陰謀の嫌疑で藤白坂に絞せらる(19)。
661		7	一、天皇・中大兄皇子らの百済救援軍、難波を発し、途中伊予国熟田津石湯行宮に泊る。七、天皇、筑前朝倉宮に崩じ(68)、中大兄皇子称制。
663	天智	2	八、日本の水軍、唐軍と白村江に戦い、大敗。
664		3	筑紫に水城を造る。
667		6	三、近江大津宮に遷都。
668		7	一、称制をやめ、天皇として即位。五、蒲生野に薬猟す。
669		8	一〇、中臣鎌足に大織冠を授け、内大臣とし、藤原の姓を賜う。鎌足没(56)。
670		9	二、庚午年籍を作る。四、法隆寺全焼す。
671		10	一、大友皇子を太政大臣とする。近江令を施行す。一〇、大海人皇子、出家して吉野に入る。一二、天皇崩御(46、58とも)。
672	(弘文) 天武	1	六、壬申の乱起る。七、近江軍敗れ、大友皇子自殺。冬、大海人皇子、飛鳥浄御原宮に遷る。
673		2	二、大海人皇子即位。
674		3	一〇、大来皇女、斎宮として伊勢神宮に赴く。
679		8	五、吉野宮に行幸。草壁・大津・高市・川島・忍壁・志貴皇子、盟約す。
681		10	二、律令撰定の詔を発す。草壁皇子立太子。三、川島皇子・忍壁皇子らに帝紀・上古諸事撰録の詔を発す。
683		12	二、大津皇子、朝政を聴く。
684		13	一〇、諸氏の族姓を改め、八色の姓を定む。
685		14	一、親王・諸王十二階、諸臣四十八階の制を定む。

686		朱鳥1	九、天皇崩御(56、65とも)。皇后称制。一〇、大津皇子、謀反の嫌疑で処刑(24)。一一、大来皇女、伊勢斎宮より帰京。
689	持統	3	一、吉野宮に行幸(爾来在位中三十一回)。四、皇太子草壁皇子没(28)。六、浄御原令を諸司に頒つ。
690		4	一、称制をやめ、天皇として即位。六、八省百寮任命し、高市皇子を太政大臣とする。
691		5	九、川島皇子没(35)。
692		6	三、伊勢に行幸。
694		8	一二、藤原宮に遷都。
696		10	七、高市皇子没(43)。
697	文武	1	八、持統天皇譲位し、軽皇子即位。
698		2	一〇、薬師寺の造立終る。
699		3	七、弓削皇子没。
700		4	四、明日香皇女没。六、忍壁皇子・藤原不比等らに律令の撰定を命ず。
701		大宝1	一、山上憶良、遣唐少録となる(翌年六月出発)。八、大宝律令完成。一二、大来皇女没(41)。
702		大宝2	一〇、持統太上天皇、参河国に行幸。一二、太上天皇崩御(58)。
705		慶雲2	五、忍壁皇子没。
707	元明	慶雲4	六、文武天皇崩御(25)、母阿閇皇女即位。
710		和銅3	三、平城京に遷都。この年、山階寺を奈良に移し、興福寺と称す。
712		和銅5	一、太安万侶、古事記を撰上す。
713		和銅6	五、諸国に風土記を撰上せしむ。
715	元正	和銅8 霊亀1	六、長皇子没。七、穂積皇子没。九、元明天皇譲位し、文武姉氷高皇女即位。
716		霊亀2	八、志貴皇子没。
718		養老2	法興寺・薬師寺を平城京に移す。
719		養老3	七、初めて按察使を置く。
720		養老4	三、大伴旅人、隼人を討つ。五、舎人親王ら、日本書紀を撰上。八、藤原不比等没(62)。
721		養老5	一二、元明太上天皇崩御(61)。
723		養老7	二、筑紫観世音寺を造営。四、三世一身法を定む。五、吉野宮に行幸。

724	聖武	神亀1	二、元正天皇譲位し、首親王即位。三、吉野宮に行幸。一〇、紀伊国に行幸、玉津嶋頓宮に留ること十有余日。
725		神亀2	一〇、難波宮に行幸。
726		神亀3	一〇、播磨国印南野に行幸。
727		神亀4	この冬頃、大伴旅人、大宰帥となる。
729		神亀6 天平1	二、左大臣長屋王失脚自尽(46、54とも)。八、藤原光明子を皇后とす。
730		天平2	四、興福寺五重塔建立。皇后宮職に施薬院を置く。一〇、大伴旅人、大納言となる。
731		天平3	七、大伴旅人没(67)。
733		天平5	四、大使多治比広成ら遣唐使船進発す。この年、山上憶良没(74)。
735		天平7	一一、舎人親王没(60)。
736		天平8	一一、葛城王、臣籍に降り、橘諸兄と改む。
737		天平9	この年京に天然痘流行。四、藤原房前没(57)。六、小野老没。七、藤原麻呂没(43)、同武智麻呂没(58)。八、藤原宇合没(44)。
740		天平12	九、大宰少弐藤原広嗣の乱起る。一〇、天皇、伊勢国に行幸。一一、広嗣誅殺さる。一二、山背恭仁京を造る。
741		天平13	三、国分寺・国分尼寺造営を発願す。一二、能登国を越中国に併合。
743		天平15	五、墾田永世私有令を発す。
744		天平16	閏一、安積親王没(17)。二、難波宮を都とす。
745		天平17	五、都を平城京に戻す。この年、東大寺起工
746		天平18	六、大伴家持、越中守となる。九、家持の弟書持没。
747		天平19	九、東大寺大仏の鋳造を始む。
748		天平20	四、元正太上天皇崩御(69)。
749	孝謙	天平感宝1 天平勝宝1	二、行基没(80)。陸奥国から初めて黄金を献上す。七、聖武天皇譲位し、阿倍内親王即位。藤原仲麻呂、大納言兼紫微令となる。
751		天平勝宝3	七、大伴家持、少納言となる。一一、懐風藻成る。
752		天平勝宝4	四、東大寺大仏開眼供養を行う。
754		天平勝宝6	一、遣唐副使大伴古麻呂ら、唐僧鑑真を伴い帰国す。鑑真、律宗を伝う。四、大伴家持、

			兵部少輔となる。
755		天平勝宝7	九、東大寺に戒壇院を建つ。
756		天平勝宝8	二、左大臣橘諸兄致仕。五、聖武太上天皇崩御(56)。
757		天平宝字1	一、橘諸兄没(74)。五、藤原仲麻呂、紫微内相となる。養老律令を施行す。七、橘奈良麻呂の変。
758	淳仁	天平宝字2	六、大伴家持、因幡守となる。八、孝謙天皇譲位し、大炊王即位。藤原仲麻呂に恵美押勝の姓名を賜う。
759		天平宝字3	一、万葉集最後の歌。八、鑑真、唐招提寺を創建す。
760		天平宝字4	六、光明皇太后崩御(60)。
764	称徳	天平宝字8	九、恵美押勝の乱起り、押勝殺さる(59)。一〇、天皇廃せられ、孝謙上皇重祚。
770	光仁	宝亀1	八、称徳天皇崩御(53)。一〇、志貴親王の子白壁王即位。
771		宝亀2	一〇、武蔵国を東海道に属せしむ。
772		宝亀3	五、歌経標式成る。
780		宝亀11	二、大伴家持、参議となる。
781	桓武	天応1	四、光仁天皇譲位、山部親王即位。一一、大伴家持従三位に昇叙。一二、光仁上皇崩御(73)。
782		天応2	閏一、氷上川継の乱。家持連坐して解任(五月復官)。六、家持、陸奥按察使鎮守将軍を兼任。
783		延暦2	七、大伴家持、中納言となる。
784		延暦3	一一、長岡京に遷都。
785		延暦4	八、大伴家持没(68)。九、家持、藤原種継暗殺事件に連坐した事発覚、名を除かる。九、皇太子早良親王を廃す。一一、安殿親王皇太子となる。
794		延暦13	一〇、平安京に遷都。
806		延暦25	三、種継暗殺事件に連坐して処刑された者を全員赦免、大伴家持従三位に復す。桓武天皇崩御(70)。
	平城	大同1	五、皇太子安殿親王即位。

参考地図

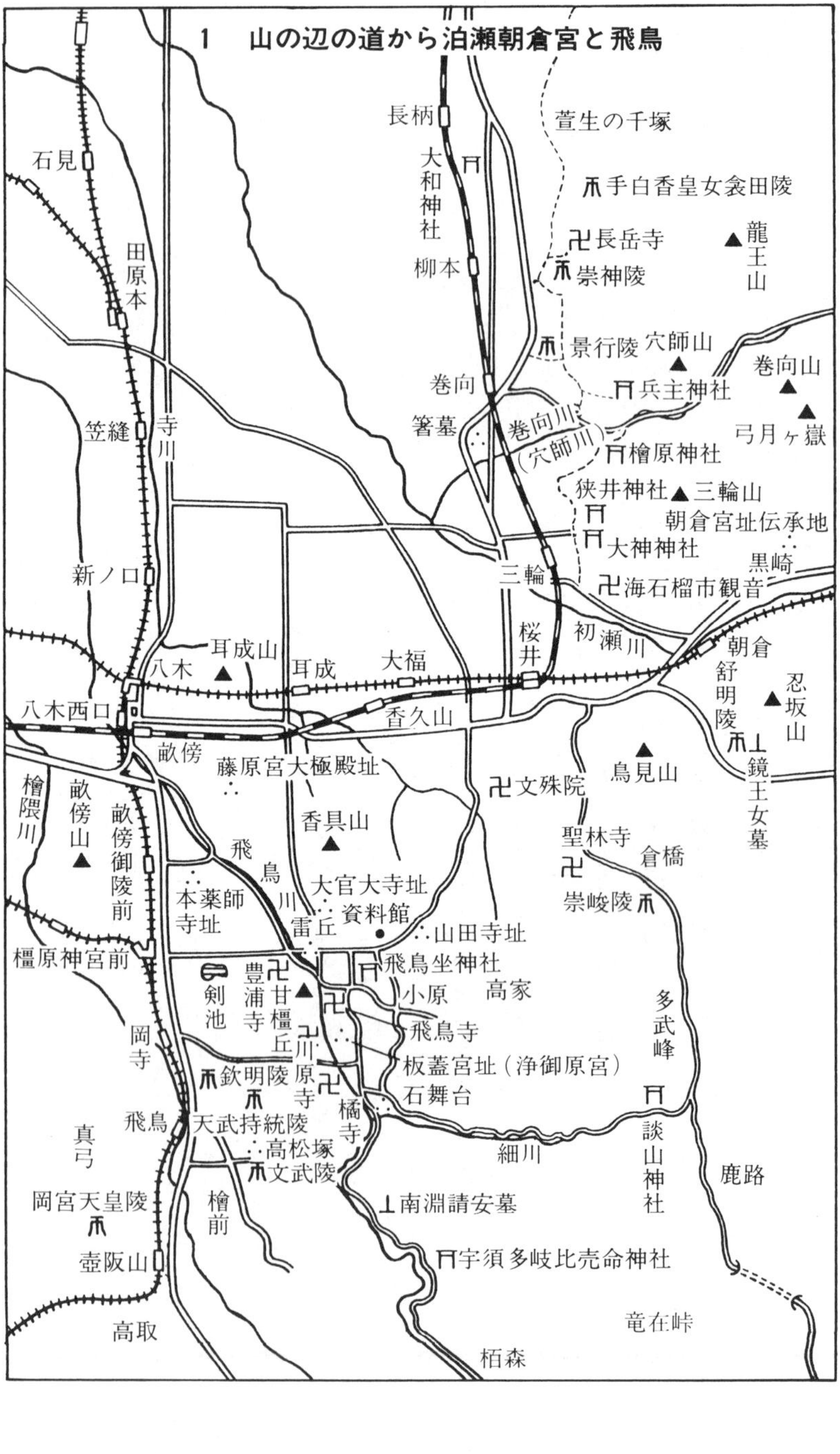

1　山の辺の道から泊瀬朝倉宮と飛鳥

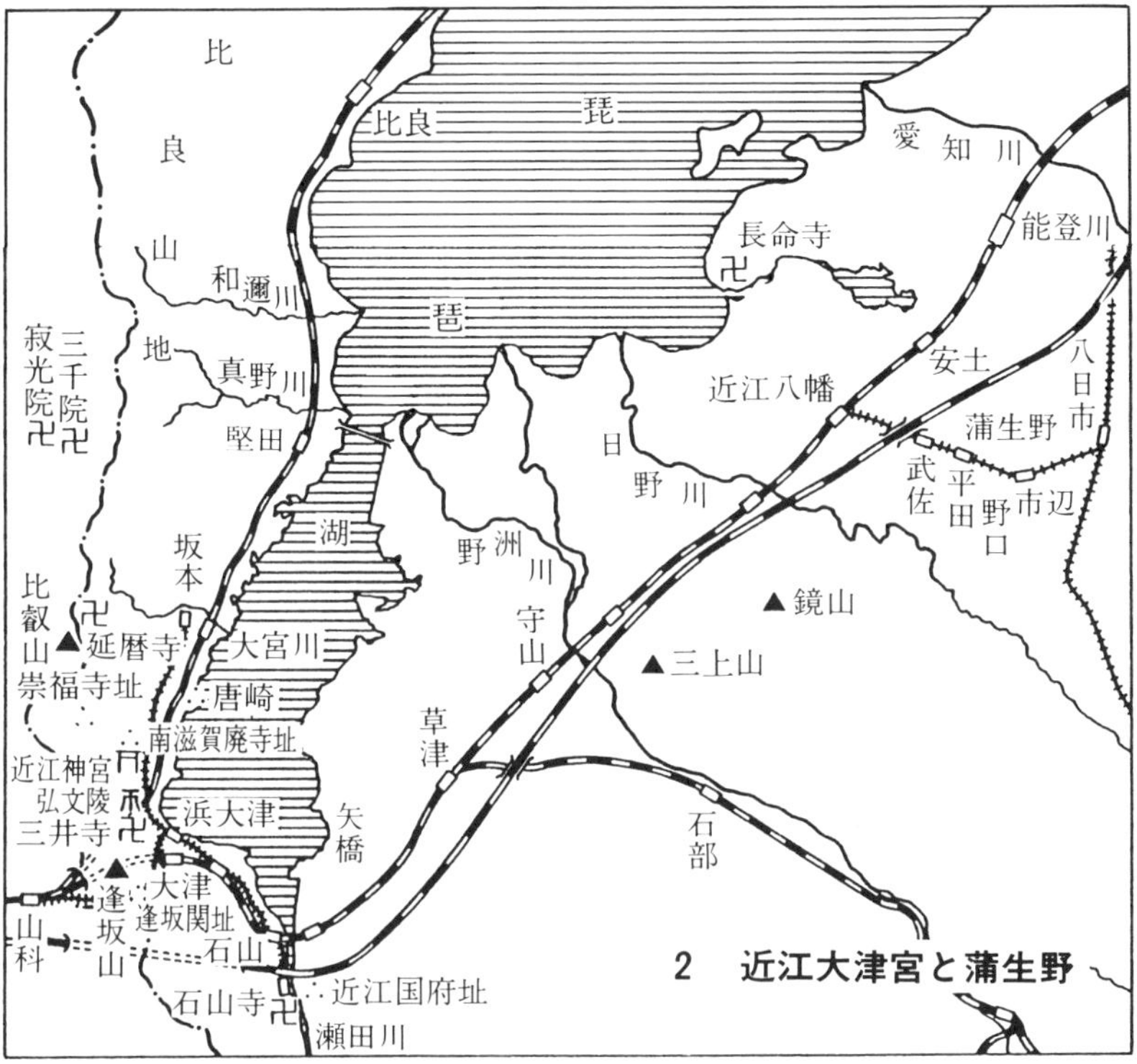

2　近江大津宮と蒲生野

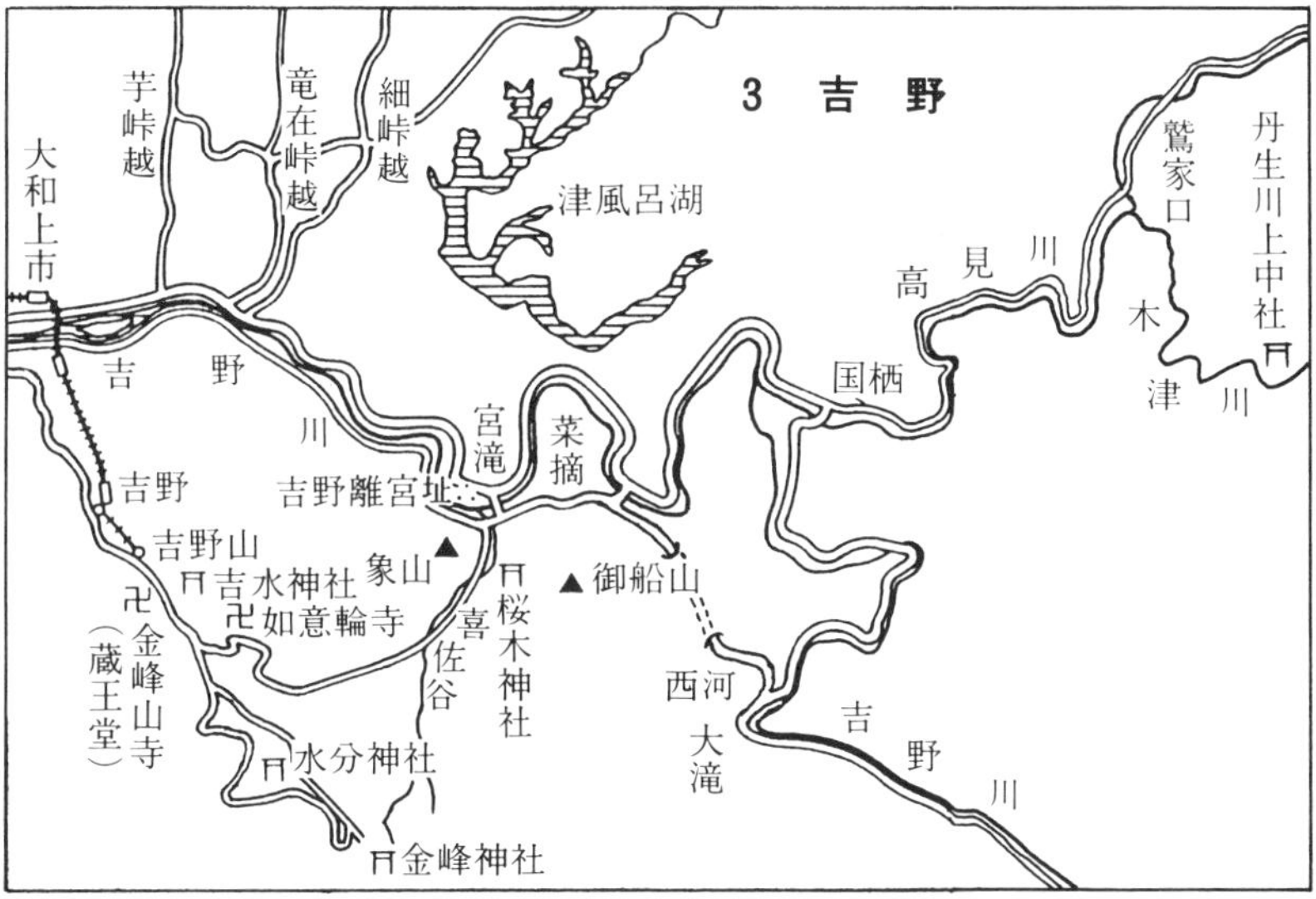

3　吉　野

4　平城京から奈良山を越えて久邇京

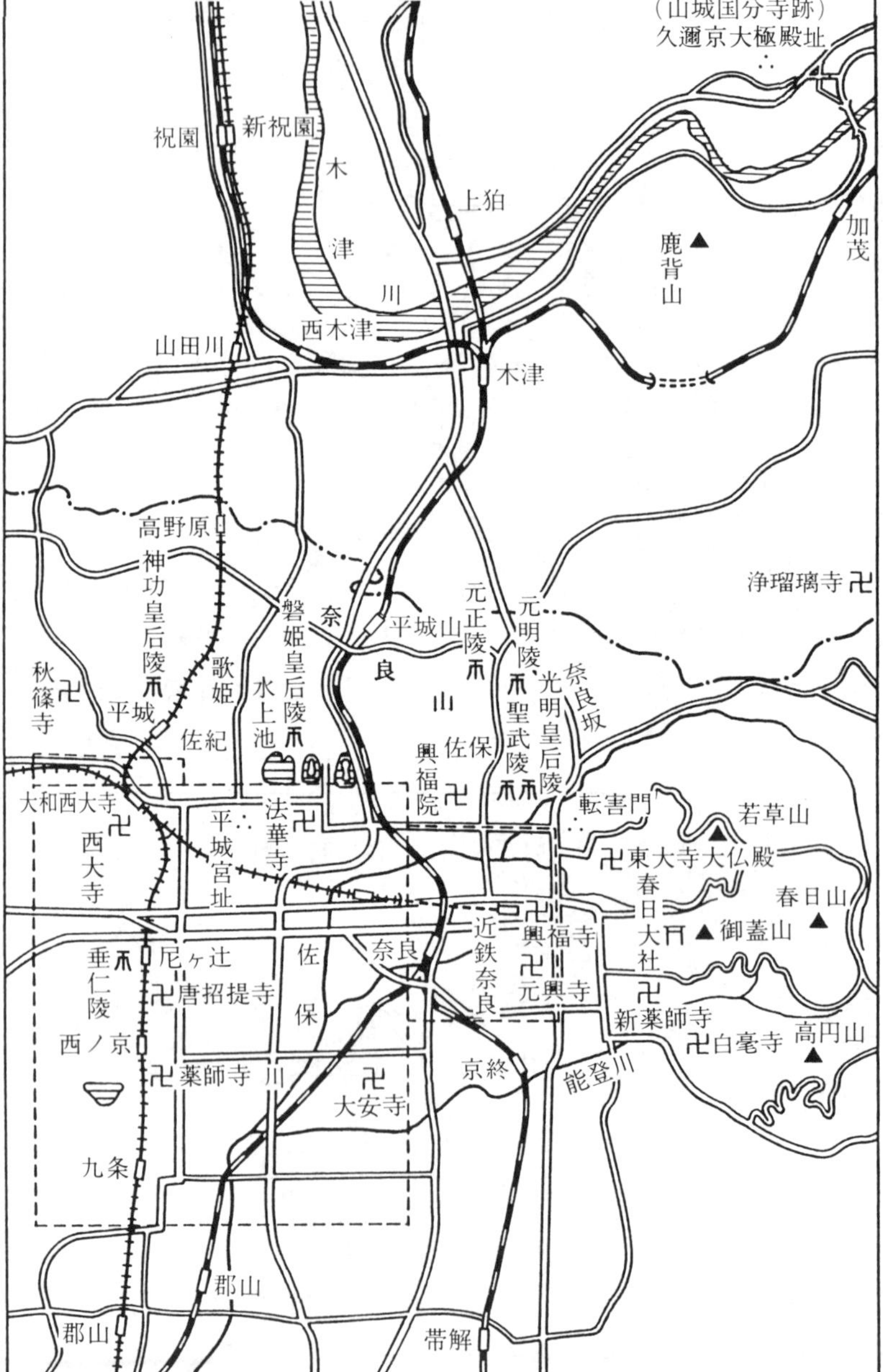

5　和歌浦から紀の湯

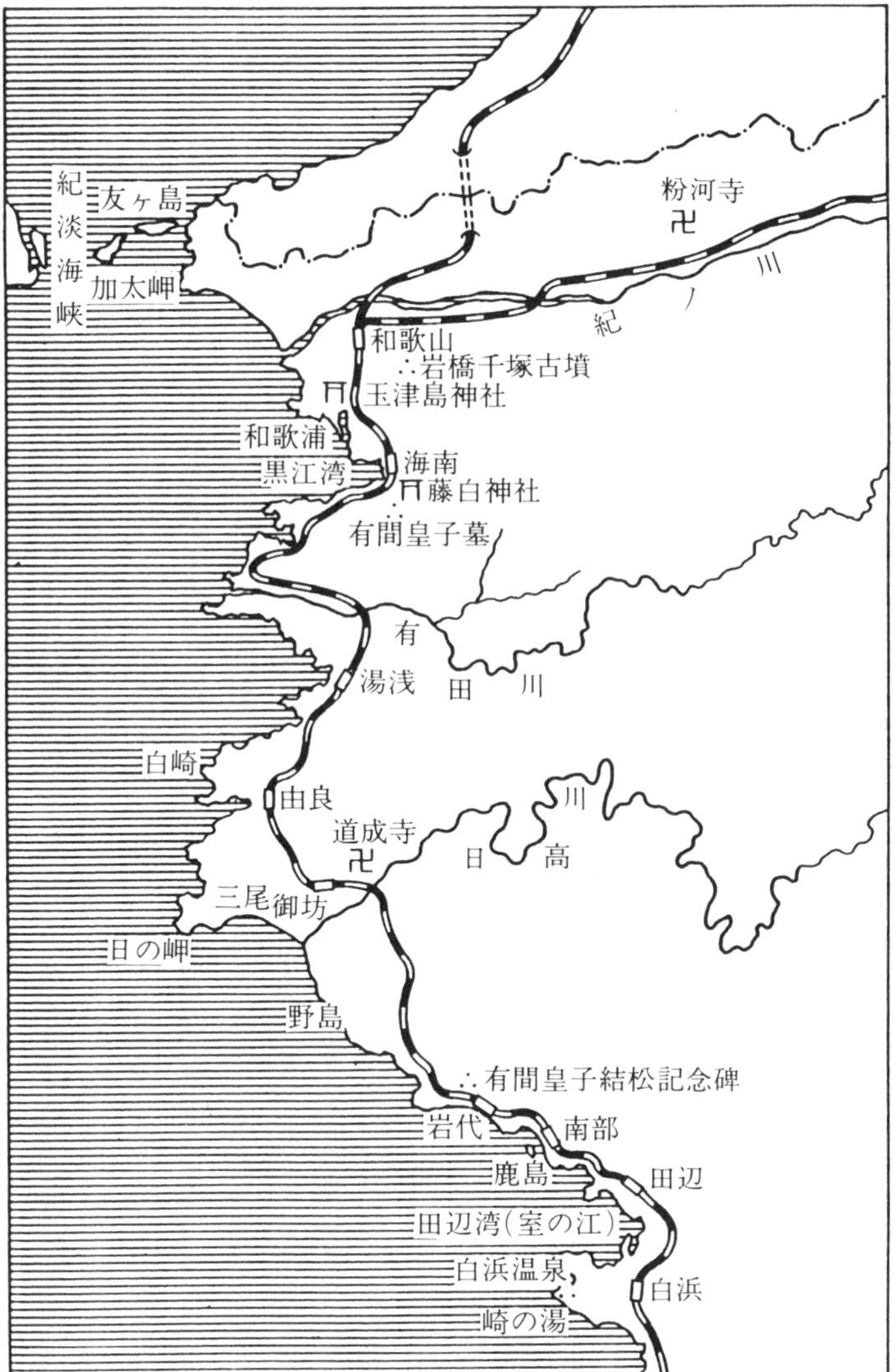
紀淡海峡
友ヶ島
加太岬
粉河寺
紀ノ川
和歌山
岩橋千塚古墳
玉津島神社
和歌浦
黒江湾
海南
藤白神社
有間皇子墓
有田川
湯浅
白崎
由良
道成寺
日高川
三尾御坊
日の岬
野島
有間皇子結松記念碑
岩代
南部
鹿島
田辺
田辺湾(室の江)
白浜温泉
白浜
崎の湯

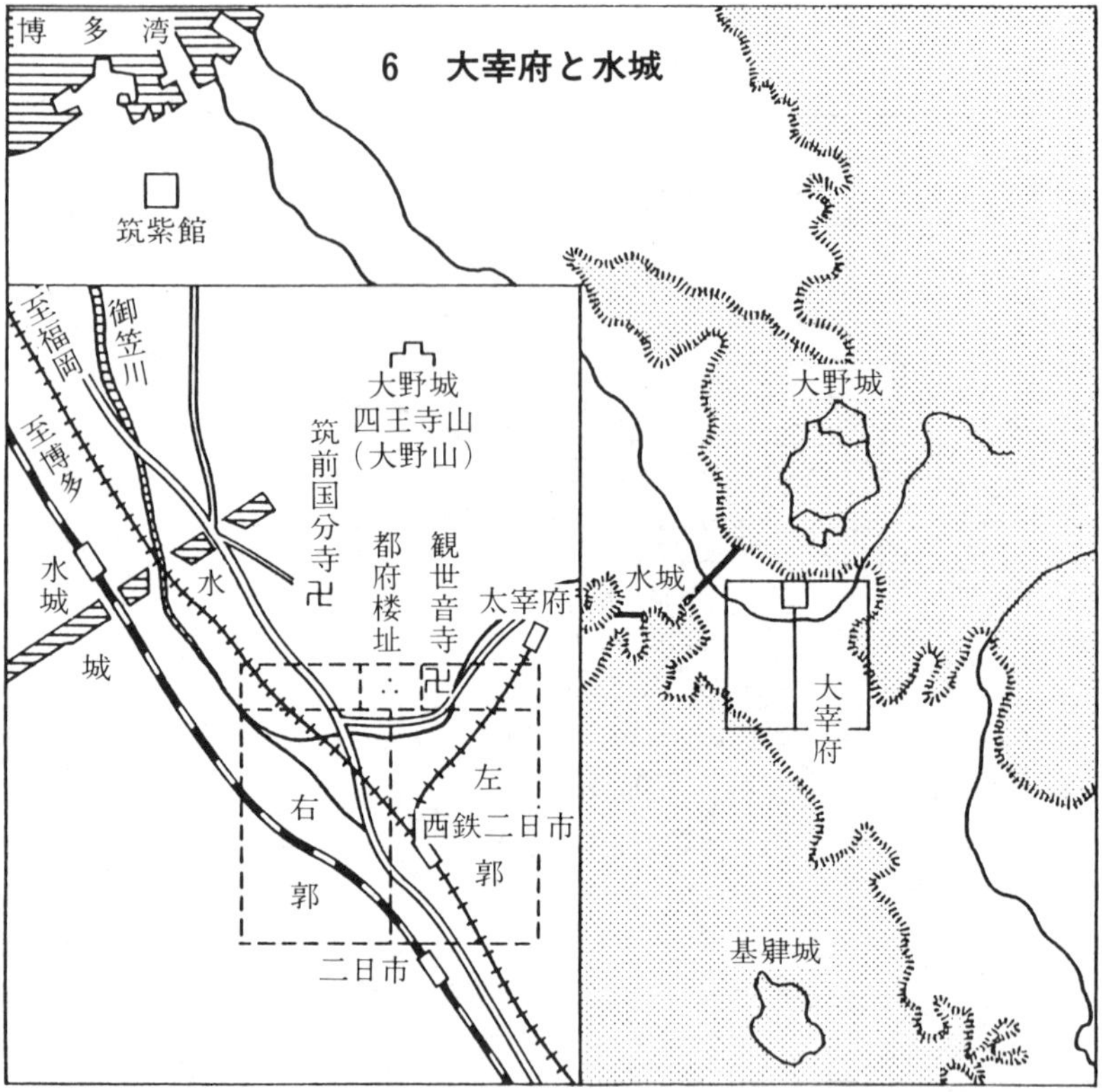
6　大宰府と水城
博多湾
筑紫館
御笠川
至福岡
至博多
水城
大野城
四王寺山
(大野山)
筑前国分寺
都府楼址
観世音寺
太宰府
水
城
右
郭
左
郭
西鉄二日市
二日市
水城
大野城
大宰府
基肄城

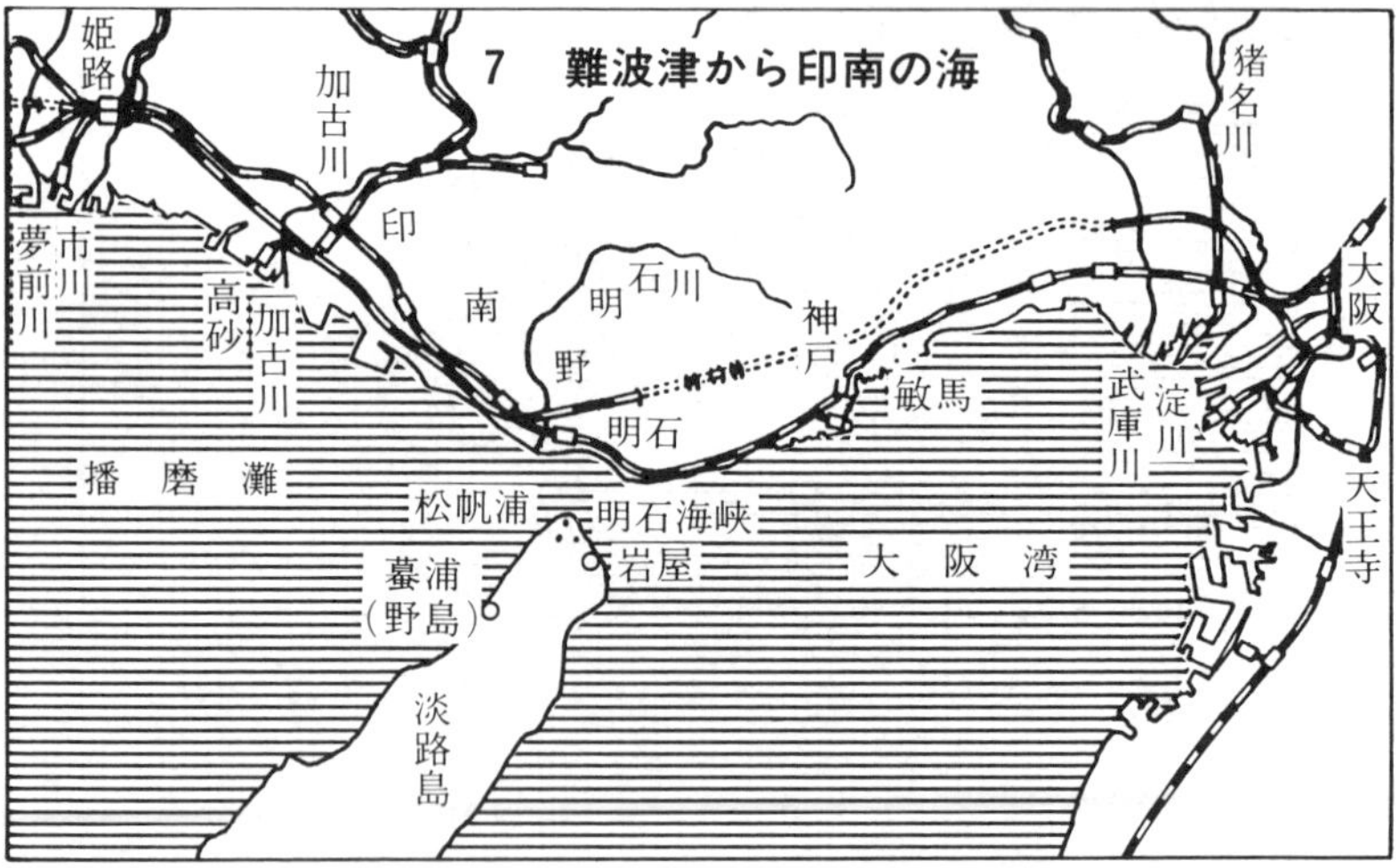
7　難波津から印南の海
姫路
加古川
印
南
野
明石川
神戸
猪名川
大阪
夢前川
市川
高砂
加古川
敏馬
武庫川
淀川
明石
播磨灘
松帆浦
明石海峡
岩屋
藁浦
(野島)
淡路島
大阪湾
天王寺

8　東の国

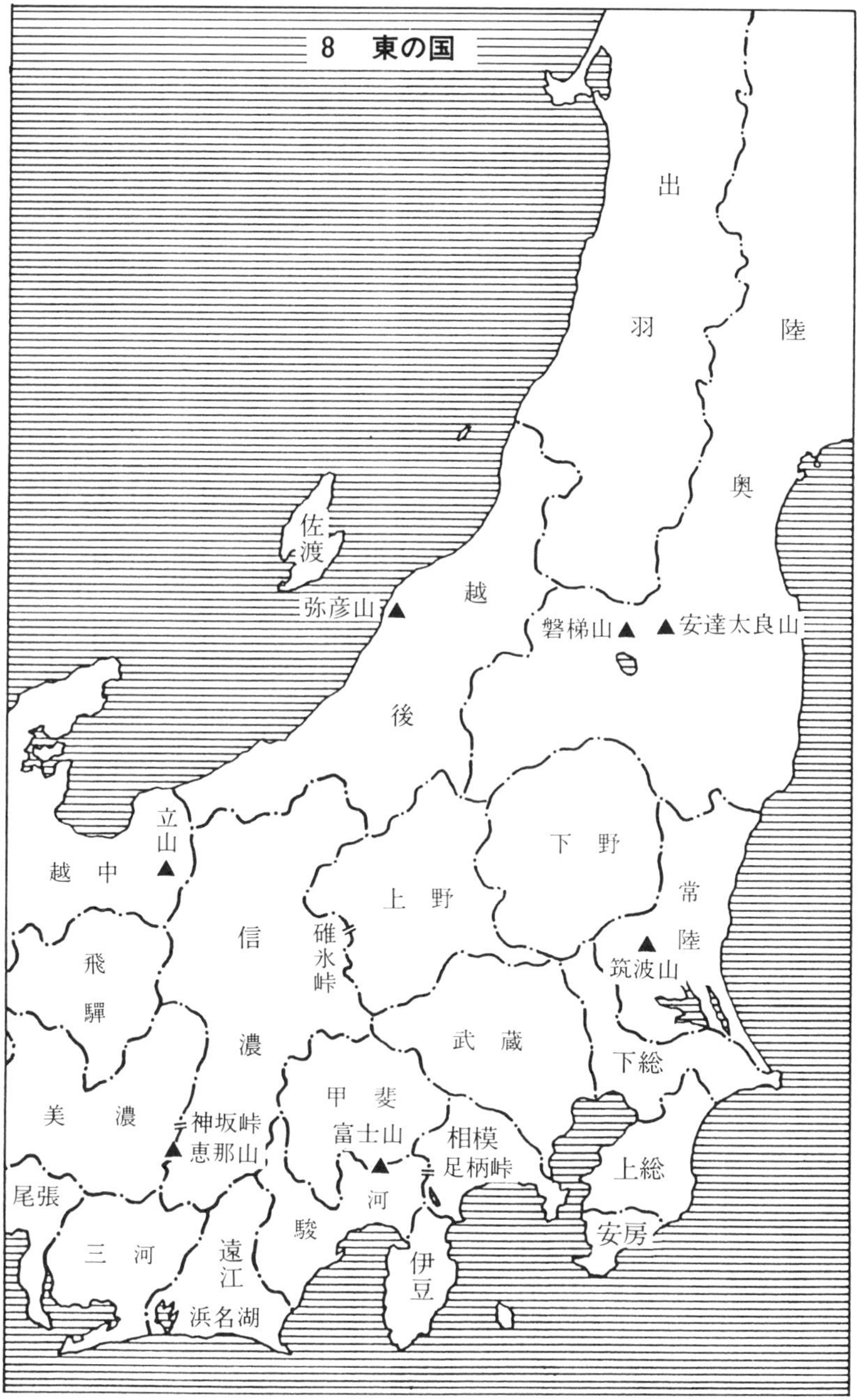
出羽
陸奥
佐渡
越後
弥彦山
磐梯山
安達太良山
立山
越中
下野
上野
常陸
信濃
碓氷峠
飛騨
筑波山
武蔵
下総
美濃
甲斐
神坂峠
恵那山
富士山
相模
足柄峠
上総
尾張
駿河
安房
三河
遠江
伊豆
浜名湖

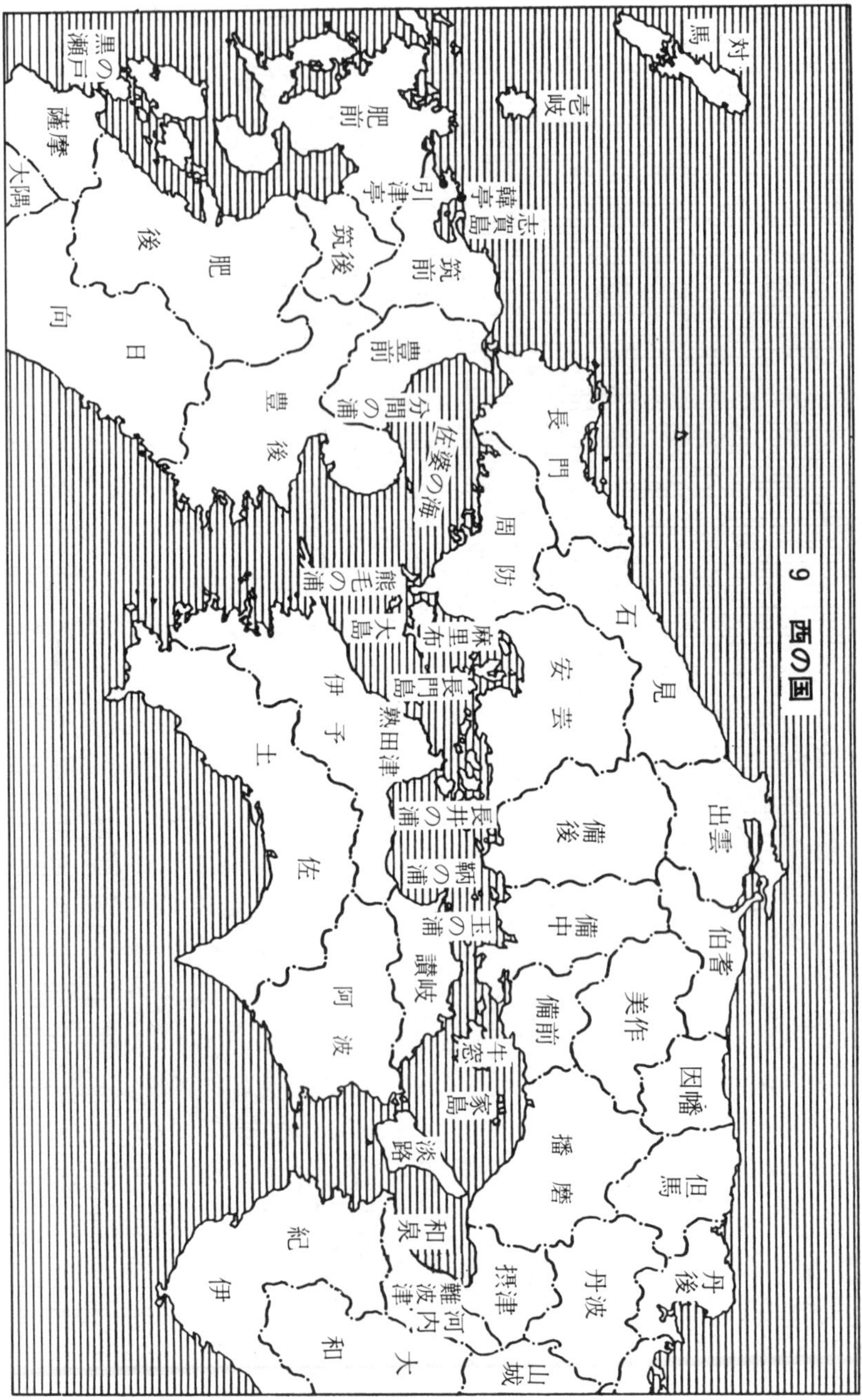
対馬
壱岐
肥前
黒の瀬戸
薩摩
大隅
引津亭
韓亭
志賀島
筑前
筑後
肥後
日向
豊前
分間の浦
豊後
佐婆の海
長門
周防
石見
安芸
熊毛の浦
大島
麻里布
長門島
熟田津
伊予
土佐
出雲
備後
長井の浦
鞆の浦
玉の浦
備中
伯耆
美作
讃岐
阿波
備前
牛窓
家島
因幡
播磨
淡路
但馬
和泉
紀伊
丹後
丹波
摂津
難波津
河内
大和
山城

9　西の国

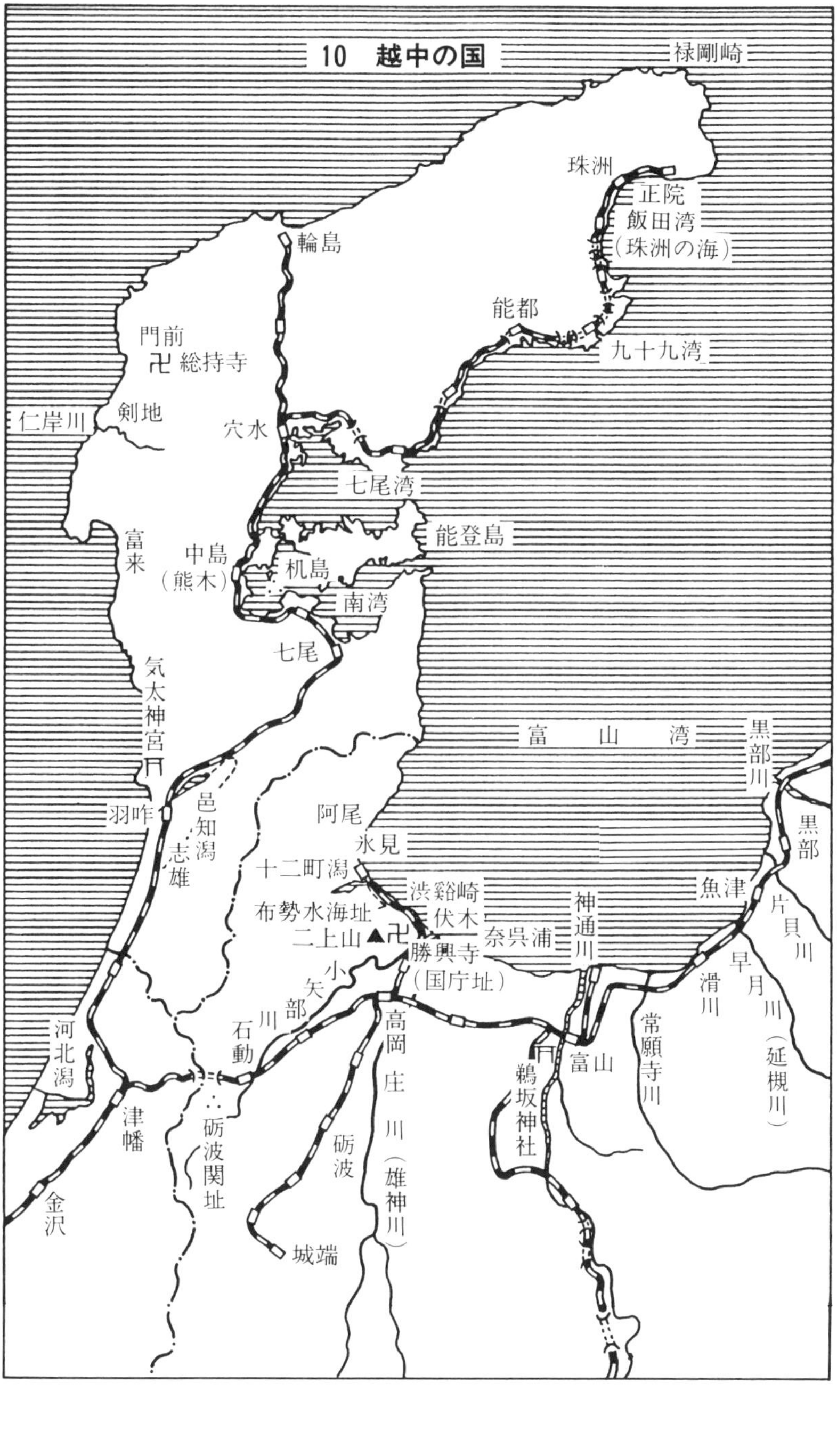
10 越中の国
禄剛崎
珠洲
正院
飯田湾
（珠洲の海）
輪島
能都
九十九湾
門前
総持寺
仁岸川
剣地
穴水
七尾湾
能登島
富来
中島
（熊木）
机島
南湾
七尾
気太神宮
富山湾
黒部川
黒部
羽咋
邑知潟
志雄
阿尾
氷見
十二町潟
渋谿崎
伏木
布勢水海址
二上山
奈呉浦
神通川
魚津
片貝川
勝興寺
（国庁址）
小矢部川
石動
高岡
滑川
早月川
（延槻川）
常願寺川
富山
河北潟
鵜坂神社
津幡
砺波関址
庄川
（雄神川）
砺波
金沢
城端

初句索引

あ

著者略歴

小野　寛（おの　ひろし）

昭和9年1月17日，京都市に生まれる。

昭和32年東京大学文学部卒業，38年東京大学大学院修了。

駒澤大学名誉教授。高岡市万葉歴史館名誉館長。

編著書　『万葉集抄』（昭47）『年表資料 上代文学史』（共編，笠間書院，昭49）『大伴家持研究』（笠間書院，昭55）『和歌大辞典』（共編，明治書院，昭61）『日本の文学〈古典編〉万葉集三』（ほるぷ出版，昭62）『孤愁の人 大伴家持』（新典社，昭63）『上代文学研究事典』（共編，おうふう，平8）『万葉集歌人摘草』（若草書房，平11）『万葉集全注巻第十二』（有斐閣，平18）『大伴家持大事典』（笠間書院，平22）『コレクション日本歌人選 大伴家持』（笠間書院，平25）

新《しん》選《せん》万《まん》葉《よう》集《しゅう》抄《しょう》　新装版《しんそうばん》

平成5年4月20日　初 版 発 行
平成16年9月20日　第 7 版 発 行
平成21年3月20日　新 装 版 発 行
平成30年3月30日　新装版3刷発行

著者　小野　寛

発行者　池田圭子
発行所　有限会社笠間書院
東京都千代田区神田猿楽町2-2-3［〒101-0064］
電話 03-3295-1331　ファックス 03-3294-0996

NDC分類：911.12

ISBN978-4-305-60306-7　印刷・製本：三美印刷

© ONO 2009
落丁・乱丁本はお取りかえいたします。

出版目録は上記住所までご請求下さい。
http://kasamashoin.jp